KB175943

春園李光洙長篇小說

무정/무명

이광수 지음

동서문화사

춘원 이광수(1892~1950)

▲메이지학원 중학부 졸업 무렵의 춘원(1910)

◀〈신한자유종〉 표지 1910년 일본 유학 중 편집한 잡지. 조선의 독립정신을 고취했다는 혐의로 일본 경찰이 압수한 뒤 찍은 '극비' 도장이 선명하다.

▼와세다대학 조선인학생 동창생들 가운뎃줄 왼쪽에서 두 번째가 춘원 이광수(1916)

4

▲〈신한청년〉1919년 12월 상해 신한청년당 기관지 창간호 주필 이광수

▶상해 망명시절 춘원(28세)

▼상해 임시사료편찬회 주임 이광수 (1919. 7. 17)
앞줄 가운데 이광수, 뒷줄 가운데 안창호(총재)

▲나혜석(1896~1948)
한국 최초의 서양화가·소설가. 춘원과
한때 연인이었다.

◀〈청춘〉 1914년 10월에 최남선이 창간
한 월간지. 춘원의 시·시조, 소설 《김
경》·《소년의 비애》 등이 실렸다.

◀〈개벽〉 1920년 6월에 창간된 종합지.
1922년 5월 춘원은 논설 〈민족개조론〉
을 실었다.

▼안재홍(1891~1965)
독립운동가·언론인·역사학자. 춘원의 와
세다 대학 시절 친구

▲도쿄 시절 허영숙(1897~1975)
한국 최초 산부인과 개업의이자 춘원의
부인

▶잡지〈여명〉 창간호. 1925년 7월호.
동인으로 참여

▶《단종애사》 1928년 11월부터〈동아
일보〉에 연재 시작

▼미국인 친구 크롤리(세브란스 의전)
1930년대 백인제 박사에게 치료받던 시
기에 알게 된다.

도산 안창호(1878~1938) 도산의 사상에 감명받은 춘원은 '민족개조론'과 '실력양성론'을 주장했으며, 뒤에는 흥사단과 수양동우회도 적극 참여하게 된다.

民族改造論

李春園

【弁言】

나는 만흔 希望과 끌는 精誠으로、 이 글을 朝鮮民族의 將來가 어찌할가、 어찌하면 이民族을 現在의 衰頹에서 건져 幸福과 繁榮의 將來에 引導할가、 하는 것을 생각하는 兄弟와 姉妹에게 들입니다。

이 글의 內容인 民族改造의 思想과 計劃은 在外同胞中에서 發生한 것으로서 내것과 一致하야 내 一生의 目的을 이루게 된 것이외다。

나는 朝鮮內에서 이 思想을 처음 傳하게 된 것을 無上한 榮光으로 알며、 이 貴한 思想을 先覺한 偉大한 頭腦와 共鳴한 여러 先覺同志에게 이 機會에 또 한번 崇敬과 感謝를 들입니다。

願컨대 이 思想이 사랑하는 靑年 兄弟姉妹의 純潔한 가슴속에 깁히 뿌리를 박아 꼿이 피고 열매가 매쳐지이다

辛酉十一月十一日 太平洋會議가 열리는 날에 春園 識

【上】

民族改造의 意義

近來에 全世界를 通하야 改造라는 말이 만히 流行됩니다。 일즉 歐洲大戰이 끗나고 巴里에 平和會議가

〈개벽〉 1922년 5월호에 실린 춘원의 논설 〈민족개조론〉

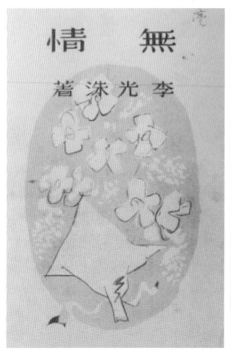

▲천도교 중앙교당

1921년 상해에서 귀국한 춘원은 이듬해 천도교 종학원 교사로 나가는 한편 〈개벽〉지에 〈민족개조론〉을 발표해 물의를 일으켰다.

◀고하 송진우

《무정》(1918)
1917년 〈매일신보〉에 연재되어 선풍적 인기를 누린 근대 한국문학사상 최초의 자유연애 소설이다.

《흙》(1934)
1932~33년 〈동아일보〉에 연재된 농촌계몽 장편소설. 소설이 창작된 시기는 이광수가 동아일보 편집국장으로 재직하면서 왕성한 활동을 벌이던 때이다. 1931년은 전세계적으로 공황이 불어닥쳤고 우리나라 농촌은 유례없이 참담한 상황이었는데,《흙》은 이러한 상황 아래 집필되었다.

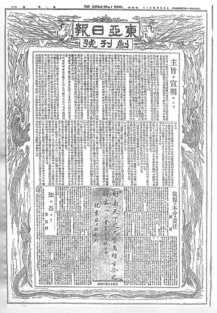

▲동아일보 창간호

이로 인해 종학원과 개
벽사가 청년들로부터 협
박과 테러를 당했다. 이
러한 역경 속에서 끌어
내주고 〈동아일보〉에 입
사하도록 해준 사람은
김성수와 송진우였다.

▶인촌 김성수

《유정》(1935)
1933년 〈조선일보〉에 연재된 장편 애정소
설이다.

《도산 안창호》(1947)
초판은 도산기념사업회에서 1947년에 나왔
다. 춘원 이광수가 광복 후 남양주 사릉에
칩거하면서 집필한 것으로 알려진다. 이광
수는 상하이 망명 시절 임시정부 기관지
일을 하며 도산 안창호의 준비론에 깊이 공
감하고 흥사단에도 참여하게 되었다.

11

▲《허생전》(1958) 1923년 〈동아일보〉에
연재했던 작품

▶《마의태자》(1928) 1926~27년 〈동아
일보〉에 연재했던 작품

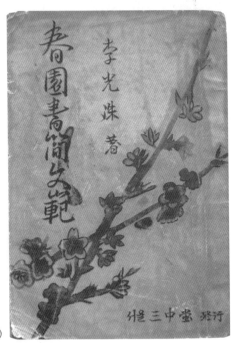

▲《백범일지》(1947) 초판본
1947년 국사원(國士院) 초판. 백범
김구의 간절한 청으로 춘원이 김구
에게 초고를 받아 풀어쓴《백범일
지》. 춘원의 아들 영근이 아침마다
춘원이 쓴 원고를 경교장 김구에게
감수를 받으면서 완성을 했다.

▶《춘원서간문범》(1939)

◀〈독립신문〉 창간호 1896년 4월 7일 서재필이 창간한 주간지. 이날을 기려 오늘날 4월 7일을 '신문의 날'로 기념하고 있다.

▼제1회 3·1절 경축식(1920. 3. 1) 독립신문사 사장 이광수가 '3·1절'이란 역사 용어를 처음으로 만들어 사용했다. 앞줄 왼쪽에서 4번째가 춘원 이광수

▲백병원(1950)
인제대학교 부속 병원

백인제 박사는 춘원이
일생동안 가족처럼 생각
했던 건강의 은인이요,
주치의이기도 하다.

▶의사 백인제 박사

1926년 숭3동 시절의 춘원 가족
왼쪽부터 장남 진근, 차남 봉근, 춘원, 부인과 삼남 영근

▲《흙》 연재 첫회   1932~33년 동아
일보에 연재된 농촌계몽운동 장편소
설이다.

▶〈동아일보〉 편집국장 시절의 춘
원(1923)

▼아들 봉근을 안고 기뻐하는 춘원
과 부인 허영숙(1929)   봉근은 7세
때 폐혈증으로 죽고 만다.

▲《흙》을 집필할 때 삼천
리사에서(1932) 왼쪽부
터 춘원·이선희·모윤숙·
최정희·김동환

◀망중한을 달래는 춘원
〈동아일보〉 편집국장 시
절 1931년

▲1934년 춘원
이 지은 자하문
밖 홍지동 산장

▶1935년 홍지
산장에서 아들
영근·정란과 함
께

1936년 홍지산장 시절(정란·정화·영근과 함께)

▲1937년《문장독본》
간행 때의 춘원

▶1935년 가출옥하는
도산 안창호(오른
쪽) 형기 22개월을 남
기고 대전형무소를 가
출옥해 고당 조만식과
함께 걸어나오고 있다.
춘원은 출옥한 도산을
맞이하여 각지로 여행
을 다녔다.

◀1938년 서재에서

▼ '춘원 이광수 유품
전' 서재 재현(1969)

▲1931년 〈동아일보〉에 연재했던 《이순신》

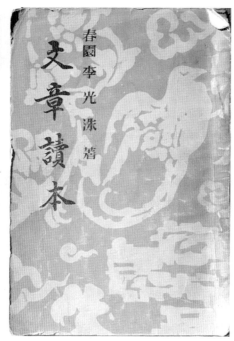

▶《문장독본》(1937)

▶1936년 간행된 자작 수필집 《인생의 향기》

▼1930년 간행된 《혁명가의 아내》 초판본

▲수양동우회(1926~1938) 일제강점기에
결성된 교육·계몽·사회운동 단체
안창호·이광수·주요한·주요섭·김동원 등에
의해 결성된 단체이며, 1929년 국외조직 흥
사단과 수양동우회를 합쳐 '동우회'로 개
칭. 1937년 중일전쟁 발발 시점 일본의 표
적수사로 와해되었으며 안창호는 고문 후
유증으로 병사했다(1938). 춘원도 갖은 고
초를 겪고 병을 얻어 6개월 만에 풀려나게
된다.

◀잡지〈동광〉창간호
1926년 5월 수양동우회 기관지로 창간. 춘
원은 주요한과 함께 잡지를 주재했다.

24

▲도산 안창호가 병사한 서울대 의
대 부속병원(오늘날 서울대병원 의
학박물관)

▶춘원시가집(1940)

▼수감 무렵의 도산(서대문형무소)

▲영화 〈무정〉(1939)
시사회
오른쪽부터 배우 한
은진, 춘원, 박기채
감독

◀영화 〈무정〉 광고

▲효자동 집 서재에서(1941)

▶1942년 〈매일신보〉에 연재했던 《원효
대사》

▼문예지 〈문장〉 창간호(1939년 2월)

1943년의 춘원 가족　왼쪽부터 부인·정화·정란·영근·춘원

◀자서전《나의 고백》(1948)

▼수필집《돌베개》(1948)

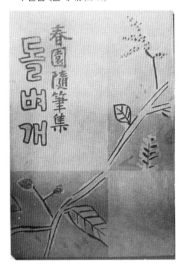

1947년 미국인 친구와 정란·정화, 부인 허영숙·춘원   효자동 집에서

맏딸 정란 가족   남편 김영식, 2남

춘원 아들 영근 가족(부인 배옥빈, 1남 4녀)

허영숙 여사와 막내딸 정화 가족 허영숙 여사는 1975년 78세로 작고, 막내 정화는 분자생화학자, 정란은 영문학자, 아들 영근은 원자물리학 교수(은퇴)로 모두 미국에서 거주하고 있다.

▲춘원이 피랍되어간
효자동 집(허영숙 산
원)

리광수선생

1892년 3월 4일성
1950년 10월 25일서거

▶평양시 재북인사 묘
역에 안치된 춘원의 묘
소 6·25 당시 납북·월
북 인사 62명 묘역 공
개(2005)

▲남양주시 봉선사

1976년 5월 29일 봉선사 입구에 세워졌다. 제막식에는 아들 이영근을 비롯하여 이갑과 이갑의 사위 이응준 그리고 춘원의 평생동지 동우회 주요한이 참석했다.

◀춘원 이광수 기념비

무정/무명
차례

무정(無情)

이광수 장편소설 《무정(無情)》은 1917년 1월 1일부터 6월 14일까지 총 126회에 걸쳐 〈매일신보〉에 처음 연재된 뒤, 이후 수많은 단행본과 전집으로 출간되었다. 이 책은 신문관에서 간행한 단행본(1918년 7월)을 주요 저본으로 삼았으며, 삼중당에서 간행한 이광수전집(1962년 8월) 등을 참고하여 엮었다. 이 책은 교육부 고시 〈한글 맞춤법〉 〈표준어 규정〉 〈외래어 표기법〉에 따라 현대어로 표기하는 것을 원칙으로 하되, 문맥에 따라서는 원문대로 표기하고 주석을 붙여 설명하였다.

나의 최초의 저서

나의 최초의 저서는 《무정》입니다. 《무정》을 쓰던 때의 일은 지금도 잊히지 않습니다. 그것은 아마 내가 몹시 고생하던 때 일이 되어 그러한 듯합니다.

그때에 나는 배고파서 정신을 잃은 적도 한두 번이 아니었고, 교과서를 못 사는 것은 둘째로 당장 수업료를 바치지 못해서 학교에도 못 가던 때가 빈번(頻頻)하였을 그 시기였습니다.

이렇게 고생하면서도 이 소설만은 꾸준히 완결시켰습니다. 첫 회부터 끝회까지 약 300회*¹ 동안 〈매일신보(每日申報)〉에 연재하였는데, 원고료는 처음엔 한 달에 5원식(五圓式) 보내 주더니 나중에 10원식(十圓式) 보내 주더이다.

1931년 2월

---

*1 여기서 지은이는 연재 약 300회라 하였으나 사실은 1917년 1월 1일부터 126회이다. 그러나 그때 신문연재 1회분은 지금의 2회분 이상 분량에 해당한다.

무정

1

경성학교 영어 교사 이형식은 오후 두 시 사년급 영어 시간을 마치고 내리쪼이는 유월 볕에 땀을 흘리면서 안동 김장로의 집으로 간다. 김장로의 딸 선형(善馨)이가 명년 미국 유학을 가기 위하여 영어를 준비할 차로 이형식을 매일 한 시간씩 가정교사로 고빙(雇聘)하여 오늘 오후 세 시부터 수업을 시작하게 되었음이라. 이형식은 아직 독신이라 남의 여자와 가까이 교제하여 본 적이 없고, 이렇게 순결한 청년이 흔히 그러한 모양으로 젊은 여자를 대하면 자연 수줍은 생각이 나서 얼굴이 확확 달며 고개가 저절로 숙어진다. 남자로 생겨나서 이러함이 못생겼다면 못생겼다고도 하려니와 저 여자를 보면 아무러한 핑계를 얻어서라도 가까이 가려 하고 말 한마디라도 하여 보려하는 잘난 사람들보다는 나으니라. 형식은 여러 가지 생각을 한다. 우선 처음 만나서 어떻게 인사를 할까. 남자 남자 간에 하는 모양으로 '처음 보입니다. 저는 이형식이올시다' 이렇게 할까. 그러나 잠시라도 나는 가르치는 자요 저는 배우는 자라, 그러면 미상불 무슨 차별이 있지나 아니할까. 저편에서 먼저 내게 인사를 하거든 그제야 나도 인사를 하는 것이 마땅하지 아니할까. 그것은 그러려니와 교수하는 방법은 어떻게나 할는지. 어제 김장로에게 그 부탁을 들은 뒤로 지금껏 생각하건마는 무슨 묘방이 아니 생긴다. 가운데 책상을 하나 놓고 거기 마주 앉아서 가르칠까. 그러면 입김과 입김이 서로 마주치렷다. 혹 저편 히사시가미*¹가 내 이마에 스칠 때도 있으렷다. 책상 아래서 무릎과 무릎이 가만히 마주 닿기도 하렷다. 이렇게 생각하고 형식은 얼굴이 붉어지며 혼자 빙긋 웃었다. 아니아니! 그러다가 만일 마음으로라도 죄를 범하게 되면 어찌하게. 옳다! 될 수 있는 대로 책상에서 멀리 떠나 앉았다가 만일 저편 무릎이 내게 닿거든 깜짝 놀라며 내 무릎을 치우리라. 그러나 내 입에서 무슨 냄새가 나면 여자에게 대하여 실례라, 점심 후에는 아직 담배는 아니 먹었건마는. 하고 손으로 입을 가리고 입김을 후 내불어본다. 그 입김이 손바닥에 반사되어 코로 들어가면 냄새의 유무를 시험할 수 있음이라. 형식은 아뿔싸! 내가 어찌하여 이러한 생각을 하는가, 내 마음이 이렇게 약하던가 하면서 두 주먹을 불끈 쥐고 전신에 힘을 주어 이러한 약한 생각을 떼어버리려 하나 가슴속에는 이상하게 불길이 확확 일어난다. 이때에

"미스터 리. 어디로 가는가" 하는 소리에 깜짝 놀라 고개를 들었다. 쾌활하기로 동류(同流)간에 유명한 신우선(申友善)이가 대팻밥모자를 잦혀 쓰고 활개를 치며 내려온다. 형식은 자기 마음속을 꿰뚫어 보지나 아니한가 하여 두 뺨이 한번 더 후끈하는 것을 겨우 참고 지어서 쾌활하게 웃으면서 "오래 맥혔구려" 하고 손을 잡아 흔들었다.

"오래 맥혔구려는 무슨 맥혔구려야. 일전에 허교하기로 약속하지 않았는가."

형식은 얼마큼 마음에 수치한 생각이 나서 고개를 돌리며

"아직 그런 말에 익숙지를 못해서……"

하고 말끝을 못 맺는다.

---

*1 ひさしがみ : 차양머리.

"대관절 어디로 가는 길인가. 급지 않거든 점심이나 하세그려."

"점심은 먹었는걸."

"그러면 맥주나 한잔 먹지."

"내가 술을 먹는가."

"그만두게. 사나이가 맥주 한잔도 못 먹으면 어떡한단 말인가. 자, 잡말 말고 가세."

하고 손을 끌고 안동 파출소 앞 청국 요릿집으로 들어간다.

"아닐세. 다른 날 같으면 사양도 아니 하겠네마는" 하고 '다른 날'이란 말이 이상하게나 아니 들렸는가 하여 가슴이 뛰면서 "오늘은 좀 일이 있어."

"일? 무슨 일? 무슨 술 못 먹을 일이 있단 말인가."

다른 사람 같으면 이러한 경우에 다만 '급히 좀 볼일이 있어' 하면 그만이려니와 워낙 정직하고 내약한 형식이라 조금이라도 거짓말을 못하여 한참 주저주저하다가

"세 시부터 개인 교수가 있어."

"영어?"

"응."

"어떤 사람인데 개인 교수를 받어."

형식은 말이 막혔다. 우선은 남의 폐간을 꿰뚫어 볼 듯한 두 눈으로 형식의 얼굴을 유심하게 들여다본다. 형식은 눈이 부신 듯이 고개를 숙인다.

"응. 어떤 사람인데 말을 못하고 얼굴이 붉어지나, 응."

형식은 민망하여 손으로 목을 쓸어 만지고 하염없이 웃으며

"여자야."

"요―. 오메데또오. 이이나즈께(약혼한 사람)가 있나 보에그려. 움. 나루호도(그러려니) 그러구도 내게는 아무 말도 없단 말이야. 에, 여

보게"

하고 손을 후려친다.

　형식이 하도 심란하여 구두로 땅을 파면서

"아니야, 저, 자네는 모르겠네, 김장로라고 있느니……"

"옳지. 김장로의 딸일세 그려, 응. 저, 옳지 작년이지, 정신여학교를 우등으로 졸업하고 명년 미국 간다는 그 처녀로구먼. 베리 굿."

"자네 어떻게 아는가."

"그것 모르겠나. 이야시꾸모 신문기자가. 그런데 언제 엥게지멘트*¹를 하였는가?"

"아니어, 영어 준비를 한다고 날더러 매일 한 시간씩 와달라기에 오늘 처음 가는 길일세."

"아따. 나를 속이면 어쩔 터인가."

"엑."

"허허, 그가 유명한 미인이라데. 자네 힘에 웬걸 되겠나마는 잘 얼러보게. 그러면 또 보세" 하고 대팻밥 벙거지를 벗어 활활 부채질을 하며 교동 골목으로 내려간다. 형식은 이때껏 그의 너무 방탕함을 허물하더니 오늘은 도리어 그 파탈하고 쾌활함이 부러운 듯하다.

2

　미인이라는 말도 듣기 싫지는 아니하거니와 이이나즈께, 엥게지멘트라는 말이 이상하게 기쁘게 들린다. 그러나 '자네 힘에 웬 걸 되겠는가' 하였다. 과연 형식은 아무 힘도 없다. 황금 시대에 황금의 힘도 없고 지식 시대에 남이 우러러볼 만한 지식의 힘도 없고 예수 믿는 지는 오래나 워낙 교회에 뜻이 없으매 교회 내의 신용조차 그리

---

*1 engagement. 약혼.

크지 못하다. 아무 지식도 없고 아무 덕행도 없는 아이들이 목사나 장로의 집에 자주 다니며 알른알른하는 덕에 집사도 되고 사찰도 되어 교회 내에서 젠체하는 꼴을 볼 때마다 형식은 구역이 나게 생각하였다. 실로 형식에게는 시절 하이칼라 처자의 애정을 끌 만한 아무 힘도 없다. 이런 생각을 하고 형식은 자연히 낙심스럽기도 하고 비감스럽기도 하였다. 이럴 즈음에 김광현(金光鉉)이라 문패 붙은 집 대문에 다다랐다. 비록 두 벌 옷도 가지지 말라는 예수의 사도연마는 그도 개명하면 땅도 사고 은행저금도 하고 주권과 큰 집도 사고 수십 인 하인도 부리는 것이라. 김장로는 서울 예수교회 중에도 양반이요 재산가로 두세째에 꼽히는 사람이라. 집도 꽤 크고 줄행랑조차 십여 간이 늘어 있다. 형식은 지위와 재산의 압박을 받는 듯해 일변 무섭기도 하고 불쾌하기도 하면서 소리를 가다듬어 "이리 오너라" 하였다. 그러나 그 목소리는 아무리 하여도 뚝 자리가 잡히지 못하고 시골사람이 처음 서울 와서 부르는 소리와 같이 어리고 떨리는 맛이 있다.

"안으로 들어오시랍니다" 하는 어멈의 말을 따라 새삼스럽게 가슴을 두근거리면서 중문을 지나 안대청에 오르다. 전 같으면 외객이 중문 안에를 들어설 리가 없건마는 그만하여도 옛날 습관을 많이 고친 것이라. 대청에는 반양식으로 유리문도 하여 달고 가운데는 무늬 있는 책상보 덮은 테이블과 네다섯 개 홍모전(紅毛氈) 교의가 있고 북편 벽에 길이나 되는 책장에 신구서적이 쌓였다. 김장로가 웃으면서 툇마루에 나와 형식이가 구두끈 끄르기를 기다려 손을 잡아 인도한다. 형식은 다시 온공하게*² 국궁례를 드린 후에 권하는 대로 교의에 앉았다. 김장로는 이제 사십오륙 세 되는 깨끗한 중노인이라. 일찍 국장도 지내고 감사도 지낸 양반으로서 십여 년 전부터 예수교

---

*2 온화하고 공손하게.

회에 들어가 작년에 장로가 되었다. 김장로가 형식에게 부채를 권하며

"매우 덥구려. 자, 부채를 부치시오."

"예, 금년 두고 처음인가 봅니다" 하고 부채를 들어 두어 번 부치고 책상 위에 놓았다. 장로가 책상 위에 놓인 초인종을 두어 번 울리니 건넌방으로서 "예" 하고 열너덧 살 된 어여쁜 계집아이가 소반에 유리 대접과 은으로 만든 서양 숟가락을 놓아 내다가 형식의 앞에 놓는다. 보기만 해도 시원한 복숭아화채에 한 줌이나 될 얼음을 띄웠다. 손이 오기를 기다리고 미리 만들어두었던 모양이라.

"자, 더운데 이것이나 마시오" 하고 장로가 친히 숟가락을 들어 형식을 준다. 형식은 사양할 필요도 없다 하여 연해 십여 술을 마셨다. 마음 같아서는 두 손으로 쳐들고 죽 들이켜고 싶건마는 혹 남 보기에 체면 없어 보일까 저어하여 더 먹고 싶은 것을 참고 술을 놓았다. 그만하여도 얼마큼 속이 뚫리고 땀이 걷고 정신이 쇄락하여진다. 장로는

"일전에도 말씀하였거니와 내 딸을 위하여 좀 수고를 하셔야 하겠소. 분주하신 줄도 알지마는 달리 청할 사람이 없소구려. 영어를 아는 사람이야 많겠지요마는 그렇게……어……말하자면……노형 같은 이가 드물으시니까" 하고 잠시 말을 끊고 '너는 신용할 놈이지' 하는 듯이 형식을 본다. 형식은 남이 젊은 딸을 제게 맡기도록 제 인격을 신용하여 주는 것이 한껏 기쁘고 자랑스러우면서도 아까 입에 손을 대고 냄새 나는 것을 시험하던 생각을 하면 부끄럽고 죄송스러운 마음이 복받쳐 올라온다. 그러나 기실 장로는 여러 사람의 말도 듣고 친히 보기도 하여 형식의 인격을 아주 신용하므로 이번 계약을 맺은 것이라. 여간 잘 알아보지 아니하고야 미국까지 보내려는 귀한 딸을 젊은 교사에게 다만 매일 한 시간씩이라도 맡길 리가 없는 것

이라. 장로는 다시 말을 이어

"하니까 노형께서 맡아서 일 년 동안에 무엇을 좀 알도록 가르쳐 주시오."

"제가 아는 것이 없어서 그것이 민망하올시다."

"천만. 영어뿐 아니라 노형의 학식은 내가 다 들어 아는 바요."

하고 다시 초인종을 울리니 아까 나왔던 계집아이가 나온다.

"얘. 이것(화채 그릇) 들여가고 마님께 아씨 데리고 이리 나옵소사고 여쭈어라."

"예" 하고 소반을 들고 들어가더니 저편 방에서 소곤소곤하는 소리가 들린다. 형식은 장차 일생에 처음 당하는 무슨 큰일을 기다리는 듯이 속이 자못 덜렁덜렁하며 가슴이 뛰고 두 뺨이 후끈후끈한다. 형식은 장로의 눈에 아니 띄리만큼 가만가만히 옷깃을 바르고 몸을 바르고 눈과 얼굴에 아무쪼록 점잖은 위엄을 보이려 한다.

이윽고 건넌방 발이 들리며 나이 사십이 될락 말락 한 부인이 연옥색 모시 적삼, 모시 치마에 그와 같이 차린 여학생을 뒤세우고 테이블 곁으로 온다. 형식은 반쯤 고개를 숙이고 일어나서 공손하게 읍하였다. 부인과 여학생도 읍하고 장로의 가리키는 교의에 걸앉는다. 형식도 앉았다.

3

장로가 형식을 가리키며

"이 어른이 내가 매양 말하던 이형식 씨요. 젊으시지마는 학식이 도저하고 또 문필로 유명한 어른이오. 이번 선형에게 영어를 가르쳐 줍소사 하고 내가 청하였더니 분주하심도 헤아리지 아니시고 이처럼 허락을 하여주셨소. 이제부터 매일 오실 터이니까 내가 출입하고

없더라도 마누라가 잘 접대를 하셔야 하겠소" 하고 다시 형식을 향하여

"이가 내 아내요, 저 애가 내 딸이오. 이름은 선형인데 작년에 정신학교라고 졸업은 하였지마는 아무것도 모르는 어린애요."

형식은 누구를 향하는지 모르게 고개를 숙였다. 부인과 선형이도 답례를 한다. 부인은 형식을 보며

"제 자식을 위하여 수고를 하신다니 감사하올시다. 젊으신 이가 언제 그렇게 공부를 많이 하셨는지, 참 은혜 많이 받으셨삽네다."

"천만의 말씀이올시다" 하고 형식은 잠깐 고개를 들어 부인을 보는 듯 선형을 보았다. 선형은 한 걸음쯤 그 모친의 뒤에 피하여 한편 귀와 몸의 반편이 그 모친에게 가렸다. 고개를 숙였으매 눈은 보이지 아니하나 난 대로 내버린 검은 눈썹이 하얗고 널찍한 이마에 뚜렷이 춘산을 그리고, 기름도 아니 바른 까만 머리는 언제나 빗었는가 흐트러진 두어 오리가 불그레한 복숭아꽃 같은 두 뺨을 가리어 바람이 부는 대로 하느적하느적 꼭 다문 입술을 때리고, 깃 좁은 가는 모시 적삼으로 혈색 좋은 고운 살이 몽롱하게 비치며 무릎 위에 걸어놓은 두 손은 옥으로 깎은 듯 불빛에 대면 투명할 듯하다. 그 부인은 원래 평양 명기 부용이라는 인물 좋고 글 잘하고 가무에 빼어나 평양 춘향이라는 별명 듣던 사람이러니 이십여 년 전 김장로의 부친이 평양에 감사로 있을 때에 당시 이십여 세 풍류남아이던 책방도령 이도령—아니라 김도령의 눈에 들어 십여 년 김장로의 소실로 있다가 본부인이 별세하자 정실로 승차하였다. 양반의 가문에 기생 정실이 망령이어니와 김장로가 예수를 믿은 후로 첩 둠을 후회하나 자녀까지 낳고 십여 년 동거하던 자를 버림도 도리에 그르다 하여 매우 양심에 괴롭게 지내다가 행인지 불행인지 정실이 별세하므로 재취하라는 일가와 붕우의 권유함도 물리치고 단연히 이 부

인을 정실로 삼았음이라. 부인은 사십이 넘어서 눈초리에 가는 주름이 약간 보이건마는 옛날 장부의 간장을 녹이던 아리땁고 얌전한 모습을 지금도 볼 수 있다. 선형의 눈썹과 입 언저리는 그 모친과 추호불차(秋毫不差)하니, 이 눈썹과 입만 가지고도 족히 미인 노릇을 할 수가 있으리라. 형식은 선형을 자기의 누이라고 생각하였다. 이는 형식이가 남의 처녀를 대할 때마다 생각하는 버릇이니 형식은 처녀를 대할 때에 누이라고밖에 더 생각할 줄을 모르는 사람이라. 그러면서도 알 수 없는 것은 가슴속에 이상한 불길이 일어남이니 이는 청년 남녀가 가까이 접할 때에 마치 음전과 양전이 가까워지기가 무섭게 서로 감응하여 불꽃을 날리는 것과 같이 면치 못할 일이며 하늘이 만물을 내실 때에 정한 일이라. 다만 사회의 질서를 유지하기 위하여 도덕과 수양의 힘으로 제어할 뿐이니라. 형식이 말없이 앉았는 양을 보고 장로가 선형더러

"얘, 지금 곧 공부를 시작하지. 아차, 순애는 어디 갔느냐. 그 애도 같이 배워라. 나도 틈 있는 대로는 배울란다."

"예" 하고 선형이가 일어나 저편 방으로 가더니 책과 연필을 가지고 나온다. 그 뒤로 선형과 동년배 되는 처녀가 그 역시 책과 연필을 들고 나와 공순하게 읍한다. 장로가 "이 애가 순앤데 내 딸의 친구요, 부모도 없고 집도 없는 불쌍한 아이요" 하는 말을 듣고 형식은 자기와 자기의 누이의 신세를 생각하고 다시금 순애의 얼굴을 보았다. 의복과 머리를 선형과 꼭 같이 하였으니 두 사람의 정의를 가히 알려니와 다만 속이지 못할 것은 어려서부터 세상 풍파에 부대낀 빛이 얼굴에 박혔음이라. 그 빛은 형식이가 거울에 자기 얼굴을 볼 때에 있는 것이요 불쌍한 자기 누이를 볼 때에 있는 것이라. 형식은 순애를 보매 지금껏 가슴에 울렁거리던 것이 다 스러지고 새롭게 무거운 듯한 감정이 생겨 부지불각에 동정의 한숨이 나오며 또 한번 순

애를 보았다. 순애도 형식을 본다.

　장로와 부인은 저편 방으로 들어가고 형식과 두 처녀가 마주 앉았다. 형식은 힘써 침착하게

　"이전에 영어를 배우셨습니까."

하고 이에 처음 두 처녀의 목소리를 듣게 되었다. 그러나 두 처녀는 고개를 숙이고 아무 대답이 없다. 형식도 어이없이 앉았다가 다시

　"이전에 좀 배우셨는가요."

　그제야 선형이가 고개를 들어 그 추수(秋水) 같이 맑은 눈으로 형식을 보며

　"아주 처음이올시다. 이 순애는 좀 알지마는."

　"아니올시다, 저도 처음입니다."

　"그러면 에이, 비, 시, 디도?……그것은 물론 알으실 터이지요마는."

　여자의 마음이라 모른다기는 참 부끄러운 것이라 선형은 가지나 붉은 뺨이 더 붉어지며

　"이전에는 외웠더니 다 잊었습니다."

　"그러면 에이, 비, 시, 디부터 시작하리까요."

　"예" 하고 둘이 함께 대답한다.

　"그러면 그 공책과 연필을 주십시오. 제가 에이, 비, 시, 디를 써드릴 것이니."

　선형이가 두 손으로 공책에다 연필을 받쳐 형식을 준다. 형식은 공책을 펴놓고 연필 끝을 조사한 뒤에 똑똑하게 a b c d를 쓰고 그 밑에다가 언문으로 '에이' '비' '시—' 하고 발음을 달아 두 손으로 선형에게 주고 다시 순애의 공책을 당기어 그대로 하였다.

　"그러면 오늘은 글자만 외기로 하고 내일부터 글을 배우시지요. 자, 한번 읽읍시다. 에이." 그래도 두 학생은 가만히 있다. "저 읽는 대로 따라 읽읍시오. 자, 에이. 크게 읽으셔요. 에이."

형식은 기가 막혀 우두커니 앉았다. 선형은 웃음을 참느라고 입술을 꼭 물고 순애도 웃음을 참으면서 선형의 낯을 쳐다본다. 형식은 부끄럽기도 하고 답답하기도 하여 당장 일어나서 나가고 싶은 생각이 난다. 이때에 장로가 나오면서

"읽으려무나, 못생긴 것. 선생님 시키시는 대로 읽지 않고."

그제야 웃음을 그치고 책을 본다. 형식은 하릴없이 또 한번

"에이."

"에이."

"비—"

"비—"

"시—"

"시—"

이 모양으로 '와이' '제트'까지 삼사 차를 같이 읽은 후에 내일까지 음과 글씨를 다 외우기로 하고 서로 경례하고 학과를 폐하였다.

4

형식은 김장로 집에서 나와서 바로 교동 자기 객주로 돌아왔다. 마치 술 취한 사람 모양으로 아무 생각도 없이 어디로 가는지도 모르고 다만 일 년 넘어 다니던 습관으로 집에 왔다. 말하자면 형식이가 온 것이 아니요 형식의 발이 끌고 온 모양이라. 주인 노파가 저녁상을 차리다가 치마로 손을 씻으면서

"이선생, 웬일이시오" 하고 이상하게 웃는다. 형식은 눈이 둥그레지며

"왜요?"

"아니. 그처럼 놀라실 것은 없지마는……"

"왜 무슨 일이 생겼어요?" 하고 우뚝 서서 노파를 본다. 노파는 그

시치미 떼고 놀라는 양이 우스워서 혼자 깔깔 웃더니

"아까, 석 점쯤 해서 어떤 어여쁜 아가씨가 선생을 찾아오셨는데 머리는 여학생 모양으로 하였으나 아무리 보아도 기생 같습데다. 선생님도 그런 친구를 사귀는지."

"어떤 아가씨? 기생?" 하고 형식은 고개를 기웃기웃하며 구두끈을 끄르고 마루에 올라서면서

"서울 안에는 나를 찾아올 여자가 한 사람도 없는데. 아마 잘못 알고 왔던 게로구려."

"에그, 저것 보아. 아주 모르는 체하시지. 평양서 오신 이형식 씨라고 똑똑히 그러던데."

형식은 먹먹히 하늘만 쳐다보고 앉았더니

"암만해도 모를 일이외다. 그래 무슨 말은 없어요?"

"이따가 저녁에 또 온다고 하고 매우 섭섭해서 갑데다."

"그래 나를 아노라고 그래요?"

"에그. 모르는 이를 왜 찾을꼬. 자, 들어가셔서 저녁이나 잡수시고 기다리십시오. 밥맛이 달으시겠습니다."

형식에게는 그런 말이 귀에 들어오지도 아니한다. 과연 형식을 찾을 여자가 있을 리가 없다. 장차 김선형이나 윤순애가 형식을 찾아오게 될는지는 모르거니와 지금 어느 여자가 형식을 찾으리오. 하물며 기생인 듯한 여자가. 형식은 밥상을 앞에 놓고 아무리 생각하여도 알 수 없어 좀 지나면 온다 하였으니 그때가 되면 알리라 하고 저녁을 먹었다. 저녁을 먹고 나서 신문을 볼 즈음에 대문 밖에 찾는 사람이 있다. 노파가 '이것 보시오' 하고 눈을 끔적하고 나간다.

"이선생 돌아오셨어요?" 하는 말소리가 들리더니 노파의 뒤를 따라 어떤 젊은 여자가 들어온다. 아까 노파의 말과 같이 모시 치마저고리에 머리도 여학생 모양으로 쪽 쪘다. 형식도 말이 없고 여자도

말이 없고 노파도 어인 영문을 모르고 우두커니 섰다. 여자가 잠깐 형식을 보더니 노파더러

"이선생께서 계셔요?"

"저 어른이 이선생이시외다" 하고 노파도 매우 수상해한다.

"예, 내가 이형식이오. 누구시오니까."

여자는 깜짝 놀라는 듯이 몸을 흠칫하고 한 걸음 물러서며 고개를 푹 숙인다. 해가 벌써 넘어가고 집집 장명등이 반작반작 눈을 뜬다. 형식은 무슨 까닭이 있음을 알고 얼른 일어나 램프에 불을 켜고 마루에 담요를 내어 간 뒤에

"아무러나 이리 올라오십시오. 아까도 오셨더라는데 마침 집에 없어서 실례하였습니다."

여자는 고개를 들었다. 눈에는 눈물이 고였다.

"저 같은 계집이 찾아와서 선생님의 명예에 상관이 아니 되겠습니까."

"천만의 말씀이올시다. 우선 올라오십시오. 무슨 일이신지……"

여자는 은근하게 예하고 올라온다. 데리고 온 계집아이도 올라 앉는다. 형식도 앉았다. 노파는 건넌방에서 불도 아니 켜고 담배를 피우면서 이 광경을 본다.

형식은 불빛에 파래 보이는 여자의 얼굴을 이윽히 보더니 무슨 생각나는 일이 있는지 고개를 기울이고 눈을 감는다.

"저를 모르시겠습니까."

"글쎄올시다. 얼굴이 혹 뵈온 듯도 합니다마는."

"박응진을 기억하시겠습니까."

"에? 박응진?" 하고 형식은 눈이 둥글하고 말이 막힌다. 여자도 그만 책상 위에 쓰러져 운다. 형식의 눈에서도 굵은 눈물이 뚝뚝 떨어진다. 형식은 비창한 목소리로

"아아, 영채씨로구려, 영채씨로구려. 고맙소이다, 나같이 은혜 모르는 놈을 찾아주시니 고맙소이다. 아아."

두 사람은 한참 동안 말이 없고 여자의 흑흑 느끼는 소리뿐이로다. 따라온 계집아이도 주인의 손에 매달려 운다.

5

벌써 십유여 년 전이로다. 평안남도 안주읍에서 남으로 십여 리 되는 동네에 박진사라는 사람이 있었다. 사십여 년을 학자로 지내어 인근 읍에 그 이름을 모르는 사람이 없었다. 원래 일가가 수십여 호 되고 양반이요 재산가로 고래로 안주 일읍에 유세력자러니 신미년 난에 역적의 혐의로 일문이 혹독한 참살을 당하고 어찌어찌하여 이 박진사의 집만 살아남았다. 하더니 거금(距今) 십오륙년 전에 청국 지방으로 유람을 갔다가 상해서 출판된 신서적을 수십 종 사 가지고 돌아왔다. 이에 서양의 사정과 일본의 형편을 짐작하고 조선도 이대로 가지 못할 줄을 알고 새로운 문명운동을 시작하려 하였다. 우선 자기 사랑에 젊은 사람을 모아 데리고 상해서 사 온 책을 읽히며 틈틈이 새로운 사상을 강설하였다. 그러나 당시 사람의 귀에는 철도나 윤선이라는 말이 들어가지 아니하여 박진사를 가리켜 미친 사람이라 하고 사랑에 모였던 선비들도 하나씩 하나씩 헤어지고 말았다. 이에 박진사는 공부하려도 학자(學資) 없어 못하는 불쌍한 아이들을 하나둘 데려다가 공부시키기를 시작하였다. 이러한 지 삼사 년 후에는 그의 교육을 받은 학생이 이삼십 명이나 되게 되었고 그동안 그 이삼십 명의 의식과 지필묵은 온통 자담하였다. 그러할 즈음에 평안도에 새로운 운동이 일어나고 각처에 학교가 울흥(蔚興)하며 눈물 흘리는 사람이 많게 되었다. 박진사는 즉시 머리를 깎고 검은 옷을 입고 아들 둘도 그렇게 시켰다. 머리 깎고 검은 옷 입는 것이 그때 치고는 대대적 대용단이라. 이는 사천여 년 내려오던 굳은 습관을 다 깨트려 버리고 온전히 새것을 취하여 나아간다는 표라. 인해 집 곁에 학교를 짓고 서울에 가서 교사를 연빙(延聘)하며 학교 소용 제구를 구하여 왔다. 일변 동네사람을 권유하며 일변 아이들과 청년들을 달래어 학교에 와 배우도록 하였다. 일년이 지나매 이삼십 명 학생이 모이고 교사도 두 사람을 더 연빙하였다. 학생은 삼십 이하, 칠팔 세 이상이었다. 이렇게 학교 경비를 전담하는 외에도 여전히 십여 명 청년을 길렀다. 이 이형식도 그 십여 명 중에 하나이라. 그때 형식은 부모를 여의고 의지가지없이 돌아다니다가 박진사가 공부시킨다는 말을 듣고 찾아갔던 것이라. 마침 형식은 사람도 영리하고 마음이 곧고 재주가 있고 또 형식의 부친은 이전 박진사와 동년지우이므로 특별히 박진사의 사랑을 받았다. 그때 박진사의 아들 형제는 다 형식보다 사오세 위로되 학력은 형식에게 밀리고 더구나 산술과 일어는 형식에게 배우는 처지였다. 그러므로 여러 동창들은 형식이가 장차 박 선생의 사위가 되리라 하여 농담 삼아, 시기 삼아 조롱하였다. 대개 우리 소견에 박 선생이라 하면 전국에 제일가는 선생인 줄 알았음이라. 그때 박진사의 딸 영채의 나이 열 살이니 지금 꼭 열아홉 살일 것이라. 박진사는 남이 웃는 것도 생각지 아니하고 영채를 학교에 보내며 학교에서 돌아온 뒤에는 《소학》《열녀전》 같은 것을 가르치고 열두 살 되던 해 여름에는 《시전》도 가르쳤다. 박진사의 위인이 점잖고 인자하고 근엄하고도 쾌활하여 어린 사람들도 무서운 선생으로 아는 동시에 정다운 친구로 알았었다. 그는 세상을 위하여 재산을 바치고 집을 바치고 몸과 마음을 다 바치고 목숨까지라도 바치려 하였다. 그러나 그 동네 사람들은 그의 성력(誠力)을 감사하기는커녕 도리어 미친 사람이라고 비웃었다. 이러한 지 육칠 년에 원래 그리 많지 못하던 재산도 다 없어지고 조석까지 말류하게 되니 학교를 경영할 방책이 만무하다. 이에 진사는 읍내 모모 재산가를 몸소 방문도 하고 사람도 보내어 자기 경영하는 학교를 맡아주기를 간청하였다. 그는 오직 세상을 위하여 자기의 온 재산과 온 성력을 다 들인 학교를 남에게 내맡기려 하건마는 어느 누가 '내가 맡으마' 하고 나서는 이는 없고 도리어 '제가 먹을 것이 없어 저런다' 하고 비웃었다. 육십이 다 못된 박진사는 거의 백발이 되었다. 먹을 것이 없으매 사랑에 모여 있던 학생들도 다 사방으로 흩어지고 제일 나 많은 홍 모와 제일 나어린 이형식만 남았다. 형식은 그때 열여섯 살이었다.

그해 가을에 거기서 십여 리 되는 어느 부잣집에 강도가 들어 주인의 옆구리를 칼로 찌르고 현금 오백여 원을 늑탈한 사건이 일어났다. 그 강도는 박진사 집 사랑에 있는 홍 모라. 자기의 은인인 박진사의 곤고함을 보다 못하여 처음에는 좀 위협이나 하고 돈을 떼어올 차로 갔더니 하도 주인이 무례하고 또 헌병대에 고소하겠노라 하기로 죽이고 왔노라 하고 돈 오백 원을 내놓는다. 박진사는 깜짝 놀라며

"이 사람아, 왜 이러한 일을 하였는가. 부지런히 일하는 자에게 하늘이 먹고 입을 것을 주나니……아아, 왜 이러한 일을 하였는가" 하고 돈을 도로 가지고 가서 즉시 사죄를 하고 오라 하였더니 중도에서 포박을 당하고 강도, 살인 교사(敎唆)급 공범혐의로 박진사의 삼부자도 그날 아침으로 포박을 당하였다. 박진사의 집에 남은 것은 두 며느리와 영채와 형식뿐. 영채의 모친은 영채를 낳고 두 달이 못하여 별세하였었다.

그 후에 박진사의 사랑에 있던 학생도 몇 사람 붙들리고 형식도 증거인으로 불려 갔었다 이틀 만에 놓였다.

두어 달 후에 홍 모와 박진사는 징역 종신, 박진사의 아들 형제는 징역 십오 년, 기타는 혹 칠 년 혹 오 년 징역의 선고를 받고 평양 감옥에 들어갔다.

인해 하릴없이 두 며느리는 각각 친정으로 가고 영채는 외가로 가고 형식은 다시 의지를 잃고 적막한 천지에 부평같이 표류하였다. 그 후 형식은 두어 번 평양감옥으로 편지를 하였으나 편지도 아니 돌아오고 회답도 없었다. 작년 하기에 안주를 갔더니 박진사의 집에는 낯모를 사람들이 장기를 두며 웃더라. 이제 칠년 만에 서로 만난 것이라.

6

형식은 번개같이 이러한 생각을 하다가 눈물을 거두고 그 앞에 엎더져 우는 영채를 보았다. 그때 ― 십 년 전에 상긋상긋 웃으면서 어깨에도 매달리고 손도 잡아끌며 오빠, 오빠 하던 계집아이가 벌써 이렇게 어른이 되었다. 그동안 칠팔 년에 어떠한 풍상을 겪었는고. 형식은 남자로되 지난 칠팔 년을 고생과 눈물로 지냈거든 하물며 연약한 어린 여자로 오죽 아프고 쓰렸으랴. 형식은 그동안 지난 일을 알고 싶어 우는 영채의 어깨를 흔들며

"울지 말으시오. 자, 말씀이나 듣습시다. 예, 일어앉으세요."

울지 말라 하는 형식이도 아니 울 수가 없거든 영채의 우는 것은 마땅한 일이라.

"자, 일어납시오."

"예, 자연히 눈물이 납니다그려."

"……"

"선생을 뵈오니 돌아가신 아버님과 오라버님들을 함께 뵈온 것 같

습니다" 하고 또 울며 쓰러진다. '돌아가신!' 박진사 삼부자는 마침내 죽었는가. 집을 없이하고 재산을 없이하고 마침내 몸을 없이하였는가. 불쌍한 나를 구원하여주던 복 있는 집 딸이 복 있던 지 사오 년이 못하여 또 불쌍한 사람이 되었는가. 세상일을 어찌 믿으랴. 젊은 사람의 생명도 믿을 수 없거든 하물며 물거품 같은 돈과 지위랴. 박진사가 죽었다 하면 옥중에서 죽었을지니 같은 옥중에 있으면서 아들들이나 만나보았는가. 누가 임종에 물 한 술을 떠 넣었으며 누가 눈이나 감겼으리오. 외롭게 죽은 몸이 섬거적에 묶이어 까마귀밥이 되단 말가. 그가 죽으매 슬퍼할 이 뉘뇨. 막막하게 북망으로 돌아갈 때에 누가 눈물을 흘렸으리오. 그를 위하여 눈물 흘리던 세상은 다시 그를 생각함이 없고 도리어 그의 혈육을 핍박하고 희롱하도다. 하늘이 뜻이 있다 하면 무정함이 원망홉고 하늘이 뜻이 없다 하면 인생을 못 믿으리로다.

"돌아가시다니. 선생님께서 돌아가셨어요?"

"예, 옥에 가신 지 이태 만에 아버님께서 돌아가시고 아버님 돌아가신 지 보름 만에 오라버니 두 분도 함께 돌아가셨습니다."

"어떻게……그렇게?"

"자세한 말은 알 수 없으나 옥에서는 병에 죽었다 하고 어떤 간수의 말에는 첨에 아버님께서 굶어 돌아가시고 그다음에 맏오라버님께서 또 굶어 돌아가시고 맏오라버님 돌아가신 날 작은오라버님은 목을 매어 돌아가셨다고 합데다" 하고 말끝에 울음이 북받쳐 나온다. 형식도 불식부지간에 소리를 내어 운다.

주인 노파는 처음에는 이형식을 후리려고나 오는 추한 계집으로만 여겼더니 차차 이야기를 들어보니 본래 양가 여자인 듯하고 또 신세가 가엾은지라. 자기 방에 혼자 울다가 거리에 나아가 빙수와 배를 사 가지고 들어와 영채를 흔든다.

"여보, 일어나 빙수나 한잔 자시오. 좀 속이 시원하여질 테니. 이제 울으시면 어짜오? 다 팔자로 알고 참어야지. 나도 젊어서 과부 되고 다 자란 자식 죽이고……그러고도 이렇게 사오. 부모 없는 것이 남편 없는 것에 비기면 우스운 일이랍니다. 이제 청춘에 전정이 구만 리 같은데 왜 걱정을 하겠소. 자, 어서 울음 그치고 빙수나 자시오. 배도 자시구" 하며 분주히 부엌에 가서 녹슨 식칼을 가져다가 배를 깎으면서

"여봅시오. 선생께서 좀 위로를 하시는 것이 아니라 당신이 더 울으시니……"

"가슴이 터져오는 것을 아니 울면 어찌하오. 이가 내 사오 년간 양육받은 은인의 따님이오구려. 그런데 그 은인은 애매한 죄로 옥에서 죽고 그의 아들 형제는 아버지를 좇아 죽고 천지간에 은인의 혈육이라고는 이분네 하나뿐이오구려. 칠팔 년 동안이나 생사를 모르다가 이렇게 만나니 왜 슬프지를 아니하겠소."

"슬프나 울면 어찌하나요."

하고 배를 깎아 들고 영채를 한 팔로 안아 일으키면서

"초년고락은 낙의 본입니다. 너무 설워 말으시고 이 배나 하나 자시오."

영채도 친절한 말에 감격하여 눈물을 씻고 배를 받는다. 형식은 다시 영채의 얼굴을 보았다. 이제 보니 과연 그때의 모상이 있다. 더욱 그 큼직한 눈이 박진사를 생각케 한다. 영채도 형식의 얼굴을 본다. 얼굴이 이전보다 좀 길어진 듯하고 코 아래 수염도 났으나 전체 모양은 전과 같다 하였다. 마주 보는 두 사람의 흉중에는 십여 년 전 일이 활동사진 모양으로 휙휙 생각이 난다. 즐겁게 지내던 일, 박진사가 포박되어 갈 적에 온 집안이 통곡하던 일, 식구들은 하나씩 하나씩 다 흩어지고 수십 대 내려오던 박진사 집이 아주 망하게 되

던 일. 떠나던 날 형식이가 영채를 보고 '이제는 언제 다시 볼지 모르겠다. 네게 오빠란 말도 다시는 못 듣겠다' 할 적에 영채가 '가지 마오, 나와 같이 갑시다' 하고 가슴에 와 안기며 울던 생각이 어제런 듯 역력하게 얼른얼른 보인다. 형식은 영채의 지나온 이야기를 들으려 하여 묻기를 시작한다.

<h1 style="text-align:center">7</h1>

노파와 형식이 하도 간절히 권하므로 영채도 눈물을 거두고 일어앉아 빙수를 마시고 배를 먹는다. 눈물에 붉게 된 눈과 두 뺨이 더 애처롭고 아리땁게 보인다. 형식은 얼른 선형을 생각하였다. 얼굴의 아름다움이나 그 부모의 귀여워함은 피차에 다름이 없건마는 현재 두 사람의 팔자는 왜 이다지도 다른고. 하나는 부모 갖고 집 있고 재산 있어 편안하게 학교에도 다니고 명년에는 미국까지 간다 하는데 하나는 부모도 없고 형제도 없고 집도 없고 어디 의지할 곳이 없이 밤낮을 눈물로 보내는고. 만일 선형으로 하여금 이 영채의 신세를 보게 하면 단정코 자기와는 딴 나라 사람으로 알렷다. 즉 자기는 결단코 영채와 같이 되지 못할 사람이요 영채는 결단코 자기와 같이 되지 못할 사람으로 알렷다. 또는 자기는 특별히 하늘의 복과 은혜를 받는 사람이요 영채는 특별히 하늘의 앙화와 형벌을 받는 사람으로 알렷다. 그러하므로 부자가 가난한 자를 압시하고 천대하여 가난한 자는 능히 자기네와 마주 서지 못할 사람으로 여기고 길가에 굶어 떠는 거지들을 볼 때에 소위 제 것으로 사는 자들이 개나 도야지와 같이 천대하고 기롱하여 침을 뱉고 발길로 차는 것이라. 그러나 부자 조상 아니 둔 거지가 어디 있으며 거지 조상 아니 둔 부자가 어디 있으리오. 저 부귀한 자를 보매 자기네는 천지개벽 이래

로 부귀하여 천지가 없어질 때까지 부귀할 듯하나 그네의 조상이 일찍 거지로 다른 부자의 대문에서 그 집 개로 더불어 식은 밥을 다툰 적이 있었고 또 얼마 못하여 그네의 자손도 장차 그리될 날이 있을 것이라. 칠팔 년 전 박진사를 보고야 뉘라서 그의 딸이 칠팔 년 후에 이러한 신세가 될 줄을 짐작하였으랴.

다 같은 사람으로 부하면 얼마나 더 부하며 귀하다면 얼마나 더 귀하랴. 조그마한 돌 위에 올라서서 다른 사람들을 내려다보며 '이놈들, 나는 너희보다 높은 사람이로다' 함과 같으니 제가 높으면 얼마나 높으랴. 또 지금 제가 올라선 돌은 어제 다른 사람이 올라섰던 돌이요 내일 또 다른 사람이 올라설 돌이라. 거지에게 식은 밥 한 술을 줌은 후일 네 자손으로 하여금 내 자손에게 그렇게 하여달라는 뜻이 아니며 그와 반대로 지금 어떤 거지를 박대하고 기롱함은 후일 네 자손으로 하여금 내 자손에게 이렇게 하여달라 함이 아닐까. 모르괘라, 얼마 후에 영채가 어떻게 부귀한 몸이 되고 선형이가 어떻게 빈천한 몸이 되는지도. 이렇게 생각하면서 형식은 입을 열어 "서로 떠난 후에 지내던 말을 하여주십시오" 하였다.

"선생께서 가신 뒤에 이삼일이나 더 있다가 저는 외가로 갔습니다" 하고 말을 시작한다.

외가에는 외조부모는 벌써 죽고 외숙은 그보다도 먼저 죽고 외숙모와 외종형 두 사람과 외종형의 자녀들만 있었다. 이미 자기 모친이 없고 또 가장 다정한 외조부모도 없으니 외가에를 간들 누가 알뜰살뜰하게 하여주리오.

더구나 내 집이 잘 살고야 친척이 친척이라. 내 집에 재산이 있고 세력이 있을 때에는 멀고 먼 친척까지도 다정한 듯이 찾아오고 이편에서 어린아이 하나가 가더라도 큰손님같이 대접하거니와 내 집이 가난하고 세력이 없어지면 오던 친척도 차차 발이 멀어지고 내가 저편에 찾아가더라도 '또 무엇을 달라러 왔나' 하는 듯이 눈살을 찌푸리는 것이라.

"외숙모께서는 저를 귀애하셔서 머리도 빗겨주시고 먹을 것도 주시건마는 그 맏오라버니댁이 사나워서 걸핏하면 욕하고 때리고 합데다. 그뿐이면 참기도 하려니와 그 어머니의 본을 받아 아이들까지도 저를 업신여기고 무슨 맛나는 음식을 먹어도 저희들만 먹고 먹어보라는 말도 아니 해요. 그중에도 열세 살 된 새서방은 (제 외오촌 조캅지요) 가장 심해서 공연히 이년 저년 하였습니다. 어린 생각에도 '내가 제 아주머니어든' 하는 마음이 있어서" 하고 웃으며 "매우 분하고 괘씸하여 보입데다."

"옷은 집에서 서너 벌 가지고 갔었으나 밤낮 물 긷고 불 때기에 다 더럽고, 더러워도 빨아주는 사람이 없어서 제 손으로 빨아서 풀도 아니 먹이고 다리지도 아니하고 입었습니다. 제일 걱정은 옷 한 벌을 너무 오래 입으니깐 이가 끓어서 가려워 못 견디겠어요. 그러나 남 보는 데서는 마음대로 긁지도 못하고 정 견디기 어려울 때에는 뒤울 안 사람 없는 데 가서 실컷 긁기도 하고 혹 이를 잡기도 하였습니다. 하다가 한 번은 맏오라버니댁한테 들켜서 톡톡히 꾸중을 듣고 '아이들에게 이 오르겠다, 저 헛간 구석에 자빠져 자거라' 하는 소리도 들었습니다.

제사 때나 명절에 고기나 떡이 생겨도 제게는 먹지 못할 것을 조금 주고 그러고도 일도 아니하면서 처먹기만 한다는 말을 들었습니다.

한 번은 궤 속에 넣었던 은가락지 한 쌍이 잃어졌습니다. 저는 또 내가 경을 치나 보다 하고 부엌에 앉았노라니 아니나 다를까 맏오라버니댁이 성이 나서 뛰어 들어오며 부지깽이로 되는대로 찌르고 때리고 하면서 저더러 그것을 내놓으랍니다. 저도 그때에는 하도 분이

나서 좀 대답을 하였더니 '이년. 이 도적놈의 계집년, 네가 아니 훔치면 누가 훔쳤겠니' 하고 때립니다. 제 부친께서 도적으로 잡혀갔다고 걸핏하면 도적놈의 계집년이라 하는데 그 말이 제일 가슴이 쓰립데다.

"저런 변이 있나. 저런 몹쓸 년이 어디 있노" 하고 노파가 듣다가 혀를 찬다. 형식은 말없이 가만히 듣고 앉았다.

영채는 후 한숨을 쉬고 말을 이어

8

"그렇게 때리고 맞고 하는 즈음에 이웃에 사는 계집 하나가 와서 '저 주막에 있는 갈보가 웬 크다란 은가락지를 꼈습데다. 어디서 났는가 하고 물어보니까 기와집 새서방이 주더랍데다그려. 새 서방님이 요새에 자주 다니는가 보두구면' 합데다. 이래서 저는 누명을 벗었으나 그다음에 오라버니댁과 그 계집과 대판 싸움이 납데다. '이년. 서방 있는 년이 남의 어린 사람을 후려다가 끼고 자고. 가락지도 네가 가져오라고 했지, 이년' 하면 '제 자식을 잘 가르칠 게지, 남의 탓은 왜' 이 모양으로 다툽데다."

"어린것을 가르칠 줄은 모르고 장가만 일찍 들여서 못된 버릇만 배우게 하니" 하고 형식이가 탄식한다.

"그래서 이 선생께서는 장가도 아니 들으시는 게로구면."

영채는 형식이가 아직 취처 아니 하단 노파의 말을 듣고 놀라 형식을 보았다. 그리고 그 장가 아니 든 이유를 알고 싶었다. 그 이유가 자기에게 무슨 상관이 없는가 하였다. 이전 부친께서 농담 삼아 '너 형식의 아내 되랸' 하던 말을 생각하였다. 그때에 어린 생각에도 형식은 참 좋은 사람이거니 하고 사랑에 와 있던 여러 사람 중에도 특별히 형식에게 정이 들었었다. 이래 칠팔 년간에 한강에 뜬 버들잎 모양으로 갖은 고락을 다 겪으며 천애지각(天涯地角)으로 표류하면서도 일찍 형식을 잊어본 적이 없었다. 차차 낫살을 먹어갈수록 형식의 얼굴이 더욱 정답게 가슴 속에 떠 나오더라. 혼자 어디 있는지, 죽었는지 살았는지도 모르는 형식을 생각하고 울면서 밤을 새운 적도 있었다. 몸이 팔려 기생 노릇 한 지가 이미 육칠 년에 여러 남자의 청구도 많이 받았건마는 아직 한 번도 몸을 허한 적이 없음은 어렸을 적《소학》《열녀전》을 배운 까닭도 되거니와 마음속에 형식을 잊지 못한 것이 가장 큰 까닭이었다. 부친께서 '너는 형식의 아내가 되어라' 하신 말씀을 자라나서 생각하니 다만 일시 농담이 아니라 진실로 후일에 그 말씀대로 하시려 한 것이라 하고 내 몸이 가루가 되더라도 부친의 뜻을 아니 어기리라 하였다. 그러나 형식은 살았는가 죽었는가, 살았다 하더라도 이미 유실유가하고 생자생녀하였으려니 하고는 혼자 절망도 하였으나 설혹 그러하더라도 나는 일생을 형식에게 바치고 달리 남자를 보지 아니하리라고 굳게 작정하였었다. 이번 우연히 형식을 만나게 되니 기쁨은 기쁘거니와 자기는 영원히 혼잣몸으로 지내려니 하였다. 그렇다가 형식이가 아직 장가 아니드단 말을 들으니 일변 놀랍기도 하고 일변 기쁘기도 하나 다시 생각하여보건댄 형식은 지금 교육계에 다니는 사람이라 행실과 명망이 생명이니 기생을 아내로 삼는다 하면 사회의 평론이 어떠할까 하고 다시 절망스러운 마음도 생긴다.

형식으로 말하면 그동안 동경에 유학하느라고 장가들 틈도 없었거니와 그동안 구혼하는 데도 없지는 아니하였다. 그러나 공부로 핑계를 삼고 아직도 구혼에 응하지 아니한 것은 중심에 영채를 생각하였음이라. 일찍 박진사가 형식을 대하여 직접으로 말한 적은 없었으나 박진사가 특별히 자기를 사랑하는 양을 보고 또 남이 전하는 말을 들어도 박진사가 자기로 사위 삼으려는 뜻이 있는 줄을 대강 짐작하였었다. 형식이가 박진사의 집을 떠날 때에 영채의 손을 잡고 '다시 너를 보지 못하겠다' 한 것은 여러 가지 깊은 슬픔이 많이 있어서 한 말이라. 그러나 그 후에 영채의 소식을 알 길이 바이 없고 또 영채의 나이 이미 과년이 된지라 응당 뉘 집 아내가 되어 혹 자녀를 낳았을는지도 모르리라 하였다. 그러하건마는 은사의 뜻을 저버리고 차마 제 몸만 위하여 달리 장가들 마음이 없고 행여나 영채의 소식을 들을까 하고 지금껏 기다리던 차이라. 그러다가 오늘 우연히 만나니, 아무리 하여도 기생 노릇을 하는 모양, 그러면 벌써 여러 사람에게 몸을 더럽혔으려니 만일 그렇다 하면 자기 아내 못 되는 것이 한이 아니라 세상을 위하여 애쓰던 은인의 혈육이 이처럼 윤락하게 됨이 원통하여 아까도 슬피 소리를 내어 운 것이요 또 그동안 지나온 이야기를 들으려 함도 행여나 기생이나 아니 되었으면 하는 희망과 설혹 되었다 하더라도 옛사람의 본을 받아 송죽 같은 정절을 지켰으면 하는 희망이 있음이라. 이제 형식과 영채는 피차에 저편의 속을 알고 싶어 하게 된 것이라.

"그래, 그다음에 어찌 되었습니까."

"그날 종일 밥도 아니 먹고 울다가 아무리 생각하여도 그 집에 있지 못할 줄을 알고 어디로 도망할 마음이 불현듯 납데다. 도망을 하자니 열세 살이나 된 계집아이가 가기를 어디로 갑니까. 영변 고모님 댁이 있단 말을 들었으나 어딘지도 모르고 또 고모님도 이미 돌아가셨다 하니 거긴들 외가와 다르랴. 들은즉 아버님과 두 오라버니께서 평양에 계시다 하니 차라리 거기나 찾아가리라. 아무리 옥에 계시다 하기로 자식이야 같이 있게 아니 하랴 하고 그날 밤에 도망하여 평양으로 가려고 작정하고 저녁밥을 많이 먹고 식구들이 잠들기를 기다렸습니다."

9

"저는 외숙모님과 같이 잤는데 그 어른은 노인이라 이리 뒤적 저리 뒤적 돌아눕는 소리만 들리고 암만 기다리니 잠드는 양이 아니 보입니다. 그래 기다리다 못하여 뒷간에 가는 체하고 일어나 옷을 입었습니다. 외숙모님께서도 의심이 나시는지 옷은 왜 입느냐 하십데다. 그래서 뒤보러 가노라 하고 얼른 문밖에 나섰습니다. 여자의 옷으로는 혼자 도망할 수가 없을 줄을 알고 제 조카의 옷을 훔쳐 입으리라는 생각이 났습니다. 정말 도적질을 하게 되었지요." 하고 웃으며 "마침 저녁에 옷을 다려서 대청에 놓은 줄을 알므로 가만가만히 대청에 가서 제 옷을 벗어놓고 조카의 옷을 갈아입었습니다. 그때는 팔월 열사흘이라 달이 째듯하게 밝고 밤바람이 솔솔 붑데다. 가만히 대문을 나서니 참 황황합데다. 평양이 동인지 서인지도 모르고 돈 한 푼도 없이 어떻게 가는고 하고 부모 생각과 제 몸 생각에 저절로 눈물이 납데다. 그러나 이 집에는 더 있지 못할 줄을 확실히 믿으므로 더벅더벅 앞길을 향하여 나갔습니다. 대문간에서 자던 개가 저를 보고 우두커니 섰더니 꼬리를 치면서 따라 나옵데다. 한참 나와서 길가 큰 들메나무 아래 와서 저는 펄썩 주저앉았습니다. 거기서 한참이나 울다가 곁에 섰는 개를 쓸어안고 나는 멀리로 간다, 다시는 너를 보지 못할까 보다, 일 년 동안 네가 내 동무 노릇을 하였구나, 그러나 나는 너를 버리고 멀리로 간다, 집에 가서 누가 내 거처를 묻거든 아버지를 찾아 평양으로 가더라고 일러라 하고 다시 일어서서 갔습니다. 참 개도 인정을 아는 듯해요. 제 옷을 물고 매달려서 킁킁하면서 도로 집으로 가자는 시늉을 합데다. 그러나 나는 못 들어간다. 너나 들어가거라 하고 손으로 머리를 때렸습니다. 그러나 개는 떨어지지 아니하고 따라옵데다. 저도 외로운 밤길에 동무나 될까 하고 구태 때려 쫓지도 아니하였습니다."

"저것 보게, 개가 도리어 사람보다 낫지" 하고 노파가 눈물을 씻는다. 영채는 도리어 웃으면서

"그러니 어디로 갈지 길을 알아야 아니 합니까. 지난봄에 나물 하러 갔다가 넓은 길을 보고 이 길이 서편으로 가면 의주와 대국으로 가고 동편으로 가면 평양도 가고 서울도 간다는 말을 들었기로 허방지방 그리로만 향하였습니다. 촌중 앞으로 지날 적마다 개가 짖는데 개 소리를 들으면 한껏 반갑기도 하고 무섭기도 합데다. 저를 따라오는 개는 짖지도 아니하고 가만가만히 고개를 숙이고 저를 따라옵데다.

그렇게 얼마를 가노라니 촌중에서 닭들이 우는데 저편에 허연 길이 보입데다. 옳다구나 하고 장달음으로 큰길에 나섰습니다. 나서서 한참이나 사방을 돌아보다가 대체 달 지는 편이 서편이려니 하고 달을 등지고 한정 없이 갔습니다.

이튿날 조반도 굶고 낮이 기울도록 가다가 시장증도 나고 다리도 아프기로 길가 어느 촌중에 들어갔습니다. 집집에 떡 치는 소리가 나고 아이들은 새 옷을 갈아입고 떼를 지어 밀려다닙데다. 저는 그중에 제일 큰 집 사랑으로 들어갔습니다. 사랑에는 여러 어른들이 모여서 술을 먹고 웃고 이야기합데다. 길 가던 아인데 시장하여 들어왔노라 하니까 주발에 떡을 한 그릇 담아내다 줍데다. 시장하던 김이라 서너 개나 단숨에 먹노라니까 사랑에 앉은 어른 중에 수염 많이 나고 얼굴 우툴두툴한 사람이 제 곁에 와서 머리를 쓸며 뉘집 아인고, 얌전도 하다 하면서 성명을 묻고 사는 데를 묻고 부친의 이름을 묻고 나이를 묻습데다. 저는 숙천 사는 김 아무라고 되는대로 대답하고 안주 외가에 갔다 오노라고 하였더니 제 얼굴빛과 대답하는 모양이 수상하던지 여러 어른들이 다 말을 그치고 저만 쳐

다봅데다. 저는 속이 울렁울렁하고 낯이 훅훅 달아서 떡도 다 먹지 못하고 일어나 절한 뒤에 문밖으로 뛰어 나왔습니다. 나온즉 장난 꾼 아이들이 모여 섰다가 저를 보고 애, 너 어디 있는 아이냐, 어디로 가느냐 하고 성가스럽게 묻습디다. '나는 숙천 있는 아이로다, 안주 외가에 갔다 온다' 하고 고개를 숙이고 달아나왔습니다. 아이들은 사람이 말을 묻는데 뛰기는 왜 뛰어 하고 트집을 잡고 따라옵니다. 그러나 저는 나이 어리고 밤새도록 걸음을 걸어 다리가 아파서 뛰지 못할 줄을 알고 우뚝 섰습니다. 그제는 아이놈들이 죽 둘러서고 그중에 제일 큰 놈이 와서 제 목에다 손을 걸고 구린내를 피우면서 별별 말을 다 묻습니다. 대답하면 묻고, 대답하면 또 묻고. 다른 아이놈들은 웃기도 하고 꼬집기도 하고 쿡쿡 찌르기도 하고. 아무리 빌어도 놓아주지를 아니합니다. 한참이나 부대끼다가 하릴없이 으아 하고 소리를 내어 울었습니다. 마침 그때에 저리로서 큰기침 소리가 나더니 서당 훈장 같은 이가 정자관(程子冠)을 잦혀 쓰고 길다란 담뱃대를 춤을 추이면서 오다가 이놈들, 왜 그러느냐 하고 호령을 하니까 아 이놈들이 사방으로 달아납데다. 저는 다리 아픈 줄도 모르고 달음질을 하여 나왔습니다. 뒤에서는 아이놈들이 욕하고 떠드는 소리가 들립데다. 그러나 뒤도 돌아보지 아니하였습니다. 큰길에 나서니 개가 어디 있다가 따라 나옵데다. 어떤 아이놈이 돌로 때렸는지 귀밑에서 피가 조금 납데다. 저는 울면서 호— 하고 불어주었습니다. 그러고는 쉬엄쉬엄 또 동으로만 향하고 갔습니다.

몸은 더할 수 없이 곤하고 해도 저물었습니다. 아까 혼난 생각을 하면 진저리가 나서 다시 어느 촌중에 들어갈 생각이 없습니다. 그러나 밥 굶어서 한데에서 잘 수도 없으매 어떠면 좋은가 하고 주저하다가 어떤 길가 주막에 들었습니다. 그날 저녁에 고생한 생각을 하면 지금도 치가 떨립니다" 하고 손을 한번 비틀고 한숨을 내쉰다.

10

"돈 한 푼도 없이!" 하고 노파가 걱정을 한다.

"돈이 있으면 그처럼 고생은 아니 하였겠지요" 하고 말을 이어

"주막에 드니깐 먼저 든 객이 육칠 인 됩데다. 주인이 아랫목에 앉았다가 저를 보고 너 어떤 아이냐 하기로 길 가던 아인데 날이 저물어 하룻밤 자고 가려노라 하였습니다. 그러면 저녁을 먹어야 하겠구나 하기에 돈이 한 푼도 없어서 밥을 사 먹을 수 없으니 자고나 가게 하여달라고 하였습니다. 한즉 주인이 그렇걸랑은 저 안동네 뒷집 사랑에 들어가 자거라. 우리 집에는 손님이 많아서 잘 데가 없다고 합데다. 그제 손님 중에 한 분, 머리도 깎고 매우 점잖아 보이는 이가 주인더러 어린것이 이제 어디로 가겠소, 내가 밥값을 낼 것이니 저녁과 내일 아침밥을 먹이고 재우시오 합데다. 저는 그때에 어떻게나 고마운지 마음 같아서는 아저씨 하고 엎데어 절이라도 하고 싶습데다. 그래 저녁을 먹고 나서 여러 손님들이 이야기하는 것을 듣다가 어느 틈에 윗목에 누워 잠이 들었습니다.

자다가 어떤 도적놈에게 잡혀가는 무서운 꿈을 꾸고 잠을 깨어 가만히 들은즉 방 안에 객들이 무슨 의논을 하는 모양입데다. 하나가 '아니어, 사나이지' 하면 '그럴 수가 있나, 그 얼굴과 목소리가 단정코 계집아이지요' 하고 그러면 또 하나가 '어린 계집아이가 남복을 하고 혼자 갈 이유가 있나' 하면서 저를 두고 말함이 분명합데다. 아뿔싸, 이 일을 어쩌나 하고 치를 떨고 누웠는데 여러 사람들은 한참이나 서로 다투더니 그중에 한 사람이 다툴 것이 있는가, 보면 그만이지 하고 저 있는 데로 옵데다. 저는 기가 막혀 벽에 꼭 붙었습니다. 그러나 힘센 어른을 대적할 수가 있습니까. 마침내 제 본색이 탄로되었습니다. 부끄럽기도 그지없고 섧기도 그지없고 분하기도 그지없

어 하염없이 소리를 놓아 울었습니다."

"저런 변이 있나. 그 몹쓸 놈들이 밤새도록 잠은 아니 자고 그런 공론만 하였구면" 하고 노파가 분해한다.

"그래 한참 우는데 제 몸을 보던 사람이 말하기를 자, 여러분, 이제는 내기한 대로 내가 이 계집아이를 가지겠소 하면서 제 등을 툭툭 두드립데다. 그래 저는 평양 계신 아버님을 찾아가는 길이라고 간절히 말하고 빌었습니다. 한즉 그 사람 대답이 아버님은 오는 달에 찾아가고 우선 내 집으로 가자 하면서 팔을 제 목 아래로 넣어 저를 일으켜 앉히며 어서 가자 합데다. 저는 다른 사람들의 얼굴을 보았습니다. 행여나 나를 도와줄 사람이 있는가 하고."

"아까 밥값 내준다던 사람은 어디로 갔던가요" 하고 형식이가 주먹을 부르쥐고 물었다.

"글쎄 말씀을 들으십시오. 지금 저를 데려가려는 사람이 바로 그 사람이외다그려. 여러 사람들은 그 사람을 무서워하는지 아무 말도 없이 빙글빙글 웃기만 합데다. 저는 울면서 빌다 빌다 못하여 마침내 사람 살리시오 하고 힘껏 소리를 내어 울었습니다. 제 울음소리에 개들이 야단을 쳐 짖는데 그중에 제가 데리고 온 개 소리도 납데다. 그제는 그 사람이 수건으로 제 입을 꼭 동여매더니 억지로 뒤쳐 업고 나갑데다. 방에 있던 사람들은 내다보지도 아니하고 문을 닫칩데다" 하고 잠시 말을 그친다. 형식은 영채의 기구한 운명을 듣고 자기의 어렸을 때에 고생하던 것에 대조하여 한참 망연하였었다. 영채는 그 악한에게 붙들려 장차 어찌 되려는가. 그 악한은 영채의 어여쁜 태도를 탐하여 못된 욕심을 채우려 하는가. 또는 영채의 몸을 팔아 술과 노름의 밑천을 만들려 함인가. 아무러나 영채의 몸이 그 악한에게 더럽혀지지나 아니하였으면 하였다. 그리하고 영채의 얼굴과 몸을 다시 자세히 보았다. 대개 여자가 남자를 보면 얼굴과 체

격에 변동이 생기는 줄을 앎이라. 어찌 보면 아직 처녀인 듯도 하고 또 어찌 보면 이미 남자에게 몸을 허한 듯도 하다. 더구나 그 곱게 다스린 눈썹과 이마와 몸에서 나는 향수 냄새가 무리 하여도 아직도 순결한 처녀같이 보이지 아니한다. 형식은 영채에게 대하여 갑자기 싫은 마음이 생긴다. 저 계집이 이때까지 누군지 알 수 없는 수없는 남자에게 몸을 허하지나 아니하였는가. 지금 자기 신세타령을 하는 저 입으로 별별 더러운 놈의 입술을 빨고 별별 더러운 놈의 마음을 호리는 말을 하던 입이 아닌가. 지금 여기 와서 이러한 소리를 하고 가장 얌전한 체하고 눈물을 흘리는 것은 육칠 년 전의 애정을 이용하여 나를 휘어넘기려는 휼계(譎計)가 아닌가. 이렇게 생각하고 다시 선형을 생각하였다. 선형은 참 아름다운 처녀라. 얼굴도 아름답거니와 마음조차 아름다운 처녀라. 저 선형과 이 영채를 비교하면 실로 선녀와 매음녀의 차이가 아닐까. 이렇게 생각하고 또 한 번 영채를 보았다. 그의 눈에는 맑은 눈물이 고이고 얼굴에는 거룩하다고 할 만한 슬픈 빛이 보인다. 더욱이 아무 상관없는 노파가 영채의 손을 잡고 주름잡힌 두 뺨에 거짓 없는 눈물을 흘림을 볼 때에 형식의 마음은 또 변하였다. 아니다, 아니다. 내가 죄로다. 영채는 나를 잊지 아니하고 이처럼 찾아와서 제 부모나 형제를 만난 모양으로 반갑게 제 신세를 말하거늘 내가 이러한 괘씸한 생각을 함은 영채에게 대하여 큰 죄를 범함이로다. 박선생같이 고결한 어른의 따님이, 그렇게 꽃송아리같이 어여쁘던 영채가 설마 그렇게 몸을 더럽혔을 리가 있으랴. 정녕히 온갖 풍파를 다 겪으면서도 송죽의 절개를 지켜왔으려니 하였다. 그러나 그 후부터 지금까지 어떻게 지내왔는고. 영채는 다시 말을 이어 그 악한에게 잡혀가던 일에서부터 지금까지 지내오던 바를 말한다.

11

영채는 마침내 그 악한에게 붙들려갔다. 그 악한의 집은 산 밑에 있는 조그마한 집이었다. 얼른 보아도 게으른 사람의 집인 줄을 알겠더라. 그 악한은 지금은 비록 이러한 못된 짓을 하거니와, 일찍은 이 동네에서 부자라는 이름을 듣고 살았었다. 그러나 원래 문벌이 낮아 남의 천대를 받더니 갑진년에 동학의 세력이 창궐하여 무식한 농사꾼들도 머리를 깎고 탕건을 쓰면 호랑이 같이 무섭던 원님도 감히 건드리지를 못하였다. 이 악한도 그 세력이 부러워 곧 동학에 입도하고 여간 전래의 논밭을 다 팔아 동학에 바치고 그만 의식이 말류한 가난한 사람이 되고 말았다. 그러나 감사도 되고 군수, 목사도 되리라는 희망은 물거품으로 돌아가고 이제는 논밭 한 이랑도 없는 거지가 되고 말았다. 마음이 착하고 수양이 많은 사람이면 아무리 가난하여도 절행을 고칠 리가 없건마는 원래 갑자기 양반이나 되기를 바라고 동학에 들었던 인물이라, 처음에는 양반의 체면과 신사의 체면도 보았건마는 점점 체면을 차리는 데 필요한 두루마기와 탕건과 가죽신이 없어지매 양반의 체면과 신사의 체면도 그와 함께 없어지고 말았다. 그 악한은 아무러한 짓을 하여서라도 돈만 얻으면 그만이요 술만 먹으면 그만이라 하게 되었다. 그래서 그는 그 동네에 유명한 협잡꾼이되고 몹쓸놈이 된 것이라. 주막에 앉아서 영채의 밥값을 담당함은 잠시 이전 신사의 체면을 보던 마음이 일어남이요 영채가 계집아인 줄을 알매 그를 업어 감은 시방 그의 썩어진 마음을 표함이라.

그는 아들 형제가 있었다. 맏아들은 벌써 스물두 살인데 아직도 장가를 들이지 못하였고 둘째 아들은 지금 십오륙 세 된 더벅머리였다. 그가 처음 영채를 업어 갈 때에는 이십이 넘도록 장가를 들지 못한 맏아들에게 주려 하는 마음이었다. 그같이 마음이 악하여져서 거의 짐승이 된 놈에게도 아직까지 자식을 생각하는 마음은 남았음이라. 그러나 영채를 등에 업고 캄캄한 밤에 사람 없는 데로 걸어가니 등과 손에 감각되는 영채의 따뜻한 살이 금할 수 없이 그의 육욕을 자극하였다. 연계로 말하면 제 손녀나 될 만한, 이제 겨우 열세 살 되는 영채에게 대하여 색욕을 품는다 함이 이상히 들리려니와 원래 몸이 건강한 데다가 마음에 도덕과 인륜의 씨가 스러졌으니 이리함도 괴이치 아니한 일이라. 집에 아내가 없지 아니하나 나이도 많고 또 여러 해 가난한 고생에 아주 노파가 되고 말아 조금도 따뜻한 맛이 없었다. 이제 꽃송이 같은 영채가 내 손에 있으니 짐승 같은 그는 며느리를 삼으려 하던 생각도 없어지고 불결같이 일어나는 육욕을 제어하지 못하여 외딴 산 모루 길가에 영채를 내려놓았다. 아직 나이 어린 영채는 그가 자기에게 대하여 어떠한 악의를 품은지는 모르거니와 다만 무섭기 만하여 손을 마주 비비며 또 한번 '살려주오' 하고 빌었다. 그러나 그는 듣지 아니하고 미친 듯이 영채를 땅에 눕혔다.

이까지 하는 말을 듣고 형식은 전신이 오싹하였다. 마침내 영채는 처녀가 아닌 지가 오래구나 하였다. 설혹 영채가 욕을 보지 아니하였노라 하더라도 형식은 믿지 아니하리라 하였다. 형식은 그 악한이 영채를 땅에 엎드리던 광경을 생각하고 일변 영채를 불쌍히도 여기고 일변 영채가 더러운 듯이도 생각하였다. 노파는 숨소리도 없이 영채의 기운 없이 말하는 입술만 보고 앉아서 이따금 "저런, 저런" 하고는 한숨을 쉰다.

악한이 영채를 땅에 누일 때 영채는 웬일인지 모르거니와 갑자기 대단한 무서움이 생겨 발길로 그의 가슴을 힘껏 차고 으아 하고 소리를 내어 울었다. 악한은 푹 거꾸러졌다. 영채가 아무리 약하고 어리더라도 죽을 악을 쓰고 달려드는 악한의 가슴을 찼으니 불의에 가슴을 차인 악한은 그만 숨이 막힘이라. 영채는 악한이 거꾸러지는 것을 보고 벌떡 일어나서 도로 일어나려는 악한의 얼굴에 흙과 모래를 쥐어뿌리고 정신없이 발 가는 대로 달아났다. 얼마를 정신없이 달아나다가 우뚝 서서 귀를 기울였다. 그러나 아무 소리도 들리지 아니하고 새벽바람이 땀 흐르는 얼굴을 스쳐 지나갈 뿐이었다. 그러나 영채의 눈에는 뒤에 얼른얼른 그 악한의 따라오는 그림자가 보이는 듯하고, 또 그 악한의 손에는 피 흐르는 칼날이 번적번적하는 듯하여 또 한번 으아 하고 뛰기를 시작하였다. 얼마를 뛰어가다가 뒤를 돌아보니 뒤에 지금껏 잊어버렸던 개가 입에 희끄무레한 무엇을 물고 따라온다. 영채는 반겨 그 개를 안았다. 그러나 그 개의 몸에는 온통 피투성이요 더구나 영채가 그 개의 머리를 안을 때에 개의 목에서 쏟는 피에 손이 젖음을 깨달았다. 영채는 놀라 한 걸음 물러났다. 개는 킁킁하고 두어 번 짖더니 그만 다리를 버둥버둥하고 땅에 거꾸러진다. 영채는 어쩔 줄을 모르고 멍멍하니 섰다가 개의 입에 물었던 희끄무레한 것을 집었다. 아직 희미한 새벽빛이언마는 그것이 아까 그 악한의 저고리 앞자락인 줄을 알았다. 개는 그 악한과 오랫동안 싸워 마침내 그 악한을 물어 메뜨리고 주인에게 그 뜻을 알리려고 그 악한의 저고리 앞자락을 물어 온 것이라. 그러나 그 개도 악한에게 발길로 차이고 주먹으로 맞고 입으로 물려 여러 곳에 살이 떨어지고 피가 흐르고 그중에도 왼편 갈빗대가 둘이나 꺾어져서 폐와 심장을 찢은 것이라. 제 목숨이 얼마나 남은지도 모르고 불쌍한 주인을 따라와 제가 그 주인을 위하여 원수 갚은 줄을 알리고 그 사랑하던 주인의 발부리에서 죽고자 함이라.

"저는 개의 시체를 붙들고 한참이나 울었습니다" 하는 영채의 눈에는 새로이 눈물이 흐르더라.

12

형식은 영채의 말을 듣고 얼마큼 안심이 되었다. 영채의 얼굴을 다시금 보매 새삼스럽게 정다운 마음과 사랑스러운 생각이 난다. 지금까지 영채의 절행을 의심하던 것이 죄송스럽다 하였다. 영채는 어디까지든지 옥과 같이 깨끗하고 눈과 같이 깨끗하다 하였다. 이전 안주에 있을 때에 보던 어리고 아리따운 영채의 모양이 뚜렷이 형식의 앞에 보이더니 그 아리따운 모양이 방금 그 앞에 앉아 신세타령을 하는 영채와 하나가 되고 만다. 형식은 생각하였다. 옳다, 은혜 많은 내 선생님의 뜻을 이어 영채와 부부가 되어 일생을 즐겁게 지내리라 하였다. 그러고는 자기와 영채가 부부된 뒤에 할 일이 눈앞에 보인다. 우선 영채와 자기가 좋은 옷을 입고 목사 앞에 서서 맹서를 하렷다. 나는 영채의 손을 꼭 쥐고 곁눈으로 영채의 불그레하여진 뺨을 보리라. 그때에 영채는 하도 기쁘고 부끄러워 더욱 고개를 숙이렷다. 그날 저녁에 한 자리에 누워 서로 꼭 쓸어안고 지나간 칠팔 년간의 고생하던 것과 서로 생각하고 그리워하던 말을 하리라. 그때에 영채가 기쁜 눈물로 베개를 적시며 속에 쌓이고 쌓였던 정회를 풀때에 나는 감격함을 이기지 못하여 전신을 바르르 떨며 영채를 껴안으리라. 그러면 영채도 내 가슴에 이마를 대고 '에그, 이것이 꿈인가요' 하고 몸을 떨리라. 그러한 후에 나는 일변 교사로 일변 저술로 돈을 벌어 깨끗한 집을 잡고 재미있는 가정을 이루리라. 내가 저녁때에 일을 마치고 집에 돌아오면 영채는 나를 기다리고 기다리다가 내가 오는 것을 보고 뛰어나오며 내게 안기리라. 그때에 우리는 서양 풍속으로 서로 쓸어안고 입을 맞추리라. 그러다가 이윽고 아들이 나렷다. 영채와 같이 눈이 큼직하고 얼굴이 둥그스름하고 나와 같이 체격이 튼튼한 아들이 나렷다. 그담에 딸이 나렷다. 그담에는 또 아들이 나렷다. 아아, 즐거운 가정이 되렷다.

그러나 영채가 만일 지금껏 아무것도 배운 것이 없으면 어쩌나. 내 마음과 내 사상을 알아줄 만한 공부가 없으면 어쩌나. 어려서 글을 좀 읽었건마는 그동안 칠팔 년간이나 공부를 아니 하였으면 모두 다 잊어버렸으렷다. 아아, 만일 영채가 이렇게 무식하면 어쩌는가. 그렇게 무식한 영채와 행복된 가정을 이룰 수가 있을까. 아아, 영채가 무식하면 어쩌나. 이렇게 생각하매 지금까지 생각하던 것이 다 쓸데없는 듯하여 불현듯 서어(齟齬)한 마음이 생긴다. 그래서 형식은 영채의 얼굴을 다시금 보았다. 그 몸가짐과 얼굴의 표정이 아무리 하여도 교육 없는 여자는 아니로다. 더구나 그 손과 옷을 보매 지금껏 괴로운 일로 고생은 아니한 듯하다. 아무리 보아도 영채는 고등한 가정에서 고등한 교육을 받은 사람인 듯하다. 그렇지 아니하면 저렇게 몸가짐에 자리가 잡히고 말하는 것이 저렇게 얌전하고 익숙지 못하리라 하였다. 더구나 그 말에 문학적 색채가 있는 것을 보니 아무리 하여도 고등한 교육을 받았구나 하였다.

혹 내가 남의 도움을 받아 이만큼이라도 출세를 하게 된 모양으로 그도 누구의 도움을 받아 편안히 지내면서 어느 학교를 졸업하지 아니하였는가. 마치 김장로의 집에 있는 윤순애 모양으로 어느 귀족의 집이나 문명한 신사의 집에서 여태까지 공부를 하지나 아니하였는가. 혹 금년쯤 어느 고등여학교를 졸업하지나 아니하였는가. 그렇기만 하면 오죽 좋으랴. 옳다, 그렇다 하고 형식은 혼자 믿고 좋아하였다. 그리고 형식은 어서 영채의 그 후에 지낸 내력을 듣고 싶었다. 영채의 하는 말은 꼭 자기의 생각한 바와 같으려니 하였다.

영채는 노파가 정성으로 베어 주는 배를 한 쪽 받아먹고 지나간 일을 생각하면서 길게 한숨을 쉬었다. 지금까지 말한 것도 고생이 아님이 아니요 눈물 흘릴 일이 아님이 아니나, 이제부터 말할 것은 그보다 더한 슬픈 일이라. 혼자 이따금 그 일을 생각만 하여도 진저리가 나는데 다른 사람을 대하여 그러한 일을 말하게 되니 더욱 비감도 하고 또 일변 부끄럽기도 하다. 영채는 이래 사오년 간에 사람도 퍽 많이 대하였고 잠시나마 형제와 같이 친히 지내던 친구도 퍽 많았었다. 혹 같은 친구들이 모여 앉아서 신세타령을 할 때에 여러 가지 못할 말없이 다 하면서도 지금 형식에게 말하려는 말은 아직 하여본 적이 없다. 대개 이런 말을 하더라도 듣는 사람은 다만 그것 불쌍하다고나 할 따름이요 깊이 자기를 동정하여주지 아니할 줄을 앎이라. 영채는 극히 절친한 친구에게라도 자기의 신분은 말하지 아니하고 다만 자기는 어려서 부모를 여의고 이웃사람의 손에 길려났노라 할 뿐이었었다. 대개 그는 차마 그 아버지의 말을 할 수 없고, 그의 진정한 신세를 말할 수 없음이라. 이리하여 그는 슬픈 경력을 제 가슴속에 깊이깊이 간직하여 두었었다. 아마 그가 일생에 형식을 만나지 아니하였던들 그의 흉중에 쌓이고 쌓인 회포와 맺히고 맺힌 원한은 마침내 세상에 드러나지 아니하고 말았을 것이었다. 세상에 사람이 많건마는 제 가슴 속에 깊이깊이 간직한 회포를 들어줄 사람이 몇이나 되리오. 영채는 그동안 지극히 마음이 괴로울 때에는 혹 그중에 자기를 가장 동정하는 사람을 구하여 한번 시원히 자기의 신세타령이나 하여보리라 한 적도 한 두 번이 아니었다. 한번 실컷 신세타령을 하고나면 얼마큼 몸이 가든하여지려니 하였다. 그러나 세상에서 만나는 사람들은 백이면 백이 다 자기를 희롱하고 잡아먹으려는 사람뿐이었다. 길가에 본체만체하고 지나가는 사람은 물론이어니와 가장 다정한 듯이 웃는 얼굴과 부드러운 말소리로 가까이 오는 자도 기실은 나를 사랑하고 불쌍히 여겨 그러함이 아니라 나를 속이고 나를 농락하여 자기의 욕심을 채우려 함이었다.

13

　영채는 지금 자기가 일생에 잊히지 아니하고 생각하고 그리던 형식을 만났으니 지금까지 가슴속에 간직하였던 회포를 말하리라 하였다. 세상에 아직도 제 회포를 들어줄 사람이 있는 것을 생각하고 영채는 더할 수 없이 기뻐하였다. 그러나 영채는 다시 생각하였다. 형식의 얼굴빛을 보매 자기를 만난 것을 반가워하는 것과 자기의 신세를 불쌍히 여기고 자기에게 대하여 따뜻한 사랑을 품은 줄을 알건마는 만일 자기가 몸을 팔아 기생이 되어 오륙 년 간 부랑한 남자의 노리개 된 줄을 알면 형식이가 얼마나 낙심하고 슬퍼하랴. 또 형식은 아주 품행이 단정한 사람이라는데 만일 내가 기생 같은 천한 몸이 되었다 하면 싫은 마음이 아니 생길까. 지금은 형식이가 저렇게 나를 위하여 눈물을 흘리고 나를 대하여 사랑하는 빛을 보이건마는 내가 만일 기생이 되었다는 말을 하면 곧 미운 생각이 나고 불쾌한 생각이 나지나 아니할까. 그래서 '너는 더러운 사람이로다. 나와 가까이할 사람이 아니로다' 하고 얼굴을 찌푸리지 아니할까. 이러한 생각을 하매 영채는 더 말할 용기가 없어졌다. 지금까지 죽은 부모와 동생을 만나본 듯한 반가운 정이 스러지고 새로운 설움과 새로운 부끄러움이 생긴다. 아아, 역시 남이로구나. 형식이도 역시 남이로구나. 마음 놓고 제 속에 있는 비밀을 다 말하지 못하겠구나 하였다. 영채는 새로이 눈물이 흘러 고개를 숙였다. 내가 왜 기생이 되었던고. 왜 남의 종이 되지 아니하고 기생이 되었던고. 남의 종이 되거나 아이 보는 계집이 되거나 바느질품을 팔고 있었더면 형식을 대하여 이렇게 부끄러운 마음이 생기고 이렇게 제 속에 있는 말을 못하지는 아니하려든. 아아, 왜 내가 기생이 되었던고. 물론 영채는 기생이 되고 싶어 된 것은 아니었다. 아버지와 두 오라비를 건져내려고 기생이 된 것이라. 영채가 평양 감옥에 다다라 처음 그 아버지와 면회를 허함이 되었던 날 영채는 그 아버지를 보고 일변 놀라고 일변 슬펐다. 철없고 어린 생각에도 그 아버지의 변한 모양을 보매 가슴이 찌르는 듯하였다. 조그마한 구멍으로 내다보는 그 아버지의 몹시 주름 잡히고 여윈 얼굴, 움쑥 들어간 눈. 이전에는 그렇게 보기 좋던 백설 같은 수염도 조금도 다스리지를 아니하여 마치 흐트러진 머리카락처럼 되고. 그중에도 가장 영채의 가슴을 아프게 한 것은 황톳물 묻은 흉물스러운 옷이라. 감옥문 밖에 다다랐을 적에 이 흉물스러운 황톳물 옷을 입고 짚으로 결은 이상한 갓을 쓰고 굵은 쇠사슬을 절절 끌며 무슨 둥글한 똥내 나는 통을 메고 다니는 양을 볼 때에 이러한 모양을 처음 보는 영채는 어렸을 때부터 무서워하던 에비나 귀신을 보는 듯하여 치가 떨렸다. 저것들도 우리와 같은 사람일까, 아마도 저것들은 무슨 몹쓸 큰 죄악을 지은 놈들이라 하였다. 그리고 영채가 그 곁으로 지나올 때에 그 흉물스러운 사람들이 이상하게 흘끗흘끗 자기를 보는 양을 보고 몸에 소름이 끼치도록 무서운 마음이 생겼다. 그러나 철없는 영채는 자기 아버지도 저러한 모양을 하였으려니 하고 생각지는 아니하였다. 영채는 자기 아버지가 이전 자기 집 사랑에 앉았을 때 모양으로 깨끗한 두루마기에 깨끗한 버선을 신고 책상을 앞에 놓고 책을 읽으며 여러 젊은 사람들을 가르치고 있으려니 하였다. 그래서 저는 평양에 올 때까지는 죽을 고생을 다 하였거니와 아버지를 만나기만 하면 평생 아버지의 곁에 있어서 아버지의 심부름도 하고 옷도 빨아 다려드리고, 이전 모양으로 오래간만에 재미있던 《소학》과 《열녀전》과 《시경》도 배우려 하였었다. 아버지의 얼굴은 늘 웃는 빛이요 아버지의 눈에는 늘 광명이 있고 아버지의 말소리는 늘 정이 있고 힘이 있으려니 하였다. 대합실에서 두 시간이나 넘어 기다리다가 간수에게 이끌려 들어갈 적에 영채는 너무 기뻐서 눈물이 흐를 뻔하였었다. 이제는 아버지를 뵈오려니 하면서 숙천 어떤 촌중에서 아이놈들에게 고생 받던 생각과 그 이튿날 어느 주막에서 어떤 악한에게 붙들려 하마터면 큰 괴변을 당할 뻔하던 것과 순안 석암리 근방에서 금점(金店)꾼에게 붙들려 고생하던 것도 다 잊어버려지고 다만 기쁜 생각만 가슴에 가득히 찼었다. 면회소에 들어가면 응당 아버지가 '네가 오느냐' 하고 뛰어나와 자기를 안아주려니 하였다. 그러나 면회소에 들어가 본즉 사방에 두터운 널쪽으로 둘러막고 긴 칼을 찬 간수들이 무정한 눈으로 자기를 보며 쿵쿵 소리를 내고 지나갈 뿐. 나오리라 하는 아버지는 아니 보이고 어떤 시커먼 수염이 많이 난 순검(간수연마는 영채의 생각에는 순검이어니 하였다)이 손에 무슨 줄을 잡고 서서 영채를 보며 "너 울지 말어라, 울면 네 아버지 안 보일 테야" 하고 호령을 할 때에 영채는 그만 실망하고 무섭고 슬픈 생각이 났다. 이윽고 그 순검이 손에 잡은 줄을 잡아당기니 덜꺼덕하는 소리가 나면서 널쪽 벽에 있던 나뭇조각이 그 줄에 달려 올라가고 네모난 조그마한 구멍이 뚫리며 그렇게도 몹시 변한 아버지의 얼굴이 보인다. 어깨 위에서부터 눈까지가 보이고 이마 위는 벽에 가려서 아니 보인다. 아버지는 웃지도 아니하고 말도 없이 가만히 영채를 내다볼 뿐. 그 얼굴에는 전에 보던 화기가 없고 그 눈에는 전에 있던 웃음과 광채가 없어지고 말았다. 전에 영채를 대할 때에는 얼굴이 온통 웃음이 되더니 지금은 나무로 깎아놓은 모양으로 아무러한 표정도 없다. 영채는 '저것이 내 아버진가' 하고 너무 억색(臆塞)하여 한참이나 그 얼굴을 바라보았다. 영채의 몸에는 피가 식고 사지가 굳어지는 듯하였다. 그러나 영채는 그 나무로 깎은 듯한 얼굴, 움쑥한 눈에 눈물이 스르르 도는 것을 보고 그제야 '이것이 내 아버지로구나' 하는 듯이 "아버지!" 하고 소리를 내어 울었다. "웬일이오" 하고 영채는 통곡하였다.

14

이렇게 아버지를 만나보고 간수에게 붙들려 도로 대합실에 나왔다. 그 간수는 아까 줄을 잡고 있던 간수와 달라 매우 친절하게 영채를 위로하여 주었다. 대합실 걸상 위에 앉히고 "울지 말어라. 이제 얼마 아녀서 네 아버지께서 나오시느니라" 하고 간절하게 위로하여 주었다. 그러나 아주 미련치 아니한 영채는 그것이 다만 저를 위로하는 말에 불과하는 줄을 알았다. 그러고는 한참이나 목을 놓아 울었다. 간수는 달래다 못하여 "울지 말고 어서 집에 가거라" 하고는 자기 갈 데로 가고 말았다. 그때에 곁에 앉았던 어떤 머리 깎고 모직 두루마기 입은 사람이 영채더러 "너 왜 우느냐. 여기 누가 와서 갇혔느냐" 하고 아주 친절하게 묻는다. 영채는 그 아버지와 두 오라비가 이 감옥에 와 있는 말과 또 아버지와 오라비는 기실 아무 죄도 없다는 말과 자기는 아버지를 뵈올 양으로 혼자 이 먼 곳에 찾아왔다는 뜻을 고하였다. 영채 생각에 이런 말을 하면 혹 자기를 불쌍히 여겨서 아버지도 자주 뵈옵게 하여주고 또 얼마 동안 밥도 먹여주려니 하였다. 그 사람이 이 말을 듣더니 아주 정성스럽고 다정한 말로 영채를 위로한다. "참 가엾구나, 아직 내 집에 있어서 다음번 면회일을 기다려라. 한 달에 한 번씩밖에 면회를 아니 시켜주는 것이니 내 집에 가서 한 달쯤 있다가 또 한번 아버지를 만나보고 집에 가거라" 한다. 영채는 한 달을 더 있다가야 또 아버지를 만날 수 있단 말을 들으매 마음이 답답하기는 하나 그 사람의 친절히 구는 것이 어떻게 감사한지 몰랐다. 또 영채의 생각에는 평양에 와서 아버지만 만나면 평생 아버지를 모시고 있을 줄로 알고 왔던 것이 정작 와본즉 모시고 있기는커녕 한 달에 한 번씩밖에 더 뵈올 수가 없고, 또 손에 돈이 없고 평양에 아는 사람이 없으니 오늘 저녁부터라도 먹고 잘 일이 걱정이라. 또 팔월도 이십일이 지났으니 아침저녁에는 찬바람이 솔솔 불어 무명고의, 베적삼이 으스스하게 되었고 또 밤에 덮을 것도 없이 자려면 사지가 옹송그려져 잠을 이룰 수가 없었다. 어제 저녁에도 칠성문 밖 어떤 집 윗목에 밤새도록 추워서 한잠을 이루지 못하고 밤을 새웠더니 아침부터 배가 아프기 시작하여 아버지를 만나기 전에 세 번이나 설사를 하였다. 여러 날 괴로운 길의 노독과 고생과 또 오늘 아버지를 만날 때에 슬픔과 낙심으로 전신에 기운이 한 땀도 없고 촌보를 옮길 생각이 없다. 이때에 마침 어떤 사람이 이렇게 친절하게 자기를 거두어주니 영채는 슬픈 중에도 얼마큼 안심이 되었다. 그러나 숙천 땅 어느 주막에서 머리 깎은 사람에게 속은 생각을 하매 이 사람이 또 그러한 사람이나 아닌가 하고 의심이 나서 자세히 그 사람의 언어와 행동을 보았다. 그러나 이 사람은 숙천서 보던 사람과 달라 옷도 잘 입고 얼굴도 점잖고 아무리 보아도 악한 사람은 아니로다. 또 만일 그가 나를 속이려거든 나는 입으로 그의 코를 물어뜯고 달아나면 그만이라 하였다. 우선 따뜻한 밥도 먹고 싶고 불 잘 땐 방에서 이불을 덮고 잠도 잤으면 좋겠다 하였다. 이 사람의 집에 가면 아마 맛나는 밥도 주려니, 덮고 잘 이불도 주려니, 저만큼 옷을 입은 사람이면 집이 그만큼 넉넉하려니 하였다. 그래서 영채는 그 사람의 말대로 그 사람의 뒤를 따라갔다. 가는 길에도 그 사람은 영채의 손을 잡아끌며 친절하게 여러 가지 말을 묻는다. 영채는 기운 없이 그 묻는 말을 대답하였다.

그 사람의 집은 남문 안이었다. 영채가 아주 피곤하여 걸음을 못 걸을 만한 때에 그 사람의 집에 다다랐다. 집이 그리 크지는 아니하나 얼른 보기에도 깨끗은 하였다. 문에는 '金雲龍'이라는 문패가 붙었다. 영채는 글씨를 잘 썼다 하고 생각하였다. 안에 들어가니 마당과 방 안이 극히 정결하고 어떤 어여쁜 젊은 부인과 처녀 하나가 있었다. 영채는 혼자 생각에 저 부인은 그 사람의 부인, 저 처녀는 그 사람의 누이라 하였다. 왜 어머니가 없는가, 그 사람의 어머니가 계실 듯한데 아마 우리 조모님 모양으로 늙어서 죽었나 보다 하였다. 모든 것이 영채의 상상하던 바와 같으므로 영채는 아주 마음을 놓았다. 더구나 그 사람의 누이인 듯한 처녀가 있고 또 다른 남자가 없으니 더욱 좋다 하였다. 그 집 식구들은 다 영채를 사랑하였다. 그날 저녁에 영채는 생각하던 바와 같이 오래간만에 고깃국에 맞나는 밥을 먹었다. 식후에 그 사람은 어디로 나가고 영채는 그 부인과 처녀와 함께 불을 켜놓고 이야기를 시작하였다. 처녀는 영채를 남자로 알매 말을 많이 하지 아니하나 부인은 여러 가지로 영채의 신세를 물었다. 영채는 그 부인이 다정하게 혹 머리도 쓸어주며 손도 만져줌을 보고 하도 감격하여 눈물을 흘리면서 자기의 신세를 말하였다. 자기가 부친과 오라버니를 찾아 남자의 모양을 하고 외가에서 도망한 일과 오다가 중로에서 여러 가지로 고난 당하던 일을 자세히 말할 때에 그 처녀는 눈이 둥그레지고 부인은 영채의 등을 만지고 목을 쓸어안으면서 울었다. 영채의 말을 다 듣고 나서 부인은 치마고름으로 눈물을 씻으며 "어째, 네 얼굴이 여자 같다 하고 이상히 여겼다" 하면서 장을 열고 새로 지어둔 옷 한 벌을 내주었다. 영채는 두어 번 사양하다가 마침내 입었다. 그러고는 세 사람이 더욱 정이 들어 웃고 이야기하였다. 그중에도 지금까지 시치미 떼고 앉았던 그 처녀가 갑자기 웃고 영채의 손을 잡으며 다정히 말하게 되었다. 영채는 아버지와 오라버니 일도 잠시 잊어버리고 없어진 집에 새로 돌아온 모양으로 기뻐하였다. 밤이 깊은 뒤에 그 사람이 돌아와서 부인에게 영채의 말을 듣고 깜짝 놀랐다. 그러고는 일동이 웃었다. 이렇게 며칠을 지내며 어서 한 달이 지나가서 다시 아버지를 뵈옵고 이러한 큰 은인의 말을 하려 하였다.

15

기다리면 한 달의 세월도 픽 멀다. 영채는 차차 아버지의 생각을 하게 되었다. 아버지의 그 무섭게 여위고 수척한 얼굴과 움쑥 들어간 눈과 황톳물 들인 옷과, 그 수염 많이 난 간수와 쇠줄을 허리에 매고 똥통을 나르던 사람들의 생각이 나기 시작한다. 영채는 제가 입은 곱고 따뜻한 의복을 볼 때마다, 아침저녁 먹는 맛나는 음식을 볼 때마다 아버지의 가엾은 모양이 눈에 보인다. 영채는 점점 쾌활한 빛이 없어지고 음식도 잘 먹지 아니하고 가끔 혼자 앉아서 울기도 하였다. 부인과 그 처녀는 여전히 다정하게 위로하여주건마는 그 위로를 받는 것도 잠시의 일이요 부인도 처녀도 없는 데 혼자 앉았으면 자연히 눈물이 흐른다. 영채는, 어찌하여 그 아버지와 두 오라버니를 구원하지 못할까, 옥에서 나오게 할 수가 없을까, 아주 나오게는 하지 못하더라도 옷이라도 좀 깨끗이 입고 음식이나 맛나는 것을 잡수시도록 할 수가 없을까, 들으니 감옥에서는 콩 절반 쌀 절반 두고 지은 밥을 먹는다는데, 아버지께서 저렇게 수척하심도 나 많은 이가 음식이 부족하여 그러함이 아닌가, 옛날 책을 보면 혹 어떤 처녀가 제 몸을 팔아서 죄에 빠진 부모를 구원하였다는데 나도 그렇게나 하였으면…… 이렇게 생각하고 영채가 하루는 그 사람에게 이 뜻을 고하였다. 그 사람은 영채의 뜻을 칭찬하면서 "돈만 있으면 음식도 들일 수 있고, 혹 옥에서 나오시게도 할 수 있건마는……" 하고 영채의 얼굴을 보았다. 영채는 옛말을 생각하였다. 그때 아버지께서 제 몸을 팔아 그 돈으로 그 아버지의 죄를 속한 옛날 처녀의 말을 들을 제 아직 열 살이 넘지 못하였던 영채는 눈물을 흘리며 나도 그리하였으면 한 일이 있음을 생각하였다. 영채는 그 사람이 '돈만 있으면 음식도 들일 수도 있고 혹 옥에서 나오시게도 할 수가 있단' 말을 듣고 나도 그렇게 할까 하였다. 그 사람이 다시 "그러나 돈이 있어야 하지" 하고 영채의 얼굴을 보며 웃을 때에 영채는 생각하기를 옳지, 이 어른도 내가 옛날 처녀의 하던 일을 하라고 권하는 뜻이라 하였다. 내가 이제 옛날 처녀의 본을 받아 내 몸을 팔아 돈만 얻으면 아버지와 오라버니는 옥에서 나오시렸다, 옥에서 나오시면 나를 칭찬하시렸다, 세상 사람이 나를 효녀라고 칭찬하고 옛날 처녀 모양으로 책에 기록하여 여러 처녀들이 읽고 나와 같이 울며 칭찬하렸다. 그러나 내가 내 몸을 팔아 부모와 형제를 구원하지 아니하면 이 어른과 세상 사람들이 다 나를 불효한 계집이라고 비웃으렸다. 또 그동안 이 집에 있어보니 그 부인도 본래 기생이요 그 처녀도 지금 기생 공부를 한다 하며 매일 놀러 오는 기생들도 다 얼굴도 좋고 옷도 잘 입고 마음들도 다 착한데……하였다. 기생이란 다 좋은 처녀들이어니 하였다. 더구나 그 기생들이 다 글씨를 잘 쓰고 글을 잘 아는 것을 보고 기생들은 다 공부도 잘한 처녀들이라 하였다. 그래서 영채는 결심하였다. 그리고 그 사람에게 "저는 결심하였습니다. 저도 기생이 되렵니다. 저도 글을 좀 배웠습니다. 그래서 그 돈으로 아버지를 구원하려 합니다" 하고 영채는 알 수 없는 기쁨과 일종의 자랑을 감각하였다. 그 사람은 영채의 등을 만지며 "참 기특하다, 효녀로다. 그러면 네 뜻대로 주선하여주마" 하였다.

이리하여 영채는 기생이 된 것이라. 영채는 결코 기생이 되고 싶어서 된 것이 아니요 행여나 늙으신 부친을 구원할까 하고 기생이 된 것이라. 기실 제 몸을 판 돈으로 부친과 형제를 구원치만 못할뿐더러 주선하여주마 하던 그 사람이 영채의 몸값 이백 원을 받아 가지고 집과 아내도 다 내버리고 어디로 도망을 갔건마는, 또 영채가 그 부친을 구하려고 제 몸을 팔아 기생이 되었단 말을 듣고 그 아버지가 절식 자살을 하였건마는 — 그러나 영채가 기생이 된 것은 제가 되고 싶어 된 것이 아니라 온전히 늙으신 부친과 형제를 구원하려고 하였음이라.

그렇건마는 이 줄을 누가 알아주랴. 하늘과 신명은 알건마는 화식 먹는 사람이야 이 줄을 누가 알아주랴. 내가 이제 이런 말을 한들 형식이가 이 말을 믿어주랴. 아마도 네가 행실이 부정하여 창기의 몸이 되었거늘 이제 와서 점점 낫살이 많아가고 창기 생활에 염증이 나므로 네가 나를 속임이로다 하고 도리어 나를 비웃지 아니할까. 내가 기생이 된 지 이삼 삭 후에 감옥에 아버지를 찾았더니 아버지께서 내가 기생이 되었다는 말을 듣고 와락 성을 내어 '이년아. 이 우리 빛난 가문을 더럽히는 년아, 어린 계집이 뉘 꼬임에 들어 벌써 몸을 더럽혔느냐' 하고 내가 행실이 부정하여 기생이 된 줄로 알으시고 마침내 자살까지 하셨거든. 부모조차 이러하거든 하물며 형식이야 어찌 내 말을 신용하랴. 오늘 아침 형식을 찾으려고 결심할 때에는 형식에게 그동안 지나온 말을 다 하려 하였더니 이러한 생각이 나매 그만 그러한 결심도 다 풀어지고 슬픈 생각과 원망스러운 생각만 가슴에 북받쳐 오를 뿐이라. 아아, 세상에는 다시 내 진정을 들어줄 곳이 없는가.

이렇게 생각하고 영채는 후 하고 한숨을 쉬며 눈물을 씻고 형식과 노파를 보았다. 형식은 다정한 눈으로 영채의 얼굴을 보며 그 후에 지나온 이야기를 기다리고 노파는 영채의 등을 어루만지며 코를 푼다.

"그래, 그 악한의 손에서 벗어난 뒤에는 어찌 되었습니까" 하고 형식은 영채의 이야기를 재촉한다. 영채는 이윽고 형식을 보더니 눈물을 씻고 일어나면서

"일후에 또 말씀드리겠습니다."

"왜 그러셔요?" 하는 형식의 만류함도 듣지 아니하고 "어디 계십니

까” 하는 질문도 대답지 아니하고 계집아이를 데리고 일어나 간다. 형식과 노파는 서로 보며

“웬일이오?” 하였다.

16

영채가 하던 말을 그치고 갑자기 일어나 나가는 양을 보고 형식은 한참 망연히 섰다가 모자도 아니 쓰고 문밖에 뛰어나갔다. 그러나 하고많은 행인 중에 영채의 거처를 알 수가 없었다. 형식은 영채가 나올 때에 곧 뒤따라 나오지 아니한 것을 한하였다. 형식은 잠시 동안 한길로 오르락내리락하다가 낙심하여 집에 들어왔다. 노파는 아직도 눈물을 흘리고 앉았더라.

형식은 혼자 책상에 의지하여 영채의 일을 생각하였다. 영채가 어찌하여 중간에 하던 이야기를 끊고 총총히 돌아갔는가. 왜 이야기를 하다가 말고 그렇게 슬피 울었는가. 아무리 하여도 그 까닭을 알 수가 없다. 혹 내가 영채에게 대하여 불만한 거동을 보였는가. 아니라, 나는 영채의 말을 들을 때에 지극한 동정과 정성으로써 하였다. 아까 영채가 물끄러미 내 얼굴을 볼 때에 나는 그 눈물 고인 맑은 눈을 보고 더할 수 없이 사랑하는 정이 생겼다.

영채는 내 얼굴에서 그 빛을 보았으리니 그러면 어찌하여 하던 말을 중동에 끊고 그렇게 총총히 일어 갔는고. 암만 하여도 내게 차마 말하지 못할 무슨 깊은 사정이 있나 보다. 그러면 그것은 무슨 사정일까. 나를 찾아올 때에는 아무러한 사정이라도 다 말하려고 왔겠거늘 어찌하여 하던 말을 그치고 총총히 돌아갔는고. 옳다, 아까 주인 노파가 ‘여학생 모양을 하였으나 암만해도 기생 같습데다’ 하더니 참말 그러한가 보다. 홀몸으로 평양에 왔다가 어떤 못된 놈이나 년

의 꼬임에 들어 그만 기생이 되었는가 보다. 서울서 기생 노릇을 하다가 어찌어찌 풍편(風便)에 내가 여기 있단 말을 듣고 찾아왔던가 보다. 만일 그렇다 하면 그가 무슨 뜻으로 나를 찾았을까. 어려서 같이 놀던 동무를 그리워서 한 번 만나보기나 하리라 하고 나를 찾았을까. 그리하여 나를 만나매 옛날 생각이 나고 부모와 형제 생각이 나서 나를 보고 울다가 마침내 신세타령을 시작한 것일까. 그러다가 제가 기생이 되었다는 말을 하면 내가 제게 대하여 불쾌한 생각을 품을까 저어하여 하던 말을 뚝 끊고 돌아갔음일까. 그렇고 보면 그는 실로 기생의 몸이 되었는가. 그 은혜 많은 박 선생의 따님이 그만 기생의 몸이 되었는가. 세상을 위하여 몸과 맘을 다 바치던 열성 있는 박 선생의 따님이 그만 세상의 유혹을 받아 부랑한 남자들의 노리갯감이 되었는가. 혹 어떤 유야랑(遊冶郎)과 오늘 저녁에 만나기를 약속하고 그 약속한 시간이 오기 전에 잠깐 나를 찾은 것이 아닌가. 또는 그 유야랑을 만나러 가는 길에 잠깐 내 집에 들렀던 것이 아닌가. 그렇게 생각하면 그럴 듯도 하다. 아까 영채의 뒤를 따라 한길에 나갔을 때에 교동 파출소 앞으로 어떤 키 큰 남자와 여자 하나가 어깨를 겯고 내려가는 양을 보았더니 그러면 그것이 영채던가. 그럴진댄 지금 영채는 어떤 요리점에 앉아서 어떤 부랑한 남자와 손을 마주 잡고 안기며 안으며 한 술잔에 술을 나눠 마시며 음란한 노래와 음란한 말로 더러운 쾌락을 취하렷다. 아까 여기서 눈물을 흘리던 그 눈에 남자를 후리는 추파를 띠고 그 슬픈 신세를 말하던 그 입으로는 차마 입에 담지 못할 더러운 소리를 하렷다. 혹 지금 어떤 남자에게 안기어 더러운 쾌락을 탐하지나 아니하는가. 이러한 생각을 하니 형식의 흉중에 와락 불쾌한 생각이 난다. 아까 내 앞에서 하던 모든 가련한 모양이 말끔 일시의 외식(外飾)이로다. 제 신세를 듣고 눈물을 흘리는 나와 노파를 보고 속으로는 깔깔 웃었으리로다. 아아, 가증한 계집이로다 하였다. 아아, 영채는 그만 버린 계집이 되었구나, 더럽고 썩어진 창기가 되고 말았구나. 부모를 잊고 형제를 잊고 유혹에 빠져 그만 개똥같이 더러운 몸이 되고 말았구나. 박 선생의 집은 그만 멸망하고 말았구나 하였다. 형식은 머리를 들어 하염없이 방 안을 돌아보고 책상머리에 있는 부채를 들어 혹혹 다는 얼굴을 부치며 툇마루에 나와 앉았다. 어디서 활동사진 음악대 소리가 들리고 교동 거리로 지나가는 인력거의 방울 소리가 들린다. 형식은 흐트러진 생각을 수습지 못하여 좁은 마당으로 얼마 동안 거닐다가 방에 들어와 옷도 입은 채로 자리에 누웠다. 형식은 가만히 눈을 감았다. 그러나 형식의 눈에는 울고 앉았는 영채의 모양이 뚜렷이 보이고 영채가 말하던 경력담이 환등 모양으로, 활동사진 모양으로 형식의 주위에 얼른얼른 보인다. 안주 박 선생의 집을 떠날 때에 자기가 영채를 안고 '이제는 다시 못 보겠구나' 하던 양도 보이고 외가를 뛰어나와 개를 데리고 달밤에 혼자 도망하는 영채의 모양과 숙천 주막에서 어떤 악한에게 붙들려 가던 양이 얼른얼른 보이고 남복을 입은 영채가 죽어 넘어진 개를 안고 새벽 외딴 길가에 앉아 우는 양도 보인다. 그러나 그다음에는 활동사진이 뚝 끊어지고 한참이나 캄캄하였다가 장구를 들고 부랑한 난봉들을 모시고 앉아 음탕한 얼굴로 음탕한 노래를 부르고 앉았는 영채가 보이고 또 어떤 놈과 베개를 같이하고 누워 자는 양도 눈에 얼른얼른한다.

그러고는 또 아까 자기가 영채를 대하여 앉아서 생각하던 혼인 생활이 보인다. 회당에서 성례하던 일, 즐거운 가정을 이루었던 일, 아들과 딸을 낳았던 일이 마치 지나간 사실을 회상하는 모양으로 뚜렷하게 눈앞에 보인다.

'그만 영채가 기생이 되고 말았구나' 하고 형식은 돌아누우며 자탄하였다. 형식은 이런 생각을 아니 하리라 하고 몸을 흠칫하고 고개를 흔들었다. 그리고 잠이 들리라 하고 일부러 숨소리를 높였다. 그러나 얼마 아니하여 또 생각이 터져 나온다. 슬픈 신세타령을 하며 눈물 고인 눈으로 자기를 물끄러미 쳐다보는 영채의 모양이 쑥 나선다.

17

영채의 눈에서는 눈물이 흐른다. 그 무릎 위에 힘없이 놓인 어여쁜 손가락이 바르르 떨린다. 형식은 이렇게 생각하였다. 영채는 자기를 믿고 자기에게 사정을 다 말하고 자기에게 몸을 의탁하려고 왔던 것이 아닐까. 설혹 몸이 기생이 되었다 하더라도 형식이 서울에 있다는 말을 듣고 자기를 그 괴로운 지경에서 건져 내어달라기 위하여 찾아왔던 것이 아닐까. 온 세상에 형식이밖에 말할 곳이 없고 믿을 곳이 없고 의탁할 곳이 없어 부모를 찾아오는 모양으로, 형제를 찾아오는 모양으로 형식을 찾아왔음이 아닐까. 아까 '제가 이형식이올시다' 할 때에 영채가 깜짝 놀라 한 걸음 뒤로 물러서며 단박 눈물을 흘리던 것과 자기의 신세를 말하면서도 연해연방 형식의 얼굴을 쳐다보던 것을 보니 영채는 정녕 형식을 믿고 형식의 동정을 구하고 형식에게 안아주고 건져주기를 청한 것이라. 옳다, 영채는 과연 나를 믿고 내게 보호를 청하려고 왔던 것이로다. 육칠 년간이나 차디차고 괴롭고 괴롭던 세상 풍파에 부대끼고 부대끼다가 저를 사랑하여주어야 할 내가 서울에 있음을 알고 반갑고 기뻐서 나를 찾아왔던 것이로다. 옳다, 그렇다. 나는 영채를 구원할 의무가 있다. 영채는 나의 은사의 따님이요 또 은사가 내 아내로 허락하였던 여자라. 설혹 운수가 기박하여 일시 더러운 곳에 몸이 빠졌다 하더라도 나는 그를 건져 낼 책임이 있다. 내가 먼저 그를 찾아다니지 못한 것이 도리어 한이 되고 죄송하거늘 이제 그가 나를 찾아왔으니 어찌 모르는 체 하고 있으리오. 나는 그를 구원하리라, 구원하여서 사랑하리라. 처음에 생각하던 대로 만일 될 수만 있으면 나의 아내를 삼으리라. 설혹 그가 기생이 되었다 하더라도 원래 양반의 집 혈속이요 또 어려서 가정의 교훈을 많이 받았으니 반드시 여자의 아름다운 점을 구비하였으리라. 또 만일 기생이라 하면 인정과 세상도 많이 알았을지요 시와 노래도 잘할지니, 글로 일생을 보내려는 나에게는 가장 적합하다 하고 형식은 가만히 눈을 떴다. 망연히 모기장을 바라보고 모기장 밖에서 앵앵하는 모기의 소리를 듣다가 다시 눈을 감으며 싱긋 혼자 웃었다. 아까 영채의 태도는 과연 아름다웠다. 눈썹을 짓고 향수내 나는 것이 좀 불쾌하기는 하였으나 그 살빛과 눈찌와 앉은 태도가 참 아름다웠다. 더구나 그 이야기할 때에 하얀 이빨이 반작반작하는 것과 탄식할 때에 잠깐 몸을 틀며 보일 듯 말듯 양미간을 찡그리는 것이 못 견디리만큼 어여뻤다. 아까 형식은 너무 감격하여 미처 영채의 얼굴과 태도를 자세히 비평할 여유가 없었거니와 지금 가만히 생각하니 영채의 일언일동과 옷고름 맨 모양까지도 못 견디게 어여뻐 보인다. 형식은 눈을 감고 한 번 더 영채의 모양을 그리면서 싱긋 웃었다. 도리어 저 장로의 딸 선형이도 그 얌전한 태도에 이르러서는 영채에게 밎지 못한다 하였다. 선형의 얼굴과 태도도 얌전치 아니함이 아니언마는 영채에 비기면 변화가 적고 생기가 적다 하였다. 선형은 가만히 앉았는 부처와 같다 하면 영채는 구름 위에서 춤을 추고 노래하는 선녀와 같다 하였다. 선형의 얼굴과 태도는 그린 듯하고 영채의 얼굴과 태도는 움직이는 듯하다 하였다. 영채의 얼굴은 잠시도 한 모양이 아니요 마치 엷은 안개가 그 앞으로 휙휙휙 지나가는 모양으로 얼굴의 빛과 눈찌가 늘 변하였다. 그러면서 그 변하는 모양이 말할 수 없이 아름답고 얌전하였다. 그의 말소리도 정이 자아짐을 따라 높았다 낮았다, 굵었다가 가늘었다 마치 무슨 미묘한 음악을 듣는 듯하였다. 실로 형식과 노파가 그렇게 슬퍼하고 눈물을 흘린 것은 영채의 불쌍한 경력보다도 그 경력을 말하는 아름다운 말씨였다. 형식은 아까 품었던 영채에게 대한 불쾌한 감정을 다 잊어버리고 눈앞에 보이는 영채의 모양을 대하여 한참 황홀하였다. 형식의 눈앞에 보이는 영채가 '형식 씨, 저는 세상에 오직 당신을 믿을 뿐이외다. 형식 씨, 저를 사랑하여주십시오. 저는 이 외로운 몸을 당신의 품속에 던집니다' 하고 눈물 고인 눈으로 형식을 쳐다보는 듯하다. 형식은 마음속으로 '영채 씨, 아름다운 영채 씨, 박 선생의 따님인 영채 씨, 나는 영채 씨를 사랑합니다, 이렇게 사랑합니다' 하고 두 팔을 벌리고 안는 시늉을 하였다. 형식의 생각에 영채의 따뜻한 뺨이 자기의 뺨에 와 스치고 입김이 자기의 입에 와 닿는 듯하였다. 형식의 가슴은 자주 뛰고 숨소리는 높아졌다. 옳다, 사랑하는 영채는 내 아내로다. 회당에서 즐겁게 혼인 예식을 행하고 아들 낳고 딸 낳고 즐거운 가정을 이루리라 하였다.

그러나 영채는 어디 있는가. 지금 어디 있는가. 형식은 또 불쾌한 마음이 생긴다. 영채가 어떤 남자에게 안겨 자는 모양이 눈에 보인다. 형식이 영채의 자는 방에 들어가니 영채는 어떤 사나이를 꼭 껴안고 고개를 번쩍 들고 형식을 보며 히히히 하고 웃는 모양이 보인다. 형식은 '여보, 영채, 이것이 웬일이오' 하고 발길로 영채의 머리를 차는 양을 생각하면서 정말 다리를 들어 모기장을 탁 찼다. 모기장을 달았던 끈이 뚝 끊어지며 모기장이 얼굴을 덮는다. 형식은 벌떡 일어나 모기장을 집어 던지고 궐련을 붙였다. 노파는 벌써 잠이 든 듯하고 서늘한 바람이 무슨 냄새를 띄워 솔솔 불어온다. 형식은 손에 든 궐련이 다 타는 줄도 모르고 멍멍하게 마당을 바라보더니 무슨 생각이 나는지 마당으로 뛰어나온다. 교동 거리에는 늦게 돌아가

는 사람의 구두 소리가 나고 잘 맑은 여름 하늘에는 별이 반작반작
한다. 형식은 하늘을 바라보다가 획 돌아서며 혼잣말로

"참 인생이란 우습기도 하다."

18

이튿날 형식은 어젯밤 늦게야 잠이 들었던 탓으로 여덟 시가 지나
서야 일어났다. 세수를 하고 영채의 일을 생각하며 조반을 먹을 제
형식이가 가르치는 경성학교 학생 두 사람이 왔다. 형식은 어느 학
생에게나 친절하고 다정하게 하므로 형식을 따르는 학생이 많았었
다. 그 중에도 형식은 자기의 과거의 신세를 생각하여 불쌍한 학생
에게 특별히 동정을 표하고 그러할뿐더러 그 얼마 아니 되는 수입을
가지고 학비 없는 학생을 이삼 인이나 도와주었다. 그러나 형식에게
는 재주 있는 학생, 얌전한 학생을 더욱 사랑하는 버릇이 있었다. 물
론 아무나 재주 있고 얌전한 사람을 더욱 사랑하건마는 그네는 용
하게 그것을 겉에 드러내지 아니하되 정이 많은 형식은 이러할 줄
을 모르고 자기의 어떤 사람에게 대한 특별한 사랑을 감추지 못하
였다. 그래서 어떤 친구가 형식에게 '자네는 편애하는 버릇이 있나
니' 하는 충고도 받았다. 그때에 형식은 웃으며 '더 사랑스러운 사람
을 더 사랑하는 것이 무엇이 흠이란 말인가' 하였다. 그러면 그 친구
가 '그러나 가르치는 자리에 있는 사람은 배우는 자를 한결같이 사
랑할 필요가 있나니' 하고, 이 말에 형식은 '그러나 장차 자라서 사
회에 크게 이익을 줄 만한 자를 특별히 더 사랑하고 가르침이 무엇
이 잘못이랴' 하였다. 이리하여서 형식은 동료 간에나 학생 간에 편
애하는 사람이라는 말을 듣고 혹 어떤 형식을 미워하는 사람은 형
식이가 얼굴 어여쁜 학생만 사랑한다는 말도 한다. 학생 중에도 삼

사년급 심술 사납고 장난 잘하는 학생들은 형식은 얼굴 어여쁜 학생만 사랑하여 시험 점수도 특별히 많이 주고 질문하는 것도 특별히 잘 가르쳐 준다 하며 형식이가 특별히 사랑하는 학생을 대하여서는 듣기 싫은 비방도 많이 한다. 그럴 때면 형식의 특별히 사랑하는 학생들이 형식을 위하여 여러 가지로 변명하건마는 도리어 심술 사나운 학생들은 그네를 비웃었다. 지금 형식을 찾아온 두 학생 중에 십칠팔 세 되는 얌전해 보이는 학생은 형식의 특별한 사랑을 받는 자 중에 하나이요 그와 함께 온 키 크고 얼굴 거무테테한 학생은 형식을 미워하는 학생 중에 하나이라. 형식을 사랑하는 학생의 이름은 이희경이니 지금 경성학교 사년급 첫자리요 다른 학생의 이름은 김종렬이니 겨우 하여 낙제나 아니하고 따라 올라오는 역시 경성학교 사년생이라. 그러나 이 김종렬은 낫살이 많고 또 공부에 재주는 없으면서도 무슨 일을 꾸미는 수단이 매우 능란하여 이년급 이래로 그 반에 모든 일은 다 제가 맡아 하게 되고 그뿐더러 이 김종렬이가 무슨 의견을 제출하면 열에 아홉은 전반 학생이 다 찬성한다. 전반 학생이 반드시 그를 존경하거나 사랑함이 아니로되 — 도리어 그의 성적이 좋지 못한 방면으로, 그의 행실이 단정하지 못한 방면으로, 그의 성질이 완패(頑悖)하고 심술이 곱지 못한 방면으로 전반 학생의 미움과 비웃음을 받건마는 무슨 일을 하는데 대하여는 전반 학생이 주저하지 아니하고 그를 신임하며 그를 복종한다. 그는 물론 정직은 하다. 속에 있는 바를 꺼림 없이 말하며 아무러한 어른의 앞에 가서라도 서슴지 아니하고 제 의견을 발표하는 용기가 있다. 아무러나 그는 일종 특수한 능력을 가진 사람이로다. 지금은 최상급 학생이므로 다만 사년급에만 세력이 있을뿐더러 온 학교 학생 간에 위대한 세력을 가져 새로 입학한 일년급 어린 학생들까지도 그의 이름을 알고 그를 보면 경례를 한다. 만일 어린 학생이 자기를 대하여 경례를 아니하면 당장에 위엄 있는 태도와 목소리로 '여보, 왜 상급생에게 경례를 아니하오' 하고 책망한다. 그러므로 어린 학생들은 경례하고 돌아서서는 혀를 내밀고 웃으면서도 그와 마주 대하여서는 공손히 경례를 한다. 동급생 중에 김계도라 하는 김종렬과 비슷한 학생이 있다. 김계도는 김종렬보다 좀 온화하고 공손하여 사귈 맛은 있으나 그 일하기를 좋아하고 어른스럽게 행동하는 점에는 서로 일치한다. 게다가 연치가 상적(相敵)하고 의취(意趣)가 상합하므로 김종렬과 김계도 양인은 절친한 지기지우라. 김종렬의 생각에는 세상에 족히 마음을 허하고 서로 천하를 의논할 사람은 나폴레옹과 김계도밖에는 없다 하였다. 그는 물론 나폴레옹의 자세한 전기도 한 권 읽지 아니하였으나 다만 서양사에서 얻어들은 재료를 가지고 직각적으로 나폴레옹은 이러한 사람이어니 하여 자기의 유일한 숭배 인물을 삼았다. 친구와 이야기를 할 때에도 나폴레옹이요 동창회에서 연설을 할 때에도 나폴레옹이라. 모든 것에 나폴레옹을 인용하므로 학생들은 그를 나폴레옹이라고 별호를 짓고 얼굴이 검다 하여 그의 별호에 '검은'이라는 형용사를 붙여 '검은 나폴레옹'이라고 부르게 되고 혹 영리한 학생은 (이희경도 그렇다) 발음의 편의상 '검은 나폴레옹'을 줄여 '검나' '검나' 하고 부르게 되었다. 그러나 그는 나폴레옹이 법국*¹ 황제인 줄을 알지마는 원래 지중해 중에 있는 코르시카 섬 사람인 줄은 모른다. 워털루에서 영국 장수 웰링턴에게 패하여 대서양 중 세인트헬레나라는 외로운 섬에서 나폴레옹이 죽었단 말을 역사 교사에게 들었으나 그는 '워털루'라든가 '세인트헬레나'라든가 하는 외우기 어려운 말은 다 잊어버리고 다만 나폴레옹은 패하여 대서양 중 어떤 섬에서 죽었다고 기억할 뿐이라. 그러면서도 나폴레옹은 자기의 유일한 숭배 인물이라. 말하자면 김종렬의 이른바 나폴레

---

*1 法國 : 프랑스.

옹은 코르시카에서 나고 프랑스 황제가 되었던 나폴레옹이 아니라 김종렬이가 하나님이 자기 모양으로 아담을 만들었다는 전설과 같이 자기 모양으로 나폴레옹을 만든 것이라. 이 나폴레옹 숭배자는 형식에게 인사한 뒤에 엄연히 꿇어앉아 "저희가 선생님을 뵈오러 온 뜻은" 하고 말을 시작한다.

19

형식은 궐련을 피워 물고 김종렬과 이희경 두 학생을 웃는 낯으로 대한다. 무슨 일이 있어서 이 두 학생이 찾아왔는지는 모르거니와 김종렬, 이희경 양인이 함께 온 것을 보니 학생 전체에 관한 일이거나 그렇지 아니하면 사년급 전체에 관한 일인 줄은 알았다. 대개 전부터 학생 전체에 관한 일이거나 사년급 전체에 관한 일에는 이 두 사람이 흔히 총대가 됨을 앎이라. 원 격식으로 말하면 최상급의 반장인 이희경이가 으레 그 총대가 될 것이로되 이희경은 아직 나이 어리고 또 김종렬과 같이 일을 좋아하는 마음과 일을 잘 처리하는 수단이 없으므로 항상 김종렬의 절제를 받는다. 혹 이희경이가 갈 일에도 김종렬은 마치 어린 것을 혼자 보내는 것이 마음이 아니 놓이는 듯이 반드시 희경의 뒤를 따라가고 따라가서는 이희경이가 두어 마디 말도 하기 전에 자기가 가로맡아 말을 하고 이희경은 도리어 따라온 사람 모양으로 한걸음 물러서서 방긋방긋 웃고만 있을 뿐이라. 이희경은 이렇게 김종렬에게 권리의 침해를 받으면서도 처음은 자기의 인격을 무시하는 듯하여 불쾌한 생각도 있었으나 점점 습관이 되매 도리어 김종렬이가 자기의 할 일을 가로맡아 하여 주는 것을 다행으로 여길뿐더러 혹 자기가 공부가 분주하거나 일하기가 싫은 때에는 자기가 김종렬을 찾아가서 자기의 맡은 일을 위탁

하기조차 한다. 그리하면 김종렬은 즉시 승낙하고 저 볼일도 내놓고 주선한다. 이러할 때마다 이희경은 혼자 웃었다. 이번에 형식을 찾아 온 일도 아마 명의상으로는 이희경이가 대표요 김종렬은 수행원인 줄을 형식은 알았다. 그리고 정작 대표자는 상긋상긋 웃고만 앉았고 수행원인 김종렬이가 입을 열어 '저희가 오늘 선생을 찾은 것은' 함이 하도 우스워서 형식은 속으로 웃었다. 그리고 김종렬 같은 사람도 사회에 쓸 곳이 많다 하였다. 저런 사람은 아무 재능도 없으되 오직 무슨 일이나 하기 좋아하는 성미가 있으므로 그것을 잘 이용하면 여러 가지 좋은 일을 실행하기에 편리하리라 하였다. 김종렬 같은 사람은 조그마한 일을 맡길 때에도 그것을 큰일인 듯이 말하고 조그마한 성공을 하거든 그것이 큰 성공인 듯이, 사회에 큰 이익이 있는 성공인 듯이 말하고 '노형이 아니면 이 일을 할 수가 없소' 하여 주기만 하면 그는 물불을 가리지 아니하고 아무러한 일이나 맡으리라 하였다. 지금 자기가 자기보다 유치하게 보고 철없게 보는 이희경이가 얼마가 아니하여 자기를 부리는 사람이 되고 자기보다 세상에 더 공경받는 사람이 될 것이언마는 김종렬은 그런 줄을 모르나니 그런 줄을 모르는 것이 김종렬에게는 행복이라 하였다.

또 학생들이 무슨 일을 의논하여 김종렬을 내세웠는고 하고 형식은 지극히 은근하게

"왜, 무슨 일이 있습니까?"

"예, 학교에 중대 사건이 발생하였습니다." 김종렬은 이렇게 조그마한 일에도 법률상, 정치상 술어를 쓰기를 좋아하며 또 다른 것을 외우는 재주는 없으되 — 자기의 유일한 숭배 인물인 나폴레옹의 이름이 보나파르트인 줄도 외우지 못하되 법률상, 정치상의 술어는 용하게 잘 외운다. 한번 들으면 반드시 실제에 응용을 하나니 혹 잘못 응용하는 때도 있거니와 열에 네다섯은 옳게 응용한다. 이번 형식에

게 '중대 사건이 일어났습니다' 한 것 같은 것은 적당하게 응용한 일
례라. 형식은

"예, 무슨 중대 사건이오?"

"저희는 삼사년급이 합하여 동맹 퇴학을 하려 합니다. 학교의 학
생에게 대한 처분 '권리'를 불만족히 여겨서 이렇게 동맹을 '체결'한
것이올시다" 하고 동맹 퇴학 청원서를 낸다. 김종렬은 그만 말 두 마
디를 잘못 적용하였다. '처분 권리'의 '권리'는 '연문*¹'이요 '동맹을 체
결'한다는 '체결'은 너무 굉장하다 하였다. 그러나 한 발이나 되는 퇴
학 청원서에 이백여 명이 연명 날인한 것을 보고 형식은 놀랐다. 과
연 '중대 사건'이요 굉장하게 '동맹을 체결'하였구나 하였다. 김종렬은
퇴학 청원서를 내어 형식을 주며 자기도 형식의 곁으로 가까이 자
리를 옮겨 그 글을 낭독하려는 모양을 보인다. 형식은 너무 김종렬
의 예절답지 못한 데 불쾌한 생각이 나서 얼른 퇴학 청원서를 책상
위에 올려놓고 자기 혼자만 소리 없이 읽었다. 김종렬이가 또 형식
의 책상머리로 따라가려는 것을 이희경이가 웃으며 팔을 잡아당기
어 그대로 앉아 있으라는 뜻을 표하였다. 그러나 김종렬은 이 뜻은
못 알아보고 '왜 버릇없이' 하고 이희경을 흘겨보았다. 이희경은 얼굴
이 빨개지며 고개를 돌리고 손수건으로 코를 푸는 듯 웃었다. 김종
렬은 마침내 책상 맞은편에 가서 형식과 마주 앉았다. 형식은 또 돌
아앉으려다가 차마 그러지도 못하여 청원서를 도로 내주며

"종렬 군, 그러나 이것은 좋지 못한 일이외다. 무슨 이유를 물론하
고 학생의 학교에 대한 '스트라이크'는 좋지 못한 일이외다" 하였다.

김종렬은 '스트라이크'라는 말의 뜻은 자세히 모르거니와 '베이스
볼'에 '스트라이크'란 말이 있음을 보건댄 대체 학교를 공격하는 것이
아니 하였다. 그리고 청원서를 접으며 장중한 목소리로 "아니올시다.

---

*1 衍文 : 쓸데없이 들어간 군더더기 글귀.

저희 모교 당국은 부패지극(腐敗之極)에 달하였습니다. 차제(此際)를 당하여 저희 용감한 청년들이 일대 혁명을 아니 일으키면, 오희(於 戲)라 모교는 멸망할 것이올시다" 하고 결심의 굳음이 말에 보인다. 형식은 어찌할 수 없음을 알고 이희경을 돌아보며

"희경 군도 의견이 그렇소?"

"예, 어저께 하학 후에 삼사년급이 모여서 그렇게 하기로 결정이 되었습니다."

"그래 증거는 확실하오?"

김종렬이가 소리를 높여

"확실하올시다. 저희 학생 중에서 몇 사람이 바로 목격을 하였습 니다" 하고 주먹을 내두르며 "증거가 확실하올시다. 그대로 간과할 수는 없습니다" 한다.

20

그 퇴학 청원의 이유는 대개 이러하였다. 경성학교의 학감 겸 지 리역사를 담임한 교사인 배명식이 술을 먹고 화류계에 다니매 청년 을 교육하는 학감이나 교사 될 자격이 없을뿐더러 또 매양 학생 전 체의 의사를 무시하고 학과의 분배와 기타 모든 것을 자기의 임의대 로 하며 학생의 상벌과 출석이 항상 공평되지 못하고 자기의 의사 로 한다 함이라. 학감 배명식은 동경고등사범 지리역사과의 선과[2] 를 졸업하고 이삼년 전에 환국하여 경성학교주 김남작의 청탁으로 대번에 경성학교의 학감이라는 주요한 지위를 얻었다. 경성학교의 십 여 명 교사가 다 중등교원의 법률상 자격이 없는 중에 자기는 당당 히 동경고등사범학교를 졸업하였노라 하여 학교일에 대한 만반 사

*2 選科 : 규정된 학과목 가운데 일부를 선택해 학습하도록 특별히 설치한 과.

무는 오직 자기의 임의대로 하였다. 그의 주장하는 바를 듣건댄 동경고등사범학교는 세계에 제일 좋은 학교요 그 학교를 졸업한 자기는 조선에 제일가는 교육가라. 교육에 관한 모든 것에 모르는 것이 없고 자기가 하려 하는 모든 일은 다 교육학의 원리와 조선의 시세에 맞는 것이라 하였다. 그러나 곁에서 보기에는 고등사범을 졸업하지 아니한 다른 교사들보다 별로 나은 줄은 모르겠더라. 그는 취임 초에 학과의 변경을 주장하고 지리와 역사는 만학의 집합처라 하여 시간을 배나 늘이고 수학과 박물은 중등교육에 그다지 필요한 것이 아니라 하여 시간 수효를 이삼 할이나 줄였다. 그는 역사지리 중심 교육론자로라 자칭하여 학생을 대하여서는 역사지리가 모든 학과 중에 가장 필요하고 귀중한 학과이며 따라서 역사와 지리를 가르치는 교사가 가장 중요하고 힘드는 교사라 하였다. 그때에 다른 교사들은 총독부의 고등보통교육령과 일본 중학교의 제도를 근거로 하여 배학감의 주장에 반대하였다. 배학감은 웃으며 '여러분은 교육의 원리를 모르시니까' 하고 자기의 학설의 옳음을 주장하였다. '그러나 일본 각 중학교에서는 이렇게 학과를 분배하는데' 하고 누가 반대하면 '허, 일본에 큰 교육가가 있소? 참 일본의 교육은 극히 불완전합이다' 하고 자기는 청출어람이라는 격언과 같이 일본서 배워왔건마는 일본 모든 일류 교육가보다도 뛰어나는 새 학설과 새 교육의 이상을 가졌노라 한다. 마침 배학감의 개정한 학과 분배를 학무국에서 불인가하고 마침내 전에 하던 대로 하게 되매 여러 교사들은 배학감을 대하여 웃었다. 그리하고 자기네의 승리를 기뻐하였다. 그러나 배학감은 아직 세상이 유치하여 자기의 가장 진보한 학설이 시행되지 아니함이라 하고 매우 분개하였다. 일찍 형식이가 조롱 겸 배학감에게 물었다.

"선생의 신학설은 뉘 학설을 근거로 한 것이오니까, 페스탈로치오니까, 엘렌 케이오니까."

배학감은 페스탈로치가 누구며 엘렌 케이가 누군지 한번 들은 듯은 하건마는 얼른 생각이 아니 난다. 그러나 조선 일류 교육가가 삼류, 사류의 교육가가 아는 이름을 모른다 함도 수치라. 이에 배학감은 껄껄 웃으며

"예, 나도 '푸스털'과 '얼른커'의 학설은 보았지요. 그러나 그것은 다 지다이 오꾸레(時代遲)*¹ 왼다" 한다. '페스탈로치'와 '엘렌 케이'라는 말을 잊어버려 '푸스털' '얼른커'라 하리만큼 무식하면서도 그네의 학설을 다 보았다 하는 배학감의 심정을 도리어 불쌍히 여겼다. 그리고 서슴지 않고 '그러나 그것은 다 지다이 오 꾸렙닌다' 하는 용기는 과연 칭찬할 만하다 하고 형식은 혼자 웃은 일이 있었다. 기실 배학감은 자칭 신학설, 신학설 하면서도 대체 학설이란 무엇인지도 잘 알지 못하는 모양이라. 그가 고등사범에 다닐 때에 얼마나 도저하게 공부를 하였는지는 알 수 없거니와 남이 사 년에 졸업하는 것을 오 년에 졸업하였다 하니 그동안에 굉장히 공부를 하여 교육에 관한 제자백가서를 다 통독하였는지는 알 수 없거니와 조선에 돌아온 뒤에는 그날그날 신문의 삼면 기사나 읽는지 마는지 독서하는 양을 보지 못하고 독서한다는 소문을 듣지 못하였다. 일찍 같이 경성학교에 교사로 있는 어떤 사람이 형식을 보고

"배학감은 백지(白紙)입데다그려."

"백지라니, 무슨 뜻이오니까."

"아무것도 쓴 것이 없단 말이야요―무식하단 말씀이야요."

형식은 낄낄 웃으며,

"노형께서 조금 모르셨습니다. 배학감은 백지가 아니라 흑입닌다. 검은 종이입닌다."

*1 시대에 뒤떨어진다는 뜻.

"어째서요?"

"백지나 같으면 아직은 쓴 것이 없어도 장차야 쓸 수가 있지요. 그렇지마는 흑지는 장차 쓸 수도 없습닌다" 하고 서로 웃은 일이 있었다.

배학감은 또 규칙을 좋아한다. '규칙적'이란 말과 '엄하게'라는 말은 배학감의 가장 잘 쓰는 말이었다. 취임 후 얼마 아니 하여 친히 규칙을 개정하였다. 개정이 아니라 이전 있던 규칙은 '교육의 원리에' 합하지 아니하여 폐지하고 자기의 신학설을 기초로 하여 온통 이백여 조에 달하는 당당한 대규칙을 제정하였다. 어느 날 직원회의에 교원 일동을 소집하고 친히 신규칙의 각 조목을 낭독하며 일일이 그 규칙의 정신을 설명하였다. 오후 한 시에 시작한 것이 넉 점이 지나도록 끝이 나지 못하였다. 배학감은 이마와 코에 땀이 흐르고 목이 쉬었다. 교원 일동은 엉덩이가 아프고 허리가 아파 연방 엉덩이를 들먹들먹하였다. 어떤 교원은 고개를 폭 숙이고 코를 골다가 학감의 대갈일성에 깊이 든 꿈을 놀라기도 하고 어떤 교원은 문을 홱 닫치고 뒷간에 한 번 간 후에 그만 다시 돌아오지 아니하였다. 그때에 형식은 참다 못하여

"그것은 학교 규칙이 아니라 한 나라의 법률이외다그려" 하고 그 조목이 너무 많음을 공격하였다. 자리에 있던 오륙 인 (뒷간에 가고 남은) 교원은 일제히 형식의 말에 찬성을 표하였다. 그러나 학감의 직권으로 이 규칙이 확정이 되었다. 배학감과 일반 교원과 및 학생과의 갈등이 심하여진 것은 이때부터라.

21

형식은 분해하는 김종렬을 향하여

"그러나 그런 온당치 못한 일을 하여서 쓰겠나. 참아야지."

"아니올시다. 벌써 삼 년 동안이나 참았습니다."

하고 기어이 배학감을 배척하고야 말려 한다. 김종렬은 말을 이어

"이렇게 이백여 명 용감한 청년들이 동맹을 체결하였는데 이제는 일보도 양보할 수가 없습니다."

"그러나 교주께서 허락지 아니하시면 할 수 있소?"

김종렬은 '교주'란 말을 듣고 얼마큼 낙심하였다. 한참 고개를 기웃기웃하고 생각하더니

"그러니까 퇴학합지요. 경성학교가 아니면 학교가 없어요?"

"그러나 아무리 고식한 일이 있어도 동맹 퇴학은 온당치 아니 하오. 또 모교를 떠나기가 어렵지 아니할까?"

"모교가 무슨 모교오니까. 이전 박선생님께서 교장으로 계시고 윤선생님께서 학감으로 계실 때에는 모교였지마는……지금은 학교에 대하여 정이란 조금도 없습니다. 교장이라는 어른은 아무것도 모르시지요……학감이라는 자는 기생집에만 다니지요……" 하고 김종렬의 눈에는 분한 기운이 오른다. 이희경은 '학감이란 자'라는 말을 듣고 김의 옆을 찌르며

"여보, 그게 무슨 말이오?"

"어째! 그따위 학감을 무어라고!"

형식은 근심하는 빛으로

"그러면 지금 교장 댁으로 가려 하오?"

"예, 교장 어른 가 뵈옵고 열 점쯤 해서 교주 댁으로 가렵니다. 교주는 열 점이나 되어야 일어난다니까…… 그런데 선생님께서는 저희 일에 동정하십니까."

"내가 교사의 몸이 되어 동정하고 말고를 말할 수가 없소. 마는 다시 생각하여서 일이 없도록 하오" 하고 두 청년을 돌려보내었다. 형

식도 마음으로는 물론 배학감의 배척에 찬성하였다. 교실에서 무슨 말 하던 끝에 혹 그 비슷한 말을 한두 번 한 적도 있었다. 사백여 명 학생과 십여 명 교원 중에 배를 좋아하는 사람은 오직 하나도 없었다. 교원들도 아무쪼록 배학감과 말을 아니 하려 하고 학생들도 길가에서 만나면 못 본 체하고 지나간다. 누군지 모르나 익명으로 배학감에게 학감 사직의 권고를 한 자도 있고 혹 배학감이 맡은 역사나 지리 시간에 칠판에다가 '배학감을 교장으로 할사, 배학감은 천하제일 역사지리 교사라' 하는 등 풍자하는 글을 쓰고 혹 뒷간에다가 '배학감 요리점이라' 하고 연필로 쓴 어린 글씨는 아마 일이년급 학생이 배학감에게 '너도 사람이냐' 하는 책망을 받고 나와 분김에 쓴 것인 듯. 교사치고 별명 없는 이가 없거니와 배학감은 그중에도 가장 별명이 많은 사람이라. 다른 교사의 별명은 다만 재미로 짓는 것이로되 배학감의 별명은 미움과 원망으로 지은 것이라. 얼굴이 빨개지며 '너도 사람이냐' 하는 혹독한 책망을 받은 어린 학생들은 당장은 감히 대답을 못하되 문밖에만 나서면 혀를 내밀고 제가 특별히 새 별명을 짓거나 그렇지 아니하면 남이 지어놓은 별명을 이삼 차 부르고야 얼마큼 분이 풀린다. 어린 학생들은 이 별명이라는 방법으로 혹독한 배학감에게 대한 분풀이하는 약을 삼았다. 그러므로 여러 학생이 한꺼번에 배학감에게 '너희도 사람이냐' 하는 책망을 받은 때에는 일동이 한곳에 모여 앉아 마치 큰 절에서 아침에 중들이 모여 앉아 염불하듯이 배학감의 별명을 있는 대로 부른다. 한참이나 열이 나서 별명을 부르다가 적이 속이 시원하게 되면 "와, 와라, 후레, 라후레" 하고 모든 별명 중에 가장 그 경우에 적합하다고 생각하는 별명을 부르고는 박장을 한다.

별명 중에 제일 유세력한 것이 셋이니 즉 암범, 여우 및 개라. 암범이라 함은 혹독하다는 뜻이요 여우라 함은 간교하다는 뜻이어니와 개라 함은 자못 뜻이 깊다. 첫째, 배학감이 교주 김남작의 발을 핥고 똥을 먹으며 독일식 정탐견 노릇을 한다 함이니 배학감은 아랫사람에게 대하여 혹독하게 하던 것과 달라 자기보다 한층 높은 사람을 대하여서는 마치 오래 먹인 개가 그 주인을 보고 꼬리를 두르며 발굽을 핥는 모양으로 국궁돈수*¹가 무소부지*²며, 조금 아랫사람에게 대하여서는 일부러 몸을 뒤로 잦히고 혀가 안으로 기어들다가도 한층 윗사람 앞에 나아가면 전신에 근육이 탁 풀어져 고개와 허리가 저절로 굽어지며 혀의 힘줄이 늘어나 말에 '하시옵' '하옵시겠삽' 같은 경어란 경어를 있는 대로 주워다가 바친다. 이리하여 용하게도 교주 김남작의 신용을 얻어 배명식이라면 김남작의 유일한 청년 친구라. 이리하여 배학감은 동료와 학생 간에는 지극히 비평이 나쁘되 김남작을 머리로 하여 소위 상류계급에는 지극히 신용이 깊다. 이러므로 아무리 동료와 학생들이 배학감을 배척하여도 배학감의 지위는 반석같이 공고한 것이라. 둘째, 동료 중에 자기의 시키는 말을 듣지 아니하거나 또는 자기를 시비하는 자가 있거나 혹 이유는 없으되 자기의 눈에 밉게 보이는 자가 있으면 곧 교주에게 품하여 이삼일 내로 축출명령이 내린다. 이리하여 아까 김종렬이가 사모하던 박교장과 윤교감을 내쫓고 지금 교장과 같이 숙맥불변하는 노인을 교장으로 삼고 자기가 학감의 중임을 맡아 교내의 모든 사무를 온전히 제 마음대로 하게 된 것이라. 이리하여 학교에 있던 교사 중에 적이 마음 있는 자는 다 달아나고 다른 데 갈 데가 없다든가 배학감의 절제를 달게 받는 사람만 남게 되어 학교는 점점 말이 못되게 되었다. 그러나 다만 형식은 동경유학생인 까닭에 배학감도 과히 괄시를 아니하고 또 형식도 자기까지 떠나면 학교가 말이 아니리라 하

---

*1 鞠躬頓首 : 몸을 구부리고 머리가 땅에 닿도록 조아리고 절함.
*2 無所不至 : 이르지 않는 곳이 없음.

여 아직 남아 있는 것이라.

이렇게 배학감은 전교 내의 배척을 받아오던 데다가 근래에는 무슨 심화가 생겼는지 다동, 구리개 근방으로 부지런히 청루를 방문하는 사실이 발각되어 이번 소동이 일어난 것이라.

형식은 '방관할 수 없구나' 하고 곧 학교로 갔다.

22

형식은 될 수만 있으면 이 일을 무사하게 되도록 하리라 하고 학교에 가는 길에 생각하였다. 이 일의 원인은 온전히 배학감에게 있으니 우선 배학감을 보고 이러한 말을 한 후에 이로부터 몸을 삼가도록 권하리라 하였다. 배학감은 물론 이형식이가 자기의 휘하에 들지 아니함을 항상 미워하여 겉으로는 친한 체, 존경하는 체하건마는 안으로 어떻게 하든지 핑계를 얻어 눈 속에 못 같은 이형식을 경성학교에서 내쫓으리라 한다. 형식도 아주 이 줄을 모름이 아니로되 그러나 학교를 사랑하는 마음으로 또는 사람은 같고 아니 같고 사오 년래 친구로 사귀어온 배명식을 위하여 불가불 자기가 힘을 쓰지 아니하면 아니 되리라 하였다.

교문을 들어서니 일이년급 아이들이 공을 가지고 놀다가 형식을 보고 모여들어

"선생님, 오늘 놉니까, 저희도 놀아요?" 하고 삼사년급에서도 노는데 자기도 놀기를 바란다고 한다. 형식은 사무실에 들어갔다. 배학감은 매우 성이 났는지 그렇지 아니해도 뾰족한 얼굴이 더욱 뾰족하게 되어서 형식이가 들어오는 것도 본체만체, 형식도 학감에게는 인사도 아니 하고 곁에 앉았는 다른 교사들에게만 인사를 하였다. 다른 교사들은 각각 앞에다가 분필통과 교과서를 놓고 벌써 아홉 시

에 십여 분이 지났건마는 교실에 들어갈 생각도 아니 한다. 형식은 무슨 풍파가 있던 줄을 아나 모르는 체하고

"어째 시간에들 아니 들어가셔요?" 하였다. 한 교사가

"웬일인지 삼사년급 학생은 하나도 아니 왔구려" 하고 일동은 학감을 본다. 형식은 물끄러미 학감을 보다가 그 곁으로 가까이 가서 선 대로

"학감! 학교에 큰일이 났구려."

"나는 모르겠소" 하고 얼굴을 돌이킨다. 형식은 말을 나직이 하여

"무슨 선후책을 해야 아니하겠소. 이렇게 앉았으면 어떻게 해요?"

"글쎄 이게 웬일이오. 이 되지 아니한 자식들이 — 이 삼사년급 놈들이 왜 오지를 아니하오?"

형식은 네가 아직 모르는구나 하였다. 삼사년급 일동이 동맹 퇴학을 한단 말을 할까 말까 주저하다가, 먼저 알고 잠자코 있음이 도리어 도리가 아니라 하여

"모르시구려, 아직도?"

"무엇을 말씀이오?"

"삼사년급 학생들이 동맹 퇴학을 하기로 결정을 하고 교장과 교주에게 퇴학 청원서를 제출하였다는데⋯⋯"

"무엇이 어째요? 동맹 퇴학?"

배학감도 이 일에는 얼마큼 놀라는 모양이라. 자기의 신학설의 교육도 그만 실패하였다. 곁에 있던 교사들도 모두 놀라서 자리를 떠나 학감의 곁으로 모였다. 학감은 깜짝 놀라며

"어떻게 알으셨소?"

"아까 어떤 학생들이 퇴학 청원서를 가지고 나한테 왔습데다그려. 교장 댁으로 가는 길이로라고." 이렇게 말하고 형식은 흠칫하고 저 혼자 놀랐다. 이러한 말을 공연히 하였구나 하였다.

배학감은 독기 있는 눈으로 물끄러미 형식을 보더니 벌떡 일어나며

"잘하셨소. 노형은 철없는 학생들을 충동하여 학교를 망하게 하시구려!" 하고 형식을 흘겨본다. 배학감도 평상시에 학생들이 자기보다 도리어 형식을 존경하여 자기는 방문하는 학생이 없으되 형식을 방문하는 학생이 많은 줄을 알고 늘 시기하는 마음으로 있었다. 그리고 학생들이 형식을 따르는 것은 형식의 인격이 자기보다 높고 따뜻함이라 하지 아니하고 형식이가 학생을 유혹하는 수단이 있고 학생들이 형식에게 속아서 따름이라 하였다. 학감은 속으로 '형식이가 학생들을 버린다' 하여 자기 보는 데서 학생들이 친절하게 형식에게 말하는 것을 보면 매양 불쾌한 마음을 이기지 못하였다. 학생들이 마땅히 존경하여야 할 사람은 자기어늘 자기를 존경하지 아니하고 형식을 존경함은 학생들이 미련하여서 그럼이라 하였다. 학생들이 점점 더욱 자기를 배척하게 되는 것을 볼 때에 배학감은 이는 형식이가 철없는 학생들을 유혹하여 고의로 자기를 배척하려 함이라 하였다. 배학감이 한번 어떤 사람을 대하여 '형식은 학생을 시켜 자기를 배척하고 제가 학감이 되려는 야심을 두었다' 한 일이 있었다. 이번에도 형식이가 어떤 학생이 퇴학 청원서를 가지고 자기 집에 왔더란 말을 듣고 이 일도 형식이가 시킨 것이어니 하였다. 그리고 주먹을 불끈 쥐며

"이형, 잘하셨소!" 한다.

형식은 자기의 호의를 도리어 곡해하는 것이 분하여 성을 내며

"노형은 당신의 간교한 마음으로 남의 마음을 판단하시구려. 나는 어디까지든지 호의로 — 노형과 학교를 위하여 만사가 순하게 되어가기를 바라고 한 말인데, 노형은 도리어……"

형식의 말이 끝나기도 전에 배학감은 더욱 얼굴을 붉히고 한 걸음

형식의 곁에 가까이 오며

"여보, 이형식 씨. 내가 이전부터 노형의 수단을 알았소 ─ 알고도 참았소. 여태껏 사오 차나 학생들이 학교에 대하여 반항한 것도 다 노형의 수단인 줄을 내가 아오. 노형은 이 학교를 멸망을 시키고야 말 테란 말이오?" 하고 '멸망'이란 말에 힘을 주며 주먹으로 책상을 친다. 형식은 기가 막혀 껄껄 웃으며

"여보, 배명식씨. 나는 아직도 노형은 사람인 줄을 알았구려" 하고는 형식도 와락 성을 내어 말소리를 떨며 "노형은 친구의 호의도 알아보지 못하는 사람이오. 내가 그동안 학생과 교원 사이에 서서 얼마나 노형을 위하여 힘을 쓴지 아시오? 노형을 변호한 지 아시오?"

"흥, 변호! 말은 좋소. 어린 학생들을 시켜 학교에 대하여 반항이나 일으키게 하고, 어디 노형의 힘이 얼마나 큰가 봅시다" 하고 모자를 벗어 들고 인사도 없이 문밖으로 나간다. 뒤에 남은 사람들은 "흥, 또 교주 각하께 가는구나" 하고 픽 웃었다. 형식은 분을 참지 못하여 왔다 갔다 한다.

23

교원들은 '이제는 형식도 경성학교에서 쫓겨나리라' 하면서 왔다 갔다 하는 형식을 보고 교원 중에 하나가

"그런데 이번에는 학생들의 이유가 무엇인가요."

형식은 대답하기 싫은 듯이 한참이나 들은 체 만 체하고 마당을 내다보다가 펄썩 제자리에 걸어앉아 책상서랍을 뽑아 그 속에 있는 책과 종잇조각을 집어내며

"무슨 이유야요, 그 이웁지요."

다른 교원 하나가

"불문가지지요. 아마 이번 배학감과 월향의 사건이겠지요" 하고 찬성을 구하는 듯이 형식을 보며 "그렇지요?" 한다. 형식은 책상 서랍에서 집어낸 종잇조각을 혹 찢기도 하고 혹 읽어보다가 접어놓기도 한다. 셋째 교원이

"학감과 월향의 사건?"

"모르시오? 학감과 월향의 사건이라고 유명합넌다. 근래에 월향이란 기생이 화류계에 썩 유명합넌다. 평양서 두어 달 전에 왔다는데 얼굴은 어여쁘지요 글을 잘하지요 말을 잘하지요 게다가 거문고와 수심가가 일수라는구려. 그래서 아마 장안 풍류남아가 침을 흘리고 들이덤빈다는데, 한 가지 이상한 것이 있어요. 아직 아무도 그를 손에 넣어본 사람이 없다는구려."

정직하여 보이는 교원 하나가 말에 취한듯이

"손에 넣다게?"

"하하하하. 참, 과연 도덕군자시로구려. 퍽 여러 사람이 월향이를 손에 넣을 양으로 동치서주(東馳西走)를 하고 야단들을 하나 봅데다마는 거의거의 말을 들을 듯 들을듯해서 이편의 마음을 못 견디리만큼 자릿자릿하게 하여 놓고는 이편이 이제는 되었다 할 때에 '못하겠어요' 하고 뚝 끊는다는구려. 그래서 알 수 없는 계집이라고 소문이 낭자하지요!"

그 정직하여 보이는 교사가

"왜 그럴까요?"

"내니 알겠소? 남들이 그럽데다그려!"

카이저수염 있는 교사가

"노형도 한두 번 거절을 당하였나 보구려…… 그래 가슴이 따끔합디까, 하하하."

"천만. 나 같은 사람이야 그러한 호화로운 화류계와는 절연이니

까…… 참 나야 깨끗하지요, 하하하.”

“누가 아나” 하고 한 교사가 웃으니 여러 사람이 다 웃는다. 그 정직하여 보이는 교사도 웃기는 웃으나 더 알고 싶어 하는 듯이 마치 학생이 교사에게 질문하는 모양으로

“그래서? 그래, 어떻게 되었어요?” 할 제 카이저수염 가진 이가 정직하여 보이는 교사의 어깨를 툭 치며

“노형께서도 미인의 일이라면 노상 범연치는 아니하구려” 하고 껄껄 웃으니 정직하여 보이는 교사는 얼굴이 붉어진다. 월향의 말을 하던 교사가 담배를 붙이면서

“그런데, 이 배학감께서 그만 월향씨의 포로가 되었지요. 아마 십여 차나 졸랐던가 봅데다. 암만 조르니 듣소? ‘아니올시다’ 하고는 거의거의 들을 듯 들을 듯하다가는 그만 발길로 툭 차는구려. 그래서 지금 배학감은 열이 났지요. 오늘 아침에도 뾰족해서 오지 않았습디까(하고 머리를 흠칫하며) ― 그게 어제 저녁에도 월향이한테 발길로 채운 표야요.”

“옳지, 옳지! 어째 근래에는 얼굴이 더 뾰족하여졌다 하였더니 상푸둥*¹ 그런 일이로구려, 응?” 하고 카이저가 웃는다. 정직하여 보이는 교사는 더 물어보고 싶으면서도 남들이 웃기를 두려워하여 잠잠하고 앉았다. 지금껏 가만히 듣기만 하고 빙긋빙긋 웃던 이가

“그런데 그런 줄을 학생들이 알았는가요? 이번 퇴학 청원한 이유가 그것인가요?”

“그것은 모르겠소” 하고 ‘형식이 너는 알겠구나’ 하는 듯이 형식을 본다. 형식은 여전히 종잇조각을 조사하는 체하면서도 다른 교사들의 말을 듣는다. 형식은 그 월향이라는 기생이 혹시 박영채가 아닌가 하였다. 말하던 교사가 형식이가 잠잠한 것을 보고 말을 이어

---

*¹ 과연. 생각한 대로.

"자세히는 모르지요마는 아마 그것이 이번 퇴학하는 이율 테지요" 하고 형식의 너무 잠잠한 데 말하던 홍이 깨어져 말을 그치고 담배 연기로 공중에 글자만 쓴다. 정직하여 보이는 교사가 참다못한 듯 "학생들이 어떻게 알았을까요?"

카이저수염이

"학생들이, 학생들이 잘 모르오리다. 그 군들이 교사들 정탐을 어떻게 하는데 그러오? 교사들 뒷간에 가는 것까지 다 알지요. 얼른 보기에 아주 온순한 체, 아무것도 모르는 체하지마는 저희들 중에도 경찰서도 있고 정탐도 있답니다. 이번에도 아마 학감이 월향의 집에 들어가는 것을 어떤 학생이 경찰을 하였던 게지……"

"하하하. 그만 등시포착(登時捕捉)이 된 심이로구려."

이렇게 여러 교원이 말하는 것을 듣더니 담배 연기로 공중에 글자를 쓰던 교사가 암만하여도 하고 싶은 말을 참지 못하는 듯이 궐련을 재떨이에 비벼 불을 끄며

"이러하구려" 하고 말을 낸다.

"학감이 암만하여도 견딜 수가 없어서 요새에는 단연히 그 기생을 낙적을 시켜서 아주 자기 손에 집어넣으려는 생각이 났나 봅데다. 그런데 거기도 경쟁자가 많지요. 갑이 삼백 원 하면, 을은 사백 원 하고, 또 병은 오백 원 하고 이 모양으로 아마 한 천원 올라갔나 봅데다. 그러나 학감이야 집까지 온통 팔면 삼백 원이나 되는지…… 도저히 금력으로야 경쟁할 수가 없지 않소? 하니까 명망과 정성으로나 얼러볼 양으로 매일 밤 월향 아씨께 참배 기도를 하는 모양인데, 엊그제께 어떤 장난꾼 학생이 뒤를 따랐던가 봅데다" 하고 웃는다. 일동은 아주 재미있는 듯이 고개를 기웃기웃하며 학감과 월향의 장차 되어갈 관계를 상상한다.

형식은 책상 위에 벌여놓은 종잇조각을 다 치우지 아니하고 혼자

무슨 생각을 하는 듯하더니 그 종잇조각을 도로 책상 서랍에 부리나케 와락 집어넣고 일동에게 인사하고 나간다. 일동은 형식을 보내고 시계를 쳐다보며 하품을 한다.

24

형식은 교문을 나서서 집으로 돌아오며 생각하였다. 그 월향이란 것이 영채가 아닌가. 원래 평양 기생으로 얼굴이 어여쁘고 아직 아무도 그를 손에 넣은 사람이 없다 하니 그가 과연 영채인가. 영채가 월향이란 이름으로 기생이 되어 이삼 삭 전에 서울에 올라와 지금 화류계에 유명하게 되었는가. 그러나 아무도 일찍 그를 손에 넣어 본 자가 없다 하니 그러면 나를 생각하여 절행을 지킴이 아닌가. 옳다, 그렇다, 그가 나를 위하여 절을 지킴이로다. 그런데 그가 마음대로 손에 들지 아니하므로 돈 많은 호화객들이 그를 아주 제 소유를 만들려 하여! 저 배학감 같은 자가 다 영채를 제 손에 넣으려 하여! 만일 영채가 잘못 되어 배명식 같은 짐승 같은 자의 손에 든다 하면 그의 일생이 어떻게 될까. 배명식 같은 자가 무슨 사람에게 대한 동정이 있을까. 다만 일시 색에 취하여 더러운 욕심을 채울 양으로 영채를 장난감을 삼으려 함이로다. 더구나 배명식은 삼 년 전에 동경으로서 돌아와 칠팔 년간 홀로 자기를 기다리고 늙어오던 본처에게 애매한 간음이라는 죄명을 씌워 이혼하고 작년에 어떤 여학생과 새로 혼인을 한 자라. 신혼 한 일 년이 차지 못하여 벌써 다른 계집에게 손을 대려 하는 그런 무정한 놈의 첩이 되어! 내 은인의 딸이! 못될 일이로다, 못될 일이로다 하였다. 사오 인의 경쟁자가 있다 하고 배명식도 거의 밤마다 영채를 찾아간다 하니 그 육욕밖에 모르는 짐승 같은 사람들의 사이에 끼어 영채는 얼마나 괴로워할는고.

어제 영채가 나를 찾아옴도 이러한 괴로움을 견디지 못하여 마침내 내게 의탁할 양으로 온 것이 아닐까. 와서 내 의복과 거처가 극히 빈한함을 보매 나에게 구원을 청하여도 무익할 줄을 알고 중도에 말을 그치고 돌아갔음이 아닐까. 이렇게 생각하면 자기의 빈한함이 더욱 슬프기도 하고 부끄럽기도 하다. 과연 형식은 영채를 구원할 자격이 없다. 만일 월향이라는 기생이 진실로 영채라 하면 과연 형식은 영채를 구원할 능력이 없다. '천 원 이상에 올라갔나 봅데다' 하는 아까 어느 교사의 하던 말을 생각하고 형식은 한숨을 쉬었다. '천 원!' 내가 만일 영채를 구원하려 하면 — 그 짐승 같은 사람들에게서 영채를 구원하여 사람다운 살림을 하게 하려면 '천 원'이 있어야 하리로다. 그러나 내게는 천 원이 있는가 하고 형식은 자기의 재산을 생각하여 보았다. 형식의 재산은 지금 형식의 조끼 호주머니에 있는 반이나 닳아진 돈지갑뿐이라. 그 돈지갑은 십 원짜리 지표를 가득하게 넣어도 이삼백 원이 들어갈까 말까 한 것이라. 아직 형식의 돈지갑에는 한 번에 백 원을 넣어본 적도 없다. 일찍 동경서 졸업하고 돌아올 때에 어떠한 친구의 호의로 양복값, 노비 합하여 팔십 원을 넣어본 적이 있을 뿐이니 이것이 형식의 일생 두고 처음으로 많은 돈을 가져본 경험이라. 동경서 돌아온 지가 벌써 사오 년이니 매삭에 십 원씩만 저금을 하였더라도 오륙백 원의 저축은 있으련마는 형식은 아직도 이 생활을 자기의 진정한 생활로 여기지 아니하고 임시의 생활, 준비의 생활로 여기므로 몇 푼 아니 되는 월급을 저축할 생각은 없이 제가 쓰고 남는 돈은 가난한 학생에게 나눠주고 말았다. 그러나 형식은 책을 사는 버릇이 있어 매삭 월급을 타는 날에는 반드시 일한서방*¹에 가거나 동경 마루젠*² 같은 책사에 사오 원을 없이

---

*1 日韓書房 : 지금의 충무로에 있던 대형 서점.
*2 丸善 : 일본 도쿄 니혼바시에 있던 대형 서점으로, 지금의 을지로에 서울 지점을 두었음.

하여 자기의 책장에 금자 박힌 책이 붇는 것을 유일의 재미로 여겼었다. 남들이 기생집에 가는 동안에, 술을 먹고 바둑을 두는 동안에 그는 새로 사온 책을 읽기로 유일한 벗을 삼았다. 그래서 그는 붕배 간에 도독서가라는 칭찬을 듣고 학생들이 그를 존경하는 또 한 이유는 그의 책장에 자기네가 알지 못하는 영문, 덕문*³의 금자 박힌 책이 있음이었다. 그는 항상 말하기를 우리 조선 사람의 살아날 유일의 길은 우리 조선 사람으로 하여금 세계에 가장 문명한 모든 민족 ─ 즉 일본 민족 만한 문명 정도에 달함에 있다 하고 이리함에는 우리나라에 크게 공부하는 사람이 많이 생겨야 한다 하였다. 그러므로 그가 생각하기를 이 줄을 자각한 자기의 책임은 아무쪼록 책을 많이 공부하여 완전히 세계의 문명을 이해하고 이를 조선 사람에게 선전함에 있다 하였다. 그가 책에 돈을 아끼지 아니하고 재주 있는 학생을 극히 사랑하며 힘 있는 대로 그네를 도와주려 함도 실로 이를 위함이라.

그러나 '천 원'을 어찌하는고 하고 형식의 마음은 괴로웠다. 전 달에 탄 월급 삼십오 원 중에 오 원은 플라톤 전집 값으로 동경 책사에 부치고 십 원은 학생 둘에게 갈라주고 팔 원은 주인 노파에게 밥값으로 주고 이제 그 돈지갑에 남은 것이 오 원 지표 한 장과 은전이 좀 있을 뿐이라. 아아, '천 원'을 어찌하는가 하고 형식의 마음은 더욱 괴로워간다. '천 원, 천 원!' '천 원'이 어디서 나는가. 형식은 손수건으로 땀을 씻으며 "천 원이 어디서 나는가" 하고 소리를 내어 탄식하였다. 이렁저렁 교동 자기 숙소 앞에 다다랐을 때에 어떤 청년 이삼 인이 모두 번적하는 양복에 반쯤 취하여 비스듬히 인력거를 타고 기생을 앞세우고 기운차게 방울을 울리며 철물교*⁴를 향하

---

*3 독문(獨文).
*4 鐵物橋: 현재 종로2가에 있던 다리.

여 내닫는다. 형식은 성큼 뛰어 인력거를 피하여 주고 우뚝 서서 먼지를 일으키며 달아가는 여섯 채 인력거를 보고 '천 원이 있기는 있구나' 하였다. 과연 지금 기생을 앞세우고 인력거를 몰아가는 청년들에게는 '천 원'이 아니라 '만 원'도 있기는 있다. 형식은 이윽히 그 자리에 섰다가 고개를 푹 숙이고 무슨 생각을 하면서 바람 한 점 아니 들어오는 자기의 숙소로 들어갔다.

25

집에 들어가니 노파가 점심을 짓다가 부엌으로서 나오며
"어째 오늘은 이르셔요? 학교가 없어요?"
형식은 모자와 두루마기를 방에 홱 집어 던지고 툇마루에 걸어앉아 옷고름을 끄르고 부채를 부치며 화나는 듯이
"흥, 삼사년급 학생들이 동맹 퇴학을 하였답니다."
"또? 또 배학감인가 한 양반이 어떤 게로구면" 하고 치마로 땀을 씻으며 형식의 얼굴을 보더니
"왜? 어디가 불편하셔요?"
"아니요!"
"무슨 걱정이 있는 것 같구려. 에그, 그 학교에서 나오시오그려. 밤낮 소동만 일어나고. 소동이 일어날 때마다 늘 심로를 하시면서. 무엇하러 거기 계셔요?" 하며 건넌방 그늘진 마루에 앉아 담배를 피운다. 형식은 한참이나 화를 못 이기는 듯이 함부로 부채질을 하더니
"그까짓 학교일 같은 것은 심상하외다. 걱정도 아니합니다."
"그러면 또 무슨 일이 있어요? 무슨 다른 일이?"
형식은 벌떡 누워 다리를 버둥버둥하면서 혼잣말 모양으로
"암만 해도 돈이 있어야겠어요!"

"호호호. 이제야 아시는가 보구려. 아, 이 세상이 돈 세상이랍니다. 나 같은 것도 돈이 있으면 이렇게 고생도 아니 하련마는⋯⋯"

"그만한 고생은 낙이외다."

"에그, 남이란 저렇것다. 나도 벌써 육십이 아니야요. 조금만 무엇을 하면 이렇게 허리가 아픈데. 허리가 아프도록 고생을 하니 누가 위로하여 주는 이가 있을까⋯⋯병신일망정 아들자식 하나가 있을까⋯⋯ 목숨이 모질어서 그렇지 나 같은 것이 살면 무엇하겠어요?" 하고 담뱃대를 깨어져라 하고 돌에다 특특 떨어 또 한 대를 담아 지금 떨어놓은 담뱃재에 대고 힘껏 두어 모금 빨더니 와락 화를 내며 "담뱃불까지 말을 아니 듣는구나" 하고 담뱃대를 방안에 내던지고 짓던 점심이나 지을 양으로 다시 부엌으로 들어간다.

형식은 노파의 하는 말과 하는 모양을 보고 혼자 웃었다. 저마다 제 걱정이 있고 또 제 걱정이 세상에 제일 큰 걱정인 줄로 믿는다 하였다. 그러나 세상 사람은 다 아무라도 그만한 걱정은 있는 것이라 하였다. 아들이 없어 걱정, 벼슬을 못해 걱정, 장가를 못 들어 걱정, 혹 시집을 못 가서 걱정, 여러 가지 걱정이 많으되 현대 사람의 걱정의 대부분은 돈이 없어서 하는 걱정이라 하였다. 돈만 있으면 사람의 몸은커녕 영혼까지라도 사게 된 이 세상에 세상 사람이 돈을 귀히 여김이 그럴듯한 일이라 하였다. '아아, 천 원! 천 원이 어디서 나는가' 하고 벌떡 일어나 방에 들어와 앉았다. 이 집이 천 원짜리가 될까 하였다. 또 책장에 끼인 백여 권 양장 책이 천 원짜리가 될까 하였다. 옳지, 저 한 책의 저작권은 각각 천원 이상이라 하였다. 나도 저만한 책을 써서 책사에 팔면 천 원을 받으리라 하였다. 그러나 이제부터 영문으로 글짓기를 공부하여 가지고 그렇게 된 뒤에 얼마 동안 저술에 세월을 허비하고 그 원고를 미국이나 영국에 보내고 미국이나 영국 책사 주인이 그 원고를 한번 읽어보고 그 다음에 그 책사에서 그 원고를 출판하기로 작정하고 그 다음에 그 책사 주인이 우편국에 사람을 보내어 이형식의 이름으로 천 원 환을 놓으면 그것이 배편으로 태평양을 건너와 경성우편국에 와……아이고, 너무 늦다…… 그것을 언제……하였다.

형식은 또 생각한다. 저 책들을 사지 말고 학생들에게 돈도 주지 말고 사오 년 동안 매삭 이십 원씩만 저금을 하였더면 오십 삭 치고 천원은 되었으렷다. 아하, 그리하였던들 이러한 근심은 없을 것을. 더구나 학생들에게 돈을 대어준 것은 참 부질없는 일이 었었다. 나는 정성껏 넉넉지도 못한 것을 저희에게 주건마는 받는 학생들은 마치 당연히 받을 것을 받는 줄로 여겨 좀 주는 시기가 늦어도 게두덜거리는 모양. 게다가 그것을 은혜로나 아는가. 그것들이 자라서 큰 인물만 되고 보면 자기 도움도 무슨 뜻이 있거니와 지금 같아서는 그놈이 그놈이라, 별로 뛰어나는 천재나 위인도 있는 것 같지 아니하고…… 아아, 부질없는 짓을 하였구나, 저금을 하였더면 이런 걱정이나 없을 것을. 응, 이달부터라도 지금까지 주어오던 학생에게 일체로 돈 주기를 거절할까 보다. 그러나 그렇게 생각하면 또 그 불쌍한 어린 청년들의 '이선생님' 하는 모양이 눈에 암암하여 차마 그럴 수도 없고.

아아, 어쩌면 '천원'을 얻는가. 만일 오늘 저녁에 어떤 사람이 '천원'을 가지고 가서 영채를 손에 넣으면 어찌할까. 혹 어제 저녁에 벌써 누가 '천 원'을 가지고 가서 영채를 자기 집으로 데려가지나 아니하였는가. 그러면 어제 저녁에 벌써 십구 년 동안 지켜오던 몸을 어떤 짐승 같은 더러운 놈에게 허하지나 아니하였을는가. 처음에는 영채가 그 짐승 같은 놈을 떠밀치며 울며 소리치며 반항하다가 마침내 어찌할 수 없이 몸을 허하지 아니하였는가. 이렇게 생각하면 그 짐승 같은 놈이 육욕에 눈이 벌게서 불쌍하고 어여쁜 영채에게 억지로 달겨드는 모양과 영채가 울고 떼밀고 죽기로써 저항하다가 마침내 으아 하고 절망하는 듯이 쓰러지는 모양이 형식의 눈앞에 역력히 보인다. 형식은 분함과 슬픔으로 전신에 힘을 주고 숨을 길게 내쉬었다. 또 생각하면 영채가 어떤 사람에게 팔린 줄을 알고 밤에 남모르게 도망을 하지나 아니 하였는가. 도망을 한다 하면 장차 어디로나 갈 것인가. 어여쁜 얼굴! 지키는 이 없는 열아홉 살 된 어여쁜 처녀! 도처에 '천 원' 가진 짐승 같은 사람이 있을 것이라. 영채는 도망이나 아니 할까.

옳지, 영채가! 그렇게 절조 굳은 영채가! 제 몸이 어떤 사나이에게 팔린 줄을 알면! 그 골독(汨篤)한 마음으로 자살이나 아니하였을까. '자살! 자살!' 하고 형식은 몸을 떨었다.

26

어찌하면 좋을까. 어찌하면 '천 원'을 얻어 불쌍한 영채 — 사랑하는 영채 — 은인의 따님 영채를 구원할까……이럴까……저럴까…… 하고 마음을 정치 못하면서 오후 한 시에 안동 김장로의 집에 선형과 순애의 영어를 가르치러 갔다. 장로는 어디 출입하여 집에 없고 장로의 부인이 나와서 형식을 맞는다. 부인이 선형과 순애를 데리러 안에 들어간 뒤에 형식은 교실로 정한 모퉁이 방에 혼자 앉아 두 제자의 나오기를 기다린다. 방 한편 구석에는 십자가에 달린 예수의 화상이 걸리고 다른 한편에는 주인 김장로의 사진이 걸렸다. 아마 그 두 사진을 꽃으로 장식함은 선형, 순애 양인의 솜씨인 듯. 십자가에 달린 예수는 머리에 가시관을 쓰고 로마 병정의 창으로 찔린 옆구리로서는 피가 흘러내린다. 그 고개가 왼쪽으로 기울어지고 그 눈은 하늘을 향하였다. 십자가 밑에는 치마 앞자락으로 낯을 가리고 우는 자도 있고 무심하게 구경하는 자도 있고 십자가 저편 옆에서는 병정들이 예수의 옷을 가지려고 제비 뽑는 양을 그렸다. 형식은 물끄러미 이것을 보고 생각하였다. 십자가에 달린 자도 사람, 가시관을 씌우고 옆구리를 찌른 자도 사람, 그 밑에서 치맛자락으로 눈물을 씻는 자나 무심하게 우두커니 구경하고 섰는 자도 사람, 저편에서 사람을 죽여 놓고 그 죽임 받은 자의 옷을 저마다 가질 양으로 제비를 뽑는 자도 사람 — 모두 다 같은 사람이로다. 날마다 시마다 인생 세계에 일어나는 모든 희극 비극이 모두 다 같은 사람의 손으로 되는 것이로다. 퇴학 청원을 하는 학생들이나 학생들의 배척을 받는 배학감이나 또는 내나 다 같은 사람이 아니며, 저 불쌍한 영채나 영채를 팔아먹으려 하는 욕심 사나운 노파나 영채를 사려 하는 짐승 같은 사람들이나 영채를 위하여 슬퍼하는 내나 다 같은 사람이 아니뇨. 필경은 다 같은 사람끼리 조금씩 조금씩 빛과 모양을 다르게 하여 네로다 내로다 하고 옳다 그르다 함이 아니뇨. 저 예수가 예수의 옆구리를 찌른 로마 병정도 될 수 있고 그 로마 병정이 예수도 될 수 있을 것이라. 다만 알 수 없는 것은 무엇이 — 어떠한 힘이 마치 광대로 혹은 춘향을 만들고 혹은 이도령을 만드는 모양으로 혹은 예수가 되게 하고 혹은 예수의 옆구리를 찌르는 로마 병정이 되게 하고 또 혹은 무심히 그것을 구경하는 사람이 되게 하는가 함이라. 이렇게 생각하매 형식은 모든 인류가 다 나와 비슷비슷한 형제인 듯하고 또 알 수 없는 어떤 힘에 속박되어 날마다 시마다 저희들의 뜻에도 없는 비극 희극을 일으키지 아니치 못하는 인생을 불쌍히 여겼다. 사람들이 악한 일을 하는 것이 마치 신관 사또 남원부사 된 광대가 제 뜻에는 없건마는 가련한 춘향의 볼기를 때림과 같다 하면 용서하지 아니하고 어찌하리오. 그럴진댄 배학감도 그리 미워할 것은 아니요 예수의 얼굴에 침을 뱉고 예수를 죽여달라

한 간악한 유대인도 그리 미워할 것은 아니로다 하였다.

그러나 영채는 살려야 하겠다. 비록 이것이 연극 중의 일이라 하더라도 영채는 살려야 하겠다는 생각이 어디서 나온지 불현듯 일어나 형식은 예수의 화상을 보다가 눈을 돌이켜 멀거니 천장을 쳐다보았다. 천장에는 파리 네다섯 놈이 저희도 인생과 같이 무슨 연극을 하노라고 혹은 따르고 혹은 피하고 혹은 앉았고 혹은 앞발을 비빈다. 형식은 고개를 숙이며 '이 집에는 천 원이 있으련만' 하였다. "선생님" 하는 소리에 눈을 떠 본즉 선형과 순애가 책과 연필을 들고 문 안에 들어와 섰다가 형식의 눈 뜨고 고개 듦을 기다려 은근하게 경례한다. 형식은 놀란 듯이 얼른 일어나 두 처녀에게 답례하였다. 그리고 웃으면서 쾌활하게

"오늘은 어제보다도 더웁니다" 하고 선형과 순애에게 앉기를 권하고 자기도 양인과 상대하여 책상을 새에 두고 앉았다. 두 처녀는 고개를 숙이고 책을 편다. 형식은 두 처녀를 보매 얼마큼 뒤숭숭하던 생각이 없어지고 적이 정신이 쇄락한 듯하다. 형식은 고개 숙인 두 처녀의 까만 머리와 쪽 찐 서양머리에 꽂은 널따란 옥색 리본을 보았다. 그리고 책상에 짚은 두 처녀의 손가락을 보았다. 부드러운 바람이 슬쩍 불어 지나갈 때에 두 처녀의 몸과 머리에서 나는 듯 만 듯한 향내가 불려온다. 선형의 모시적삼 등에는 땀이 배어 하얀 살에 착 달라붙어 몸을 움직일 때마다 그 붙은 자리가 넓었다 좁았다 한다. 순애는 치마로 발을 가리느라고 두어 번 몸을 들먹들먹하여 밑에 깔린 치마를 뺀다. 선형은 이마에 소스락소스락하게 구슬땀이 맺히어 이따금 치마고름으로 가만히 씻고는 손으로 책상 밑에서 부채질을 한다. 형식은 아침부터 괴로움으로 지내오던 마음 속에 일점 향기롭고 서늘한 바람이 불어 들어옴을 깨달았다. 여자란 매우 아름답게 생긴 동물이라 하였다. 어깨의 동그스름한 것과 뺨의 불그레한

것과 머리터럭의 길고 까만 것과 또 앉은 태도와 옷고름 맨 모양과 — 그중에도 널찍한 적삼 고름이 차차 좁아오다가 가운데서 서로 꼭 옭혀 매여 위로 간 코는 비스듬히 왼편 가슴을 향하고 아래로 간 고름의 한 끝이 훌쩍 날아 오른팔굽이를 지나간 양이 더욱 풍정이 있다. 이렇게 두 처녀를 보고 앉았으면 말할 수 없는 향기로운 쾌미(快味)가 전신에 미만(彌滿)하여 피 돌아가는 것도 극히 순하고 창쾌한 듯하다. 인생은 즐거우려면 즐거울 수가 있는 것이라, 아무 목적과 꾀도 없이 가만히 마주 보고 앉았기만 하면 인생은 서로서로 사랑스럽고 즐거울 것이라. 여자의 몸이나 남자의 몸이나 내지 천지의 모든 만물이 다 가만히 보기만 하면 그 새에 친밀한 교통이 생기고 따뜻한 사랑이 생기고 달콤한 쾌미가 생기는 것이라. 쓸데없이 지혜를 놀리고 입을 놀리고 손을 놀리므로 모처럼 일러놓은 아름다운 쾌락을 말 못되게 깨트리는 것이라 하였다. 형식은 이런 생각을 하면서 두 처녀가 단번에 에이, 비, 시를 외워 쓰는 양을 보고 앉았다.

27

두 처녀는 에이, 비, 시를 잘 외워 썼다. 선형은 어서 미국에 갈 생각으로, 순애는 아무게나 남에게 지지 않게 많이 배울 생각으로 어제 종일과 오늘 오전에 별로 쉴 틈 없이 에이, 비, 시를 외우고 썼다. 또 그들은 영어를 처음 배우게 된 것이 자기네가 학식이 매우 높아진 표인 듯하여 일종 유쾌한 자랑을 깨달았다. 선형은 자기가 좋은 양복을 입고 새 깃 꽂은 서양 모자를 쓰고 미국에 가서 저와 같은 서양 처녀들과 영어로 자유롭게 이야기하는 모양을 상상하고 혼자 웃었다. 자기가 영어를 잘하게 되면 자기의 자격도 높아지고 남들도 자기를 지금보다 더 사랑하고 존경하리라 하였다. 자기가 미국에 가서 미국 처녀들과 같이 미국 대학교를 졸업하고 집에 올때에 — 그때에는 암만하여도 자기와 동행하는 사람이 있으리라 하였다. 그리고 그 동행하는 사람은 남자요……키 크고 얼굴 번뜻한 남자요…… 미국서 대학교를 졸업한 남자라 하였다. 선형은 물론 일찍 그러한 남자를 본 적도 없고 그러한 남자가 있단 말도 못 들었거니와 하여간 자기가 미국서 대학교를 졸업하고 돌아올 때에는 반드시 그러한 남자가 자기의 동행이 되리라 하였다. 그러나 태평양 한복판에서 배 갑판 위에 그 사람과 서로 외면하고 서서 바다 구경을 하다가 배가 흔들려 제 몸이 넘어질 새 그 사람의 가슴에 넘어지면 어떻게 하나, 그러나 그것이 인연이 되어 본국에 돌아온 후 그 사람과 따뜻한 가정을 짓게 될는지도 모르겠다, 그리하고 벽돌 이층집에 나는 피아노 타고…… 이러한 것이 영어를 배우기 시작한 선형의 꿈이었다. 그는 아직 큐피드의 화살을 맞지 아니하였다. 그의 가슴에는 아직 인생이란 생각도 없고 여자 남자라는 생각도 없다. 그는 전 세계는 다 자기의 가정과 같고 천하 사람은 자기와 같거니 한다. 아니! 차라리 전 세계가 자기네 가정과 같은지 아니 같은지, 천하 사람이 자기와 같은지 아니 같은지 생각하여 본 적도 없다 함이 마땅할 것이로다. 그를 봄철 따뜻한 아침에 핀 꽃에 비길진댄 그는 아직 바람도 모르고 비도 모르고 늙음도 모르고 시들어 떨어짐도 모르는 바로 핀 꽃이라. 아무도 일찍 그에게 바람이란 것이며 비란 것이 있단 말과 혹 바람이란 것과 비란 것이 함께 오면 지금 핀 꽃도 떨어지는 수가 있고 다 피어보지 못한 꽃봉오리조차 떨어지는 수가 있다 하는 것을 일러준 적이 없었다. 그는 성경을 외웠다, 그러나 다만 외웠을 뿐이었다. 그는 하나님이 아담과 에와*¹를 만든 줄을 믿고 에와가 뱀의 꾀에 넘어 금한바 지식 열매를 따먹으므로 늙음과 죽음과 온갖 죄악

---

*1 하와(Hawwag).

이 세상에 들어왔단 말과 천당과 지옥과 십자가에 달린 예수와 예수가 어찌하여 십자가에 달린 것을 성경에 쓴 대로 다 외우고, 또 날마다 보는 신문의 삼면에 보이는 강도, 살인, 사기, 간음, 굶어 죽은 자, 목을 매어 자살한 자 등 여러 가지를 알며 또 그 말을 친구에게 전하기까지도 한다. 그러나 그러할 뿐이다. 그는 그 모든 것 — 위에 말한 그 모든 것과 자기와는 전혀 관계가 없는 것이어니 한다. 아니! 차라리 그는 그 모든 것이 자기와 관계가 있는지 없는지 생각하려고도 아니 한다. 그는 아직 난 대로 있다. 화학적으로 화합되고 생리학적으로 조직된 대로 있는 말하자면 아직도 실지에 한 번도 써보지 아니하고 곳간에 넣어둔 기계와 같다. 그는 아직 사람이 아니로다. 그는 예수교의 가정에 자라남으로 벌써 천국의 세례는 받았다, 그러나 아직도 인생이라는 불세례를 받지 못하였다. 소위 문명한 나라에 만일 선형이가 났다 하면 그는 어려서부터 — 칠팔 세부터 — 혹은 사오 세부터 시와 소설과 음악과 미술과 이야기로 벌써 인생의 세례를 받아 십칠팔 세가 된 금일에는 벌써 참말 인생인 한 여자가 되었을 것이라. 그러나 선형은 아직 사람이 되지 못하였다. 선형의 속에 있는 '사람'은 아직 깨지 못하였다. 이 '사람'이 깨어볼까 말까는 하나님밖에 아는 이가 없다.

이러한 것이 '순결하다' 하면 '순결하다'고도 할지요 '청정하다' 하면 '청정하다' 고도 할지나 그러나 이는 결코 '사람'은 아니요 다만 장차 '사람'이 되려 하는 재료니 마치 장차 조각물이 되려 하는 대리석과 같다. 이 대리석에 정이 맞고 끌이 맞은 뒤에야 비로소 눈 있고 코 있는 조각물이 됨과 같이 선형 같은 자도 인생이란 불세례를 받아 그 속에 있는 '사람'이 깬 뒤에야 비로소 참사람이 될 것이라.

순애는 이와 달라 어려서부터 겪어오는 자연한 단련에 얼마큼 속에 있는 '사람' 이 깨기는 하였으나 아직도 이불 속에서 돌아누운 것이요 아직 깬 것은 아니로다.

형식은 저 스스로 깬 '사람'으로 자처하거니와 그 역시 아직 인생의 불세례를 받지 못한 사람이라. 지금 이 방에 모여 앉은 세 사람 청년 남녀가 장차 어떠한 길을 지내어 '사람'이 되는고. 이 세 사람의 가슴은 마치 장차 오려는 폭풍을 기다리는 바다와 같다. 지금은 물결도 없고 거품도 없고 흐름도 없는 편편한 바다라. 이제 하늘로서 큰 바람이 내려와 이 바다의 물을 온통 흔들어 거기 물결을 만들고 거품을 만들고 흐름을 만들지니 그때야말로 비로소 참바다가 되리로다. 모르괘라. 그 바람이 무엇이며 그 바람을 보내는 자가 누구뇨. 지금 형식의 가슴에는 이 바람이 불어오려는 전조로 이상한 구름장이 하늘가에 배회한다.

28

형식은 김장로의 집에서 나왔다. 백운대 가로 이상한 구름장이 떠돌고 서늘한 바람이 후끈후끈하는 낮을 스쳐 지나간다. 형식은 시원하다 하였다. 아마 소나기가 지나가려는가 보다. 소나기가 지나가면 좀 서늘하여지리라 하였다. 그러고는 어서 소낙비가 왔으면 하였다.

형식은 아까 김장로의 집으로 들어갈 때와는 무엇이 좀 달라졌음을 깨달았다. 천지에는 여태껏 자기가 알지 못하던 무엇이 있는 듯하고 그것이 구름장 속에서 번개 모양으로 번쩍 눈에 보였는 듯하다. 그리고 그 번개같이 번쩍 보인 것이 매우 자기에게 큰 관계가 있는 듯이 생각된다. 형식은 그 속에 ─ 그 번개같이 번쩍 하던 속에 알 수 없는 아름다움과 기쁨이 숨은 듯하다고 생각하였다. 형식은 가슴속에 희미한 새 희망과 새 기쁨이 일어남을 깨달았다. 그리고 그 기쁨이 아까 선형과 순애를 대하였을 때에 그네의 살내와 옷고름과 말소리를 듣고 생기던 기쁨과 근사하다 하였다. 형식의 눈앞에는 지금껏 보지 못하던 인생의 일 방면이 벌어졌다. 자기가 오늘날까지 '이것이 인생의 전체로구나' 하던 외에 인생에는 다른 한 부분이 있고 그리하고 그 한 부분이 도리어 지금까지 인생으로 알아오던 모든 것보다 훨씬 중요하고 의미 있는 것인 듯하다. 명예와 재산과 법률과 도덕과 학문과 성공과 — 이렇게 지금껏 인생의 가장 중요한 내용으로 알아오던 것 외에 무슨 새로운 내용 하나가 더 생기는 듯하다. 그러나 아직 형식은 그것에 이름 지을 줄을 모르고 다만 '이상하다' 하고 놀랄 뿐이었다.

그리고 사오 년 동안을 날마다 다니던 교동으로 내려올 때에 형식은 놀랐다. 길과 집과 그 집에 벌여놓은 것과 그 길로 다니는 사람들과 전신대와 우뚝 선 우편통이 다 여전하건마는 형식은 그것들 속에서 전에 보지 못한 빛을 보고 내를 맡았다. 바꾸어 말하면 모든 그것들이 새로운 빛과 새로운 뜻을 가진 것 같다. 길 가는 사람은 다만 길 가는 사람이 아니요 그 속에 무슨 알지 못할 것이 품긴 듯하며 두부 장사의 '두부나 비지드렁 사료' 하고 외우는 소리에는 두부와 비지를 사라는 뜻밖에 더 깊은 무슨 뜻이 있는 듯하였다. 형식은 자기의 눈에서 무슨 껍질 하나가 벗겨졌거니 하였다. 그러나 이는 눈에서 껍질 하나가 벗겨진 것이 아니요 기실은 지금껏 감고 오던 눈 하나가 새로 뜬 것이로다. 아까 십자가에 달린 예수의 화상을 볼 때에 다만 그를 십자가에 달린 예수로 보지 아니하고 그 속에 새로운 뜻을 발견하게 된 것이 이 눈이 떠지는 첨이요, 선형과 순애라는 두 젊은 계집을 볼 때에 다만 두 젊은 계집으로만 보지 아니하고 그것이 우주와 인생의 알 수 없는 무슨 힘의 표현으로 본 것이 이 눈이 떠지는 둘째요, 지금 교동 거리에 보이는 모든 것에서 전에 보고 맡지 못하던 새 빛과 새 내를 발견함이 그 셋째라. 그러나 그는 이것이 무엇인지 분명히 이름 지을 줄을 모르고 다만 '이상하다' 하는 생각과 희미한 기쁨을 깨달을 뿐이라.

형식은 방에 돌아와 잠시 영채의 일을 잊고 새로 변화하는 마음을 돌아보았다. 가만히 눈을 감고 앉았노라면 전에 보던 시와 소설의 기억이 그때 처음 볼 때와 다른 맛을 가지고 마음속에 떠 나온다. 모든 것에 강한 색채가 있고 강한 향기가 있고 깊은 뜻이 있다. 형식은 '내가 지금까지 인생과 서적을 뜻을 모르고 보았구나' 하였다. 그러고는 모든 기억을 다 끌어내어 지금 새로 뜬 눈에 비추어 보았다. 그리한즉 모든 기억에 다 전에 보지 못하던 새로운 색채가 보인다. 형식은 눈이 부신 듯이 빙그레 웃었다. 그리하고 책장에 늘어 세운 양장 책들을 보았다. 자기는 다 알고 읽었거니 하였던 것이 기실은 알지 못하고 읽은 것임을 깨달았다. 형식은 모든 서적과 인생과 세계를 온통 다시 읽어볼 생각이 난다. 첫 페이지 첫 줄부터 온통 다시 읽더라도 '전에 읽은 적이 없구나' 하다시피 글귀마다 글자마다 새로운 뜻을 가지고 내 눈에 비치리라 하였다. 이렇게 생각하고 그는 책장에서 몇 권 책을 내어 전에 보던 데를 몇 군데 떠들어 보았다. 그리고 그 결과는 형식의 생각하던 바와 같았다.

형식은 이제야 그 속에 있는 '사람'이 눈을 떴다. 그 '속눈'으로 만물의 '속뜻'을 보게 되었다. 형식의 '속사람'은 이제야 해방되었다. 마치 솔씨 속에 있는 솔의 움이 오랫동안 솔씨 속에 숨어 있다가 ─ 또는 갇혀 있다가 봄철 따뜻한 기운을 받아 굳센 힘으로 그가 갇혀 있던 솔씨 껍데기를 깨트리고 가없이 넓은 세상에 쑥 나솟아 장차 줄기가 되고 가지가 나고 잎과 꽃이 피게 됨과 같이 형식이라는 한 '사람'의 씨 되는 '속사람'은 이제야 그 껍질을 깨트리고 넓은 세상에 우뚝 솟아 햇빛을 받고 이슬을 받아 한이 없이 생장하게 되었다.

형식의 '속사람'은 여문 지 오래였다. 마치 봄철 곡식의 씨가 땅속에서 불을 대로 불었다가 안개비만 조금 와도 하룻밤 새에 쑥 움이 나오는 모양으로 형식의 '속사람'도 남보다 풍부한 실사회의 경험과 종교와 문학이라는 수분으로 흠뻑 불었다가 선형이라는 처녀와 영채라는 처녀의 봄바람, 봄비에 갑자기 껍질을 깨트리고 뛰어난 것이라.

누가 '속사람이란 무엇이뇨'와 '속사람이 어떻게 깨는가'의 질문을 제출하면 그 대답은 이러하리라.

'생명이란 무엇이뇨'와 '생명이 나다 함은 무엇이뇨'의 질문에 대답할 수 없음과 같이 이도 대답할 수 없다고. 오직 이 '속사람'이란 것을 알고 '속사람이 깬다'는 것을 알 이는 오직 이 '속사람'이 깬 사람뿐이니라.

'깬' 형식은 장차 어찌 될는고. 이 이야기가 발전되어 나가는 양을 보아야 알 것이로다.

29

과연 소나기가 지나갔다. 그리고 동대문과 남산 새에 곱다란 무지개의 한 부분이 형식의 방에서 보인다. 형식은 한참이나 무지개를 보고 황홀하여 앉았다가 불현듯 영채를 생각하였다. 벌써 밤이 가까웠다. 영채의 위기는 일각일각이 가까워오는 듯하다. 형식은 두루마기를 뒤쳐 입고 집에서 뛰어나왔다. 그러나 어디로 갈 것인지, 무슨 일을 할 것인지 한참 막막하였다. 그러다가 무슨 결심을 한 듯이 안동을 향하고 부리나케 걸어간다. 형식은 어떤 '학생 기숙관'이라 하는 문 앞에 섰다. 이윽고 어떤 소년이 신을 끌고 나오더니 형식을 보고 경례한다. 형식은 소년의 손을 잡아 흔들며 묻기 어려운 듯이

"엊그저께 학감의 뒤를 따라갔던 학생이 누구요?"

소년은 방긋이 웃으며

"저는 모르겠습니다" 하고 이상한 듯이 형식의 얼굴을 본다. 황혼에 형식의 얼굴은 하얗게 보인다.

"아니야! 희경 군. 무슨 일이 있으니 누가 학감의 뒤를 따라갔는지 좀 알려주게."

희경은 형식의 태도가 수상함을 보고 웃음을 그치고 이윽히 생각한다. 형식의 말소리는 떨렸더라. 희경은 마침내

"종렬 군과 제가 갔었습니다" 하고 책망을 기다리는 듯이 우향우를 하며 고개를 돌린다. 형식은 기뻐하는 목소리로

"희경 군이 갔다 왔어? 참 일이 잘되었소!" 한다. 희경은 더욱 형식의 태도가 이상하다 하였다. 아무리 기생 월향이가 유명하기로 설마 형식이야 월향을 탐내어할까 함이라. 그래서 희경은 더욱 유심히 형식을 보며

"왜 그러셔요?"

형식은 이 말에는 대답도 아니 하고

"그러면 그 집 통호를 알겠나? 그 학감께서 가시던 집 ―."

"통호수는 모릅니다."

이 대답에 형식은 한참 낙망하더니 다시 희경의 손을 잡으며 "미안하나 내게 그 집을 좀 가르쳐주게" 하였다.

희경은 마지 못하는 듯이 들어가 모자와 두루마기를 입고 나온다. 희경은 '아마 학감의 일에 대하여 조사할 일이 있어 그러는가 보다' 하고 앞서서 종로로 향하여 간다. 형식은 희경의 뒤를 따라 가며 여러 가지로 생각하였다. 가서 어찌할까. 찾아서 설혹 영채를 만난다 하더라도 손에 '천 원'이 없으니 어찌할까. 만일 누가 방금 '천 원'을 가지고 와서 영채를 제 손에 넣는 계약을 맺는다 하더라도 '천 원'이 없는 나는 다만 그 곁에서 이를 갈 뿐이겠구나 하였다.

밤은 서늘하다. 종로 야시에는 '싸구려' 하는 물건 파는 소리와 기다란 칼을 내두르며 약 광고하는 소리도 들린다. 여기저기 수십 명 사람이 모여 선 것은 아마 무슨 값싸고 쓰기 좋은 물건을 파는 것인 듯. 사람들은 저녁의 서늘한 맛에 취하여 아무 목적 없이 왔다 갔다 한다. 그 사이로 어린 학생들은 둘씩 셋씩 떼를 지어 무슨 분주한 일이나 있는 듯이 무어라고 지껄이며 사람들 사이로 뛰어다닌다. 아직도 장옷을 쓴 부인이 계집아이에게 등불을 들리고 다니는 이도 있다. 우미관에서는 무슨 소위 '대활극'을 하는지 서양 음악대의 소요한 소리가 들리고 청년회관 이층에서는 알굴리기를 하는지 쾌활하게 왔다 갔다 하는 청년들의 그림자가 얼른얼른한다. 앞서가는 희경은 사람들이 모여선 곳마다 조금씩 조금씩 엿보다가는 형식의 발자취가 들리면 또 가고 가고 한다. 가물다가 비가 왔으므로 이따금 후끈후끈 흙내가 올라온다.

형식과 희경은 종각 모퉁이를 돌아 광통교로 향한다. 신용산행 전차가 커다란 눈을 부릅뜨고 두 사람의 앞으로 달아난다. 두 사람은 컴컴한 다방골 천변에 들어섰다. 천변에는 섬거적을 피고 사나이며 계집들이 섞여 앉아 무슨 이야기를 하고 웃다가 두 사람이 가까이 오면 이야기를 그치고 컴컴한 속에서 두 사람을 쳐다본다. 두 사람이 아니 보일만 하면 또 이야기와 웃기를 시작한다. 혹 뒤창으로 기웃기웃 엿보는 행랑 아씨의 동백기름 번적번적하는 머리도 보인다. 희경은 가끔 길을 잊은 듯하여 우뚝 서서 사방을 돌아보다가는 그대로 가기도 하고 혹 "잘못 왔습니다" 하고 웃으며 오륙 보나 뒤로 물러와 좁은 골목으로 들어가기도 한다. 어떤 집 문 밖에는 호로 씌운 인력거가 놓이고 인력거꾼이 그 인력거의 발등상에 걸앉아 가늘게 무슨 소리를 한다. '계옥'이니 '설매'니 하는 고운 이름을 쓴 장명등이 보이고 혹 어디선지 모르나 "반나마 —" 하는 시조의 첫 구절이 떨려 나오며 그 뒤를 따라 이삼 인 남자가 함께 웃는 듯한 웃음 소리가 들린다. 형식은 '화류촌이로구나' 하였다. 처음 이러한 곳에 오는 형식은 이상하게 가슴이 서늘함을 깨달았다. 그래서 그는 행여 누가 보지나 않는가 하고 얼른 고개를 돌려 뒤를 돌아보기도 하였다. 남치마 입은 기생 두엇이 길모퉁이에서 양인을 보고 '소곤소곤' 하며 웃고 지나갈 때에 형식은 남모르게 가슴이 뛰고 얼굴이 후끈 하였다. 양인은 아무 말도 없이 간다. 양인의 구두 소리가 벽에 울려 이상 하게 '뚜벅뚜벅' 한다. 희경은 몇 번이나 길을 잃었다가 마침내 "여기올시다" 하고 어떤 장명등 단 집을 가리킨다. 형식은 더욱 가슴 이 서늘하며 그 대문 앞에 우뚝 서서 장명등을 보았다. '계월향!'

'계월향!' 하고 형식은 고개를 흔들었다. 그러면 월향은 영채가 아니런가. 기생이 되매 이름은 고칠지언정 성조차 고쳤으랴, 그러면 월 향은 영채가 아닌가. 그러면 영채는 기생이 아니 되었는가. 내가 일찍 상상하던 모양으로 우리 영채는 어떤 귀한 가정에 거둠이 되어 학교에 다니며 즐겁게 지내는가. 형식은 크게 의심하였다. 희경은 두어 걸음 비켜서서 장명등 빛에 해쓱해 보이는 형식의 얼굴을 보고 '무슨 근심이 있구나' 하였다.

30

영채는 칠 년 만에 형식을 만나 일변 반갑고 일변 기쁨을 이기지 못하여 울며 칠 년 동안에 지나온 이야기를 하려다가 문득 말을 그 치고 일어나 울면서 집에 돌아왔다.

형식이 서울에 있다는 말을 듣고 만나고 싶은 마음은 불같이 일어났으나 자연히 찾아보리라는 결심을 정하지 못하고 한 달이 지났 었다. 그러다가 그날 아침에 '오늘은 기필코 형식을 찾아보리라' 하고 오후에 형식을 찾아왔다가 만나지 못하고 저녁에 또 찾아왔던 것이라.

　세상에 영채에게 제일 가까운 사람은 형식밖에 없다. 부모도 없고 형제도 없고 일가도 없고 오직 남은 것이 어려서 같이 자라나던 형식이란 사람 하나뿐이라. 영채의 부친과 형들이 평양 감옥에서 죽기 전까지는 영채는 그네를 위하여 살았었다. 그러나 그네가 죽은 뒤에는 영채는 오직 이형식이라 하는 사람을 위하여 살았다. 더구나 낫살이 점점 많아지고 몸이 기생이 되어 여러 십 명, 여러 백 명 육욕밖에 모르는 짐승 같은 남자에게 갖은 회롱을 다 받은 영채는 세상에 믿을 만하고 의지할 만한 남자는 형식 밖에 없다 하였다. 형식이가 서로 떠난 지 칠팔 년 간에 어떻게 변화하여 어떠한 사람이 되었는지는 영채에 대하여는 문제가 아니었었다. 영채는 다만 형식이라 하는 사람은 천 년을 가나 만 년을 가나 이전 안주골 자기 집에 있을 때의 그 형식이거니 하였다. 영채는 착하던 사람이 변하여 좋지 못하게 되는 줄을 모른다. 좋은 사람은 천생 좋은 사람이요 평생 좋은 사람이거니 한다. 그와 같이 악한 사람은 천생 악한 사람이요 평생 악한 사람이거니 한다. 영채는 어려서는 악한 사람을 보지 못하였었다. 그의 아버지도 착한 사람이요 오라버니네도 착한 사람이었고 그 집 사랑에 와있던 또는 다니던 사람들도 착한 사람이었다. 형식도 물론 착한 사람이었다. 그리고 그가 《소학》과 《열녀전》 같은 책을 배울 때에 그 속에 나오는 사람들도 다 착한 사람이었다. 영채는 어린 생각에도 그 책에 있는 인물과 자기의 가정과 주위에 있는 인물과는 같은 인물이어니 하였다. 그리고 영채 자신도 착한 사람이었다. 《내칙》이나 《열녀전》에 있는 여자들과 자기와는 같은 여자라 하였었다. 그리고 세상은 다 자기의 가정과 같으려니, 세상 사람은 다 자기와 및 자기의 주위에 있는 사람들과 같으려니 하였었다. 저

김선형이나 이 박영채나 이 점에 이르러서는 공통이로다.

　그러나 착하던 자기의 아버지며 주위의 사람들이 도리어 죄를 지고, 세상 사람의 비웃음과 조롱을 받게 됨을 보고 어린 마음에는 한번 놀랐다. 또 외가에 가서 표종형댁*¹의 학대와 조카네의 학대를 당하고, 거기서 도망할 때에 어느 촌중 아이들의 핍박을 당하고 그 날 저녁 숙천 땅 어느 주막에서 그 변을 당하고 마침내 평양에서 자기의 몸이 기생으로 팔리게 되매 어린 영채는 세상이 자기의 가정과 다르고 세상 사람들이 자기와 및 자기의 주위에 있던 사람들과 다름을 깨달았다. 다시 말하면 세상에 악이란 것이 있고 세상 사람에 악인이란 것이 있는 줄을 깨달았다. 그러나 영채는 이 악한 세상과 악한 사람들은 자기와 아무 상관이 없거니 하였다. 영채는 결코 자기의 착하던 가정과 저 악한 세상과 또 자기가 일찍 보던 착한 사람들과 자기가 지금 보는 악한 사람들을 혼동하지 못하였다. 그래서 영채는 세상에는 악한 세상과 착한 세상이 있고 사람에는 악한 사람과 착한 사람이 있어 각각 종류가 다르고 합할 수 없음이 마치 물과 기름과 같다 하였다. 그러나 영채가 점점 경험을 쌓아감을 따라 또 이 진리도 깨달았다 ― '악한 세상은 착한 세상보다 크고 악한 사람은 착한 사람보다 많다' 함을.

　영채는 집을 떠난 지 칠팔 년간에 아직 한 번도 착한 세상을 보지 못하고 착한 사람을 만나지 못하였다. 그는 칠 년 동안을 자기의 고향인 착한 세상을 떠나서 악한 타향에 객이 되고 자기의 동족인 착한 사람들을 떠나서 자기의 원수인 악한 사람들에게 온갖 조롱과 온갖 고초를 당하였다. 그러나 그는 착한 세상과 착한 사람이 없다고 생각하지 아니하였나니 대개 그가 칠 년 전에 그러한 세상과 그러한 사람들을 목격하였음이라. 그리고 자기는 《열녀전》《내칙》《소

---

*1 외종사촌형의 아내.

학》속에 있는 사람들과 같은 사람이니 결코 악한 세상에 버물릴 수 없는 사람이라 하였다. 영채의 아버지가 영채의 어렸을 때에 가르친 《열녀전》과 《내칙》과 《소학》은 과연 영채의 일생을 지배한 것이라.

영채는 이렇게 생각하였다. 착한 세상도 있기는 있고 착한 사람도 있기는 있건마는 자기는 무슨 운수로 일시 그 착한 세상을 떠나고 착한 사람을 떠난 것이니 일생에 반드시 자기는 그러한 세상과 사람을 찾을 날이 있으리라고. 그러므로 그가 남대문 안에서 동대문까지 늘어선 만호장안을 볼 때에 이중에 어느 집이 칠 년 전에 자기가 있던 집과 같은 집이며 종로 네거리에 왔다 갔다 하는 여러 만 명 사람을 대할 때에 이 중에 어떠한 사람이 일찍 자기가 보던 사람과 같은 사람인가 하였다.

그는 좋은 옷을 입고 좋은 시계를 차고 자기에게 가까이하는 사람을 대할 때에 마음에는 항상 '너는 나와는 딴 세계 사람!' 하고 일종 경멸하는 모양으로 그네를 대하여왔다. 영채는 장안에 착한 집과 착한 사람이 있는 줄을 믿는다. 그리고 밤과 낮으로 그 집과 그 사람을 찾으려고 애를 쓴다. 그러나 영채의 기억에 있는 착한 사람은 오직 이형식이라. 영채가 칠 년 동안 수십 명, 수백 명의 남자를 대하되 오히려 몸을 허하지 아니하고 주야 일념에 이형식을 찾으려 함이 실로 이 뜻이었다. 그러다가 마침내 형식이 서울에 있는 줄을 알고 이렇게 찾아왔던 것이라.

31

영채는 그동안 여러 기생을 보았다. 그리고 그네들 중에 어떠한 사람이 있는가 보았다. 영채가 '형님!' 하고 정답게 지내던 자도 수십 인이요, '애, 네더냐' 하고 동무로 지내던 자도 수십 인이요, 영채더러

'형님!' 하고 정답게 따르던 자도 몇 사람 있었다.

영채가 평양서 기생이 되어 맨 처음 '형님!' 하고 정들인 기생은 계월화라 하는 얼굴 곱고 소리 잘하는 사람이었다. 그때에 평양 화류계에 풍류남자들의 눈은 실로 이 월화 한 사람에게 모였었다. 월화는 단율*¹도 잘 짓고 묵화도 남 지지 아니하게 쳤다. 그래서 월화는 매우 자존하는 마음이 있어서 여간한 남자는 가까이 하지도 아니하였다. 그러므로 퇴맞은 남자들에게는 '교만한 년' '괘씸한 년'이라는 책망도 듣고 그 소위 어미 되는 노파에게는 '손님께 공손하라'는 경계도 들었다. 그러나 월화는 자기의 얼굴과 재주를 높이 믿었다. 그래서 제 눈에 낮게 보이는 손님을 대할 때에는 "솔이 솔이 하니 무슨 솔이로만 여겼던가, 천인절벽에 낙락장송 내 기(其)로다. 길 아래 초동의 낫이야 걸어볼 줄 있으랴" 하는 솔이가 지은 시조를 불렀다. 그래서 그의 친구들은 월화를 '솔이'라고 별명을 지었다. 실로 월화의 이상은 '솔이(松伊)'였었다. 영채가 월화를 사랑하게 된 것도 이 때문이라. 영채의 눈에 월화라는 기생은 족히 《열녀전》에 들어갈 만하다 하였다. 그리고 '솔이' 라는 기생이 어떠한 기생인지도 모르면서 월화가 솔이를 이상으로 하는 것을 보고 자기도 그 모양으로 솔이를 이상으로 하였다. 영채가 일찍 월화에게 안기며, '형님! 형님과 저와 솔이와 세 사람이 친구가 됩시다' 한 일이 있었다. 그리고 나도 반드시 월화 형님과 같이 솔이가 되리라 하였다.

월화의 얼굴과 재주를 보고 여러 남자가 침을 흘리며 모여들었다. 그러한 사람들 중에는 부자도 있고 미남자도 있었다. 그 사람들은 다투어 옷을 잘 입고 금시계와 금반지를 끼고 아무리 하여서라도 월화의 사랑을 얻으려 하였다. 그러나 월화가 머릿속에 그리는 남자는 그러한 경박자(輕薄子)는 아니었다. 월화는 이태백을 생각하고 고

---

*1 기·승·전·결 총 4구 형식의 율시.

적(高適)과 왕창령(王昌齡) 같은 성당 시대(盛唐時代)의 시인을 생각하고 양창곡(楊昌曲)과 이도령(李道令)을 생각하였다. 그러나 월화의 주위에 모여드는 남자들 중에는 하나도 그러한 사람이 없고 다만 '돈'과 '육욕'이 있는 사람뿐이었다. 월화는 어느 요리점 같은 데 불려 갔다가 밤이 깊어 돌아오는 길에 영채를 찾아와서는 흔히 눈물을 흘리며

"영채야. 세상이 왜 이렇게 적막하냐. 평양 천지에 사람 같은 사람을 볼 수가 없구나" 하였다. 영채는 아직 그것이 무슨 뜻인지는 모르거니와 대체 '제 마음에 드는 사람'이 없다는 뜻이어니 하였다. 그러고는 영채는 어린 생각에 '나는 이형식이가 있는데' 하였다.

월화는 점점 세상을 비감하게 되었다. 그가 영채에게 당시를 가르치다가 흔히 영채를 꼭 껴안고 눈물을 흘리며

"영채야, 네나 내나 왜 이러한 조선에 났겠느냐" 하였다. 그때에 영채는 무슨 뜻인지 모르고

"그러면 어디 났으면 좋겠소?" 하였다. 월화는 영채의 어린 것을 불쌍히 여기는 듯이

"너는 아직 모르는구나" 하였다. 월화는 성당 시대 강남에 나지 못한 것을 한하였다. 탁문군은 자기언마는 〈봉황곡〉으로 자기를 후리는 사마상여의 없음을 한하였다.*1 월화의 생각에는 하늘이 대동강을 내시매 모란봉을 또 내셨으니 계월화는 대동강이 되려니와 누가 모란봉이 되어 봄에는 꽃으로, 가을에는 단풍으로 그 그림자를 부벽루 앞에 비추리오 하였다.

월화는 조선 사람의 무지하고 야속함을 원망하였다. 더구나 평양

---

*1 《한서(韓書)》의 〈사마상여전(司馬相如傳)〉에 수록된 고사 가도사벽(家徒四壁)에 등장하는 탁문군(卓文君)과 사마상여(司馬相如)의 이야기를 말한다. 가도사벽이란 집에 네 벽밖에 없을 만큼 집안 형편이 아주 어렵다는 뜻이다. 조선시대 가사 〈봉황곡(鳳凰曲)〉 역시 사마상여가 지은 〈봉구황곡(鳳求凰曲)〉에서 딴 것임.

남자에 일개 시인이 없고 일개 문사가 없음을 한하였다. 그가 나이 이십이 되도록 한 번도 자기의 뜻에 맞는 남자를 만나지 못하고 슬픈 마음과 세상을 경멸하는 비웃음으로 옛날 시를 읊고 저도 시와 노래를 짓기로 유일의 벗을 삼았었다. 그리고 영채를 사랑하여 친동생같이 귀애하며 시읽기와 시짓기를 가르치고 마음이 슬플 때에는 잘 알아듣지도 못하는 영채에게 자기의 회포를 말하였다. 그러할 때마다 영채는 '형님!' 하고 월화의 가슴에 안겨 울었다.

일찍 어느 연회에 평양 성내 소위 일류 인사들과 일등 명기가 일제히 모였다. 이른 여름 바람 잔잔한 모란봉 밑 부벽루가 그 회장이었다. 그때 월화가 영채에게 "얘 영채야, 너는 보느냐" 하고 한편 구석에 끌고 가서 귓속말을 하였다. "무엇이오?" 하고 영채는 좌석을 돌아보았다. 월화는 영채의 귀에 입을 대고 "저기 모인 저 사람들이 평양에 일류명사란다. 그런데 저 소위 일류명사란 것이 모두 다 허수아비에게 옷 입혀놓은 것이란다" 하고 다시 기생들을 가리키며 "저것들은 소리와 몸을 팔아먹고 사는 더러운 계집들이란다" 하였다. 그때에는 영채가 열다섯 살이었다. 그러므로 전보다 분명하게 월화의 말하는 뜻을 알아들었다. 그리고 "참 그렇소" 하고 조그마한 고개를 까땍까땍 흔들었다. 이러한 말을 할 때에 어떤 양복 입은 신사가 웃으며 월화의 곁에 오더니 목에 손을 얹으며 "얘 월화야. 어째 여기 섰느냐" 하고 끌고 가려 한다. 이 신사는 그때에 한창 월화에게 미쳤던 평양 일부 김윤수의 맏아들이니 지금 나이 삼십여 세에 여태껏 하여온 일이 기생 외입밖에 없었다. 월화는 물론 이 사람을 천히 여겼다. 그래서 이 사람 앞에서도 '솔이 솔이 하니'를 불렀다. 이때에 월화는 너무 불쾌하여 "왜 이러시오" 하고 몸을 뿌리쳤다. 뒤에 알아본즉 이때에 이 좌석에 월화의 마음을 끄는 어떤 신사가 있었더라. 그는 어떠한 사람이며 그와 월화와의 관계는 장차 어찌 될는고.

32

그 연회로서 돌아오는 길에 영채는 월화를 따라 청류벽 밑으로 산보하였다. 그때에 마침 평양 패성중학이라는 학교의 학생 사오 인이 청류벽 바위 위에 서서 유쾌하게 노래를 부른다. 그 노래는 이러하다.

굽이지는 대동강이
능라도를 싸고도니
둥두렷한 모란봉이
우쭐우쭐 춤을 추네
청류벽에 걸어앉아
가는 물아 말을 들어!
청춘의 더운 피를
네게 부쳐 보내고저

월화가 영채의 소매를 당기며
"얘, 저 노래를 듣느냐."
"매우 듣기 좋습니다."
월화는 한숨을 쉬며
"저 속에 시인이 있기는 있구나" 하고 산연히 눈물을 흘렸다. 영채는 무슨 뜻인지 모르고 다만 청류벽 위에서 노래 부르던 학생들을 보았다. 학생들은 여전히 노래를 부르는 데 두루마기 자락이 바람에 펄펄 날린다. 영채도 어째 자연히 그 학생들이 정다운 듯하고 알 수 없는 설움이 가슴에 떠오르는 듯하여 월화의 어깨에 엎데어 월화와 함께 울었다. 월화는 영채를 안으며

"영채야, 저 속에 참 시인이 있느니라" 하고 아까 하던 말을 또 한다. "우리가 날마다 만나는 사람들은 죽은 사람들일다. 그것들은 먹고 입고 계집 희롱하는 것밖에 아무 것도 없는 것들이니라. 그러나 저 학생들 속에 참 시인이 있느니라."

이때에 학생들이 또 다른 노래를 부른다.

새벽빛이 솟는다
해가 오른다
땅 위에 만물이
기뻐 춤을 추노나
천하 사람 꿈꿀 제
나만 일어나
하늘을 우러러
슬픈 노래 부르네

월화는 못 견디어 하는 듯이 발을 동동 굴렀다. 영채더러
"애, 저기 올라가보자."

그러나 이 말이 끝나기 전에 학생들은 모자를 벗어 두르고 저편 고개로 넘어가고 말았다. 월화는 길가 돌 위에 펄썩 주저앉아서 아까 학생들이 부르던 노래를 십여 차나 불러보았다. 영채도 자연히 그 노래가 마음에 드는 듯하여 월화와 함께 십여 차나 불렀다. 그리고 월화는 한참이나 지금 학생들 섰던 곳을 바라보았다. 그러나 그 학생들은 다시 보이지 아니하였다.

그로부터 월화는 더욱 우는 날이 많게 되었다. 영채는 월화와 함께 울고 틈이 있는 대로는 월화와 같이 있었다. 영채는 더욱더욱 월화에게 정이 들고 월화도 더욱더욱 영채를 사랑하였다. 열다섯 살이

나 된 영채는 차차 월화의 뜻을 알게 되었다. 뜻 알게 될수록 월화의 눈물에 동정하게 되었다. 영채도 점점 미인이라는 이름과 노래 잘하고 단율 잘 짓는다는 이름이 나서 영채라는 오늘 아침에 핀 꽃을 제가 꺾으리라 하는 사람이 많게 되었다. 그리하여 일찍 월화가 부벽루에서 하던 말이 무슨 뜻인지를 알게 되었다.

그러나 부벽루 연회 이래로 월화의 변하고 괴로워하는 모양을 보매 어린 영채도 월화에게 무슨 일이 생긴 줄은 짐작하였다. 영채도 이제는 남자가 그리운 생각이 나게 되었다. 못 보던 남자를 대할 때에는 얼굴도 후끈후끈하고 밤에 혼자 자리에 누워 잘 때에는 품어줄 누구가 있었으면 하는 생각이 나게 되었다. 한번은 영채와 월화가 연회에서 늦게 돌아와 한자리에서 잘 때에 영채가 자면서 월화를 꼭 껴안으며 월화의 입을 맞추는 것을 보고 월화는 혼자 웃으며 '아아, 너도 깨었구나 — 네 앞에 설움과 고생이 있겠구나' 하고 영채를 깨워

"영채야, 네가 지금 나를 꼭 껴안고 입을 맞추더구나" 하였다. 영채는 부끄러운 듯이 낯을 월화의 가슴에 비비고 월화의 하얀 젖꼭지를 물며 "형님이니 그렇지" 하였다. 이만큼 영채도 철이 났으므로 월화의 눈물에는 반드시 무슨 뜻이 있으리라 하였다. 그리고 물어볼까 물어볼까 하면서도 자연히 제가 부끄러워 물어보지 못하고, 다만 영채 혼자 생각에 아마 월화가 그때 청류벽에서 노래 부르던 학생을 생각하는 게로다 하였다. 영채의 눈에도 그 청류벽에서 노래 부르던 학생의 모양이 잊히지를 아니한다. 물론 길에서 청류벽을 바라보면 그 위에 선 사람의 얼굴의 윤곽이 보일 뿐이요 눈과 코도 잘 분변치는 못하겠으나 다만 거룩한 듯한 모양과 깨끗한 목소리와 뜻 있고 아름다운 노래가 두 여자의 가슴을 서느렇게 한 것이라. 그 청년들은 아마 무심하게 그 노래를 불렀으련마는 아직 '진실한 사람'

'정성 있는 사람' '희망 있는 사람' '사람다운 사람'을 만나보지 못하던 그네에게는 그 학생들의 모양과 노래가 지극히 분명하게 청신하게 인상이 박힌 것이라. 영채는 가만히 그 노래 부르던 학생들과 지금껏 같이 놀던 소위 신사들을 비교할 때에 아무리 하여도 그 학생이 정이 든다 하였다. 영채는 근래에 더욱 가슴 속이 서늘하고 몸이 간질간질하고 자연히 마음이 적막함을 깨닫는다. 월화가 물끄러미 자기의 얼굴을 볼 때에는 혹 자기의 속을 꿰뚫어 보지 아니하는가 하여 가만히 고개를 숙였다. 월화도 영채의 마음이 점점 익어옴을 깨달았다. 그리고 자기의 과거를 생각하매 영채의 장래에 설움이 많을 것을 생각하였다. 그래서 월화는 영채가 잘못하여 세상에 섞이기를 두려워하는 모양으로 항상 "영채야, 지금 세상에는 우리의 몸을 의탁할 만한 사람이 없느니라" 하고 옛날 시로 일생의 벗을 삼기를 권하였다.

영채는 월화의 눈물의 뜻을 알려 하였다. 그러다가 마침내 알 기회가 이르렀다.

33

하루 저녁에는 월화가 영채를 찾아와서 연설 구경을 가자고 한다. 그때에 평양에는 패성학교라는 새로운 학교가 일어나 사방으로서 수백 명 청년이 모여들고 패성학교장 함상모는 그 수백여 명 청년의 진정으로 앙모하는 선각자러라. 함교장은 매 주일에 1차씩 패성학교 내에 연설회를 열고 아무나 와서 방청하기를 청하였다. 평양 사람들은 혹은 새로운 말을 들으리라는 정성으로 혹은 다만 구경이나 하리라는 호기심으로 저녁 후면 패성학교 대강당이 터지도록 모여들었다. 함교장은 열성이 있고 웅변이 있었다. 그가 슬픈 말을 하게 되면 청중은 모두 눈물을 흘리고 그가 기쁜 말을 하게 되면 청중은 모두 손뼉을 치고 쾌하다 부르짖으며 그가 만일 무슨 악한 일을 꾸짖게 되면 청중은 눈초리가 째어지고 입에 거품을 물었다. 그의 말하는 제목은 조선 사람도 남과 같이 옛날 껍데기를 벗어버리고 새로운 문명을 실어 들여야 할 일과 지금 조선 사람은 게으르고 기력이 없나니 새롭고 잘사는 민족이 되려거든 불가불 새 정신을 가지고 새 용기를 내어야 한다는 것과, 이렇게 하려면 교육이 으뜸이니 아들이나 딸이나 반드시 새로운 교육을 받아야 한다 함이라.

영채도 함교장이란 말도 듣고 함교장이 연설을 잘한다는 말도 들었으므로 월화를 따라 패성학교에 갔다. 두 사람은 아무쪼록 검소한 의복을 입었으나 얼굴과 태도를 속일 수가 없으며 또 양인이 다 지금 평양에 이름난 기생이라 모이는 사람들 중에 손가락질하고 소곤소곤하는 것이 보인다. 월화와 영채는 회중을 헤치고 들어가 저편 구석에 가지런히 앉았다. 어떤 사람은 일부러 등을 밀치기도 하고 발을 밟기도 하고 혹 제 손으로 두 사람의 손을 스치기도 하고 혹 어떤 사람은 월화의 겨드랑에 손을 넣는 자도 있다. 월화는 '너희는 기생이란 것만 알고 사람이란 것은 모르는구나' 하고 영채를 안는 듯이 앞세우고 들어간 것이라. 부인계에는 연설을 들을 자도 없고 들으려 하는 자도 없으매 별로 부인석이란 것이 있지 아니하므로 남자들 앉은 걸상 한편 옆에 앉았다. 함교장이 이윽고 부인이 있음을 보더니 어떤 학생을 불러 무슨 말을 한다. 그 학생이 의자 둘을 가져다가 맨 앞줄 왼편 끝에 놓더니 두 사람 곁에 와서 은근히 경례를 하면서

"저편으로 와 앉으십시오" 하고 두 사람을 인도한다. 두 사람은 기생 된 뒤에 첫 번 사람다운 대접을 받는다 하였다. 이윽고 학생들이 들어와 착석한다. 월화는 저 학생들이 자기를 보는가 하고 가만히

학생들의 동정을 보았다. 그러나 학생들은 모두 정면한 대로 까딱도 아니하고 앉았다. 월화는 영채를 보고 가만히

"얘, 저 학생들은 우리가 보던 사람과는 딴 세상 사람이지?" 하였다. 과연 함교장은 청년을 잘 교육하였다. 설혹 개성을 무시하고 만인을 한 모형에 집어넣으려는 구식 교육가의 때를 아주 다 벗지는 못하였으나 그래도 당시 조선에는 유일한 가장 진보하고 열성 있는 교육가였다. 과연 평양 성내에 월화를 보고 눈에 음란한 웃음을 아니 띠는 자는 패성학교 학생밖에 없을 것이라. 학생들도 만일 월화를 본다 하면 '어여쁘다' 하는 생각이 날는지도 모르고 '한 번 더 보자' 하는 생각이 날는지도 모르거니와 그네는 결코 다른 사람들과 같이 '저것을 하룻밤 데리고 놀았으면 좋겠다' 하는 생각은 두지 아니한다. 또 설혹 그네가 '저것을 내 것을 삼았으면' 하는 생각이 난다 하더라도 결코 다른 사람들과 같이 무릎에 앉히고 희롱하려 함이 아니요 '나의 아내를 삼아 사랑하고 공경하리라' 함이라. 다른 사람들은 월화를 다만 한 장난감으로 알되 그네는 비록 기생을 천히 여긴다 하더라도 그 역시 내 동포여니 내 누이어니 하는 생각은 있다.

이윽고 함교장이 연단에 올라선다. 만장에 박수가 일어나고 월화도 두어 번 박수한다. 영채는 옳지, 부벽루에서 말하던 이로구나 하였다. 함교장은 위엄 있는 태도로 이윽히 회중을 내려다보더니

"여러분," 하고 입을 열어 "여러분의 조상은 결코 여러분과 같이 마음이 썩어지지 아니하였고 여러분과 같이 게으르고 기운 없지 아니하였소. 평양성을 쌓은 우리 조상의 기상은 웅대하였고 을밀대와 부벽루를 지은 우리 조상의 뜻은 컸소이다" 하고 감개무량한 듯이 한참 고개를 숙이더니 "여러분! 저 대동강에 물은 날로 흘러가나니 평양성을 쌓고 을밀대를 짓는 우리 조상의 그림자를 비추었던 물은 지금 어디 간 곳을 알지 못하되 오직 뚜렷한 모란봉은 만고에 한 모양

으로 우리 조상의 발자국을 지니고 섰소이다. 아아, 여러분아, 여러분의 웅장한 조상에게 받은 정신을 흘러가는 대동강에 부쳤는가, 만고에 우뚝 솟은 모란봉에 부쳤는가" 하고 흐르는 눈물로써 말을 잠깐 그치니 만장이 숙연히 고개를 숙인다. 함교장은 여러 가지로 조선 사람의 타락한 것을 개탄한 뒤에 일단 더 소리를 높여 "여러분! 여러분은 이 무너져가는 평양성과 을밀대를 다 헐어내어 흘러가는 대동강수에 부쳐 보내고 우리의 새로운 정신과 새로운 기운으로 새로운 평양성과 새로운 을밀대를 쌓으샤이다" 하고 유연히 단을 내리니 만장이 박수갈채성에 한참이나 흔들리는 듯하다. 월화는 영채의 손을 꼭 쥐고 몸을 바르르 떤다. 영채는 놀라 월화를 보니 무릎 위 치맛자락에 굵은 눈물이 뚝뚝 떨어지더라.

영채도 함교장의 풍채를 보고 연설을 들으매 돌아가신 아버지의 생각이 나서 울면서 월화를 따라 집에 돌아왔다. 그러나 월화의 눈물은 영채의 눈물과는 달랐다. 월화의 눈물은 어떠한 눈물이던고.

34

집에 돌아와 월화는 펄썩 주저앉으며 영채더러 "영채야, 나는 내가 구하던 사람을 찾았다. 나는 부벽루에서 함교장의 풍채를 보고 말을 들으매 자연히 정신이 황홀하여짐을 깨달았다. 그리고 오늘 저녁 그의 풍채와 말을 또 들으니 내 마음은 온통 그이게로 가고 말았다. 조선 천지에서 내가 찾던 사람을 이제야 만났구나" 하고 빙긋이 웃는다. 영채는 그제야 월화의 눈물 뜻을 깨달았다. 자기는 함교장을 아버지같이 생각하였는데 월화는 자기의 정든 임같이 생각하는구나 하였다. 그러고는 다시 월화의 얼굴을 보았다. 월화의 눈썹에는 맑은 눈물이 맺혔다. 월화는 다시

"영채야, 너는 그때에 부벽루에서 부르던 노래 뜻을 아느냐.

　천하 사람
　꿈꿀 제
　나만 일어나
　하늘을 우러러
　슬픈 노래 부르네

　이 노래 뜻을 아느냐."
　영채는 아는 듯도 하면서도 말할 수는 없어 잠자코 앉았다. 월화
는 영채를 이윽히 보더니,
　"온 조선 사람이 다 자고 꿈을 꾸는데 함교장 혼자 깨어 일어났구
나. 우리를 찾아오는 소위 일류 신사님네는 다 자는 사람들인데 그
속에 깨어 일어난 것은 함교장뿐이로구나."
　영채는 과연 그럴듯하다 하고
　"그러면 왜 하늘을 우러러 슬픈 노래를 부르나요?"
　"깨어 일어나 본즉 천하 사람은 아직도 꿈을 꾸겠지. 암만 깨어라
깨어라 하여도 깰 줄은 모르고 잠꼬대만 하니 왜 외롭고 슬프지를
아니하겠느냐. 그러니까 하늘을 우러러 슬픈 노래를 부르는 것이지"
하고 영채의 손을 잡아끌어다가 자기의 무릎 위에 엎데게 하고
　"그런데 나도 역시 하늘을 우러러 슬픈 노래를 부른다."
　영채는 얼마큼 알아들으면서도
　"왜? 왜 슬픈 노래를 불러?"
　"평양 성내 오륙십 명 기생 중에 나밖에 깬 사람이 누구냐. 모두
다 사람이 무엇인지, 하늘이 무엇인지도 모르는 중에 나밖에 깬 사
람이 누구냐. 나는 외롭구나, 슬프구나. 내 정회를 들어줄 사람이라

고는 너 하나밖에 없구나" 하고 영채의 등에 이마를 비비며 영채의 허리를 끊어져라 하고 쓸어안는다. 영채는 이제는 월화의 하는 말을 다 알아듣는다. 월화는 다시 말을 이어

"나는 지금 스무 살이다. 나는 이십 년 동안 찾던 친구를 이제는 찾아 만났다. 그러나 만나고 본즉 그는 잠시 만날 친구요 오래 이야기하지 못할 친군 줄을 알았다. 그러니까, 나는 그만 갈란다" 하고 영채를 일으켜 앉히며 더욱 다정한 말소리로

"애, 너와 나와 삼 년 동안 동기같이 지내었구나. 이것도 무슨 큰 연분이로다. 안주 땅에 난 너와 평양 땅에 난 나와 이렇게 만내어 이렇게 정답게 지낼 줄을 사람이야 누가 뜻하였겠느냐. 이후도 나를 잊지 말고 '형님'이라고 불러다고" 하면서 그만 울며 쓰러진다. 영채는 월화의 말이 이상하게 들려 몸에 와싹 소름이 끼치면서

"형님! 왜 오늘 저녁에는 그런 말씀을 하셔요?" 하였다. 월화는 일어나 눈물을 뿌리고 망연히 앉았다가

"너는 부디 세상 사람에게 속지 말고 일생을 너 혼자 살아라. 옛날 사람으로 벗을 삼아라 — 만일 네 마음에 드는 사람을 만나지 못하거든" 한다. 이런 말을 하고 그날 밤도 둘이서 한자리에 잤다. 둘은 얼굴을 마주 대고 서로 꼭 안았다. 그러나 나 어린 영채는 어느덧 잠이 들었다. 월화는 숨소리 편안하게 잠이 든 영채의 얼굴을 이윽히 보고 있다가 힘껏 영채의 입술을 빨았다. 영채는 잠이 깨지 아니한 채로 고운 팔로 월화의 목을 꼭 쓸어안았다. 월화의 몸은 벌벌 떨린다. 월화는 가만히 일어나 장문을 열고 서랍에서 자기의 옥지환을 내어 자는 영채의 손에 끼우고 또 영채를 꼭 껴안았다.

짜른 여름밤이 새었다. 영채는 어렴풋이 잠을 깨어 팔로 월화를 안으려 하였다. 그러나 월화가 누웠던 자리는 비었다. 영채는 깜짝 놀라 일어나서 "형님! 형님!" 하고 불렀다. 그러나 대답이 없었다. 영

구히 없었다. 영채는 자기 손에 끼인 옥가락지를 보고 울었다. 그날 저녁때에 대동강에서 낚시질하던 배가 시체 하나를 얻었다. 그것은 월화러라. 월화는 유언도 없었으매 아무도 그가 죽은 이유를 아는 자가 없고 오직 옥가락지를 낀 영채가 홀로 월화의 뜻을 알고 뜨거운 눈물을 흘릴 뿐. 그 소위 어미는 '안 된 년!' 하고 돈벌이할 밑천이 없어진 것을 원망하고, 평양 일부 김윤수의 아들은 '미친년!' 하고 자기의 희롱거리 없어짐을 한탄하더라. 그의 시체는 굵다란 베에 묶어 물지게꾼 이삼 인이 둘러쳐 메어다가 북문 밖 북망산에 묻었다. 묻은 날 저녁때에 옥가락지 낀손이 꽃 한줌과 눈물 한줌을 그 무덤 위에 뿌렸다. 비도 아니 세웠으니 지금이야 어느 것이 일대 명기 계월화의 무덤인 줄을 알리오. 함교장은 이런 줄이나 알았는지 말았는지. 계월화는 과연 영채의 '형님'이었다, 벗이었다. 월화는 참 영채를 사랑하였다. 영채는 월화에게 큰 감화를 받았었다.

영채가 형식을 일생의 짝으로 알고 칠 년 동안 굳은 절을 지켜 온 것도 월화의 힘이 반이나 되었다. 영채도 생각하기를 이형식을 찾다가 못 찾으면 월화의 뒤를 따라 대동강에 몸을 던지리라 하였었다. 하다가 우연히 이형식의 거처를 알고 이제는 내 소원을 이뤘구나 하였다. 그러나 만일 형식이가 이미 혼인을 하였으면 어찌할까, 혼인을 아니 하였더라도 내 몸이 기생인 줄을 알고 나를 돌아보지 않으면 어찌할까 하였다. 형식의 거처를 안 지가 한 달이 넘도록 형식을 찾지 아니하고 어제 형식을 찾아가서 자기의 신세를 이야기하다가 중도에 끊고 돌아옴도 이를 위함이러라. 형식의 집에서 돌아온 영채는 어떻게 되었는가.

35

영채가 형식을 대하여 자기의 신세를 말하다가 문득 생각한즉 자기는 기생의 몸이라. 형식이 아직 혼인 아니하였다는 말을 들으매 잠깐 기뻐하였으나 자기가 기생인 줄을 알면 형식은 반드시 자기를 돌아보지 아니하리라 하였다. 또 설혹 돌아볼 마음이 있다 하더라도 내 몸은 돈이 있고야 구원할 몸이어늘 가만히 형식의 살림살이를 보매 자기를 구원할 능력이 없음을 깨달았다. 자기가 기생인 줄을 알려 일생에 그리워하던 형식에게 마음으로까지 버림이 되기보다, 또는 나를 버리지 아니하더라도 구원할 힘이 없어 사랑하는 형식으로 하여금 부질없이 마음을 괴롭게 하기보다 ― 이러하기보다 차라리 대동강수에 풍덩실 몸을 던져 5년 전에 먼저 간 월화의 뒤를 따라 저세상에서 월화로 더불어 같이 노닐려 하였다. 월화의 얼굴이 영채의 앞에 보이며 '영채야, 나와 같이 가자' 하는 듯하였다. 그래서 영채는 손에 있는 옥지환을 보다가 중도에 말을 끊고 집으로 돌아온 것이라.

영채는 곧 평양으로 내려갈 결심을 하였다. 몸을 던져 세상을 버릴진댄 사랑하던 '월화 형님'의 몸을 던지던 대동강을 찾아가려 하였다. 평양에 가 우선 북망산에 아버지와 월화의 무덤을 찾아 그동안 지나오던 정회나 실컷 말하리라 하였다. 부친은 내가 기생 되었다는 말을 듣고 죽었으니 무덤에나마 가서 내가 기생으로 몸을 판 것은 부친과 두 형제를 구원하려 함임과 기생 된 지 육칠 년에 부친의 혈육을 받은 이 몸을 다행히 더럽히지 아니하였음과 부친께서 이 몸을 허하신 이형식을 위하여 지금껏 아내의 절행을 지켜온 것을 말하고 죽은 후에 만일 영혼이 있거든 생전에 섬기지 못하던 한을 사후에나 풀리라 하였다. 만일 부친이 극락에 가셨거든 극락으로 찾아가고 만일 지옥에 가셨거든 지옥으로 찾아가리라 하였다.

월화의 부탁을 나는 지켰다. 나는 세상에 섞이지 아니하고 내가 생각하는 사람을 위하여 육칠 년간 고절(苦節)을 지켰다. 나는 월화가 하다가 남겨둔 생활을 하였다. 나는 이제 네게로 돌아간다 하리라.

이러한 생각을 하니 영채의 몸은 바로 그때에 그 학생들이 '천하 사람 꿈꾸는데. 나만 깨어서, 하늘을 우러러, 슬픈 노래 부르도다' 하는 노래를 부르던 학생들이 청류벽 위에 선 듯하다. 영채는 박명한 십구 년의 일생을 생각하였다. 더구나 형식을 대하였을 때에 말하던 과거의 기억이 바로 어저께 지난 일 모양으로 역력히 눈앞에 보이고 그 모든 광경이 제가끔 영채의 가슴을 찌르고 창자를 박박 긁는 듯하다. 사람으로 세상에 생겨나서 즐거운 재미란 하나도 보지 못하고 꽃다운 청춘이 속절없이 대동강 무심한 물결 속에 스러질 것을 생각하니 원망스럽기도 하고 가엾고 원통하기도 하다. 십구년 일생의 절반을 무정한 세상과 사람에게 부대끼고 희롱함이 되다가 매양에 그리고 바라던 이형식을 만나기는 했으나 정작 만나고 보니 이형식은 나를 건져줄 것 같지도 아니하고……아아, 이것이 무슨 팔자인고 하고 그날 밤이 새도록 잠을 이루지 못하고 캄캄한 방에서 혼자 울었다. 이 팔은 어찌하여 생각하던 사람을 안아보지 못하고, 이 젖은 어찌하여 사랑스러운 아들과 딸을 빨려보지 못하는고. 가슴속에 가득 찬 정과 사랑을 생각하던 자에게 주어보지 못하고 마는고. 내 몸은 일생에 '기생'이란 이름만 듣고 어찌하여 '아내'라든가 '부인'이라든가 '어머니'라든가 '아주머니'라든가 하는 정답고 거룩한 이름을 못 듣고 마는고. '기생!' 기생!' 에그, 듣기 싫은 이름이로다. '기생!'이라는 말만 하여도 치가 떨린다 하였다.

지금 황금을 가지고 자기의 몸을 사려는 사람이 사오 인이 된다고 한다. 지나간 칠 년 동안에 노래와 춤으로 수만 원 돈을 벌어 주어 논밭도 사고 큰 집도 사고 비단옷도 입게 되었으니 그만하면 자유로 놓아주어도 마땅하건마는 아직도 욕심을 다 채우지 못하여 천 원이니 이천 원이니 하고 이 몸을 팔아먹으려 한다. 파는 놈도 파는 놈이어니와 사는 놈도 사는 놈이라. 지금까지는 이럭저럭 정절을 지켜왔건마는 이제 몸이 뉘 첩으로 팔린 뒤에야 정절이 다 무슨 정절이뇨. 다만 죽을 뿐이다, 다만 죽을 뿐이다 하였다.

바라던 형식을 만나본 것은 기쁘건마는 바라던 그 형식조차 나를 구원할 능력 없는 것이 절통하다 하였다.

영채는 그만 절망하였다. 지금까지 자기는 잠시 타향에 길을 잃었다가 착한 세계, 착한 사람 사는 고향으로 돌아가 칠 년 전 자기의 가정에서 누리던 즐거움을 누릴 수 있을까 하였더니 모두 다 허사로다 하였다. 지금껏 유일한 선인으로 알아오고 유일한 의지할 사람으로 알아오던 형식도 정작 얼굴을 대하니 그저 그러한 사람인 듯. 칠 년간 악인들 사이에서 부대껴오던 영채의 생각에는 형식같이 착한 사람은 얼굴이며 풍채며 말하는 것이 온통 항용 사람과 다르리라 하였다. 그러나 만나고 본즉 그저 그러한 사람이로구나. 옳다, 죽는 수밖에 없다. 대동강으로 가는 수밖에 없다. 구태 더러운 세상에 섞여 구차히 목숨을 늘여가기는 차마 못하리니 하루바삐 샛말간 대동강 물결 밑에서 정다운 월화를 만나 서로 안고 이야기하리라 하였다.

그러나 영채에게는 돈이 없었다. 이튿날 아침에 일어나 몇 친구에게 돈 오원을 취하려 하였다. 그러나 마침내 얻지 못하고 점심때가 지나도록 방에 앉아 울었다. 형식이 김 장로의 집에서 선형과 순애를 대하여 즐거운 상상에 취하였을 때는 정히 영채가 자기 방에서 눈물을 흘리고 애통하던 때였다. 이날 저녁에 영채를 찾아온 형식은 영채를 만났는가.

<h2 style="text-align:center">36</h2>

　형식은 한참이나 '계월향'이라고 쓴 장명등을 보고 섰다가 희경을 돌려보내고 결심한 모양으로 문 안에 들어섰다. 객이 없는 지 적적히 아무 소리도 아니 들린다. 서슴지 아니하고 마당에 들어서니 여러 방에 불을 켰으되 사람 그림자가 없다. 형식은 가슴을 두근거리면서 어떻게 찾을 줄을 몰라 다만 발소리를 내며 '에헴' 하고 크게 기침을 하였다. 저편 방으로서 뚱뚱한 노파가 나오는 것을 보고 형식은 한 걸음 방 앞으로 가까이 갔다. 이렇다 하는 화류 자개함롱이 보이고 아랫목에는 분홍빛 그물 모기장이 걸리고 오른편 구석에는 아롱아롱한 자루에 넣은 가얏고(伽倻−)가 비스듬히 벽에 기대어 섰다. 형식은 이것이 '영채의 방'인가 하였다. 그러고는 알 수 없는 슬픈 생각과 불쾌한 생각이 난다. 이 방에서 여러 남자로 더불어 저 가얏고를 타고 소리를 하고 춤을 추었는가. 그러다가 저 모기장 속에서 날마다 다른 남자와…… 형식은 차마 더 생각하기가 싫었다. 그러나 영채는 어디 갔는가. 벌써 누구에게 '천 원'에 팔려 갔는가. 어제 저녁에 내 집에서 돌아오는 길로 팔려 가지나 아니하였는가. 또는 만일 영채가 절개가 굳다 하면 벌써 어디 가서 자살이나 아니하였는가. 이때에 형식의 머릿속에는 수천 가지 생각이 뒤를 대어 나온다. 형식은 저편 방으로서 나오는 뚱뚱한 노파(노파라 하여도 사오십이나 되었을까)를 보고 '저것이 소위 어미로구나' 하였다. 노파는 손에 태극선을 들고 담뱃대를 물었다. 지금까지 웃통을 벗고 앉았었던지 명주 항라*1 적삼 고름을 매면서 나온다. '더러운 노파'라는 생

─────────

*1 명주(明紬)는 명주실로 무늬 없이 짠 피륙. 항라(亢羅)는 명주·모시·무명실 등으로 짠 여

각이 형식의 가슴을 불쾌하게 한다. 노파는 형식의 모양이 극히 초라함을 보고 경멸하는 모양으로 "누구를 찾아요?" 한다. 일찍 형식이와 같이 초라하게 차린 자가 월향을 찾아온 적이 없었음이라. 노파의 생각에 아마 형식은 어떤 부자의 아들의 심부름꾼인가 하였다. 그러므로 기생의 집에 온 사람더러 '누구를 찾아요?' 하고 냉대함이라. 형식은 노파가 자기를 멸시하는 줄을 알았다. 그리고 더욱 불쾌한 마음이 생겼다. '나도 교육계에는 상당히 이름 있는 사람인데' 하였다. 그러나 노파의 눈에는 부자가 있고 외입쟁이가 있을 따름이요 '교육계에 상당한 이름 있는 사람'은 없었다. 형식이가 만일 좋은 세비로*1 양복에 분홍 넥타이를 매고 술이 취하여 단장을 두르며 '여보게' 하고 들어왔던들 노파는 분주히 담뱃대를 놓고 마당에 뛰어내리며 '에그, 영감께서 오시는구려' 하고 선웃음을 쳤으련마는 굵은 모시 두루마기에 파리똥 묻은 맥고자*2를 쓰고 술도 취하지 아니하고 단장도 두르지 아니하고 '여보게'도 부르지 아니하는 형식과 같은 사람은 노파의 보기에 극히 하등 사람이었다. 형식은 겨우 입을 열어

"월향씨 어디 갔소?" 하였다. 그러고는 곧 '월향'에게 '씨' 자를 달아 부른 것을 뉘우쳤다. 그러나 형식은 아직 남의 이름에 '씨' 자를 아니 달고 불러본 적이 없다. 더구나 남의 여자의 이름을 부를 때에는 반드시 '씨'라는 존칭을 붙이는 것이 마땅하다 하였다. 소위 '깨운 사람'들은 여학생을 보고는 '씨'를 달고 기생을 보고는 '씨'를 달지 아니할 줄을 알되 형식은 여학생과 기생을 구별할 줄을 모른다. 형식의 생각에는 여학생이나 기생이나 사람은 마찬가지 사람이라 한다.

　　름 옷감용 피륙.
*1 세비로(せびろ, 背廣) : 신사복의 일본어.
*2 麥藁子 : 밀짚모자.

그러므로 형식은 '월향'에 '씨' 자를 붙이는 것이 옳으리라 하여 한참 생각한 뒤에 있는 용기를 다하여 '월향씨 어디 갔소' 한 것이언마는 말을 하고 생각한즉 미상불 부끄럽기도 하다. 그리고 노파의 얼굴을 보았다. 노파는 우스움을 참는 듯이 입을 우물우물하더니

"월향씨가 손님 모시고 어디 갔소. 왜 그러시오?"

"어디 갔습니까."

노파는 '이것이 과연 시골뜨기로구나' 하면서

"아까 오후에 청량리 나갔소. 여섯 점에 들어온다더니 아직 아니 오구려" 하고 성가신 듯이 '잘 가오' 하는 말도 없이 안으로 들어가고 만다. "누구요?" 하는 어떤 남자의 목소리에 "모르겠소. 웬 거렁뱅인데 왔구만" 하는 그 노파의 평양 사투리가 들린다. 형식은 일변 실망도 하고 일변 그 노파에게 멸시받은 것이 부끄럽기도 분하기도 하면서 발을 돌렸다. '계월향! 계월향이가 과연 박영채의 변명인가' 하고 계월향의 내력을 물어보고도 싶었으나 노파에게 그러한 멸시를 받고는 다시 물어볼 용기도 아니 나서 그만 대문 밖에 나섰다.

형식은 고개를 숙이고 아까 오던 길로 나온다. 아까 올 때에 '반나마 늙었으니……' 하던 목소리로 '간다 간다네, 나는 간다네' 하는 소리가 들리고 아까 모양으로 여럿이 함께 웃는 웃음소리가 들린다. 어찌할까 하고 형식은 생각하였다. '청량리! 오후에 나가서 여섯 점에 온다던 것이 아직 아니 들어와!' 형식은 이 말에 무슨 깊은 뜻이 있는 듯이 생각하고 몸이 와싹하였다. '영채가 혼자 어떤 남자로 더불어 청량리에 가 있어! 더구나 밤이 여덟 시나 지났는데!' 하고 형식은 주먹을 불끈 쥐었다. 형식은 전속력으로 다방골 천변으로 내려온다. '옳다! 청량리로 가자' 하였다. 형식의 귀에 영채가 우는 소리로 '형식씨, 나를 건져주시오, 나는 지금 위급하외다' 하는 듯하다. 형식은 지금 광통교로 지나가는 동대문행 전차를 잡아탈 양으로 구보로

종각을 향하여 뛰었다. 그러나 전차는 찌구덩 하고 소리를 내며 종각 모퉁이로 돌아 두 어 사람을 내려놓고 달아난다. 형식은 그래도 십여 보를 따라갔으나 전차는 본체만체하고 청년회관 앞으로 달아난다. 야시에는 아까보다도 사람이 많이 모였다. 종각 모퉁이 컴컴한 데로서 "에, 아이스크림, 아이스크림" 하는 늙은 총각의 목소린 듯한 것이 들린다.

37

형식은 다음번 오는 전차를 탔다. 신호수가 푸른 기를 두르니 전차는 또 찌국 하는 소리를 내며 구부러진 데를 돌아간다. 형식은 조민(躁悶)한 생각에 구리개로서 서대문 가는 전차를 잘못 탔다. 형식은 전차에서 뛰어내려서 바로 뒤대어 오는 동대문행을 잡아탔다. 형식은 손수건으로 이마와 목에 땀을 씻었다. 차장은 형식의 차세를 받고 '딸랑'하면서 유심히 형식의 얼굴을 본다. 형식의 얼굴은 과연 몹시 붉게 되었더라. 형식은 전차 속을 한번 둘러보고 고개를 숙이고 눈을 감았다. 형식은 전차가 일부러 속력을 뜨게 하는 것 같이 생각하였다. 과연 야시에 사람이 많이 내왕하여 운전수는 연해 두 발로 종을 딸랑딸랑 울리면서 천천히 진행하더라. 형식의 가슴에는 불이 일어난다. 형식은 활동사진에서 서양 사람들이 자동차를 타고 질풍같이 달아나는 양을 생각하고 이런 때에 나도 자동차를 탔으면 하였다. 형식은 자기가 종로에서 자동차를 타고 철물교를 지나 배오개를 지나 동대문을 지나 친잠하시는 상원*1 앞 버들 사이를 지나 청량리를 지나 홍릉 솔숲 속으로 달려가는 것을 상상하였다. 그리고 자기가 어느 집에서 영채가 어떤 사람에게 고생을 당하는가 하

---

*1 桑園 : 뽕나무밭.

고 땀을 흘리며 이집 저집으로 찾아다니는 양과 여승들이 방글방글 웃으며 '모르겠습니다' 할 때에 자기가 더욱 초조하여 하는 양을 상상하였다. 이때에 누가 형식의 어깨를 툭 치며

"요—. 어디 가는가" 한다. 형식은 놀라 고개를 들었다. 신문 기자 신우선이로다. 신우선은 형식의 곁에 앉아 그 대팻밥모자로 부채질을 하며

"그래, 어떤가. 김장로의 따님이 자네를 사랑하던가" 하고 곁에 앉은 사람들이 듣는 것도 상관치 아니하는 듯이 큰 소리로 말한다. 형식은 잠깐 아까 자기가 김장로 집에서 선형과 순애를 대하였던 생각을 하고 곧 우선이가 자기의 지금 가는 일에 도움이 될 것을 생각하였다. 형식은 우선의 귀에 입을 대고

"여보게, 큰일이 났네" 하였다. 우선은 껄껄 웃으며

"아따, 자네는 큰일도 많데. 또 무슨 큰일인가" 한다. 형식은 우선의 팔을 잡아당기어 말소리를 높이지 말라는 뜻을 표하고 다시 말을 이어, 자기의 은인의 딸이 지금 기생으로 서울에 와 있는데, 그는 자기를 위하여 정절을 지켜왔는데 지금 여러 유력한 사람들이 그를 자기네의 손에 넣으려 하는데. 지금 청량리에서 어떤 사람에게 위협을 당하는 중이므로 지금 자기는 그를 구원하러 가는 길이라 하고, 마침내

"여보게, 자네가 좀 도와주어야 되겠네" 하고 말을 맺었다. 형식은 이러한 말을 할 때에 영채가 방금 어떤 남자에게 위급한 위협을 받는 양이 눈에 보이는 듯하였다. 우선은 "응, 응" "그래, 응" 하고 형식의 가늘게 하는 말을 주의하여 듣더니

"그래, 그 이름은 무엇인가."

"본명은 박영채인데 계월향이라고 한다데" 하고 '계월향'이가 과연 '박영채'인가 하고 의심도 하였다. 우선은 '계월향'이란 말을 듣고 또

계월향이가 형식의 은인의 따님이란 말과 계월향이가 형식을 위하여 정절을 지킨다는 말을 듣고 깜짝 놀랐다. 우선은 눈이 둥그레지며

"여보게, 그게 참말인가?" 하고 형식의 얼굴을 보았다. 형식은 조민한 마음을 이기지 못하여 하는 듯 숨소리가 커지며

"참말일세, 참말이어!" 하고 영채가 어제 저녁에 자기를 찾아왔던 말과 자기를 찾아와서 신세타령을 하던 말과 자기가 방금 다방골 월향의 집으로 다녀온다는 말을 하고 다시

"그런데 나를 좀 도와주게" 한다. "도오다이몬 슈-텐*¹— 동대문 이올시다" 하는 차장의 소리에 두 사람은 말을 끊고 전차에서 내렸다. 아직도 청량리 가는 전차가 오지 아니하였다.

우선이가 형식의 말을 듣고 놀란 것은 까닭이 있다. 그 까닭은 이러하다. 우선이도 계월향을 처음 보고 그만 정신을 잃은 여러 사람 중에 하나이라. 우선은 백에 하나도 쉽지 아니한 호남자였다. 풍채는 좋겠다, 구변이 있겠다, 나이는 불과 이십오륙 세로되 문여시(文與詩)를 깨끗이 하겠다, 원래 서울에 똑똑한 집 자손으로 부귀한 집 자제들과 친분이 있겠다, 게다가 당시 서슬이 푸른 대신문의 기자였다. 이러므로 그는 계집을 후리는 데는 갖은 능력과 자격이 구비하였었다. 그는 여러 기생을 상종하였고 또 연극장의 차리는 방(樂屋)에 출입하여 삼패*²며 광대도 희롱하였었다. 이렇게 말하면 신우선이란 사람은 계집의 궁둥이나 따라다니는 망가자(亡家子)와 같이 들리되 그에게는 시인의 아량이 있고 신사의 풍채가 있고 정성이 있고 의리가 있었다. 그의 친구는 그의 방탕함을 책망하면서도 오히려 그

---

*1 도오다이몬(とうだいもん) 슈-텐(しゅうてん) 동대문 종점.
*2 三牌 : 조선 말기에 가무보다는 주로 매춘을 했던 최하급 기생.

의 재주와 쾌활한 기상을 사랑하였다. '신우선은 지나*³ 소설에 뛰어나오는 풍류남자라' 함은 형식의 그를 평한 말이니 과연 그는 소주, 항주 근방의 당나라 시절 호협한 청년의 풍이 있었다.

신우선이가 계월향에게 마음을 둔 것은 한 달쯤 전이었다. 우선은 자기의 힘을 믿으매 월향도 으레 자기의 손에 들려니 하였다. 월향이가 여러 부호가 자제의 청을 거절하는 것은 일생을 의탁할 만한 영웅재자를 구함이라 하고 자기는 족히 그 후보자가 되리라 하였다. 그래서 우선은 남들이 돈과 육욕으로 월향을 달랠 때에 자기는 인물과 재주와 기상으로 월향을 달래리라 하였다. 물론 우선은 돈으로 경쟁할 만한 힘은 없었다. 그래서 우선은 밤마다 시를 지어 혹은 우편으로 혹은 직접으로 월향에게 주었다. 이러노라면 월향은 자기의 인격과 천재를 알아보고 '이제야 내 배필을 만났구나' 하면서 두 팔을 벌리고 자기에게 안기려니 하였다. 그러하던 즈음에 형식에게서 이러한 말을 들으니 놀라는 것도 마땅하다.

38

신우선은 전차 오기를 기다리면서 괴로워하는 형식의 얼굴을 보았다. 발전소에서는 쿵쿵쿵쿵 하는 발동기 소리가 나고 누런 복장 입은 차장과 운전수들이 전등빛 아래 왔다 갔다 하였다. 우선은 생각하였다. '월향이 날더러 평양 친구를 묻던 것이 그 때문이로구나' 하였다. 한번 우선이가 월향을 찾아가서 여러 가지 이야기를 하다가 월향이가 농담 모양으로 웃으며

"나리께 평양 친구가 계셔요?"

하고 우선에게 물었다. 우선은 월향이가 평양 사람이니까 평양 친

---

*3 支那 : 중국.

구를 묻는 줄로 생각하고

"이삼 인 되지" 하였다. 월향은

"그래, 그 어른들은 다 무엇을 하시는가요?" 하였다. 이때에 월향은 첫째에 이형식의 거처를 알려 함과 평안도 사람들이 서울에 와서 어떻게 지내는가를 알려 하는 두 가지 목적이 있었다. 월향도 평안도 학생들이 많이 서울에 와 있는 줄은 알건마는 몸이 기생이 되어서는 그 평안도 학생들과 또 평안도 사람 신사들이 어떠한 모양을 하고 있는지 알 길이 없었다. 월향에게도 평안도 신사가 삼사 인 놀러 왔었다. 그네들은 다 번적하는 양복을 입고 일본말로 회화를 하며 동경에 가서 대학교에 다니던 이야기를 하고 매우 젠체하며 신사인 체하였다. 그러나 월향은 사 년 전 부벽루에서 월화가 '저것들은 허수아비에 옷을 입힌 것이라' 하던 말을 생각하고 저들도 역시 '허수아비에 옷을 입힌 것'이라 하였다. 그러고는 월향의 생각에 '저것들이 평안도 사람으로 서울에 와 있는 일류 신사인가' 하고 자기의 고향을 위하여 슬퍼하였었다. 그러하던 차에 우선이가 '평안도 친구가 이삼 인 있지' 하는 말을 듣고 행여나 그 속에 '월화의 이상적 인물'이 됨직한 사람이 있는가 하고 또 그 사람이 자기가 기다리는 이형식이나 아닌가 하였다. 월향의 눈에도 우선은 조선에 드문 남자이라 하였다. 옛날 시에 있는 듯한 남자이라 하였다. 그리고 그 인물의 호탕함을 더욱 사랑하여 '월화 형님에게 보였으면' 하기도 하였다. 그러므로 우선의 친구라 하면 상당한 사람이려니 하고 '그래, 그 어른들은 다 무엇을 하시는가요?' 하고 물음이라. 우선은

"혹은 교사도 하고 글짓기도 하고 실업도 한다" 하였다. 월향은 더욱 유심하게

"그중에 누가 제일 좋은 사람이야요? 누가 제일 이름이 있어요?" 하였다. 우선은 유심히 월향의 얼굴을 보며 '옳지, 저 계집 이 본고향

사람 중에 배필을 구하는 구나' 하고 얼마큼 시기하는 생각이 나서
"그중에 이형식이란 사람이 제일 유망하지마는" 하고 이형식의 가
치를 낮추기 위하여 '하지마는'에 힘을 주었다. 월향은 가슴이 갑자
기 뛰었다. 그러나 그 빛을 감추고 아양을 부리며
"유망하지마는 어때요?" 하였다. 우선은 자기가 친구의 흠담을 한
듯하여 적이 부끄러운 생각이 나면서
"응, 이형식이가 좋은 사람이지 — 매우 유망하지" 하고는 그래도
행여나 이형식에게 월향을 빼앗길까 두려워 "아직 유치하지 — 때를
못 벗었어" 하고 자기보다 훨씬 낮은 사람 모양으로 말하였다. 물론
이것이 거짓말은 아니라. 우선은 결코 형식을 자기보다 인격으로나
학식으로나 문필로나 승하다고는 생각하지 아니한다. 그뿐더러 자기
와 평등이라고도 생각지 아니한다. 그래서 '형식은 우선 한문이 부
족하니까' 하고 형식이가 자기보다 일문과 영문이 넉넉한 것은 생각
지 아니한다. 그리고 자기는 어디까지든지 형식의 선배로 자처하며
형식도 구태여 우선과 평등을 다투려 하지 아니하고 우선이가 선배
로 자처하면 형식도 우선을 선배 모양으로 대접하였다. 그리하다가
일전에 우선이가 형식에게 허교하기를 청할 적에도 형식은 윗사람에
게서 허락을 받는 모양으로 극히 공순히 하였다. 그러나 우선은 결
코 형식을 미워하거나 멸시하지 아니하였다. 우선은 '형식의 유망함'
을 진실로 믿었다. 그러므로 월향에게 '유망은 하지마는 아직 때를
못 벗었어' 한 것은 결코 형식을 비방함이 아니요 자기가 형식에게
대한 진정한 비평을 말한 것이라.
'아아, 그때에 내가 월향에게 형식을 소개한 것이 이러한 뜻을 가
졌던가' 하고 다시금 전차를 기다리고 섰는 형식을 보았다. 형식은
초민(焦悶)한 듯이 왔다갔다하며 동편만 바라보고
"어째, 전차가 아니 오는가."

"밤이 깊었으니까 삼십 분에 한 번씩이나 다니는지" 하고 우선은 형식의 괴로워함을 동정하였다. 형식은 애처로워서 우선의 손을 꼭 쥐며

"참, 오늘 저녁 힘을 써주게" 하였다. 외로운 형식의 지금 경우에는 우선이밖에 믿는 사람이 없었다. 우선이만 자기를 도와주면 영채는 건져낼 수가 있거니 하였다. 우선은 "걱정 말게" 하고 돌아서면서 픽 웃었다. 그 웃음에는 까닭이 있었다.

우선은 경성학교주 김남작의 아들 김현수와 배명식 양인이 월향을 청량리로 데리고 갔단 말을 월향의 집에서 듣고 월향은 오늘 저녁에는 김현수의 손에 들어가는 줄을 짐작하였다. 그래서 우선은 빨리 종로 경찰서에 가서 이형사에게 귓속하여 후원을 청하고 김현수의 계교를 깨트리려 하였다. 월향을 아주 김현수의 손에서 뽑아내지 못한다 하더라도 그 사실을 신문에 발표하여 실컷 분풀이나 하고 혹 될 수 있으면 김현수에게서 맥주 값이나 빼앗으리라 하였다. 아까 철물교에서 전차를 탄 것은 바로 종로 경찰서로서 나오던 길이었다. 그러한 일이러니 이제 들어본즉 월향은 형식에게 마음을 바친 사람이라 한다. 미상불 시기로운 생각도 없지 아니하나 형식의 뜻을 이뤄줌이 옳은 일이라 하였다.

39

두 사람은 청량사에 다다랐다. 두 사람의 뒤를 따르는 사람은 종로경찰서의 이형사였다. 우선은 김현수의 가는 집을 잘 알았다. 그 집은 우물 북쪽에 있는 조그마한 암자라 여러 암자 중에 제일 깨끗하고 조용한 암자였다. 우선은 형식에게 손짓을 하여 문밖에 서 있으라 하고 가만히 안에 들어갔다. 형식은 '여기 영채가 있는가' 하고

다리를 떨며 귀를 기울였다. 똑똑지는 아니하나 여자의 괴로워하는 소리가 나는 듯하다. 형식은 손으로 가슴을 만지며 한 걸음 더 들어서서 귀를 기울였다. 과연 여자의 괴로워하는 소리로다. 형식은 정신을 차리지 못하고 뛰어들어갔다. 방에는 불이 켜 있고 문을 닫혔는데 머리를 깎은 사람의 그림자가 얼른얼른한다. 형식의 호흡은 차차 빨라진다. 우선이가 창으로 엿보다가 고양이 모양으로 가만가만히 나오면서 형식의 어깨에 손을 짚고 가늘게 일본말로

"모— 따메다(벌써 틀렸다)"한다. 형식은 그만 눈에 불이 번뜻하면서 '흑' 하고 툇마루에 뛰어오르며 구두 신은 발로 영창을 들입다 찼다. 영창은 와지끈하고 소리를 내며 방 안으로 떨어져 들어간다. 형식은 영창을 떠들고 일어나는 사람을 얼굴도 보지 아니하고 발길로 차 넘겼다. 어떤 사람이 형식의 팔을 잡는다. 형식은 입에 거품을 물고

"이놈, 배명식아!" 하고는 기가 막혀 말이 아니 나온다. 형식은 아니 잡힌 팔로 배학감의 면상을 힘껏 때리고 아까 형식의 발길에 채어 거꾸러진 사람을 힘껏 이삼 차나 발길로 찼다. 그 사람은 저편 문을 열고 뛰어나갔다. 형식은

"이놈, 김현수야!" 하고 소리를 쳤다. 그러고는 넘어져 깨어진 영창을 들었다. 여자는 두 손으로 낯을 가리고 흑흑 느낀다. 손과 발은 동여매였다. 그리고 치마와 바지는 찢겼다. 머리채는 풀려 등에 깔렸고 아랫입술에서는 빨간 피가 흐른다. 방 한편 구석에는 맥주병과 얼음 그릇이 넌너른하고 어떤 것은 깨어졌다. 형식은 얼른 치마로 몸을 가리우고 손발 동여맨 여자를 안아 일으켰다. 여자는 얽어맨 두 손으로 낯을 가린 대로 울기만 한다. 우선도 방안에 들어왔다. 얽혀맨 손발을 풀면서 형식더러

"두 사람은 포박되었네" 하고 웃는다. 형식은 이러한 경우에 웃는

우선을 원망스럽게 생각하였다. 그러나 우선은 이러한 사건을 형식이 모양으로 그리 큰 사건이라고는 생각지 아니한다. 우선은 천하만사를 웃고 지내려는 사람이었다. 형식은 얼굴에 꼭 대고 있는 여자의 손목을 풀었다. 그러나 여자는 여전히 손을 낯에서 떼지 아니하고 운다. 형식은 얼마큼 분한 마음이 스러지고 냉정하게 생각할 여유가 생겼다. 형식은 우뚝 서서 옷고름이 온통 풀어지고 옷이 흘러내려 하얀 허리가 한 뼘이나 내놓인 것을 보고 새로운 슬픔이 생긴다. 형식은 '이것이 과연 박영채인가' 하고 '박영채가 아니면 좋겠다' 하였다. 그리고 그 옷을 보고 머리를 보았다. 물론 그 여자는 모시치마도 입지 아니하고 서양 머리도 쪽찌지 아니하였다. 형식은 그 치마를 만든 감이 다만 무슨 비단이어니 할 따름이요 무엇인지를 몰랐다. 머리에 핏빛 같은 왜증댕기*¹를 드리고 손에는 누른 빛 있는 옥지환을 꼈다. 형식은 그 여자의 얼굴을 보고 싶었다. 그러나 차마 그 얼굴을 보고자 아니하였나니 대개 그 얼굴이 '박영채'일까 보아 두려워함이라.

우선은 그가 월향인 줄을 알았다. 그러나 월향이가 그 친구 되는 이형식의 은인의 따님이요 또 이형식을 위하여 정절을 지킨다는 말을 듣고는 월향더러 '애, 월향아' 하고 부르기도 미안하고 또 월향의 곁에 가까이 가기도 미안하였다. 그래서 한 걸음쯤 형식의 뒤에 서서 형식의 하는 양만 보고 섰다. 그러나 그 여자는 낯에 손을 대고 울 뿐이라 형식도 무어라고 부를 줄을 몰라 한참이나 우두커니 섰다가 그 여자더러

"여보시오! 그 짐승놈들은 포박되었으니 안심하시오" 하였다. '안심하시오' 하는 형식도 그 안심하라는 것이 무슨 뜻인지를 몰랐다. 그 짐승놈들이 포박되고 아니 되기에 무슨 안심하고 안심 아니함이 있

---

*1 倭繒 - : 얇은 비단으로 만든 댕기.

으리오. 아까 우선이가 형식에게 한 말과 같이 '모—따메다'가 아니뇨. 우선은 참다못하여

"여보시오! 박영채씨!" 하였다. 우선은 그 여자가 월향인 줄을 알며 또 월향은 즉 박영채인 줄을 알았다. 그러므로 한 달 동안이나 '애, 월향아!' 하던 것을 고쳐 '여보시오, 박영채씨' 한 것이라. 갑자기 '씨'를 달고 '애'를 변하여 '여보시오' 하기가 보통 사람에게는 좀 어려운 일이언마는 우선에게는 그처럼 어려운 일이 아니라. 우선은 다시

"여보시오! 박영채씨! 여기 이형식씨가 오셨습니다" 하였다. 이 말을 듣고 여자는 몸을 흠칫하며 두 손을 갑자기 떼더니 정신 없는 듯한 눈으로 형식을 본다. 형식도 그 얼굴을 보았다. 그는 월향이었다! 박영채였다! 영채도 형식을 보았다. 그는 형식이었다! 이형식이었다! 형식과 영채는 한참이나 나무로 새긴 사람 모양으로 마주 보았다. 우선은 말없이 마주 보는 두 사람을 번갈아 보았다. 이렇게 세 사람은 한참이나 마주 보았다. 이윽고 우선의 눈에는 눈물이 핑 돌았다. 다음에 형식과 영채의 눈에도 눈물이 돌았다. 영채는 피 흐르는 입술을 한 번 더 꼭 물었다. 옥으로 깎은 듯한 영채의 앞이빨이 발갛게 물이 든다. 형식은 두 팔로 가슴을 안으며 고개를 돌린다. 우선은 형식과 함께 고개를 돌렸다. 형식은 소리를 내어 운다. 영채는 다시 앞으로 쓰러지며 운다. 우선도 입술을 물고 옷소매로 눈물을 씻었다. 종소리가 서너 번 뚱……뚱 울어온다.

40

이형사는 김현수, 배명식 양인에게 박승*2을 지워 마당으로 끌고 들어왔다. 형식은 당장 마주 나가서 그 두 사람의 살을 뜯어먹고 뼈

---

*2 縛繩 : 오랏줄. 포승줄.

를 갈아 마시고 싶었다. 두 사람은 그래도 부끄러운 듯이 고개를 숙였다. 그러나 그네는 결코 후회하는 것은 아니었다. 그네의 생각에 기생 같은 계집은 시키는 말을 아니 들으면 강간을 하여도 관계치 아니타 한다. 그네는 여염집 부인이 남의 남자와 밀통함이 죄인 줄을 알건마는 기생 같은 것은 으레 아무나 희롱하는 것이 마땅하다 한다. 여염집 부녀에게는 정절이 있으되 기생에게는 정절이 없는 것이라 한다. 과연 그네의 생각하는 바는 옳다. 법률상 기생은 소리와 춤으로 객을 대하는 것이라 하건마는 기실은 어느 기생치고 밤마다 소위 '손을 보'지 아니하는 자가 없다. 그러므로 김현수나 배명식의 생각에 기생이라는 계집사람은 모든 도덕과 모든 인류를 벗어난 일종 특별한 동물이라 하였다. 그러므로 그가 오늘 저녁에 한 일이 결코 도덕이나 양심에 거스르는 행원 줄로는 생각지 아니한다. 다만 귀찮은 법률이라는 것이 있어 '부녀의 의사를 거스르고 육교(肉交)를 한' 것을 강간죄라 할 것이 두려울 뿐이었다. 그러므로 그네가 만일 이 자리를 벗어나기만 하면 내일 아침부터는 자기네는 아무 죄도 없는 사람인 줄로 알 것이라. 다만 배명식은 소위 교육자라는 명목을 띠고서 이러한 허물로 박승을 지게 되면 경성학교의 학감의 지위가 위태할 것을 근심하였을 뿐이라.

형식은 분한 마음으로 고개를 숙인 두 사람을 보았다. 김현수로 말하면 마땅히 그러할 사람이라 하더라도 소위 교육자라 일컫는 배명식이 이런 대죄악을 범하였음을 보고 더욱 분하여하였다. 형식은 배의 곁에 서며 조롱하는 목소리로

"여보, 배형. 이게 무슨 짓이오? 교육가로 강간이란 말이 웬 말이오?" 하였다. 배명식은 할 말이 없었다. 그러나 '이형식이가 왜 이 일에 참견하는가' 하고 그것을 이상히 여겼다. 그리고 이형식은 상관없는 일에 참견하는 놈이라 하고 괘씸하게도 여겼다. 자기가 강간죄를

범하였으니 형사의 포박을 당하는 것은 마땅하거니와 상관없는 이형식에게 책망을 받을 이유야 무엇이랴 하였다. 그리고 이렇게 생각하였다 — 아마 이형식도 표면으로는 품행이 단정한 체하면서도 속으로 기생집에를 다녀 월향과 친하였다가 자기가 월향을 손에 넣으려는 것을 시기하여 형사를 데리고 온 것이라 하였다. 그렇지 아니하면 이형식이가 상관도 없는 일에 형사를 데리고 오며 저렇게 성날 까닭이 없으리라 하였다. 배명식은 직접으로 자기의 이해에 상관되는 일이 아니고는 슬퍼할 줄도 모르고 괴로워할 줄도 모르는 사람이라. 자기의 자식이 칼로 손가락을 조금 벤 것을 보면 명식은 슬퍼할 줄을 알지마는 남의 집의 아들이 죽는 것을 보더라도 '참 슬픕니다' 하고 입으로는 남보다 더 간절한 듯이 말하는 대신에 마음으로 슬퍼할 줄을 모르는 사람이로다. 만일 영채가 자기의 누이동생이거나 딸이었던들 남이 영채를 강간하는 것을 보면 반드시 형식보다 더욱 분을 내어 칼을 들고 덤비려니와 영채가 누이도 아니요 딸도 아니므로 그가 강간을 받아도 관계치 않고 죽더라도 관계치 않다 한다. 형식은 김현수를 대하여

"여보. 당신은 귀족이오! 귀족이란 악한 일을 하는 사람이라는 칭호는 아니지요. 당신도 사 오 년간 동경에 유학을 하였소. 당신이 어느 회석에 말한 것을 기억하시오. 당신은 일생을 교육사업에 바친다고 한 말"하고 형식은 발을 굴렀다. 현수는 시골 상놈한테 큰 수모를 당한다 하였다. 암만하여도 나는 남작이요 수 십만 원 부자요 너는 가난한 일 서생이로구나, 지금은 네가 나를 이렇게 모욕하되 장차 네가 내 발 앞에 꿇어 엎델 날이 있으리라 하였다. 나는 이렇게 형사에게 포박을 당하더라도 내일 아침이면 놓여나올 수도 있건마는 너는 한번 옥에 들어가기가 바쁘게 일생을 그 속에서 썩으리라 하였다. 네가 아무리 행실이 단정하다 하더라도 일생에는 무슨

허물도 있으리니 그때에는 내가 오늘 받은 수모를 네게 갚으리라 하였다. 그리고 아까 영채를 안던 쾌미를 생각하매 중도에 방해를 더한 형식의 행위가 괘씸하다 하였다. 그러나 이 자리에서는 말할 바가 아니니 외딴 청량리 솔수풀 속에서는 남작의 권위와 황금의 힘도 부릴 수가 없음이라.

우선은 형식이가 두 사람을 크게 책망할 줄 알았더니 교실에서 학생들에게 행실 잘하기를 가르치는 모양으로 말함을 보고 형식은 아직도 세상을 모르는 도련님이라 하였다. 만일 내가 형식이가 되었으면 이러한 때를 당하여 실컷 꾸지람이나 톡톡히 하여 분풀이를 하련마는 하였다. 그러나 형식으로는 이보다 이상 더 심한 책망을 할 줄을 몰랐다. 그래서 형식이가 마침내 다시 한 번 발을 구르며

"여보! 사람들이 되시오!" 하였다. 형식은 생각에 아마 이만하면 저 두 사람들이 양심에 부끄러움이 생겨 '다시는 이러한 일을 아니 하리라' 하고 아프게 후회할 줄을 믿었다. 두 사람이 고개를 숙이고 앉았는 것은 아마 자기의 말에 부끄러움과 후회가 생겨 그러하는 것이어니 하였다. 그러나 두 사람은 기실 부끄럽기는 하였으나 후회하지는 아니하였다.

우선은 참다못하여

"여보게, 자네는 영채씨 모시고 들어가게. 이 일은 내가 맡음세" 하였다.

41

열한 시가 넘어서 영채는 집에 돌아왔다. 형식은 영채의 집 문 밖까지 왔다가 자기 숙소로 돌아갔다. 청량리로서 다방골까지 오는 동안에 두 사람은 아무 말도 없었고 서로 얼굴도 보지 아니하였다. 차

마 말을 할 수도 없고 서로 얼굴도 볼 수가 없었음이라. 두 사람은 기쁜 줄도 슬픈 줄도 모르고 장차 어떻게 될 것인가도 생각지도 아니하였다. 두 사람은 생각이 많기는 많으면서도 또한 아무 생각이 없음과 같았다. 줄여 말하면 두 사람은 아무 정신도 없이 집에 돌아온 것이라.

영채는 비틀거리는 걸음으로 제 방에 들어갔다. 방 안에 들어서자마자 소리를 내어 울고 쓰러졌다. 노파는 저편 방에서 잠이 들었다가 울음소리를 듣고 치마도 아니 입고 뛰어나와 영채의 방문 밖에 와서 영채의 울어 쓰러진 양을 보고

"왜 늦었느냐, 왜 우느냐" 하면서 영채의 찢어진 옷을 보았다. 그리고 고개를 끄덕끄덕하며 빙긋 웃었다. '영채가 오늘은 서방을 맞았구나' 하였다. 자기도 열오륙 세 적에는 영채와 같이 누구를 위하는지 모르게 정절을 지키던 것을 생각하였다. 그러다가 민감사의 아들에게 억지로 정절을 깨트림이 되던 일을 생각하였다. 자기도 그때에 대드는 민감사의 아들을 팔로 떠밀다가 '이년! 괘씸한 년!' 하는 책망을 듣고 울던 일을 생각하였다. 그러나 그로부터는 자기는 기쁘게 남자를 보게 된 것을 생각하였다. 또 같은 남자와 오래 있기보다는 가끔 새로운 남자를 대하는 것이 더 즐겁던 것도 생각하였다. '나는 열아홉 살 적에 적어도 백 명은 남자를 대하였는데' 하고 영채가 오늘이야 비로소 남자를 대하게 된 것을 불쌍하게 여겼다. 그리고 영채가 지금까지 남자를 대하지 아니하므로 얼마큼 교만한 마음이 있어 항상 자기를 멸시하는 빛이 있더니 이제는 영채도 자기에게 대하여 큰소리를 못하리라 하고 또 한 번 빙긋이 웃었다.

'치마를 왜 찢겨? 치마를 찢기도록 반항할 것이 무엇이어?' 하고 노파는 흐득흐득 느끼는 영채의 등을 보며 생각한다. 못생긴 김현수가 영채에게 떠밀치우던 양과 더 못생긴 배명식이가 떠밀치고 악을

부리는 영채의 팔을 잡아주던 양과 영채가 이를 빠드득하고 갈던 양을 생각하고 노파는 또 한 번 웃었다. '못 생긴 년! 저마다 당하는 일인데' 하고 노파는 영채가 아직 철이 나지 못하여 그러함을 속으로 비웃었다. '남작의 아들!' '그 좋은 자리에!' 하고 영채가 아직 철이 아니 나서 '좋은 자리'를 몰라보는 것이 가엾기도 하고 가증하기도 하다 하였다. '내가 젊었더면' 하고 시기롭기도 하였다. '지금이야 누가 나를 돌아봐야지!' 하고 늙은 것이 분하기도 하였다. 나는 저 못생긴 '영감쟁이'도 좋다고 하는데 젊은 사람 — 게다가 남작의 아들을 마다' 하는 영채가 밉기도 하였다. 그러고 지나간 사오 년 동안 영채가 밤에 손님을 치렀다면 일 년에 백 명씩을 치르더라도 한번에 오 원 치고 오백 명에 이천오백 원은 더 벌었을 것을 내가 약하여 저년의 미련한 고집을 들어주었구나' 하고 영채를 발길로 차고도 싶었다. 그동안 영채를 공연히 먹여주고 입혀준 것이 한이라고도 하였다. '그러나 이제는 손을 치르기 시작하였는데' 하고 여간 '천 원' 돈에 영채를 김현수에게 파는 것이 아깝다, 이대로 한 이삼 년 더 두고 이전에 밑진 것을 봉창하리라 하였다. '옳지, 그것이 상책이다' 하고 또 한 번 웃었다. 만일 김현수의 첩으로 팔더라도 이번에는 '이천 원'을 청구하리라, 김현수가 이제는 이천 원이 아니라 이만 원이라도 아끼지 아니하리라 하였다. 옳다, 그것이 좋다, 영채를 오래 두면 혹 병이 들는지도 모르니 약값을 없이하고 혹 송장을 치르는 것보다 한꺼번에 이천 원을 받고 팔아버리는 것이 좋다 하였다. 내일 아침에는 식전에 김현수가 오렷다. 오거든 그렇게 계약을 하리라 하고 또 한 번 웃었다.

노파는 영채가 점점 더욱 느끼는 양을 보았다. 그러고는 양미간을 찌푸렸다. 그리고 무서운 마음이 생겼다. 한번 평양에 있을 때에 김윤수의 아들이 억지로 영채의 몸을 범하려다가 영채가 품에서 칼을 내어 제 목을 찌르려던 것을 생각하였다. 그 후부터 김윤수의 아들이 '독한 계집년!' 하고 다시 오지 아니하던 것을 생각하였다. 그리고 노파는 얼른 영채의 방 안을 둘러보고 또 영채의 손을 보았다. 혹 칼이나 없는가 하고. 그리고 노파의 머리에는 '칼' '아편' '우물' '한강'이란 생각이 획획획 돌아간다. 노파는 소름이 쭉 끼쳤다. 그리고 영채를 보았다. 영채는 두 손으로 제 머리채를 감아쥐었다. 영채의 등은 들먹들먹한다. 노파는 눈이 둥그레졌다. 영채가 벌떡 일어나 시퍼런 칼을 뽑아 들고 자기에게 달려들어 '이년아! 이 도둑년아!' 하고 자기의 가슴을 푹 찌르고 칼을 둘러 자기의 갈빗대가 부걱부걱 하고 소리를 내는 듯하다. 또 영채가 그 칼을 뽑아 자기의 목을 찌르니 선지피가 콸콸 솟아 자기의 얼굴과 팔에 뿌려지는 듯하다. 노파는 또 한 번 흠칫하면서 길게 한숨을 쉬었다.

노파는 가만히 영채의 문 안에 들어섰다. 영채는 그런 줄도 모르고 혼잣말로 "월화 형님! 월화 형님!" 하며 빠드득 이를 간다. 노파는 흠칫하고 도로 문밖에 나섰다. '영채를 달래자' 하였다. 그러고 '영채가 불쌍하구나' 하였다. '영채를 꼭 안아주자' 하였다. '칠 년 동안이나 길러온 내 딸이로구나!' 하였다. 그리고 빙그레 웃으며

"월향아! 애, 월향아!" 하면서 문 안에 들어갔다.

42

"애, 월향아!" 하고 불러도 대답이 없음을 보고 노파는 영채의 곁에 웅크리고 앉아서 영채의 등을 흔들며

"애, 월향아! 왜 우느냐" 하였다. 영채는 고개를 들어 노파를 보았다. 그 치마도 아니 입은 두 다리와 뚱뚱한 몸뚱이가 구역이 날 듯이 더럽게 보인다. 더구나 그 음흉하고도 간사하여 보이는 눈이 더

욱 불쾌하다. 저 노파는 내 피를 빨아먹고 저렇게 뚱뚱하여졌구나. 내가 칠 년간 갖은 고락을 다 겪은 것도 저 노파 때문이요, 내가 십 구 년 동안 지켜오던 정절을 이렇게 더럽히게 됨도 저 노파 때문이로구나. 이년의 할멈쟁이를 아싹아싹 깨물고 씹어주고 싶구나 하였다. 오늘 나를 청량리에 보낸 것도 저 노파의 꾀로구나. 저 노파가 내가 이렇게 될 줄을 알면서 나를 청량리에 보내었구나 하고 원망스럽게 노파를 보았다. 노파는 피가 선 영채의 눈을 보고 무서운 마음이 생기는 것을 억지로 참고 더욱 다정한 소리로

"웬일이냐, 네 입에 피가 묻었구나. 입술이 터졌느냐"

영채는 이것이 다 너 때문이로다 하면서

"내가 깨물었소! 뜯어 먹을 양으로 깨물었소. 남들이 내 살을 다 뜯어 먹는데 나도 내 살을 뜯어 먹을 양으로 깨물었소!" 이 말을 할 때에 영채는 노파의 두텁게 생긴 입술을 깨물어 뜯고 싶었다. 노파는 곁에 있는 수건을 집어들고 영채의 목에 팔을 걸며

"아프겠구나, 자 피를 씻자" 한다. 노파의 마음에는 진정으로 영채가 불쌍하다는 생각이 난다. 영채는 노파의 눈에 눈물이 그렁그렁한 것을 보고 '그래도 사람의 마음이 조금은 남았구나' 하면서 노파가 수건으로 자기의 입에 피를 씻는 것을 거절하지도 아니하였다. 그리고 저 노파의 눈에도 눈물이 있는 것을 이상히 여겼다. 영채가 칠 년 동안이나 노파와 함께 있으되 아직 한 번도 눈물을 흘리는 것을 보지 못하였다. 한번 노파의 어금니에 고름이 들어서 사흘 동안이나 눈물을 흘려본 일이 있으나 그밖에 누구를 불쌍히 여긴다가 또는 제 신세를 위하여서 흘리는 눈물을 보지 못하였다. 영채는 노파의 눈물을 보고 저 눈물 맛은 쓰고 차리라 하였다. 영채는 물어 뜯긴 입술이 아픈 줄도 모른다. 노파는 입술이 아플까 보아서 부드러운 명주 수건으로 가만가만히 피를 씻는다. 씻으면 또 나오고 씻

으면 또 나오고 깊이 박힌 두 앞이빨 자국으로 새빨간 핏방울이 연하여 솟아 나온다. 명주 수건은 그만 피로 울긋불긋하게 되고 말았다. 노파는 '휘' 하고 한숨을 쉬며 그 피 묻은 수건을 불에 비추어 본다. 영채도 그 수건을 보았다. '저것이 내 피로구나. 저것이 내 부모께 받은 피로구나' 하였다. 그리고 치마 앞자락이 찢어진 것을 생각하고 아까 청량리 일을 생각하고

'우후! 이 피가 이제는 더러운 피가 되었구나' 하고 노파에게서 피 묻은 수건을 빼앗아 입으로 빡빡 찢으며, 또

'이 피가 더러운 피로구나, 더러운 피로구나!' 하고 몸을 우들우들 떤다. 영채의 눈앞에는 아까 청량리에서 만나던 광경이 더욱 분명하게 보인다. 김현수의 그 짐승 같은 눈, 그 곁에 서서 땀내 나는 손수건으로 영채의 입을 틀어막던 배명식의 모양, 배명식이가 영채의 두 팔을 꽉 붙들 때에 미친 듯한 김현수가 두 손으로 자기의 두 귀를 꼭 붙들고 술냄새와 구린내 나는 입을 자기의 입에 대던 모양, '이 계집을 동여맵시다' 하고 김현수가 자기의 두 발을 붙들고 배명식이가 눈을 찡긋찡긋하며 자기의 두 팔목을 대님짝으로 동여매던 모양, 그러한 뒤에 '이년, 이 발길 년! 이제도' 하고 김현수가 껄껄 웃던 모양이 더욱 분명하게 보인다. 영채는 두 주먹으로 가슴을 두드리고 발버둥을 치며

"칼을 주시오! 칼을 주시오! 이 입술을 베어내버리렵니다, 칼, 칼을 주시오!" 하고 운다.

노파는 영채를 껴안으며

"애, 애, 월향아! 정신을 차려라. 정신을 차려!" 하고 노파의 눈에 아까 고였던 눈물이 영채의 머리 위에 떨어진다.

"애, 월향아! 참으려무나, 참어."

영채의 몸은 추워하는 사람 모양으로 떨린다. 영채는 또 아랫입술

을 꼭 물었다. 따끈따끈한 핏방울이 영채의 가슴에 있는 노파의 손등에 떨어진다. 노파는 얼른 영채의 어깨 위로 영채의 얼굴을 보았다. 영채의 입술에서는 샘물 모양으로 피가 솟는다. 앞이빨에 발갛게 핏물이 들고 이빨 사이로 피거품이 나와서는 뚝뚝뚝 떨어진다. 흐트러진 머리카락이 눈과 뺨을 가리어 그 그림자에 영채의 얼굴은 마치 죽은 사람과 같다. 노파는 영채의 가슴을 안았던 팔을 풀어 영채의 목을 안고 영채의 뺨에 자기의 뺨을 비볐다. 영채의 뺨은 불덩어리와 같이 덥다. 노파는 흑흑 느끼며

"월향아, 내가 잘못하였다, 내가 잘못하였다. 월향아, 참아라, 내가 죽일 년이로다" 하고 엉엉 소리를 내어 울었다. 노파는 '월향이가 이처럼 마음이 굳은 계집아인 줄은 몰랐구나' 하였다. 내가 잘못하여 불쌍한 월향의 피를 흘리는구나 하였다. '아아, 어여쁜 월향이! 내 딸 월향이!' 하고 노파는 마음속으로 합장 재배하였다. 노파는 더욱 울음소리를 내며 영채의 뺨에다 제 뺨을 비비고 영채의 향내 나는 머리카락을 입으로 씹었다. 영채의 찢기고 구겨진 치마 앞자락에는 새빨간 피가 뚝뚝 떨어졌다. 영채가 이빨로 물어뜯은 피 묻은 명주 수건 조각이 영채의 발 앞에 넘너른하여 전등빛에 반작반작한다. 아롱아롱한 자루에 넣어 비스듬히 벽에 세운 가얏고가 웬일인지 두어 번 스르릉 운다. 저편 방에서 노파를 기다리던 영감쟁이가 허리띠도 아니 매고 영채의 문 밖에 와서

"흥, 울기들은 왜?" 한다.

43

형식은 집에 돌아왔다. 노파는 형식이가 전에 없이 늦게 돌아온 것을 보고 제 방에 누운 대로 "왜 늦으셨어요?" 한다. 그러나 형식은

대답도 아니하고 자기의 방에 들어가 불을 켜고 모자도 쓴 대로 두루마기도 입은 대로 책상 앞에 앉았다. 노파는 대문을 잠그고 가만가만히 형식의 방문 앞에 와서 형식의 얼굴을 보았다. 형식은 눈을 감고 앉았다. 노파는 요새에 형식에게 무슨 걱정이 있는고 하였다. 형식은 이 집에 삼 년이나 있었다. 그러므로 노파는 형식을 친자식과 같이 동생과 같이 여겼다. 이제는 형식은 자기 집에 유하는 객이 아니요 자기의 가족과 같이 여겼다. 그러므로 부엌에서 형식의 밥상을 차릴 때에도 이것은 내 집에 와서 돈을 주고 밥을 사 먹는 손님의 밥이라 하지 아니하고 수십 년 전에 자기 남편의 밥상을 차리던 생각과 정성으로 하였다. 노파는 친구도 없고 친척도 없다. 노파의 이 세상에서 유일한 친구는 형식이뿐이었다. 형식도 노파를 잘 사랑하고 공경하였다. 형식은 노파에게 극히 경대하는 언어와 행동을 하고 그러면서도 어머니 모양으로 친하게 정답게 하였다. 형식은 노파가 무슨 걱정을 하는 양을 볼 때에는 담배를 들고 노파의 방에 가거나 노파를 자기의 방에 청하여다가 여러 가지 재미있는 이야기로 노파를 위로하였다. 그러면 노파는 반드시 '그렇지요, 세상이란 그렇지요' 하고 걱정이 다 스러져 웃고는 형식에게 과실도 사다 주고 떡도 사다 주었다. 노파도 형식의 말을 들으면 무슨 근심이나 다 스러지거니와 형식도 노파를 위로하고 나면 이상하게 마음에 기쁨을 깨달았다. 혹 형식이가 일부러 불쾌한 일이 있는 체, 성나는 일이 있는 체하면 노파는 담배를 들고 형식의 방에 와서 열심으로 형식을 위로하였다. 노파가 형식을 위로하는 말은 대개는 형식이가 노파를 위로하던 말과 같았다. 대개 노파는 이 세상에 친구도 없고 글도 볼 줄 모르는 사람이라. 지식을 얻을 데는 형식밖에 없었다. 그러므로 노파가 지금 가지고 있는 지식은 대개 형식을 위로하는 말에서 얻은 것이라. 형식의 말은 노파에게 대하여는 철학이요 종교였다. 그러나 노파는 이것을 형식에게서 얻은 줄로 생각지 아니하고 이것은 제 속에서 나오는 지식이거니 한다. 이는 결코 남의 은혜를 잊어서 그러는 것이 아니라 형식에게서 얻은 줄을 모르는 까닭이라. 그러므로 노파가 형식을 위로하려 할 때에는 첫마디만 들으면 형식은 노파의 하려는 말을 대강은 짐작하고 혼자 빙긋이 웃었다. 그러나 열 번에 한 번이나 혹은 스무 번에 한 번씩 노파의 특유한 사상도 있었다. 노파는 극히 둔하나마 추리력이 있었다. 형식에게서 들은 재료로 곧잘 새로운 명제를 궁리하여 내는 수도 있었다.

노파의 하는 말은 자기에게 들은 것인 줄은 알면서도 같은 말이라도 노파의 입으로서 나오면 새로운 맛이 있었다. 다 같이 '세상이란 다 그렇고 그렇지요' 하는 말이라도 형식의 입에서 나올 때와 노파의 입에서 나올 때와는 뜻과 맛이 달라진다. 이러므로 형식은 노파에게서 제가 하던 말을 도로 들으면서도 큰 위로를 받았다. 그러나 노파가 자기가 특별히 발명한 진리인 듯이 형식의 하던 말을 낭독할 때에는 형식은 웃음을 금하지 못하였다. 아무러나 노파도 형식을 좋아하고 형식도 노파를 좋아하였다. 그러나 형식도 노파를 불쌍히 여기고 노파도 형식을 불쌍히 여겼다. 노파는 젊었을 때에 어떤 양반의 집 종이었었다. 그러다가 그 양반의 집 대감의 씨를 배에 받아 한참은 서슬이 푸르렀었다. 그 대감의 사랑은 극진하여 동무들도 자기를 우러러보고 자기도 동무들에게 자랑하였었다. 그러나 노파는 그 늙은 대감에게 만족지 못하여 몰래 그 대감 집에 다니는 어떤 젊고 어여쁜 문객과 밀통하다가 마침내 대감에게 발각되어 그 문객은 간 곳을 모르게 되고 자기는 인두로 하문을 지짐이 되어 그만 사오 삭의 영화가 일조에 한바탕 꿈이 되고 말았다. 그러므로 노파는 벼슬하는 양반의 세력 좋음을 잘 보았다. 그의 생각에 세상에 벼슬을 못하는 남자는 불쌍한 사람이라 한다. 그래서 노파는 삼 년 전부터 형식에게 벼슬하기를 권하였다. 그러나 형식은 웃으며 '나와 같은 사람에게 누가 벼슬을 주나요?' 하였다. 노파는 형식의 재주 있음을 알고 사람이 좋음을 안다. 그러므로 형식은 마땅히 벼슬을 하여야 할 사람이라고 생각한다. 노파는 형식을 찾아오는 금줄 두르고 칼 찬 사람들을 볼 때마다 '왜 우리 형식씨는 벼슬을 아니하는고' 하고 혼자 형식을 위하여 괴로워한다. 그래서 그 금줄 두르고 칼 찬 손님이 돌아가면 으레 '왜 나리께서는 벼슬을 아니하셔요?' 한다. 그때마다 형식은 '내게야 누가 벼슬을 주나요?' 하고 웃는다. 그러나 아무리 말을 하여도 형식이가 듣지 아니함을 보고 노파는 일 년 전부터는 그러한 말을 하지 아니하였다. 다만 형식에게 벼슬하는 친구들이 찾아오는 양과 여러 사람들이 '이선생'이라고 부르는 양을 보고 '대체 형식도 벼슬은 아니할망정 저 사람들만은 하거니' 하고 혼자 위로한다. 그래서 근래에는 형식을 부를 때에 '나리'라 하지 아니하고 '선생'이라고 부르게 되었다. 그러나 '벼슬을 하였으면' 하는 생각은 아직도 가슴속에 깊이 박혔다.

노파는 한참이나 문밖에 서서 형식의 하는 양을 보고 무슨 말을 하려다가 '아마 무슨 생각을 하는 게지' 하고 가만가만히 제 방으로 들어간다. 그러나 자리에 누워서도 잠이 못 들고 가끔가끔 담배를 피워 물고는 머리를 내밀어 형식의 방을 건너다보았다. 그러나 노파가 한잠을 자고 나서 건너다볼 적에도 형식의 방에는 아직 불이 아니 꺼졌더라.

44

형식은 노파가 문밖에 와 섰던 줄도 모르고 영채를 생각하였다. 청량사에서 보던 광경을 생각하였다. 김현수가 영창을 떠들고 일어나던 양과 영채의 입술에 피가 흐르던 것과 영채의 옷이 흘러 내려 하얀 허리가 한 뼘이나 드러났던 것을 생각하였다. 그리고 우선이가 '모— 따메다' 하던 것을 생각하였다. 영채는 과연 김현수에게 몸을 더럽힘이 되었는가 하고 생각하였다. 우선이가 창으로 엿보고 '모— 따메다' 하던 것이 무슨 뜻인가 하였다. 그것이 '벌써 영채의 몸은 더러워졌다' 하는 뜻일까. 또는 우선이가 다만 '더러워질 뻔하'던 것을 보고 그러하였음이 아닐까. 형식은 자기가 발길로 영창을 차기 전에 한번 창으로 엿보더면 좋을 것을 하였다. 암만하여도 우선의 '모— 따메다' 하던 뜻을 '영채의 몸은 벌써 더러워졌다' 하는 뜻으로 해석 하기는 싫다. 마침 '더러워지'려 할 때에 하늘의 도움으로 나와 우선 이가 영채를 구원한 것이 아닐까. 그렇다, 그렇다! 하고 형식은 안심 하는 듯이 한숨을 쉬었다.

그러나 그 손발을 동여맨 것이 무슨 뜻일까, 그 치마와 바지가 찢 어지고 다리가 드러났음이 무슨 뜻일까, 또 영채가 두 손으로 낯 을 가리고 입술을 물어뜯은 것이 무슨 뜻일까. 그리고 나에게 대하 여 아무러한 말도 아니한 것이 무슨 뜻일까. 아아, '모— 따메다' 하 던 우선의 말이 참말이 아닐까. 옳다! 옳다! 영채의 몸은 더러워졌구 나. 영채의 몸은 김현수에게 더러워졌구나 하였다. 그리고 형식은 두 주먹을 불끈 쥐어서 공중에 두어 번 내둘렀다. 그리고 궐련 한 대를 붙여서 흡연도 아니하고 푹푹 빨았다. 그 담배 연기가 눅눅하고 바 람 없는 공기 중에 퍼질 줄을 모르고 형식의 후끈후끈하는 머리 가 로 물결을 지으며 돌아간다. 형식은 반도 다 타지 못한 궐련을 마당 에 홱 집어 내던지고 두 손으로 머리 가로 뭉게뭉게 돌아가는 담배 연기를 홰홰 젓는다. 담배 연기는 혹은 빠르게 혹은 더디게 길을 잃 은 듯이 사방으로 흩어진다. 천장에서 자던 파리가 놀라 잉잉하더니 도로 소리가 없어진다. 형식은 또 고개를 숙이고 그린 듯이 앉았다.

대체 영채는 지금까지 처녀였을까 하였다. 칠팔 년을 기생으로 지내면서 처녀로 있을 수가 있을까 하였다. 또 매음하지 아니하고 기생 노릇을 할 수가 있을까 하였다. 한두 번은 모르되 열 번 스무 번 남자가 육욕과 돈으로 후릴 때에 영채라는 계집아이가 족히 정절을 지켰을까 하였다. 설혹 혈통이 좋고 어려서 《내칙》과 《열녀전》을 배웠다 하더라도 그것을 가지고 능히 칠팔 년간 수십 번 수백 번의 힘센 유혹을 이길 수가 있을까 하였다. 형식은 자기가 지금까지 읽어오던 소설의 계집 주인공과 신문이나 말로 들어 온 계집의 일을 생각하여 보았다. 옛날 지나의 소설이나 우리나라 이야기책을 보건댄 과연 송죽 같은 절개를 지켜온 여자도 있었다. 그러나 그것은 소설 중에 있는 일이다. 현금에 그러한 일이 있을 수가 있을까 하였다. 옛날 소설에는 몸이 기생이 되어서도 팔에 앵혈이 지지 아니하였다는 여자가 있었다. 그러나 현금에 그러한 사람이 있을 수가 있을까. 십팔구 세나 된 여자가 매양 청구하여 오는 남자를 거절할 수가 있을까. 설혹 영채가 정절이 세상에 뛰어나 능히 모든 유혹을 다 이긴다 하더라도 그 동안에 김현수와 같은 사람이 없었을까. 김현수와 같은 사람은 서울에만 있을 것이 아니요 또 서울에도 한 사람만 있을 것이 아니라. 그동안 청량사에서 당하던 일과 같은 일을 여러 번 당하지 아니하였을까. 그렇다! 영채는 도저히 처녀 될 리가 만무하다 하고 형식은 벌떡 일어나 방안으로 왔다 갔다 하였다.

형식은 다시 앉아서 담배를 피워 물었다. 그리고 자기의 과거를 생각하였다. 형식은 과연 오늘날까지 일찍 계집을 본 적이 없었다. 이십 사 세가 되도록 계집을 본 적이 없다 하면 극히 정결한 청년이라 할지라. 그러나 형식은 진실로 뜻이 굳고 마음이 깨끗하여 이러한 정결을 지켜온 것일까. 이렇게 생각하고 형식은 고개를 흔들었다. 일찍 동경에 있을 때에 어떤 여자가 주인 노파를 통하여 형식에게 사랑을 구한 적이 있었다. 그때에 형식은 주저함도 없이 그 청구를 거절하였다. 그 후에도 두어 번 청구가 있었으나 여전히 거절하였다. 그러나 형식의 마음이 과연 이처럼 깨끗하였던가. 형식의 양심의 힘이 과연 이렇게 굳세었던가. '그게 말이 되오? 못하지요!' 하고 굳세게 거절한 뒤에 형식의 마음은 도리어 이 거절한 것을 후회하였다. '내가 못 생겼다. 왜 거절을 하여!' 하고 다시 청구를 하거든 슬그머니 못 견디는 체하리라 하였다. 실로 이 청구를 거절한 것은 형식의 마음이 아니요 형식의 입이었다. 형식은 '어떠시오?' 하고 빙그레 웃는 그 주인 노파의 말에 '좋소' 하기가 부끄러워서 '아니요!' 한 것이지 그 주인 노파가 만일 형식의 '아니요!'를 '좋소'로 들어주어 어느 날 저녁에 그 여자를 데려다가 형식의 방에 넣어주었더면 형식은 그 노파를 '괘씸하다' 하고 원망하였을까. 형식은 고개를 흔들었다. 그 후에 하루 저녁은 그 여자가 주인 노파의 방에 와 잤다. 그날 형식이가 자리를 펼 때에도 노파가 슬그머니 눈짓을 하였다. 그러나 형식은 소리를 가다듬어 '아니요!' 하였다. 그러고는 그 노파가 이 '아니요!'를 반대로 들어주기 위하여 유심하게 웃었다. 노파도 웃었다. 그러고는 자리에 누워서 이제나저제나 하고 그 여자가 올라오기를 기다렸다. 혹 일도 없이 뒷간에 오르내리면서 헛기침도 하였다. 그 이튿날 아침에 형식은 주인 노파가 너무 정직한 것을 한하였다. 이렇게 생각하고 형식은 고개를 흔들며 한 번 더 '처녀 될 리가 만무하다' 하였다.

45

형식은 노파가 건넌방에서 담뱃대 떠는 소리를 들었다. 그리고 또 궐련을 피우면서 생각하였다. 그러면 어떡할까. 영채를 어떻게 할까.

은인의 따님인 것을 위하여 내 아내를 삼을까. 그러하는 것이 내 도리에 마땅할까. 형식의 눈앞에는 어제 저녁 바로 이 방에 앉았던 영채의 모양이 보인다. '아버지는 옥중에서 굶어 돌아가시고……' 할 때의 눈물 그렁그렁한 영채의 얼굴은 과연 어여뻤다. 그때에 형식은 영채를 대하여 황홀하였었다. 그리고 영채와 회당에서 혼인할 광경과 영채와 자기와의 사이에 어여쁘고 튼튼한 아들과 딸이 많이 날 것도 상상하였었다. 형식은 지금 어제 저녁에 영채가 앉았던 자리를 보고 그때의 광경과 그때에 상상하던 바를 생각한다. 그리고 형식은 한참이나 황홀하였다.

'그러나!' 하고 형식은 눈을 번쩍 떴다. '그러나, 영채는 처녀가 아니로다. 설혹 어저께까지는 처녀라 하더라도 오늘 저녁에는 이미 처녀가 아니로다' 하고 청량사의 광경을 한번 다시 그렸다. 어제 저녁에는 행여나 영채가 어떠한 귀한 가정의 거둠이 되어 마치 선형이나 순애 모양으로 번뜻하게 여학교를 졸업하고 순결한 처녀로 있으려니 하였다. 만일에 기생이 되었더라도 자기를 위하여 정렬을 지켰으려니 하였다. 그러나 이제는 영채는 처녀가 아니로다 하고 형식은 고개를 숙였다. 그리고 한참이나 있었다.

또 건넌방에서 노파의 담뱃대 떠는 소리가 들린다. 형식은 또 고개를 들었다. 방 안을 돌아보았다. 이때에 형식의 머리에는 아까 김 장로의 집에서 선형과 순애를 대하여 앉았던 생각이 난다. 그 머리로서 나는 향내, 그 책장을 짚고 있던 투명할 듯한 하얀 손가락, 그 조금 구기고 때가 묻은 옥색 모시 치마, 그 넓적한 옥색 리본, 그 적삼 등에 땀이 배어 부드럽고 고운 살이 발갛게 비치던 모양이 말할 수 없는 향기와 쾌미를 가지고 형식의 피곤한 신경을 자극한다. 또 이것을 대할 때의 전신이 스르르 녹는 듯하던 즐거움과 세상만사와 우주에 만물이 모두 다 기쁨으로 빛나고 즐거움으로 노래하는 듯하던 그 기억이 아주 분명하게 일어난다. 형식은 선형을 선녀 같은 처녀라 한다. 선형에게는 일찍 티끌만 한 더러운 행실과 티끌만 한 더러운 생각도 없었다. 선형은 오직 맑고 오직 깨끗하니 마치 눈과 같고 백옥과 같고 수정과 같다 하였다. 이렇게 생각하고 형식은 빙긋이 웃었다. 그리고 또 눈을 감았다.

형식의 앞에는 선형과 영채가 가지런히 떠 나온다. 처음에는 둘이 다 백설 같은 옷을 입고 각각 한 손에 꽃가지를 들고 다른 한 손은 형식의 손을 잡으려는 듯이 손길을 펴서 형식의 앞에 내밀었다. 그러고 두 처녀는 각각 방글방글 웃으며 '형식씨! 제 손을 잡아주셔요, 예' 하고 아양을 부리는 듯이 고개를 살짝 기울인다. 형식은 이 손을 잡을까 저 손을 잡을까 하여 자기의 두 손을 공중에 내들고 주저한다. 이윽고 영채의 모양이 변하여지며 그 백설 같은 옷이 스러지고 피 묻고 찢어진 이름도 모를 비단 치마를 입고 그 치마 째어진 데로 피 묻은 다리가 보인다. 영채의 얼굴에는 눈물이 흐르고 입술에서는 피가 흐른다. 영채의 손에 들었던 꽃가지는 금시에 간 데가 없고 손에는 더러운 흙을 쥐었다. 형식은 고개를 흔들고 눈을 떴다. 그러나 여전히 백설같이 차리고 방글 방글 웃는 선형은 형식의 앞에서 손을 내밀고 '형식씨! 제 손을 잡으셔요, 예' 하고 고개를 잠깐 기울인다. 형식이가 정신이 황홀하여 선형의 손을 잡으려 할 때에 곁에 섰던 영채의 얼굴이 귀신 같이 무섭게 변하며 빠드득하고 입술을 깨물어 형식을 향하고 피를 뿌린다. 형식은 흠칫 놀라 몸을 흔들었다.

형식은 다시 일어나 방 안으로 왔다 갔다 거닐다가 뒤숭숭한 생각을 없이하노라고 학도들이 부르는 창가를 읊조리며 마당에 나왔다. 아까 소낙비 지나간 자취도 없이 하늘은 구름 한 점 없이 맑고 물먹은 별이 졸리는 듯이 반작반작한다. 남쪽이 훤한 것은 진고개*1의 전등빛이라 하였다.

형식은 물끄러미 하늘을 쳐다보았다. 저 반작반작하는 별에서 내려오는 듯한 서늘한 바람이 사람의 입김 모양으로 이따금이따금 형식의 더운 낯으로 스쳐 지나간다. 형식의 물 끓듯 하던 가슴은 얼마큼 서늘하게 된 듯하다.

저 별들은 언제부터나 저렇게 반작반작하는가, 또 무엇 하러 저렇게 반작반작하는가. 누가 이 별은 여기 있게 하고 저 별은 저기 있게 하여 이 모양으로 있게 하는고. 저 별과 별 사이로 보이는 아무 것도 없는 컴컴한 허공으로 바로 날아올라 가면 어디로 갈 것인고. 형식은 동경서 유학할 때에 폐병 들린 선생에게 천문학 배우던 생각을 하였다. 그 선생이 매양 '여러분에게 천문학자 되기는 권하지 아니하거니와 밤마다 하늘을 바라보는 사람이 되기는 간절히 권하오' 하고 기침이 나서 타구(唾具)에 핏덩이를 토하던 생각이 난다. 뒤숭숭한 세상 생각에 마음이 괴로울 적에 한번 끝없는 하늘과 수없는 별을 바라보면 천사만려(千思萬慮)가 봄눈 스러지듯 하는 것이라고 형식도 말로는 하였었다. 그러나 그는 아직 하늘을 바라보지 아니치 못하도록 마음이 괴로워 본 적이 없었다. 그러나 지금에 그는 그 천문학 선생의 하던 말을 깊이깊이 깨달았다. 형식은 기쁨을 못 이기는 듯

'무궁한 시간의 일 점과 무궁한 공간(空間)의 일 점을 점령한 인생에게 큰일이라면 얼마나 크고, 괴로운 일이라면 얼마나 괴로우랴' 하였다. 그리고 한번 다시 하늘을 우러러보고 고개를 숙여 기도를 올렸다.

---

*1 한자명은 이현(泥峴). 현재 서울 중구 충무로2가에 있는 고개. 흙이 끊어질 정도로 질었던 데서 유래한다.

46

형식은 석 점이나 지나서야 잠이 들어 아침 아홉 시가 되도록 잤다. 형식은 몹시 몸과 정신이 피곤하여 반쯤 잠을 깨고도 여러 가지로 뒤숭숭한 꿈을 꾸었다. 노파는 벌써 조반을 차려놓고 사오 차나 형식의 방을 엿보았다. 형식이가 두루마기를 입은 채로 자리도 아니 펴고 자는 것을 보고 노파는 '웬일인고?' 하였다. 그러나 노파는 어제 저녁 형식이가 늦게 잔줄을 알므로 깨우려고도 아니하고 모처럼 만들어놓은 장찌개가 식는 것을 근심하였다. 이때에 신우선이가 대팻밥모자를 젖혀 쓰고 단장을 두르며 들어오더니 노파를 보고

"평안하시오, 이 선생 있소?" 하고 쾌활한 데다 점잖이 묻는다. 노파는 신우선을 잘 안다. 그리고 '시원한 남자'라고 형식을 대하여 비평한 일이 있었다. 노파는 웃고 마주 나오면서

"어제 저녁에 늦게 돌아오셔서 새벽이 되도록 앉아서 무슨 생각을 하시더니 아직도 주무십니다그려. 저렇게 조반이 다 식는데" 하고 장찌개를 생각한다. 노파의 만드는 장찌개는 그다지 맛있는 것은 아니었다. 그러나 노파는 자기가 된장찌개를 제일 잘 만드는 줄로 자신하고 또 형식에게도 그렇게 자랑을 하였다. 형식은 그 된장찌개에서 흔히 구더기를 골랐다. 그러나 노파의 명예심과 정성을 깨트리기가 미안하여 '참 좋소' 하였다. 그러나 '참 맛나오' 하여본 적은 없었다. 그러나 노파는 이 '참 좋소'로 만족하였었다. 한번 신우선이가 형식으로 더불어 저녁을 같이 먹을 때에도 노파의 자랑하는 된장찌개가 있었다. 그때에 마침 굵다란 구더기가 신우선의 눈에 띄어 신우선은 그 험구로 노파의 된장찌개가 극히 좋지 못함을 비웃었다. 곁에 있던 형식이가 황망하게 우선의 입을 막았으나 우선은 일부러 빙긋빙긋 웃어가며 소리를 높여 노파의 된장찌개 만드는 솜씨의 졸렬함을

공격하였다. 그때에 노파는 건넌방 툇마루에서 분한 모양으로 담배를 빨다가

"나이 많으니깐 그렇구려" 하고 젊었을 때에는 잘 만들었었다는 뜻을 표하였다. 그 후로부터 노파는 우선을 '쾌활한 남자'라고 칭찬하지 아니하게 되었다. 그러나 우선을 보면 여전히 친절하게 하였다. 대개 더 자기의 된장찌개를 공격할까 두려워함이러라. 우선은 형식에게 이 말을 들었으므로

"요새는 된장찌개에 구더기나 없소?" 하고 형식의 방에 들어가 큰 소리로

"여보게, 일어나게, 일어나! 이게 무슨 잠이란 말인가" 하였다. 형식은 어렴풋이 우선과 노파의 담화를 들으면서도 아주 잠을 깨지 못하였다가 우선의 큰 목소리에 눈을 비비며 일어나 책상 위에 놓인 둥그런 자명종을 본다. 우선은

"시계는 보아 무엇하게. 열 점일세, 열 점이어! 자, 어서 세수하고 옷 입게―조반 먹고."

시계는 아홉 점 반이었다. 형식은 우선이가 '어서 옷 입고―' 하는 말을 듣고 비로소 어제 저녁 생각을 하고 영채의 생각을 하였다. 그리고 우선의 낯빛을 보고 무슨 일이 생긴 줄을 깨닫고 또 그 일이 영채의 일인 줄도 짐작하였다. 그리고 어제 저녁 자기 혼자 잠을 못 이루고 생각하던 일을 생각하였다. 형식은

"왜, 무슨 일이 있는가"

"어서 세수를 하고 조반을 먹어! 제가 할 걱정을 내가 하는데" 하고 책장 곁에 가서 영문 책을 빼어 들고 초이스 독본 삼권 정도의 영어로 한자 두자 뜯어본다. 형식은 무슨 일인지는 모르나 우선의 낯빛을 보고 말하는 양을 보매 대체 영채에게 관한 일이어니 하면서 잇솔을 물고 수건을 들고 나간다. 우선은 형식의 세수하러 나가

는 양을 보고 '너도 걱정이로구나' 하였다. 우선은 형식의 인격이 으레 영채로 아내를 삼으리라 하였다. 그러나 영채로 아내를 삼으면 형식의 머릿속에 청량사 일이 늘 남아 있어 형식을 괴롭게 하리라 하였다. 그러나 형식을 괴롭게 하고 아니하게 함은 자기의 손에 있다 하였다. 대개 영채가 처녀요 아님을 아는 이는 김현수와 배명식과 자기와 삼인이 있을 따름이라. 우선은 이 비밀을 가지고 오래 두고 형식의 마음을 괴롭게 하리라, 그도 아니하면 자기가 영채를 어르다가 가만히 떨어진 분풀이를 어디다 하리오 하였다. 그러나 이는 우선의 악의에서 나옴이 아니라 어디까지든지 인생을 장난으로 알려 하는 우선의 한 희롱에 지나지 못하는 것이라. 그러나 형식은 우선과 같이 세상을 장난으로 알지는 못하는 사람이라. 형식은 어디까지든지 인생을 엄숙하게 보려 한다. 그러므로 우선은 이럭저럭 한 세상을 유쾌하게 웃고 지내면 그만이로되 형식은 인생에서 무슨 뜻을 캐내려 하고 세상을 위하여 힘 있는 데까지는 무슨 공헌을 하고야 말려 한다. 그러므로 형식에게는 인생의 어떠한 작은 현상이나 세상의 어떠한 작은 사건이라도 모두 엄숙하게 연구할 제목이요 결코 우선과 같이 웃고 지내어 보내지 못한다. 우선은 이러한 형식을 일컬어 아직도 '탈속을 못하였다' 하고 형식은 우선을 일컬어 '세상에 무해무익한 사람'이라 한다. 그렇다고 우선은 세상의 문명과 행복을 증진하는 데 대하여 전혀 무관언(無關焉)하냐 하면 그는 그런 것이 아니라. 우선도 아무쪼록 세상에 유익한 일을 하려고는 한다. 다만 그는 형식과 같이 열렬하게 세상을 위하여 일생을 바치려는 열성이 없음이니 형식의 말을 빌리건댄 우선은 '개인 중심의 지나식 교육을 받은 자'요 형식 자기는 '사회 중심의 희랍식 교육을 받은 자'이라. 바꾸어 말하면 우선은 한문의 교육을 받은 자요 형식은 영문이나 덕문의 교육을 받은 자이라.

형식은 두어 번 잇솔을 왔다 갔다 하고 얼른 세수를 하고 들어와 거울을 보고 머리를 가른다. 우선은 까닭도 없이 이 머리 가르는 것을 미워하여 형식을 보면 매양 머리를 깎으라 하고 이따금 무슨 전제로 그러한 결론을 하는지 '머리를 가르는 자는 무기력한 자'라 한다.

우선은 "무슨 일이어? 응, 무슨 일이어?" 하고 된장찌개에 구더기를 골라가며 간절히 듣고 싶어 하는 형식의 묻는 말에는 대답도 아니하고 방 안에서 벙글벙글 웃으면서 왔다 갔다 거닐다가 형식이가 분주히 밥상을 물리기를 기다려 형식을 끌고 나간다. 노파는 밥상을 치우면서 같이 나가는 두 사람의 얼굴을 유심히 보더니 밥상을 마루에 갖다 놓고 허리를 펴며

"무슨 일이 있는고" 한다.

47

우선은 형식의 기뻐할 것을 상상하고 마치 누구를 전에 못 보던 좋은 구경터에 데리고 가는 모양으로 형식을 데리고 다방골 계월향의 집을 찾았다. 형식도 종각 모퉁이를 돌아설 때부터 우선이가 자기를 영채의 집으로 끌고 가는 줄을 알았다. 그리고 우선이가 자기를 이리로 끌고 올 때에는, 또 우선이가 기뻐하는 양을 보건댄 무슨 좋은 일이 있는 줄도 생각하였고 또 그 좋은 일이라 함은 아마 영채의 몸을 구원하는 일인 줄도 생각하였다. 그러나 '벌써 늦었다' 하였다. 벌써 영채는 처녀가 아니라 하였다. 그리고 어제 저녁에 영채와 선형이가 하얀 옷을 입고 웃으면서 각각 한 편 손을 내밀며 '제 손을 잡아줍시오, 예' 하다가 영채의 몸이 문득 변하던 양도 생각하였다. 더구나 영채의 얼굴이 귀신같이 무섭게 되고 입술에서 흐르는

피를 자기의 몸에 뿌리던 것을 생각하였다. 두 사람은 문밖에 다다랐다. 우선은 형식을 보고 씩 웃으며

"이 계월향이라는 장명등도 오늘까질세그려" 하였다. 그리고 단장으로 그 장명등을 서너 번 때리며

"흥, 오늘 저녁에도 누가 계월향을 찾아서 놀러 올 터이지. 왔다가 계월향을 만나지 못하고 돌아가는 꼴이 장관이겠네" 하고 한 번 더 단장으로 깨어져라 하고 장명등 지붕을 때리고 껄껄 웃는다. 장명등은 아픈 듯이 찌국찌국 소리를 내며 우쭐우쭐 춤을 춘다. 형식은 '깨어지면 어쩌나' 하고 속으로 생각할 뿐이요 아무 말도 아니하고 웃지도 아니하였다. 우선은 형식의 얼굴에 기쁜 모양이 없는 것을 보고 얼마큼 낙심한 듯이 시치미 떼고 크게 "이리 오너라 ―" 하고 부른다. 행랑에서 어멈이 어린애에게 젖을 먹이던지 옷을 치키며 나와

"나리 오십시오? 이리 오너라는 무엇이야요, 그냥 들어가시지!" 한다. 형식은 '많이 다녔구나' 하였다. 그리고 우선이도 영채의 정절을 깨트린 한 사람인가 하였으나 곧 작소(繳銷)하였다. 우선은 단장으로 어멈을 때리려는 모양을 하면서

"아직도 영감이라고 아니 부르고 나리라고 불러!" 하고 넓적한 앞니를 보이며 껄껄 웃는다.

"아씨 계시냐?" 우선의 말.

"아씨께서 오늘 아침 차로 평양을 내려가셨어요!"

우선은 놀랐다. 형식도 놀랐다. 더구나 우선은 아주 낙담한 듯이 고개를 흔들며

"왜? 무슨 일로?"

"모르겠어요. 제가 압니까. 어제 저녁 열한 점이 친 다음에야 들어오시더니만…… 한참이나 울음소리가 나더니…… 그다음에는 잠이

들어서 어찌되었는지 모르겠는데요…… 오늘 식전에 마님께서 구루마를 불러오라 하셔요. 그래 아씨께서 어느 연회에를 가시는가…… 연회라면 퍽도 이르다…… 아마 노돌*¹ 선유(船遊)가 있는 게다 했지요. 했더니 아홉점 반 차로 아씨께서 평양을 가신다구요" 하고 어멈은 아주 유창하게 말한다. 형식은 '숫배기는 아니로다' 하고 놀라면서도 그 어멈의 얼굴을 자세히 보았다. 어멈의 얼굴에는 의심하는 빛이 있다. 형식은 '평양! 평양은 무엇하러 갔는가' 하였다. 방에서 어린애가 울어 방으로 들어가려는 어멈에게 우선이가 말소리를 낮추어

"아침에 누구 오든 않았던가."

"아무도 아니 왔어요. 저," 하고 두어 집 건넛집을 가리키며 "저 댁 아씨가 목욕 같이 가자고 오셨두군요" 하고 방으로 들어가 "울지 마라!" 하고 어린애의 엉덩이를 때리는 소리가 난다. 형식은 이렇게 우리를 대하여서는 얌전하게 말하던 사람이 방에 들어가 어린아이를 대하여서는 저렇게 함부로 한다 하였다.

우선은 단장으로 땅바닥에 무슨 글자를 쓰더니 형식더러

"아무러나 들어가보세그려. 노파에게 물어보면 알 터이지" 하고 대팻밥모자를 벗어 두르고 앞서서 들어간다. 그러나 우선의 말소리에는 아까 쾌활하던 빛이 없다. 형식도 뒤를 따랐다. 형식은 어제 저녁 이 마당에 서서 그 노파에게 멸시당하던 일을 생각하였다. 그리고 빙긋 웃었다. 형식은 이만큼 오늘은 냉정하더라. 도리어 우선이가 지금은 형식보다 더 애가 탄다.

방에는 사람이 없고 마루에 노파의 이른바 '못생긴 영감쟁이'가 무슨 이야기책을 보다 말고 목침을 베고 코를 곤다. 우선은 이 '영감쟁이'를 잘 알았다. 이 영감쟁이는 평양 외성에 어떤 부자의 자제로

---

*1 노돌나루: 현재 노량진 나루터를 말함.

시 잘 짓고 소리 잘하고 삼사십 년 전에는 평양 성내에 모르는 이 없는 외입쟁이였었다. 그러나 십유여년 방탕한 생활에 여간 재산은 다 떨어 없이하고, 속담의 상말로 남은 것이 '뭣' 하나밖에 없게 되었다. 그래서 하릴없이 일찍 자기의 무릎에 앉히고 '어허둥둥' 하던 이 노파의 집에 식객인지 남편인지 모르는 손이 된 지가 벌써 십여 년이 되었다. 처음에는 노파와 가끔가끔 다투기도 하고 혹 심히 성이 나면 '패씸한 년' 하고 호령도 하더니 이삼 년래로는 그도 못하고 사흘에 한 번씩 노파에게 '나가 뒈져라' 하는 소리를 들으면서도 다만 껄껄 웃으며 '죄 되나니라' 할 따름이요 반항할 생각도 못하게 되었다. 그러나 노파는 대개는 '영감쟁이'를 친절하게 대접하였다. 그리고 더욱 기특한 것은 밤에 잘 때에는 반드시 노파가 자기의 손으로 자리를 깔고 이 '영감쟁이'를 아랫목에 누이더라.

우선은 서슴지 아니하고 구두를 신은 대로 마루에 올라서서 단장으로 마루를 울리며 누구를 부르는지 모르게 "여보! 여보!" 하였다. 형식은 어제 저녁에 섰던 모양으로 서서 어제 저녁에 보던 모양으로 영채의 방을 보았다. 방 안에 모든 것은 그대로 있구나 하였다. 그러나 어제 저녁 모양으로 마음이 번민하지는 아니하였다.

48

우선은 대답이 없는 것을 보고 이번에는 구두와 단장으로 한꺼번에 마루를 쾅쾅 울리며 성난 듯이 더욱 소리를 높여

"여보! 노파!" 하였다. '노파!' 하고 우선의 부르는 소리가 우스워 형식은 씩 웃었다. 이윽고 마당 한 모퉁이로서 노파가

"아따, 신주사시구랴! 남 뒷간에 가 있는데 웬 야단을 하시오?" 하고 치마고름을 고쳐 매면서 들어온다. 오다가 형식을 이윽히 본다.

어제 저녁에 와서 '월향씨 있소' 하던 사람이로구나 하고, 그러면 그가 '신주사의 심부름꾼이던가' 하였다. 형식도 '네가 나를 멸시하였구나' 하였다. 노파는 형식은 별로 중요한 인물이 아닌 듯이 마루에 올라서며 아주 친근한 모양으로 우선에게

"어떻게 일찍 오셨구려!" 하고는 발로 '영감쟁이'를 툭툭 차며 부르짖는 목소리로

"여보, 일어나소! 손님 오셨소" 하고 "그렇게 눕구 싶거든 땅속에나 들어가지—" 하고 발로 '영감쟁이'의 목침을 탁 찬다. 목침은 곁에 놓인 소설책을 내던지고 저편으로 떽데굴 굴러가서 벽을 때리고 우뚝 선다. '영감쟁이'는 센 터럭이 몇 올이 아니 되는 맹숭맹숭한 머리를 마루에 부딪고 벌떡 일어나며

"응, 그게 무슨 버르장이란 말인고" 하고 우선은 본 체도 아니하고 일어나 자기의 방으로 들어간다. 형식은 그 '영감쟁이'를 보고 자기의 죽은 조부를 생각하였다. 원래 부자던 자기의 조부도 전래하는 세간을 다 팔아 없애고 아들 형제는 먼저 죽고 손자인 자기는 일본에 가 있고 조그마한 오막살이에 일찍 기생이던 형식의 서조모에게 천대받던 생각을 하였다. 그러나 형식은 자기의 조부는 저 '영감쟁이'보다는 고상하던 사람이라 하였다.

우선이가 급한 듯이 "그런데 아씨가 평양을 가셨어요?" 하는 것은 대답도 아니하고 노파는 먼저 영채의 방에 들어가 우선을 보고 "이리 들어오시구려, 집 무너지겠소?" 한다. 우선은

"이리 들어오게그려" 하고 유심한 웃음으로 형식을 부르고 자기도 구두를 벗고 방으로 들어간다. 형식은 한 걸음 방을 향하여 나가다가 그 자개함롱과 아롱아롱한 자루에 넣은 가얏고와 아랫목에 걸린 분홍 모기장을 보고 갑자기 불쾌한 마음이 생긴다. 그래서 구두를 벗으려다 말고 웃으며

"나는 여기 걸어앉겠네" 하고 마루에 걸어앉는다. 우선은

"들어오게그려, 오늘부터는 자네가 이방에 주인이니" 하고 일어나 형식의 팔을 당긴다. 형식은 갑자기 얼굴이 발갛게 된다. 우선은 '아직도 어린애로다' 하고 형식의 팔을 끈다. 노파는 우선이가 형식을 친구로 대우하는 양을 보고 한 번 놀라고 또 '오늘부터는 자네가 주인일세' 하는 것을 보고 두 번 놀라 눈이 둥그레졌다가, 워낙 능란한 솜씨라 선웃음을 치며 일어나

"나리 들어오십시오. 나는 누구신 줄도 모르고⋯⋯어제 저녁에는 실례하였습니다⋯⋯너무 검소하게 차리셨으니깐" 한다. 형식은 부끄럽고 가슴이 설레는 중에도 '흥, 지금은 내가 누구인지 아느냐' 하면서 권하는 대로 방에 들어갔다. 들어가 앉으며 노파의 시선을 피하는 듯이 방 안을 한번 더 돌아보았다. 모기장의 주름이 어제와 같으니 영채가 어제 저녁에는 모기장을 아니 치고 잤구나 하였다. 그리고 영채가 저 벽에 기대어 잠을 못 이루고 괴로워하였는가 하매 자연히 마음에 슬픔이 생긴다. 형식의 눈은 모기장으로서 문 달린 벽으로 돌았다. 형식은 문칫하였다. 그 벽에는 찢어진 치마가 걸렸다. 형식의 머릿 속에는 청량리 광경이 빙그를 돈다. 그 치마 앞자락에는 피가 묻었다. 형식은 남 모르게 떨리는 숨소리를 죽이고 입술을 꼭 물었다. 그리고 '나도 영채 모양으로 입술을 무는구나' 하고 차마 더 보지 못하여 찢어진 치마에서 눈을 돌렸다. 동대문 오는 전차 속에서 영채가 치마의 찢어진 것을 감추는 양을 보고 계집이란 이러한 때에도 인사를 차린다 하던 생각이 난다. 바로 치마 밑에 피 묻은 명주 수건 조각이 형식의 눈에 들었으나 형식은 그것이 무엇인지 몰랐다. 지금껏 형식의 냉정하던 가슴에는 차차 뜨거운 풍랑이 일어나기 시작한다. '왜 평양을 갔을까' 하는 생각이 무슨 무서운 뜻을 품은 듯이 형식의 마음을 괴롭게 한다. 형식은 어서 우선이가 노파

에게 영채가 평양에 간 이유를 물었으면 하였다. 우선은 담배를 피워물더니

"대관절 아씨는 어디 갔소?" 한다. 월향이라고는 부르기가 어렵고 그렇다고 영채씨라고 부르면 노파가 못 알아들을 듯하여 둥그스름하게 '아씨'라 함이라. 노파는 우선이가 장난으로 그러는 줄을 알므로 웃지도 아니한다.

"평양에 잠깐 다녀온다고 오늘 식전에 벼락같이 떠났어요. 오랫동안 성묘를 못하였으니 잠깐 아버님 산소에나 다녀온다고요" 한다. 노파는 이 두 사람이 어제 저녁 사건을 모르려니 한다. 그리고 아마 우선이가 저 친구를 데리고 놀러 온 것이어니 한다. 저 새로 온 친구도 아마 월향의 이름을 듣고 한번 만나볼 양으로 어제 저녁에 왔다가 헛길이 되고 아마 자기의 초라한 모양을 보고 월향을 내놓지 아니하는가 보아서 오늘은 월향과 친한 우선을 데리고 온 것이어니 하였다. 그리고 저러한 주제에 기생 외입은 다 무엇인고 하였다.

영채가 평양에 성묘하러 갔단 말을 듣고 형식은 감옥에서 죽었다는 박선생을 생각하였다. 그러나 박선생의 얼굴을 다 상상하기도 전에 '영채가 성묘하러' 갔다는 말의 '성묘'란 말이 말할 수 없는 무서움을 가지고 형식의 가슴을 누른다. 형식은 불의에 "성묘!" 하고 소리를 내었다. 그 소리에 우선과 노파는 형식의 얼굴을 보았다. 형식의 눈에는 분명히 놀람과 무서움의 빛이 보이더라. 노파는 무슨 생각이 나는지 일어나 저편 방으로 간다.

49

우선도 영채가 갑자기 평양에 갔단 말에 무슨 뜻이 있는 듯하게 생각하였다. 그리고 일어나 제 방으로 가는 노파에게 눈을 주었다.

이 '성묘' 라는 알 수 없는 비밀을 설명할 자는 그 노파여니 하였다. 그리고 그 노파가 갑자기 일어나 제 방으로 가는 것이 비밀을 설명하는 데 가장 중대한 사건이라 하였다. 형식과 우선 두 사람의 눈은 노파의 없어지던 문으로 몰렸다. 두 사람은 무슨 큰 사건의 발생하기를 기다리는 듯이 숨소리를 죽였다. 여름 볕이 모닥불을 퍼붓는 모양으로 마당을 내리쪼여 마치 흙에서 금시에 불길이 피어오를 듯하다. 기왓장에 볕이 비치어 천장으로서 단김이 확확 내려온다. 형식의 오늘 아침에 새로 입은 모시 두루마기 등에는 땀이 두어 군데 내비친다. 우선도 이마에 땀방울이 솟건마는 씻으려 하지도 아니하고 대팻밥모자로 부치려 하지도 아니한다. 함롱 밑 유리로 만든 파리통에는 네다섯 놈 파리가 빠져서 벽으로 헤어 오르려다 빠지고 오르려다가는 빠지고 한다. 어디로서 얼룩 고양이 하나가 낮잠을 자다가 뛰어나오는지 영채의 방 앞에 와서 하품을 하고 기지개를 켜면서 형식과 우선을 본다.

이윽고 노파가 봉투에 넣은 편지를 하나 들고 나오며 우선을 향하여

"월향이가 정거장에서 바로 차가 떠나려는데 이것을 주면서 이형식씨가 누군지 이형식씨라는 이가 오시거든 드리랍데다" 하고 그 편지를 우선에게 주며 얼른 형식의 얼굴을 본다. 아까 정거장에서 노파가 이 편지를 받을 때에는 이형식이라는 이가 아마 어떤 월향에게 놀러 다니는 사람이어니 하고 월향이가 특별히 편지를 하리만큼 친한 사람이면 자기가 모를 리가 없겠는데 하고 의심하였었다. 그러나 차가 빨리 떠나므로 자세히 물어보지도 못하고 아마 어떤 사람에게 물어보면 알려니 하고 있었다. 그러다가 우선과 형식의 행동이 영채의 일을 근심하는 듯하는 양을 보고, 더구나 형식이가 이상히 고민하는 낯빛을 보일뿐더러 '성묘!' 하고 놀라는 양을 보고 혹 그가 '이

형식'이라는 사람이나 아닌가 하여 이 편지를 내온 것이요 또 우선에게 이 편지를 주면서도 얼른 형식의 낯빛을 엿봄이라. 형식은 우선이가 받아 든 편지 피봉에 매우 익숙한 글씨로 '李亨植氏座下(이형식 씨 좌하)'라 한 것을 보고 "에!" 하고 놀라는 소리를 발하면서 우선의 손에서 그 편지를 빼앗아 봉투의 뒤 옆을 보았다. 그러나 뒤 옆에는 '六月二十九日 朝(유월 이십구일 조)'라고 쓴밖에는 아무것도 쓰지 아니하였다. 형식의 그 편지를 든 손은 떨린다. 우선도 '무슨 까닭이 있구나' 하고 숨소리를 죽였다. 노파는 두 사람의 놀라는 얼굴을 보고 '웬 일인가' 하여 역시 놀랐다. 그리고 월향이가 이번에 평양에 간 것에 무슨 큰 뜻이 있는 듯하다 하였다. 오늘 아침 월향은 어제 저녁의 슬퍼하던 빛이 없어지고 일찍이 일어나 세수하고 분을 바르고 향수를 뿌리고 모시 치마저고리에 여학생 모양으로 차리고 아직 자리에서 일어나지도 아니한 노파의 방에 와서 아주 유쾌한 듯이 방글방글 웃으며

"어머니, 어제 저녁에는 제가 잘못하였습니다. 자고 나서 생각하니 그런 우스운 일이 없어요" 하기에 걱정을 품고 자던 노파는 너무도 기뻐서 월향의 손을 잡으며

"그러니라. 잘 생각하였다. 내가 기쁘다" 하였다. 그리고 이제는 안심이로다, 이제는 '밤에 손님도 치르'게 되려니 하고 두 겹으로 기뻤었다. 그때에 영채는 말하기 미안한 듯이 한참이나 주저하더니

"어머니, 저는 평양이나 한번 갔다가 오랍니다. 가서 오래간만에 아버지 성묘도 하고 좀 바람도 쏘이게……" 하였다. 노파는 그 슬퍼하고 고집하던 마음을 고친 것이 반갑고, 어제 저녁에 월향을 안고 울 때에 얼마큼 애정도 생겼고(자고 나서는 사분의 삼이나 식었건마는), 또 조그마한 일이면 제 소원대로 하여주는 것이 좋으리라 하여

"그래라, 석 달이나 넘었는데 한번 가고 싶진들 않겠느냐. 가서 동

무들이나 실컷 찾아보고 한 삼사일 놀다가 오너라" 하고 몸소 정거장에 나가서 이등 차표와 점심 먹을 것과 칼표 궐련*1까지 넉넉히 사주고 "가거든 아무아무에게 문안이나 하여라, 분주해서 편지도 못한다고" 하는 부탁까지 하였다. 그러므로 대체 월향은 이삼일 후면 방글방글 웃으면서 돌아오려니만 믿고 있었더니 지금 우선과 형식 양인이 이 편지를 보고 대단히 놀라는 양을 보매 월향이가 이번 평양에 간 것에 무슨 깊고 무서운 사정이 있는 듯하여 가슴이 뜨끔한다. 노파는 불현듯 오 년 전 월화의 생각을 하고 월향이가 항상 월화의 준 누른 옥지환을 끼고 있던 것을 생각하고, 어제 저녁 청량리일을 생각하고 눈이 둥그레지며

"월향이가 왜 평양에 갔을까요" 하고 두 사람이 노파에 물으려던 말을 노파가 도리어 두 사람에게 묻는다.

형식이가 그 편지를 들고 멍멍하니 앉았는 양을 보고 우선도 초민한 마음을 이기지 못하여

"여보게, 그 편지를 뜯게" 한다.

형식은 떨리는 손으로 봉투의 한편 끝을 잡았다. 그러나 형식은 차마 떼지 못한다. 그 손은 점점 더 떨리고 그 얼굴의 근육은 점점 더욱 긴장하여진다. 우선은 "어서, 어서!" 하고 봉투를 떼기를 재촉한다. 노파는 저 속에서 무슨 말이 나오겠는가 하고 봉투 한편 끝을 잡은 형식의 손만 본다. 세 사람의 가슴은 엷은 여름옷 아래서 들먹들먹하고 세 사람의 등에는 땀이 내배었다. 문 앞에 서서 방 안을 들여다보던 고양이가 지붕에 참새를 보고 '냥' 하면서 뛰어간다. 형식의 떨리는 손은 마침내 그 봉투의 한편 끝을 찢었다. 찢는 소리가 대포 소리와 같이 세 사람의 가슴에 울렸다.

---

*1 칼표 궐련은 외국산 담배 상표 중의 하나.

50

떨리는 형식의 손에는 편지가 들렸다. 그리고 한편 끝이 떨어진 봉투는 형식의 무릎 위에 떨어졌다. 노파는 앉은 대로 한 걸음 몸을 움직여 형식의 곁에 가까이 오고 우선은 몸과 고개를 형식의 어깨 곁으로 굽혔다. 형식의 가슴은 펄떡펄떡 뛰고 우선과 노파의 눈은 유리로 만든 것 모양으로 가만히 형식의 손이 한 칸씩 한 칸씩 펴는 편지 글자 위에 박혔다. 형식은 슬픔을 억제하는 듯이 어깨를 두어 번 추더니 편지를 읽는다. 편지는 흐르는 듯한 궁녀체 언문으로 썼다. 우선과 노파의 전신의 신경은 온통 귀와 눈으로 모였다. 형식은 '이형식씨 전 상서'라 한 것은 빼놓고 본문부터

"어제 저녁에 칠 년 동안이나 그리고 그리던 선생을 뵈오매 마치 이미 세상을 버리신 어버이를 대한 듯하여 기쁘옵기 그지없었나이다. 칠 년 전 선생께옵서 안주를 떠나실 때에 집 앞 버드나무 밑에서 이 몸을 껴안으시고 잘 있거라, 다시는 볼 날이 없겠다 하시고 눈물을 흘리시던 것과 그때에 아직도 열두 살 된 철없는 이 몸이 선생의 가슴에 매달리며 가지 마오, 어디로 가오, 나와 같이 갑시다 하던 것을 생각하오매 자연히 비감한 마음을 이기지 못하여 소리를 내어 울었나이다.

이렇게 이별하온 후 칠 년 동안 의지할 데 없는 외롭고 어린 이 몸이 부평과 같이 바람 가는 대로 물결 가는 대로 갖은 고초를 다 겪으며 동서로 표류하올 때에 눈물인들 얼마나 흘렸으며 한숨인들 얼마나 쉬었사오리이까.

오직 한 가지 바라는 것은 평양 감옥에서 철창의 신음을 당하시는 부친을 뵈옴이라. 열세 살 된 계집의 몸이 바람에 불리는 나뭇잎 모양으로 이리 굴고 저리 굴며 이리 부딪고 저리 부딪쳐 평양 감옥

에 흙물 옷을 입으신 부친의 얼굴을 대하기는 하였사오나 무섭게 여윈 그 얼굴을 대할 때에 어린 이 몸의 가슴은 바늘로 쏙쏙 찌르는 듯하였나이다.

이에 철없는 이 몸은 감히 옛날 어진 여자의 본을 받아 몸으로써 부친을 구하려는 마음을 품고 어떤 사람의 소개로 기생에 판 것은 이 몸이 열세 살 되던 해 가을이로소이다. 그러하오나 이 몸을 팔아 얻은 이백 원은 이 몸을 팔아준 사람이 가지고 도망하니 부모의 혈육을 팔아 얻은 돈으로 부친의 몸을 구원하지도 못하고 철창에서 신음하시는 늙으신 부친에게 맛난 음식 한 때도 받들어 드리지 못한 것이 골수에 사무치는 원한이려든 하물며 이 몸이 기생으로 팔림을 위하여 부친과 두 형이 사오일 내에 세상을 버리시니 슬프다, 이 무슨 변이오리이까. 이 몸이 전생에 무슨 죄가 중하여 어려서 부친과 두 형을 옥에 가시게 하고 다시 이 몸으로 말미암아 부친과 두 형으로 하여금 원망의 피를 뽑고 세상을 버리시게 하나이까. 오호라, 이를 생각하오매 가슴이 터지고 골수가 저리도소이다. 이 몸이 만일 적이 어짊이 있었던들 마땅히 그 때에 부친의 뒤를 따랐을 것이언마는 차홉다,*¹ 완악한 이 목숨은 그래도 끊어지지 아니하고 부지하였나이다.

부친과 두 형을 여읜 후 이 몸이 세상에 믿을 이가 누구오리이까, 선생께서도 알으시려니와 이 몸이 의지할 곳이 어디오리이까. 아아, 하늘뿐이로소이다, 땅이 있을 뿐이로소이다. 그리하고 세상에 있어서는 선생뿐이로소이다.

이 몸은 그로부터 선생을 위하여 살았나이다. 행여나 부평같이 사방으로 표류하는 동안에 그리고 그리는 선생을 만날 수나 있을까 하고 그것을 바라고 이슬 같은 목숨이 오늘까지 이어왔나이다. 이

---

*1 차홉다(嗟-) : 매우 슬퍼서 탄식할 때 쓰는 말.

몸은 옛날 성인과 선친의 가르침을 지키어 선친께서 세상에 계실 때에 이 몸을 허하신 바 선생을 위하여 구태여 이 몸의 정절을 지키어왔나이다. 이 몸이 이 몸의 정절을 위하여 몸에 지니던 것을 여기 동봉하였나이다.

그러나 이 몸은 이미 더러웠나이다. 아아, 선생이시어, 이 몸은 이미 더러웠나이다. 약하고 외로운 몸이 애써 지켜오던 정절은 작야(昨夜)에 수포(水泡)에 귀(歸)하고 말았나이다.

이제는 이 몸은 천지가 허하지 못하고 신명이 허하지 못할 극흉 극악한 죄인이로소이다. 이 몸이 자식이 되어는 어버이를 해하고 자매가 되어는 형제를 해하고 아내가 되어는 정절을 깨트린 대죄인이로소이다.

선생이시어! 이 몸은 가나이다. 십구 년의 짜른 인생을 슬픈 눈물과 더러운 죄로 지내다가 이 몸은 가나이다. 그러나 차마 이 더럽고 죄 많은 몸을 하루라도 세상에 두기 하늘이 두렵고 금수와 초목이 부끄러워 원(怨)도 많고 한(恨)도 많은 대동강의 푸른 물결에 더러운 이 몸을 던져 양양한 물결로 하여금 더러운 이 몸을 씻게 하고 무정한 어별(魚鼈)로 하여금 죄 많은 이 살을 뜯게 하려 하나이다.

선생이시어! 이 세상에서 다시 선생의 인자하신 얼굴을 대하였으니 그만하여도 하늘에 사무친 원한은 푼 것이라 하나이다. 후일 대동강상에서 선생의 옷에 뿌리는 궂은비를 보시거든 박명한 죄인 박영채의 눈물인가 하소서. 이 편지를 마치고 붓을 떼랼제 뜨거운 눈물이 앞을 가리오나이다. 오호라, 선생이시어, 부디 내내 안녕하시고 국가에 동량(棟樑)이 되셔지이다."

하고 떨리는 붓으로 '歲次丙辰六月二十九日午前二時에 罪人 朴英采는 泣血百拜(세차 병진[*2] 유월 이십구일 오전 두 시에 죄인 박영채

[*2] 병진년은 1916년을 말함.

는 읍혈백배)'라 하였다. 차차 더 떨던 형식의 손은 그만 편지를 무릎 위에 떨어트렸다. 그러고 흑흑 느끼며 굵은 눈물을 무릎 위에 펴놓인 편지 위에 떨어트린다. 떨어진 눈물은 편지에 쓰인 글자를 더욱 뚜렷하게 만든다. 우선도 소매로 눈물을 씻고, 노파는 치마로 낯을 가리고 방바닥에 엎덴다. 한참이나 말이 없다. 마당에서는 점점 더 단김이 오른다.

51

형식은 소매로 눈물을 씻고 무릎 위에 놓인 눈물에 젖은 영채의 편지를 눈이 가는 대로 여기저기 다시 보았다. 그러나 형식의 눈에는 그 편지의 글자가 자세히 보이지 않는 듯하였다. 형식은 편지를 둘둘 말아 방바닥에 내려놓고 그 편지와 동봉하였던 조그마한 봉투를 떼었다. 우선과 노파의 눈물 흐르는 눈은 다시 형식의 손에 있는 조그마한 봉투로 모였다. 형식은 그 봉투 속에 무슨 무거운 것이 있음을 보고 봉투를 거꾸로 들어 자기의 무릎 위에 쏟았다. 빨간 명주 헝겊으로 싼 길쭉한 것이 나온다. 형식은 실로 묶은 것을 끊고 그 명주 헝겊을 풀었다. 명주 헝겊 속에서 여러 해 묵은 듯한 장지[*1] 뭉텅이가 나온다. 형식은 그 뭉텅이를 들고 무엇을 잠깐 생각하는 듯하더니 다시 그 장지 뭉텅이를 폈다. 형식은 "응!" 하고 놀라는 소리를 발한다. 우선과 노파의 눈은 그 뭉텅이로부터 형식의 얼굴로 옮겼다. 그리고 형식의 뚝 부릅뜬 눈에는 새 눈물이 고임을 보았다. 우선과 노파의 눈은 다시 형식의 떨리는 손에 든 장지 조각으로 옮겼다. 그 장지 조각에는 ㄱㄴㄷ과 가나다를 썼다. 아이들이 처음 언문을 배울 때에 써 가지는 것이었다. 그 글씨는 어리더라. 형식은 체면도 보지

[*1] 壯紙 : 우리나라에서 만든 종이의 하나로 두껍고 질기며 질이 좋다.

아니하고 그 장지 조각에 이마를 비비며 소리를 내어 운다. 우선과 노파는 웬일인지 모르고 형식의 들먹들먹하는 등만 본다. 형식은 안타까운 듯이 그 종이에다 얼굴을 비비며 더욱 우는 소리를 높인다. 우선도 눈에 새로 눈물이 돌면서도 '형식은 어린애로다' 하였다.

형식은 십여 년 전 생각을 한다. 형식이 처음 박진사의 집에 갔을 때에는 영채의 나이 여덟 살이었다. 그때에 영채는 《천자문》과 《동몽선습(童蒙先習)》과 《계몽편(啓蒙篇)》과 《무제시(無題詩)》를 읽었더라. 그러나 아직도 언문을 배우지 못하였더라. 한번은 박진사가 '국문을 배워야지' 하면서 좋은 장지에 가나다를 써주었다. 그러나 어린 영채는 밖에 가지고 나가 놀다가 어디서 그 종이를 잃어버렸다. 이에 영채는 아버지의 꾸중이 두려워 눈에 눈물이 그렁그렁하여서 그때 열세 살 된 형식에게 몰래 청하였다. 그때에는 아직 형식과 영채가 말을 하지 아니하던 때라 영채는 부끄러운 듯 반쯤 외면하고 주먹으로 눈물을 씻으면서

"저 언문 써주셔요" 하였다. 이 말을 할 때의 영채의 얼굴과 태도는 형식의 눈에 더할 수 없이 아름다웠다. '참 어여쁜 계집애로다' 하고 형식도 부끄러운 생각이 나면서 "예, 내일 아침에 써드리지요" 하고 오 리(五里)나 되는 종이 장사 집에 몸소 가서 장지를 사다가(이 종이가 그 종이다) 있는 정성을 다 들이고 있는 힘을 다하여 넉 장이나 써 버리고야 이것을 썼다. 그것을 써서 책 사이에 끼워두고 '어서 아침이 왔으면' 하고 잠을 이루지 못하였다. '저, 언문 써주셔요' 하고 모로 서서 주먹으로 눈물을 씻는 영채의 모양이 열세 살 되었던 형식의 가슴속에 깊이깊이 박혔었다. 그 이튿날 아침에 형식은 더욱 양치와 세수를 잘하고 두루마기를 바르게 입고 그 종이(이 종이로다)를 접어 품에 품고 대문에 서서 영채가 나오기를 기다리던 생각은 마치 사랑을 하는 남자가 사람 없는 곳에서 그 사랑하는 처녀

를 기다리는 생각과 같았다. 이윽고 영채도 누가 보기를 꺼리는 듯이 사방을 돌아보며 가만가만 나오다가 형식의 곁에 와서는 너무 기쁜 듯이 얼굴이 발개지며 형식의 허리를 꼭 쓸어안았다. 형식은 자기의 가슴에 치는 영채의 머리를 살짝 만졌다. 지금 세수를 하였는지 머리에는 물이 묻었더라. 그러고는 품속에서 그 종이(이 종이로다)를 내어 영채에게 주었다. 그 종이는 형식의 가슴의 체온으로 따뜻하더라. 영채도 그 종이의 따뜻함을 깨달았는지 한 걸음 물러서서 가만히 형식의 눈을 보더니 낯이 발개지며 뛰어 들어갔다. '이것이 그 종이로구나!' 하고 형식은 고개를 들어 다시금 그 종이와 글자를 보았다. 그 글자가 제가끔 지나간 이야기를 하는 듯이 안주에서 지내던 일과 자기의 그 후에 지내던 일과 영채의 이야기와 편지와 자기의 상상과로 본 영채의 일생이 번개 모양으로 형식의 머리로 지나간다. 형식은 한 번 더 입술을 물며(이것은 불식부지간에 영채에게 배운 것) 그 종이를 끝까지 폈다. 그 끝에는 새로 쓴 글씨로 '이것이 이 몸이 평생에 지니고 있던 선생의 기념이로소이다' 하였다. 우선과 노파도 이 글을 보고 형식의 우는 뜻을 대강 짐작하였다. 그리고 우선은 그 종이를 형식의 손에서 당기어 한 번 더 보았다. 노파도 우선과 함께 그 종이를 보았다. 형식은 다시 무릎 위에 있는 종이 뭉텅이를 풀었다. 그 속에서는 황옥지환(黃玉指環) 한 짝과 조그마한 칼 하나가 나온다. 그 칼날이 번적할 때에 세 사람의 가슴은 뜨끔하였다. 노파는 속으로 '저것이 이태 전에 김윤수의 아들 앞에서 뽑던 칼이로구나' 하였다. 형식은 그 칼을 집어 안과 밖을 보았다. 안 옆에 행서(行書)로 일편심(一片心)이라고 새겼다. 형식과 우선도 대개는 그 칼의 뜻을 짐작하였다. 형식은 다시 그 지환을 집었다. 노파는 '어째 한 짝만 있는고' 하였다. 형식은 그 지환에 아무것도 쓰지 아니하였음을 보고 지환을 쌌던 종이를 집었다. 그 종이에는 잘게 쓴 글씨로

"이것은 평양 기생 계월화의 지환이로소이다. 계월화가 어떤 사람인가를 알으시려거든 아무러한 평양 사람에게나 물으소서. 월화가 이 몸에게 이 지환을 준 뜻은 썩어진 세상에 물들지 말라는 뜻이로소이다. 이 몸은 이제 힘껏 이 지환이 가르치는 바를 행하였나이다. 장차 이 지환을 대동강에서 원혼이 된 월화에게 돌려보내려니와 이 한 짝을 선생께 드림이 또한 무슨 뜻이 있는가 하나이다" 하고 아까 편지의 모양으로 '年月日時罪人朴英采泣血百拜(연월일시 죄인 박영채 읍혈백배)'라 하였더라.

52

세 사람은 말이 없이 고개를 숙였다. 그리고 제가끔 제 생각을 하였다. 한참이나 이러하다가 노파가 숨이 차서

"여봅시오. 이 일을 어찌해요?" 하고 형식과 우선의 눈을 번갈아 본다. 노파의 일생에 남의 일을 위하여 이처럼 진정으로 슬퍼하고 걱정하고 마음이 괴로워하기는 처음이라. 노파는 어제 저녁에 진정으로 영채를 안고 울던 생각을 하였다. 그때에 영채가 생각하던 바와 같이 노파가 진정으로 남을 위하여 눈물을 흘린 것은 그때가 처음이었다. 영채의 입술에서 흐르는 피가 따끈따끈하게 노파의 손등에 떨어질 때에, 또 영채가 '남들이 다 내 살을 뜯어 먹으니 나도 내 살을 뜯어 먹을랍니다' 하고 피나는 입술을 더욱 꼭꼭 물어뜯을 때에 노파의 마음은 진실로 거룩하였었다. 그때에 노파가 영채의 뺨에다 자기의 뺨을 대고 엉엉 소리를 내어 울 때에는 노파의 마음은 진실로 '참사람'의 마음이었었다. 그 때에 노파가 마음속으로 영채를 향하여 합장 재배할 때에 노파의 영혼은 더러운 죄 껍질을 벗어버리고 하나님이나 부처의 맑은 모양을 분명히 보았다. 그리고 자기가 이

백 원에 사서 돈벌이하는 기계로 부리던 월향이라는 기생의 속에는 자기가 절하고 우러러 볼 만한 무엇이 있음을 보았다. 그리고 명일부터는 영채를 자유의 몸을 만들고 자기도 새로운 사람이 되어서 영채와 자기와 정다운 모녀가 되어 서로 안고 서로 위로하며 즐겁게 깨끗하게 세상을 보내리라 하였다. 그리고 자리에 돌아와 벌써 코를 구르는 '영감쟁이'를 볼 때에 '에그, 더러운 짐승' 하고 옷을 입은 대로 저 윗목에서 혼자 누워 잤다. 그때에 '에그, 더러운 짐승'이라 함은 다만 '영감쟁이'의 몸뚱이가 더럽다는 뜻은 아니었다. 지금 영채의 영혼과 자기의 영혼과 하나님과 부처를 본 눈으로 '영감쟁이'의 때묻은 '사람'을 볼 때에 자연히 구역이 난 것이라. 마치 더러운 집에서 생장한 사람이 자기의 집이 더러운 줄을 모르다가도 한번 깨끗한 집을 본 뒤에는 자기의 집이 더러운 줄을 깨닫는 모양으로 노파는 일생에 깨끗한 영혼과 참사람을 보지 못하다가 따끈따끈하는 영채의 피에 오십여 년 죄악에 묻혀 자던 깨끗한 영혼이 깜짝 놀라 눈을 떠서 백설과 같고 수정과 같은 영채의 영혼을 보고 그를 보던 눈으로 자기의 영혼을 본 것이라. 그러다가 영감쟁이의 '사람'을 보니 비로소 더러운 줄은 깨달은 것이라. 그러나 아침에 영채가 분을 바르고 향수를 뿌리고 방글방글 웃으며 들어오는 양을 보매 노파의 영혼의 눈은 다시 감기어 어제 저녁에 보던 영채의 '속사람'을 보지 못하고 다만 영채의 육체만 보았을 뿐이다. 그때에 어제 저녁의 기억은 마치 수십 년 전에 지나간 일과 같았다. 그러므로 영채가 '생각하여보니깐 우스운 일이야요' 할 때에 노파는 옳다구나 하고 '잘 생각하였다. 과연 그러하니라' 하고 다시 영채를 돈벌이하는 기계로 삼으려 하는 욕심이 났다. 그래서 영채를 평양에 보낸 후로부터 지금 영채의 편지를 볼 때까지 노파는 영채로 하여금 밤에 '손을 보게' 할 생각과 김현수에게 이천 원에 팔아먹을 생각만 하였다. 그러나 영채의 편지를 보매 갑자기 그러한 생각이 스러지고 칼과 지환과 형식의 눈물을 볼 때에 어제 저녁에 떴던 노파의 영혼의 눈이 뜨였다. 노파는 오늘 아침 영채에게 '잘 생각하였다. 과연 그러하니라' 하던 것을 생각하매 일변 부끄럽기도 하고 일변 영채의 '속사람'에 대하여 죄송하기도 하였다. 마치 눈앞에 영채가 보이며 '흥, 잘 생각하였다!' 하고 노파의 하던 말을 조롱하는 듯도 하다.

노파의 눈에 늠실늠실하는 대동강이 보인다. 영채가 어떤 조그마한 바윗등에 서서 눈물을 흘리며 두 손에 치맛자락을 들고 물 속에 뛰어들란다. 그때에 자기가 '월향아, 월향아, 내가 잘못하였다, 내가 죽일 년이다' 하고 뒤로 뛰어 들어가 월향을 붙들려 하였다. 그러나 월향은 고개를 돌려 씩 웃고 '흥, 틀렸소, 내 몸은 더러웠소!' 하면서 그만 물속에 들어가고 만다. 자기는 그 바윗등에서 발을 동동 구르며 '월향아, 내가 잘못하였구나! 네 몸을 더럽히게 한 것이 내로구나. 월향아! 용서하여라' 하는 듯하다. 그리고 어저께 '할 수 없소. 죽으랴니까' 하고 실망하는 김현수더러

'여봅시오, 남자가 그렇게 기운이 없소? 한번 이러면 그만이지!' 하고 눈을 찡긋하여 김현수에게 월향을 강간하기를 권하던 생각이 난다. 옳다, 그렇다, 월향의 정절을 깨트린 것은 내로구나, 월향을 죽인 것은 내로구나 하고 가슴이 타는 듯하여 입으로 숨을 쉬면서 또 한 번

"아이구, 이 일을 어쩌면 좋아요?" 하고 안타까운 듯이 두 무릎으로 방바닥을 탁탁 친다. 형식은 지금껏 이 비극을 일으킨 것이 다 저 뚱뚱한 더러운 노파라 하여 가슴이 아프고 원망이 깊을수록 지극히 미워하는 눈으로 노파를 흘겨보더니 노파가 심하게 고민하는 양을 보고 '네 속에 졸던 영혼이 깨었구나' 하면서 예수와 함께 십자가에 달리던 도적을 생각하였다. 그리고 저 노파도 역시 사람이

라, 나와 같은, 영채와 같은 사람이라 하는 생각이 나서 노파의 괴로워하는 모양이 불쌍히 보인다. 그러나 형식은 노파가 아까 자기더러 '나는 누구신 줄도 모르고' 하던 것을 생각하니 금시에 동정하는 마음이 스러지고 아까보다 더한 싫고 미운 생각이 난다. 그래서 형식은 한 번 더 노파를 흘겨보았다. 노파는 형식의 흘겨보는 눈을 보고 또

"아이구, 이 일을 어째요" 하고 무릎으로 방바닥을 친다. 우선은 묵묵히 앉았더니 형식더러

"여보. 얼른 평양 경찰서에 전보를 놓고 밤차로 노형이 평양으로 가시오!" 한다.

53

우선은 속으로 영채의 이번 행위는 마땅하다 하였다. 정조가 여자의 생명이니 정조가 깨어지면 몸을 죽이는 것이 마땅하다. 그러므로 여자 된 영채가 어제 저녁 청량사 사건에 대하여 잡을 길은 이 길밖에는 없다 하였다. 그리고 영채는 과연 옳은 여자로다 하고 존경하는 마음이 생기고 자기가 여태껏 영채를 유혹하던 것이 부끄럽다고 생각하였다. 그러나 자기의 사상에는 모순이 있는 줄을 우선은 모른다. 영채가 기생 월향일 때에는 기생이니까 정절을 깨트려도 상관이 없고 월향이가 영채가 된 뒤에는 기생이 아니니까 정절을 지킴이 마땅하다—이것이 분명한 모순이언마는 우선은 그 줄을 모른다. 우선의 생각을 넓히면 '열녀는 열녀니까 정절을 깨트림이 죄어니와 열녀 아닌 여자는 열녀가 아니니까 정절을 깨트려도 죄가 아니라' 함과 같다. 그러면 이는 선후(先後)를 전도(顚倒)함이니 열녀이니까 정절을 지키는 것이 아니라 정절을 지키니까 열녀어늘 우선의 생각에

는 열녀면 정절을 지킬 것이로되 열녀가 아니면 정절을 지키지 아니하여도 좋다 함이라. 그러므로 우선은 영채가 열녀인 줄을 모를 때에는 정절을 깨트려주려 하다가 열녀인 줄을 안 뒤에는 영채의 정절을 깨트리려 한 것을 후회하고 부끄러워함이라. 아무러나 우선은 영채의 이번 행위가 가장 좋은 행위라 한다. 그러나 형식은 이 일에 대하여 우선의 생각하는 바와는 다르게 생각한다. 형식도 영채가 그처럼 정절이 굳은 것을 감탄은 한다. 죽으려고까지 하는 깨끗하고 거룩한 정신을 보고 존경도 한다. 그러나 형식의 생각에는 우선과 같이 '영채의 이번 행위가 가장 옳은 일'이라고는 생각하지 아니한다. 사람의 생명은 우주의 생명과 같다. 우주가 만물을 포용하는 모양으로 인생도 만물을 포용한다. 우주는 결코 태양이나 북극만으로 그 내용을 삼지 아니하고 만천(滿天)의 모든 성신(星辰)과 만지(萬地)의 모든 만물로 다 그 내용을 삼는다. 그러므로 창궁(蒼穹)에 극히 조그마한 별도 우주의 전 생명의 일부분이요 내지 지상의 극히 미세한 풀잎 하나 티끌 하나도 모두 우주의 전 생명의 일부분이라. 태양이 지구보다 위대하니 태양의 우주의 생명에 대한 관계가 지구의 그것보다 크다고는 할지나 그렇다고 태양만이 우주의 생명이요 지구는 우주의 생명에 관계가 전무하다고는 못할지라. 또 태양계에 있어서는 태양이 중심이로되 무궁대(無窮大)한 전 우주에 대하여는 태양 그 물건도 한 티끌에 지나지 못하는 것이라. 이와 같이 사람의 생명도 결코 일 의무(一義務)나 일 도덕률(一道德律)을 위하여 존재하는 것이 아니요 인생의 만반의무(萬般義務)와 우주에 대한 만반의무를 위하여 존재하는 것이라. 그러므로 충(忠)이나 효(孝)나 정절이나 명예가 사람의 생명의 중심은 아니니 대개 사람의 생명이 충이나 효에 있음이 아니요 충이나 효가 사람의 생명에서 나옴이라. 사람의 생명은 결코 충이나 효나의 하나에 부친 것이 아니요 실로 사람의 생명이 충, 효, 정절, 명예 등을 포용하는 것이 마치 대우주의 생명이 북극성이나 백랑성(白狼星)이나 태양에 있음이 아니요 실로 대우주의 생명이 북극성과 백랑성과 태양과 기타 큰 별, 잔별과 지상의 모든 미물까지도 포용함과 같다.

사람의 생명의 발현은 다종다양하니 혹 충도 되고 효도 되고 정절도 되고 기타 무수무한(無數無限)한 인사현상(人事現象)이 되는 것이라. 그중에 무릇 민족을 따라 혹은 국정(國情)을 따르고 혹은 시대를 따라 필요상이 무수무궁(無數無窮)한 인사현상 중에서 특종(特種)한 것 일개(一個)나 또는 수개(數個)를 취하여 만반인사행위의 중심을 삼으니 차소위(此所謂) 도(道)요 덕(德)이요 법(法)이요 율(律)이라. 물론 사회적 생활을 완성하려면 그 사회의 각원이 그 사회의 도덕법률을 권권복응(拳拳服膺)*¹함이 마땅하되 그러나 결코 이는 생명의 전체는 아니니, 생명은 하여(何如)한 도덕법률보다도 위대한 것이라. 그러므로 생명은 절대요 도덕법률은 상대(相對)니 생명은 무수히 현시(現時)의 그것과 상이한 도덕과 법률을 조출(造出)할 수 있는 것이라. 이것이 형식이가 배워 얻은 인생관이라. 그러므로 영채가 정절이 깨어짐을 위하여 목숨을 버리려 함은 효와 정절이라는 일 도덕률을 인생인 여자의 생명의 전체로 오인(誤認)한 것이라 하였다. 효와 정절이 현시에 있어서는 여자의 중심 되는 덕이라. 그렇다 하더라도 그는 여자인 인생의 생명의 소산(所産)이요 일부분이라 하였다. 영채는 과연 부모에게 대하여 효하지 못하였다. 지아비에게 대하여 정(貞)하지 못하였다. 그러나 그도 자기의 의지로 그러한 것이 아니요 무정한 사회가 연약한 그로 하여금 그리하지 아니치 못하게 한 것이라. 설혹 영채가 자기의 의지로 효와 정에 대하여 생명의 의무를 다하지 못하였다 하자. 그렇다 가정하더라도 영채는 생명을 끊을

---

*1 마음에 깊이 새겨 잊지 않고 간직함.

이유가 없다. 효(孝)와 정(貞)은 영채의 생명의 의무 중에 둘이니(설혹 중요하다 하더라도 부분은 전체보다 작으니라) 이 두 의무는 실패하였다 하더라도 아직도 영채의 생명에는 백천무수(百千無數)의 의무가 있다. 그의 생명에는 아직도 충도 있고 세계에 대한 의무도 있고 동물에 대한 의무도 있고 산천이나 성신(星辰)에 대한 의무도 있고 하나님이나 부처에 대한 의무도 있다. 이렇게 무수한 의무를 가진 귀중한 생명을 다만 두 가지(비록 중하다 하더라도, 또 부득이한 것인데)를 위하여 끊으려 하는 영채의 행위는 결코 '옳다'고는 할 수가 없다. 그러나 순결하고 열렬한 사람이 자기의 중심적 의무를 생명으로 삼음은 또한 인생의 자랑이라 하였다.

형식은 이론으로는 영채의 행위를 그르다 하면서도 정(情)으로는 영채를 위하여 울지 아니치 못하였다. 그러나 형식은 영채를 '낡은 여자'라 하고 다시 형용사를 붙여서 '순결열렬(純潔熱烈)한 구식 여자'라 하였다. 그러나 우선은 이번 영채의 행위는 절대적으로 선(善)하다 한다. 하나는 영문식(英文式)이요 하나는 한문식(漢文式)이로다.

54

형식은 노파와 함께 남대문 역에서 기차를 탔다. 형식은 어느덧 잠깐 잠이 들었다가 번쩍 눈을 뜨니 승객들은 혹은 창에 기대어 혹은 팔을 베고 혹은 고개를 잦히고 곤하게 잠이 들었다. 서넛쯤 저편 걸상에 어떤 인부 패장(牌將) 같은 사람이 혼자 깨어서 눈을 번적번적하면서 담배를 피운다. 어느덧 차창에는 새벽빛이 비치었다. 형식은 맞은편 걸상에서 입으로 침을 흘리며 자는 노파를 보았다. 그리고 '더러운 계집' 하고 얼굴을 찡그렸다. 형식은 노파의 일생을 생각하여 보았다. 본래 천한 집에 생장하여 좋은 일이나 좋은 말은 구경도 못하다가 몸이 팔려 기생이 되매 평생에 만나는 사람이 짐승 같은 외입쟁이가 아니면 짐승 같은 기생들뿐이요 평생에 듣는 말과 하는 말은 전혀 음란한 소리와 더러운 소리 뿐이라. 만일 글을 알아서 옛 사람의 어진 말이나 들었더면 조금은 '사람'이라는 생각이 났으련마는 노파의 얼굴을 보니 원래 천질(天質)이 둔탁한데다가 심술과 욕심과 변덕이 많을 듯하고 또 까만 눈썹이 길게 눈을 덮은 것을 보니 천생 음란한 계집이라. 이러한 계집은 어려서부터 가르치고 가르치더라도 악인이 되기 쉬우려든 하물며 평생을 더러운 죄악 세상에서 지냈으므로 '짐승같은 마음'은 자랄대로 자라고 '사람스러운 마음'은 눈을 뜰 기회가 없었다. 그는 일찍 선이란 말이나 덕이란 말을 들어본 적이 없었고 선한 사람이나 덕 있는 사람을 접하여 본 적이 없었다. 그러므로 노파의 생각에 세상은 다 자기네 사회와 같고 사람은 다 자기와 같다 하였다. 그러므로 자기는 결코 남보다 더 악한 사람이라고도 생각지 아니하였고 하물며 남보다 더 못생긴 사람이라고도 생각하지 아니하였다. 차라리 그도 이따금 남의 일을 보고 '저런 악한 사람이 있는가' 하기도 하였다. 아니……하기도 하였을뿐더러 항용 선하노라 자신하는 세상 사람과 다름이 없었다. 그러므로 저 노파는 '참사람'이라는 것을 볼 기회가 없었고, 또 보려 하는 생각도 없었고, 따라서 '참사람'이 되려는 생각을 하여본 적도 없었다. 자기는 자기가 '참사람'이어니 하였다. 그러므로 칠 년 동안이나 아침저녁 '참사람'인 영채를 보면서도 다만 월향이라는 살과 뼈로 생긴 기생을 보았을 뿐이요 그 속에 있는 영채라는 '참사람'을 보지 못하였었다. 그러므로 영채가 정절을 지키려 할 때에 노파는 도리어 영채를 미련하다 하고 철이 없다 하고 고집불통이라 하였다. 노파가 보기에 기생이란 마땅히 아무러한 남자에게나 몸을 허하는 것이 선한 일이었다. 그러므로 이 선을 깨트리고 정절을 지키려 하는 영채는 노파의 보기에 악이었다. 이렇게 생각하고 형식은 다시 노파의 얼굴을 보았다. 이때에는 노파에게 대한 밉고 더러운 생각이 스러지고 도리어 불쌍한 생각이 난다. 형식은 생각하였다. 자기도 그 노파와 같은 경우에 있었더면 그 노파와 같이 되었을지요 그 노파도 자기와 같이 십오륙 년간 교육을 받았으면 자기와 같이 되리라 하였다. 그리고 차실 내에 곤하게 잠든 여러 사람을 보았다. 그중에는 노동자도 있고 신사도 있고 욕심꾸러기 같은 사람도 있고 흉악한 듯한 사람도 있다. 또 그중에는 조선 사람도 있고 일본 사람도 지나 사람도 있다. 그들이 만일 깨어 앉아 서로 마주 본다 하면 혹 남을 멸시할 자도 있을지요 혹 남을 부러워할 자도 있을지요 혹 저놈은 악한 놈이요 저놈은 무식한 놈이요 저놈은 무례한 놈이라 하기도 할지나 만일 그네를 어려서부터 같은 경우에 두어 같은 교육과 같은 감화와 같은 행복을 누리게 하면 혹 선천적 유전의 차이는 있다 할지라도 대개는 비슷비슷한 선량한 사람이 되리라 하였다. 그리고 또 한 번 자는 노파의 얼굴을 보았다. 이때에는 노파가 정다운 듯한 생각이 난다. 저도 역시 사람이로다. 나와 같은, 영채와 같은 사람이로다 하였다. 그리고 엊그제 김장로의 집에서 십자가에 달린 예수의 화상을 보고 상상하던 생각이 난다. 다 같은 사람으로서 혹은 춘향이 되고 혹은 이도령이 되고 혹은 춘향 모도 되고 혹은 남원부사도 되어 혹은 사랑하고 혹은 미워하고 혹은 때리고 혹은 맞고 혹은 양반이 되고 선인(善人)이 되고 혹은 상놈이 되고 악인(惡人)이 된다 하더라도 원래는 다 같은 '사람'이라 하였다. 그러고 노파의 얼굴을 보니 마치 어머니나 누이를 대하는 듯 사랑스러운 생각이 난다. 노파가 영채의 죽으려는 결심을 보고 일생에 처음 '참사람'을 발견하고 영혼이 깨어 일생에 처음 진정한 눈물을 흘리면서 영채를 구원할 양으로 멀리 평양에까지 내려오는 것이 기쁘기도 하고 고맙기도 하였다. 형식은 노파에게 대하여 정다운 마음을 이기지 못하여 담요 끝으로 노파의 배를 가려주었다.

형식은 여기가 어딘가 하고 차창으로 내다보았다. 이윽고 고동 소리가 들리자 차가 어떤 다리를 건너는 소리가 난다. 형식의 머릿속에는 '대동강' 하는 생각이 번개같이 지나간다. 아아, 영채는 어찌되었는가. 이미 대동강의 푸른 물결에 몸을 잠갔는가. 또는 경찰의 손에 붙들려 지금 어느 경찰서 구류간에서 눈물을 흘리고 지내는가. 형식은 가만히 노파의 어깨를 흔들면서 "여봅시오, 여봅시오! 대동강이외다" 하였다. 형식이가 이렇게 노파에게 정답게 말한 것은 이번이 처음이었다. 어제 노파의 집에서 '괘씸한 계집!' 하고 생각한 이래로 칠팔 시간이나 마주 앉아 오면서도 밉고 더러운 생각에 아무 말도 아니하였었다. 노파는 번쩍 눈을 뜨고 일어나며

"에? 대동강!" 하고 차창을 내다본다. 어스름한 새벽빛에 대동강물은 소리 없이 흐르고 기차는 평양 역을 향하여 길게 고동을 튼다. 형식과 노파의 머리에는 영채의 생각이 있다.

55

형식은 차창을 열고 멀리 능라도 편을 바라보았다. 새벽 어스름에 아무것도 똑똑히 보이지는 아니하나 평양 경치를 여러 번 본 형식의 눈에는 '저것이 능라도, 저것이 모란봉, 저기가 청류벽' 하고 어렴풋하게 마음으로 지정하였다. 형식은 어저께 보던 영채의 편지를 생각하였다. '이 몸을 대동강의 푸른 물에 던져!' 하고 형식은 한숨을 쉬었다. 그리고 저 컴컴한 능라도 근방에 영채의 모양이 눈에 번쩍 보이는 듯하다. '양양한 물결로 하여금 이 몸의 더러움을 씻게 하고 무정한 어별로 하여금 이 죄 많은 살을 뜯게 하려 하나이다.' 형식은

영채의 시체가 바로 철교 밑으로 흘러 내려오는 듯하여 얼른 창밖에 머리를 내밀어 물을 내려다보았다. 철교의 기둥에 마주쳐 둥그스름하게 물결이 지는 것이 보인다. 형식은 목에 무엇이 떨어짐을 깨달았다. 형식은 고개를 들어 하늘을 보았다. 하늘에는 컴컴한 구름이 옴죽도 아니하고 무겁게 덮여 있고 가는 안개비가 내리며 이따금 조금 굵은 빗방울이 떨어진다. 서늘한 바람이 지나가며 형식의 길게 가른 머리카락이 펄펄 날린다. 형식은 무슨 무서운 것을 본 듯이 고개를 흠칫하고 차창에서 끌어들였다. '만일 대동강상에서 선생의 소매를 적시는 굳은비를 보시거든 죄 많은 박영채의 눈물인 줄 알으소서' 하던 영채의 편지의 일절이 번쩍 눈에 보인다. 형식은 곁에 놓인 가방에서 그 편지와 언문 쓴 종이와 칼과 지환을 싼 뭉텅이를 내었다. 내어서 보려 하다가 다시 가방에 집어넣었다. 차는 철교를 지났다. 좌우편에는 길게 늘어선 빈 화차(貨車)와 조그만 파수막들이 보인다. 노파는 멍하니 차창으로 내다보던 눈으로 형식을 보며

"어떻게 되었을까요?" 한다. 그 눈과 얼굴에는 아직도 진정으로 걱정하는 빛이 보인다. 형식은 노파의 눈뜬 영혼이 아직도 깨어 있구나 하였다. 노파는 아까 무서운 꿈을 꾸었다. 꿈에 자기가 차를 타고 평양으로 내려오는데 차가 대동강 철교 위에 다다랐을 때에 철교가 뚝 부러져 자기의 탔던 차가 대동강 물속에 푹 잠겼다. 노파는 '사람 살리오!' 하고 울면서 겨우 하여 물 위에 떠올랐다. 그러나 장마 때가 되어 흙물 같은 커다란 물결이 노파의 머리를 여러 번 덮었다. 노파는 '아이구, 죽겠구나' 하고 엉엉 울면서 물에 떴다 잠겼다 하였다. 이때에 노파의 눈앞에는 하얀 옷을 입은 영채가 우뚝 나섰다. 영채는 어제 아침에 자기의 방에 와서 하던 모양으로 방글방글 웃으며 '생각하여보니깐 우스운 일이야요' 한다. 노파는 팔을 내밀고 '내가 잘못하였다. 용서하여라. 내 팔을 잡아당기어다고' 하였다. 그러나 영

채는 노파의 팔을 잡으려 아니하고 갑자기 얼굴이 새파랗게 변하며 하얀 이빨로 입술을 꼭 깨물어 새빨간 피를 노파의 얼굴에 뿌렸다. 노파는 이마와 뺨에 마치 끓는 물과 같이 뜨거운 핏방울이 튀어옴을 깨달았다. 노파는 '영채야, 나를 살려다고' 하면서 물속에서 허우적거리다가 잠을 깨었다. 노파는 잠이 깨자 곧 대동강을 내려다보았다. 그러나 일기가 오랫동안 가물었으므로 대동강물은 꿈에 보던 것과 같지는 아니하였다. 그러나 꿈과 같이 이 철교가 떨어지지나 아니할까 하고 열차가 철교를 다 지나도록 무서운 마음에 치를 떨다가 열차가 아주 육지에 나설 때에 비로소 마음을 놓고 한숨을 후 쉬며 형식에게 '어떻게 되었을까요?' 하고 영채의 일을 물음이라. 형식은 웃으며

"어저께 전보를 놓았으니까, 아마 경찰서에 가 있겠지요" 하고 말소리와 태도로 '걱정 없지요' 하는 뜻을 표하였다. 노파는 형식의 말에 얼마큼 안심하였다. 그러나 아직 전보의 힘과 경찰서의 힘을 이용하여 본 일이 없는 노파에게는 형식의 말에 아주 안심하기는 어려웠다. 노파도 전보가 기차보다 빨리 가는 줄을 알건마는 하고많은 사람에 어느 것이 영채인 줄을 어떻게 알리오 한다. 더구나 노파는 일생을 기생계에서 지내므로 경찰이란 자기를 미워하는 데요 성가시게 구는 데로만 생각한다. 그리고 영채가 아마 경찰서에 있으리라는 형식의 말을 듣고 자기가 일찍 평양서 밀매음 사건에 관하여 이삼일 경찰서 구류간에서 떨던 생각을 하였다. '그러나 지금은 여름이니까' 하고 영채는 경찰서에서 지난 밤을 지냈더라도 자기와 같이 떨지는 아니하였으리라 하고 얼마큼 안심은 하였다.

두 사람이 탄 열차는 평양 역에 도착하였다. '헤이조오'*¹ 하는 역부의 외치는 소리와 딸각딸각하는 나막신 소리가 차가 다 서기도

---

*1 ヘイジョウ: 평양(平壤)의 일본식 발음.

전부터 들린다. 아까부터 짐을 묶고 옷을 입던 사람들은 혹은 제가 먼저 내릴 양으로 남을 떠밀치고 나가기도 하고 혹은 가장 점잖은 듯이 빙그레 웃으며 일부러 남들이 먼저 나가기를 기다리기도 한다. 형식과 뚱뚱한 노파도 플랫폼에 내렸다. 어느 군대의 어른이 가는지 젊은 사관들이 일등 차실 곁에 서서 여러 번 모자에 손을 대며 허리를 굽힌다. 뚱뚱한 서양 사람 두엇이 바지에 두 손을 찌르고 주위의 사람들은 눈도 떠 보지 아니하면서 뚜벅뚜벅 왔다 갔다 한다. 어떤 일본 부인이 차를 아니 놓칠 양으로 커다란 '신겐부구로(信玄袋)'*2를 들고 통통통 뛰어 들어온다. 북으로 더 갈 승객들은 세수도 아니한 얼굴에 맨머릿바람으로 우두커니 나와 서서 아는 사람이나 찾는 듯이 입구를 바라보고 섰다. 개찰인은 빈 가위를 떼걱떼걱하고 섰다. 형식과 노파는 출구를 나섰다. 지켜 섰던 순사가 힐끗 두 사람의 뒤를 본다. 형식과 노파는 인력거에 올랐다. 두 인력거는 여러 인력거와 앞서거니 뒤서거니 뾰족한 비를 지나서 아직 전등이 반작반작하는 평양 시가로 들어간다. 안개비는 여전히 부슬부슬 온다.

56

형식은 인력거 위에서 자기가 첫 번에 평양에 오던 생각을 하였다. 머리는 아직 깎지 아니하여 부모상으로 흰 댕기를 드리고 감발을 하고 어느 봄날 아침에 칠성문으로 들어왔다. 칠성문 안에서 평양 시가를 내려다보고 '크기는 크구나' 하였다. 그때에 형식은 열한 살이라. 그러나 평양이란 이름과 평양이 좋다는 말을 들었을 뿐이요 평양이 어떠한 도회인지 평양에 모란봉 청류벽이 있는지 없는지도 몰랐다. 형식은 그때에 《사서》와 《사략》과 《소학》을 읽었었다. 그러나

---

*2 しんげんぶくろ : 흔히 여행용 가방으로 쓰기 위해 천으로 만든 자루.

그때에는 학교라는 것도 없었으므로 조선 지리나 조선 역사를 읽어 본 적이 없었다. 형식은 생각하였다. '문명한 나라 아이들 같으면 평양의 역사와 명소와 인구와 산물도 알았으리라.' 그때에 형식은 대동문 거리에서 처음 일본 상점을 보았다. 그리고 그 유리창이 큰 것과 그 사람들의 옷이 이상한 것을 보고 재미있다 하였다. 형식은 갑진년에 들어오던 일본 병정을 보고 일본 사람들은 다 저렇게 검은 옷을 입고 빨간 줄 두른 모자를 쓰고 칼을 찼거니 하였었다. 그래서 대동문 거리로 오르내리며 기웃기웃 일본 상점을 보았다. 어떤 상점에는 성냥과 석유 상자가 놓였다. 형식은 아직도 그렇게 많은 성냥을 보지 못하였었다. 그래서 '옳지, 성냥은 다 여기서 만드는구나' 하고 고개를 까땍까땍하였다. 또 일본 사람들이 마주 앉아서 이야기하고 웃는 것을 보고 '어떻게 서로 말을 알아듣는가' 하고 이상히 여겼다. 형식의 귀에는 모든 말이 다 같은 소리와 같이 들렸음이라. 더욱 형식의 눈에 재미있게 보이는 것은 일본 부인의 머리와 등에 매달린 허리띠코*¹였다. 형식은 저기다가 무엇을 넣고 다니는고 하였다. 이 의문은 오래도록 풀지 못하였다.

또 형식은 대동문 밖에 나서서 대동강을 보았다. 청천강보다 '좀 클까' 하였다. 그리고 '화륜선'을 보았다. 시커먼 굴뚝으로 시커먼 연기를 피우고 '뺑' 하고 이상한 소리를 내면서 돛도 아니 달고 다니는 '화륜선'은 참 이상도 하다 하였다. 그 '화륜선' 위에 사람들이 왔다 갔다 하는 것을 보고 '나도 한번 저기 타보았으면' 하였다.

형식은 '물지게가 많기도 많다' 하였다. 형식의 생장한 촌중에는 그 앞 술도 하고 겨울에 국수도 누르는 주막에 물지게가 있었을 뿐이었다. 그래서 물지게란 주막에 있는 것이어니 하였다. 그러므로 형식은 대동문으로 수없이 많이 들었다 나갔다 하는 물지게를 보고

---

*¹ 기모노 위에 감아 묶는 가늘고 긴 띠 모양의 천.

'평양에는 주막도 많다' 하였다. 그리고 '평양감사'라는데 평양감사가 어디 있는고 하고 한참이나 평양감사의 집을 찾다가 말았다. 이런 생각을 하고 형식은 호로 구멍으로 거리를 내다보며 혼자 싱긋 웃었다. 밀철로*² 가 사람을 가득히 싣고 요란한 소리를 내며 형식의 인력거 곁으로 지나간다.

　형식은 또 생각을 잇는다. 그날 종일 평양 구경을 하다가 관 앞 어떤 객주에 들었다. 탕건 쓴 주인이 '너 돈 있니?' 할 때에 형식은 '스무 냥이나 있는데' 하고 자기의 주머니를 생각하면서 '돈 없겠소!' 하고 '나도 손님인데' 하면서 서슴지 아니하고 아랫목에 내려가 앉던 것을 생각하였다. 그 이튿날이 평양장이라 하여 감발한 황화(荒貨) 장사들이 십여 인이나 형식의 주인에 들었다. 형식은 얼마큼 무서운 생각이 있으면서도 아주 태연한 듯이 벽에 바른 종이의 글을 읽었다. 그러나 밤에 자려 할 때에 같이 있던 이삼 인이 서로 다투어 형식의 곁에서 자려 하였다. 형식은 무서운 마음이 생겨서 방 한편 구석에 말없이 앉아서 그 사람들의 하는 양을 보았다. 그러나 형식의 손에는 목침이 들렸더라. 세 사람은 한참이나 다투더니 그 중에 제일 거무데데하고 무섭게 생긴 사람이 웃고 형식을 안으며 '애, 나허고 자자, 돈 주께' 하고 형식의 목을 쓸어안으며 입을 맞추려 한다. 형식은 울면서 방 안에 둘러 앉은 십여 명을 보았다. 그러나 모두 벙글벙글 웃을 뿐이요 그중에 한 사람이 '애, 나허고 자자' 하며 자기의 주머니에서 엽전을 한 줌 집어낸다. 형식은 반항하였다. 그러나 그 거무데데한 사람의 구린내 나는 입이 형식의 입에 닿았다. 형식은 머리로 그 사람의 면상을 깨어져라 하도록 들입다 받고 그 사람이 번쩍 고개를 잦히는 틈을 타서 손에 들었던 목침으로 그 사람의 가슴을 때렸다. 그 사람은 얼른 목침을 피하고 일어나면서 형식의

───────────
＊2 토목 공사용 궤도 운반차.

머리채를 잡아 흔들며 형식의 머리를 벽에 부딪친다. 형식은 이를 갈며 울었다. 이때에 저편 구석에 말없이 앉았던 키 큰 사람이 벌떡 일어나 달아오더니 형식의 머리채를 잡은 사람의 상투를 잡아당기며 주먹으로 귀쌈을 서너 번 때리더니 방바닥에 그 사람을 엎드려놓고 '이놈! 이 짐승놈!' 하고 발길로 찬다. 여러 사람은 다 놀라 일어났다. 그러나 감히 대드는 자가 없었다.

이러한 생각을 하다가 형식은 문득 영채를 생각하였다. 영채와 자기와는 이상하게 같은 운명을 지내어오는 듯하다 하였다. 그리고 영채가 더욱이 정다워지는 듯함을 깨달았다. 영채는 자기의 아내를 삼아 일생을 서로 사랑하고 지내야 하리라 하였다.

그러나 영채는 살았는가. 살아서 경찰서에 있는가. 또 영채의 편지가 생각나고 아까 대동강을 건너올 때에 생각하던 바를 생각하였다. 그리고 그 편지와 그 언문 쓴 종이를 넣은 가방이 자기의 무릎 위에 놓인 것을 보았다. 그리고 평양 경찰서의 집과 문과 그 속에 앉아서 사무를 보는 사람들을 상상하고 영채가 울면서 혼자 앉았는 방과 자기와 노파가 영채의 방에 들어가는 모양을 상상하였다.

인력거가 우뚝 서고 인력거꾼이 호로를 벗긴다. 형식의 앞에는 회칠한 서양제 집이 있다. 문 위에는 평양 경찰서라고 대자로 새겼다.

57

형식은 가슴이 설렁거리면서 경찰서 문 안에 들어섰다. 사무 보는 책상과 의자가 다 비고 저편 유리창 밑에 어떤 흰 정복에 칼도 아니 차고 어깨에 수건을 건 순사가 앉아서 신문을 본다. 형식은 아직도 조선 땅에서 경찰서에 와본 적이 없었다. 일찍 동경에서 어떤 경찰서에 불려가 차를 마시고 담배를 피우면서 서장과 말하여본 적은 있었으나 인민이 관청에 오는 자격으로 경찰서에 와본 적은 없었다. 그는 톨스토이의《부활》을 읽어 아라사*¹ 경찰서의 모양을 상상할 뿐이었다. 형식은 얼마큼 불쾌한 생각을 품으면서 모자를 벗고

"여쭈어볼 말씀이 있습니다" 하고 얼굴을 붉혔다. 노파는 형식의 곁에 서서 무서움과 괴로움으로 치를 떤다. 그러나 순사는 그 말을 못 들은 모양. 형식은 좀더 소리를 높여

"여쭈어볼 말씀이 있습니다" 하였다. 그제야 순사가 신문을 든 채로 고개를 돌려 형식과 노파의 얼굴과 모양을 유심히 보더니

"무슨 일이오?" 한다. 형식이 서장이 오기 전에는 자세히 알 수 없으리라 하면서

"어저께 서울서 평양 경찰서로 어떤 부인 하나를 보호하여 달라는 전보를 놓았는데요……" 형식의 말이 끝나기 전에 순사가 "부인?" 한다. 형식과 노파의 생각에는 '옳지, 영채가 여기 있는 게로다' 하였다.

"예, 부인 하나를 보호하여 달라고 전보를 놓았는데요……그래서 지금 어제 밤차로 내려왔는데요……혹 그 부인이 지금 이 경찰서에 있습니까" 하면서 형식은 그 순사의 얼굴을 보았다. 순사는 말없이 신문을 두어 줄 더 읽더니 의자에서 일어나 두 사람의 곁으로 오면서

"어떤 부인을 보호하여 달라고 평양 경찰서로 전보를 놓았어요?" 하고 형식의 말을 잘 알아듣지 못한 듯이 소리를 높여 묻는다. 형식은 얼마큼 실망하였다. 만일 평양 경찰서에서 영채를 붙들었으면 저 순사가 모를 리가 없으리라 하였다. 노파도 눈이 둥그레지며 순사에게

"어떤 모시 치마 적삼 입고 서양 머리로 쪽 찐 열팔구 세나 된 여자가 오지 아니하였어요?" 하고 눈에서 눈물이 흐른다. 순사는 무엇

---

*1 俄羅斯 : 러시아를 이르는 말.

을 생각하는 듯이 한참이나 고개를 기웃기웃하고 바지에 한 손을 꽂고 책상과 의자 사이를 지나 저편으로 들어가고 만다. 두 사람은 실망하였다. 영채는 평양 경찰서에 없구나 하였다. 만일 영채가 여기 없다 하면 어디 있을까. 어저께 넉 점에 평양에 내려서 자기의 부친 과 월화의 무덤을 보고 그 길로 청류벽으로 나와 연광정 밑에서 물에 뛰어든 것이 아닐까. 그렇다, 영채는 죽었구나 하였다. 노파가 형식의 팔을 잡으며 우는 소리로 "웬일이야요?" 한다. 형식은 울음을 참느라고 입술을 물었다.

"설마 죽기야 하였겠어요. 이제 서장이 오면 알 터이지요" 하고 노파를 위로는 하면서도 자기도 영채가 살았으리라고는 생각지 아니한다. 그래서 속으로 '왜 죽어!' 하였다. 《소학》과 《열녀전》이 영채를 죽였구나 하였다. 만일 자기가 한 시간만 영채에게 이야기를 할 기회가 있었더라도 영채는 죽지는 아니하였으리라 하였다. 형식은 이번에는 소리를 내어 "왜 죽어?" 하였다. 노파는 '설마 죽었을라고요' 하는 형식의 말에 얼마큼 마음을 놓았다가 '왜 죽어?' 하는 형식의 탄식에 다시 절망이 되었다. 노파는 형식의 손을 꽉 쥐며

"에그, 이 일을 어째요?" 하고 운다. 그리고 '나 때문에 영채가 죽었구나' 하는 생각이 더욱 노파의 가슴을 찌른다. '아까 꿈자리가 좋지 못하더니' 하고 꿈꾸던 생각을 한다. 하얀 옷을 입고 물 위에 서서 '흥, 생각하니깐 우스워요' 하다가 갑자기 얼굴이 무섭게 변하며 입술을 깨물어 자기의 얼굴에 뜨거운 피를 뿜던 것이 생각이 난다. 그리고 그것이 영채의 혼령이 아니던가 하였다. 어저께 해지게 대동강에 빠져 죽은 영채의 혼령이 자기의 꿈에 들어온 것이 아닌가 하였다. 그리고 두 손으로 얼굴을 가렸다. 아아, 영채의 원혼이 밤낮 내 몸에 붙어서 낮에는 병이 되고 밤에는 꿈이 되어 나를 괴롭게 하지 아니하겠는가 하였다. 자기가 오늘부터 병이 들어 얼마를 신고(辛

苦)하다가 마침내 영채에게 붙들려 가지나 아니할까. 또는 장차 서울에 올라가는 길에 영채의 원혼이 대동강 철교를 그 입술을 물어뜯던 모양으로 물어뜯어 자기 탄 기차가 대동강에 빠지지 아니할까 하였다. 무섭게 변한 영채의 모양이 방금 노파의 앞에 섰는 듯도 하다. 노파는 마침내 울며 형식의 어깨에 얼굴을 비빈다. 형식도 울음을 참으면서 흑흑 느끼는 노파의 등을 만지며

"울지마시오. 이제 서장이 나오면 알지요" 한다.

이윽고 아까 그 순사가 들어가던 곳으로 다른 순사 하나가 나온다. 그 순사도 두 사람의 모양을 유심히 보더니, 책상 서랍에서 어떤 전보를 내보며

"노형이 이형식이오?" 하고 형식을 본다. 형식은 순사의 손에 있는 전보를 슬쩍 보면서

"예, 내가 이형식이오."

노파가 우는 소리로

"나리께서 그런 여자를 보셨습니까" 한다. 순사는 그 말에는 대답도 아니하고

"이 전보는 받았지요. 그래서 정거장에 나가 보았지마는 어떤 사람인지, 어떤 옷을 입은 사람인지 알 수가 있어야지요―" 하고 그 전보를 책상 위에 놓으며

"왜? 도망하는 계집이오?"

형식은 그만 실망하였다. 영채는 정녕 죽었구나 하면서

"아니요. 자살할 염려가 있어요" 하고 자기가 전보를 놓을 때에 그 모양을 자세히 말하지 못하였던 것을 한하였다. 먼저 나왔던 순사가 나와서 책상 위에 놓인 전보를 보면서

"평양에 몇 사람이나 내리는지 아시오? 하고많은 사람에 누가 넌지 어떻게 안단 말이오" 한다.

58

형식과 노파는 아주 절망하여 경찰서에서 나왔다. 안개비에 길이 눅눅하게 젖었다. 아까보다 사람도 많이 다니고 구루마도 많이 다닌다. 상점에서는 널쪽 덧문을 열고 어떤 사람은 길가에 나와 앉아서 세수를 하며 어떤 사람은 방 안에 앉아서 소리를 내어 신문을 본다. 찌국찌국하고 오던 물지게들은 모로 서서 좁은 골목으로 들어간다. 우편 집배인이 검은 가죽 가방을 메고 손에 열쇠 뭉치를 들고 껑충 껑충 뛰어온다. 노파는 형식의 손에 매달려 걸음을 잘 걷지 못한다. 형식은 시장증이 난다. 노파더러

"어디 들어가서 조반을 사 먹고 찾아봅시다. 설마 죽었겠어요" 한다. 노파는 형식을 보며

"아이구. 나도 대동강에나 가서 빠져 죽었으면 좋겠소" 하고 눈물을 씻는다. 형식은 어저께 우선이로 더불어 노파의 집에 갔을 때에 '뒷간에 있는데 야단을 하시구려' 하고 치마고름을 고쳐 매던 노파를 생각하였다. 형식은

"그리 너무 슬퍼 맙시오. 아직 아니 죽고 세상에 있는지 알겠어요? 자, 어디 가서 조반이나 먹읍시다" 하고 혼잣말 모양으로 "장국밥이 있을까" 하며 사방을 둘러보았다. 노파는 '아니 죽고 세상에 있는지 ―' 하는 말에 얼마큼 위로를 얻으며

"장국밥집에를 어떻게 들어갑니까. 나 아는 집으로 가시지요" 한다. 노파가 '나 아는 집'이라면 기생집이리라 하였다. 그리고 어리고 고운 기생들의 모양이 눈에 얼른 보인다. 그리고 노파의 말대로 따라가고 싶은 생각이 난다.

'어여쁜 여자를 보기만 하는 것이야 상관이 있으랴. 아름다운 경치를 보는 모양으로 아름다운 꽃을 대하는 모양으로' 이렇게 생각하

고 다시 '그러나 이것이 한 핑계가 되기 쉽다' 하면서 자기의 마음을 돌아보았다. 그리고 '내 마음은 깨끗하다' 하면서

"어디오니까. 그러면 그리로 가시지요" 하고는 그래도 노파의 뒤를 따라 기생집으로 들어가는 것이 모양이 흉하다 하여 노파를 거기 데려다 두고 자기는 어디든지 다른 데로 가리라 하였다.

형식은 노파의 뒤를 따라 어떤 깨끗한 기와집 대문 밖에 섰다. 아직 국태민안(國泰民安)이라고 쓴 대문은 열리지 아니하였다. 노파는 마치 자기 집 사람을 부르는 모양으로

"애들아, 자느냐. 문 열어라!" 하면서 문을 서너 번 두드리더니 형식을 돌아보며

"영채가 여기나 있으면 아니 좋겠어요" 하고 뜻 없이 웃는다. 형식은 속으로 '영채는 벌써 죽었는데' 하고 말이 없었다. 이윽고 방문 열리는 소리가 나더니 누가 신을 짝짝 끌며 나와서

"누구셔요?" 하고 문을 연다. 형식은 한 걸음 비켜섰다. 어떤 얼굴에 분 흔적 보이는 십삼사 세 되는 계집아이가 노파에게 매달리며 반가운 듯이

"아이구. 어머니께서 오셨네" 하고 '네' 자를 길게 뽑는다. 머리와 옷이 자다가 뛰어나온 사람이로구나 하고 형식은 두 사람이 반가워하는 양을 보았다. 어여쁜 처녀로다, 재주도 있을 듯하고 다정도 할 듯하다 하였다. 그러나 저도 기생이로구나 하고 형식은 불쌍히 여기는 마음이 생겼다. 아직 처녀의 모양으로 차렸건마는 벌써 처녀는 아니리라, 혹 어제 저녁에 어떤 사나이의 희롱을 받지나 아니하였는가 하였다. 노파는 대문 안에 한 걸음 들어서면서 목을 내밀어

"들어오시지요. 내 집이나 다름없습니다" 한다. 그 어린 기생은 그제야 문밖에 어떤 사람이 있는 줄을 알고 고개를 기울여 형식을 본다. 형식은 그 좀 두터운 듯한 눈시울이 곱다 하면서

"나는 어떤 친구에게로 갈랍니다. 조반을 먹거든 이리로 오지요"
하고 모자를 벗는다. 노파는 문밖으로 도로 나오며

"그러실 것이 있어요, 들어오시지. 내 동생의 집인데요" 하고 형식
의 소매를 잡아당긴다. 그래도 형식은 굳이 간다 하는 것을 이번에
는 그 어린 기생이 나와 그 고운 손으로 형식의 등을 밀고 아양을
부리며

"들어오셔요—" 한다. 형식의 생각에 아무리 보아도 그 어린 기생
의 마음에는 티끌만 한 더러움도 없다 하였다. 저 영채나 선형이나
다름없는 아주 깨끗한 처녀라 하였다. 그리고 그 등을 살짝 미는 고
운 손으로 따뜻한 무엇이 흘러 들어오는 듯하다 하였다. 형식은 남
의 처녀를 볼 때마다 늘 생각하는 버릇으로 '내 누이'라고 생각하였
다. 그래서 얼마를 더 사양하다가 마침내 마지못하여 그 집에 들어
갔다. 그러나 한 팔을 노파에게 잡히고 다른 팔을 그 어여쁜 기생에
게 잡히고 들어가는 맛은 꽤 유쾌하다 하였다. 인도함을 받아 들어
간 방은 영채의 방과 크게 틀림이 없었다. 그 어린 기생은 얼른 먼저
뛰어 들어가 자리를 갠다. 형식은 문밖에서 그 발간 깃 들인 비단
이불이 그 어린 기생의 손에서 번쩍번쩍하는 양을 보았다. 노파와
형식은 들어앉았다. 기생은 저 편 방에 가서 기쁜 소리로

"어머니, 서울 어머니께서 오셨어요!" 하는 소리가 들린다. 형식은
그 방에서 무슨 향내가 나는 듯이 생각하였다. 그리고 방바닥에 짚
은 형식의 손은 따뜻한 맛을 깨달았다. 이는 그 기생의 몸에서 흘러
나온 따뜻함이라 하였다. 이윽고 기생이 어린아이 모양으로 뛰어 들
어오며

"지금 어머니 건너오십니다. 그런데 아침차로 오셨어요?" 하고 말
과 얼굴에 기쁨을 감추지 못하는 빛이 보인다. 형식은 '다 같은 사람
이로구나' 하였다. 따뜻한 인정은 사람 있는 곳에 아무 데나 있다 하

였다. 그리고 담배를 내들고 조끼에서 성냥을 찾으려 할 제 그 기생이 얼른 성냥을 집어 불을 켜 들고 한 손으로 형식의 무릎을 짚으면서

"자, 붙이셔요!" 한다. 형식은 그를 깨끗한 어린아이 같다 하였다.

59

형식은 그 여자의 손에 담뱃불을 붙이기가 미안한 듯도 하고 수줍은 듯도 하여

"이리 줍시오" 하였다. '줍시오' 하는 것을 보고 그 기생은 썩 웃는다. 웃을 때에 위 앞니에 커다란 금니가 반작 보인다. 그 기생은 형식의 무릎을 짚은 손을 한번 꼭 누르고 어리광하는 듯이 몸짓을 하면서

"자, 이대로 붙이셔요" 하고 '요' 자에 힘을 준다. 노파도 형식이가 그저께 '월향씨' 하던 것을 듣고 우습게 여기던 것을 생각하고 빙그레 웃는다. 형식이가 사양하는 동안에 기생의 손에 있던 성냥이 다 탔다. 기생은

"에그, 뜨거워라" 하고 그것을 방바닥에 떨어트리고는 살짝 엎데며 입으로 훅 불고 성냥을 잡았던 손가락으로 제 귀를 잡는다. 형식은 미안한 생각에 얼굴이 붉어진다. 그 귀를 잡는 손가락을 자기의 입에 대고 '호' 하고 불어주고 싶다 하면서

"아차, 뜨겁겠구려" 하였다. 기생은 손가락을 귀에 대고 잠깐 형식의 얼굴을 보더니 또 다른 성냥개비를 그어 아까 모양으로 한 손을 형식의 무릎 위에 놓으면서 숨이 찬 듯이

"자, 이번에는 얼른 붙입시오" 하고 성냥개비가 반쯤 타는 것을 보고는 제 몸을 춤을 추이며 급한 듯이 "자, 얼른얼른" 한다. 형식은 고

개를 숙여 궐련에 불을 붙이고 첫 번 입에 빤 연기를 그 기생의 얼굴에 가지 않도록 '후' 하고 옆으로 뿜었다. 기생은 형식이가 담뱃불을 다 붙인 뒤에도 여전히 형식의 얼굴을 쳐다본다. 형식은 눈이 부신 듯이 고개를 들어 마당을 내다보면서 '그 눈이 마치 꿈을 꾸는 듯하구나' 하였다. 기생은 성냥개비가 다 타기를 기다리는 듯이 두 손가락으로 그 성냥개비를 돌린다. 형식은 그 기생의 머리와 등을 본다. 새까만 머리를 느짓느짓 땋고 끝에다 새빨간 왜중댕기를 드렸다. 그 머리채가 휘 임하여 내려가다가 삼각형으로 접은 댕기 끝이 치마허리쯤 하여 가로누웠다. 형식은 그 댕기 빛이 핏빛과 같다 하였다. 기생은 성냥개비를 뱅뱅 돌리다가 잘못하여 형식의 다리 위에 떨어트렸다. 기생은 "아이구머니!" 하면서 두 손으로 형식의 다리를 때린다. 그러나 그 불티가 형식의 무명 고의 주름에 끼어 고의에 구멍이 뚫어지고 넓적다리가 따끔한다. 형식은 그 기생이 미안하여 할까 두려워하여 두루마기로 얼른 거기를 가리고 "불이 꺼졌소" 하였다. 기생은 형식의 무릎에서 손을 떼고 민망한 듯이 몸을 추면서

"에그. 고의가 탔지요? 뜨거우셨겠네" 하며 고개를 돌려 노파를 본다. 노파는 빙그레 웃으면서

"계향아, 너는 그저 어린애로구나!" 하였다. 노파는 확실히 이 기생의 속에서 눈에 보이지 아니하는 깨끗한 영혼을 보았다. 그리고 형식이가 그 어린 기생을 보는 눈에는 조금도 더러운 욕심이 없다 하였다. 그리고 형식은 자기가 흔히 보지 못하던 종류의 사람이라 하였다. 그래서 형식이가 이 어린 기생에 대하여 '하시오' 하고 존경하는 말을 쓰던 것이 처음에는 시골뜨기와 같고 무식한 듯하더니 도리어 점잖고 거룩하다 하였다.

형식은 그 어린 기생의 말과 모양을 보고 무슨 맛나는 좋은 술에 반쯤 취한 듯한 쾌미를 깨달았다. 마치 몸이 간질간질한 듯하다. 더

구나 그 기생이 자기의 무릎에 손을 짚을 때와 불을 떨어트리고 그 조그마한 손으로 자기의 넓적다리를 가만가만히 때릴 때에는 마치 몸에 전류를 통할 때와 같이 전신이 자릿자릿함을 깨달았다. 형식은 생각하기를 자기의 일생에 그렇게 미묘하고 자릿자릿한 쾌미를 깨닫기는 처음이라 하였다. 그 어린 기생의 눈으로서는 알 수 없는 광선을 발하여 사람의 정신을 황홀하게 하고 그 살에서는 알 수 없는 미묘한 분자가 뛰어나 사람의 근육을 자릿자릿하게 하는 것이라 하였다.

형식은 선형을 생각하고 일전 선형과 마주 앉았을 때에 깨닫던 즐거움을 생각하고 또 자기가 희경을 대할 때마다 맛보던 달큼한 맛과 기타 정다운 친구를 대할 때에 맛보던 즐거움을 생각하고 또 차 속이나 배 속이나 길가에서 처음 보는 사람 중에도 말할 수 없는 즐거움을 주는 자가 있음을 생각하였다. 그러나 모든 그러한 즐거움 중에 지금 그 어린 기생이 주는 듯한 즐거움은 처음 본다 하였다. 그리고 그 이유는 그 어린 기생의 얼굴과 태도와 마음이 아름다움과 피차에 아무 욕심도 없고 아무 수단도 없고 아무 의심도 없고 서로서로의 영(靈)과 영(靈)이 모든 인위적 껍데기를 벗어버리고 적나라하게 융합함에 있다 하며 또 이렇게 맛보는 즐거움은 하늘이 사람에게 주신 가장 거룩한 즐거움이라 하였다. 각 사람의 속에는 대개는 서로 보고 즐거워할 무엇이 있는 것이어늘 사람들은 여러 가지 껍데기로 그것을 싸고 싸서 흘러나오지 못하게 하므로 즐거워야 할 세상이 그만 냉랭하고 적막한 세상이 되고 맒이라 하였다. 그중에도 얼굴과 마음이 아름답게 생기거나 혹 아름다운 그림을 그리고 조각을 하며 시를 짓는 사람은 이 인생을 즐겁게 하는 거룩한 천명을 가진 자라 하였다.

이윽고 '어머니'가 나오더니

"에그, 형님께서 오셨네" 하고 기쁨을 이기지 못하는 듯하다. 형식은 생각하였다. '저들도 사람이로다.' 저들의 속에도 '참사람'이 있기는 있다. 사람의 붉은 피와 사람의 따뜻한 정이 있기는 있다 하였다. 어머니는 얼른 형식에게 초면 인사를 하고 노파의 곁에 앉으며

"그런데 월향이 잘 있소?"

"에그, 저런. 나는 형님의 안부도 묻기를 잊었네" 하고 '두터운 듯'한 눈시울을 잠깐 움직이며 형식을 본다. 형식은 '잊은 것이 아니 잊은 것보다 더욱 정답다' 하였다.

60

노파는 새로이 눈물을 흘리면서 영채의 말을 하였다. 영채가 청량사에서 어떤 사람에게 강간을 당할 뻔하던 일과 그날 저녁에 집에 돌아와 입술을 물어뜯고 울던 일과 그 이튿날 아침에 자기가 자는데 들어와서 평양에 갈 말을 하던 것과 차를 탈 때에 자기에게 편지 한 장을 주었고 그 편지에는 이러이러한 말을 썼던 것과 오늘 아침에 평양 경찰서에 와서 물어보던 일을 말하고, 나중에

"그런데 그 이형식이라는 이가 이 어른이로구나" 하고 손으로 형식을 가리키며 '어머니'의 어깨에 쓰러져 운다. 어머니와 계향도 이야기를 들을 때에 고이기 시작한 눈물이 이야기가 끝나매 솔솔 흐르기 시작하며 눈물에 가려 잘 보이지 아니하는 눈으로 물끄러미 형식을 본다. 형식은 의외로 생각하였다. 형식의 생각에 계향은 몰라도 '어머니'는 영채의 말을 들으면 와락 성을 내며 '미친년! 죽기는 왜 죽어!' 할 줄로 생각하였었다. 그랬더니 영채의 죽었단 말을 듣고 슬피 우는 양을 보매 그 따뜻한 인정은 자기와 다름이 없다 하였다. 그리고 지금껏 기생이라면 자기와는 전혀 정신 상태가 다른 한 짐승과

같은 하등 인종으로 알던 것이 부끄럽게 생각된다. 어머니는 한참이나 울더니 코를 풀며

"원래 월향이가 마음이 꼭하였습닌다. 게다가 처음부터 월화와 친해서 밤낮 월화의 말만 들었으니까 꼭 마음이 월화와 같이 되었습니다. 그런데 형님은 그런 줄을 못 알아 보고 월향 더러 '손을 보라' 한 것이 잘못이지" 하고 "지나간 일을 어찌하겠소, 울지 마오" 하며 형식을 본다. 형식은 눈물 흐르는 양을 아니 보이려 하여 고개를 돌리고 담배를 피운다. 노파도 코를 풀면서

"내니 십 년이나 친딸과 같이 기른 것을 미워서 그랬겠나. 저도 차차 낫살이 많아가고……평생 기생 노릇만 할 수도 없을 터이니까 어디 좋은 자리를 구하여 일생 편히 살 만한 곳에 보낼 양으로 그랬지. 그런데 김현수라는 이는 부자요 남작의 아들이요 하기로 그리로 보내면 저도 상팔자겠다 하고 그랬지" 하며 눈물을 씻는다. 형식은 혼자 놀랐다. 노파의 '평생 기생 노릇만 할 수도 없으니까' 하는 말을 듣고 그러면 김현수에게 억지로 붙이려 한 것이 영채의 일생을 위하는 뜻이던가 하였다. 노파가 영채를 죽인 것이 다만 천 원 돈을 위하여 한 악의가 아니요 영채의 일생을 위하여 한 호의인가 하였다. 그러면 영채를 죽인 노파의 마음이나 영채를 구원하려 하는 자기의 마음이나 필경은 같은 마음인가 하였다. 그러면 필경은 세상과 인생에 대한 표준과 사상이 다르므로 이러한 일이 생긴 것인가 하였다. 이때에 어머니가 형식에게 극히 은근하게

"이주사께선들 얼마나 슬프시겠소. 그러나 그것도 다 전생의 연분이지. 사람의 힘으로 어찌하나요. 세상이란 그렇지요" 하고 고개를 돌려 노파에게

"자, 울지 마오. 다 전생에 연분이어. 사람의 힘으로 어찌하나? 시장하시겠소. 조반이나 먹읍시다" 하고 벌떡 일어나면서 혼잣말로 "어

쩌나, 장국밥을 시켜 올까, 집에서 밥을 지으랄까" 하고 머뭇머뭇하
더니 획 밖으로 나간다. 형식은 생각하였다. 이것이 그네의 인생관
이로구나. 인생 사회에 일어나는 모든 슬픈 일은 다 전생의 인연이
라 사람의 힘으로 어찌할 수 없는 일이라 하여 한참 눈물을 흘리고
는 곧 눈물을 씻고 단념한다. 그네의 생각에 오랫동안 눈물을 흘리
는 것은 미련한 자의 하는 일이니 잠깐 눈물을 흘리다가 얼른 눈물
을 씻고 마는 것이 좋은 일이라 한다. 그러므로 그네는 모든 일의 책
임을 다 '전생의 인연'과 '팔자'에 돌릴지요 결코 사람에게 돌리지 아
니한다. 영채가 기생이 된 것이나 김현수에게 강간을 받은 것이나 또
는 대동강에 빠져 죽은 것이나 다 그 책임은 전생의 인연에 있는 것
이요 결코 노파에게나 영채에게나 또는 김현수에게 있는 것이 아니
라 한다. 따라서 영채가 정절을 지키는 것도 영채라는 사람이 특별
히 좋아 그런 것이 아니요 영채라는 사람의 전생의 연분이 그러하
여 자연히 또는 아니하지 못하게 정절을 지킴이라 한다. 그러므로
그네가 보기에 특별히 좋은 사람도 없고 특별히 좋지 못한 사람도
없고 다 전생의 인연과 팔자를 따라 살아가는 것이라 한다. 이렇게
말하면 그네의 인생관과 형식의 인생관이 얼마큼 일치하는 듯하다.
그러나 두 인생관의 근본적 차이점은 이러하다. 형식은 사람은 다
같은 사람이라 하더라도 개인 또는 사회의 노력으로 개인이나 사회
가 개선될 수 있고 향상(向上)될 수 있다 하고, 그네는 모든 일의 책
임이 전혀 사람에게 있지 아니하니 다만 되는대로 살아갈 따름이요
사람의 의지로 개선함도 없고 개악함도 없다 한다. 형식은 이렇게 생
각하다가 혼잣말로

'옳지! 이것이 조선 사람의 인생관이로구나' 하였다. 그러나 노파
는 '어머니' 모양으로 잠깐 눈물을 흘리다가 얼른 눈물을 그치지 아
니한다. 노파는 '세상'을 보는 외에 '사람'을 보았다. 영채의 따근따근

하는 입술의 피가 자기의 손등에 떨어질 때에 노파는 '사람'을 보았다. 노파는 이번 일의 책임을 전혀 인연과 팔자에 돌리지 못한다. 노파는 영채를 죽인 책임이 자기와 김현수에게 있는 줄을 알고 영채가 정절을 굳게 지킨 것이 영채의 속에 있는 '참사람'의 힘인 줄을 알았다. 노파는 이제는 모든 일의 책임이 사람에게 있는 줄을 깨달았다. 그러므로 노파는 '잠깐 울다가 얼른 눈물을 그치'지는 못한다. 노파의 이 눈물은 일생에 흐를 눈물이로다.

계향이가 형식의 무릎에 몸을 기대고 눈물에 발개진 눈으로 형식을 물끄러미 보며

"형님이 죽었을까요?" 한다.

61

형식은 그 집에서 조반을 먹고 대문 밖에 나섰다. 노파와 '어머니'와 계향과 세 사람이 번갈아 형식을 권하므로 형식은 전보다 더 많이 먹었다. 더구나 그 밥이며 국이며 전골이며 모든 것이 평생 객줏집 밥만 먹던 형식에게는 지극히 맛이 좋았다. 그럴뿐더러 형식은 아직도 이렇게 여러 사람에게 정성스럽게 권함을 받으며 밥상을 대하여 본 적이 없었다. 더구나 계향과 같은 아름다운 처녀에게 '어서 더 잡수셔요' 하고 정성스럽게 권함을 받은 적은 없었다. 계향은 형식의 밥상에 붙어서 손수 구운 민어를 뜯었다. 아까 성냥개비에 덴 손가락에 누렇게 탄 자리가 보인다. 그리고 계향은 형식의 숟가락을 빼앗아 제 손으로 대접에 밥을 말았다. 형식은 '그렇게 많이 못 먹는데' 하면서 그 밥을 다 먹었다. 계향은 형식이가 밥을 다 먹는 것을 보고 기쁜 듯이 방그레 웃었다. 그 웃는 계향의 눈썹에는 아직도 눈물이 묻었더라. 세 사람은 실로 진정으로 형식을 권하였다. 형식을

자기네의 아들 모양으로 또는 오라비 모양으로 따뜻한 밥과 맛있는 반찬을 한 술이라도 많이 먹도록 진정으로 권하였다. 그리고 형식도 그 권하는 사람들을 어머니와 같이 또는 누이와 같이 정답게 생각하였다. '아무것도 잡수실 것이 없어서' 하는 인사도 항용 말하는 형식적 인사와 같이 들리지 아니하고 진정으로 맛난 반찬이 부족함을 한탄하는 말로 들었다. 형식은 대문을 나설 때에 말할 수 없는 기쁨을 깨달았다. 오랫동안 영채의 일로 근심하고 슬퍼하고 답답하여하던 마음을 거의 다 잊어버리고 새로운 기쁨을 깨달았다. 아까 오던 안개비가 걷고 안개 낀 듯한 하늘에는 보기만 하여도 땀이 흐를 듯한 햇빛이 가득히 찼다. 형식이 서너 걸음 걸어 나갈 때에 뒤로서 "저와 같이 가셔요" 하는 소리가 들린다. 형식은 계향의 소리로구나 하면서 우뚝 서며 고개를 돌렸다. 계향은 형식의 곁에 뛰어와 살짝 형식의 손을 잡으려다 말고 형식을 보면서

"저와 같이 가셔요" 한다. 형식은 칠성문 밖 죄인의 무덤 있는 데와 기자묘 저편 북망산과 모란봉을 넘어 청류벽으로 걸어갈 것을 생각하면서

"나를 따라오려면 다리가 아플걸요" 하고 계향의 눈을 내려다보며 '같이 갔으면 좋겠다' 하면서도 계향을 만류하였다. 그러나 계향은 몸을 한번 틀면서

"아니야요. 다리 아니 아파요" 하고 기어이 따라갈 뜻을 보인다.

"또 날이 더운데" 하며 형식은 계향을 뒤세우고 종로를 향하여 나온다. 길가 초가지붕에서는 가만가만히 김이 오른다. 벌써 사람들은 부채로 볕을 가리고 다닌다. 손님도 없는 빙수 가가의 아롱아롱한 주렴이 무거운 듯이 가만히 있다. 바람이 불면 살랑살랑 소리가 나려니 하고 형식은 쓸데없는 생각을 한다. 계향은 길가 가가(假家 : 가게)를 갸웃갸웃 엿보면서 한 손으로 치맛자락을 걷어 들고 형식

의 뒤로 따라온다. 형식의 누렇게 된 맥고자를 보고 저 사람은 무엇을 하는 사람인가, 어떠한 사람인가 생각한다. 그리고 자기가 날마다 만나는 여러 사람들을 생각하고 그 사람들과 형식과를 속으로 비교하여 본다. 그러나 계향은 아직도 자기가 만나는 사람이 어떠한 사람인 줄은 알 줄을 모른다. 다만 이 사람은 옷을 잘 못 입은 것을 보니 가난한 사람인가 보다 한다. 그리고 형식의 구겨진 두루마기를 본다. 계향은 '어젯밤 차에서 구겨졌구나, 왜 벗어서 걸지를 아니하였던고' 한다. 그리고 형식의 발을 본다. '새 구두로구나' 한다. 아까 담뱃불 붙여주던 생각을 하고 그 덴 손가락을 보면서 '아직도 아픈 듯하다' 한다. 그리고 형식이가 불 붙은 성냥을 보고 '이리 주시오' 하던 것을 생각하고 자기더러 '하시오' 하는 사람은 처음 본다 한다. 소가 끄는 구루마를 피하여 섰다가 얼른 형식의 뒤를 따라가서 형식의 손을 잡는다. 형식은 잠깐 고개를 돌려 계향을 보고 웃으면서 계향의 잡은 손은 활개를 아니 친다. 두 사람은 팔각 국숫집 모퉁이를 돌아 비스듬한 고개로 올라간다. 계향의 이마에는 땀방울이 솟는다. 형식은 그것을 보고 잠깐 걸음을 그치며

"이마에 땀이 흐르구려" 한다. 계향은 형식의 손을 잡았던 손으로 이마의 땀을 씻으며

"덥지 않습니다" 하고 또 형식의 손을 잡는다. 형식은 일부러 걸음을 늦추었다. 벌거벗은 때 묻은 아이들이 머리를 긁적긁적 긁으며 두 사람을 보고 섰다. 치마 아니 입고 웃통 벗은 부인이 연기 나는 부엌으로 눈물을 흘리면서 뛰어나오더니 연기가 펄펄 오르는 부지깽이로 머리를 긁고 섰던 사내아이의 머리를 때린다. 맞은 아이는 '으아' 하고 울면서 길바닥에 흙을 집어 그 부인의 면상에 뿌린다. 형식은 영채가 숙천 어느 주막에서 어떤 사람에게 업혀 가다가 그 사람의 얼굴에 흙을 뿌리던 생각을 한다. 계향은 우뚝 서며 우는 아이를 돌아보더

니 두 손으로 형식의 손을 꼭 쥔다. 두 사람은 또 걷는다.

계향은 매 맞던 아이를 생각하다가 버리고 형식과 월향의 관계를 생각한다. 언제 '형님'이 이 사람을 알았던고. 평양서 서로 알았으면 내가 모를 리가 없는데 한다. 그런데 이 사람이 왜 형님을 버려서 형님을 죽게 하였는고 하고 형식이 원망스럽다 하여 가만히 형식의 얼굴을 쳐다보기도 한다. 그러다가 형식의 걱정 있는 듯한 낯빛을 보고 이 사람이 형님을 생각하고 슬퍼하는구나 한다.

이때에 어떤 젊은 사람이 자행거(自行車 : 자전거)를 타고 두 사람의 앞으로 지나다가 번쩍 고개를 돌리더니 그만 자행거를 내려 형식의 앞으로 온다. 계향은 형식의 손을 놓고 한 걸음 물러서서 지금 온 사람의 모양을 본다.

62

그 사람은 자행거에 비스듬히 몸을 기대어 쾌활하게

"그런데 웬일인가, 언제 왔는가" 하고 담배를 내어 형식에게도 권하고 자기도 붙인다. 형식은 담배 연기를 코와 입으로 내보내면서

"오늘 아침차에 왔네" 하고 말하기 싫은 듯이 자행거의 말긋말긋한 방울을 본다. 그 사람은 형식의 곁에 한 걸음 비켜 섰는 계향을 유심히 보고 형식이가 어떤 기생을 데리고 가는가 하고 의심하면서

"그런데 주인은 어딘가. 왜 바로 내 집으로 오지 아니하고" 하면서도 형식의 얼굴을 보며 '무슨 까닭이 있구나' 한다. 형식은

"무슨 일이 있어서. 잠깐 다녀갈 양으로 온 것이니까" 하고 고개를 들어 멀리 훤하게 보이는 대동강을 본다. 그 사람은 한 번 더 계향을 보더니

"그런데 저 여자는 누군가."

형식은 잠깐 얼굴이 붉어지며 어떻게 대답할 줄을 모른다. 계향도 민망한 듯이 고개를 숙인다. 그 사람은 형식이 얼른 대답하지 못하는 것을 보고 의심스럽다 하는 듯이 고개를 기울인다. 형식은 빙긋이 웃으며

"내 누이일세" 하였다. 그러고 내가 잘 대답을 하였구나 하고 마음에 만족하였다. 그러고는 새로운 용기를 얻어 정면으로 그 사람을 본다. 그 사람은 '내 누이일세' 하는 형식의 대답의 뜻을 몰라 담배를 문 채로 멍멍하니 섰다. 그 사람은 형식에게 다만 한 누이가 있는 줄을 알고 또 그 누이는 이미 남의 아내가 된 줄을 안다. 한참이나 우두커니 섰더니 담배꽁다리를 발로 비비면서

"그런데 어디로 가는가" 한다.

형식은 다만

"기자묘를 보러 가네" 한다. 그 사람은 형식의 행색이 수상하다 하면서 "그러면 저녁에는 내 집으로 오게. 하룻밤 이야기나 하세" 하고 자행거를 타고 달아난다. 얼마를 가다가 자행거에서 고개를 돌려 천천히 걸어오는 두 사람의 모양을 보더니 그만 어떤 길 굽이를 돌아간다. 그 흰 헝겊 씌운 나파륜*1 모자 꼭대기가 번뜻번뜻 보이더니 아주 아니 보이고 만다. 계향은 안심한 듯이 형식의 손을 잡으며

"그 어른이 누구시야요?" 한다.

"내 친구외다. 동경 가 있을 때에 같은 학교에 있던 친구요." 계향은 이 말을 듣고 '그러면 이 사람은 동경 유학생인가' 하였다. 그러고 자기의 집에 동경 유학생이 여러 사람 오는 것을 생각하고 그중에 그림 잘 그리는 사람이 오는 것도 생각하였다. 그 그림 잘 그리는 사람이 늘 술이 취하여 자기를 껴안을 때에 그 입에서 구역나는 술냄새가 나던 것과 또 한번은 자기의 화상을 그려줄 터이니 벌거벗고

─────────────
*1 拿破崙 : '나폴레옹'을 음역한 말.

앉으라 할 때에 '그러면 싫소!' 하고 건넌방으로 뛰어가던 것을 생각한다.

두 사람은 칠성문에 다다라 잠깐 걸음을 멈춘다. 칠성문 통으로 시원한 바람이 들어온다. 형식은 두루마기 고름을 늦추고 땀에 젖은 자기의 적삼 앞을 보면서 바람을 맞아들이려는 듯이 두루마기를 벌린다. 계향은 '후—후—' 하고 입김을 내불면서 두 손으로 두 귀밑을 부친다. 형식은 계향의 얼굴을 보았다. 그 얼굴은 둥그스름하다. 그리고 더위에 술이 취한 모양으로 두 뺨이 불그레하게 되었다. 오늘 아침에는 분도 바르지 아니하였건마는 귀밑에는 어저께 발랐던 분이 조금 남았다. 계향의 적삼 등에도 땀이 내배었다. 형식은 선형의 적삼에 땀이 배어 그 젖은 자리가 작았다 컸다 하던 것을 생각하고 빙긋이 웃었다. 계향은

"예, 왜 웃으세요?" 하고 웃는다. 형식은 계향의 어깨를 만지며

"적삼 등에 땀이 배었구려" 한다. 계향은 얼른 돌아서며 형식의 등을 만져보더니 머뭇머뭇하다가

"여기도 땀이 배었습니다" 한다. 계향은 형식을 무엇이라고 부르는지 모른다. 자기의 집에 놀러 오는 동경 유학생들을 그 어머니는 혹 '무슨 주사'라고도 하고 그저 '나리'라고도 하고 또 관 앞에 있는 키 큰 사람은 '김학사'라고도 부르건마는 계향은 형식을 무엇이라고 부를지 모른다. 그래서 형식의 등에 땀이 밴 것을 보고 '나리도' 할까, '이학사도' 할까 하고 잠깐 주저하다가 '여기도 땀이 배었습니다' 한 것이다. 형식은 그를 알고 어디 계향이가 자기를 무엇이라고 부르는가 보리라 하여 또 웃으며

"계향씨의 얼굴은 술이 취한 것같이 붉구려—" 하였다. 계향도 형식이가 자기의 무엇이라고 부를지 몰라 주저하던 것을 알았는가 하여 더욱 얼굴을 붉히더니

"오빠의 얼굴도……" 하고 부끄러운 듯이 고개를 더 숙이고 말을 다 하지 못한다. 계향은 아까 형식이가 자기를 '내 누이일세' 하던 것을 생각한다. 형식이가 계향에게서 들으려던 말은 이 '오빠' 란 말이었다. 그러나 계향이가 '오빠의 얼굴도……' 하는 것을 듣고는 미상불 부끄러운 생각이 났다. 형식은 친누이 하나와 종매*¹가 이삼 인 있다. 그러나 친누이는 그 시가를 따라 함경도에 살므로 이래 사오 년간에 만나본 적이 없고 방학 때를 타서 고향에 돌아가면 누구보다도 먼저 종매 세 사람을 찾았다. 그 종매들은 오래간만에 만나는 종형*²을 잘 사랑하였다. 그 중에도 형식보다 나이 어린 두 종매는 형식을 만날 때와 떠날 때에 늘 울었다. 시부모의 앞이라 마음대로 반가운 정을 표하지는 못하나 처음 만나서 '오빠' 하는 소리와 밥상에 놓은 국에 닭고기를 많이 넣는 것으로 넉넉히 그네의 애정을 알았었다. 형식이 방학에 고향에 돌아가는 것은 실로 이 두 종매에게 '오빠' 하고 부르는 소리를 듣기 위함이러라. 계향의 '오빠의 얼굴도……' 하는 간단한 말은 형식에게 무한한 기쁨을 주었다. 형식과 계향은 또 걷는다. 그러나 계향은 형식의 손을 잡지 아니하였다.

63

두 사람은 칠성문을 나섰다. 길가에는 쓰러져가는 집들이 섰다. 철도가 생기기 전에는 지나가는 손님도 있어서 술도 팔고 떡도 팔더니 지금은 장날이나 아니면 사람 그림자도 보기가 어렵다. 문밖에는 문짝 모양으로 만든 소위 '평상'이란 것을 놓고 그 위에는 다 떨어진 볏짚 거적을 폈다. 어떤 낡디낡은 탕건을 쓴 노인이 이 더운 때에

---

*1 從妹 : 사촌 여동생.
*2 從兄 : 사촌 형.

때 묻은 무명옷을 입고 할 일이 없는 듯이 평상에 앉아서 몸을 앞뒤로 흔들흔들하면서 두 사람의 지나가는 양을 본다. 그 노인의 얼굴은 붉고 눈에 빛이 있으며 매우 풍채가 늠름하다. 형식은 그가 수십 년 전 조선이 아직 옛날 조선으로 있을 때에 선화당(宣化堂)*¹ 안에서 즐겁게 노닐던 사람인 줄을 알았다. 그리고 형식의 고향에도 일찍 그 골에서 제로라 하고 번적하게 행세하던 사람들이 갑오*² 이래로 세상이 졸변하매 모두 시세를 잃고 적막하게 지내는 노인이 있음을 생각하였다. 그리고 우뚝 서며 그 노인을 다시 보았다. 그 노인도 두 사람을 본다.

저 노인도 갑오 전 한창 서슬이 푸르렀을 적에는 평양 강산이 다 나를 위하여 있고 천하미인이 다 나를 위하여 있다고 생각하였으리라. 그러나 갑오년 을밀대 대포 한 방에 그가 꿈꾸던 태평 시대는 어느덧 깨어지고 마치 캄캄한 밤에 번개가 번적하는 모양으로 새 시대가 돌아왔다. 그래서 그는 세상에서 버린 사람이 되고 세상은 그가 알지도 못하던 또는 보지도 못하던 젊은 사람의 손으로 돌아가고 말았다. 그는 철도를 모르고 전신과 전화를 모르고 더구나 잠항정(潛航艇)이나 수뢰정(水雷艇)을 알 리가 없다. 그는 대동문 거리에서 오 리가 못 되는 칠성문 밖에 있으면서 평양 성내에서 날마다 밤마다 어떠한 일이 일어나는지도 모른다. 그의 머리에는 선화당이 있을 뿐이요 도청(道廳)이라는 것을 알지 못한다. 그는 영구히 이 세상이 무엇인지를 깨닫지 못하리니 그는 이 세상에 살아 있으면서 이 세상 밖에 있음과 같다. 형식과 그 노인은 전혀 말도 통치 못하고 글도 통치 못하는 딴 나라 사람이로다. '낙오자, 과거의 사람'이라 하는 생각과 함께 자기가 아무리 새 세상 이야기를 하여도 못 알아 듣

---

*1 각 도의 관찰사가 사무를 보던 곳.
*2 갑오년(甲午年)은 1894년.

다가 세상을 버린 자기의 종조부*³를 생각하였다. 그리고 형식은 그 노인에게 대하여 일종 말할 수 없는 설움을 깨달았다. 계향은 형식이가 오래 서서 무슨 생각을 하는 양을 보다가 형식의 소매를 끌며 "어서 가셔요!" 한다. 형식은 다시 그 노인을 돌아보고 '돌로 만든 사람이라' 하다가 '아니다, 화석(化石)한 사람이라' 하였다. 노인은 한참이나 형식을 보더니 무슨 생각이 나는지 눈을 감고 여전히 몸을 앞뒤로 흔든다. 계향은 가늘게

"아시는 노인이야요?" 한다. 형식은 계향의 어깨에 손을 놓고 걷기를 시작하면서

"예, 이전에는 알던 노인이더니 지금은 모르는 노인이 되고 말았어요" 하고 웃으며 계향을 본다. 형식은 생각에 '계향이 너는 영구히 저 노인을 알지 못하리라' 하였다. 그리고 형식은 자기가 처음 평양에 올 때에 이리로 지나가던 생각을 하였다. 머리에 흰 댕기를 드리고 감발을 하고 아장아장 이 길로 지나가던 소년을 생각하였다. 그리고 그 소년은 저 노인을 알았다 하였다. 대동문 거리에서 커다란 유리창을 보고 놀라고 대동강 위에서 '빽' 하고 달아나는 '화륜선'을 보고 놀라던 소년은 그 노인을 알았다. 그러나 그러하던 소년은 이미 죽었다. '빽' 하는 '화륜선'을 볼 때에 이미 죽었다. 그리고 그 소년의 껍데기에 전혀 다른 '이형식'이라는 사람이 들어앉았다. 마치 '선화당'이던 것이 '도청'이 되고 '감사(監司)'이던 것이 '도장관(道長官)'이 된 모양으로. 그리고 곁에 오는 계향을 보았다. 계향과 그 노인과의 거리를 생각하였다. 그 거리는 무궁대(無窮大)라 하였다. 형식은 어느 집 모퉁이로 돌아서려 할 때에 다시 그 노인을 보았다. 그러나 그 노인은 여전히 몸을 앞뒤로 흔들흔들한다. 계향도 그 노인을 보더니

"예? 어떤 노인이야요?" 한다.

---

*3 從祖父 : 종조할아버지, 할아버지의 남자 형제.

"계향씨는 모를 노인이오" 하고 웃을 때에 계향은 의심나는 듯이 형식의 얼굴을 본다. 가만히 형식의 손을 잡는다.

두 사람은 성 밑 비탈길로 남쪽을 향하고 나아간다. 그리 길지 아니한 풀 잎사귀가 내리쪼이는 볕에 조금 시들어서 가만히 고개를 숙이고 있다. 형식은 무너져가는 성을 바라보고 저 성을 쌓은 조상의 일과 저 성이 지금까지 구경한 조상의 성하던 것, 쇠하던 것과 저 성이 그동안에 몇 번이나 총알을 맞고 대포알을 맞았는고 하는 생각을 한다. 비탈 위에 우뚝 섰는 오랜 성이 마치 사람과 같이 정도 있고 눈물도 있는 것 같이 생각되고 할 말이 많으면서도 들어 줄 자가 없어서 못하는 듯한 괴로워하는 빛이 보이는 듯하다.

계향은 땀을 발발 흘리고 형식의 뒤로 따라가면서 아까 자기가 형식에게 '오빠' 하고 부르던 생각이 난다. 계향은 아직도 오빠라고 불러본 사람이 없었다. 계향은 그 어머니의 외딸이요 또 그 아버지가 누구인지도 자세히 모르므로 아는 친척도 없었다. 그러므로 계향이가 '형님' 하고 부르는 사람은 이삼 인 되건마는 '오빠' 하고 부를 사람은 없었다. 계향뿐 아니라 계향의 주위에는 오빠, 누나 하고 지내는 사람이 별로 없었다. 계향의 있는 사회는 대개 여자의 사회요 대하는 남자는 대개 기생집이라고 놀러 오는 손님 뿐이었다. 계향은 처음 '오빠' 하고 불러본 것이 매우 기뻤다. 아까 담뱃불을 붙여줄 때보다 형식이가 더 정답게 보인다 하였다. 그리고 한 번 더 '오빠' 라고 불러보고 싶었다. 두 사람은 죄인들의 무덤 있는 곳에 다다랐다.

64

계향은 앞서서 가지런히 있는 새 무덤을 찾았다. 여러 해 동안에 비에 씻겨내려 원래 작던 무덤이 거의 평지와 같이 되었다. 처음에는 나무패를 써 박았던 듯하여 썩어진 조각이 무덤 앞에 떨어졌다. 그 곁에도 그와 같은 무덤이 수십 개나 된다. 어떠한 무덤에는 서너 치 넓이 되는 나무패가 아직도 새로운 대로 있다. 계향은 그 셋이 가지런히 있는 무덤을 가리키면서

"이것이 월향 형님의 아버지의 무덤이요 이것이 두 오라버니의 무덤이야요" 하며 이전에 월향과 같이 왔던 생각을 한다. 계향은 월향을 따라 서너 번이나 이 무덤에 왔었다. 그중에도 지난봄 월향이가 서울로 가려 할 때에 월향은 술을 한 병 가지고 계향을 데리고 왔었다. 그때는 따뜻한 늦은 봄날, 이 불쌍한 자들의 무덤 곁에는 이름 모를 조그마한 꽃이 피고 보통벌에는 새로 난 수수와 조가 부드러운 바람에 가볍게 물결이 지더라. 월향은 그 아버지의 무덤 앞에 술을 따라 놓고 말없이 한참이나 울다가 옆에서 우는 계향의 등을 만지며 자기가 서울을 가거든 네가 한 해에 두 번씩 이 무덤을 찾아보아 달라 하였다. 그때에 계향은

'형님의 아버지면 내 아버지요 형님의 오빠면 내 오빠지요' 하였다. 계향은 이러한 생각을 하고 형식을 보며 눈물을 흘린다. 형식은 가만히 세 무덤을 보고 말없이 섰다. 그 눈이 크고 콧마루가 높고 키가 크고 평생 몸을 꼿꼿이 하고 앉았던 박진사를 생각하였다. 그가 사랑에 젊은 사람들을 모아 데리고 상해서 사 가지고 온 석판으로 박은 책들을 가르치던 것을 생각하고 그가 포박을 당할 때에 '내가 잡혀가는 것은 조금도 슬프지 아니하거니와 저 학교가 없어지는 것이 슬프다' 하고 눈물을 흘리던 것을 생각하였다. 그리고 영채의 말에 영채가 기생이 되었다는 말을 듣고 옥중에서 절식 자살하였다는 말을 생각하였다. 그리고 시대의 선구의 비참한 운명을 생각하였다. 박선생은 너무 일찍 깨었었다. 아니, 박선생이 너무 일찍 깬 것이 아

니라 박선생의 동족이 너무 깨기가 늦었었다. 박선생이 세우려던 학교는 지금 도처에 섰고 박선생이 깎으려던 머리는 지금 사람마다 깎는다. 박선생이 만일 그 문명운동을 오늘에 시작하였던들 그는 사회의 핍박은커녕 도리어 사회의 칭찬과 존경을 받을 것이라. 시대가 옮아갈 때마다 이러한 희생이 있는 것이어니와 박선생처럼 참혹한 희생은 없다. 지금 그 며느리 두 사람은 어떻게 있는지 모르거니와 이제 영채까지 죽었다 하면 아주 박진사의 집은 멸망한 것이라. 형식의 집도 거의 멸망하다가 형식이 한 사람만 남고 박진사의 집도 거의 멸망하다가 영채 하나만 남았었다. 그러나 이제 영채마저 죽으니 영채의 집은 아주 이 세상에 씨도 없이 되고 말았다. 수십여 호 되던 박씨 문중이 신미혁명(辛未革命)에 다 스러지고 오직 하나 남았던 박진사의 집이 신문명운동에 희생이 되어 아주 없어지고 말았다. 일문(一門)의 운명도 알 수 없고 일가(一家)의 운명도 알 수 없다 하였다.

그러나 형식은 그렇게 이 무덤을 보고 슬퍼하지는 아니하였다. 형식은 무슨 일을 보고 슬퍼하기에는 너무 마음이 즐거웠다. 형식은 죽은 자를 생각하고 슬퍼하기보다 산 자를 보고 즐거워함이 옳다 하였다. 형식은 그 무덤 밑에 있는 불쌍한 은인의 썩다가 남은 뼈를 생각하고 슬퍼하기보다 그 썩어지는 살을 먹고 자란 무덤 위의 꽃을 보고 즐거워하리라 하였다. 그는 영채를 생각하였다. 영채의 시체가 대동강으로 둥둥 떠나가는 모양을 생각하였다. 그러나 형식은 슬픈 생각이 없었고 곁에 섰는 계향을 보매 한량없는 기쁨을 깨달을 뿐이다.

이렇게 생각하고 형식은 혼자 놀랐다. 내가 어느덧에 이대도록 변하였는가 하였다. 형식은 너무 놀라서 눈을 부릅뜨고 두 주먹을 쥐었다. 형식은 어저께 영채의 편지를 보고 울었다. 가슴이 터질 듯이 슬퍼하였다. 그리고 밤에 차를 타고 올 때에도 남모르게 가슴을 태우고 남모르게 눈물을 씻었다. 더구나 아까 경찰서에서 영채가 아주 죽은 줄을 알 때에 형식의 몸은 마치 끓는 물에 들어간 듯하였다. 그리고 계향의 집을 떠나 박선생의 무덤을 찾아올 때에도 무덤에 가거든 그 앞에 엎드려 실컷 통곡이라도 하리라 하였었다. 그리하였더니 이것이 웬일인가. 은사의 무덤 앞에서 억지로라도 눈물을 흘리려 하였으나 조금도 슬픈 생각이 아니 난다. 사람이 이렇게도 갑자기 변하는가 하고 혼자 벙그레 웃었다.

계향은 형식의 모양이 수상하다 하였으나 알아보려고도 하지 아니한다.

형식은 이렇게 살풍경(殺風景)한 곳에 오래 섰는 것보다 계향의 손을 잡고 재미있는 이야기를 하면서 걸음을 걷는 것이 좋으리라 하여 "자, 갑시다" 하였다. 계향은 이상하다 하는 듯이

"어디로 가셔요?"

"집으로 갑시다."

"북망산에 아니 가시고요?"

"거기는 가서 무엇하오? 가면서 이야기나 합시다. 영채씨가 여기 왔던 형적이 없으니까 아마 아무데도 아니 왔던 게지요" 하고 계향의 손을 잡는다.

형식은 영채는 죽은 사람으로 작정하고 계향의 집에 돌아와 노파는 이삼일 평양에 있겠다 하므로 자기 혼자 그날 저녁차로 서울에 올라왔다. 평양을 떠날 때에 노파는 문밖에 나와 형식의 손을 잡고 울면서

"아무리 하여서라도 영채를 찾아주시오" 하였다. 그러나 형식은 다만 계향을 떠나는 것이 서운할 뿐이요 영채를 위하여서는 별로 생각도 아니 하였다. 형식은 차 속에서 '꿈이 깬 듯하다' 하면서 여러 번

웃었다.

65

평양서 올라올 때에 형식은 무한한 기쁨을 얻었다. 차에 같이 탄 사람들이 모두 다 자기의 사랑을 끌고 모두 다 자기에게 말할 수 없는 기쁨을 주는 듯하였다. 차바퀴가 궤도에 갈리는 소리조차 무슨 유쾌한 음악을 듣는 듯하고 차가 철교를 건너갈 때와 굴을 지나갈 때에 나는 소요한 소리도 형식의 귀에는 웅장한 군악과 같이 들린다. 형식은 너무 신경이 흥분하여 거의 잠을 이루지 못하고 차창을 열어놓고 시원한 바람을 쏘이면서 어스름한 달빛에 어렴풋하게 보이는 황해도의 연산(蓮山)을 보았다. 산들은 수묵(水墨)으로 그린 묵화 모양으로 골짜기도 없고 나무나 돌도 없고 모두 한 빛으로 보인다. 달빛과 밤빛과 구름빛을 합하여 커다란 붓으로 종이 위에 형세 좋게 그린 그림과 같다 하였다. 이렇게 생각하는 형식의 정신도 실로 이와 같았다. 형식의 정신에는 슬픔과 괴로움과 욕망과 기쁨과 사랑과 미워함과 모든 정신작용이 온통 한데 모이고 한데 녹고 한데 뭉치어 무엇이 무엇인지 구별할 수가 없었다. 비겨 말하면 이 모든 정신 작용을 한 솥에 집어 넣고 거기다가 맑은 물을 붓고 장작불을 때어 가며 그 솥에 있는 것을 홰홰 뒤저어서 온통 녹고 풀어지고 섞여서 엿과 같이, 죽과 같이 된 것과 같았다. 그러므로 이 때의 형식의 정신 작용은 좋게 말하면 가장 잘 조화한 것이요 좋지 않게 말하면 가장 혼돈한 상태러라. 엷은 구름 속에 가려진 달빛이 산과 들을 변하여 꿈과 같이 몽롱하게 만든 모양으로 그 달빛이 형식의 마음에 비치어 그 마음을 녹이고 물들여 꿈과 같이 몽롱하게 만들어 놓았다. 형식의 눈은 무엇을 보는지도 모르게 반작반작하고 형식의 머리는 무엇을 생각하는지도 모르게 흐물흐물하다. 형식의 몸은 차가 흔들리는 대로 흔들리고 형식의 귀는 무슨 소리가 들리는 대로 듣는다. 형식은 특별히 무엇을 생각하려고도 아니하고 눈과 귀는 특별히 무엇을 보고 들으려고도 아니한다. 형식의 귀에는 차의 가는 소리도 들리거니와 지구의 돌아가는 소리도 들리고 무한히 먼 공중에서 별과 별이 마주치는 소리와 무한히 작은 '에테르'의 분자의 흐르는 소리도 듣는다. 메(山)와 들에 풀과 나무가 밤 동안에 자라느라고 바삭바삭하는 소리와 자기의 몸에 피 돌아가는 것과 그 피를 받아 즐거워하는 세포들의 소곤거리는 소리도 들린다.

그의 정신은 지금 천지가 창조되던 혼돈한 상태에 있고 또 천지가 노쇠하여서 없어지는 혼돈한 상태에 있다. 그는 하나님이 장차 빛을 만들고 별을 만들고 하늘과 땅을 만들려고 고개를 기울이고 이럴까 저럴까 생각하는 양을 본다. 그리고 하나님이 모든 결심을 다 하고 나서 팔을 부르걷고 천지에 만물을 만들기 시작하는 양을 본다. 하나님이 빛을 만들고 어두움을 만들고 풀과 나무와 새와 짐승을 만들고 기뻐서 빙그레 웃는 양을 본다. 또 하나님이 흙을 파고 물을 길어다가 두 발로 잘 반죽하여 사람의 모양을 만들어놓고 마지막에 그 사람의 코에다 김을 불어 넣으매 그 흙으로 만든 사람이 목숨이 생기고 피가 돌고 소리를 내어 노래하는 양이 보인다. 그리고 처음에는 움직이지 못하는 한 흙덩이더니 그것이 숨을 쉬고 소리를 하고 또 그 몸에 피가 돌게 되는 것을 보니 그것이 곧 자기인 듯하다. 이에 형식은 빙긋이 웃는다. 옳다, 자기는 목숨없는 흙덩이였었다. 자기는 숨도 쉬지 못하고 움직이지도 못하고 노래도 못하던 흙덩어리였었다. 자기는 자기의 주위에 있는 만물을 보지도 못하였었고 거기서 나는 소리를 듣지도 못하였었다. 설혹 만물의 빛이 자기의 눈에 들어오고 소리가 자기의 귀에 들어온다 하더라도 그는 오직 '에테르'의 물결에 지나지 못하였었다. 자기는 그 빛과 그 소리에서 아무 기쁨과 슬픔이나 아무 뜻도 찾아낼 줄을 몰랐었다. 지금까지 혹 자기가 웃기도 하고 울기도 하였다 하더라도 그는 마치 고무로 만든 인형(人形)의 배를 꼭 누르면 웃기도 하고 울기도 하는 것과 같았었다. 그러므로 그 웃음과 울음은 결코 자기의 마음에서 스스로 흘러나온 것이 아니요 전혀 타동적(他動的)이었었다.

자기가 지금껏 '옳다' '그르다' '슬프다' '기쁘다' 하여온 것은 결코 자기의 지(知)의 판단과 정(情)의 감동으로 된 것이 아니요 온전히 전습(傳襲)을 따라, 사회의 관습을 따라 하여온 것이었다. 예로부터 옳다 하니 자기도 옳다 하였고 남들이 좋다 하니 자기도 좋다 하였다. 다만 그뿐이로다. 그러나 예로부터 옳다 한 것이 자기에게 무슨 힘이 있으며 남들이 좋다 하는 것이 자기에게 무슨 상관이 있으랴. 내게는 내 지(知)가 있고 내 의지가 있다. 내 지와 내 의지에 비추어 보아 '옳다'든가 '좋다'든가 '기쁘고 슬프다' 든가 하는 것이 아니면 내게 대하여 무슨 상관이 있으랴. 나는 내가 옳다 하던 것도 예로부터 그르다 하므로 또는 남들이 옳지 않다 하므로 더 생각하지도 아니하여보고 그것을 내버렸다. 이것이 잘못이로다, 나는 나를 죽이고 나를 버린 것이로다.

자기는 이제야 자기의 생명을 깨달았다, 자기가 있는 줄을 깨달았다. 마치 북극성이 있고 또 북극성은 결코 백랑성(白狼星)도 아니요 노인성(老人星)도 아니요 오직 북극성인 듯이, 따라서 북극성은 크기로나 빛으로나 위치로나 성분으로나 역사로나 우주에 대한 사명으로나 결코 백랑성이나 노인성과 같지 아니하고 북극성 자신의 특징이 있음과 같이, 자기도 있고 또 자기는 다른 아무러한 사람과도 꼭 같지 아니한 지(知)와 의지와 위치와 사명과 색채가 있음을 깨달았다. 그리고 형식은 더할 수 없는 기쁨을 깨달았다.

형식은 웃으며 차창으로 내다본다.

66

차는 지금 신막 남천 역을 지나 경의철도 중에 제일 산이 많은 옛날 금천 큰고개 근방으로 달아난다. 초승달은 벌써 넘어가고 창밖은 캄캄하다. 달빛이 없는 것이 도리어 산들의 모양을 보기에는 편하다. 하늘과 산과의 경계는 굵은 붓으로 되는대로 구불구불하게 그린 곡선 모양으로 아주 분명하게 보인다. 왈칵왈칵하는 차바퀴 소리 사이로 산 강물이 자갯돌(자갈) 많은 여울로 굴러 내려가는 소리가 들린다. 이따금 기관차 굴뚝으로 나오는 불빛에 조그마한 산골짜기에 초가집 두어 개가 번쩍 보이고 혹 오랜 가물에 얼마 아니 되는 물이 가기 싫은 듯이 흘러가는 시내의 한 도막도 보인다. 차가 산모퉁이를 돌아설 때에 저편 컴컴한 속에 조그마한 불빛이 반작반작한다. 그 불빛이 차가 달아남을 따라 깜박깜박 있다가 없다가 함은 아마 잎이 무성한 나무에 가려짐인듯 그 불은 꽤 오랫동안 형식의 차창에서 보인다. 형식은 물끄러미 그 불을 본다. 저 불 밑에는 누가 앉아서 무엇을 하는고. 가난한 어머니가 아이들을 잠들여 놓고 혼자 일어나 지아비와 아이들의 누더기를 깁는가. 잘 보이지 아니하는 눈으로 바늘구멍을 찾지 못하여 연방 불을 돋우고 눈을 비비는가. 그러다가 '아아, 늙었구나' 하고 깁던 누더기에 굵은 눈물을 떨구는가. 그때에 아랫목에서 자던 앓는 어린아이가 꿈에 놀라 우는 것을 껴안고 먹은 것이 없어서 나지도 아니하는 젖을 물리고 있는 것이나 아닌가. 또는 앓는 외아들을 가운데 놓고 늙은 내외가 자리 위에 서서 번갈아 아들의 몸을 만지고 번갈아 울고 위로하면서 마음속으로 '하나님, 내려다봅소샤' 하는 것이 아닌가. 이에 형식은 십여 년 전에 세상을 떠난 자기의 부모를 생각하였다. 어머니는 아직 젊었으나 아버지는 오십이 넘었으므로 자기가 조금이라도 병이 나면 그 병이 낫기까지 목욕재계하고 자기의 곁에서 밤을 새우던 것과 자기가 혹 눈을 뜨면 아버지는 자기의 눈을 보고 그들이 눈을 뜨는 것이 무한히 기쁜 듯이 빙긋이 웃으며 자기의 손을 잡던 것과 아직 삼십이 다 못 된 자기의 어머니는 곤함을 이기지 못하여 앉은 대로 졸던 것이 생각이 난다. 형식은 잠깐 추연하다가*1 다시 그 불을 본다. 천지가 온통 캄캄한 중에 오직 불 하나가 반작반작하는 것과 세상이 다 잠을 깊이 들었을 때에 그 불 밑에 혼자 깨어 있는 사람을 생각하매 형식은 그것이 마치 자기의 신세인 듯하였다. 차가 또 어떤 산모퉁이를 돌아서매 그 불은 그만 아니 보이게 되고 말았다. 형식은 서운한 듯이 머리를 창으로서 끌어 들였다. 차실에 같이 탄 사람들은 다 깊이 잠이 들었다. 바로 자기의 맞은편에 누운 어떤 노동자 같은 소년이 추운 듯이 허리를 구부린다. 형식은 얼른 차창을 닫고 자기가 깔고 앉았던 담요로 그 소년을 덮어주었다. 이 소년은 아마 어느 금광으로 가는지 흙물 묻은 무명 고의를 입고 수건을 말아서 머리를 동였다. 머리는 언제나 빗었는지 머리카락이 여기저기 뭉쳐지고 귀밑과 목에는 오래 묵은 때가 꼈다. 역시 조그마한 흙물 묻은 보퉁이로 베개를 삼았는데 그 보퉁이를 묶은 종이로 꼰 노끈이 걸상 밑으로 늘어 졌다. 형식은 그 노끈을 집어 보퉁이 밑에 끼었다. 소년의 굵은 베로 만든 조끼 호주머니에는 국수표(菊水票) 궐련갑(卷煙匣)이 조금 보이고 그 속에는 물부리가 넓적하게 된 궐련이 서너 개나 보인다. '아끼는 궐련이로구나' 하고 형식은 빙그레 웃으면서 자기의 조일(朝日)을 만져보았다. 그리고 담배를 붙일 생각이 나서 한 대를 내었다. 형식은 그 궐련에 불을 붙여 길게 빨았다. 그 때의 담배 맛은 특별하

---

*1 추연하다(惆然−) : 슬퍼하다.

였다.

　형식은 다시 차실을 돌아보았다. 어떤 일본 부인이 잠을 깨어 정신 없이 사방을 둘러보고 두어 번 머리와 목을 만지며 무엇을 찾는 듯이 기웃기웃하더니 도로 신현대(信玄袋)에 엎데어 잠이 든다. 형식도 내일에 곤할 것을 생각하고 한잠 자리라 하여 수건을 창문턱에 접어 놓고 눈을 감았다. 그러나 형식의 정신은 더욱 쇄락할 뿐이요 암만하여도 잠이 들지 아니하였다. 형식은 그래도 잠이 들까 하고 눈을 감은 대로 차바퀴 소리를 세었다. 형식의 정신은 마치 풍랑이 침식한 바다 모양으로 아주 잔잔하게 되었다. 형식의 머리에는 영채와 선형과 노파와 배학감과 이희경과 또 칠성문 밖에서 보던 노인과 박 선생의 무덤과 계향과……이러한 것들이 순서도 없이 번쩍번쩍 떠나온다. 형식은 눈을 감은 채로 그 모든 사람들의 얼굴을 보았다. 그 사람들은 혹 웃기도 하고 울기도 하고 혹 성난 듯이 입을 내밀고 눈을 힐끗힐끗 하기도 하고 혹 나무로 새겨 놓은 듯이 시치미 떼고 나서기도 한다. 더구나 영채의 모양이 오래 보이고 또 자주 보인다. 형식은 곁에 놓인 가방을 생각하였다. 그 속에 있는 영채의 편지와 지환과 칼이 눈에 보인다. 형식은 오싹 소름이 끼치며 번쩍 눈을 떴다.

　아아, 내가 잘못함이 아닌가. 내가 너무 무정함이 아닌가. 내가 좀 더 오래 영채의 거처를 찾아야 옳을 것이 아닌가. 설사 영채가 죽었다 하더라도 그 시체라도 찾아보아야 할 것이 아니던가. 그리고 대동강 가에 서서 뜨거운 눈물이라도 오래 흘려야 할 것이 아니던가. 영채는 나를 생각하고 몸을 죽였다. 그런데 나는 영채를 위하여 눈물도 흘리지 아녀. 아아, 내가 무정하구나, 내가 사람이 아니로구나 하였다. 남대문을 향하고 달아나는 차를 거꾸로 세워 도로 평양으로 내려가고 싶다 하였다. 그러나 형식은 마음은 평양으로 끌리면서 몸은 남대문에 와 내렸다.

67

형식은 숙소에 돌아와 조반을 먹고는 곧 학교에 갔다. 노파가 '얼굴에 몹시 곤한 모양이 보이는데 오늘은 하루 쉬시지요' 하는 말도 듣지 아니하였다. 형식은 지나간 사흘 동안에 너무 정신을 쓰고 또 잠을 잘 자지 못하여 얼굴에 졸린 빛이 보이도록 몸이 피곤하였다. 그러나 오늘 아침 첫 시간에는 사년급 영어가 있다. 어저께도 쉬고 오늘도 쉬면 연하여 이틀을 쉬게 된다. 형식은 이것이 괴로웠다. 형식은 병이 있기 전에는 아직도 학교 시간을 쉬어본 적이 없었다. 감기가 들어 여간 두통이 나고 열이 있더라도 억지로 학교에 출석하였다. 그리고 돌아와서 병이 더치더라도 형식은 '내 의무를 위함'이라 하여 스스로 만족하였다. 형식은 자기가 한 시간을 편안히 쉬기 위하여 백여 명 청년으로 하여금 각각 한 시간을 허송하게 하는 것을 큰 죄악으로 안다. 그러나 형식이가 이처럼 열심으로 학교에 가는 데는 의무라는 생각 밖에 더 큰 무엇이 있었다. 그것은 이렇다.

형식은 외롭게 자라났다. 형식은 부모의 사랑이라든가 형제자매의 사랑도 모르고 자라났다. 그뿐더러 형식에게는 사랑하는 동무도 없었다. 나이 같고 성미가 서로 맞는 동무의 사랑은 여간 형제자매의 사랑에 지지 않는 것이라. 그러나 형식은 일정한 처소에 있지 아니하여 그러한 동무를 사귈 기회가 없었고 또 불쌍하게 돌아다닐 때에는 동무 될 만한 아이들이 형식을 천대하여 동무로 여겨주지를 아니하였다. 형식이 열두 살 적에 그 족제(族弟)[1] 하나를 심히 사랑한 일이 있었다. 족제는 형식과 동갑이요 이전에는 글도 같이 읽었었다. 한번은 형식이가 그 족제의 집에서 놀다가 밤이 깊었다. 그때에

---

[1] 족제 : 성과 본이 같은 사람들 가운데 유복친 안에 들지 않는 같은 항렬의 아우뻘인 남자.

형식은 그 족제와 한자리에서 자게 된 것을 더할 수 없이 기뻐하였다. 그래서 자기의 숙소 되는 당숙의 집에 갈 수도 있건마는 '어두워서 못 가겠다'고 떼를 쓰고 같이 자기를 청하였다. 그러나 족제는 '네 옷에는 이가 많더라' 하고 크게 소리를 쳐 온 집안사람이 다 소리를 듣게 하였다. 그때에 형식은 섧기도 하고 분하기도 하나 어찌할 수 없어 눈물을 흘리면서 그 집에서 뛰어나온 일이 있었다. 과연 형식의 옷과 머리에는 이가 많이 끓었었다. 이러하므로 어린 형식은 동무의 사랑조차 맛보지 못하였다. 그 후 박진사의 집에 와서는 자기보다 십여 세 위 되는 사람과만 같이 있었고 경성에 올라와서도 역시 그러하였다. 형식이가 동무의 재미를 보려면 볼 수 있던 때는 동경 유학하는 동안이었다. 동경에는 자기와 연갑(年甲)되는 소년이 많았었다. 그래서 동무에 목마른 형식은 될 수 있는 대로 그네와 친하려 하였다. 그러나 형식은 어려서부터 세상에 부대껴 왔으므로 어느덧 소년의 어여쁜 빛이 스러지고 얼굴에나 마음에나 노성한 어른의 빛이 있었다. 그러므로 아무리 자기와 연갑되는 소년들과 친하려 하여도 그 소년들이 마음을 허하지 아니하였다. 더구나 형식은 그 소년들에게 비하여 학문의 정도에 차이가 많았으므로 그 소년들은 형식을 선배 모양으로 공경하는 생각은 가지되 어깨를 겯고 손을 잡고 동무가 되려고는 하지 아니하였다. 그 소년들은 형식을 대하면 가댁질하던 것도 그치고 고개를 숙이며 '안녕합시오' 하였다. 형식도 하릴없이 '안녕합시오' 하고 대답하였다. 한 번은 형식이가 자기 보다 두어 살 아래되는 소년을 붙들고

'여보, 나허고 동무가 됩시다. 너, 나 하고 지냅시다' 하였다.

그 소년은 농담인 줄 알고 '예' 하면서 모자를 벗고 경례를 하고 달아났다. 그 후에도 기회 있는 대로 소년들의 동무가 되려 하였으나 소년들은 헤, 헤 웃고는 경례를 하고 달아났다. 마침내 형식은 소

년의 동무가 되어보지 못하고 말았다. 그리고 지금까지 평생 자기보다 십여 년이나 어른되는 이와 친구가 되어 왔다. 형식은 일찍 이렇게 자탄하였다.

'나는 소년 시대를 건너뛰었어!'

소년 시대를 보지 못한 형식의 마음은 과연 적막하였다. 그는 항상 말하기를 '나는 인생의 한 권리를 빼앗겼다' 하였고 또 '그리고 그 권리는 인생에게 가장 크고 즐거운 권리라' 한다. 이러한 말을 할 때마다 형식은 적막한 생각을 이기지 못하여 길게 한숨을 쉰다.

그러다가 스물한 살에 경성학교에 교사가 되어 여러 소년들과 가까이 접할 기회를 얻었다. 그러나 소년들이 '선생님' 하고 슬슬 피할 때에는 형식은 여전히 적막한 생각이 있었다. 그래서 나도 이제 어느 중학교에 입학을 하여 저 소년들과 같이 놀아보았으면 하는 생각까지도 하였다.

형식은 학생들을 지극히 사랑하였다. 그가 학생들에게 대한 일언일동은 어느 것이나 뜨거운 사랑에서 아니 나옴이 없었다. 형식은 어린 학생들의 코도 씻어주고 구두끈과 옷고름도 매어주었다. 어떤 교사들은 형식의 이렇게 함을 비웃기도 하고 심지어 형식이가 학생들을 끔찍이 사랑하는 것을 좋지 못한 뜻으로까지 해석하였다. 더구나 형식이가 이희경을 특별히 사랑하는 것은 필연 희경의 얼굴을 탐내어 그러는 것이라 하며 어떤 자는 형식과 희경의 더러운 관계를 확실히 아노라고 장담하는 자도 있었다. 그래서 형식도 어떤 친구에게 충고를 받은 일도 있었고 희경도 동창들 사이에 좋지 못한 조롱을 받은 일도 있으며 희경이가 우등을 하는 것은 형식의 작간이라고 험구를 하는 자도 있었다.

그러나 형식은 여전히 학생들을 사랑하였다. 만일 학생들 중에 사람의 피를 마셔야 살아나리라 하는 병인이 있다 하면 형식은 달게 자기의 동맥을 끊으리라고까지 생각하였다. 그중에도 이희경 같은 몇 사람에게 대하여서는 남자가 여자에게 대하여 가지는 듯한 굉장히 뜨거운 사랑을 깨달았다.

68

말이 좀 곁가지로 들어가지마는 이 기회를 타서 형식의 지나간 동안 교사 생활을 좀 말할 필요가 있다. 사 년간 형식의 경성학교 교사 생활은 일언이폐지하면 사랑과 고민의 생활이었었다.

형식의 이십 년간 갇히고 주렸던 사랑은 교사가 되어 여러 소년을 접하게 되매 마치 눈에 가려졌던 풀의 움이 봄바람을 타서 쑥 나오는 모양으로 나오기를 시작하였다. 부모의 사랑이나 형제의 사랑이나 동무의 사랑도 맛보지 못하고 하물며 여자에게 대한 사랑은 꿈도 꾸어보지 못한 형식의 사랑은 사리에 밀려 들어오는 밀물 모양으로 경성학교의 사백 명 어린 학생을 덮었다. 그가 일찍 일기에 '너희는 나의 부모요 형제요 자매요 아내요 동무요 아들이로다. 나의 사랑을―나의 전 정신을 점령한 것은 너희로다. 나는 너희를 위하여 이 피가 다 마르도록, 이 살이 다 깎이도록, 이 뼈가 다 휘도록 일하고 사랑하마'한 구절은 형식의 거짓 없는 정을 말한 것이다. 형식은 아침마다 학교 문을 들어서서 학생들의 노니는 양을 보면 기쁘고, 시간마다 강단에 서서 학생들이 자기를 보고 자기의 말을 듣는 양을 보면 기쁘고, 밤에 혼자 자리에 누워 학생들의 놀던 모양과 배우던 모양을 생각하면 기뻤다. 그래서 어찌하면 하나라도 학생들을 더 가르쳐줄까, 어찌하면 그네의 행실을 아름답게 만들고 어찌하면 그네의 정신을 깨우쳐줄까 하여 자기가 아는 바 모든 것을 말하고 할 수 있는 바 모든 방법을 다하였다. 그래서 학생들이 토론회를 할 때에 자기의 가르친 말을 끌어 쓴다든가 무슨 일을 할 때에 자기가 시켜준 어느 방법을 쓰는 것을 보면 형식은 더할 수 없이 기뻐하였다.

이렇게 지나간 사 년간의 형식의 정력과 시간의 대부분은 전혀 학생들을 위하여 소비되었다. 그 때문에 형식은 얼마큼 신경도 쇠약되고 몸도 약하게 되었다. 자기도 그런 줄을 안다. 그러나 순전히 자기의 손으로 만들어놓은 사년급 학생들을 대할 때에는 마치 봄부터 여름내 땀을 흘리고 고생하던 농부가 가을에 누렇게 익어 고개 숙인 논과 밭을 보고 깨닫는 듯하는 기쁨과 만족을 깨닫는다. 형식의 생각에 사년급 학생의 지식의 대부분과 아름다운 생각과 말과 행실의 대부분은 다 자기의 정성으로 힘쓴 결과어니 한다. 과연 형식은 조그마한 기회라도 놓치지 아니하고 자기의 가진 지식과 경험과 감상과 재미있는 이야기까지도 들려주었다. 그래서 이제는 사년급 학생을 대하여도 별로 할 말이 없으리만큼 자기가 가진 바를 온통 떨어주었다. 형식은 교과서를 가르치고 남는 시간은 반드시 새롭고 유익하다고 생각하는 이야기로 채웠다. 형식이가 독서를 하는 이유의 하나는 이 학생들에 알려주려는 욕심이었다. 그리고 학생들도 형식의 말을 재미있게 들었다. '또 더 해주서요' 하고 형식에게 청하기까지도 하였다. 이렇게 학생들이 청하는 것을 보고는 형식은 더욱 만족하였다. 물론 여러 학생 중에는 형식의 하는 이야기를 귀찮게 여기는 자도 있고 형식이 한창 정성으로 이야기할 때에 일부러 한눈도 팔며 공책에 붓장난을 하는 자도 있었으나 형식의 보기에 대부분은 자기의 말을 흥미 있게 듣는 듯하였다. 그러므로 학생들이 형식에게서 받은 감화와 얻은 지식과 쾌락도 적지 아니하였다. 여러 교사들 중에 학생들에게 영향을 많이 주기로는 남들도 형식이라고 허락하고 형식 자신도 그렇게 확신하였다.

그러나 교사들은 형식의 학생에게 미치는 영향을 그다지 좋은 줄로도 생각지 아니하고 어떤 교사는 학생들에게 교만한 마음을 생기게 하느니, 학생들에게 좋지 못한 소설을 읽어주어 학생들의 마음을 어지럽게 하느니 하고 비방도 한다.

이러한 비방도 아주 까닭이 없음은 아니라. 형식은 항상 학생들에게 될 수 있는 대로 자유를 주는 것이 옳다고 주장하며 학교 당국도 될 수 있는 대로는 학생의 의사를 존중하기를 주장한다. 더구나 처음 형식이가 이 학교에 교사로 왔을 때에는 교장과 학감이 극히 전제를 숭상하는 인물이 되어서 학생들은 선생에게 대하여 감히 한마디도 자기네의 의사를 표하지 못하였고 혹 다만 한마디라도 학교의 명령이나 교사의 말에 대하여 비평을 한다든가 반대를 하는 자가 있으면 학생 일동의 앞에서 엄숙하게 책망을 한 후에 혹은 정학도 시키고 심하면 출학까지도 하였었다. 그래서 자유사상을 품은 형식은 여러 번 의견도 충돌하였었다. 형식은 학생들 앞에서

'학교에 대하여 불만한 일이 있으면 당당하게 말하는 것이 옳소. 정당한 일을 학교가 부정당하게 여길 때에는 반항을 하여도 옳소.' 이러한 위험한 말도 할 때가 있다. 그러므로 배학감이 이번 학생의 소동도 형식의 충동이라 함이 아주 근거가 없는 말이 아니다.

또 형식은 삼사년급 학생들에게 은연중 문학을 장려하였다. 그래서 학생 중에는 혹 소설도 보며 철학에 관한 서적도 보며 잡지도 보는 자가 생기고, 그중에는 가장 문학자인 체 사상가인 체 철인(哲人)인 체하여 무슨 큰 생각이나 하는지 고개를 숙이고 다니는 학생도 몇 사람이 생기고, 또 그러한 학생들은 다른 교사들을 아주 정신생활이라는 것을 알지 못하는 유치한 사람들이라고 비웃기도 한다. 형식의 보기에 이는 학생들의 진보함이라 기쁜 일이언마는 다른 교사들 보기에 이는 학생들이 타락함이요 주제넘게 됨이었다. 교사들뿐

아니라 학생 중에도 이희경 일파가 글자 작은 어려운 책을 들고 다니는 것과 그달에 발행한 잡지를 들고 다니는 것을 비웃었다.

69

물론 이희경 일파가 그 어려운 책을 알아보지는 못하였다. 열 페이지나 스무 페이지를 읽은 뒤에 그 속에 있는 뜻을 계통적으로 깨닫지는 못하였다. 다만 여기저기 한 구절씩 혹은 두어 줄씩 자기네가 깨달을 만한 것이 있으면 그것으로써 만족하여하였다. 그네는 하루에 알지는 못하면서도 여러 페이지 읽기를 자랑으로 알고 형식에게 들은 대로 서양 문학자, 철학자, 종교가 같은 사람들의 이름과 그네의 저서의 이름을 외우기로 유일한 영광을 삼았다. 그리고 그네가 보는 책에서 '인생이란 무엇이뇨' 라든가 '우주란 무엇이뇨' 하는 구절을 외워 토론회나 친구 간에 하는 회화에 인용하였다. 혹 톨스토이나 셰익스피어의 격언을 인용하기도 하고 혹 그것을 영어대로 통으로 암기하여 인용하기도 하였다. 인용하는 자기도 그 뜻을 잘 모르면서도 그것을 인용하면 자기의 말하려는 바가 잘 발표되는 듯하였고 그것을 듣는 다른 학생들도 '흥' 하고 코웃음은 하면서도 그네의 지식이 많음을 속으로는 부러워하였다. 그래서 자기네도 몰래 낡은 잡지를 사다가 보기도 하고 또는 이희경 일파에게 들은 말을 가만히 기억하였다가 다른데 가서 자랑삼아 써보기도 하였다.

이희경은 꽤 이해력이 있었다. 형식의 생각에 희경은 가장 사상이 익었는 듯하고 희경 자신도 자기는 제법 형식의 하는 말을 깨닫는 줄로 믿었다. 그래서 형식과 희경이 같이 앉았을 때에는 마치 뜻 맞는 사상가들이 오래간만에 만난 모양으로 인생 문제와 우주 문제가 뒤를 대어 흘러나왔다. 그러나 형식은 아직도 희경에게 말할 수 없는 고상한 사상을 많이 가진 듯이 생각하였다. 그는 사실이었다. 형식이가 한참이나 자기의 사상을 말하다가 희경의 멍하니 앉았는 것을 보고는 '너는 아직 모르는구나' 하는 듯이 빙그레 웃으며 말을 끊었다. 그러할 때에는 희경은 형식에게 모욕을 당한 듯하여 얼굴이 붉어졌다. 물론 희경은 형식이가 자기보다 지식이 많고 사상이 깊은 줄을 인정한다. 그러나 자기보다 여러 십 리 앞섰으리라고는 생각하지 아니한다. 그래서 형식이가 자기를 '네야 알겠니' 하는 듯이 대접할 때에 형식에게 대하여 불쾌하고 반항하는 생각이 났다. 희경이가 이년급까지는 형식은 자기보다 수천 리나 앞선 사람인 듯이 보였다. 형식의 머릿속에는 없는 것이 없고 형식의 입으로서 나오는 말은 모두 다 깊은 뜻이 있는 것같이 생각하였다. 형식은 조선에 제일가는, 지식도 많고 생각도 깊은 사람으로 여겼다. 그러나 삼년급이 반쯤 지나간 뒤로부터는 형식도 자기와 얼마 다르지 아니한 사람과 같이 보였다. 형식의 지식은 그렇게 많지 못하고 형식의 생각하는 바는 자기도 생각하는 것같이 생각하였다. 그리고 형식이가 강단에서 하는 말도 별로 감복할 만한 말이 아니요 자기도 강단에 올라서면 그만한 말은 넉넉히 할 수 있으리라 하였다. 그러나 정작 토론회에서 말을 하여 보면 암만하여도 형식만 못한 것 같았다. 그러나 이는 결코 자기가 형식만 못하여 그러한 것이 아니라 형식은 여러 해 교사로 있어 말하는 법이 익은 것이지 자기가 그만큼 말을 연습하면 형식보다 나으리라 하였다. 희경의 생각에 삼 년만 지나면 자기는 생각으로나 지식으로나 말로나 모든 것으로 형식보다 나으리라 한다. 사년급이 되어 독본 사권을 배우게 되매 형식도 혹 모른다는 글자가 있고 문법 관계도 분명히 설명하지 못하는 것이 있게 되매 희경은 영어로도 형식을 그렇게 우러러보지 아니하게 되었다. 지금은 희경의 보기에 형식은 자기보다 두어 걸음밖에 더 앞서지 못한 사람같이 보이고 장래에는 자기가 형식보다 열 배 스무 배나 높아질 것같이 보였다. 희경은 중학교 교사를 우습게 보게 되었다. 다른 교사들은 아무것도 모르는 껍데기로 본 지는 벌써 오래거니와 그중에 가장 무엇을 아는 듯하던 형식도 자세히 알고 보면 아무것도 아닌 것을 깨달았다. 자기는 중학교에 교사 같은 직업을 가질 사람이 아니요 장차는 큰 학자가 되거나 박사가 되거나 중학교에 온다 하더라도 교장이나 주면 하리라 한다. 교사들은 대개 될대로 다 된 작은 인물 같이 보이고 자기는 무한히 크게 될 가능성이 있는 듯이 생각한다. 그러나 희경은 형식도 육칠 년 전에는 자기와 같은 생각을 가졌던 줄을 모른다. 희경이 보기에 형식은 본래 그릇이 작아서 높이 될 줄을 모르고 사 년이 넘도록 중학교 교사로 있고 또 일생을 중학교 교사로 지내는 것같이 보여서 일변 형식을 경멸하는 생각도 나고 일변 불쌍히도 여긴다. 이러한 생각을 하는 것은 희경뿐이 아니라, 희경과 같이 어려운 책을 읽으려 하는 자는 다 이러한 생각을 가지게 되었다. 다른 학생들은 애초부터 형식을 존경하지도 아니하였고 다만 끔찍이 친절하게 굴려 하는 젊은 교사라 할 뿐이었다. 그뿐더러 그들은 형식이 이희경 일파를 편애하는 것과 특별히 희경을 사랑하는 것을 비웃고 얼마큼 형식을 싫어하는 생각까지 있었다.

학생들은 아이로부터 어른이 되었다. 일년급부터 사년급이 되었다. 아무 지식도 없던 것들이 보통 지식을 얻게 되었다. 학생들 생각에 자기네는 지나간 사 년간에 진보도 하였다. 자라기도 하였다. 그러나 형식은 일년급 적이나 사년급 되는 지금이나 학생들의 보기에는 변함이 없는 듯하였다. 형식은 그 가진 바 지식을 온통은 아니라도 거의 다 자기네에게 빼앗기고 이제는 자기네보다 높다고 할 자격이 없는 것같이 생각한다. 그러므로 그네가 형식에게 대한 표면의 행동은 전이나 다름이 없어도 마음으로는 형식을 자기네와 동등, 또는 자기네 이하로 보게 되었다.

70

형식은 항상 입버릇 모양으로 자기의 지식과 수양이 부족함을 한탄하였다. 자기는 진실로 자기의 지식과 수양이 부족함을 한탄한 것이언마는 학생들은 이전에는 그것이 다만 형식의 겸사에 지나지 못하거니 하였다. 그러나 근래에 와서는 학생들은 그 한탄이 참인 줄로 안다. 그래서 형식의 하는 말에도 전과 같이 신용을 주지 아니하게 되었다. '나는 지식과 수양이 부족하외다' 하는 말을 형식이가 자기네를 두려워하여 사죄하는 말로 알게 되었다. 그러나 형식은 그러한 뜻으로 한 말은 아니었다. 설혹 자기의 지식과 수양이 부족하다 하더라도 아직은 희경 일파에게 떨어지기를 무서워할 지경은 아니었다. 형식의 보기에 희경 일파는 아직 어린아이들이었다. 그네가 자기를 따라오려면 두 주먹을 불끈 쥐고 달음질을 하더라도 여간 육칠 년 내에 따라잡힐 것 같지는 아니하였다. 형식은 자기가 조선에 있어서는 가장 진보한 사상을 가진 선각자로 자신한다. 그래서 겸손한 듯한 그의 속에는 조선 사회에 대한 자랑과 교만이 있다. 그는 서양 철학도 보았고 서양 문학도 보았다. 그는 루소의 《참회록》과 《에밀》을 보았고 셰익스피어의 《햄릿》과 괴테의 《파우스트》와 크로포트킨의 《면포(麵麭)의 약탈》을 보았다. 그는 신간 잡지에 나는 정치론과 문학 평론을 보았고 일본 잡지의 현상 소설에 상도 한 번 탔다. 그는 타고르의 이름을 알고 엘렌 케이 여사의 전기를 보았다. 그리고 우주도 생각하여보았고 인생도 생각하여보았다. 자기에게는 자기의 인생관이 있고 우주관, 종교관, 예술관이 있고 교육에 대하여서도 일가견이 있는 줄로 자신한다. 그가 만원 된 차를 타고 눈앞에 들썩

들썩하는 사람을 볼 때에 나는 저들의 모르는 말을 많이 알고 모르는 사상을 많이 가졌다 하고 생각하고는 일종 자랑의 기쁨을 깨닫는 동시에 '언제나 저들을 나만큼이나마 가르치는가' 하는 선각자의 책임을 깨닫고 또 이천만이나 되는 사람 중에 내 말을 알아듣고 내 뜻을 이해하는 자가 몇 사람이 없구나 하는 선각자의 적막과 비애를 깨닫는다. 그리고 자기의 하는 말을 알아들을 만한 친구를 생각하여본다. 그러나 형식은 열 손가락을 다 꼽지 못한다. 그리고 이 열도 못 되는 사람이 조선 사람 중에 신문명을 이해하는 선각자요 따라서 온 조선 사람을 가르치고 이끌어 낼 자라 한다. 그리고 지나간 사 년간에 자기가 희경 등 사오 인을 자기와 같은 계급에 끌어낸 것을 더할 수 없는 만족으로 여긴다. 물론 자기보다는 어린아이로 되 다른 사람들에게 비기면 어른이요 선각자라 한다. 조선 안에 학교도 많고 학생도 많으되 희경 일파만한 학생은 없다 하며 따라서 교육자 중에 자기가 홀로 신문명을 이해하고 조선의 전도를 통견(洞見)하는 능력이 있는 줄로 생각한다. 서울 안에 수백 명 되는 교사는 모두 다 조선인 교육의 의의를 모르고 기계 모양으로 산술을 가르치고 일어를 가르치는 것이라고 생각한다. 그러므로 그는 조선인 교육계에 대하여 항상 불만한 생각을 품는다. 그가 경성 교육회라는 것을 설립할 양으로 두어 달을 두고 분주한 것도 이러한 기관을 이용하여 자기의 교육에 대한 이상(理想)을 선전하려 함이었다. 그러나 다른 교사들은 형식을 그처럼 지식과 사상이 높은 자라고 인정하지 아니하였고 어떤 사람은 형식을 자기네와 평등이라고도 생각하지 아니하였다. 과연 형식의 하는 말에나 일에는 별로 뛰어난 것이 없었다. 형식이가 큰 진리인 듯이 열심히 하는 말도 듣는 사람에게는 별로 감동을 주는 바가 없었다. 다만 형식의 특색은 영어를 많이 섞고 서양 유명한 사람의 이름과 말을 많이 인용하여 무슨 뜻인지 잘 알지도 못할 말을 길게 함이었다. 형식의 연설이나 글은 서양 것을 직역한 것 같았다. 형식의 말을 듣건댄 이러한 말이나 글이 아니고는 깊고 자세한 사상을 발표할 수가 없다고 한다. 그래서 여러 사람들이 자기의 의견을 쫓지 아니함은 그네가 자기의 사상을 깨달을 힘이 없음이라 하여 혼자 분개하여 한다. 공평하게 말하면 형식은 다른 교사들보다 좀더 진보한 점이 있고 또 자기가 믿는 바를 어디까지든지 실행하려 하는 정성은 있다. 그러나 그는 사람의 마음을 보는 법이 어두웠다. 그의 생각에 세상 사람의 마음은 다 자기의 마음과 같아서 자기가 좋게 생각하는 바는 깨닫기만 하면 다른 사람에게도 좋게 보이려니 한다. 일언이폐지하면 그는 주관적이요 이상 (理想)의 인(人)이요 실제의 인(人)은 아니다.

그의 지나간 사 년간의 교사 생활은 실패의 생활이었다. 그는 학교에서 여러 가지 의견을 제출하였으나 별로 채용된 것이 없었고 학생들에게도 여러 가지로 가르치고 시키는 바가 있었으나 별로 환영되지도 아니하였고 물론 실행된 것은 별로 없었다. 형식은 이것을 보고 분개한 적도 있고 비관한 적도 있었다. 그러나 그는 이것을 자기가 부족함이라고 생각하지 아니하고 세상 사람이 아직 자기의 높은 사상을 깨닫지 못함이라 하여 스스로 선각자의 설움이라 일컫고 혼자 안심하였다. 그러나 남들이 형식의 의견을 채용치 아니함은 자기네가 그것을 깨닫지 못함이라고는 하지 아니하였다. 그네의 보기에 형식의 의견은 도저히 실행할 수 없는 것이요 또 설사 실행한다 하더라도 효력이 없을 듯한 것이었다. 그러나 여러 사람들도 차차 형식의 지식이 꽤 많음과 어려운 책을 많이 보고 생각이 꽤 깊은 줄을 인정하였다. 그래서 농담 삼아 칭찬 삼아 형식을 '사상가'라고도 하고 '철학자'라고도 하였다. 그러나 이러한 별명에는 '너는 생각이나 하여라. 실지에는 아무 것도 못하겠다' 하는 조롱의 뜻이 대부분

이었다. 그러나 이 별명을 듣는 형식은

'너희는 사상가가 무엇이며 철학자가 무엇인지를 아느냐' 하고 비웃으면서도 그러한 별명이 아주 듣기 싫지는 아니하였다.

71

형식은 사무실에 들어갔다. 벌써 상학종을 쳐서 교사들은 다 교실에 들어가고 배학감이 혼자 궐련을 피우고 앉았다가 형식을 슬쩍 보고 고개를 돌린다. 형식은 문득 불쾌한 생각이 났으나 잠자코 분필통과 책을 들고 이층 사년급 교실에 들어갔다. 형식은

"시간이 늦어서 미안하외다" 하고 반가운 듯이 교실을 둘러보았다. 희경이가 형식을 슬쩍 보더니 웃으며 고개를 숙인다. 다른 학생들도 빙긋빙긋 웃으며 형식을 쳐다보기도 하고 서로 돌아보기도 한다. 김종렬이가 혼자 웃지도 아니하고 점잖게 앉았다. 형식은 책을 펴서 책상 위에 놓고 교의에 걸어앉아서 수상한 듯이 일동을 본다. 형식의 가슴에는 말할 수 없이 불쾌한 생각이 난다. 학생들의 태도가 암만해도 수상하다 하였다. 전에는 이러한 일이 없었다. 오늘은 학생들의 태도에 자기를 비웃는 빛이 보인다. 그러나 형식은 웃으며

"왜들 나를 보고 웃으시오……자, 시작합시다. 제십팔과…… 김군, 읽어보시오."

학생들은 참다못한 듯이 한꺼번에 '와' 하고 웃는다. 책상 위에 이마를 대고 낄낄하며 웃는다. 학생들의 등이 들먹들먹한다. 형식은 얼굴이 발갛게 되었다. 부끄럽기도 하고 분하기도 하고 슬프기도 하였다. 그래서 발을 구르며 책망도 하고 싶고 소리를 내어서 울고도 싶었다. 형식은 벌떡 일어나서 엄한 목소리로

"이게 무슨 일들이오? 무슨 버르장머리들이란 말이오?" 하고 눈을

부릅떴다. 그러나 그 말소리는 떨렸다. 일동은 웃음을 그치고 모두 바로 앉았다. 희경은 고개를 푹 숙이고 연필로 책상에 무엇을 그적그적한다. 김종렬은 여전히 시치미 떼고 앉았다. 형식은 차마 가르칠 생각이 없다. 가슴이 울렁울렁하고 숨이 차다. 자기가 사오 년간 전심력을 다 바쳐서 가르치던 자들에게 모욕을 받은 것 같아서 참 분하였다. 저편 교실에서는 수학을 강의하는 모양이더니 학생의 웃음소리와 형식의 큰소리가 나자 갑자기 말이 끊어진다. 아마 이편 교실 모양을 엿듣는 듯하다. 형식은

"무슨 일이오, 누구든지 말을 하시오. 학생들이 그게 무슨 행위란 말이오? 말을 하시오!"

일동의 시선은 김종렬에게로 몰린다. 희경은 더욱 고개를 숙이고 다리를 흔들흔들하면서 연필로 무슨 글자를 쓴다. 김종렬은 우뚝 일어선다. 학생들은 형식과 종렬의 얼굴을 번갈아 보며 빙긋빙긋 웃기도 하고 서로 쿡쿡 찌르기도 한다. 어떤 자는 소곤소곤 이야기까지 한다. 형식의 머리터럭은 온통 하늘로 올라가는 듯하였다. 종렬은 연설하는 사람 모양으로 한번 기침을 하더니

"선생님, 한마디 질문할 말씀이 있습니다" 하고 형식을 노려본다. 형식은 '질문'이라는 말에 몸이 으쓱하였다. 그러나 아무런 일이라도 상관없다 하는 용기도 난다. 그래서 종렬을 마주 보며

"무슨 질문이오?"

"선생님, 그동안 어디 갔다오셨습니까……제가 질문이라 함은 그것을 가리킴이외다" 하고 자리에 앉는다. 일동의 시선은 형식의 입으로 모인다. 형식은

"그래, 평양 갔다 왔소. 그래서? 그러니 어떻단 말이오?"

"무엇 하러?" 하고 어떤 학생이 혼잣말 모양으로 묻자 다른 어떤 학생이 "누구하고?" 한다. 학생들은 또 한 번 낄낄 웃는다. 또 어떤

학생이 "누구를 따라서?" 한다. 형식은 다 알았다. 종렬이가 다시 일어나며

"평양은 무슨 일로 가셨습니까. 학교를 쉬고 가시는 것을 보매 무슨 중대한 사건이 발생한 줄을 추측하기 비난*1합니다마는……"

형식은 말이 막혔다. 고개를 숙이고 눈을 감았다. 그리고 자기도 무엇을 생각하는지 모르게 한참이나 가만히 섰다. 학생들은 또 웃는다. 누가 "계월향이 따라서 후후" 한다.

이때에 배학감이 쑥 들어오며

"이선생, 왜 이렇게 교실이 소요하오? 다른 교실에서 상학*2할 수가 없구려" 하고 학생들을 돌아보며 "왜들 이렇게 떠드오?" 하고 돌아서서 나가랼 적에 학생 중에서 "계월향!" 하고 소리를 지른다. 배학감은 형식을 한번 흘겨보고 문을 닫고 나간다. 형식은 고개를 들어 학생들을 둘러보더니 떨리는 목소리로

"사 년간 교정이 이에 다 끊어졌소. 나는 가오" 하고 교실에서 나왔다. 교실에서는 웃는 소리, 지껄이는 소리가 들린다. 형식의 눈에는 눈물이 고였다.

사무실로 들어가 모자를 집어 들고 어디로 달아나리라 하였다. 그러나 배학감이

"여기 좀 앉읍시오그려" 하고 의자를 권하므로 아무 생각도 없이 의자에 앉아서 궐련을 끄집어내어 불을 붙였다. 배학감은

"그동안 어디 가셨어요?"

"예, 평양 좀 갔다 왔어요."

"아마 재미 많으셨겠습니다. 평양 경치가 좋지요?"

"노형은 나를 조롱하시오?" 하고 형식은 배학감을 흘겨보았다. 배

---

*1 非難 : 어려울 것이 없음.
*2 上學 : 공부를 시작함.

학감은 웃으면서

"아, 그렇게 성내실 것은 없지요. 남자가 기생을 좀 데리고 논다고 그렇게 흠할 것은 아니니까……다만 이선생께서는 너무 고결하시니까 그런 일이 없을 줄 알았단 말이지요. 나는 계월향이가 이선생의 사랑하는 계집인 줄은 몰랐구려. 벌써 알았더면 그러한 실례는 아니 하였을 것인데. 그런데 그렇게 계월향을 감추실 게야 있어요. 우리 같은 사람도 그 얼굴이나 보고 소리나 듣게 해주시지요. 허허, 참 복 좋으시오."

"이기지심(以己之心)으로 탁인지심(度人之心)이로구려! 이형식이가 노형같이……"

"흥, 물론 노형은 고결하시지요. 성인이시지요. 백이숙제시지요."

형식은 주먹으로 책상을 탁 치고 교문을 나섰다.

72

형식은 운동장에 나섰다. 일년급 어린 학생들이 체조를 하다가 형식을 쳐다본다. 뚱뚱한 체조 교사가 수건으로 이마에 땀을 씻으면서 형식에게 인사를 한다. 형식의 생각에는 모두 자기를 보고 웃는 것 같았다. 더구나 평생 배학감에게 아첨을 하여가며 자기에게 대하여 반대의 태도를 가지던 체조 교사의 눈에는 확실히 자기를 조롱하는 빛이 있다 하였다. 그래서 형식은 '다시는 이놈의 학교에 발길을 아니하겠다' 하면서 교문을 나섰다. 그러나 교문을 나서서는 한참 주저하였다. 자기가 사오 년 동안 집으로 알아오던 학교와, 형제로 자녀로 아내로 사랑하는 자로 알아오던 학생들을 영구히 떠나는가 하면 미상불 슬프기도 하였다. 그 운동장에 풀 한 포기, 나무 한 가지가 어느 것이나 정들지 아니한 것이 없다. 저편 철봉 뒤에 선 십여 길이나 되는 포플러는 형식이가 처음 부임한 해에 자기의 손으로 심고 자기가 날마다 물을 주고 벌레를 잡아가며 기른 것이다. 그 포플러는 벌써 가지가 퍼지고 잎이 성하여 훌륭한 정자나무가 되었다. 어여쁜 학생들이 낮에 그 나무 그늘에 앉아서 즐겁게 이야기하는 것을 볼 때에 형식은 매양 기쁨을 깨달았다. 마치 자기의 마음이 그 포플러가 되어서 어린 학생들을 가려주는 것같이 생각하였다. 그리고 자기도 쉬는 시간에는 그 나무 그늘에서 거닐기도 하고 반가운 듯이 그 나무를 어루만지기도 하였다. 그러나 이제는 형식은 간다. 그 나무는 점점 더 퍼져서 수없는 어린 학생들이 그 나무 그늘에서 여전히 즐겁게 노닐련만 다시 자기를 생각할 자는 없을 것이다. 형식은 고개를 들어 한참 그 나무를 쳐다보며 창연(愴然)히 눈물을 흘렸다. 그러나 차마 이 학교 문밖에 오래 섰지 못하여 고개를 푹 숙이고 안동 네거리를 향하고 내려온다. 일기는 날로 더워 가고 하늘에는 구름장이 떠돌건마는 언제 비가 올 것 같지도 아니하다. 길 가는 사람들은 화를 내어 부채질을 하고 구루마꾼들은 흐르는 땀에 눈도 잘 뜨지 못한다. 파출소에 흰 복장 입은 순사가 추녀 끝 그늘에 들어 서서 입으로 후후 바람을 내고 섰다. 그러나 형식은 더운 줄도 모르고 이따금 마주 오는 구루마를 비키면서 안동 골목으로 내려온다.

형식의 정신은 극히 혼란하다. 경성학교에 사직표를 제출할 것은 생각하나 그밖에는 어찌하여야 좋을는지 생각이 없다. 형식의 머리는 마치 물 끓는 모양으로 부걱부걱 끓는다. 여러 날 정신과 몸이 피곤한 데다가 지금 학교에서 극렬한 자격을 받았으므로 형식은 마치 열병 환자와 같이 되었다. 다만 말할 수 없는 슬픔이 천근만근의 무게로 머리를 내리누를 뿐이다.

아까 교실에서 일어난 사건은 형식에게는 가장 중대하고 가장 불행한 사건이라. 형식의 전 희망은 그 사년급에 있었고 형식의 전 행복도 그 사년급에 있었다. 그 사년급이 있는지라 형식은 적막함이 없었고, 그 단순하고 무미한 생활 중에서도 큰 즐거움을 얻어왔던 것이다. 그 사년급은 어떤 의미로 보아 지나간 사오 년 간에 그의 재산이었고 생명이었었다. 또 그의 전심력을 다하는 사업이었었다. 그리고 그의 생각에 사년급 삼십여 명 학생은 영구히 자기의 정신적 아우와 아들이 되어 마치 자기가 오매에 그네를 잊지 못하는 모양으로 그네도 자기를 잊지 아니하리라 하였다. 자기가 그네를 사랑하는 모양으로 그네도 자기를 사랑하리라 하였다.

그러나 그것은 한바탕 꿈이었다. 형식은 부모도 없고 형제도 없고 별로 친한 친구도 없으매 그네를 그처럼 사랑하였거니와 그네에게는 형식 외에 부모도 있고 형제도 있고 사랑스러운 동무도 있었다. 사오 년래 혹 형식을 따르는 학생도 없지는 아니하였으나 가장 따르는 듯하던 이희경에게도 형식은 결코 중요한 사랑하는 자가 아니었었다. 형식은 이런 줄을 모르고 있다가 오늘이야 비로소 깨달은 것이다. 오늘이야 비로소 사년급 학생들의 눈에 비친 자기를 분명히 깨달은 것이다.

자기가 전심력을 다하여 사랑하여오던 자가, 또는 자기를 전심력을 다하여 사랑하거니 하던 자가 일조에 자기를 사랑하지 아니하는 줄을 깨달을 때에 그 슬픔이 얼마나 할까. 아마도 인생의 모든 슬픔 중에 '사랑의 실망'에서 더한 슬픔은 없을 것이다.

형식은 정히 이러한 상태에 있다. 지금 형식에게는 남은 것이 하나도 없다. 이번 평양 갔던 일은 변명도 할 수 있으려니와 그것을 변명하는 것은 형식에게는 그다지 필요한 일이 아니다. 그것을 변명한 대서 사년급 학생들이 자기를 사랑하지 아니한다는 진리는 변할 수 없는 것이다. 형식은 자기의 명예를 위하여 슬퍼하는 것이 아니다.

명예는 사람에게 셋째나 넷째로 귀중한 것이다. 형식은 지금은 목숨의 뿌리를 잃어버린 것이다. 인생에 발 디딜 데를 잃고 공중에 둥둥 뜬 모양이다. 형식이가 아주 말라죽고 말는지, 다시 어디다가 뿌리를 박고 살는지, 이것은 장래를 보아야 알 것이다.

73

형식은 정신없이 집에 돌아왔다. 노파가 웃통을 벗고 마루에 앉아서 담배를 먹는다. 어깨와 팔굽이에 뼈가 울퉁불퉁 나오고 주름잡힌 두 젖이 말라붙은 듯이 가슴에 착 달라 붙었다. 귀밑으로 흘러내리는 두어 줄기 땀이 마치 그의 살이 썩어서 흐르는 송장 물 같은 감각을 준다. 반이나 세고 몇 오리 아니 남은 머리터럭과 주름 잡히고 움쑥 들어간 두 뺨과 뜨거운 볕에 시든 풀잎과 같은 그 살과 허리를 구부리고 담배를 먹는 그 모양은 사람에게 말할 수 없는 슬픔을 준다. 그도 일찍 여러 남자의 정신을 황홀케 하던 젊은 미인이었었다. 그의 생각에 천하 남자는 다 자기를 보고 정신을 잃는 줄 알았었다. 자기의 얼굴과 몸의 아름다움은 영구하리라 하였었다. 그렇게 생각한 지가 불과 이삼십 년 전이었었다. 그러나 그의 얼굴과 몸에 있던 아름다움은 다 어디로 날아가고 말았다. 그가 흘리는 땀이 곧 그 아름다움이 녹아내리는 물인 것 같다.

그는 무엇 하러 세상에 났으며 세상에 나서 무슨 일을 하였고 무슨 낙을 보았는고. 그렇지마는 그 노파는 아직도 살아간다. 병이 나면 약을 먹고 겨울이 되면 솜옷을 입어가면서 아직도 죽을 생각은 아니 하는 것 같다. 내일이나 내년에 무슨 새로운 낙이 오기를 기다리는지도 모르지마는 그는 밤이 새고 아침이 되면 또 자리에서 일어나서 밥을 짓고 빨래를 한다. 일찍 형식이가 노파의 빨래하다가

허리를 툭툭 치며 담배를 피우는 것을 보고

'담배 먹는 재미로 살으십니다그려' 한 적이 있다. 그때에 노파는 빙끗 웃었다. 형식은 그 웃음의 뜻을 모른다. '그렇소' 하는 뜻인지 '아니요' 하는 뜻인지 몰랐다. 이 뜻을 아는 사람은 없다. 노파 자기도 모른다. 그러나 누가 보든지 노파의 살아가는 목적은 담배 먹기위함이라. 그 담배 연기 속에 노파의 모든 행복과 사업이 있다. 노파는 하루 스물네 시간에 거의 절반은 담배 연기를 바라보고 살아간다. 눈도 끔뻑하지 아니하고 독한 담배 연기를 물끄러미 쳐다보고 앉았는 것이 노파의 생활의 중심이다. 노파에게서 만일 담배를 빼앗으면 이는 생명을 빼앗음이나 다름없다. 평생 아랫목에 우두커니 섰는, 댓진 배고 헝겊으로 세 군데나 감은 담뱃대가 즉 노파의 생명이다. 노파의 입에서 담배 연기가 아니 나오게 되면 이는 노파의 몸에 피가 아니 돌아가게 된 표다. 노파 자기는 이렇게 생각하는지 아니하는지 모르지마는 곁에서 보기에는 암만해도 그렇게 밖에 더 생각할 수가 없다. 담배 먹기 밖에 노파에게 무슨 인생의 목적이 있는 것 같지 아니하다. 형식이가 정신없이 들어올 때에 노파가 무슨 생각을 하였는지 모른다. 아마 아무 생각도 없이 다만 무럭무럭 피어오르는 담배 연기만 쳐다보았을 것 같다. 만일 무슨 생각이 있었다 하면 그는 아마 희미한, 마치 안개속으로 보는 듯한 젊었을 적 기억일 것이다. 어떤 대감집에서 세력을 잡던 기억, 젊고 고운 문객의 품에 안기던 기억, 그렇지 아니하면 토실토실한 아기의 손에 자기의 부드럽고 살진 젖꼭지를 잡히던 기억, 또는 다 자란 아들이 턱춤을 추며 죽던 기억, 또는 아무 때 어디서 어떠한 고운 옷을 입고 어떠한 맛나는 음식을 먹던 기억일 것이다. 아마 하루에 몇 번씩 담배 연기 속에 이러한 기억이 떠 나오는 것을 볼 것이다. 지금은 어떠한 기억이 떠 나왔던지 모르거니와 노파는 형식을 보고 얼른 곁에 벗어놓

았던 땀 밴 적삼을 입으며

"어째 벌써 오서요?" 한다.

형식은 두루마기와 모자를 벗어 휙 방 안에 집어 던지면서

"흥, 학교에도 다 갔소."

"왜, 이제는 학교에 아니 가서요."

"이제는 교사도 그만둡니다" 하고 툇마루에 쿵 하고 몸을 던지는 듯이 걸어앉으며 "냉수나 한 그릇 주시오. 속에서 불길이 피어올라 못 견디겠소."

노파는 부엌에 들어가 사기대접에 냉수를 떠다가 형식을 준다. 형식은 냉수를 한 모금에 다 들이켜더니

"에, 시원하다. 냉수가 제일 좋다" 하고 밀수*¹ 먹은 사람 모양으로 맛있는 듯이 입을 다시며 혀를 내밀어 아래윗 입술에 묻은 물을 말끔 빨아들인다. 노파는 이상한 듯이 물끄러미 보더니 자기 방에 건너가 초갑*²과 담뱃대를 들고 형식의 곁으로 온다. 형식은 '또 나를 위로할 작정으로 오는구나' 하고 괴로운 중에도 속으로 웃었다. 그러나 노파의 위로를 듣는 것이 더욱 괴로울 듯하여 먼저 말끝을 돌려

"어저께 신주사 안 왔었어요."

"아니요."

"왜 근래에는 신주사를 싫어하서요. 한동안은 퍽 신주사를 좋아하셨지요."

"누가 신주사를 싫어하나요. 너무 함부로 말씀을 하시니 그러지" 하고 픽 웃는다.

"장찌개에 구더기 있다고" 하고 형식도 웃었다. 노파는 이 기회를 아니 놓치리라 하는 듯이

---

*1 蜜水 : 꿀물.
*2 草匣 : 담배쌈지.

"그런데 왜 학교를 그만두셔요. 그 배학감인가 하는 사람과 다투셨어요?"

"다툰 것도 아니야요. 교사 노릇도 너무 오래 했으니 이제는 다른 것을 좀 해보지요."

"다른 것? 무엇이오? 옳지, 이제는 벼슬을 하시오. 그런 배학감 같은 사람과 같이 있으니깐 살이 내리지. 벼슬을 하면 작히나 좋아요. 저 건너편 집 아들도 일전에 무슨 주사를 해서……"

"나는 벼슬보다 중노릇을 하고 싶어요. 저 깊은 산속에 들어가서 조그만 암자에다가……옳지, 칡베 장삼에 나무아미타불, 나무아미타불 하는 것이 제일 좋아요" 하고 웃으며 노파를 본다. 노파는 눈이 둥그레지며

"저런! 무엇을 못해서 중이 되어요?"

"중이 안 되면 무엇을 해요?"

한참 잠잠하였다.

74

형식은 무심중 '중노릇을 하고 싶어요' 하였다. 그러나 말을 하고 본즉 과연 중 되는 것이 제일 좋을 듯하다. 또 중 될 것밖에 더 길이 없는 것도 같다. 조선의 문명을 위하여, 자기의 명예를 위하여 힘쓰겠다는 마음이 일시에 다 스러지는 것 같다. 마치 어떤 사람이 아내도 죽고 아들딸도 다 죽고 재산도 다 없어진 때에 느끼는 듯하는 슬픔과 절망이 가득 찼다. 영채의 죽은 것과 영채의 집의 멸망한 것과 자기가 지금 사년급 학생에게 욕을 당한 것과 모든 것이 힘을 합하여 형식의 정신을 깊고 어두운 땅속으로 끌고 들어가는 것 같다. 지금껏 자기가 하여온 생활이 마치 아무 뜻도 없고 맛도 없는 것 같고

길고 불쾌한 꿈을 꾸다가 우연히 번쩍 눈을 뜬 것같이 불쾌한 생각이 난다. 학교에서 사오 년간 분필을 들고 가르치던 것이며, 늦도록 책을 보고 외국말의 단자(單字)를 외우던 것이며, 선형과 순애에게 영어를 가르치던 것이며, 영채를 만났던 것과 청량리에서 한 일과 평양에 갔던 일이 모두 다 무슨 부끄럽고 슴거운 일같이 보인다. 지금 껏 정답게 생각하여 오던 노파까지도 마치 무슨 더럽고 냄새 나는 물건같이 보인다. 모든 것이 다 부끄럽고 불쾌하고 성이 난다. '응, 내가 무엇하러 이 모양으로 살아 왔는고' 하여 본다. 내가 지금까지 살아온 값이 무엇이며 뜻이 무엇인고 한다. 당장 이 생활을 온통 내던지고 어디 사람없는 외딴 곳에 들어가서 숨고 싶은 생각이 난다. 한 시간이라도 이 서울 안에, 이 노파의 집에 있기 싫은 생각이 난다. 그래서 노파에게

"중이 제일 좋아요. 세상에 있으면 무슨 재미가 있나요."

"선생 같은 이야 왜 재미가 없어요. 나이가 젊으시것다, 재주가 있것다……왜 세상이 재미가 없겠소."

"아주머니께서는 젊었을 때에 재미가 많았어요?"

노파는 빙그레 웃으며

"아, 젊었을 적에야 날마다 기쁘기만 했지요. 이따금 울기도 했지마는 젊었을 때에 우는 것은 늙어서 웃는 것보다도 낙이라오……"

형식은 '노파가 참 말을 잘한다' 하고 노파의 얼굴을 보았다. 노파는 젊었을 때를 생각만 해도 기쁜 듯이 얼굴에 화기가 돌며

"나는 이선생께서는 무슨 재미에 살으시는지 모르겠습데다. 좋은 벼슬도 아니하고, 고운 색시도……하하, 이런 말씀을 하면 선생은 늘 이마를 찌푸리시것다……그러나 내 말이 옳지요. 꽃 같은 청춘에 왜 혼자 우두커니 방에만 들어앉았겠어요. 그러니간 세상이 재미가 없어서 중이 되느니 무엇이 되느니 하지요. 나는 젊었을 적에는……말

을 다해 무엇하겠소, 늙으면 허사입니다."

이 말은 거의 한 달에 한 번씩이나 형식을 대하여 하는 말이었다. 그러나 형식은 다만 웃고 들었을 뿐이었다. 그러나 오늘은 그 노파의 말에 새로운 뜻과 힘이 있는 것같이 들린다. 그리고 선형과 영채를 대하였을 때의 즐겁던 생각이 난다. 그리고 외국 서적에 사랑의 즐거움을 찬미한 것을 보던 생각이 난다. 과연 남녀의 사랑이 인생에 제일 큰 행복이라 할까. 적어도 이 노파는 일생에 기쁜 일이라고는 남녀의 사랑밖에 없는 것같이 말한다. 내가 평생 적막하고 세상에 따뜻한 재미를 못 붙임은 이 사랑이란 맛을 못 보는 때문인가 하여본다. 그래서 웃으며

"그러면 나도 즐거운 재미를 볼 수가 있을까요" 하였다. 그리고는 미련한 질문을 다 하였다 하고 속으로 부끄러웠다. 노파는

"아, 재미를 볼 수가 있고말고. 선생 같은 이면 장안 미인들이 저마다 따르지요. 얼굴이 좋것다. 마음씨가 곱것다……지금은 세상이 말세가 되어서 그렇지마는 전 세월 같으면 대과 급제에, 선생 같으신 이는 미인에 걸려 다니시지를 못하겠소."

"흥, 그러니까 지금은 쓸데없단 말씀이구려, 대과 급제가 없으니까."

"전 세월만 못하단 말이지, 지금인들 장안에 일등 기생이 여러 백 명 될 텐데……" 하더니 문득 목소리를 낮추며

"그런데" 하고 잊어버렸던 것을 생각하는 듯이 고개를 기울이더니

"명채? 그 새악시 말이야요. 어떻게 되었나요. 그 후에 한번 만나보셨어요?"

형식은 이 말에 가슴이 뜨끔하였다. 손에 들었던 궐련을 땅에 떨어트렸다. 그렇게 형식은 놀랐다.

"그만 물에 빠져 죽었답니다."

"물에 빠져? 언제?"

"아마 그저께 빠져 죽었겠지요."

"에그머니. 웬일이야요? 왜 빠져 죽어요? 저런!"

형식은 말없이 두 팔로 제 목을 안고 고개를 수그렸다. 지나간 삼 사일의 광경이 눈앞으로 휙휙 지나간다. 노파의 눈에는 눈물이 핑 고인다.

"아, 글쎄 무슨 일이야요?"

"나처럼 세상이 재미없던 게지요."

"에그머니, 저런! 꽃 같은 청춘에 왜 죽는담. 명이 다해서 죽는 것 도 설운데 물에를 왜 빠져 죽어?" 하고 한참 묵묵히 앉았더니 손등 으로 눈물을 씻으며

"이선생이 잘못해서 죽었구려!"

"어째서요?"

"그렇게 십여 년을 그립게 지내다가 찾아왔는데 그렇게 무정하게 구시니까."

'무정하게' 라는 말에 형식은 놀랐다. 그래서

"무정하게? 내가 무엇을 무정하게 했어요?"

"무정하지 않구! 손이라도 따뜻이 잡아주는 것이 아니라……"

"손을 어떻게 잡아요?"

"손을 왜 못 잡아요? 내가 보니까, 명채……"

"명채가 아니라 영채에요."

"옳지. 내가 보니깐 영채씨는 선생께 마음을 바친 모양이던데. 그렇 게 무정하게 어떻게 하시오. 또 간다고 할 적에도 붙들어 만류를 하 든가 따라가는 것이 아니라……" 하고 형식을 원망한다.

　노파의 말에 형식은 더욱 놀랐다. 과연 자기가 영채에게 대하여 무정하였던가. 과연 그때에 영채의 손을 잡으며 나도 지금껏 자기를 그리워하던 말을 할 것이 아니었던가. 그리고 일어나 나가려 할 때에 그를 붙들고 그의 장래에 대한 결심을 물어보아야 할 것이 아니었던가. 그리고 그 자리에서 내가 너를 거두겠다 하고 같이 영채의 집에 가서 그 어미와 의논할 것이 아니었던가. 그리하였더면 영채는 그 이튿날 청량리에도 아니 갔을 것이요 그 변도 당하지 아니하였을 것이 아니었던가. 또 청량리에서 같이 다방골로 오는 동안에도 내가 너를 거두마 할 것이 아니었던가. 다방골로 가지 말고 다른 객점이나 내 집에 데리고 올 것이 아니었던가. 그리하였더면 평양으로 갈 생각도 아니 하고 물에 빠져 죽지도 아니할 것이 아니었던가. 옳다, 노파의 말과 같이 영채를 죽인 것은 내다. 영채가 내 집에 온 것은 '나도 너를 기다리고 있었다, 이제야 만났구나' 하는 내 말을 들으려 함이다. 그리고 '이제부터 너는 내 아내다' 하는 말을 들으려 함이다. 그런데 나는 그 때에 무슨 생각을 하였나. 영채가 기생이나 아니 되었으면 좋겠다. 어떤 상류 가정에 거둠이 되어 여학교에나 다녔으면 좋겠다……이러한 생각을 하였다. 그리고 마음속으로는 선형이가 있는데 왜 영채가 뛰어나왔나. 영채가 기생이거나 뉘 첩이 되었으면 좋겠다 하기도 하였다. 아아, 상류 가정은 무엇이며 기생은 무엇인고.

　또 나는 왜 그 이튿날 아침에 일찍이 영채를 찾지 아니하였던고. 학교를 위해서? 교육가라는 명예를 위해서?

　옳다, 영채를 죽인 것은 내다. 그리고 평양까지 따라 내려갔다가 영채의 시체도 찾아보지 아니하고 왔다. 칠성문 밖에서 도리어 기쁜 마음을 가지고 왔다. 밤새도록 차 속에서도 영채는 생각도 아니 하고 왔다. 영채가 죽은 것이 도리어 무거운 짐이 덜리는 것 같았다.

형식은 고개를 흔들며

"옳아요. 내가 영채를 죽였어요, 내가 죽였어요! 나를 위하여 살아오던 영채를 내 손으로 죽였어요!" 하고 몹시 괴로운 듯이 숨이 차다. 노파는 도리어 미안한 생각이 나서

"다 제 팔자지요."

"아니야요. 내가 죽였어요."

이때에 우선이가 대팻밥 벙거지를 두르며 들어와 인사도 없이

"언제 왔나, 그래 찾았나."

형식은 우선은 보지도 아니하고

"내가 죽였네, 영채를 내가 죽였네."

"응, 죽었어? 그 전보가 아니 갔던가."

"내가 죽였어! 그러고서는 나는 그의 시체도 찾지 아니하고 왔네그려. 흥, 학생들 쉴까 봐서."

"김장로의 따님이 보고 싶던 게지" 하고 이러한 경우에 있어서도 우선은 활해(익살)를 잊지 아니한다. "대관절 어찌되었나."

"죽었어!" 하고 벌떡 일어나며 "자네 돈 있나. 있거든 한 오 원 꾸이게" 하고 생각하니 이제는 돈 나올 곳도 없다. 학교에서 유월 월급은 주겠지마는 찾으러 갈 수도 없고, 칠월부터는 형식에게는 아무 수입도 없다.

"돈은 해서?"

"가서 영채의 시체나 찾아야겠네. 찾아서 내가 업어다라도 장례나 지내주어야겠네" 하고 형식은 괴로움을 못 견디어 하는 듯이 마당으로 왔다 갔다 한다. 형식의 적삼 등에는 땀이 배었다. 우선은 지팡이로 엉덩이를 버티고 서서 형식을 보더니

"벌써 다 떠내려갔겠네. 황해 바다로 둥둥 떠나갔겠네."

"왜 그래요? 물에 빠져 죽은 송장은 사흘 전에는 그 자리에 아니 떠난답니다" 하고 노파가 우선을 보며 말한다.

"떠내려갔거든 어디까지든지 따라 내려가지. 있는 데까지 따라 내려가지" 하고 잠깐 눈을 감고 우두커니 섰더니 결심한 듯이 고개를 번쩍 들고 우선의 곁으로 와서 손을 내밀며

"자, 어서 오 원만 내게."

"지금 곧 떠날 텐가."

"응, 정거장에 나가서 차 있는 대로 떠날라네."

우선은 마지못하여 하는 듯이 오 원짜리 지표를 내준다. 영채가 죽었단 말을 듣고 우선도 미상불 슬펐다. 귀중히 여기던 무엇이 없어진 것 같았다.

형식은 돈을 받아 넣고 방에 들어가 두루마기를 입고 책 한 권을 뽑아 들고 신을 신으려고 나섰다. 이때에 어떤 파나마(모자)를 쓴 신사가 형식을 찾는다. 형식은 이마를 찌푸리더니 마지 못하여 문에 나갔다. 그는 김장로와 한 교회에 있는 목사다. 넓은 얼굴에 수염은 한 개도 없고 두 뺨에는 굵은 주름이 서너 줄 깔렸다. 정직한 듯한 중늙은이다. 우선과 노파는 노파의 방 툇마루에 가서 우두커니 두 사람을 본다. 형식은 책을 놓고 목사를 청해 올려 앉혔다.

"어디 가시는 길이오?"

"예, 산보 나가던 길이올시다. 더운데 어떻게 이렇게……"

"뵈온 지도 오래고……또 무슨 할 말씀도 좀 있어서."

"제게요?" 하고 형식은 목사를 본다. 목사는 까닭 있는 듯이 빙그레 웃으며

"과히 바쁘시지는 않으셔요?"

"아니올시다. 말씀하시지요."

"허허, 이선생께서 기뻐하실 말씀이외다" 하고 또 한 번 웃으며 형식의 방 안을 둘러본다. 노파와 우선은 서로 돌아보며 무엇을 수군수군한다. 오늘은 노파가 우선을 그다지 싫어하지 않는 모양이로다.

목사는 한참 부채질을 하더니 유심히 형식을 보며

"다른 말씀이 아니라" 하고 말을 내기가 어려운 듯이 말을 시작한다. 듣는 형식도 무슨 일인지는 모르나 목사의 태도가 수상하다 하였다. 그리고 어서 말을 다 하면 정거장으로 뛰어나가리라 하였다.

76

"다른 말이 아니라, 김장로의 말씀이" 하고 목사가 말을 시작한다. 노파와 우선은 안 듣는 체하면서도 들으려 한다. "김장로의 말씀이 선형이를 이 가을에 미국에 보낼 텐데⋯⋯"

"예" 하고 형식이 조자(調子)*¹를 맞춘다.

"그런데 미국 가기 전에 어, 약혼을 하여야 하겠고. 또 미국을 보낸다 하더라도 딸 혼자만 보내기도 어려운즉(이 목사는 '어'와 '즉'을 잘 쓴다) 약혼을 하고 신랑까지 함께 미국을 보냈으면 좋겠다는데⋯⋯" 하고 말을 그치고 또 웃으며 형식을 본다. 형식은 부끄러운 듯이 고개를 돌리며

"예, 그런데요" 하였다. 이밖에 어떻게 대답을 해야 좋을지 몰랐다. 목사는

"그런데 김장로께서는 어, 이선생께서, 어, 허락만 하시면⋯⋯ 어, 이선생도 미국 유학을 갔으면 좋겠고⋯⋯그것은 어쨌든지 김장로 양주*²께서는 매우 이선생을 사랑하시는 모양인데. 그래서 날더러

---

*1 '가락'을 일컬음.
*2 兩主 : '부부(夫婦)'를 이르는 말.

한번 이선생의 뜻을 물어달라고 해요. 어, 그래서……”
　“제 뜻을?”
　“예, 이선생의 뜻을.”
　“무슨 뜻 말씀이야요?”
　우선은 고개를 돌리며 노파를 보고 픽 웃는다. 노파도 웃는다. 목
사는 형식의 둥그레진 눈을 보더니 비웃는 듯이
　“그만하면 알으시겠구려.”
　“……”
　“그러면, 어, 다시 말하지요. 이선생이 선형과 약혼을 하여주시기
를 바란단 말이외다. 물론 청혼하는 데도 여러 곳 있지마는 김장로
양주는 이선생이 꼭 마음에 드는 모양이로구려.”
　형식은 이제야 분명히 목사의 말뜻을 알아들었다. 그리고 가슴이
뜨끔했다. 목사는
　“어떻게 생각하시오?”
　형식은 어떻게 생각할지를 몰랐다. 가만히 앉았다.
　“그동안 이선생께서 선형에게 영어를 가르치셨지요?”
　“예, 며칠 전부터.”
　“그 뜻을 알으셔요?”
　“무슨 뜻이오?”
　‘하하, 영어를 가르쳐줍소사고 청한 뜻 말씀이오“
　“……”
　“지금은 전과 달라 부모의 뜻대로만 혼인을 할 수가 없으니까 서
로 잠깐 교제를 해보란 뜻이지요. 그래 어떠시오?”
　“제가 감당치를 못하겠습니다. 저 혼잣몸도 살아가기가 어려운 처
지에 혼인을 어떻게 합니까.”
　“그것은 문제가 아니야요.”

"그것이 제일 큰 문제지요. 경제적 기초 없이 혼인을 어떻게 합니까. 그게 제일 큰 문제지요."

"큰 문제지마는 우선 한 삼사 년간 미국에 유학하시고, 그러고 나서는……그다음에야 무슨 걱정이 있어요. 또 선형으로 보더라도 그만한 처녀가 쉽지 아니하지요. 이선생께서도 복 많이 받으셨소…… 자, 말씀하시오."

그래도 형식은 고개를 숙이고 가만히 앉았다. 목사는 웃으며 부채질만 한다. 노파는 형식이가 왜 '예' 하지 않는가 하고 공연히 애를 쓴다. 우선은 일전 안동서 형식과 말하던 것을 생각하고 혼자 빙그레 웃는다. 모두 다 기뻐하는 속에 형식 혼자는 남모르게 괴로워한다. 목사는

"자, 생각하실 것도 없겠구려. 어서 대답을 하시오."

"일후에 다시 말씀드리지요. 아무러나 저 같은 것을 그처럼 생각하여주시는 것은 어떻게 황송한지 모르겠습니다."

"일후를 기다릴 것이 있어요. 그리고 오늘 오후에 나하고 김장로 댁에 가시지요. 같이 저녁을 먹자고 그러시던데."

형식은 어찌할 줄을 몰랐다. 평양도 가야 하겠지마는 김장로의 집 만찬에 참예하는 것이 더 중한 것 같기도 하였다. 그러나 지금까지 영채의 시체를 찾아가기로 결심하였던 것을 버리고 금시에 선형에게 취하여 '예' 하기는 제 마음이 부끄러웠다. '선형과 나와 약혼' 한다는 말은 말만 들어도 기뻤다. 영채가 마침 죽은 것이 다행이다 하는 생각까지 난다. 게다가 '미국 유학!' 형식의 마음이 아니 끌리고 어찌하랴. 사랑하던 미인과 일생에 원하던 서양 유학! 이 중에 하나만이라도 형식의 마음을 끌 만하거든 하물며 둘을 다! 형식의 마음 속에는 '내게 큰 복이 돌아왔구나' 하는 소리가 아니 발할 수가 없다. 형식이가 괴로운 듯이 숙이고 앉았는 그 얼굴에는 자세히 보면 단정

코 참을 수 없는 기쁨의 빛이 있을 것이다. 처음에 목사를 대할 때에는 형식의 얼굴에는 과연 괴로운 빛이 있었다. 그러나 한 마디 두 마디 흘러나오는 목사의 말은 어느덧에 그 괴로운 빛을 다 없이하고 어느덧에 기쁜 빛을 폈다. 마치 봄철 따뜻한 볕에 눈이 일시에 다 녹아 없어지고 산과 들이 갑자기 봄빛을 띠는 것과 같다. 그래서 형식은 고개를 들지 못한다. 남에게 기쁜 빛을 보이기가 부끄러움이다. 형식은 힘써 얼굴에 괴로운 빛을 나타내려 한다. 그뿐더러 일부러 마음이 괴로워지려 한다.

형식은 이러한 때에는 머릿속이 착란하여 어찌할 줄을 모른다. 그는 욱하고 무엇을 작정할 때에는 전후도 돌아보지 아니하고 작정하건마는 또 어떤 때에는 이럴까 저럴까 하여 어떻게 결단할 줄을 모른다. 길을 가다가도 갈까 말까, 갈까 말까 하고 수십 분이나 주저하는 수가 있다. 이것은 마음 약한 사람의 특징이다. 그가 얼른 결단하는 것도 약한 까닭이요 얼른 결단하지 못하는 것도 약한 까닭이다. 지금 형식은 이럴까 저럴까 어떻게 대답하여야 좋을 줄을 모른다. 누가 곁에서 자기를 대신하여 대답해 주는 이가 있었으면 좋겠다 한다. 형식은 고개를 들어 건넌방을 건너다 보았다. 형식은 우선이가 이러한 경우에 과단있게 결단할 줄을 앎이라. 우선도 웃으면서 형식을 건너다본다.

77

우선은 형식을 보고 눈을 끔적한다. 형식은 일부러 안 보는 체 한다. 우선은 또 한 번 눈을 끔적한다. 형식은 안 보는 체하면서도 그것을 다 보았다. 그리고 다시 고개를 숙였다. 더 부끄럽고 좋아 머리가 혼란하다. 우선의 눈 끔적하는 뜻을 해석해본다. '얼른 허락을 해

라' 하는 뜻인지 '어서 평양을 가지 아니하고 왜 가만히 앉았느냐'
하는 뜻인지 알 수가 없다.

노파는 참다못하는 듯이 우선을 꾹 찌르며

"왜 이선생이 허락을 아니 하오. 그 처녀가 마음에 아니 드나요."

"흥, 그 처녀가 서울에 유명한 미인이라오."

"또 부자고요?"

"부자기에 사위까지 미국을 보낸다지요."

노파는 미국에 보내는 것과 부자인 것과 무슨 상관이 있는지 모
르지마는

"그런데 왜 저러고 앉았어요?" 하고 입을 쩝 다시며 담배를 담는
다. 목사가

"그렇게 하시지요" 하고 다시 재촉할 때에 형식은 겨우

"그러면 갑지요! 그러나 약혼은 일후에 말씀드리기로 하고……" 하
였다. 목사는

"내 교회에 갔다가 오는 길에 들르리다" 하고 웃으며 나간다. 형식
은 대문 밖까지 목사를 보내고 들어왔다. 형식의 얼굴은 마치 선잠
을 깬 사람의 얼굴 같다. 우선이가 뛰어오며

"자네 땡잡았네그려. 미인 얻고 미국 유학 가고" 하고 형식의 손을
잡아 흔든다. 형식은 우선의 눈을 피하여 고개를 돌렸다. 그러나 형
식의 눈에도 웃음이 있었다. 우선은 다시

"허, 자네도 수단이 용한걸. 불과 이삼일에 그렇게 쉽게 선형씨를
손에 넣어!"

노파도 웃으며

"내 그런 줄 알았지. 어쩐지 영채씨가 오셨는데도 만류도 아니 하
고……그저 영채씨가 불쌍하지……이선생은 벌써 정들여둔 데가 있
는데 공연히……"

말이 끝나기 전에 우선은 노파를 돌아보고 눈을 끔적하며 '쉬!' 하였다. 형식은 짐짓 노파의 말을 못 들은 체하고 우선더러

"나는 경성학교 사직했네."

"어느새에 사직을 하여. 약혼이나 되거든 하지, 허허허."

"아니, 그런 것이 아니라. 나는 교사 노릇을 그만둘라네."

"암, 미국 유학하고 돌아오셔서 대학 교수가 되실 터이니까."

형식은 성난 듯이 휙 돌아서며

"자네는 남의 말을 조롱만 하려고 들데그려. 남은 마음이 괴로워서 그러는데……"

"응, 동정하네. 퍽 괴로우실 테지."

노파도 우선의 곁으로 오며

"내가 어떻게 기쁜지 모르겠소. 이선생이 장가를 드신다니까 내 아들이……" 하다가 그런 생각을 하는 것이 슬프기도 하고 또 형식을 자기의 아들에 비기는 것이 버릇없는 듯도 하여 "오늘 저녁에 가시거든 확실하게 허락을 합시오. 아까는 왜 그렇게 우두커니 앉았담……호호. 아직 도련님이니깐 수줍어서 그러시는가 보에."

형식은 어쩔 줄을 모르고 공연히 고개를 들었다 숙였다 하며 왼편 주먹을 쥐었다 폈다 하기도 하고 손가락 마디를 딱딱 소리를 내기도 하더니

"여보게, 나는 지금 평양으로 떠나겠네. 암만해도……"

우선은 위협하는 듯이 형식을 노려보며

"에그, 못생긴 것! 딸이 썩어져가기로 저런 것을 준담."

형식도 이 말에는 웃었다. 그리고 과연 못생긴 소리를 했구나 하였다. 우선은

"이제부터는 좀 굳센 사람이 되게. 그게 무엇이람, 계집애도 아니요……딴소리 말고 오늘 저녁 김장로 집에 가게. 가면 또 혼인 말이

날 터이니까 아까 모양으로 못난 짓 부리지 말고 허락하게. 그리고 미국 가게. 나도 경성학교 말을 들었네. 아마 자네는 사직을 아니 하더라도 쫓겨나겠나 보데."

"쫓겨나? 왜?"

"자네가 기생을 따라서 평양 갔다고. 청량리 원수 갚는 게지. 하니까 약혼하고 미국 가게."

"그러면 영채는 어떻게 하고?"

"죽은 영채를 어쩐단 말인가. 자네도 따라 죽을 텐가. 열녀가 아니라 열남이 될 양으로? 그런 미련한 소리 말고, 어서 꼭 내 말대로만 하게."

우선의 말을 들으매 형식도 얼마큼 안심이 된다. 자기도 그만한 생각을 못함이 아니지마는 자기 생각만으로는 안심이 아니 되다가 우선의 활발한 말을 듣고야 비로소 안심이 된다. 형식은 우선의 말대로 하리라 하였다. 제 생각대로 한다는 것보다 우선의 말대로 한다는 것이 더 마음에 흡족한 듯하였다. 형식은 빙그레 웃으며

"글쎄" 하였다. 노파도 공연히 기뻐한다.

"점심을 차릴까요. 신주사도 한술 잡수시고."

"또 장찌개 주실 테요?" 하고 우선이가 형식의 조끼에서 제 것 같이 궐련을 뽑아 손바닥에 턱턱 그루를 박는다.[1]

"그만둡시오. 웬 장찌개."

"가서 냉면이나 시켜 오오" 하고 형식이가 일어난다.

"요. 한턱하시려네그려. 한턱하려거든 맥주나 사주게."

"돈이 있나."

"부잣집 사위가 무슨 걱정이야."

"부잣집 사위는 이따 되더라도."

---

[1] 그루박다 : 바닥에 거꾸로 탁 놓다.

"그 오 원 안 있나."

"평양 가야지."

"또 평양을 가?"

"가서 시체나 찾아야지."

"벌써 황해 바다에 떠나갔어! 자네 같은 무정한 사람 기다리고 아 직까지 청류벽 밑에 있을 듯싶은가. 자, 청요릿집에나 가세."

"벌써 황해 바다에 갔을까" 하고 형식은 하늘을 바라보았다. 오 정(정오) 태양이 바로 서울 한복판에 떠서 다 데어 죽어라 하는 듯 이 그 불같은 볕을 담아 붓는다. 형식은 새삼스럽게 더운 줄을 깨달 았다.

78

해가 인왕산 마루턱에 걸렸다. 종로 전선대 그림자가 길게 가로 누 웠다. 종현 천주교당(명동성당) 뾰족탑의 유리창이 석양을 반사하여 불길같이 번적거린다. 두부 장사의 '두부나 비지드렁' 하는 소리도 이제는 아니 들리게 되고 집집에는 앞뒷문을 활짝 열어놓고 한 손으 로 땀을 씻어가며 저녁밥을 먹는다. 북악의 황토가 가로 쏘는 햇볕 을 받아 발간빛을 발하고 경복궁 금원(禁苑) 늙은 나무 수풀에서는 저녁 까치 소리가 시끄럽게 들린다.

종일 발갛게 달았던 기왓장이 한강으로 불어 들어오는 부드러운 바람을 받아 뜨거운 입김을 후끈후끈하게 토한다. 길 가는 사람들 의 얼굴은 모두 벌겋게 되었다.

가가에 앉았던 사람들은 '이제는 서늘한 밤이 온다' 하는 듯이 피 곤한 얼굴에 땀을 씻으면서 한길에 나서 거닌다.

남산 솔수풀 위에 살짝 덮였던 석양도 무엇으로 지우는 듯이 점점 스러지고 그 무성한 가지와 잎사귀 속으로 자짓빛 띤 황혼이 거미줄 모양으로 아슬랑아슬랑 기어 나온다.

햇바퀴는 인왕산 머리에서 뚝 떨어졌다. 북악산에 아직도 고깔 모양으로 석양이 남았다. 장안 만호에는 파르족족한 장막이 덮인다. 그 한끝이 늘어나서 북악산으로 덮여 올라간다. 마침내 그 고깔까지도 파랗게 물을 들이고 말았다.

강원도 바로 구름산이 떠올랐다. 그것이 처음에는 불길과 같다가 점점 식어서 거뭇거뭇하여진다. 그것이 거뭇거뭇하여짐을 따라서 장안을 덮은 장막도 점점 짙어져서 자짓빛이 되었다가 마침내 회색이 된다. 그러다가 그 속에서 조그만 전등들이 반딧불 모양으로 반작반작 눈을 뜬다. 연극장과 활동사진관의 소요한 악대 소리가 들리기 시작한다.

종로와 개천가에는 담배 붙여 물고 부채 든 산보객이 점점 많아진다. 야시를 펴느라고 조그마한 구루마도 끌고 오고 말뚝도 박으며 휘장도 친다.

사람들은 배가 불룩하고 몸이 서늘하여 마음이 상쾌하여진다. 낮에는 잠자고 있던 사람들도 차차 기운을 내어 말도 하고 웃기도 하게 된다.

안동 김장로 집에는 방방에 전등이 켜 있다. 마당에는 물을 뿌려 흙냄새와 화단에 꽃향기가 섞여 들어와 즐겁게 먹고 마시는 여러 사람의 신경을 흥분케 한다. 김장로는 여덟팔자수염을 손수건으로 문대고 한목사는 두 팔로 몸을 버티고 뒤로 기대었으며 형식도 숭능을 한입 물어 소리 안 나게 양치를 한다. 세 사람은 맛나게 또 유쾌하게 저녁을 먹었다.

다른 방에서는 부인과 선형과 순애와 계집 하인이 이 역시 맛나게 유쾌하게 저녁을 마치고 말없이 서로 보고 웃는다. 선형의 두 뺨에는 보는 사람의 신경인지 모르거니와 발그레한 빛이 도는 듯하다. 부인은 어여쁜 자기 딸에게 황홀한 듯이 정신없이 선형을 마주 본다. 선형은 부인을 슬쩍 보고는 순애에게로 고개를 돌리며

"애, 순애야, 가서 풍금이나 타자. 아까 배운 것 잊어버리지나 않였는지."

"응, 아직 가서 풍금이나 타거라" 하고 부인이 먼저 일어선다. 선형과 순애는 풍금 놓인 방으로 간다.

선형은 등자*1에 올라앉으며 손으로 치맛자락을 모으고 풍금 뚜껑을 열고 두어 번 건반을 내리훑는다. 높은 소리로부터 낮은 소리까지, 또는 낮은 소리로부터 높은 소리까지, 맑은 소리가 황혼의 공기를 가볍게 떤다. 순애는 한 팔로 풍금 머리를 짚고 우두커니 서서 오르내리는 선형의 하얀 손을 본다. 선형은 커다란 보표(譜表)를 펴고 고개를 까딱까딱하며 한번 입으로 라라라라를 불러보더니 첫번 누를 건(鍵)을 찾아 타기를 시작한다. 눈은 보표의 음부(音符)를 따르고 손은 하얀 건을 따른다. 보표의 빠르고 늦음을 따라 선형의 몸짓도 빨랐다 늦었다 한다. 방 안에는 아름다운 소리가 가득 찼다. 그것이 방에서 넘쳐나서 황혼의 바람에 품겨 마당을 건너 담을 넘어 마치 물결 모양으로 사방으로 퍼진다. 몇 사람이나 가만히 이 소리에 귀를 기울이며 몇 사람이나 길을 가다가 걸음을 멈추는고.

선형의 손은 곡조를 따라 스스로 오르내리고 그 몸은 손을 따라 스스로 움직여진다. 마침내 맑은 노랫소리가 그의 부드러운 입술을 뚫고 흘러나왔다.

하늘에 둥실 뜬 저 구름아, 비를 싣고서 어디로 가느냐

─────────
*1 鐙子 : 발걸이.

순애도 가는 목소리로 화하여 불렀다.

형식도 이 노래를 들었다. 형식의 정신은 노랫소리로 더불어 공중에 솟아올랐다. 마치 정신에 날개가 돋아서 훨훨 구름 사이로 날아가는 듯하였다. 말할 수 없는 서늘한 듯도 하고 따뜻한 듯도 한 기쁨이 형식의 가슴에 가득 찼다.

김장로는 목사를 향하여

"자, 이제는 내 방으로 가서 이야기나 합시다."

세 사람은 일어났다.

79

김장로의 서재는 양식으로 되었다. 그가 일찍 미국 공사로 갔다 와서부터는 될 수 있는 대로 서양식 생활을 하려 한다.

방바닥에는 붉은 모란 무늬 있는 모전을 깔고 사벽에는 화액(畵額)에 넣은 그림을 걸었다. 그림은 대개 종교화다. 북편 벽으로 제일 큰 화액에는 '겟세마네'에 기도하는 예수의 화상이 있고 두어 자 동쪽에는 그보다 조금 작은 화액에 구유에 누인 예수를 그린 것이요 서편 벽에는 자기의 반신상이 걸렸다. 다른 나라 신사같으면 종교화 밖에도 한두 장 세계 명화를 걸었으련마는 김장로는 아직 미술의 취미가 없고 또 가치도 모른다. 그는 그림이라 하면 종교에 관한 것이라야 가치가 있는 것으로 알고, 기타에는 옛날 산수 풍경이며 매란국죽 같은 그림은 얼마큼 귀하게 여기되 이러한 그림은 서양식으로 차려 놓은 방에는 부적당한 줄로 안다. 그리고 서양식 인물화라든지 그 중에도 미인화, 나체화 같은 것은 별로 보지도 못하였거니와 보려고도 아니하고 본다 하더라도 아무 가치를 인정하지 아니할 것이다. 그는 미술이라는 말도 잘 알지 못하거니와 대체 그림 같은 것이 무슨 필요가 있는가 한다. 더구나 조각 같은 것은 아마도 그의 오십 년 생활에 생각해본 적도 없을 것이다. 그러므로 서양 사람들이 종교와 같이 귀중히 여기는 예술도 그의 눈에는 거의 한 푼어치 가치도 아니 보일 것이다. 서양 사람의 생각으로 그를 비평할진댄 '예술을 모르고 어떻게 문명인사(文明人士)가 되나' 하고 의심할 것이다. 실로 문명인사치고 예술을 모르는 사람은 없다.

김장로는 방을 서양식으로 꾸밀뿐더러 옷도 양복을 많이 입고 잘 때에도 서양식 침상에서 잔다. 그는 서양, 그중에도 미국을 존경한다. 그래서 모든 것에 서양을 본받으려 한다. 그는 과연 이십 여 년 서양을 본받았다. 그가 예수를 믿는 것도 처음에는 아마 서양을 본받기 위함인지 모른다. 그리하고 그는 자기는 서양을 잘 알고 잘 본받은 줄로 생각한다. 더구나 자기가 외교관이 되어 미국 서울 워싱턴에 주재하였으므로 서양 사정은 자기보다 더 자세히 아는 이가 없거니 한다. 그러므로 서양에 관하여서는 더 들을 필요도 없고 더 배울 필요는 물론 없는 줄로 생각한다. 그는 조선에 있어서는 가장 진보한 문명인사로 자임한다. 교회 안에서와 세상에서도 그렇게 인정한다. 그러나 다만 그렇게 인정하지 아니 하는 한 방면이 있다. 그것은 서양 선교사들이다.

선교사들은 김장로가 서양 문명의 내용이 무엇인지 모르는 줄을 안다. 김장로는 과학을 모르고 철학과 예술과 경제와 산업을 모르는 줄을 안다. 그가 종교를 아노라 하건마는 그는 조선식 예수교의 신앙을 알 따름이요 예수교의 진수(眞髓)가 무엇이며, 예수교와 인류와의 관계 또는 예수교와 조선 사람과의 관계는 물론 생각도 하여본 적이 없다.

문명이라 하면 과학, 철학, 종교, 예술, 정치, 경제, 산업, 사회 제도 등을 총칭하는 것이라. 서양의 문명을 이해한다 함은 즉 위에 말한 내용을 이해한다는 뜻이니 김장로는 무엇으로 서양을 알았노라 하는고. 서양 선교사들은 이러함을 안다. 그러므로 그네는 김장로를 서양을 흉내내는 사람이라 한다. 이는 결코 김장로를 비방하여서 하는 말이 아니라 김장로의 참 상태를 말하는 것이다. 서양 사람의 문명의 내용은 모르면서 서양 옷을 입고 서양식 집을 짓고 서양식 풍속을 따름을 흉내가 아니라면 무엇이라 하리오. 다만 용서할 점은 김장로는 결코 경박하여, 또는 일정한 주견이 없어서, 또 다만 허영심으로 서양을 흉내내는 것이 아니라 진정으로 서양이 우리보다 우승함과 따라서 우리도 불가불 서양을 본받아야 할 줄을 믿음(깨달음이 아니요)이니 무식하여 그러는 것을 우리는 책망할 수가 없는 것이라. 그는 과연 무식하다. 그가 들으면 성도 내려니와 그는 무식하다. 그는 눈으로 슬쩍 보아가지고 서양 문명을 깨달을 줄로 안다. 하기는 그에게는 그밖에 더 좋은 방법이 없다. 그러나 눈으로 슬쩍 보아가지고 서양 문명을 알 수가 있을까. 십 년 이십 년 책을 보고 선생께 듣고 제가 생각하여도 특별히 재주가 있고 부지런하고 눈이 밝은 사람이라야 처음 보는 남의 문명을 깨달을 둥 말 둥 하거든 김장로가 아무리 천질이 명민하다 한들 책 한 권 아니 보고 무슨 재주에 복잡한 신문명의 참뜻을 깨달으리오.

그러나 김장로는 그 자녀를 학교에 보낸다. 학교에서 어떤 것을 배우는지 자기는 잘 모르면서도 서양 사람들이 다 그 자녀를 학교에 보내므로 자녀는 학교에 보내는 것이 옳은 일인 줄을 안다. 안다는 것보다 믿는다 함이 적당하겠다. 그러므로 그의 자녀는 마침내 문명을 알게 될 것이다. 이렇성하여 조선도 점점 신문명을 완전히 소화(消和)하게 될 것이다.

오직 한 가지 위험한 것이 있다. 그것은 김장로 같은 이가 자기의 지식을 너무 믿어 학교에서 배워 신문명을 깨달아 알게 되는 자녀의 사상을 간섭함이다. 자녀들은 잘 알고 하는 것이언마는 자기가 일찍 생각하지 않던 바를 자녀들이 생각하면 이는 무슨 이단같이 여겨서 기어이 박멸하려고 애를 쓴다. 이렇성하여 소위 신구 사상의 충돌이라는 신문명 들어올 때에 으레 있는 비극이 일어나는 것이다. 자기가 생각하지 못하던 바를 생각함은 낡은 사람이 보기에 이단 같지마는 기실은 낡은 사람들이 모르던 새 진리를 안 것이라. 아들은 매양 아버지보다 나아야 하나니 그렇지 아니하면 진보라는 것이 있을 수 없을 것이라. 그러나 낡은 사람은 새 사람이 자기 아는 이상 알기를 싫어하는 법이니 신구 사상 충돌의 비극은 그 책임이 흔히 낡은 사람에게 있는 것이라.

<h2 style="text-align:center">80</h2>

그러나 김장로가 미술을 위하여서 그 그림들을 붙인 것은 아니로되 그 그림을 보는 자녀들에게는 간접으로 미술을 사랑하는 생각이 나게 한다. 자기는 그림을 위함이 아니요 거기 그린 예수의 화상을 위함이언마는 그것을 보는 자녀들은 그와 반대로 거기 그린 예수보다 그림 그 물건을 재미있게 본다. 어떻게 저렇게 정묘하게 그렸는고. 기뻐하는 사람의 얼굴에는 기쁜 빛이 드러나고 괴로워하는 사람의 얼굴에는 괴로워하는 빛이 드러나도록, 풀은 꼭 풀과 같고 꽃은 꼭 꽃과 같게 어떻게 저렇게 정묘하게 그렸는고 하는 것이 그의 자녀들에게는 더욱 재미가 있었다. 이것은 김장로는 모르는 재미요 그의 자녀들만 꼭 아는 재미다.

김장로는 자기의 방의 신식이요 화려한 것을 자랑하고 만족하는 듯이 한번 방 안을 둘러보더니 목사와 형식에게 의자를 권한다. 가운데 둥근 테이블을 놓고 세 사람은 솥발같이 둘러앉았다. 형식은 담배가 먹고 싶건마는 참았다. 그리고 한번 방 안을 둘러보았다. 저녁 서늘한 바람이 하얀 레이스 문장(커튼)을 가만가만히 흔들고 그러할 때마다 바로 창 밑에 놓인 화분의 월계의 연한 잎새가 한들한들한다. 형식은 장차 나올 담화를 생각하매 자연히 가슴이 자주 뛴다. 그러나 무슨 말이 나오든지 서슴지 아니하고 대답할 것 같다. 아까 우선이가 말하던 대로 하리라 하였다. 아직도 풍금 소리와 노랫소리가 들린다. 형식은 기뻤다. 어서 말을 시작하였으면 좋겠다 하고 목사와 장로의 입을 보았다. 목사가

"아까 형식씨를 보고 그 말씀을 하였지요. 하니까 대강 승낙을 하시는 모양인데, 이제는 직접으로 말씀을 하시지요" 하고 형식을 본다. 장로는

"예. 감사하외다. 내 딸자식이 변변치 못하지마는 만일 버리지 아니시면……"

"허허" 하고 목사가 "그것은 장로께서 과히 겸사시오. 마는 두 분이 실로 합당하지요" 하고 혼자 기뻐한다. 장로는

"만일 마음에 없으시면 억지로 권하는 것은 아니외다마는 나는 형식씨를 사랑하니까 하는 말이외다."

형식은 아까 모양으로 못난 짓을 부리지 아니하리라 하여 얼른

"감히 무에라고 말씀하오리까마는 제가 감당할 수가 있습니까" 하고 대답하였다. 그러나 얼굴은 붉어졌다. 장로는 만족하여하는 듯이 몸을 젖혀 의자에 기대며

"그야말로 너무 겸사외다. 그러면 승낙을 하시는구려?" 하고 한번 힘을 주어 형식을 흘러본다. 형식은 문득 고개를 수그렸다가 아까 우선의 '못생겼다'는 말을 생각하여 번쩍 고개를 들고 가슴을 펴며 낯빛을 엄숙하게 하였다. 그러나 암만해도 '예' 하는 대답이 나오지를 아니하여 속으로 괴로워한다. 목사가

"자, 얼른 말씀을 하시오" 하는 뒤를 대어 장로가

"그렇지요. 주저할 것이 있어요."

형식은 있는 힘을 다하여

"예" 하였다. 그러고는 혼자 우습기도 하고 부끄럽기도 하여 고개를 돌렸다.

"승낙하셔요?" 하고 장로가 다짐을 받는 듯이 몸을 앞으로 숙인다. 형식은 우선의 쾌활한 것을 흉내 내어

"예, 명대로 하겠습니다" 하고 힘드는 일을 마친 듯이 휘 하고 숨을 내쉬었다. 과연 무거운 짐을 벗어놓은 듯하여 마음이 가든하였다. 그리고 새로운 기쁨이 가슴에 차고 김장로의 단정해 보이는 얼굴이 새로 정답게 되는 듯하였다. 형식은 꿈속 같았다.

"어, 참 기쁜 일이오" 하고 목사가 마음이 놓이는 것같이 몸을 한 번 흔든다.

"참 어떻게 기쁜지 모르겠소. 그러면 내 아내를 오래서 아주 말을 맺읍시다" 하고 목사의 뜻을 묻는 듯.

"그러시지요. 또 지금 혼인은 당자의 허락도 들어야 하니까 선형도 오라고" 하고 목사도 자기 딴은 구습을 버리고 신사상을 쫓거니 한다.

장로는 테이블 위에 놓인 초인종을 두어 번 친다. 그 계집아이가 나온다.

"애, 가서 마님께 작은아씨 데리고 오십소사고……"

계집 하인도 이 일의 눈치를 아는지 슬쩍 형식을 보더니 생긋 웃고 나간다. 세 사람은 말없이 앉았다. 그러나 그네의 눈에 나뜨는 웃음은 그네의 마음의 즐거움을 말하였다. 형식은 이제 선형을 만날 것을 생각하였다. 그리고 첫 번 선형을 만날 적과 일전 영어를 가르치던 때에 하던 생각을 생각하였다. 형식의 머리는 마치 술 취한 것

같았다. 전신이 아프도록 기쁨을 깨달았다.

부인이 선형을 뒤세우고 들어온다. 형식은 의자에서 일어나 부인께 인사를 하였다. 부인도 웃으며 답례하였다. 선형은 부인의 뒤에 숨어 선 대로 목사에게 예하고 다음에 형식에게 예하였다. 선형의 얼굴도 붉거니와 형식의 얼굴도 붉었다. 형식은 손수건으로 이마에 땀을 씻었다. 부인이 장로의 곁에 앉고 선형은 부인과 목사의 새에 앉았다. 형식은 바로 부인과 정면하여 앉았다.

81

선형은 고개를 숙이고 앉았다. 지금껏 형식이가 자기의 남편이 되리라고는 생각도 아니하였었다. 오늘 아침에야 비로소 장로가 웃는 말 모양으로

"이선생께서 잘 가르쳐주시더냐" 하고 유심히 자기를 보았다. 그때에도 선형은 무심히

"예, 퍽 친절하게 가르쳐주셔요" 하였다.

"네 마음에 좋은 사람이라고 생각했니."

그제야 선형은 부친의 말에 무슨 뜻이 있는 줄을 알아듣고 잠깐 주저하였으나 대답 아니 할 수도 없어서

"예" 하고 고개를 돌렸다. 그리고 나서는 종일 형식의 일을 생각하였다. 형식이가 과연 자기의 마음에 드는가, 과연 자기는 형식의 아내가 되고 싶은 생각이 있는가 생각하여보았다. 그러나 어떤지를 몰랐다. 형식이가 정다운 듯도 하고 그렇지 아니한 듯도 하였다. 그래서 순애더러

"애, 순애야. 집에서 내 혼인을 할라나 보다. 어쩌면 좋으냐" 하고 물었다. 순애는 별로 놀라는 양도 보이지 아니하고

“누구와?”

“자세히 알 수는 없는데 아마 이선생과 혼인을 할 생각이 있는 지……”

“이선생과?” 하고 순애는 놀라는 빛을 보이며 “무슨 말씀이 계셔요?”

“아까 아버지께서 너 이선생을 좋은 사람으로 생각하느냐 하고 이상하게 내 얼굴을 보시던데……”

순애는 잠깐 생각하더니

“그래, 형님 생각에 어떻소?”

선형은 고개를 기울이더니

“글쎄 모르겠어. 어쩐지를 모르겠구나. 얘, 어쩌면 좋으냐.”

“형님 생각에 달렸지요. 좋거든 혼인하고 싫거든 말고 그럴 게지.”

“아버지께서 하라고 하시면 그만이지.”

“왜 그래요, 내 마음에 없으면 아니 하는 게지. 부모가 억지로 혼인을 하겠소, 지금 세상에……”

“그럴까” 하고 결단치 못한 듯이 가만히 앉아서 고개를 기웃기웃하다가

“얘, 순애야. 그런데 네 생각엔 어떠냐.”

“무엇이?”

“내가 혼인하는 것―이선생과.”

“내가 어떻게 알겠소.”

“그러지 말고 말을 해라. 너밖에 뉘게 의논을 하겠니. 아까 어머님께 말씀을 하려다가 어째 부끄러워서……”

“글쎄, 형님도 모르는 것을 내가 어떻게 알아요. 이런 일이야 자기 마음에 달렸지 누가 말을 하겠소.”

선형은 답답한 모양으로

"그러면 네 생각에 이선생이 사람이 어떠냐—좋을까."

"좋겠지요."

"그렇게 말하지 말고!"

"이삼일 동안 한 시간씩 글이나 배워보고야 어떻게 그 사람의 마음을 알겠어요. 형님 생각에는 어때요?"

"나도 모르겠으니 말이다……에그, 어쩌나……어쩌면 좋아!"

이러한 담화가 있었다. 이 담화를 보아도 알 것같이 선형은 형식에 대하여 어떻게 할지를 몰랐다. 그러나 십칠팔 세 되는 처녀의 마음이라 아주 악인이거나 천한 사람이거나 얼굴이 아주 못생긴 사람만 아니면 아무러한 남자라도 미운 생각은 없는 것이라. 게다가 형식은 세상에서 다소간 칭찬도 받는 사람이므로 선형도 형식이가 싫지는 아니하였다. 차라리 어찌 생각하면 정다운 듯한 생각도 있었고 더구나 아침에 부친의 말을 듣고는 전보다 좀더 정다운 생각도 나게 되었다. 그러나 물론 선형이가 형식을 사랑하는 것은 아니다. 그렇게 이삼일 내로 사랑이 생길 까닭이 없을 것이다. 장차 어떤 정도까지 사랑이 생길는지는 모르거니와 적어도 아직까지는 사랑이 생긴 것이 아니다.

형식이나 선형이가 피차 성질을 모를 것은 물론이다. 형식이가 선형을 사랑하는 것도 다만 아름다운 꽃을 사랑함과 같은 사랑이다. 보기에 사랑스러우니 사랑하는 것이다. 극히 껍데기 사랑이다. 눈과 눈의 사랑이요 얼굴과 얼굴의 사랑이다. 피차의 정신은 아직 한 번도 조금도 마주 접하여 본 적이 없었다. 형식은 선형을 바라보며, 선형은 형식을 바라보며 속으로 '저 사람의 속이 어떠한가' 할 터이다. 그리고 '저 사람의 속이야 지내 보아야 알지' 할 터이다. 다만 김장로 양주와 한목사만 이 두 사람의 속을 잘 알거니 한다. 물론 이 두 사람이 피차에 아는 것만큼도 모르건마는 그래도 자기네는 이 두 사람의 속을 잘 알거니 한다. 그리고 두 사람이 부부 된 뒤에 행복될 것은 확실하거니 한다. 그래서 두 사람을 마주 붙인다. 다만 자기네 생각에—그 미련하게 얕은 생각에 좋을 듯하게 보이므로 마주붙인다. 그러다가 만일 이 부부가 불행하게 되면 그네는 자기네 책임이라 하지 아니하고 두 사람의 책임이라 하거나 또는 팔자라, 하나님의 뜻이라 할 것이다. 이 모양으로 하루에도 몇천 켤레 부부가 생기는 것이다.

82

장로는 형식과 선형을 번갈아 돌아보더니 목사를 향하여

"어찌하면 좋을까요" 한다. 아직 신식으로 혼인을 하여본 경험 없는 장로는 실로 어찌하면 좋을지를 모른다. 물론 목사도 알 까닭이 없다. 그러나 이러한 경우에 모른다 할 수도 없다. 그래서

"우리가 지금 인륜에 대사를 의논하는 터인데 우선 하나님께 기도를 올립시다" 하고 고개를 숙인다. 다른 사람들도 다 고개를 숙이고 손을 무릎 위에 얹었다. 목사는 정신을 모으려는지 한참 잠잠하더니 극히 정성스럽고 경건한 목소리로 처음에는 들릴락 말락 하다가 차차 크게

"전지전능하시고 무소부지하시며 사랑이 많으샤 저희 죄인 무리를 항상 사랑하시는 하늘 위에 계신 우리 주 여호와 하나님 아버지시어" 하고 우선 하나님을 찾은 뒤에 "이제 저희 철없고 지각없고 죄 많고 무지몽매하고 어리석은 죄인 무리가 우리 주 하나님 아버지께서 만세 전부터 정해주신 뜻대로 하나님의 사랑하시는 이형식과 박선형과 약혼을 하려 하오니 바다 같은 하나님의 거룩하신 성신께옵서 우리 무지몽매한 죄인 무리들의 마음에 계시사 모든 일을 주

관하게 하여주시옵소서. 저희는 무지몽매한 죄인 무리라 무슨 공로가 있어 감히 거룩하신 하나님 우리 여호와께 비오리까마는 다만 우리를 위하여 십자가에 보혈을 흘리시고 하나님 보좌 우편에 앉아 계신 우리 구주 예수 그리스도의 거룩하신 공로를 의지하여 비옵나이다, 아멘" 하고도 한참이나 그대로 있다가 남들이 다 고개를 든 뒤에야 가만가만히 고개를 든다. 목사는 두 사람을 위하여 정성껏 기도한 것이라. 다른 사람들도 정성껏 '아멘'을 불렀다. 목사는 엄숙하게

"그러면 정식으로 서로……어……말씀을 하시지요" 하고 장로 양주를 보고 다음에 선형을 본다. 장로는 어떻게 말을 해야 좋을는지 모르는 모양으로 오른손으로 테이블을 툭툭 치더니 부인에게 먼저 말하는 것이 옳으리라 하여 양반스럽게 느럭느럭한 목소리로

"여보, 내가 형식씨에게 약혼을 청하였더니 형식씨가 승낙을 하셨소. 마누라 생각에는 어떠시오" 하고는 자기가 경위 있게, 신식답게 말한 것을 스스로 만족하여하며 부인을 본다. 부인은 아까 둘이 서로 의논한 것을 새삼스럽게 또 묻는 것이 우습다 하면서도 무엇이나 신식은 다 이러하거니 하여, 부끄러운 듯이 잠깐 몸을 움직이고 고개를 숙이며

"감사합니다" 하였다. 장로는

"그러면 마누라도 좋단 말씀이로구려."

"예" 하고 부인은 고개를 들어 맞은편 벽에 걸린 그림을 본다.

"그러면 약혼이 되었지요" 하고 목사를 본다. 목사는 기도나 하는 듯이 하늘을 우러러보는 눈으로

"예. 그러나 지금은 당자의 의사도 들어보아야 하지요" 하고 자기가 장로보담 더 신식을 잘 아는 듯하여 만족해하며 "물론 당자도 응낙은 했겠지마는 그래도 그렇습니까—자기네 의사도 물어 보아야지

요" 하고 형식을 본다. '그래 내 말이 옳지?' 하는 것 같다. 형식은 다만 목사를 힐끗 보고 또 고개를 숙인다. 장로가

"그러면 당자의 뜻을 물어보지요" 하고 재판관이 심문하는 태도와 같이 위의를 갖추더니 남자 되는 형식의 뜻을 먼저 물은 뒤에 여자 되는 선형의 뜻을 묻는 것이 마땅하리라 하여

"그러면 형식씨도 동의하시오?"

목사는 장로의 질문이 좀 부족한 듯하여 얼른 형식을 보며

"지금은 당자의 뜻을 듣고야 혼인을 하는 것이니까 밝히 말씀을 하시오……선형과 혼인하실 뜻이 있소?" 하고 곁을 친다. 형식은 어째 우스운 생각이 나는 것을 힘껏 참았다. 그러나 대답하기가 부끄럽기도 하였다. 그러다가 우선을 생각하고 얼른 고개를 들고 위엄을 갖추며

"예" 하였다. 제 대답도 어째 우스웠다.

"이제는 선형의 뜻을 물어야 되겠소" 하고 목사가 선형의 수그린 얼굴을 옆으로 보며 "너도 부끄러워할 것 없이 뜻을 말해라."

선형은 우습기도 하고 부끄럽기도 하였다. 그래서 장로가 "네 뜻은 어떠냐" 하는 말에는 대답도 아니 하였다. 장로도 목사에게로 고개를 돌리며 빙그레 웃는다. 부인도 웃는다. 그러나 목사는 여전히 엄숙하게

"그러면 부인께서 물어보십시오."

"애, 대답을 하려무나."

"신식은 그렇단다, 대답을 해라" 하고 목사가 또 곁을 친다. 부인이 또 한 번

"애, 대답을 하려무나." 이번에는 목소리가 좀 날카롭다. 선형은 마지못하여 가만히 "예" 하였다. 그러나 그 소리는 들은 사람이 없었다. 장로가

"어서 대답을 해라" 하고 한 번 더 재촉을 받고 또 한 번 "예" 하였다. 그러나 이번에도 장로와 목사는 듣지 못하였다. 그러나 부인은 들었다. 또 한 사람 형식은 들었다. 이번에는 목사가
"어서 대답을 해라!"
"지금 대답을 했어요" 하고 부인이 대신 말한다. 선형의 얼굴은 거의 무릎에 닿으리만큼 수그러졌다.

83

"옳지, 이제는 되었소. 이제는 부모의 허락도 있고 당자도 승낙을 하였으니까 이제는 정식으로 된 모양이외다" 하고 목사가 비로소 만족하여 웃는다. 목사의 생각에 이만하면 신식 혼인이 되었거니 한 것이다. 장로는 이제는 정식으로 약혼을 선언하는 것이 마땅하리라 하여
"그러면 혼약이 성립되었소" 하고 형식을 보며 "변변치 아니한 딸자식이오마는 일생을 부탁하오" 하고 다음에 선형을 보고도 무슨 말을 하려다가 그친다. 형식은 꿈같이 기뻤다. 마치 전신의 피가 모두 머리로 모여 오르는 듯하여 눈이 다 안 보이는 것 같았다. 형식은 자기의 숨소리가 남에게 들릴까 보아서 억지로 숨을 죽인다. 목사와 장로는 새삼스럽게 형식의 벌겋게 된 얼굴을 보고 웃는다. 선형도 웬일인지 모르게 기뻤다. 자기가 '예' 하고 대답하던 것이 기쁘기도 하고 우습기도 하였다. 일전 글 배울 때에 하던 모양으로 치마고름으로 이마와 콧마루에 땀을 씻었다.
　얼마 동안 서로 마주 보고 앉았더니 장로가
　"그런데" 하고 목사를 향하여 "성례를 하고 미국을 보낼까요, 공부하고 나서 성례를 하는 것이 좋을까요?"

"글쎄요" 하고 목사가 "몇 해나 되면 졸업을 하겠나요?"

"선형이야 적어도 오 년은 있어야겠지" 하고 선형더러 "오 년이면 졸업을 한다고 했지?"

"예, 명년 봄에 칼리지(대학)에 입학을 하면……" 하고 이번에는 곧 대답을 하고 고개를 든다. 형식의 시선과 선형의 시선이 잠깐 마주치고 서로 갈라졌다. 마치 번개와 같이 빨랐다. 그리고 번개와 같이 힘이 있었다.

"그리고 형식씨는" 하고 목사가 "몇 해면 졸업을 하시겠소?" 형식은 어떻게 대답할 줄을 몰랐다. 목사에게 자기도 미국에 보내 준다는 말은 들었건마는 벌써 작정이 된 듯이 말하기는 좀 부끄러웠다. 그래서

"예?" 하고 말았다. 목사는 얼른

"아니, 금년 가을에 미국을 가시면 언제 졸업을 하겠나 말이오."

"금년에 입학을 하면 만 사 년 후에 졸업을 할 것입니다."

"그러면 박사가 되나요?"

"아니지!" 하고 장로는 여기야말로 자기의 유식함을 보일 곳이라 하여 "박사가 되려면 그 후에도 얼마를 있어야 하지" 하였다. 그러나 몇 해를 있어야 하는지는 몰랐다. 형식은 그런 줄을 알고 속으로 웃었다. 그러나 이제는 김장로는 자기의 사랑하는 자의 아버지다—장인이다. 그래서 속으로도 웃기를 그치고

"칼리지(대학)를 졸업하고 이태 이상 포스트 그래듀에이트 코스(대학원)를 공부하면 마스터라는 학위를 얻고 그 후에 또 삼사 년을 공부하여야 박사 시험을 치를 자격이 생긴답디다" 하였다. 이 말을 하고 나매 얼마큼 수줍은 생각이 없어졌다.

"그러면 형식씨는 박사가 되어가지고 오시오. 여자도 박사가 있나요?"

"예. 서양은 물론 여자도 있습니다. 일본 여자도 한 사람 미국서 박사가 되었다가 연전에 죽었습니다" 하고 얼른 선형을 보았다. 부인은
"아니, 여자 박사가 다 있어요?" 하고 놀라며 웃는다. 장로도 여자 박사가 있는 줄은 몰랐었다. 그래서 자기도 놀랐건마는 아니 놀란 체하였다. 그리고
"여자가 임금도 되는데" 하고 자기의 유식함을 증거하였다. 목사가
"그러면 선형이도 박사가 되어가지고 오지. 허허, 희한한 일이로다. 내외가 다 박사가 되는구나" 하고 벌써 박사가 되기나 한 듯이 기쁘게 웃는다. 형식과 선형도 웃었다. 다 웃었다. 형식도 박사가 되는 듯하였고 선형도 박사가 되는 듯하였다. 부인도 그렇게 생각하고 기뻤다. 목사가 다시 말을 꺼낸다.
"그러면 성례를 하고 가는 것이 좋겠구려, 오 년 동안이나……"
"그래도 공부를 마치고 성례를 해야지" 하고 장로가 말한다.
"그렇게 어떻게" 하고 부인이 딸에게 동정한다.
"그렇고말고요. 성례를 해야지."
"그러면 공부가 되나. 공부를 마치고 해야지요."
"이것도 당자에게 물어봅시다" 하고 목사가 또 신식을 끄집어 내어
"형식씨 생각에는 어떻소?"
"제가 알겠습니까."
"그러면 누가 아오?"
형식은 웃고 말았다. 목사는 선형에게
"네 생각엔 어떠냐."
선형도 속으로 웃었다. 그리고 말이 없다. 목사는 좀 무안하게 되었다. 성례하여야 한다는 편에도 아무 이유가 없고 아니 해야 한다는 편에도 아무 이유가 없다. 혼인을 하는 것도 무슨 이유나 자신이 없이 하였거든 성례를 하고 아니 함에 무슨 이유나 자신이 있을 리

가 없다. 장난 모양으로 혼인이 결정되고 장난 모양으로 공부를 마치고 성례하기로 결정하였다. 그리고 일동은 가장 합리하게 만사를 행하였거니 하였다. 하나님의 성신의 지도를 받았거니 하였다. 위험한 일이다.

84

형식은 김장로 집 대문을 나섰다. 수증기 많은 여름밤 공기가 땀 난 형식의 몸에 물같이 지나간다. 그것이 형식에게 지극히 시원하고 유쾌하였다. 형식은 반작반작하는 하늘의 별과 집집의 전등과 지나가는 사람의 얼굴을 슬쩍슬쩍 보면서 더할 수 없이 즐거운 마음으로 집으로 돌아온다. 자기의 운수에 봄이 돌아온 것 같다. 선형은 아내가 되었다. 마음껏 사랑할 수 있는 내 것이 되었다. 그리고 미국에 가서 대학교에 들어가서 학사가 되고 박사가 될 수 있다. 사랑스러운 선형과 한차를 타고 한배를 타고 같이 미국에 가서 한집에 있어서 한학교에서 공부할 수가 있다. 아아, 얼마나 즐거울는지. 그리고 공부를 마치고 나서는 선형과 팔을 겯고 한배로 한차로 본국에 돌아와서 만인의 부러워함과 치하함을 받을 수가 있다. 아아, 얼마나 즐거울는지. 그리고 경치도 좋고 깨끗한 집에 피아노 놓고 바이올린 걸고 선형과 같이 살 것이다. 늘 사랑하면서 늘 즐겁게……아아, 얼마나 기쁠는지. 형식은 마치 어린애 모양으로 기뻐하였다. 장래도 장래려니와 지금 이러한 생각을 하는 것이 더할 수 없이 기쁘다. 그래서 이 생각하는 동안을 더 늘일 양으로 일부러 광화문 앞으로 돌아서 종로를 지나서 탑골공원을 거쳐서……그래도 집에 돌아오는 것이 아까운 듯이 집에 돌아왔다. 마음속으로는 눈앞에서 고개를 수그리고 앉았는 선형의 모양이 새겨져 있다. 그러고 그 모양으로 보면 볼수록 더욱 사랑스러워지고 더욱 어여뻐진다.

형식은 대문 밖에서 한참 주저하였다. 이제는 내가 이러한 대문으로 출입할 사람이 아니로구나 하였다. 자기는 갑자기 귀해지고 높아진 듯하였다. 그래서 주먹으로 대문을 한번 치고 혼자 웃으며 마당에 들어섰다.

노파와 우선이가 툇마루에 앉아서 이야기를 하다가 형식을 보고 벌떡 일어난다. 우선이가 형식의 어깨를 힘껏 치고 웃으며

"요, 어찌 되었나."

형식은 시치미 뚝 떼고

"무엇 말이야?"

"아따, 왜 이렇게……"

"아, 어떻게 하셨어요" 하고 노파가 "일이 되었어요?" 하고 웃는다.

"무슨 일 말이야요?" 하고 형식도 웃는다.

"어디 자초지종을 내게 아뢰게. 가서 저녁 먹고……그담에는?"

"물 마시고……"

"그담에는?"

"이야기하고……"

"그다음에는?"

"왔지!"

"에끼, 바로 아뢰지 못할 테야" 하고 우선이가 두 팔로 형식의 팔을 비틀며 "인제도, 인제도 말을 아니 할 테야?"

"아이구구, 응, 응, 말해, 말해." 우선이가 팔을 놓으매 형식은 "글쎄 무슨 말을 하란 말이어?"

"주릿댈 안고야 말을 하겠니" 하고 또 한 번 힘껏 비튼다.

"오냐, 오냐, 인제는, 인제는 말한다."

"그래 말을 해!" 하고 팔은 놓지 아니하고 다짐을 받는다.

"가만있게. 불이나 켜놓고 앉아서 이야기를 하지" 하고 자기의 방 램프에 불을 켜고 모자와 두루마기를 벗어 방 안에 집어 던진다. 그러나 오늘 아침에 던지던 것과는 뜻이 다르다. 노파는 쌈지와 담뱃대를 들고 형식의 방으로 건너온다. 우선도 담배를 피워 물고 벙거지로 가슴과 다리와 등을 부치며 형식의 말 나오기를 기다린다. 형식은 웃으며

"약혼했네" 하였다.

"그러면 성례는 언제 하고?"

"졸업 후에 한다데."

"졸업 후에? 미국 가서 말인가."

"응. 오 년 후에."

"오 년 후에?" 하고 노파가 놀라 담뱃대를 입에서 빼며 "오 년 후에, 다 늙은 담에요? 그게 무슨 일이람!"

"오 년 후에 누가 늙어요?" 하고 형식이가 노파를 보며 웃는다.

"한창 재미있을 시절은 서로 물끄러미 마주 보기만 하고 있어요, 에그 참. 어서 성례하시오, 오 년 후라니" 하고 노파는 자기에게 큰 상관이나 있는 듯이 크게 반대한다. 형식은 노파의 말이 옳다 하였다. 그러나

"서로 마주 보는 동안이 좋지요" 하고 우선더러

"그런데 칠월 그믐 안으로 떠나게 되었네. 오는 구월 학기에 입학을 할 양으로."

85

"칠월 그믐께?" 하고 우선은 놀라며 "그렇게 급히?" 한다.

"구월에 입학을 못하면 일 년을 잃게 되겠으니까."

"그러면 무엇을 배울 텐가."

"가봐야 알겠지마는 교육을 연구하려네. 내가 지금껏 경험한 것도 교육이요 또 지금 조선에 제일 중요한 것도 교육인 듯하고……하니까 힘껏 신교육을 연구해서 일생 교육에 종사하려 하네."

"교육이라 하면?"

"물론 교육이라 하면 소학 교육과 중학 교육을 의미하는 것이지. 지금 조선은 정히 페스탈로치를 기다리는 땐 줄 아네. 조선 사람을 전혀 새 조선 사람을 만들려면 교육밖에 무엇으로 하겠나. 어느 시대 어느 나라가 아니 그렇겠나마는 더구나 시급히 낡은 조선을 버리고 신문명화한 신조선을 만들어야 할 조선에서는 만인이 다 교육을 위하여 힘써야 할 줄 아네. 자네도 문필에 종사하는 테니 아무쪼록 교육열을 고취해주게. 지금 교육은 참 보잘 것이 없으니……"

"그러면 사 년 동안 교육만 연구할 텐가."

"사 년이 길어 보이나. 충분히 연구하려면 십 년도 부족할 것일세."

"그런 줄은 나도 아네마는 교육 한 가지만 연구하겠는가 말일세."

"물론 거기 관련하여 다른 공부도 하지마는 교육을 중심으로 하고 공부한단 말일세. 특별히 사회 제도와 윤리학에 힘을 쓰라네" 하고 '너는 이 뜻을 잘 모르겠다' 하는 듯이 우선을 본다. 우선은 실로 그 뜻을 잘 몰랐다. 그러나 자기의 어림으로 '대체 이러이러한 것이 어니' 하였다. 그리고 웃으며

"그러면 자네의 아내……무엇이랄까, 스위트하트는?"

형식은 웃고 얼굴을 좀 붉히며

"내가 알겠나."

"누가 알고—남편이 모르면."

"제가 알지……지금 세상에야 지아비라도 아내의 자유를 꺾지 못하니까."

"그러면 아무것을 배우든지 자네는 상관하지 않는단 말일세그려?"

"물론이지. '저'라는 것이 있으니까……누구든지 제가 하고 싶은 것을 할 권리가 있으니까. 남의 힘으로 어떻게 다른 사람의 '저'를 좌우하겠나. 남더러 이렇게 하는 것이 좋을 듯하오 하고 충고하거나 알려주는 것은 좋지마는, 내가 이렇게 생각하니 너는 이렇게 해라 하는 것은 참람(僭濫)한 일이지."

우선은 미상불 놀랐다. 그러나 그럴듯하다 하였다. 그러면서도 설마 그러하랴 하였다. 그러나 더 토론할 생각도 없었다. 다만 형식의 사상은 자기와는 다름을 깨닫고 혼자 고개를 끄덕끄덕하였을 뿐이다. 형식은 우선의 이마니 입을 보고 빙그레 웃는다. 이기었다 하는 기쁜 빛이 보인다. 노파는 두 사람의 하는 말이 무슨 뜻인지를 몰랐다. 다만 형식이가 어디로 간다는 줄만 알았을 뿐이다. 세 사람은 각각 딴 세상 사람이다. 우선과 형식은 혹 같은 세상 사람이 될는지도 모르되 노파는 결코 형식과 한세상 사람이 될 수가 없다. 한방 안에 같은 시간에 각각 딴 세상에 속한 세 사람이 모여 앉았다. 그리고 서로 알아들을 만한 이야기만 한다. 그러므로 그네는 같은 세상에 속하였거니 한다. 그러다가 우연히 딴 세상 이야기가 나오면 문득 눈이 둥그레진다. 노파는

"이선생께서 어디를 가셔요?" 하고 가장 놀란 듯하다. 두 사람은 웃었다.

"예, 어찌 되면 내월 그믐께" 하고 노파는 음력밖에 모르는 것을 생각하고 형식은 "내월 보름께 미국으로 갈랍니다."

"미국? 저 양국 말씀이야요?"

"예. 양국이오" 하는 형식의 대답을 이어 우선이가 껄껄 웃으며

"저, 코가 이렇게 크고 눈이 움쑥 들어간 사람들 사는 나라에요" 한다. 두 사람은 웃고 한 사람은 놀란다.

"아, 양국이 얼마나 멀게요?"

"한 삼만 리 되지요."는 형식의 말.

"바다로 한 십만 리 가요" 하고 우선이가 웃는다. 그러나 노파는 삼만 리와 십만 리가 얼마나 틀리는지 알지 못한다. 그것은커녕 삼만 리가 얼마나 먼지도 모른다. 그래서 다만 입을 헤벌릴 뿐이다.

"여기서 동래를 열댓 번 왔다 갔다 하기만큼 멀어요. 그런데 크다란 쇠로 만든 배를 타고 쿵쿵쿵쿵 하면서 가요" 하는 우선의 말에 노파는

"화륜선 타고 갑니다그려. 몇 달이나 가나요" 하고 담배를 빨기도 잊었다.

"한 서르나문 달 가지요" 하고 우선이가 고개를 돌리고 입을 쭈무리고 웃는다.

"에그머니!" 하는 것을 형식이가

"그것은 거짓말이야요. 한 보름이면 가요" 한다. 노파는 원망하는 듯이 슬쩍 우선을 쳐다보더니

"무엇 하러 그렇게 먼 데를 가요. 또 부인은 어떻게 하시고…… 에그머니!" 하고 노파는 몸을 떤다. 우선이가

"부인도 같이 가지요. 이제 이선생이 부인과 함께 양국을 가는 데, 마나님은 안 가보시려오? 쿵쿵쿵쿵 하는 쇠배를 타고 저 하늘 붙은 양국으로 가보지요." 노파는 그런 소리는 들은 체도 아니 하고

"그러면 언제나 돌아오시나요."

"모르겠습니다. 한 사오 년 있다가 오지요. 오면 곧 찾아오지요" 하고 형식도 웃는다. 노파는 한숨을 쉬며

"내가 사오 년을 사나요" 하고 눈에 눈물이 고인다. 두 사람은 웃음을 그치고 노파를 물끄러미 보았다.

86

이제는 영채의 말을 좀 하자. 영채는 과연 대동강의 푸른 물결을 헤치고 용궁의 객이 되었는가. 독자 여러분 중에는 아마 영채의 죽은 것을 슬퍼하여 눈물을 흘리신 이도 있을지요, 고래로 무슨 이야기책에나 늦도록 일점혈육이 없던 사람이 아들 아니 낳은 자 없고 아들을 낳으면 귀남자 아니 되는 법 없고 물에 빠지면 살아나지 않는 법 없는 모양으로 영채도 아마 대동강에 빠지려 할 때에 어떤 귀인에게 건짐이 되어 어느 암자에 승이 되어 있다가 장차 형식과 서로 만나 즐겁게 백년가약을 맺어 수부귀다남자*¹ 하려니 하고 소설 짓는 사람의 좀된 솜씨를 넘겨 보고 혼자 웃으신 이도 있으리라.

혹 영채가 빠져 죽는 것이 마땅하다 하여 영채가 평양으로 간 것을 칭찬하신 이도 있을지요, 빠져 죽을 까닭이 없다 하여 영채의 행동을 아깝게 여기실 이도 있으리라. 이렇게 여러 가지로 독자 여러분의 생각하시는 바와 내가 장차 쓰려 하는 영채의 소식이 어떻게 합하며 어떻게 틀릴지는 모르지마는 여러분의 하신 생각과 내가 한 생각이 다른 것을 비교해보는 것도 매우 흥미 있는 일 듯하다.

부산서부터 오는 이등 차실은 손님의 대부분을 남대문에 내리우고 영채의 탄 방에는 남녀 합하여 오륙 인밖에 없었다. 영채는 한편 구석에 자리를 잡고 차가 떠나자 얼굴을 남에게 아니 보이려는 듯이 차창으로 머리를 내밀어 시원한 바람을 쏘이며 남산의 바깥을 바라보았다. 그러나 별로 그의 주의를 끄는 것도 없었다. 그는 다만 같이 탄 사람에게 얼굴을 보이기가 싫어서 멀거니 휙휙 지나가는 메와 들을 보고 있었을 뿐이다. 별로 슬프지도 아니하고 괴롭지도 아니하였다. 곤한 잠을 반쯤 깬 모양으로 정신이 희미하였다. 꿈속 같기도 하

---

*1 壽富貴多男子 : 오래 살고 부귀하며 아들이 많음.

였다.

　노파와 두어 동무의 작별을 받을 때에는 슬프기도 하였다. 자기의 신세가 애달프기도 하였다. 자기는 이십여 년 살아오던 세상을 버리고 죽으러 간다는 생각이 푹푹 가슴을 쑤셔내는 듯도 하였다. 그러다가 마음에 맞지 아니하는 괴로운 세상을 버리고 마는 것이 시원한 듯도 하였다. 그래서 영채의 머릿속은 마치 물 끓는 듯하였다. 그러나 한두 시간을 지내매 영채의 정신은 아주 침착하게 되었다. 남대문 정거장에를 어떻게 나왔는지 어떻게 차를 탔는지 잊어버린 듯도 하였다. 남대문을 떠난 지가 여러 십 년 된 것 같기도 하고 노파와 동무의 얼굴이 마치 여러 십 년 전에 보던 얼굴같이 희미하여진다.

　영채의 눈에는 여름 낮볕을 받은 푸른 산이 보이고 밀과 보리의 누른 물결과 조와 피의 푸른 물결도 보인다. 풀의 향기를 품긴 바람이 얼굴을 스쳐 지나가고 모시적삼의 틈으로 불어 들어와 땀나는 살을 서늘하게 한다. 이 모든 것이 도리어 영채에게 일종의 쾌감을 주었다. 그래서 영채는 꿈꾸는 사람 모양으로 안 보이는 것을 보려고도, 보이는 것을 안 보려고도 아니 하고 눈에 들어오는 대로 보고 귀에 들어오는 대로 들었다. 그리고 자기가 어디로 가는 것이며 무엇 하러 가는지도 몰랐다.

　그러나 이따금 나는 죽으러 간다는 생각이 난다. 그러면 영채는 죽었다 살아나는 듯이 한번 눈을 깜박하고 진저리를 친다. 그러고는 집 생각과 평양 생각과 형식의 생각이 쑥 나온다. 그러나 조금씩 조금씩 나오다가는 얼른 스러지고 또 여전히 꿈꾸는 사람과 같이 된다.

　그러다가는 혹 청량리의 광경이 눈에 보인다. 그 짐승 같은 사람들이 자기의 손목을 잡아끌던 생각이 나고는 혀로 입술을 빨아 본다. 조금 힘을 들여 빨면 짭짤한 피가 입에 들어온다. 그러면 그 피

맞을 보는 듯이 가만히 입을 다물고 한참 있다가는 만사를 다 잊어버리려는 듯이 한번 고개를 흔들고 침을 뱉고는 아까 모양으로 메와 들을 바라본다. 바람이 영채의 머리카락을 펄펄 날린다.

차가 개성 돈네루*1를 지나서 황해도 산 많은 데로 달아난다. 푸푸 소리를 내며 고개를 올라가다가는 수루루하고 고개를 내려가며 또 푸푸 하고 비스듬한 산모퉁이를 돌아가서는 수십 길이나 될 듯 한 길로 미끄러지는 듯이 내려간다. 좌우에 풀 깊은 산골짝으로 푸푸 하고 올라갈 때에는 그 풀숲에서 단김이 후끈후끈 올라오다가 수루루 내려갈 때에는 서늘한 바람이 지켜 섰던 모양으로 휙 지나간다. 길가 산 옆에 이물스럽게 생긴 바윗돌들이 내리쪼이는 햇볕에 빠작빠작하는 소리가 나는 것 같고 여기저기 외롭게 선 나무들도 졸린 듯이 잎새 하나 움직이지 아니하고 가만히 섰다. 이따금 평평하게 뚫린 곳이 있어 거기는 냇가에 누워 자는 소도 보이고 한 뼘이나 넘어 자란 조밭에 김을 매다가 지나가는 차를 쳐다보는 어린애 데린 촌계집도 있다. 그러나 영채는 여전히 꿈을 꾸는 듯이 차창에 턱을 걸고 앉았다.

차가 길게 고동을 울리며 어떤 산굽이를 휙 돌아설 때에 기관차의 석탄 연기가 영채의 앞으로 휙 지나가며 영채의 오른편 눈에 석탄가루를 집어넣었다. 영채는 눈을 감고 얼른 머리를 차 안으로 끌어들였다. 그리고 손에 들었던 명주 수건으로 눈을 씻었다. 그러나 석탄가루는 나오지 아니하고 눈물만 흐른다. 눈이 몹시 아팠다.

87

영채는 수건으로 눈을 씻으며 얼굴을 찌푸리고 속으로 '에구

---

*1 돈네루(トンネル): 터널.

아퍼' 하였다. 석탄가루가 처음에는 눈 윗시울 속에 들어간 듯하더니 한참 비비고 난 뒤에는 어디 간지를 알 수 없고 다만 아프기만 하였다. 그래도 수건을 눈 속으로 넣어서 씻어내려 하다가 마침내 나오지 아니함을 보고 영채는 화를 내어 차창에 손을 대고 손 위에 얼굴을 대고 엎데어 울었다. 지금껏 졸던 슬픔이 갑자기 깨어난 모양으로 눈물이 쏟아진다. 무슨 까닭인지도 모르게 그저 슬프기만 하여 소리를 참고 울었다. 지금껏 꿈속 같던 정신이 갑자기 쇄락하여지는 듯하였다. 지나간 모든 생각이 온통 슬픔을 띠고 분명하게 마음속에 일어난다. 영채는 눈에 석탄가루 들어간 것도 잊어버리고 혼자 슬퍼서 울었다. 오늘 저녁이면 나는 죽는다. 나는 대동강에 빠진다. 이 눈물도 없어지고 몸에 따뜻한 기운도 없어진다. 오늘 본 산과 들과 사람은 다 마지막 본 것이다. 나는 몇 시간 아니 하여서 죽는다 하는 생각이 바늘끝 모양으로 전신을 폭폭 찌른다. 내가 왜 났던고, 무엇 하러 살아왔는고 하는 후회도 난다.

이때에 누가 영채를 가볍게 흔들며

"여봅시오. 고개를 들으셔요" 한다. 영채는 깜짝 놀라 고개를 들어 겨우 한편 눈을 떠서 그 사람을 보았다. 어떤 일복(日服) 입은 젊은 부인이 수건을 들고

"이리 돌아앉으셔요. 눈에 석탄가루가 들어갔어요? 제가 씻어 내드리지요" 하고 방그레 웃더니 영채의 얼굴에 슬픈 빛이 있는 것을 보고 한번 눈을 치떠서 영채의 얼굴을 본다. 영채는 감사한 듯도, 부끄러운 듯도 하면서 그 부인의 말대로 돌아앉으며

"관계치 않습니다" 하고 고개를 숙였다. 부인은 영채를 안을 듯이 마주 앉으며

"아니야요. 석탄가루가 눈에 들어가면 잘 나오지를 아니해요" 하고

수건을 손가락 끝에 감아 들고 한편 손으로 영채의 눈을 만지며

"이 눈이야요? 이 눈이야요?" 하다가 영채의 오른눈 윗시울을 들고 가만히 들여다보다가 수건으로 살짝 씻어낸다. 그 하는 모양이 극히 익숙하고 침착하다. 영채는 하는 대로 가만히 앉았다. 그 부인의 피곤한 듯한 따뜻한 입김이 무슨 냄새가 있는 듯하면 서도 향기롭게 자기의 입과 코에 닿는 것을 깨달았다. 부인은 좀 더 바싹 영채에게 다가앉으며 눈을 비집고 연해 고개를 기울여가며 씻어낸다. 부인은 화가 나는 것같이

"에그, 남들이 없었으면 혓바닥으로 핥았으면 좋으련만" 하더니 "에라, 나왔어요, 이것 보셔요. 이렇게 큰 게 들어갔으니까" 하고 수건에 묻은 석탄가루를 영채에게 보인다. 그러나 영채는 눈이 부시고 눈물이 흘러서 그것이 보이지를 아니한다. 부인은 걸상에서 일어나 영채의 겨드랑에 손을 넣어 일으키며

"자, 세면소에 가서 세수를 하셔요." 하고 앞서 간다. 차가 흔들리건마는 그 부인은 까딱없이 평지로 가는 모양으로 영채를 끌고 차실 저편 끝 세면소로 간다. 가다가 차실 중간쯤 해서 자기와 같이 앉았던 양복 입은 소년에게서 비누와 수건을 받아 들고 간다. 그 맞은편에서 책을 보고 앉았던 어떤 양복 입은 사람이 두 사람의 모양을 우두커니 보고 앉았더니 다시 책을 본다. 영채는 비틀비틀하면서 그 부인의 뒤를 따라 세면소에 갔다. 부인은 대리석판에 백설 같은 자기로 만든 세면기에 물을 따라 손으로 휘휘 저어 한번 부시어내고 맑은 물을 가득이 부어놓은 후에 비눗갑을 열어놓고 붉은 줄 있는 큰 타월로 영채의 어깨와 옷깃을 가려주고 한 손으로 영채의 허리를 안는 듯이 영채의 몸을 자기의 몸에 기대게 하고

"자, 비누로 활활 씻읍시오" 하고 물끄러미 영채의 반질반질한 머리와 꽃 비녀와 하얀 목과 등을 보며 '어떤 사람인가' 하여 보다가 이

따금 영채의 어깨를 가린 수건도 바로잡아주고 귀밑으로 흘러내린 머리카락도 걸어 올려준다. 남이 보면 마치 형이 동생을 도와주는 것같이 생각하겠다. 사실상 그 부인은 영채를 동생 같이 생각하였다. '얌전한 처녀다, 재주가 있겠다, 교육이 있는 듯하다' 하였다. 그러고 석탄가루가 눈에 들어가서 울던 것을 생각하고 '어리다, 사랑스럽다' 하였다.

영채는 슬프던 중에도 그 부인의 다정한 것을 감사하게, 기쁘게 여기면서 잘 세수를 하였다. 자기의 등에 그 부인의 손이 얹힌 것을 감각할 때에 월화에게 안기던 것을 생각하였다. 그리고 그 부인의 얼굴이 어딘지 모르나 월화와 비슷하다 하였다. 그러고, 그러나 나는 죽는다 하였다. 영채는 세수를 다 하고 일어섰다. 부인은 수건을 준다. 영채는 얼굴과 손을 씻었다. 부인은 수건을 달래서 영채의 목과 귀 뒤를 가만가만히 씻어주었다. 영채는 눈을 떠서 정면으로 부인을 보았다. 영채의 눈은 벌겋다. 그리고 눈썹에는 아직 물이 묻어서 마치 눈물이 묻은 것 같다. 부인은 어머니가 딸을 보는 듯한 눈으로 빙그레 웃으면서 영채를 보더니 팔로 영채의 허리를 안으며

"자, 갑시다. 가서 점심이나 먹읍시다."

88

아까 오던 모양으로 영채의 자리에 돌아왔다. 영채는 그제야 겨우 "감사합니다" 하였다. 부인은 앉으려 하다가 다시 자기의 자리로 가서 그 소년과 무슨 말을 하더니 가방 속에서 네모진 지갑*1을 내들고와서 영채의 맞은편 걸상에 앉으며

"자, 이것 좀 잡수셔요" 하고 그 지갑의 뚜께(뚜껑)를 연다. 영채는

---

*1 紙匣 : 종이로 만든, 물건을 담는 작은 상자.

그것이 무엇인지를 몰랐다. 구멍이 숭숭한 떡 두 조각 사이에 엷은 날고기를 끼인 것이다. 영채는 무엇이냐고 묻기도 어려워서 가만히 앉았다. 부인은 슬쩍 영채의 눈을 보더니 속으로 '네가 이것을 모르는구나' 하면서 영채에게 먹기를 권하며

"어디로 가십니까" 하고 자기가 먼저 하나를 집어먹으며 "자, 잡수셔요" 한다.

"평양 갑니다" 하고 영채도 한 개를 집어서 그 부인이 먹는 모양으로 먹었다. 처음에는 어떻게 먹는 것인지 몰랐었다.

"댁이 평양이시야요?" 하고 부인은 또 하나를 집는다. 영채는 어떻게 대답할지를 몰랐다. 나도 집이 있나 하였다. 그러나 집이 있다 하면 노파의 집이다 하여 고개를 돌리며

"예, 평양 있다가 지금 서울 와 있어요" 하고 영채는 집었던 것을 다 먹고 가만히 앉았다. "자. 어서 잡수셔요" 하고 부인이 집어 줄 때에야 또 하나를 받아먹었다. 별로 맛은 없으나 그 새에 끼인 짭짤한 고기 맛이 관계치 않고 전체가 특별한 맛은 없으면서 무엇인지 알수 없는 운치 있는 맛이 있다 하였다. 부인은 또 한 개를 집어 안팎 옆을 한번 뒤쳐보며

"그런데 방학이 되었어요?"

나를 여학생으로 아는구나 하고 한껏 부끄러웠다. 그리고 이 일본 부인이 어떻게 이렇게 조선말을 잘하나 하다가 너무도 조선말을 잘함을 보고 옳지, 일본 가 있는 조선 여학생이로구나 하면서

"아니야요. 잠깐 다니러 갑니다. 저는 학교에 아니 다녀요."

"그러면 벌써 졸업하셨어요? 어느 학교에 다니셨어요—숙명이오, 진명이오?"

"아무 학교에도 아니 다녔어요."

이 말에 그 부인은 입에 떡을 문 채로 씹으려고도 아니 하고 우두

커니 앉아서 영채를 본다. 그러면 이 여자는 무엇일까 하였다. '남의 첩'이라는 생각도 난다. 학교에 아니 다녔단 말에 다소 경멸하는 생각도 나나 또 그것이 어떤 계집인지 알아보고 싶은 호기심도 난다. 그러나 어떻게 물어보아야 할지를 몰라 한참 생각하다가 "그러면 평양에는 친척이 계셔요?"

영채도 어떻게 대답을 할 것인지 모른다. 오늘 저녁이면 죽어버리는 몸이요 또 이 부인이 이처럼 친절하게 하여주니 자초지종을 있는 대로 이야기하고 싶기도 하나 그래도 말을 내기가 부끄럽기도 하고, 또 어디서부터 어떻게 시작할 것인지를 몰라 떡을 든 채로 고개를 숙이고 잠자코 앉았다. 부인도 가만히 앉았다. '이 여자에게 무슨 비밀이 있구나' 하매 더욱 호기심이 일어난다. 그러나 영채의 불편하여하는 것을 보고 말끝을 돌려

"제 집은 황주야요. 동경 가서 공부하다가 방학이 되어서 돌아옵니다. 쟤는 제 동생이구요."

영채는 다만 "예" 하고 그 소년을 보았다. 소년도 기대어 앉아서 눈을 끔벅거리며 이편을 쳐다보다가 영채의 눈과 마주치매 눈을 돌려 창밖을 내다본다. 둥그스름하고 살이 풍후한 얼굴에 눈이 큰 것과 눈썹이 긴 것이 얼른 눈에 띈다. 영채는, 사랑스러운 얼굴이다, 남매가 잘 닮았다 하였다. 그러나 두 사람 사이에는 다시 말이 없고 서로 이따금 마주 보기만 한다. 영채는 '내게도 저런 동생이 있었으면' 하였다. 그리고 동경 유학하는 그의 신세를 부럽게도 여겼다. 또 나는 죽는다 하였다. 나는 왜 이렇게 박명한고, 나는 어찌하여 일생을 눈물로 보내다가 죽게 태어났는고 하였다. 차는 간다, 해도 간다, 내가 죽을 시간은 가까워온다 하고 자기의 손과 몸을 보았다. 그리고 나오는 줄 모르게 눈물을 흘렸다. 영채는 눈물을 감추려 하였으나 참으려면 참을수록 흑흑 느껴지고 눈물이 나온다. 영채는 마침

내 자기의 걸어앉은 걸상 위에 이마를 대고 울었다. 그 여학생은 영채의 곁으로 옮아앉아 영채를 안아 일으키면서

"여봅시오, 왜 그러셔요?"

영채는 자기의 가슴 밑으로 들어온 그 여학생의 손을 꼭 쥐어다가 자기의 입에 대며 엎뎐 채로

"형님, 감사합니다. 저는 죽으러 가는 몸이야요. 아아, 감사합니다" 하고 더 느낀다.

"에?" 하고 여학생은 놀라 "그게 무슨 말씀이야요? 왜, 무슨 일이야요. 말씀을 하시지요. 힘 있는 대로는 위로하여드리지요. 왜 죽으려고 하셔요. 자, 울지 말고 말씀을 합시오. 살아야지요. 꽃 같은 청춘에 즐겁게 살아야 하지요. 왜 죽으려 하셔요?" 하고 수건으로 영채의 눈물을 씻는다. 영채는 번히 눈을 떠서 여학생을 본다. 여학생의 눈에도 눈물이 고였다. 그렇게 활발한, 남자 같은 사람에게도 눈물이 있는 것이 이상하다 하였다. 그리고 영채에게는 그 여학생이 정다운 생각이 간절하게 된다. 영채의 눈물을 씻은 수건에는 영채의 입술에서 흐른 피가 묻었다. 여학생은 가만히 그 피와 영채의 얼굴을 비교하여본다. 불쌍한 생각이 간절하여진다.

89

여학생은 영채의 신세타령을 듣고

"그러면 지금도 그(형식)를 사랑하시오?"

사랑하느냐 하는 말에 영채는 가슴이 뜨끔하였다. 과연 자기가 형식을 사랑하였는가—알 수가 없다. 자기는 다만 형식이란 사람은 자기가 찾아야 할 사람, 섬겨야 할 사람으로 알았을 뿐이요 칠팔 년래로 일찍 형식을 사랑하는지 생각해본 적도 없었다. 다만 어서 형식

을 찾고 싶다. 어서 만나면 자기의 소원을 이루겠다, 만나면 기쁘겠다 하였을 뿐이다. 그러므로 영채는 멀거니 여학생을 보다가

"그런 생각은 해본 적도 없어요. 어려서 서로 떠났으니까 얼굴도 잘 기억하지 못하였는데……"

"그러면 부친께서 너는 아무의 아내가 되어라 하신 말씀이 있으니깐 지금껏 찾으셨습니다그려—별로 사모하는 생각도 없었는데……"

"예. 그리고 어렸을 때에 정들었던 것이 아직도 기억이 되어요. 그 땟일을 생각하면 어째 그리운 생각이 나요."

"그것이야 그렇겠지요. 누구든지 아잇적 생각은 안 잊히는 것이니깐. 그이뿐 아니라 다른 아이들 생각도 나시지요?"

영채는 가만히 생각해보더니

"예. 여러 동무들의 생각도 나요. 그러나 그의 생각이 제일 정답게 나요. 그랬더니 일전에 정작 얼굴을 대하니깐 생각던 바완 다릅데다. 어쩐지 이전에 정답던 것까지도 다 깨어지는 것 같애요. 왜 그런지 모르겠어요. 그래서 그날 저녁에 집에 돌아와서는 어떻게 마음이 섭섭한지 울었습니다."

잘 알아들은 듯이 고개를 끄덕끄덕하더니 말하기 어려운 듯이

"그러면 지금은 그에게 대해서는 별로 사랑이 없습니다그려."

영채는 저도 제 생각을 모르는 모양으로 한참이나 생각하더니

"글쎄요. 만나니깐 반갑기는 반가운데 어쩐지 기다리고 바라던 그 사람이 아닌 것 같애요. 내 마음속에 그려오던 사람과는 딴사람 같애요. 저도 웬일인가 했어요. 또 그이도 그다지 저를 반가워하는 것 같지도 아니하고……"

"알았습니다" 하고 여학생은 눈을 감는다. 무엇을 알았단 말인고 하고 영채도 눈을 감는다. 여학생이

"그런데 왜 죽을 결심을 하셨어요?"

"아니 죽고 어떡헙니까. 그 사람 하나를 바라고 지금껏 살아오던 것인데, 일조에 정절을 더럽히고" 괴로운 빛이 얼굴에 나타나며 "다시 그 사람을 섬기지도 못하겠고……이제야 무엇을 바라고 사나요" 하고 절망하는 듯이 고개를 푹 숙인다.

"나는 그것이 죽을 이유라고는 생각하지 아니합니다."

"그러면 어찌하고요?"

"살지요! 왜 죽어요!"

영채는 깜짝 놀라 여학생을 본다. 여학생은 힘 있는 목소리로

"첫째 영채씨는 속아 살아왔어요. 이형식이란 사람을 사랑하지도 아니하면서 공연히 정절을 지켜왔어요. 부친께서 일시 농담 삼아 하신 말씀 한마디 때문에 영채씨는 칠팔 년 헛된 절을 지킨 것이외다. 사랑하지 않는 사람을 위해서, 피차에 허락도 아니 한 사람을 위해서 절을 지키는 것이 헛된 일이 아니야요? 마치 죽은 사람, 세상에 없는 사람을 위해서 절을 지키는 것이나 다름이 있어요? 영채씨의 마음은 아름답지요, 절은 굳지요. 그러나 그뿐이외다. 그 아름다운 마음과 그 굳은 절을 바칠 사람이 따로 있지 아니할까요. 허니깐 지금 영채씨가 그이를 사랑하시거든 지금부터 그에게 몸과 마음을 바치실 것이요 만일 그렇지 않거든 다른 남자 중에 구하실 것이지요. 그런데……"

"그러나 지금토록 마음을 허하여오던 것을 어떻게 합니까. 고성(古聖)의 교훈도 있는데" 한다.

"아니요, 영채씨는 지금까지 꿈을 꾸고 지내셨지요. 허깨비를 보고 지내셨지요. 얼굴도 잘 모르고 마음도 모르는 사람에게 어떻게 마음을 허합니까. 그것은 다만 그릇된 낡은 사상의 속박이지요. 사람은 제 목숨으로 삽니다. 제가 사랑하지 않는 지아비가 어디 있겠어요. 허니깐 영채씨의 과거사는 꿈입니다. 이제부터 참생활이 열리

지요."

영채는 이 말을 듣고 놀랐다. 열녀라는 생각과 틀리는 것 같다. 그러나 그 말이 옳은 것 같다. 과연 지금토록 일찍 형식을 사랑한 적은 없었고 다만 허깨비로 제 마음에 드는 사람을 만들어놓고 그 사람의 이름을 형식이라고 짓고 그러고는 그 사람과 진정 형식과 같은 사람으로 생각하고 그 사람을 찾는 대신 이형식을 찾다가 이형식을 보매 그 사람이 아닌 줄을 깨닫고 실망하고 나서는 아아, 이제는 영구히 형식을 보지 못하겠구나 하고 실망한 것이라. 이렇게 생각하매 영채는 잘못 생각하였던 것을 깨닫는 생각과 또 아주 절망하였던 중에 새로운 광명이 발하는 듯하였다. 그래서 영채는

"참생활이 열릴까요? 다시 살 수가 있을까요?" 하고 여학생을 보았다.

90

"참생활이 열리지요. 지금까지는 스스로 속아왔으니깐 인제부터 참생활이 열리지요. 영채씨 앞에는 행복이 기다립니다. 앞에 기다리고 있는 행복을 버리고 왜 귀한 목숨을 끊어요" 하고 이만 하면 영채의 죽으려는 결심을 돌릴 수 있다 하는 생각으로 "그러니까 울기를 그치고 웃읍시오, 자, 웃읍시다" 하고 자기가 먼저 웃는다. 영채도 따라서 빙그레 웃더니

"행복이 기다릴까요? 그러나 의리는 어찌합니까. 의리는 어기고 행복을 찾을까요. 그것이 옳은가요?" 하며 마음이 정치 못하여 한다.

"의리? 영채씨께서 죽으시는 것이 의리 같습니까."

"의리가 아닐까요?"

"어찌해서 의릴까요?"

"어떤 사람에게 마음을 허하였다가 그 사람에게 몸을 바치기 전에 몸을 더럽혔으니 죽어버리는 것이 의리가 아닐까요?"

옳다, 되었다 하는 듯이 여학생이

"그러면 몇 가지를 물어보겠습니다. 첫째 이씨에게 마음을 허 하신 것이 영채씨오니까. 다시 말하면 영채씨가 당신의 생각으로 마음을 허한 것입니까, 또는 부친의 말씀 한마디가 허한 것입니까."

"그게야, 물론 아버지께서 허하신 게지요."

"그러면 부친의 말씀 한마디로 영채씨의 일생을 작정한 것이오 그려."

"그렇지요. 그것이 삼종지도(三從之道)가 아닙니까."

"흥. 그 삼종지도라는 것이 여러 천 년간, 여러 천만 여자를 죽이고 또 여러 천만 남자를 불행하게 하였어요. 그 원수의 글자 몇 자가, 흥."

영채는 놀라며

"그러면 삼종지도가 그르단 말씀이야요?"

"부모의 말에 순종하는 것이 자식의 도리겠지요. 지아비의 말에 순종하는 것이 아내의 도리겠지요. 그러나 부모의 말보다도 자식의 일생이, 지아비의 말보다도 아내의 일생이 더 중하지 아니할까요. 다른 사람의 뜻을 위하여 제 일생을 결정하는 것은 저를 죽임이외다. 그야말로 인도(人道)의 죄라 합니다. 더구나 부사종자(夫死從子)라는 말은 참 남자의 포학(暴虐)을 표함이외다. 여자의 인격을 무시하는 말이외다. 어머니는 아들을 가르치고 단속함이 마땅하외다. 어버이가 자식에게 복종하는 그런 비리(非理)가 어디 있어요" 하고 여학생은 얼굴이 붉게 되며 기운을 내어 구도덕(舊道德)을 공격하더니 "영채씨도 이러한 낡은 사상에 종이 되어서 지금껏 속절없는 괴로움을 맛보셨습니다. 그 속박을 끊읍시오. 그 꿈을 깹시오. 저를 위하여 사는 사람이 됩시오. 자유를 얻읍시오!" 하는 여학생의 얼굴에는 아주 엄숙한 빛이 보인다.

"그러면 저는 어떻게 해요?" 하는 영채의 사상은 자못 혼란하게 되었다. 영채는 자연히 그 여학생의 손에 자기의 운명을 맡기게 된 것 같다. 여학생의 입으로서 나오는 말대로 자기의 일생이 결정될 것 같다. 그래서 영채는 여학생의 눈과 입을 바라본다. 여학생은

"여자도 사람이지요. 사람일진댄 사람의 직분이 많겠지요. 딸이 되고 아내가 되고 어머니가 되는 것도 여자의 직분이지요. 또 혹은 종교로 혹은 과학으로 혹은 예술로 혹은 사회나 국가에 대한 일로 인생의 직분을 다할 길이 많겠지요. 그런데 고래로 우리 나라에서는 남의 아내 되는 것만으로 여자의 직분을 삼았고 남의 아내가 되는 것도 남의 뜻대로, 남의 말대로 되어왔어요. 지금까지 여자는 남자의 한 부속품, 한 소유물에 지나지 못하였어요. 영채씨는 부친의 소유물이다가 이씨의 소유물이 되려 하였어요. 마치 어떤 물품이 이 사람의 손에서 저 사람의 손으로 옮겨가는 모양으로…… 우리도 사람이 되어야 합니다. 여자도 되려니와 우선 사람이 되어야 합니다. 영채씨께서 할 일이 많지요. 영채씨는 결코 부친과 이씨만을 위하여 난 사람이 아니외다. 과거 천만대 조선과 현재 십육억 동포와 미래 천만대 자손을 위하여 나신 것이야요. 그러니깐 부친께 대한 의무 외에, 이씨께 대한 의무 외에도 조상께, 동포에게, 자손에게 대한 의무가 있어요. 그런데 영채씨가 그 의무를 다하지 아니하고 죽으려 하는 것은 죄외다."

"그러면 어떻게 해요?"

여학생은 웃고

"오늘부터 새로운 생활을 시작하시지요."

"어떻게 시작해요?"

"모든 것을 다 새로 시작하지요. 지나간 일을랑 온통 잊어버리고 새로 모든 것을 시작하지요. 이전에는 남의 뜻대로 살아왔거니와 이제부터는……"하고 여학생은 잠깐 말을 멈추고 영채를 바라본다. 영채는 얼굴이 붉게 되고 숨이 차며 여학생의 눈과 입에 매달릴 것 같다가

"이제부터는 어떻게 해요?" 한다.

"이제부터는 제……뜻……대……로……살아간단 말이야요."

열차는 산속을 벗어나서 서흥 벌판으로 달아난다. 맑은 냇물이 왼편에 있다가 오른편에 가다가 한다. 두 사람은 잠자코 바깥을 내다본다.

91

영채는 여학생에게 끌려 황주서 내렸다. 여학생은 영채를 자기의 친구라 하여 집에 소개하고 자기와 한방에 있기로 하였다. 그 집에는 사십여 세 되는 부모와 여학생보다 삼사 세 위 되는 오라비와 허리 꾸부러진 조모가 있었다. 그 조모는 손녀를 보고 아무 말도 없이 너무 반가워서 눈물을 흘렸다. 여학생의 자친(慈親)은 다정하고 현숙한 부인이다. 부친은 딸이 절하는 것을 보고도 별로 기쁜 빛도 표하지 아니하고 도리어 고개를 돌렸다. 여학생은 그것을 보고 혼자 빙끗 웃었다. 오라비는 웃으며 누이를 맞았다. 그리고 누이의 어깨를 만지며

"왜 오는 날을 알리지 아니했니?" 하였다. 그리고 동경에 관한 말을 물었다. 오라범댁은 부모 앞에서는 가만히 웃기만 하다가 여학생과 미주 앉았을 때에는 손을 잡고 등을 만지고 하며 반기는 빛이 넘친다. 영채는 이러한 모든 광경을 보고 재미있는 가정이다 하였다.

그리고 없어진 집 생각이 났다.

그날 저녁에는 부친을 빼놓고 온 가족이 모여 앉아서 밀국수를 먹으며 즐겁게 이야기하였다. 영채는 여학생의 곁에 잠자코 가만히 앉았다. 오라비는 영채에게 대하여 어려운 생각이 나는지 한참 이야기하다가 밖으로 나가고 여자들만 모여 앉았다. 여학생은 쾌활하게 조모와 모친과 오라범댁을 번갈아 보아가며 동경서 일 년 동안 지내가던 이야기를 한다. 조모는 이따금 웃으며 고개를 끄덕끄덕한다. 그중에도 오라범댁이 제일 재미있게 듣는다. 모친은 딸의 이야기는 듣는지 마는지 먹을 것만 주선하며 이따금 딸의 하는 이야기에는 상관도 없는 질문을 한다. 딸이 '어머니, 남의 말은 아니 듣고' 하면 '왜 안 들어, 어서 해라' 하기는 하면서도 또 딴소리를 하여서 젊은 사람들을 웃긴다. 영채도 남을 따라서 웃었다. 실상 모친은 딸의 말을 잘 알아듣지 못한다. 조모는 더구나 알아듣지 못한다. 조모는 웃기도 그치고 하품을 시작한다. 오라범댁과 영채만이 턱을 받치고 재미있게 듣는다. 얼마 있다가 모친도 졸린지 눈이 거슴츠레하며 눈물이 흐른다. 일어나 베개를 내려 조모께 드리며

"어머님께서는 주무십시오. 그 애들 지껄이는 것은 무슨 맛인지를 모르겠다" 하고 자기도 팔을 베고 눕는다. 두 노인은 잠이 들고 세 청년만 늦도록 이야기를 하였다. 셋은 즐거웠다. 영채도 그 오라범댁과 친하게 되었다. 그날 저녁에는 셋이 한자리에서 가지런히 누워 잤다. 영채는 늦도록 잠이 아니 들었으나 마침내 잠이 들어서 꿈에 월화를 보았다.

아침에 일어나서는 혼자 웃었다. 죽으러 가던 몸이, 어제 저녁에 죽었을 몸이 아직도 살아 있는 것을 생각하니 우습다. 그러나 자기의 전도는 어찌 될는지 걱정이었다.

여학생의 이름은 병욱이라. 자기 말을 들건댄 처음 이름은 병옥이

었으나 너무 부드럽고 너무 여성적이므로 병목이라고 고쳤다가 그것
은 또 너무 억세고 너무 남성적이므로 그 중간을 잡아 병욱이라고
지은 것이라 하며 영채더러 하루는

'병욱이라면 웬만하지요. 나는 옛날 생각과 같이 여자는 그저 얌
전하고 부드러워야 한다는 것은 싫어요. 그러나 남자와 같이 억세고
뻑뻑한 것도 싫어요. 그 중간이 정말 여자에게 합당한 줄 압니다' 하
고 웃으며 '영채, 영채……어여쁜 이름이외다. 그러나 과히 여성적은
아니외다' 한 일이 있다. 그러나 집에서는 병욱이라고 부르지 아니하
고 병옥이라고 부른다. '병옥아' 해도 대답은 한다.

병욱은 영채를 매우 재주 있고 깨닫기 잘하고 공부 잘한 여자로
알았다. 처음에는 자기의 말을 못 알아들을 듯하여 아무쪼록 알아
듣기 쉬운 말을 골라 하였으나 이제는 거의 평등으로 대접한다. 영
채는 물론 병욱을 헤아릴 수 없이 이상한 지식과 생각을 많이 가
진 사람으로 안다. 그러므로 병욱의 입으로 나오는 말이면 무엇이든
지 주의하여 듣고 힘써 해석해본다. 그래서 이삼 일 내에 병욱의 생
각을 대강 짐작하게 되었고 또 병욱의 생각이 자기가 지금토록 하여
오던 생각과는 거의 정반대됨을 깨달았다. 그리고 그 생각이 도리어
합리하는 것같이 생각하였다. 지금은 차 속에서 병욱이가 하던 말
을 잘 깨달아 알게 되었다.

병욱과 영채는 깊이 정이 들었다. 둘이 마주 앉으면 시간 가는 줄
을 모르고 이야기에 취하게 되었다. 영채는 병욱에게 새로운 지식과
서양식 감정을 맛보고 병욱은 영채에게 옛날 지식과 동양식 감정을
맛보았다. 병욱은 낡은 것을 모두 싫어하였었다. 그러나 영채의 잘
이해한 사상을 접하매 옛날 사상에도 여러 가지 맛있는 점이 있음
을 깨달았다. 그래서 새삼스럽게 《소학》이며 《열녀전》이며 한시 한문
(漢詩漢文)을 배우고 싶은 생각까지도 나게 되었다. 집에서 먼지 묻

은《고문진보》같은 것을 내어서 이것저것 영채에게 배우기도 하고 배운 것을 외우기도 하였다. '참 재미있다' 하고 어린애같이 기뻐하면서 소리를 내어 읊기도 하였다.

부친은 병욱이가 시 읊는 소리를 듣고 칭찬을 하는지 조롱을 하는지 모르게 '흥흥' 하였다.

92

병욱은 음악을 배운다. 한번은 사현금*¹을 타다가 영채더러 "집에서는 음악 배운다고 야단이야요. 그것은 배워서 광대 노릇을 하겠니? 하시고 학비도 아니 준다고 하지요. 내가 울고불고 떼를 쓰며 이것을 배우게 했어요. 집에서는 난봉났다 그러시지요. 오빠께서는 좀 나시지마는" 하고 웃었다. 한참 재미롭게 사현금을 타다가도 밖에서 부친의 기침 소리가 나면 얼른 그치고 어리광하는 듯이 진저리를 치며 웃는다. 영채도 사현금 소리가 좋다 하였다. 서양 악곡은 많이 들어보지 못하였으므로 탑골 공원의 음악도 별로 재미있게 아니 여겼더니 이제는 서양 악곡의 묘미도 차차 알아오는 듯하다.

병욱은 사현금과 한시와 영채와 이야기하는 것으로 재미를 삼게 되었다. 더구나 새로 맛보는 한시 맛에 사현금을 잊어버리는 일까지 있다. 그러면서도 병욱은 분주히 돌아다니며 오라범댁을 도와 집일을 보살핀다. 하루는 크게 주름 잡은 조모의 낡은 치마를 입고 팔을 부르걷고 호미를 들고 땀을 죽죽 흘리며 마당 구석과 담 밑과 울안에 잡풀을 다 매고 이웃에 가서 화초를 얻어다가 옮겼다. 흙 묻은 손으로 땀을 씻어서 얼굴에는 누런 흙물이 여기 저기 묻었다. 한참 호미로 굳은 땅을 팔 적에 부친이 들어오다가 물끄러미 보고 섰더니

---

*1 四絃琴 : 바이올린.

빙그레 웃으면서

"병욱이는 농사하는 집에 시집을 보내야겠군" 하였다. 또 모친은 보고

"애, 그만두어라. 더운데 널더러 김매라더냐" 하면서도 웃었다. 병욱도

"이제 봅쇼. 온 집안이 꽃밭이 될 테니" 하고 웃었다. 그러나 부친이나 모친이 병욱의 꽃 심는 것을 그렇게 중요하게 알지 않는 모양인 것을 보고 곁에 섰는 영채를 돌아보며

"꽃을 중하게 아니 여기는 터에 음악 배우는 것을 왜 좋아하겠소" 하고 웃으며 "이제 아무렇게 해서라도 꾀꼬리를 한 쌍 잡아다가 아버지 방문 밖에 걸어드릴랍니다. 설마 꾀꼬리 소리를 싫다고야 아니하시겠지. 어때요, 묘하지요" 하고 웃는다. 영채도

"예, 묘합니다" 하고 웃었다.

"꽃이 고운 줄도 모르고 꾀꼬리 소리가 고운 줄도 모르고 사는 인종은 불쌍하지요?" 하고 찬성을 구하는 듯이 영채를 본다. 영채는 그 뜻을 잘 알았다. 영채는 예술이라는 말을 일전에 배웠더니 그 뜻을 지금에야 깨달았다. 기생도 일종 예술가다. 다만 그 예술을 천하게 쓰는 것이다 하였다. 옛날 명기들은 다 예술가로다. 그네는 음악을 하고 무도를 하고 시와 노래를 짓고 그림을 그렸다. 그러므로 그네는 오늘날 이르는바 예술가로구나 하였다. 그러니까 자기도 예술가다, 예술가 되는 것이 내 천직인가 하였다. 자기도 병욱과 같이 음악을 배울까 하였다. 자기가 지금껏 원수로 알아오던 춤추기와 노래 부르기도 이제 와서는 뜻이 있구나 하였다. 이럭저럭 영채는 죽을 생각을 그치고 병욱과 같이 즐겁게 살아가도록 힘쓰리라 하게 되었다. 영채의 마음에는 기쁨이 생겼다.

병욱도 영채가 이렇게 변하여가는 줄을 안다. 그래서 기뻐한다. 무

도와 성악을 배우기를 권하고 동경을 가면 그것을 전문으로 가르치는 음악학교가 있는 것과 성악과 무도를 잘 배우면 세계적 공명을 이룰 수 있는 것도 말하였다. 병욱은 영채의 목소리에 혹하다시피 취하였다. 서투른 창가를 불러도 저렇게 아름답거든 자기가 익숙한 노래를 부르면 얼마나 아름다울까 하였다.

병욱의 집은 황주성 서문 밖에 있다. 한적하고 깨끗한 집터이다. 이웃에 집도 많지 아니하므로 둘이서 손을 마주 잡고 석양에 산보도 한다. 산보할 때에는 두 처녀가 꿈 같은 장래를 이야기한다. 우거진 풀잎 밑으로 흘러 내려오는 시내에 두 발을 잠그고 소리를 맞추어 노래도 부른다. 둘이는 이런 말을 한다.

"집에서 자꾸 시집을 가라는구려."

"어떤 데로?"

"누가 아나요. 당신네 생각에 합당하면 좋다고 그러지요. 이번에는 기어이 시집을 가야 된다고 아주 야단이야요."

"그러면 어찌하셔요."

"아무 때나 내가 가고 싶어야 가지요" 하고 말하기 어려운 듯이 한참 생각하더니 빙그레 웃으며

"나도 사랑하는 사람이 있어요" 하고 얼굴을 붉힌다. 영채도 웃으며

"어디요? 동경?"

"예. 그런데 집에서는 큰 반대지요. 서자예요. 또 가난하고……호호호호. 그러나 사람은 참 좋아요. 얼굴도 잘생기고 풍채도 좋고 재주도 있고 마음도 크고 곱고……아아, 너무 자랑을 했다. 그러나 자랑이 아니야요. 아마 영채씨가 보셔도 사랑하리다. 언제 한번 보여드리지요. 그러나 빼앗아서는 안 되어요" 하고 영채를 보며 웃는다. 영채는 고개를 숙인 대로 웃는다.

이 모양으로 사오 일이 지났다. 영채는 서울 노파와 형식에게 자기가 살아 있단 말을 알려주지 아니하였다. 후일에 서로 알 날이 있기를 바랐다. 영채는 이제부터 어떻게 살아갈는지.

93

영채는 차차 이 집 내용을 알게 되었다. 오랫동안 가정이란 맛을 보지 못한 영채에게는 부모 있고 형제 있고 자매 있는 이 가정은 마치 선경같이 즐겁고 행복되어 보이더니 점점 알아본즉 그 속에도 슬픔이 있고 괴로움이 있다. 첫째는 부자간에 뜻이 맞지 아니함이니 아들은 동경에 가서 경제학을 배워 왔으므로 자기가 중심이 되어 자본을 내어 무슨 회사 같은 것을 조직하려 하나 부친은 위태한 일이라 하여 극력 반대한다. 또 딸을 동경에 유학시키는 데 대하여서도 아들은 찬성하되 부친은 '계집애가 그렇게 공부는 해서 무엇 하느냐, 어서 시집이나 가는 것이 좋다' 하여 반대한다. 방학하고 집에 올때마다 부친은 반드시 한두 번 반대하지마는 마침내 아들에게 진다. 작년 여름에는 반대가 우심하여 동경 갈 노비를 아니 준다 하므로 딸은 이틀이나 울고 아들과 어머니는 부친 모르게 돈을 변통하여 노비를 당하였다. 그래서 딸은 부친께는 간다는 하직도 못하고 동경으로 떠났다. 그 후에 며칠 동안 부친은 성을 내어 식구들과 말도 잘 하지 아니하였으나 얼마 아니하여 '애, 이달 학비는 보냈니, 옷 값이나 주어라' 하게 되었다. 이번에도 부친은 기어이 딸을 시집보내어야 한다 하고 아들은 졸업하기를 기다려야 한다 하여 두어 번이나 부자끼리 다투었다. 부친은 자기의 친구의 아들에 경성전수학교를 졸업하고 지금 어느 재판소 서기로 있는 사람이 마음에 들어 그가 작년에 상처한 것을 좋은 기회로 삼아 기어이 사위를 삼으려 하나 아들은 반대한다. 그 사람은 원래 부요한 집 자제로 십육칠 세부터 좀 방탕하게 놀다가 벼슬이 하고 싶다는 마음으로 전수학교에 입학하였다. 근래에 흔히 있는 청년과 같이 별로 높은 이상이라든지 큰 목적이 있는 것이 아니라 다만 금줄을 두르고 칼 차는 것을 유일한 자랑으로 알며 한 달에 몇 번씩 기생을 희롱하여 월급 외에도 매삭 몇십 원씩 집에서 돈을 가져간다. 좀 교만하고 경박하고 허영심 있는 청년이라. 그러나 부친은 무엇에 혹하였는지 모르되 이 사람밖에는 좋은 사람이 없는 듯이 생각한다. 그러나 아들은 이 사람을 싫어할뿐더러 도리어 천하게 여긴다. 이리하여 부자간에는 만사에 별로 의견이 일치하는 일이 없다. 부친은 아들을 고집쟁이요 철이 없고 부모의 말을 아니 듣는다 하고, 아들은 부친을 완고하고 무식하고 세상이 어떻게 변천하는지를 모른다 한다. 그러면서도 부친은 그 아들의 진실함과 친구 간에 존경 받는 줄을 알고 들은 그 부친의 진실함과 부드러운 애정이 있는 줄을 안다. 이러므로 부자간에는 무엇이든지 서로 반대하면서도 어딘지 모르게 서로 일치하는 점이 있다. 모친은 특별한 의견은 없으되 흔히 아들에게 찬성한다. 그러할 때마다 부친은 모친을 한번 흘겨보고 모친도 부친을 한번 흘겨본다. 그러나 이것은 어린애들이 서로 흘겨보는 것과 같아서 얼른 풀어지고 만다.

그담에 걱정은 아들 내외의 사이에 정이 없음이다. 영채가 이 집에 온 지가 십여 일이 되도록 그 내외간에 서로 이야기하는 것을 보지 못하였다. 지나가는 사람 모양으로 서로 슬쩍 보고는 고개를 돌리든지 나가든지 한다. 그래도 아내는 밤낮 남편의 옷을 빨고 다리고 한다. 영채가 여기 온 후로는 밤마다 며느리와 딸과 자기가 한방에서 잤다. 그리고 아들은 사랑에서 혼자 자는 모양이었다. 영채는 얼마큼 미안한 생각이 있어서 병욱더러 다른 방에 가기를 청하였더

니 병욱이 웃으며

"걱정 말으시오. 우리 오빠는 아니 들어오셔요."

"왜 그러시나요?"

"모르지요. 이전에는 아니 그러더니 일본 갔다 와서부터 차차 차차 멀어갑데다그려" 하고 입을 영채의 귀에 대며 "그래서 우리 형님이 나를 보고 울어요" 하고 동정하는 듯이 한숨을 쉰다. 영채도 얼마큼 불쌍하다 하였다. 그렇게 얼굴도 얌전하고 마음도 고운 부인을 왜 싫어하는고 하여

"무엇이 부족해서 그러나요?"

"모르지요. 부족할 것이 없을 듯하건마는 애정이 아니 가는 게지요. 내가 오빠한테 물어보니까 나도 모르겠다, 왜 그런지 모르지마는 그저 보기가 싫구나 합데다. 아마 형님이 오빠보다 나이 많아서 그런지? 참 걱정이야요" 하고 고개를 흔든다. 영채는 놀라며

"형님께서 나이 많으셔요?" 영채도 그를 형님이라고 부른다. 달리 적당한 칭호도 없었거니와 또 형님이라고 부르고 싶었다.

"오 년 장이랍니다" 하고 웃으며 "형님이 처음 시집올 때에는 우리 오빠는 겨우 열두 살이더라지요—형님은 열일곱 살이구. 그러니 무슨 정이 있겠어요. 말하면 형님이 오빠를 길러냈지요. 한 것이 다 자라나서는 도리어……" 하고 호호 웃는다. "오빠도 퍽 다정하고 맘씨 고운 사람이언마는 애정이란 마음대로 안 되나 봐요" 하고 두 처녀는 두 내외에게 무한한 동정을 준다. 영채는

"그러면 어쩌면 좋아요. 늘 그래서야 어떻게 사나요."

"요새 젊은 부부는 대개 다 그렇대요. 큰 문제지요. 어서 그 문제를 해결해야 할 터인데……" 하고 두 처녀가 마주 본다.

94

부자간에 의견이 합하지 않는 것은 견디기도 하려니와 내외간에 애정이 합하지 않는 것은 참 견디기 어려울 것이라. 상관없는 남의 일이언마는 다만 십여 일이라도 같이 있는 정리라 영채에게는 이것도 걱정이 된다. 영채의 생각에는 될 수만 있으면 이 내외를 정답게 하여주고 싶다. 영채에게는 그 부인이나 남편이 다 같이 정답게 보인다. 오래 교제를 하여볼수록 그 부인이 마음에 들어 이제는 진정으로 형님이라고 부르고 싶다. 이전 월화에게 대한 정과 비슷한 애정이 솟아오른다. 물론 월화에게 대한 것과 같이 존경하고 의탁하는 생각은 없으나 한껏 사랑스럽고 한껏 불쌍한 생각이 난다. 그래서 될 수 있는 대로 부인의 곁에 있어서 이야기 동무도 하여주고 기회만 있으면 위로도 하여준다. 부인도 이제는 영채와 친하여서 여러 가지로 속에 있는 생각을 말한다. 병욱은 다정하면서도 얼마큼 뻑뻑한 맛이 있거니와 영채는 다정하고도 부드러운 맛이 있었다. 그래서 부인은 영채와 말하기를 유일의 낙으로 알았다. 차라리 어떤 점으로는 시누이보다도 영채가 더 정답고 사랑스럽다. 그래서 영채의 손을 꼭 쥐며 '아이구, 어쩌면 좋소' 하기까지 한다.

그보다 더 괴로운 것은 영채의 생각이라. 영채는 웬일인지 모르게 그 부인의 남편 되는 이에게 대하여 일종 정다운 생각이 난다. 처음에는 친구의 오빠인 까닭이라 하였으나 차차 더 격렬하게 그의 모양이 생각이 나고 그의 모양이 번뜻 보일 때마다 문득 가슴이 울렁울렁하고 얼굴이 벌게진다. 영채가 보기에 그도 자기를 다정한 눈으로 보는 듯하다. 영채는 암만 그것을 억제하려 하건마는 제 마음을 제 마음대로 할 수가 없다. 그래서 자리에 누워도 그의 좀 널쩍한 얼굴이 눈에 보여서 도무지 잘 수가 없다. 그러할 때마다 곁에 누운 부인을 안으면 부인도 영채를 안아준다. 영채는 부인에게 대하여 미안하기도 하고 죄송하기도 하다. 어서 이 집을 떠나야 하겠다 하면서 또한 차마 떠나기가 싫기도 하다. 그래서 영채에게는 또 한 가지 새 괴로움이 생겼다. 요사이 영채는 흔히 멀거니 무슨 생각을 하다가 "왜, 그렇게 멀거니 앉았어요?" 하는 말을 듣고는 깜짝 놀라게 된다.

이로부터 영채는 차차 남자가 그리워진다. 전부터 외롭게 적막하게 지내왔거니와 지금은 그 외로움과 그 적막과는 유다른 적막이 더 굳세게 영채의 가슴을 누른다. 이전에는 넓은 천지에 저 혼자만 있는 듯한 적막이더니 지금은 제 몸이 반편인 듯한 적막이로다. 다른 반편이 있어야 제 몸은 온전하여질 것 같다. 공연히 가슴이 울렁울렁하고 얼굴이 훗훗하여진다. 피곤한 듯도 하고 술 취한 듯도 하다. 무엇에 기대고 싶고 누구에게 안기고 싶다.

영채는 가만히 앉아서 이때껏 접하여오던 여러 남자를 생각하여 본다. 자기의 손목을 잡아끌던 사람, 겨드랑으로 손을 넣어 끌어안던 사람, 억지로 뺨을 대던 사람, 음란한 눈으로 자기를 유혹하며, 교만한 말로 자기를 위협도 하던 사람—그때에는 그렇게 원수스럽고 미워 보이던 남자들조차 무어라고 말할 수 없는 따뜻한 감각을 준다. 남자의 살이 자기의 살에 와 닿던 감각이 자릿자릿하게 새로워진다. 지금 내 곁에 남자가 하나 있었으면 작히 좋으랴. 누구든지 손을 달라면 손을 주고 안아준다면 안기고 싶다.

영채는 신우선을 생각하고 이형식을 생각한다. 여러 해 동안 접하여오던 남자 중에 신우선은 가장 영채의 마음을 끌던 사람이라. 그는 풍채가 좋고 기상이 쾌활하여 어딘지 모르게 사람을 끄는 힘이 있었다. 어떤 날 저녁에 둘이 마주 앉아서 우선이가 영채를 달랠 때에 영채의 마음도 아니 움직임이 아니었다. 당장 그의 가슴에 이마를 대고 '저를 거두어줍시오' 하고 싶었다. 그러나 그 때에 영채는 온전히 몸과 마음을 형식에게 바친 줄로 자신하였으므로 이를 갈고 억제하였다. 실로 그동안 영채는 다른 남자의 모양이 생각에만 떠나와도 큰 죄로 여겨서 제 살을 꼬집어 억제하였다. 이러므로 지금껏 영채는 독립한 한 사람이 아니요 어떤 도덕률의 한 모형에 지나지 못하였다. 마치 누에가 고치를 짓고 그 속에 들엎덴 모양으로 영채도 알 수 없는 정절이라는 집을 짓고 그 속을 자기 세상으로 알고 있었다. 그러다가 이번 사건에 그 집이 다 깨어지고 영채는 비로소 넓은 세상에 뛰어나왔다. 더구나 기차 속에서 병욱을 만나매 자기가 지금껏 유일한 세상으로 알아 오던 세상이 기실 보잘 것 없는 허깨비에 지나지 못하는 것과 인생에는 자유롭고 즐거운 넓은 세상이 있는 것을 깨닫고, 이에 비로소 영채는 자유로운 사람이 되고 젊은 사람이 되고 젊고 어여쁜 여자가 된 것이라. 영채의 가슴에는 이제야 비로소 사람의 피가 끓기 시작하고 사람의 정이 타기를 시작한다. 영채는 자기의 마음이 전혀 변하여진 것을 생각한다. 마치 애초부터 어둡고 좁은 옥 속에서 지내다가 처음 햇빛 있고 바람 불고 꽃 피고 새 우는 세상에 나온 것 같다. 영채는 거문고를 타고 바이올린을 울린다. 그러나 그 소리가 모두 다 새로운 빛을 띤다. 그리고 영채의 눈에는 기쁨과 슬픔이 섞인 듯한 눈물이 핑그를 돈다.

95

　형식은 꿈같이 기쁘게 지낸다. 날마다 선형에게 영어를 가르치고, 다 가르치고 나서는 여러 가지 이야기를 한다. 선형도 인제는 낯이 익어서 부끄러워하면서도 조금씩 농담도 한다. 그러나 순애는 여전히 웃지도 아니하고 말도 많이 하지 아니한다. 형식은 선형으로 더불어 재미있게 이야기하다가는 우두커니 앉았는 순애를 보고는 문득 말을 그치고 미안한 듯이 슬쩍 순애를 본다. 순애는 형식의 눈을 피하려고도 아니 하고 형식이야 자기를 보거나 말거나 전에 보던 데를 보고 앉았다. 이렇게 되면 형식도 말하던 흥이 깨어져서 잠자코 앉았고 선형도 책장만 뒤적뒤적한다. 어떤 때에는 순애가 먼저 일어나서 밖으로 나가고 형식과 선형은 가만히 순애의 뒷모양을 본다. 순애는 등이 좀 굽은 듯하고 어딘지 모르나 슬픈 빛이 보인다. 그리고 두 사람은 마주 보고 웃는다. 웃으면서도 서로 무슨 뜻인지는 모른다.

형식은 아주 세상과 인연을 끊은 모양이 되었다. 학교는 사직하고 학생들도 이제는 놀러 오지 아니하고 원래 많지 않던 친구들도 근래에는 오지 아니한다. 우선도 무슨 분주한 일이 있는지 보이지 아니한다. 형식은 깨어서부터 잘 때까지 선형과 미국만 생각한다. 그래도 조금도 적막하지도 아니하고 도리어 더할 수 없이 기뻤다. 형식의 모든 희망은 선형과 미국에 있다. 기생집에 갔다고 남들이 시비를 하고 돈에 팔려서 장가를 든다고 남들이 비방을 하더라도 형식에게는 모두 우스웠다. 천하 사람이 다 자기를 미워하고 조롱하더라도 선형한 사람이 자기를 사랑하고 칭찬하면 그만이다. 또 자기가 미국에 갔다가 돌아오는 날이면 만인이 다 자기를 우러러보고 공경할 것이다. 장래의 희망이 없는 사람은 자기의 현재를 가장 가치 있는 듯이 보려 하되 장래에 큰 희망을 가진 형식에게는 현재는 아주 가치 없는 것이라. 자기가 경성학교에서 교사 노릇하던 것과 그 학생들을 사랑하던 것과 자기의 생활과 사업에 의미가 있는 듯이 생각하던 것이 우스워 보이고 지나간 자기는 아주 가치 없는 못생긴 사람같이 보인다. 지나간 생활은 임시의 생활이요 이제부터가 참말 자기의 생활인 것 같다. 그래서 형식의 생각에 자기의 전도에는 오직 행복뿐이요 아무 불행도 있을 것 같지 아니하다. 자기의 몸은 괴롭고 혼란한 티

끝세상을 떠나서 수천 길 높은 곳에 올라선 것 같다. 길에서 만나는 여러 사람들도 이제는 자기와는 종류가 다른 불쌍한 사람같이 보인다. 더구나 이전에는 자기의 동무로 알아 오던 주인 노파가 지극히 불쌍하게 보이고 갑자기 더 늙고 쪼그라진 것같이 보인다. 그러나 박복한 형식에게는 또 한 가지 걱정이 생겼다.

어떤 사람이 김장로에게 형식의 품행이 방정치 못하다는 말을 하였다. 하루는 장로가 불쾌한 낯빛으로 부인에게

"세상에 어디 믿을 사람 있소" 하여 이러한 말이 있었다.

"왜요?"

"형식이가 기생집에를 다닌다구려."

부인은 자기가 기생이매 이러한 말을 듣기가 좀 고통이 되었으나 이제는 귀부인이라 그것을 고통으로 여길 체면이 아니라 하여 깜짝 놀라며

"그게 무슨 말씀이야요?"

"뉘 말을 들으니까, 형식이가 다방골 계월향이라던가 하는 기생에게 반해서 밤마다 거기 가서 파묻혀 있었다는구려. 그러다가 탑골 승방이라던가 어디서 누구누구와 그 계집 때문에 다툼이 나서 발길로 차고 때리고 야단이 났더라오. 그뿐만 아니라 계월향이가 형식에게 싫증이 나서 평양으로 도망하는 것을 형식이가 따라갔더라오. 내가 그럴 리가 있느냐고 하니까 날짜까지 분명히 알고 확실한 증거까지 있다는구려" 하고 한숨을 쉬며 "당초에 내가 일을 경솔하게 하였어."

부인은 깜짝깜짝 놀라며 이 말을 듣더니

"아, 누가 그래요?" 한다. 애지중지하는 딸을 그러한 사람에게 주단 말가 하는 생각이 나서 가슴이 아프다. 그러나 형식의 외모와 말하는 양을 보매 그러할 것 같지는 아니하여서

"누가 형식을 험담하노라고 그러는 게지요."

"허, 나도 처음에는 그런 줄만 알았구려. 했더니 차차 들어본즉 그 말이 확실한 모양입디다. 우선 형식이가 평양 갔다는 날짜가 꼭 이틀 동안 우리 집에 아니 오던 날이오구려. 그래서 경성학교에서도 말하면 내쫓긴 모양이라는구려."

"에그, 저런."

이러한 말을 하다가 마침 선형이가 들어오므로 말을 끊었다. 그러나 선형은 대강 그 말을 들었다. 그 후에 장로 부부는 다시 그런 말을 하지는 아니하였으나 마음속에는 말할 수 없는 근심이 있었다. 선형도 왜 그런지 모르게 그 말을 듣고는 좀 불쾌하였다. 형식을 보아도 웃고 싶지를 아니하고 도리어 미운 듯한 생각이 난다. 여전히 정다운 생각이 있으면서도 동시에 미운 생각과 의심이 난다. 선형의 가슴에는 괴로움이 생겼다. 형식은 이런 줄을 모르고 여전히 쾌활하게 지내건마는 장로 집 식구들은 자연히 말이 적어지고 웃음이 적어지고 형식을 대할 때에 일종 불쾌하고 경멸하고 괘씸하여하는 생각으로써 한다. 형식도 차차 이 변천을 깨닫게 되었다. 순애의 슬픈 듯한 눈은 가만히 여러 사람의 눈치만 본다.

96

선형의 보기에 형식은 처음부터 자기의 짝이 되기에는 너무 자격이 부족하였다. 자기의 이상의 지아비는 이러하였다. 첫째 얼굴 모양이 동그레하고 살빛이 희되 불그레한 빛이 돌고 그러하고 말긋말긋하고 말소리가 유창하고 또 쾌활하고 뒤로 보나 앞으로 보나 미끈하고 날씬하고 손이 희고 부드럽고 재주가 있고 대학교를 졸업하고…… 이러한 사람이었다. 이러한 사람은 원칙상 부귀한 집이 아니면 구하기 어렵다. 처음에는 어떤 목사나 장로의 아들이기를 바랐으나 점점 목사나 장로는 그다지 귀한 벼슬이 아닌 줄을 알게 되었다. 그러므로 자기의 이상의 지아비는 미국에 유학하는 중이어니 하였었다.

그러다가 처음 형식을 보매 미상불 처녀가 처음 남자를 접하는 기쁨이 없음은 아니었으나 결코 자기의 짝이라고는 생각지 아니하였다. 형식은 자기보다 여러 층 떨어지는 딴 계급에 속한 사람이어니 하였다. 첫째 형식의 얼굴은 자기의 이상에 맞지 아니하였다. 얼굴이 기름하고 광대뼈가 나오고 볼이 좀 들어가고 눈초리가 처지고, 게다가 이마에는 오랫동안 빈궁하게 지낸 자취로 서너 줄 주름이 깔렸다. 그리고 손이 너무 크고 손가락이 모양이 없고……아주 못생긴 사람은 아니나 자기의 이상에 그리던 남자와는 어림이 없이 틀린다. 형식의 태도에는 숨길 수 없이 빈궁한 빛이 보이고 마음을 쭉 펴지 못하는 듯한 침울한 기색이 드러난다. 게다가 그의 이력과 경성학교 교사라는 그의 지위는 선형의 마음에는 너무 초라하게 생각되었다. 그러므로 일찍 그를 정답다고 생각한 일도 없고 하물며 사랑스럽다고 생각한 일도 없었다. 만일 선형이가 형식에게 조금이라도 호의를 가질 일이 있다 하면 그것은 불쌍하게 생각하였음이리라. 선형의 눈에 형식은 과연 불쌍하게 보였다. 몇 시간 영어를 배우고 이야기를 들으매 얼마큼 형식에게 숨은 위엄과 힘이 있는 줄도 깨달았으나 십칠팔 세 되는 처녀에게는 그것은 그리 중요한 것이 아니었다. 그래서 선형은 '형식과 순애가 배필이 되었으면' 한 일이 있었다.

그러다가 자기가 형식과 약혼을 하게 된다는 말을 듣고 일변 놀라며 일변 실망하였다. 형식 같은 사람으로 자기의 배필을 삼으려 하는 부친이 원망스럽기도 하고 불쾌하게도 생각이 되었다. 자기의 이상이 온통 깨어지고 자기의 지위가 갑자기 떨어지는 듯하였다. 그러나 선형은 부모의 말을 거역하지 못할 줄을 안다. 부친의 말 한마디에 자기의 일생은 결정되거니 한다.

그래서 선형은 형식의 좋은 점만 골라 보려 하였다. 형식의 얼굴을 여러 가지로 교정하여본다. 눈초리를 좀 끌어올리고 광대뼈를 좀 들이밀고 손을 좀 작게 하고 기름한 아래턱을 좀 들이밀어서 얼굴을 동그스름하게 만들고 또 뺨과 이마에는 적당하게 살을 붙이고 분홍 물감칠을 하고……이렇게 교정을 하노라면 형식의 얼굴이 차차 자기의 마음에 맞게 된다. 그러나 이따금 들이밀려는 광대뼈가 더 쑥 나오기도 하고 내밀려는 뺨이 더 쑥 들어가기도 하며 눈이 몹시 가늘어지기도 하고 혹은 쇠눈깔 모양으로 커지기도 한다. 그렇게 되면 화를 내어서 형식의 얼굴을 발로 쓱쓱 비벼 부시고 가만히 눈을 감고 앉았다가 그래도 안심이 아니 되어서 다시 형식의 얼굴을 만들기를 시작한다. 어떤 때에는 곧잘 마음대로 되어서 혼자 쳐다보고 즐겨할 때에 정말 형식이가 승거운 얼굴을 가지고 들어와서 모처럼 애써 만든 얼굴을 말 못되게 깨트리고 만다. 글을 배우다가 이따금 형식을 쳐다보고는 형식의 얼굴에다가 자기 손으로 만들어놓은 탈을 씌워본다. 그러나 그 탈이 씌워지지를 아니한다. 형식은 있는 정성을 다하여 가장 사랑하는 장래의 아내에게 영어를 가르칠 때에 선형은 열심으로 형식의 얼굴을 교정한다. 순애는 그 곁에 앉아서 형식과 선형을 번갈아 보며 두 사람의 생각을 알아보려 한다.

선형은 형식의 얼굴 교정하기를 그쳤다. 그 사업이 도저히 성공하지 못할 줄을 깨달았다. 그러고는 형식의 얼굴에 아무쪼록 정이 들기를 힘썼다. 지금까지는 형식의 얼굴로 하여금 자기의 마음에 맞도록 변화하게 하려 하였으나 지금은 자기의 마음으로 하여금 형식의 얼굴에 맞도록 변화하게 하려 한다. 억지로 '형식의 얼굴이 곱다' 하여본다. '광대뼈 내민 것과 눈초리 처진 것이 도리어 정답다' 하여도 본다. '그의 손이 크고 손가락이 긴 것이 도리어 남자답다' 하여도 본다. 그러면 과연 그렇다 하여지기도 하고 더 보기 흉하다 하여지기도 한다.

그러나 점점 오래 상종을 하고 말도 많이 듣고 서로 생각도 통하여짐을 따라 선형은 차차 형식에게 정이 들어온다. 형식의 입술이 곱다 하게도 되고 형식은 썩 다정하고 마음씨가 고운 사람이다 하게도 된다. 자리에 들어가서는 으레 형식의 모양을 한번 씩 그려보고 얼굴을 교정도 하여본다. 그중에 제일 마음에 드는 형식의 입술을 그려놓고는 가만히 쳐다보다가 혼자 웃으며 '이것만 해도 좋지' 한다. 선형은 형식의 입술을 사랑한다. 그래서 형식의 얼굴이 온통 입술이 되고 말기도 한다.

97

형식도 자기의 외모가 선형의 마음을 끌리라고는 생각지 아니한다. 약혼한 뒤로부터 형식은 혼자 거울을 대하여 제 얼굴을 검사하여보고 여기는 선형이가 좋아하려니, 여기는 싫어하렸다 하여보며 선형이가 하던 모양으로 자기의 얼굴을 교정하여본다. 그러나 그 얼굴이 선형이가 발로 비비던 얼굴인 줄은 모른다. 그러나 형식은 자기의 인격을 믿고 지식을 믿는다. 자기의 인격의 힘이 족히 선형의 마음을 후리리라 한다. 선형은 아직 어린애다. 자기의 말동무가 되지 못한다. 선형은 아직 자기의 인격을 알아줄 만한 정도가 되지 못한다. 이것이 고통이다. 왜 내게는 여자가 취할 만한 용모와 풍채가 없으며 세상이 부러워하는 재산과 지위와 명예가 없는고 하여본다. 평생에는 우습게 말도 하고 조롱도 하던 용모, 재산, 지위도 이러한 때를 당하여서는 몹시 부러워진다. 그래서 자기를 부귀한 집 도련님을 만들어보고 호화로운 미소년을 만들어보고 그러한 뒤에 선형을 자기의 앞에 놓아본다. 그렇게 하여보고 나면 현재의 자기의 처지가 퍽 보잘것없게 초라해 보여서 혼자 등골에 땀이 흐른다. 선형이가 자기를 사랑할까, 도리어 밉게 여기든지 불쌍하게 여기지 아니할까. 이렇게 생각하면 다시 선형을 대하기가 싫다. 내가 선형과 혼인한 것이 앙혼(仰婚)*¹이 아닐까. 그는 돈이 있고 지위가 있고 용모가 있는데 나는 무엇이 있나. 이렇게 생각하면 부끄러워진다. '게다가 처갓집 돈으로 미국 유학을 하여' 하면 더 부끄러운 생각이 나고 세상이 다 자기의 못생긴 것을 비웃는 것 같다.

조선에 나만큼 열성 있는 사람이 없고 인격과 학식과 재주가 나만한 사람이 없다. 조선 문명의 지댓돌은 내 손으로 놓는다 하던 형식의 자부심은 다 없어지고 말았다. 없어진 것은 아니지마는 그것이 형식에게는 그렇게 중요한 것은 아니었다. 선형의 사랑을 얻어야한다—이것이 형식의 유일한 목적이다. 선형의 사랑을 못 얻을는지 모르겠다—이것이 형식의 유일한 슬픔이다. 미국 유학을 하는 것도 조선의 문명을 위한다는 것보다 선형 한 사람의 사랑을 위한다는 것이 마땅하게 되었다. 사랑의 앞에서는 모든 교만과 자부심이 다 없어지고 만다.

그러나 형식은 선형이 없이는 못 산다. 만일 선형이가 자기를 떼어버린다 하면 자기는 세상에서 아무것도 바랄 것이 없다. 만일 선형이가 자기를 버린다 하면 자기는 칼로 선형과 자기를 죽일 것이라한다. 다행히 선형은 부친의 명령을 거역할 자가 아니요 또 사랑이 없다고 자기를 버릴 자가 아니다. 그러나 도덕의 힘을 빌려 법률의 힘을 빌려서야 겨우 선형을 자기의 사랑에 복종케 한다 하면 부끄러운 일이다. 그래서 '아니, 선형은 나를 사랑한다' 하고 억지로 확신하여본다.

---

*1 앙혼 : 자기보다 지위가 높은 사람과 맺는 혼인.

형식은 그래도 안심이 되지 아니하여 선형의 사랑을 시험하여 보리라 하는 생각이 난다. 우선 악수를 청하여보고 다음에 키스를 청하여보리라. 그래서 저편이 응하면 사랑이 있는 표요 응치 아니하면 사랑이 없는 표로 알리라 한다. 우선이가 일찍 '사내답게, 기운 있게' 하던 말을 생각하여 오늘은 기어이 실행하여보리라 하면서도 이내 실행하지 못하였다.

근일에 장로 부처의 태도가 얼마큼 변하여진 듯하다. 선형의 태도는 여전하지마는 그 눈에는 무슨 근심이 있는 듯하다. 형식도 대개 그 눈치를 짐작하였으나 자기가 먼저 말을 내기도 어려워서 혼자 걱정만 하였다. 그러나 자기는 조금도 잘못한 일이 없으니까 언제든지 여러 사람의 오해가 풀릴 날이 있으리라 하였다. 그래서 일간에는 영어만 가르치고는 곧 집에 돌아와서 책을 보았다.

하루는 형식에게 편지 한 장이 왔다. 황주 김병국의 편지다. 그 편지에는 이러한 말이 있다.

'내가 내외간에 애정이 없는 것은 형도 아는 일이어니와 근래에 와서 더욱 심하게 되었다. 내 아내에게 결점이 있는 것도 아니요 내 마음이 방탕해서 그런 것도 아니라. 나는 근래에 극렬한 적막의 비애를 느끼게 되었고 이 비애는 결코 내 아내의 능히 위로 하여줄 바가 아니라. 나는 무엇을 구한다. 무엇을 구한다는 것보다 어떤 사람을 구한다. 그리고 그 사람은 이성(異性)인 것 같다. 나는 그 사람을 못 구하면 죽을 것같이 적막하다. 그래서 억지로 내 아내를 사랑하려 한다. 그러나 힘쓰면 힘쓸수록 더욱 멀어져 간다.

내 누이가 돌아왔다. 누이를 대하면 매우 유쾌하다. 또 누이도 내 마음을 알아주어서 여러 가지로 위로도 하여준다. 그래서 나는 아내에게 못 얻는 정신적 위안을 누이에게서 얻으려 하였다. 그래서 과연 얻었다. 그러나 나는 새로운 사실을 발견하였다. 그것은 '누이의 사랑에는 한정이 있다' 함이다. 나는 이제는 누이의 사랑만으로 만족하지 못하게 되었다. 내가 구하던 것은 오직 정신적 위안뿐인 줄 알았더니 이제 와서 비로소 그렇지 아니한 줄을 깨달았다. 곧 나의 요구하는 것은 정신적이라든가 육적(肉的)이라든가 하는 부분적 사랑이 아니요 전 인격의 사랑인 줄을 깨달았다.

그런데 한 이성(異性)이 내 앞에 나섰다. 나는 견딜 수 없이 그에게 끌려진다. 나는 지금 의리와 사랑의 두 사이에 끼어서 더할 수 없는 고통을 받는다.'

이러한 긴 편지였다.

98

형식은 병국의 편지를 보고 놀랐다. 병국은 유학생 중에도 극히 도덕적 인물이었다. 술도 아니 먹고 계집은 물론 곁에도 가지 아니 했다. 그중에도 부부의 관계에 대하여는 극히 굳건한 사상을 가졌었다. 누가 아내에게 애정이 없다든지 이혼 문제를 말하면 병국은 극력하여 반대하였다. 한번 부부가 된 이상에는 죽을 때까지 서로 사랑할 의무가 있다 하여 예수교적 혼인관을 가졌었다. 당시 유학생계에 연애론과 이혼론이 성하였을 때에 병국은 유력한 부부신성론자였다. 그러하던 병국이가 이제는 이러한 말을 하게 되었다. '아내를 사랑하려고 있는 힘을 다하건마는 힘을 쓰면 쓸수록 더욱 멀어가오' 하는 병국의 편지 구절을 형식은 한 번 더 읽어보았다. 그리고 '나는 무엇을 구하오. 그것은 이성인가 보오. 이것을 못 얻으면 죽을 것 같소' 하는 구절과 '내가 구하는 것은 정신적이라든지 육적이라든지 하는 부분적 사랑이 아니요 영육(靈肉)을 합한 전 인격적 사랑이외다' 한 구절을 생각하매 병국의 괴로워하는 모양이 역력히 눈에 보이는 듯하여 무한한 동정이 갔다.

그러나 형식은 또 자기의 처지를 생각한다. 선형은 과연 자기를 사랑하여주는가. 자기는 선형에게 '부분적이 아니요 전 인격적인 사랑'을 받는가. 아무리 좋게 생각하려 하여도 선형의 자기에게 대한 태도는 냉담한 것 같다. 이 약혼은 과연 사랑을 기초로 한 것일까.

그날 저녁에 선형은 '예' 하고 대답은 하였다. 그러나 그 '예'가 무슨 뜻일까. '형식을 사랑합니다' 하는 뜻일까 또는 '부모께서 그렇게 하라 하시니 명령대로 합니다' 하는 뜻일까. 선형의 자기에 대한 처지가 병국의 그 아내에게 대한 처지와 같음이 아닐까. 이렇게 생각하매 형식은 문득 불쾌한 생각이 난다. 만일 선형이가 진실로 자기를 사랑하는 마음이 없이 부모의 말을 거역할 수가 없어서 그렇게 대답한 것이라 하면 이는 불쌍한 선형을 희생함이라. 선형은 속절없이 사랑 없는 지아비의 밑에서 괴로운 일생을 보낼 것이요 또 형식 자기로 말해도 결코 행복되지 아니할 것이라. 남의 일생을 희생하여서까지 자기의 욕심을 채움이 인도에 어그러짐이 아닐까. 이에 형식은 선형의 뜻을 물어보기로 결심하였다.

그 이튿날은 마침 순애가 두통이 나서 눕고 선형과 단둘이 마주 앉을 기회를 얻었다. 영어를 다 가르치고 난 뒤에 형식은 있는 힘을 다하여

"선형씨, 한마디 물어볼 말이 있습니다" 하고 형식은 고개를 숙였으나 선형은 고개를 들어 형식의 갈라진 머리를 보고 의심나는 듯이 한참 생각하더니

"무슨 말씀이야요?" 하고 살짝 얼굴을 붉힌다.

"제가 묻는 말에 똑바로 대답을 해주셔야 합니다. 이러하는 것이 마땅합니다. 사랑하는 사람 사이에 꺼리는 것이 무엇이 있겠습니까" 하는 형식의 가슴은 자못 울렁울렁한다. 사생이 달린 큰 판결이 몇

초 안에 내리는 듯하다. 선형도 아직 이렇게 책임 중한 질문을 받아 본 적이 없으므로 형식의 말에 무서운 생각이 난다. 그래서 어떻게 대답할 줄을 모르면서 간단히 "예" 하였다. 약혼하던 날 대답하던 '예'와 다름이 없는 '예'로다. 형식도 더 말하기가 참 어려웠다. 또 그 대답이 무섭기도 하였다. 그러나 선형의 참뜻을 모르고 의심 속으로 지내기는 더 무서웠다. 그래서 우선의 '사내답게' 하던 말을 생각하고 기운을 내어, 그러나 떨리는 목소리로

"선형씨는 나를 사랑합니까" 하고는 힘 있게 선형의 눈을 보았다. 선형도 하도 뜻밖에 질문이라 눈이 둥그레진다. 더욱 무서운 생각이 난다. 실로 아직 선형은 자기가 형식을 사랑하는가 않는가를 생각하여 본 적이 없다. 자기에게는 그런 것을 생각할 권리가 있는 줄도 몰랐다. 자기는 이미 형식의 아내다. 그러면 형식을 섬기는 것이 자기의 의무일 것이다. 아무쪼록 형식이가 정답게 되도록 힘은 썼으나 정답게 아니 되면 어찌하겠다 하는 생각은 꿈에도 한 일이 없었다. 형식의 이 질문은 선형에게는 청천벽력이었다. 그래서 물끄러미 형식을 보다가

"그런 말씀은 왜 물으셔요?"

"그런 말을 물어야지요. 약혼하기 전에 서로 물어보았어야 할 것인데 순서가 바뀌었습니다. 그러나 이제라도 물어야지요."

선형은 잠자코 앉았다.

"분명히 말씀을 하십시오. 그렇다든지 아니라든지……"

선형의 생각에는 그런 말은 물을 필요도 없고 대답할 필요도 없는 것 같다. 이미 부부가 아니냐, 그것은 물어서 무엇 하랴 한다.

그래서 웃으며

"왜 그런 말씀을 물으셔요?"

"하루라도 바삐 아는 것이 피차에 좋지요. 일이 아주 확정되기 전

에……"

"에? 확정이 무슨 확정입니까."

"아직 약혼뿐이지, 혼인을 한 것은 아니니까요. 그러니까 지금은 아직 잘못된 것을 교정할 여지가 있지요."

선형은 더욱 무서워서 몸에 소름이 끼친다. 형식의 말하는 뜻을 알 수가 없다.

"그러면 약혼했던 것을 깨트린단 말씀입니까" 하는 선형의 눈에는 까닭 모르는 눈물이 고인다. 형식은 그것을 보매 이러한 말을 낸 것을 후회하였으나

"예. 그 말씀이야요."

"왜요?"

"만일 선형씨가 나를 사랑하시지 아니하면……"

"벌써 약혼을 했는데두?"

"약혼이 중한 것이 아니지요."

"그러면 무엇이 중합니까."

"사랑이지요."

"만일 사랑이 없다 하면?"

"약혼은 무효지요."

99

선형은 한참 생각하더니

"그러면 선생께서는?"

"제야 선형씨를 사랑하지요. 생명보다 더 사랑하지요."

"그러면 그만 아닙니까."

"아니요. 선형씨도 저를 사랑하셔야지요."

"아내가 지아비를 아니 사랑하겠습니까."

형식은 물끄러미 선형을 본다. 선형은 고개를 숙인다.

"그것은 뉘 말입니까."

"성경에 안 있습니까."

"그렇지마는 선형씨는 어떻게 생각합니까—선형씨의 진정으로는?"

"저도 그렇게 생각하지요."

"아내가 되었으니까 지아비를 사랑합니까, 또는 사랑하니까 아내가 됩니까."

이것도 선형에게는 처음 듣는 말이다. 그래서 자기도 무슨 뜻인지 모르면서

"마찬가지 아닙니까."

'마찬가지'라는 말에 형식은 놀랐다. 그것이 어찌하여 마찬가질까. 이 계집애는 아직 그런 것을 생각할 줄을 모르는구나 하였다. 그래서 일언이폐지하고

"한마디로 대답해줍시오—저를 사랑하십니까" 하는 소리는 얼마큼 애원하는 듯하다. '아니요' 하는 대답이 나오면 형식은 곧 죽을 것 같다. 꼭 다문 선형의 입술은 형식의 생명을 맡은 재판관의 입술과 같다. 선형은 이제는 머리가 혼란하여 더 생각할 수가 없다. 형식의 비창한 얼굴을 보매 다만 무서운 생각이 날 따름이다. 그래서 다만

"예!" 하였다. 형식은 한 번 더 물어보려하다가 '예'가 변하여 '아니요'가 될 것이 무서워서 꾹 참고 갑자기 선형의 손을 쥐었다. 그 손은 따뜻하고 부드러워서 마치 형식의 손에 녹아버리고 마는 듯하였다. 선형은 가만히 있다. 형식은 한 번 더 힘을 주어서 선형의 손을 쥐었다. 그리하고 선형이가 마주 꼭 쥐어주기를 바랐으나 선형은 고개를 숙이고 가만히 있다. 형식은 얼른 손을 놓고 집으로 돌아왔다. 왜 그렇게 갑작스럽게 나왔는지 형식도 모른다. 선형은 인사도 아니

하고 형식의 나가는 양을 보았다.

선형은 책상에 기대어서 눈을 감고 혼자 생각하였다. 형식이가 하던 말이 분명하게 생각이 난다. 그러나 무슨 뜻인지 모르겠다. '나를 사랑하느냐' 하는 말을 어떻게 했을까, 부끄럽지도 아니한가. 이러한 말을 부끄럼 없이 하는 형식은 암만해도 단정한 남자는 아닌 것 같다. 그것이 기생집에 가서 기생과 하던 본이 아닐까. 그렇게 생각하면 자기가 형식에게 욕을 당한 것 같다. 하나님을 사랑한다든지 동포를 사랑한다든지 부부는 서로 사랑할 것이라든지 하면 그 사랑이란 말이 극히 신성하게 들리되 남자가 여자에게 대하여, 또는 여자가 남자에게 대하여 사랑해주시오 한다든지 나는 사랑하오 한다든지 하면 어찌해 추해 보이고 점잖지 아니해 보인다. 선형이가 지금껏 가정과 교회에서 들은 바로 보건댄 다른 모든 사랑은 다 거룩하고 깨끗하되 청년 남녀의 사랑만은 아주 불결하고 죄악같이 보인다. 선형은 사랑이란 생각과 말이 원래 남녀의 사랑에서 나온 것인 줄을 모른다. 이러므로 형식의 사랑에 관한 말은 적지 않게 선형을 불쾌하게 하였다. 선형의 생각에 자기의 지아비는 극히 깨끗하고 점잖은 사람이라야 할 텐데 그러한 소리를 염치없이 하는 형식은 죄인인 듯하다. 더러운 기생에게 하던 버릇을 내게다가 했구나 하고 선형은 한번 얼굴을 찌푸렸다. 그리고 형식이가 잡았던 손을 보았다. 그 큰 손 속에 자기의 손이 푹 파묻혔던 것과 자기의 손이 아프도록 힘껏 쥐어주던 것을 생각하고 선형은 무엇이 묻은 것을 떨어버리는 듯이 손을 서너 번 내두르고 치마로 문대었다.

그러나 또 생각하여본즉 사랑하여준다는 말과 손을 잡아주던 맛이 아주 싫지도 아니하였다. 그뿐더러 형식이가 힘껏 손을 꼭 쥘 때에는 전신이 찌르르 떨리는 듯이 기쁘기까지 하였다. 그래서 다시 그 손을 내들고 보다가 방그레 웃으며 가만히 입에 대어 보았다.

또 선형은 생각하였다. 자기는 과연 형식을 사랑하는가. '아내가 되었으니까 지아비를 사랑하느냐, 사랑하니까 그 지아비의 아내가 되었느냐' 하던 말과 '만일 사랑이 없다 하면 약혼은 무효지요' 하던 형식의 말을 생각하였다. 만일 그렇다 하면 부모의 명령은 어찌하는가. 내가 형식에게 사랑이 없다 하면 '나는 형식에게 사랑이 없어요. 그러니까 부모께서 정해주신 이 혼인은 거절합니다' 할 수 있을까. 그렇게 하는 것이 옳은 일일까. 아니다. 그럴 리가 없다. 혼인은 하나님께서 주장하신 신성한 것이니까 사람의 마음대로 할 수가 없는 것이다. 그러니까 형식의 말은 잘못이다. 형식의 말은 깨끗지 못한 말이다. 그러나 자기는 형식의 아내다. 결코 사람의 손으로 어찌할 수 없는 형식의 아내다.

선형은 일어나서 방 안으로 왔다 갔다 하다가 암만해도 마음이 정치 못하여 다시 책상에 기대어 기도를 올렸다.

"하나님이시어, 죄 많은 딸의 죄를 용서하시고 갈 길을 밝히 가르쳐주시옵소서. 시험에 들지 말게 하옵시고" 하고 잠깐 주저하다가 "제 지아비를 정성으로 사랑하게 하여주시옵소서."

100

하루는 병욱이가 혼자 앉아서 한 손으로 곁에 뉘어놓은 바이올린을 되는대로 울리며 영채에게 배운 《고문진보》를 읽을 적에 어디 갔다 오는 병국은 한 손에 파나마를 들고 부채를 부치며 들어 와서 병욱의 방 문지방에 걸어앉으며

"요새에는 또 한시(漢詩)에 미쳤구나. 이제는 음악은 내버리고 한시 공부나 하지" 하며 웃는다.

"왜요? 이렇게 손으로는 음악 하고 눈으로는 시를 읽지요" 하고 자

주 바이올린 줄을 울리며 아이들 모양으로 몸을 흔들고 소리를 내어서 시를 읽는다.

병국은 병욱의 몸 흔드는 양을 보고 웃고 앉았더니

"손님은 어디 가셨니?" 한다. 병국은 영채를 손님이라고 부른다. 병욱은 고개를 번쩍 들고 웃으면서

"손님 어디 오셨어요, 어디서 왔나요."

병국은 누이가 자기를 조롱하는 줄을 알면서도 정직하게

"아, 그이 말이다."

"아, 그이가 누구야요?" 병욱은 병국이가 영채를 위하여 괴로워하는 줄을 알므로 이렇게 말하는 것이라. 병국은

"그만두어라" 하고 휙 돌아앉는다. 병국은 견디지 못하여 일어서서 나가란다. 병욱은 뛰어나와 병국의 소매를 당기며

"오빠, 들어오십시오. 내가 잘못했으니."

"싫다, 어디 가야겠다" 하고 팔을 잡아챈다. 병욱은 깔깔 웃으며

"글쎄 여쭐 말씀이 있으니 여기 좀 앉으셔요" 하는 말에 병국은 또 앉았다. 병욱은 손으로 병국의 등에 붙은 파리를 날리며

"오빠, 무슨 근심이 있어요?" 하고 웃기를 그치고 병국의 얼굴을 모로 본다. 병국은 놀라는 듯이 고개를 돌려 병욱을 보며

"아니, 왜? 무슨 근심 빛이 보이니?"

"예. 어째 무슨 근심이 있는 것 같애요" 하고 '나는 그 근심을 알지' 하는 듯이 생긋 웃는다. 병국은 머리를 벅벅 긁더니 웃으면서

"양잠 회사를 꼭 세워야 하겠는데 아버지께서 허락을 아니 하시는구나. 그래서 지금도 그 일로 갔다가 오는 길이다. 너는 바이올린이나 뽕뽕 울리고, 나는 돈을 벌어야지……"

병욱은 한 걸음 물러서서 다른 데를 보며 비웃는 듯이

"흥, 그것이 근심입니다그려. 내가 돈을 너무 써서. 그렇거든 그만

둡시오, 나는 내 손으로 돈을 벌어서 공부하지요. 여자는 저 먹을 것도 못 번답디까."

병국은 껄껄 웃으며

"잘못했소, 누님. 그렇게 성내실 게야 있소? 제가 남을 조롱하니까 나도 당신을 조롱하지요."

병욱은 다시 병국의 곁에 와 서며

"그것은 농담이구요" 하고 앉아서 몸을 우쭐우쭐하며 소리를 낮추어 "오빠, 나 영채 데리고 동경 가요, 좋지요?"

"네 마음대로 하려무나" 하고 극히 냉정한 체하나 벌써 가슴이 설레기 시작한다. "그런데 그 말을 왜 하니?"

"일간 가게 해주세요. 집에 있기도 싫고, 또 영채를 데리고 가면 입학 준비도 해야지요. 그러니까 곧 떠나게 해주세요" 하고 유심하게 병국을 본다. 병국은 누이의 뜻을 대강 짐작하였다. 그리고 누이의 정을 더욱 고맙게 여겼다. 그러나 자기의 생각만으론 확실치 못하므로

"글쎄 개학이 아직도 한 달이 남았는데 왜 그렇게 빨리 간다고 그러느냐"

병욱은 오라비의 눈을 이윽히 보더니 힘없는 목소리로

"어서 가야 해요, 그렇지 않아요?"

'그렇지 않아요?' 하는 말에 병국은 가슴이 뜨끔하였다. 과연 그렇다. 영채가 오래 가까이 있으면 있을수록 자기는 괴로울 것이요 또 미상불 위험도 없지 아니할 것이라. 자기도 그러한 생각이 있기는 있었다. 자기가 어디로 여행을 가든지 영채를 어디로 보내든지 하는 것이 좋을 줄을 알기는 알았다. 그러나 한편으로 끄는 힘이 있어서 실행을 못하였다. 병국은 고개를 숙이고 한참 동안 생각하더니

"옳다, 네 말이 옳다. 어서 가야 한다" 하고는 휘 한숨을 쉰다. 병욱

은 병국의 어깨를 만지며

"영채도 오빠를 사랑하니 동생으로 알고 늘 사랑해주시오. 저도 제 동생으로 알고 늘 같이 지내겠습니다. 동경 가면 둘이 한 집에 있어서 밥 지어 먹고 공부하지요. 불쌍한 사람을 건져주는 것이 안 좋습니까. 또 영채는 좀더 공부를 하면 훌륭한 일꾼이 되겠는데요."

병국은 고개를 숙인 대로 누이의 말을 듣더니 손으로 무릎을 치고 몸을 쭉 펴면서

"잘 생각하였다. 네게야 무엇을 숨기겠니—미상불 그동안 퍽 괴로웠다" 하고 또 잠깐 생각하다가 한 번 더 결심한 듯이 "그러면 언제 떠나겠니?"

"글쎄요. 오빠께서 가라시는 날 가지요."

"그러면 모레 낮차에 가거라. 내일 노자를 얻어줄 것이니."

이때에 영채가 대문 밖으로서 뛰어 들어오다가 병국을 보고 고개를 숙여 인사를 한다. 병국도 얼른 일어나서 답례한다. 영채는 뒷산에서 뜯어 온 붓꽃(水菖蒲) 한 줌을 병욱에게 준다. 병욱은 그 꽃을 받아들고 이리 뒤적 저리 뒤적 하더니 절반을 갈라 들며

"이것은 오빠 책상 위에 꽂아드려요, 이것은 우리 둘이 가지고."

101

모레 떠난다고 하였으나 병욱의 자친의 반대로 일주일 후에 떠나게 되었다. 만류하는 그 자친의 말은 이러하였다.

"일 년 동안이나 그립게 지내다가 만났는데 한 달이 못 되어서 간다고 그러느냐. 너는 내가 보고 싶지도 아니한 게로구나. 저 무명밭(목화밭)에 너 줄 양으로 심은 참외와 수박 다 따 먹고 가거라."

이 말에는 반대할 수가 없었다. 그래서 한번은 병욱이가 영채더러

"어떻소, 어머님의 정이?" 하고 눈에 눈물이 고였다. 영채도 부친의 생각이 나서 소매로 눈을 씻었다.

날마다 점심때가 지나면 병욱과 영채는 집에서 한 삼 마장*¹되는 양지편 무명밭에 가서 참외와 수박을 따 가지고 밭모퉁이에 가지런히 앉아서 여러 가지로 꿈 같은 장래를 말하면서 맛나게 먹었다. 어떤 때에는 병국의 부인도 같이 나와서 삼인이 정좌(鼎坐)하여*² 해가는 줄을 모르고 이야기를 하는 일도 있다. 마침 그 무명밭이 길체(구석 자리)에 있으므로 그 곁으로 다니는 사람도 없이 아주 고요하다. 하루는 병국의 부인이

"아버님께서는 목화에 해롭다고 참외나 수박은 일절 넣지 말라는 것을 어머님께서 그예히(기어이) 넣어야 된다고 하셔서 나와 둘이서 이 참외와 수박을 심었지요" 하였다.

병욱은 밭고랑으로 거닐면서 아름답게 매달린 참외와 수박을 한바탕 시찰하더니 그중에서 얼룩얼룩한 참외를 하나 따 가지고 나오면서

"이놈은 어째서 이렇게 얼룩얼룩해요? 어째서 어떤 놈은 꺼멓고 어떤 놈은 희고 어떤 놈은 이렇게 얼룩얼룩할까, 암만 다니면서 보아도 꼭 같은 놈은 하나도 없으니……"

"다 같으면 재미가 있겠어요. 사람도 그렇지" 하고 영채가 웃는다.

"아무러나 자연이란 참 재미있어요. 같은 흙 속에서 별별 형형색색의 풀이 나고 나무가 나고 꽃이 피고……" 하고 지금 따온 참외를 코에 대고 킁킁 맡아보며

"이것도 흙이 변해서 이렇게 되었지."

"사람도 처음에는 흙으로 빚었다고 하지 아니해요" 하고 병국의

---

*1 마장 : 거리 단위. 5리나 10리가 못 되는 거리.
*2 정좌하다 : 솥발처럼 세 사람이 간격을 벌려 앉다.

부인.

"참 그 말이 옳아. 만물이 다 흙에서 나왔으니까……과연 땅이 만물의 어머니여. 만물을 낳아주고 안아주고……쌀이라든지 물이라든지 이 참외라든지. 이것은 말하면 젖이지……어머니의 젖이지" 하고 사랑스러운 듯이 그 참외를 어루만지다가 사방을 휘돌아보며 "어때요. 즐겁지 않아요. 하늘은 말갛지, 햇볕은 따뜻하지, 산은 퍼렇지, 저렇게 시냇물은 흐르지, 그리고 저 풀들은 아주 기운 있게 자라지, 그런데 우리들은 그 속에 앉았구려, 에구 좋아" 하고 춤을 추면서 웃는다.

영채가 동그란 돌을 들어서 던졌다 받았다 하면서

"시골서 자라나서 그런지 모르지마는 암만해도 이렇게 풀 있고 나무 있는 시골이 좋아요. 서울이나 평양 같은 도회에 있을라면 어째 옥 속에 있는 것 같애."

"그렇고말고. 이렇게 넓은 자연 속에 있으면 몸과 마음이 온통 자유롭고 한가하고 하지마는 도회에 있으면……에구, 그 먼지, 그 구린내 나는 공기, 게다가 사람들의 마음까지 구린내가 나게 되지" 하고 방금 구린내가 나는 듯이 얼굴을 찡기더니 "그런데 여기는 이렇게 넓고 깨끗하지 않아요" 하고 후―후―하고 깊이 숨을 들이쉰다. 과연 공기는 맑다. 풀 향기가 사람을 취케 할 듯이 이따금 후끈후끈 들어온다.

이렇게 즐겁고 이야기하고 놀다가 수박을 하나씩 따 들고 돌아온다. 그것은 집에 있는 부모와 다른 가족에게 드리기 위함이라.

병욱은 수박의 뚜께를 떼고 거기다가 꿀을 넣어두었다가 아랫목에 누운 조모께 드린다. 조모는 어린애 모양으로 쪼그라진 볼에 웃음을 띠며 맛있는 듯이 그것을 먹는다. 병욱은 기쁘게 보고 앉았다가 이따금 숟가락으로 수박 속을 파 드린다. 거의 다 먹고 나서는

으레 병욱을 보고 웃으며

"에그. 자라기도 자랐다. 저렇게 큰 것이 왜 시집가기를 싫어하는
고"하고는 앉은 대로 몸을 한 걸음 끌어다가 병욱의 등을 두드리고

"이제 네가 가면 다시는 보지 못할까 보다"하고 한숨을 쉰다. 그
때마다 병욱은

"왜 그래요. 할머니께서는 아흔까지는 걱정 없어요"하고 크게 소
리를 치면 겨우 들리는 듯이 흥흥하며

"아흔까지!"하고 만다. 지금 일흔셋이니까 아흔까지면 아직도 십
칠 년이 있다. '내가 그렇게 살까' 하는 듯하면서 '그렇게 살았으면'
하는 듯도 하다.

이따금 손녀더러 바이올린을 해보라고 한다. 병욱은 시키는 대로
바이올린을 타면서 곁에 앉은 영채더러

"듣기는 네나 해라, 할머니는 눈으로 들으시니까"하고 둘이서 웃
으면 조모는 무슨 일인지는 모르면서 자기도 웃는다. 그러고는 병욱
이가 고개를 기울이고 활을 당기는 것을 물끄러미 보고 앉았다가는
오 분이 못하여서 대개 끔벅끔벅 존다. 그러면 젊은 두 처녀는 마주
보고 웃으며 자기네끼리만 즐거워한다.

102

모친은 멀리로 가려는 딸을 위하여서 여러 가지로 맛있는 것을 해
준다. 손수 쌀을 담가서 떡도 만들고 닭도 잡아주고……그러고는 딸
들이 맛있게 먹는 것을 우두커니 보고 앉았다. 부친도 딸을 위해서
쇠갈비 한 짝을 사 오고 병국도 성내에 들어가서 과자와 귤과 사이
다 같은 것을 사 온다. 그리고 병욱과 영채는 무명밭에 가서 참외와
수박을 따다가 혹은 꿀을 넣고 혹은 사탕을 넣어서, 혹은 하룻밤을

재우기도 하고 혹은 우물에 넣어 식히기도 하여 내놓는다. 한번은 영채가 손수 꿀 버무린 수박을 부친께 드렸다. 부친은 좀 의외인듯이 그것을 받아서 순가락으로 맛나게 떠 넣으며

"응, 고맙다" 하였다. 영채는 또 돌아가신 아버지를 생각하였다.

한번은 병욱이가 병국에게 수박을 주며 농담같이

"이것은 영채가 오빠 드린다고 특별히 만든 것이야요" 하였다. 곁에 섰던 영채는 얼굴을 붉혔다.

병국의 부인은 두 누이가 떠나는 것을 진정으로 섭섭하여한다.

또 새로 정들인 영채를 한 달이 못하여서 작별하게 되는 것도 슬펐다. 자기도 누이들과 같이 훨훨 서울이나 동경으로 가보고도 싶었으나 불가능한 줄을 안다. 그래서 미상불 부러운 생각도 있지마는 또 그는 자기의 분정(분수)에 만족할 줄 아는 수양이 있으므로 누이들은 저러할 사람이요 나는 이러할 사람이라고 곧 단념을 하므로 그렇게 괴로워하지도 아니한다.

이렇게 매우 분주한 연락 속에 긴 듯하던 일주일도 꿈같이 지나고 말았다. 오늘은 떠난다 하여 짐을 묶으며 옷을 갈아입으며 할 때에는 보내는 사람은 보내기가 싫고 가는 사람은 가기가 싫다. 아랫목에 누워 있는 조모라든지, 나는 모른다 하는 듯이 담배만 피우는 부친이라든지, 고추장이며 암치*¹ 같은 반찬을 싸주는 모친이라든지, 시어머니를 도우며 말없이 있는 오라범댁이라든지, 두루마기를 입고 파나마를 잦혀 쓴대로 손수 짐을 묶고 분주하는 병국이라든지, 이리 왔다 저리 갔다 하며 활발하게 웃고 다니는 병욱이라든지, 또 이 모든 것을 구경하는 듯이 우두커니 섰는 영채라든지 누구누구를 물론하고 가슴 저 구석에는 말할 수 없는 적막과 슬픔이 있다.

병욱과 영채는 조모, 부친, 모친의 순서로 하직하는 절을 하였다.

---

*1 암치 : 배를 갈라 소금에 절여 말린 민어.

조모는 또 한 번 "이제는 다시 못 볼 것 같다" 하고 희미한 눈에 눈물이 고이며 병국에게 붙들려 대문까지 나왔다. 부친은 절을 받고 "응" 할 뿐이요 다른 말이 없고, 모친은

"가서 공부들 잘해가지고 오너라, 겨울방학에도 오려무나. 영채도 내년에 오너라" 하고 영채의 적삼 등을 펴주었다. 동네 사람들에게 '잘 가거라' '잘 있으오' 하는 인사를 마치고 일행이 동구를 나설 때는 정히 오후 일 시경, 내리쪼이는 팔월 볕이 모닥불을 퍼붓는 듯하다.

일행은 앞서거니 뒤서거니 미진한 정담을 말하면서 간다. 혹 한데 모여 서기도 하고 혹 두 사람씩 한 떼가 되어 십여 보를 떨어지기도 하고 혹 한 사람이 앞서 가다가 길가에 풀잎을 뜯으면서 뒤를 돌아보기도 한다. 흔히 모친과 병욱이가 한 떼가 되고 병국의 부인과 영채가 한 떼가 되고 부친과 병국은 대개 말없이 따로 떨어져서 간다. 짐 진 총각은 이따금 작심대로 지게를 버티고 서서 뒤에 오는 일행을 기다리더니 얼른 정거장에 가서 지게를 벗어놓고 쉬고 싶은 생각이 나서 먼저 달아난다. 사람 아니 탄 마차와 인력거가 떨거덕 떨거덕 소리를 내며 마주 오기도 하고 앞서 지나가기도 한다. 일행의 얼굴은 더위로 벌겋게 되고 이마에서는 구슬땀이 떨어진다. 남자들은 부채를 부치고 여자들은 수건으로 땀을 씻는다.

언제까지 가도 끝이 없을 듯하던 이야기도 거의 다 없어지고 이제는 말없이 탄탄한 신작로로 태양을 마주 보며 걸어 나간다. 길가 원두막에서 수심가, 난봉가가 졸린 듯이 울려 나오더니 일행이 지나가는 것을 보고 고요하게 되며 원두막 문으로 중대가리며 감투 쓴 대가리, 수건 쓴 대가리, 커다란 총각의 대가리가 쑥쑥 나오며 무어라고 쑤군쑤군하다가 일행이 수십 보를 지나가자 하하하고 웃는 소리가 들린다. 일행은 그저 말없이 정거장을 향하고 간다.

영채는 좌우에 새로 이삭 나온 조밭을 보며 지나간 일 삭간의 일

을 생각한다. 몸은 비록 가만히 있었으나 정신상으로는 실로 큰 변동이 있었다. 전과는 다른 아주 새로운 사람이 되었다 할 만한 큰 변동이었었다. 죽으러 가노라고 가던 길에 우연히 병욱을 만난 일과 병욱의 집에서 칠팔 년 만에 비로소 가정의 즐거운 맛을 다시 본 것과 자기가 지금껏 괴로워하던 옥 같은 세상 밖에도 넓고 자유롭고 즐거운 세상이 있음을 깨달은 것과 또 병국에게 대하여 불타는 듯하는 사랑을 느낀 것을 두루 생각하다가 마침내 자기가 이제는 일본 동경으로 유학하러 감을 생각하매 일신의 운명이 뜻밖에 변하여 가는 것이 하도 신기하여 혼자 빙그레 웃었다.

　이러한 생각을 하는 동안에 일행은 정거장에 다다라 대합실의 걸상 하나를 점령하고 남은 시간 이십 분에 다 하지 못한 말을 한다.

103

　병욱과 영채는 차에 올라서 차창으로 전송하는 일행을 내다본다. 병국도 사리원까지 갈 일이 있다 하여 같이 올랐으나 자기는 오늘 저녁에 돌아올 길인 고로 걸상에 앉은 대로 바깥을 내다보지도 아니한다. 모친은 차창에 붙어서

　"얘, 조심해 가거라"를 두어 번이나 하고

　"얘, 한 달에 두 번씩은 꼭꼭 편지를 해라"를 서너 번이나 하였다. 병국의 부인은 바로 시어머니의 곁에 붙어 서서 병욱과 영채를 번갈아 본다. 더위에 붉게 된 그 조그마하고 말끔한 얼굴이 아름답게 보인다. 떨렁떨렁하는 종소리가 나고 차장의 호각 소리가 날 적에 병국의 부인은 차창을 짚은 영채의 손을 꼭 누르며

　"가거든 편지 주셔요" 한다. 그 눈에는 눈물이 있다. 그것을 마주 보는 영채의 눈에도 눈물이 있다. 헌병들이 힐끗힐끗 이 광경을 보

고 벤또 파는 아이의 외우는 소리가 없어지자 고동 소리와 함께 차가 움직이기를 시작한다. 모친은 또 한 번

"부디 조심해 가거라"를 부르며 눈을 한번 끔벅한다. 병욱과 영채는 차창으로 머리를 내밀고 손수건을 두른다. 모친도 수건을 두르건마는 병국의 부인은 가만히 서서 보기만 한다. 부친도 한 번 팔을 들어 두르더니 돌아서 나간다. 덜컥 소리가 나고 차가 휘돌더니 정거장에 선 사람 그림자가 아주 아니 보이게 된다. 두 사람은 그래도 두어 번 더 수건을 내두르고는 도로 제자리에 앉는다. 앉아서 한참은 멍멍하니 피차에 말이 없다. 차의 속력이 점점 빨라지매 시원한 바람이 불어 들어온다. 병국은 맞은편 줄 걸상에 모로 앉아서 두 사람을 건너다보며 부채질을 한다. 차 속에는 선교사인 듯한 늙은 서양 사람 하나와 금줄 두 줄 두른 뚱뚱한 관리 하나와 그 밖에 일복 입은 사람 이삼 인뿐이다. 그네들은 모두 다 흰옷 입은 이등객을 이상히 여기는 듯이 시선을 이리로 돌린다. 병국은 건너편에 앉은 누이에게 말이 들리게 하기 위하여 몸을 앞으로 숙이며

"나는 네 덕분에 이등을, 처음 이등을 탄다" 하고 웃는다.

"그렇게 이등이 부러우시거든 더러 타십시오그려" 하고 병욱도 웃는다.

"우리와 같은 아무것도 아니 하는 사람들이 삼등도 아까운데 이등을 어떻게 타니? 죄송스러워서……"

"그러면 왜 이등표를 사주셨어요. 저 짐차에나 처실어주시지" 하고 병욱은 성을 내는 듯이 시침을 뗀다. 영채는 우스워서 고개를 숙인다. 이렇게 남매간에 어린애 싸움같이 농담을 하다가 병국이가

"영채씨도 명년에 귀국하시겠소."

"예, 제야 알겠습니까."

"왜, 나와 같이 오지. 그럼 나 혼자 올까. 형제가 같이 다녀야지" 하

고 병욱이가 영채를 보다가 병국을 본다. 영채는

"그럼, 언니께서 데려다주신다면 오지요" 하고 웃는다. 병욱은 어리 광하는 듯이 병국을 보고 몸을 흔들며

"오빠, 명년에 우리 둘이 같이 와요" 하고 묻는 말인지 대답하는 말인지 분명치 아니한 말을 한다. 병국은

"그러면 애허고 같이 오시지요. 댁이 없으시다니 내 집을 집으로 알으시고……"

"예, 감사합니다" 하고 영채가 고개를 숙인다.

이러한 말을 하는 동안에 차가 벌써 걸음을 멈추며 '샤리인, 샤리 인'(사리원) 하는 역부의 소리가 들린다. 병국은 모자를 벗고 "그러면 잘들 가거라" 하고 뛰어서 차를 내린다. 내려서 두 사람이 앉은 창 밑에 와서 선다. 두 사람도 내다본다. 몇 사람이 뛰어내리고 뛰어오 르기가 바쁘게 또 차장의 호각 소리가 난다. 차가 움직인다. 병국은 모자를 높이 든다. 두 사람도 손을 내두르며 고개를 숙인다. 병국은 차차 작아가는 두 팔과 머리를 보고, 두 사람은 차차 작아가는 모 자를 두르는 병국을 보았다.

영채는 왜 그런지 모르게 가슴이 답답하여진다. 그래서 정신이 황 홀하여지는 듯하였다. 병욱은 슬쩍슬쩍 영채의 낯빛을 살피더니 영 채를 웃기려고

"애. 너 그때에 눈에 석탄재가 들어가서 울던 생각나니?" 하고 자 기가 먼저 웃는다. 영채도 웃는다. 병욱은

"석탄가루 들어간 것이 그렇게 아프더냐."

"누가 그것이 아파서 울었나, 자연히 화가 나서 울었지" 하고 그때 생각을 하여 눈을 한번 감았다 뜨고 웃는다.

"아무러나 그때에 네가 우는 얼굴이 어찌 어여뻐 보이던지…… 내 가 남자면 당장에 홀리겠더라."

"에그, 그런 소리만 하시지!" 하고 영채가 손으로 병욱의 무릎을 때린다.

"얘, 잠깐 서울 들러 가자."

"에그, 싫어요. 누가 보면 어쩌나."

"서울서는 지금 네가 죽은 줄 알겠구나. 그 이형식씬가 한 이도."

"아마 그럴 테지요. 실상 죽었으니깐."

"누가? 네가? 왜?"

"그때 나는 벌써 죽지 않았어요? 언니께서 얼굴 씻어주실 때에."

"그리고 부활을 했구나."

"암, 부활이지. 참 언니 아니더면 꼭 죽었어요. 벌써 다 썩어졌겠네."

"썩도록 붙어 있나."

"그러면 어쩌고?"

"고기가 다 뜯어먹고 말지."

"그렇게 큰 것을 고기가 어떻게 다 먹어요?"

하고 손으로 입을 가리고 웃는다. 병욱은

"얘, 네가 처음 나를 볼 때에 어떻게 생각했니?"

"웬 일본 여자가 이렇게 조선말을 잘하고 친절하게 하는고 했지요."

"그다음에는?"

"그다음에는 퍽 활발한 여자다 했지요."

"그리고 너 그때에 먹은 것이 그게 무엇인지 아니?"

"나 몰라. 어떻게 먹는 겐지 몰라서 언니 잡수시는 것을 가만히 봤지요."

"내 애에 그런 줄 알았다. 그것은 서양 음식인데 샌드위치라는 것이어……꽤 맛나지?"

"응" 하고 고개를 까딱하며 "샌드위치" 하고 발음이 분명하게 외운다.

104

차가 남대문에 닿았다. 아직 다 어둡지는 아니하였으나 사방에 반작반작 전기등이 켜졌다. 전차 소리, 인력거 소리, 이 모든 소리를 합한 '도회의 소리'와 넓은 플랫폼에 울리는 나막신 소리가 합하여 지금까지 고요한 자연 속에 있던 사람의 귀에는 퍽 소요하게 들린다. '도회의 소리!' 그러나 그것이 '문명의 소리'다. 그 소리가 요란할수록에 그 나라가 잘된다. 수레바퀴 소리, 증기와 전기 기관 소리, 쇠망치 소리……이러한 모든 소리가 합하여서 비로소 찬란한 문명을 낳는다. 실로 현대의 문명은 소리의 문명이다. 서울도 아직 소리가 부족하다. 종로나 남대문통에 서서 서로 말소리가 아니 들리리만큼 문명의 소리가 요란하여야 할 것이다. 그러나 불쌍하다. 서울 장안에 사는 삼십여 만 흰옷 입은 사람들은 이 소리의 뜻을 모른다. 또 이 소리와는 상관이 없다. 그네는 이 소리를 들을 줄을 알고, 듣고 기뻐할 줄을 알고, 마침내 제 손으로 이 소리를 내도록 되어야 한다. 저 플랫폼에 분주히 왔다 갔다 하는 사람들 중에 몇 사람이나 이 분주한 뜻을 아는지. 왜 저 전등이 저렇게 많이 켜지며, 왜 저 전보 기계와 전화 기계가 저렇게 불분주야하고 때각거리며, 왜 저 흉물스러운 기차와 전차가 주야로 달아나는지……이 뜻을 아는 사람이 몇몇이나 되는가.

이렇게 북적북적하는 속에 영채는 행여나 누가 자기의 얼굴을 볼까 하여 가만히 고개를 숙이고 앉았다. 병욱은 혹 자기의 동창 친구나 만날까 하고 플랫폼에 내려서 이리저리 거닐다가 아무도 만나지

못하고 도로 차실로 들어오려 할 적에 누가 어깨를 치며

"병욱 언니 아니야요?" 한다.

병욱은 놀라 돌아서며 자기보다 이태를 떨어졌던 동창생을 보았다.

"에그, 얼마 만이어?"

"그런데 어디로 가오?"

"지금 동경으로 가는 길인데……"

"왜, 어느새에……여보, 그런데 좀 만나보고나 가는 것이 아니라……그렇게 무정하오" 하고 싹 돌아서더니 "아무러나 내립시오, 우리 집으로 갑시다" 한다.

"아니요, 동행이 있어서……그런데 누구 작별 나왔소?"

"응, 아니, 언니 모르셔요?"

"무엇을?"

"에그, 저런? 저 선형이 알지요. 선형이가 오늘 미국 떠난다오."

"선형이가 미국?"

하고 놀란다. 그 여학생은 저편 이등실 앞에 사람들이 모여 선 것을 가리키며

"저기 탔는데……이번에 혼인해가지고 양주가 미국 공부하러 간다오. 잘들 한다. 다 미국을 가느니 일본을 가느니 하는데 나 혼자 이렇게 썩는구먼!"

병욱은 여학생을 따라 선형이가 탔다는 차 앞에까지 갔으나 너무 사람이 많아서 곁에 갈 수가 없다. 선형은 하얀 양복에 맨머리로 창 밑에 서서 전송 나온 사람들의 인사를 대답하고, 그 곁 창에는 어떤 양복 입은 젊은 신사가 그 역시 연해 고개를 숙여가며 무슨 인사를 한다. 전송인은 대개 두 패로 갈려서 한편에는 여자만 모이고 한편에는 남자만 모여 섰다. 그 남자들은 모두 다 서울 장안의 문명하였

다는 계급이다. 병욱은 한참이나 그것을 보고 섰다가 중로에서 선형을 찾아볼 양으로 그 차실 바로 뒤에 달린 자기의 차실에 올라왔다. 영채는 여전히 고개를 숙이고 앉았다. 아까 탔던 사람은 거의 다 내리고 새로운 승객이 거의 만원이라 하리만큼 많이 올랐다. 어떤 사람은 웃옷을 벗어 걸고 어떤 사람은 창에 붙어서 작별을 하며 또 어떤 사람은 벌써 신문을 들고 앉았다. 그러나 흰옷 입은 사람은 병욱과 영채 둘뿐이다. 병욱은 자리에 앉아서 방 안을 한번 둘러보고 영채더러

"왜 그렇게 고개를 숙이고 앉았니?"

"어째 남대문이라는 소리에 마음이 이상하게 혼란하여집니다그려. 어서 차가 떠났으면 좋겠다" 할 때에 벌써 종 흔드는 소리가 나고 '사요나라' '고끼겐요우'*1 하는 소리가 소낙비같이 들리더니 차가 움직이기를 시작한다. 어디서 "만세, 이형식 군 만세" 하고 소리가 들린다. 두 사람은 깜짝 놀라 귀를 기울인다. 또 한 번 "이형식 군 만세" 하는 소리가 들린다. 지금 만세를 부르던 사람들이 두 사람의 창밖으로 얼른한다. 그것은 모시 두루마기에 파나마 쓴 패였다. 병욱은 아까 선형의 곁에 있던 사람이 형식인 것과 형식이가 선형의 지아비인 줄도 짐작하였다. 그러나 아무 말도 아니하였다.

영채는 형식이란 소리를 듣고 문득 가슴이 덜컥함을 깨달았다. 지금까지 아무쪼록 형식을 잊어버리려 하였으나 방금 같은 기차에 형식이가 탄 것을 생각하매 알 수 없는 눈물이 자연히 떨어진다. 병욱은 영채의 손을 쥐며

"애, 울지 말어라, 울기는 왜 우느냐"

"모르겠어요" 하고 눈물을 씻으며 지어서 웃는다.

---

*1 사요나라(さようなら), 고끼겐요우(ごきげんよう) : 안녕히 가십시오(계십시오). 헤어질 때 인사말.

용산을 지난 뒤에 병욱은 선형을 찾아갔다. 선형은 병욱의 손을 잡으며

"이게 웬일이오?"

"동경으로 가는 길이외다. 그런데 미국으로 가신다고요."

"예. 편지를 하여드릴 것인데 동경 계신지 어디 계신지 계신 데를 알아야지요."

"나는 아까 남대문에서 우연히 경애씨를 만나서, 그래서 이 차에 타시는 줄을 알았지" 하고 마주 앉은 신사에게 인사를 한다. 신사가 답례하면서 앉기를 권한다. 십여 년 영채로 하여금 고절을 지키게 한 형식이란 대체 어떠한 사람인가 하고 기회 있는 대로 형식을 관찰한다.

105

영채는 혼자 앉아서 생각한다. 첫째 형식이가 어디로 가는가 하는 것이 의문이다. 만세를 부르는 것을 보건댄 어디 멀리로 가는 것인 듯하다. 나는 그가 이 차에 탄 줄을 알건마는 그는 내가 여기 있는 줄을 모르렷다. 그리고 또 한 번 칠팔 년 지내온 생각이 활동사진 모양으로 한번 쑥 나온다. 팔자 좋은 사람은 과거를 회상하는 일이 적으되 슬픈 과거를 가진 사람에게는 조그마한 기회만 있으면 그 슬픈 과거가 회상이 되는 것이라. 영채는 지금까지에 몇십 번 몇백 번이나 이 슬픈 과거를 회상하였으리오. 하도 여러 번 회상을 하므로 이제는 그 과거가 마치 일 편의 소설과 같이 순서와 맥락이 바로잡히어 어느 끝이나 한끝을 당기면 전체가 실 풀리는 듯이 술술 풀려 나오게 되었다. 칠팔 년간을 하루같이 일념에 형식을 그리고 사모하다가 마침내 형식을 위하여 목숨까지 버리려 한 것을 생각하

매 형식의 생각이 더욱 새로워지고 정다워진다. 영채는 속으로 '한 번 더 보고 싶다' 하였다. 그렇게 생각할수록에 보고 싶은 생각이 더욱 간절하여진다. 죽은 줄 알았던 나를 보면 형식도 응당 반가워하렷다. 만나서 속에 품었던 말이나 실컷 하여도 속이 시원하여질 것 같다. 내가 왜 그때에 형식을 찾아가서 '나는 지금토록 당신을 사모하고 있었소' 하고 분명하게 말을 하지 못하였던고. '나를 사랑해줄 터이요 아니 할 테요' 하고 저편의 뜻을 아니 물어보았던고. 이제 만나면 서슴지 않고 물어보리라.

영채는 당장이라도 형식의 탄 차실에 뛰어 건너가고 싶다. 영채의 가슴에는 정히 불길이 일어난다. 그러나 '언니께 의논해보고' 하고 꿀꺽 참는다.

이때에 차가 수원 역에 다다랐다. 바깥은 캄캄하게 어두웠다.

병욱이가 선형을 데리고 돌아와서 자기의 곁에 앉히며

"영채야, 이이는 김선형씨라는 인데 내 동창이다. 지금 미국 가시는 길이구" 하고 그다음에는 선형을 향하여 "이 애는 박영채인데 내 동생이오" 하고 소개를 한다. 소개를 받은 두 사람은 서로 고개를 숙인다. 선형은 박영채가 어떻게 동생인가 한다. 병욱은 영채와 선형을 번갈아 보며 두 사람의 얼굴과 운명을 비교해본다. 영채도 선형이 형식과 무슨 관계가 있는지를 모르고 선형도 물론 영채가 형식을 위하여 칠팔 년간 고절을 지키다가 마침내 목숨까지 버리려 한 사람인 줄은 알 이치가 없다. 선형은 다만 형식이가 일찍 계월향이라는 계집과 추한 관계가 있었다는 말을 들었을 뿐이니 이 박영채가 그 계월향인 줄은 물론 알 리가 없다.

세 처녀 사이에는 이러한 말이 있었다. 서로 잘 공부를 하여가지고 돌아와서 장차 힘을 합하여 조선 여자계를 계발할 것과 공부를 잘하려면 미국을 가거나 일본에 유학을 하여야 한다는 것과 또 영어와 독일어를 잘 배워야 할 것과, 그다음에는 병욱과 영채는 음악을 배울 터인데 선형은 아직 확실한 작정은 없으나 사범학교에 입학하려 한다는 뜻을 말하고 서로 각각 크게 성공하기를 빌었다. 차실 내에 모든 사람의 눈은 이 즐겁게 이야기하는 세 조선 여자에게로 모였다.

*

선형이 자기의 자리로 돌아오매 형식은 선형의 자리에 편 담요를 바로잡아주며

"그래 그 동행이 누굽데까."

"박영채라는 인데, 퍽 얌전한 사람이야요. 병욱씨가 자기 동생이라고 그럽데다."

형식은 숨이 막히고 몸이 떨리도록 놀랐다. 그래서 눈이 둥그레지며

"에, 누, 누구요?" 하고 말이 다 굳어진다. 선형은 웬셈을 모르고 이상한 듯이 형식의 얼굴을 보면서

"박영채라고 그래요."

"박영채, 박영채!" 하고 한참은 말을 못한다. 그 뒤에 앉았던 우선도 벌떡 일어나며

"응, 누구? 박영채?"

세 사람은 한참이나 벙어리와 같이 되었다. 우선이가 형식의 곁에 와 앉으며

"이게, 무슨 일이어! 그러면 살아 있네그려! 동성동명이란 말인가."

형식은 두 손으로 낯을 가리더니

"아무러나 이런 기쁜 일이 없네" 하기는 하면서도 속에는 여러 가

지로 고통이 일어난다. 영채를 따라 평양까지 갔다가 죽고 산 것도 알아보지 아니하고 뛰어와서 그 이튿날 새로 약혼을 하고 그 뒤로는 영채는 잊어버리고 지내온 자기는 마치 큰 죄를 범한 것 같다. 형식은 과연 무정하였다. 형식은 마땅히 그때 우선에게서 꾼 돈 오 원을 가지고 평양으로 내려갔어야 할 것이다. 가서 시체를 찾아 힘 밎는 데까지는 후하게 장례를 지내었어야 할 것이다. 그리고 새로 혼인을 하더라도 인정상 다만 일 년이라도 지내었어야 할 것이다. 자기를 위하여 칠팔 년 고절을 지키다가 마침내 자기를 위하여 몸을 버리고 목숨을 버린 영채를 위하여 마땅히 아프게 울어서 조상하였어야 할 것이다. 그런데 어찌하였는가.

영채가 세상에 없으매 잊어버리려 하던 자기의 죄악은 영채가 살아 있단 말을 들으매 칼날같이 날카롭게 형식의 가슴을 쑤신다. 형식은 이를 악물고 흑흑한다. 곁에 선형이가 앉은 것도 잊어버린 듯하다.

우선은 벌떡 일어나더니 저편으로 간다. 영채의 진부(眞否)를 알고자 함이라.

106

우선이가 일어선 뒤에 선형은

"웬일입니까, 박영채가 어떤 사람이야요?" 한다. 그러나 대답이 없으므로

"왜, 박영채씨가 죽었다는 소문이 있었나요." 그래도 형식은 고개를 숙이고 대답이 없다. 선형은 형식의 숙인 머리를 보고 앉았더니 혼잣말 모양으로

"대체 무슨 일인가" 하고 잠잠하다.

얼마 있다가 형식은 고개를 들더니

"내가 잘못하였어요. 내가 죄인이외다, 큰 죄인이외다" 하다가 말이 막힌다. 선형은 더욱 의아하여 눈찌가 자주 돌아간다. 형식은 말을 이어

"벌써 말씀을 하여야 할 것인데, 이내 기회가 없어서―기회가 없다는 것보다 내 마음이 약해서 지금껏 잠자코 있었어요. 박영채는 내 은인의 딸이외다. 어려서 그 부친과 오라비 두 사람은 애매한 죄로 옥중에서 죽고 영채는 그 부친을 구할 양으로 남에게 속아서 몸을 팔아 기생이 되었다가……" 할 적에 선형은

"에, 기생이 되어요?" 하고 놀란다. 계월향이란 생각이 번개같이 지나간다.

"예, 기생이 되었어요. 그로부터 칠 년간" 하고 말하기 어려운 듯이 한참 주저하다가 "나를 위하여서 정절을 지켜왔어요. 물론 나도 그가 어디 있는지를 모르고 그도 내가 어디 있는지를 몰랐지요. 그러다가 우연히 나 있는 데를 알고 찾아왔습데다" 하고는 그 후에는 어떻게 말을 하여야 좋을는지 생각이 아니 난다. 선형은 아까 본 영채를 생각하고 그러면 그가 기생이 되어 칠 년간 형식을 위하여 정절을 지킨 사람인가 한다. 자기 생각에 계월향이라 하면 아주 요염하고 음탕한 계집으로 알았더니 이제 본 즉 영채는 자기와 다름없는 얌전한 처녀로다. 그러면 어찌하여 형식이가 영채를 버렸는가 하여

"그래. 어떻게 되었습니까."

형식은 길게 한숨을 쉬더니,

"자살을 한다고 유서를 써놓고 평양으로 내려갔어요. 그래서 나도 곧 따라 내려갔지요. 했더니 부지거처[1]지요. 그래서 자기 말과 같이 대동강에 빠져 죽은 줄만 알았구려. 했더니 그가 지금 살아서 우리

---

*1 부지거처(不知去處) : 간 곳을 모름.

와 같은 차에 있소그려" 하고 슬픔을 표하는 듯이 머리를 두어 번 흔든다.

"그러면 그때 평양 가셨던 일이 그 일이야요!" 하고 선형은 정면으로 형식을 본다. 형식은 그 눈이 자기를 위협하는 듯하여 눈을 피하면서 "예" 하였다. 그러고 보면 영채가 죽었다 하는 날은 바로 형식과 자기가 혼인을 맺던 날이라.

선형은 지금까지 가슴속에 오던 의심—즉 형식은 계월향이라는 기생에게 미쳤더라는 의심은 풀렸으나 무엇이라고 말할 수 없는 새로운 괴로움이 가슴을 내리누름을 깨달았다. 자기 몸도 무슨 죄에 빠진 것같고 자기의 앞에는 알 수 없는 어려운 일과 괴로운 일이 가로막힌 것 같다.

이때에 우선이가 엄숙한 얼굴을 가지고 돌아오며 일본말로

"다시까다요(확실해)" 하고 형식의 곁에 앉으며 "참 희한한 일일세."

"그래, 가서 말해보았나."

"아니, 문에서 앉은 것이 보이데. 아까 여기 왔던 이허고 무슨 말을 하는데……" 하다가 선형이가 곁에 앉은 것을 보고 말 아니 하는 것이 좋으리라 하는 듯이 말을 뚝 그쳤다가 "아무러나 잘되었네. 지금 그 여학생과 같이 동경으로 가는 모양이니까 아마 공부하러 가는 게지."

형식은 걸상에 몸을 기대고 하염없이 눈을 감는다.

＊

영채는 선형의 돌아간 뒤에

"언니, 웬일인지 나는 가슴이 몹시 설렙니다."

"왜, 이형식씨란 말을 듣고?"

"응, 여태껏 잊고 있는 줄 알았더니 역시 잊은 것이 아니야요. 가슴속에 깊이깊이 숨어 있던 모양이야요. 그러다가 이형식군 만세라는 소리에 갑자기 터져 나온 것 같습니다. 아이구, 마음이 진정치 아니해서 못 견디겠소."

"아니 그렇겠니. 어쨌든 칠팔 년 동안이나 밤낮 생각하던 사람을 그렇게 어떻게 쉽게 잊겠니? 이제 얼마 지나면 잊을 테지마는⋯⋯ "

"잊어야 할까요?"

"그럼 어찌하고?"

"안 잊으면 아니 될까요?"

병욱은 물끄러미 영채를 보더니 영채의 곁에 가 앉아서 한 팔로 영채의 허리를 안으며

"형식씨가 벌써 혼인을 하였다. 지금 동부인하고 미국 가는 길이란다."

"에? 혼인?" 하고 영채는 병욱의 팔을 잡는다. 병욱은 위로하는 소리로

"아까 여기 왔던 선형이라는 이가 그의 부인이란다."

'그러면 그때에 벌써 약혼을 하였던가' 하고 지나간 일에 실망을 한다. 자기의 지나간 생활이 더욱 슬퍼지고 원통하여진다. 자기는 세상에 속아서 사나 마나 한 생활을 해온 것 같고 지금껏 전력을 다하여오던 것이 아무 뜻이 없는 것 같아서 실망과 슬픔이 한꺼번에 터져 나온다. 더구나 자기는 몸과 마음을 다 바쳐서 형식을 생각하여 왔거늘 형식은 자기를 초개*1 같이밖에 아니 여기는 것 같다.

"언니, 왜 그런지, 원통한 생각이 나요."

"그러나 장래가 있지 않으냐" 하고 힘껏 영채를 안아준다.

─────────

*1 초개(草芥) : 풀과 티끌. 흔히 지푸라기를 이름.

107

형식은 즉시 영채의 얼굴을 보고 싶었다. 이전에 보았던 영채의 얼굴은 다 잊어버린 듯하여 꼭 한번 새로이 보아야만 할 것 같다. 꼭 죽은 줄 알았던 영채의 얼굴이 한번 보고 싶었다. 그러나 앞에 앉은 선형을 보매 차마 영채를 보러 갈 용기가 아니 난다. 형식은 선형의 얼굴을 보았다. 선형은 무슨 실망한 일이나 있는 듯이 반쯤 눈을 감고 가만히 앉았다. 그러다가 이따금 형식을 슬쩍 보고는 불쾌한 듯이 도로 눈을 감기도 하고 고개를 돌려 창에 비친 제 얼굴을 보기도 한다. 선형의 눈과 형식의 눈이 마주칠 때마다 형식의 몸에는 후끈후끈하는 기운이 돈다.

같은 차실에 있는 승객들은 대개 잠이 들었다. 형식도 뒤에 기대어 눈을 감았다. 그리고 아무 생각도 아니 하리라 하는 듯이 한 번 몸을 흔들고 두 손을 마주 잡아 배 위에 놓았다. 그러나 형식의 마음은 형식의 뜻을 쫓지 아니하고 폭풍에 물결치는 바다와 같았다.

영채는 꼭 죽었어야 할 것이다. 살아 있더라도 자기가 몰랐어야 할 것이다. 그렇지 아니하면 선형과 약혼이 되기 전에 만났어야 할 것이다. 약혼이 성립되고 미국을 향하고 떠나는 길에 만나게 한 것은 진실로 조물의 희롱이다. 형식은 결코 영채를 버리려 한 것이 아니다. 차라리 오랫동안 영채를 잊지 아니하였으며 겸하여 다시 영채를 만날 때에는 영채에게 대한 애정이 유연히 솟아나서 속으로 영채와 혼인할 일과 혼인한 후에 즐거운 생활을 할 것과 아름다운 자녀를 낳아 이상적으로 기를 것까지 생각하였고 또 영채가 기생인 줄을 안 뒤에는 돈 천 원을 얻지 못하여 종일 번민한 일도 있었다. 만일 영채가 평양에만 가지 아니하였던들—죽으러 가노라는 유언만 없었던들 자기는 마땅히 영채와 일생을 같이하게 되었을 것이다. 그리하면 은

사에게 대한 의리도 다하고 칠팔 년간 자기를 위하여 정절을 지켜온 영채에게 대한 의리도 다하였을 것이다.

형식은 또 영채와 선형을 비교하여보았다. 선형은 형식이가 일생에 처음 접한 젊은 여자요 또 선형의 자태는 누가 보아도 황홀할 만하므로 형식에게 극히 깊고 강한 인상을 주었다. 그래서 처음 젊은 여자를 접하여보는 젊은 남자가 흔히 그러한 모양으로 형식은 선형을 세상에 다시없는 여자로 여겼다. 다만 그 외모가 아름다울뿐더러 그 정신까지도 외모와 같이 아름다우리라 하였다. 형식이 선형을 대하여 본 첫 날에 선형에게 여자에 관한 모든 아름다운 덕을 붙였다. 선형은 형식의 눈에는 더할 수 없이 완전하고 더할 수 없이 아름다운 여자였다.

이렇게 강한 인상을 얻은 그날 저녁에 다시 영채를 보았다. 영채의 외모도 물론 아름다웠다. 공평한 눈으로 보건댄 영채의 얼굴이 차라리 선형보다 나았을 것이다. 그러나 선형을 천하제일로 확신한 형식은 영채를 제이로 생각할 수밖에 없었다. 게다가 선형은 부귀한 집 딸로서 완전한 교육을 받은 자요 영채는 그동안 어떻게 굴러다녔는지 모르는 계집이라. 이 모든 것이 합하여 형식에게는 영채는 암만해도 선형과 평등으로 보이지를 아니하였다. 다만 선형은 자기의 힘에 밎지 못할 달 속에 계수나무 가지요 영채는 자기가 꺾으려면 꺾을 수 있는 길가에 행화*1 가지였다. 그러므로 형식이가 제일로 생각한 선형을 버리고 제이로 생각하는 영채를 취하려 하였던 것이라. 그러다가 영채가 대동강에 빠지고 게다가 김장로가 혼인을 청하매 형식은 별로 주저함도 없이 약혼을 허하였고 또 슬퍼함도 없이 영채를 잊어버리려 하였던 것이다.

형식은 선형에게 대하여서나 영채에게 대하여서나 아직 참된 사

---

*1 행화(杏花) : 살구나무의 꽃.

랑을 가져보지 못하였다. 대개 형식의 사랑은 아직도 외모의 사랑이었다. 형식은 선형을 자기의 생명과 같이 사랑하노라 하면서도 선형의 성격은 한 땀도 몰랐다. 선형이가 냉정한 이지적(理智的) 인물인지 또는 열렬한 정적(情的) 인물인지, 그의 성벽이 어떠하며 기호가 어떠한지, 그의 장처(長處)가 무엇이며 단처(短處)가 무엇인지, 또는 그와 자기와 어떤 점에서 서로 일치하며 어떤 점에서 서로 모순하는지, 따라서 그의 성격과 재능이 장차 어떠한 방향으로 발전될는지도 모르고 그저 맹목적으로 사랑한 것이라. 그의 사랑은 아직 진화를 지내지 못한 원시적 사랑이었다. 마치 어린애끼리 서로 정이 들어서 떨어지기 싫어하는 것과 같은 사랑이요 또는 아직 문명하지 못한 민족들이 다만 고운 얼굴만 보고 곧 사랑이 생기는 것과 같은 사랑이었다. 다만 한 가지 다름이 있다 하면, 문명치 못한 민족의 사랑은 곧 육욕(肉慾)을 의미하되 형식의 사랑에는 정신적 분자가 많았을 뿐이다. 그러나 형식은 다만 정신적 사랑이라는 이름만 알고 그 내용을 알지 못하였었다. 진정한 사랑은 피차에 정신적으로 서로 이해하는 데서 나오는 줄을 몰랐다. 형식의 사랑은 실로 낡은 시대, 자각 없는 시대에서 새 시대, 자각 있는 시대로 옮아가려는 과도기의 청년(조선청년)이 흔히 가지는 사랑이다. 자기의 사랑이 이러한 사랑인 줄을 깨닫는다 하면 형식의 전도에는 대변동이 일어나지 아니치 못할 것이다.

눈을 감고 가만히 앉았는 형식에게는 지나간 한 달 동안에 행하여온 일이 현미경으로 보는 것같이 분명히 떠 나온다.

108

김장로 부부는 자기와 영채와의 관계에 대하여 암만해도 신용하

지 못하는 모양이었다. 한번 자기가 영채와의 관계를 이야기한 끝에 김장로가 웃으며

"남자가 한두 번 그러기도 예사지" 하였다. 형식은 더 발명하려고도 아니하였으나 자기의 인격을 신용하여 주지 않는 것을 얼마큼 불쾌하게 여겼다. 그 후부터 형식은 장로 부부를 대하면 한껏 분하기도 하고 부끄럽기도 하였다. 형식의 생각에 장로 부부는 자기가 선형의 배필이 될 자격이 없는 것같이 생각하는 듯하였다. 처음에는 자기를 지극히 품행이 방정하고 장래성이 많은 줄로 알았다가 기생과 가까이 하며 기생을 따라 평양까지 갔단 말을 들으매 형식은 갑자기 신용할 수 없는 사람으로 생각하는 듯하였다. 그 사건 하나로 자기의 가치를 정하려 하는 것이 불쾌하였다. 될 수만 있으면 형식과 약혼한 것은 파하겠으나 한 번 약속한 것을 체면상 깨트릴 수가 없다. 만일 형식이가 믿을 수 없는 사람이라 하더라도 그것은 선형의 팔자로다—형식의 보기에 장로는 이렇게 생각하는 듯하였다.

더구나 미국으로서 돌아온 하이칼라 청년 하나가 선형에게 마음을 두어 백방으로 운동한 것과 교회에 어떤 유력한 사람이 사이에 나서서 일변 형식을 헐어 그 약혼을 깨트리게 하고 일변 그 청년의 재산 있는 것과 영어 잘하는 것과 미국 유학한 것을 칭찬하여 선형과 혼인을 이루게 하려고 운동하던 줄을 안다. 그때에 장로 부부가 열에 여섯이나 그편으로 마음이 기울어졌던 것과 그 일이 있은 후로부터 선형의 태도가 더욱 냉담하여지고 이따금 근심하는 빛까지도 있던 것을 안다. 그중에도 장로의 부인은 웬일인지 형식에게 대하여 불쾌한 생각이 나서 가장 미국서 온 청년과 혼인하기를 주창한 것과 그러나 장로의 양반인 것과 장로인 체면이 마침내 이 일을 반대한 것을 안다.

거의 십여 일 동안이나 형식은 김장로의 집에서 미움받는 사람이

되었던 것을 안다. 그때에 형식도 분한 마음을 이기지 못하여 연해 삼사 일간 일절 장로의 집에 가지를 아니하였다. 그리고 집에 꽉 들어박혀서 분노함과 부끄러움으로 혼자 괴로워하였다. 하루는 형식이가 '오늘은 내가 먼저 약혼을 거절하고 말리라' 하고 옷을 입고 나가려 할 적에 선형이가 처음 찾아와서 은근하게

"어디가 편치 아니하셔요?" 하고 그 뒤에는 순애가 과실 광주리를 들고 들어왔다. 아마 병이 있는 줄로 생각하고 위문을 온 모양이었다. 그리고 선형은 .

"어저께 여행권이 나왔어요" 하고 기뻐하는 빛조차 보였다. 형식은 그만 모든 분노가 다 풀리고

"아니올시다, 몸은 아무렇지도 않습니다."

그때에 선형과 순애는 물끄러미 형식을 보았다. 선형도 물론 자기 집에 일어난 문제를 안다. 부모가 형식에게 대하여 좋지 못한 감정을 가진 것도 안다. 자기도 기실 형식에게 대하여 좋은 감정은 아니 가졌다. 그러나 부모 간에 형식을 미워하는 빛이 보이고 형식도 그 눈치를 아는지 삼사 일 동안이나 꿈쩍하지 않는 것을 보매 형식에게 대하여 일종 동정이 생기고 정다운 듯한 생각이 났다. 그래서 순애를 데리고 형식을 찾아온 것이라. 그때에는 선형의 마음에는 형식이가 극히 사랑스러웠다. 형식도 선형의 눈에서 그러한 빛을 보고 더할 수 없이 기뻤다.

그러나 이것은 물에 빠진 사람을 보고 뛰어들어 건져주겠다는 생각이 나는 것과 같은 동정이라. 잠시는 효력이 있으되 오래는 가지 못하는 동정이라. 부부간의 사랑은 이래서는 아니 된다. 저 사람이 살아야 나도 산다. 저 사람이 행복해야 나도 행복하다, 저 사람과 나와는 한 몸이다……이러한 사랑이라야 한다. 선형의 형식에게 대한 사랑은 물에 빠진 사람에게 대한 동정과 비슷한 것이었다. 형식은

이렇게 분명하게는 알지 못하여도 어떤 정도까지는 선형의 마음속을 짐작하였다.

그러나 형식에게는 선형은 없지 못할 사람이었다. 형식의 생각에 자기의 전 일생은 오직 선형의 몸에 달린 듯하였다. 선형이가 설혹 자기더러 '보기 싫다, 가거라' 하더라도, 또는 얼굴에 침을 뱉고 발길로 차더라도 불가불 선형의 치맛자락에 매달려야 하겠다. 김장로의 집에 가기도 불쾌하고 선형을 대하기가 불쾌하다 하더라도 그 불쾌한 것이 오히려 아주 사랑하는 자를 잃어버리고 실망하여 슬퍼하는 것보다 나았다. 전신이 불구덩에 들어가는 것 보다 한 팔이나 한 다리를 베어내는 것이 나았다.

이렇게 형식은 그동안 괴로운 생활을 보냈다. 그러나 떠나기 한 이삼 일 전부터 장로 부부의 형식에게 대한 태도는 극히 친절하게 변하였고 선형도 더욱 은근하고 가깝게 굴었다. 형식은 인심의 반복의 믿을 수 없음을 의심하면서도 하늘에 오를 듯이 기뻤다. 더구나 떠나기 전날 장로 부부가 자기와 선형을 불러놓고 자기네 두 사람을 위하여 간절한 기도를 올린 뒤에 연해 '너희 둘이'라 하여가며 여러 가지로 훈계를 할 때에는 형식은 세상에 나와서 처음 보는 기쁨을 깨달았다. '너희 둘이' 라는 말이 자기와 사랑하는 선형을 한 몸을 만드는 듯하였다. 그때에는 선형도 형식을 슬쩍 보고 생끗 웃었다. 네 사람은 이 순간이 영구히 있기를 기도하였다.

109

형식은 이제부터는 자기 앞에는 오직 행복이 웃는 줄로만 생각하였다. 아까 남대문에서 떠날 때에도 여러 친구가 작별을 아껴 할 때에 자기는 오직 기쁘기만 하였다. 희경 일파가 여러 송별객 뒤에 서서 물끄러미 자기를 보고 있는 것을 볼 때에는 미상불 가슴이 부듯함을 깨달았으나 그래도 자기의 곁에선 선형을 볼 때에 모든 슬픔이 다 스러졌다. 이제부터 자기는 선형으로 더불어 이만여 리나 되는 지구 저편 쪽에 가서 사오 년 동안 즐겁게 공부를 마치고 그때야말로 만인 환호 중에 선형과 팔을 겯고 남대문으로 들어오리라. 그때에는 지금 여기 섰는 여러 사람들이 오늘 보다 감정으로—더 축하하고 더 공경하는 감정으로 자기를 맞으리라. 이렇게 생각할 때에 비로소 서울이 그립고 남대문이 정답게 생각되었다. 남대문은 오직 행복된 자기를 보내고 맞아주기 위하여서만 존재하는 듯하였다. 이내 차장의 호각이 울고 만세 소리가 들릴 때의 형식의 감정은 말할 필요도 없을 것이라.

선형은 여자라, 비록 신식 여자로 아무리 공명심과 허영심이 많아서 미국으로 유학 가는 것을 기쁘게 생각한다 하더라도 사랑하는 아버지와 어머니와 동생들, 동무들이 차차 차창에서 멀어지는 것을 볼 때에는 가슴에 고였던 눈물이 일시에 폭 쏟아져서 저도 모르게 소리를 내어 울며 걸상에 쓰러졌다. 형식은 처음에는 가만가만히 선형의 어깨를 두드리며

"자, 일어나시오, 눈물 씻고" 하다가 이제는 이렇게만 할 처지가 아니라 하여 한참 주저하다가 한 팔을 선형의 가슴 밑으로 넣어 안아 일으켰다. 형식의 팔에 닿는 선형의 살은 부드럽고 따뜻하였다. 선형도 형식의 하는 대로 일어나면서 잠깐 형식의 손을 쥐었다. 그리고 수건으로 눈물을 씻으면서

"아이구, 이게 무슨 꼴이야요. 외국 사람들이 웃었겠습니다" 하고 웃는다. 그 눈물로 붉게 된 눈과 뺨이 더 곱게 보였다. 외국 사람들은 과연 웃었다.

우선은 형식의 뒷자리에 앉아서 빙그레 웃으며 자기 곁에서 일어

나는 형식과 선형의 말을 들어가며 신문을 보고 앉았더니 고개를 돌리며

"여보게. 큰일 났네그려" 한다. 형식은 선형만 바라보고 우선은 잊어버리고 앉았다가 깜짝 놀라 고개를 돌리며

"응? 왜?"

"하하하, 그렇게 놀랠 것은 없지마는……오늘 아침부터 경상남북도, 전라남북도 일경*¹에 비가 오기 시작하여 금강, 낙동강은 십여 척의 증수*²가 되었다고."

"어디" 하고 우선의 들었던 신문을 받아 보더니

"그러면 철로가 불통하지나 아니할까."

선형도 눈이 동그래진다. 우선은

"글쎄, 비를 아끼구 아끼구 하더니……" 하면서 창밖으로 고개를 내밀어 휘휘 둘러본다. 황혼이라 자세히 알 수는 없으되 하늘은 온통 검은 구름으로 덮이고 선뜩선뜩한 바람에 이따금 굵은 빗방울이 섞여 떨어진다. 다른 승객들도 신문을 보고는 철롯길이 상할 것을 근심하는 말을 한다. 그러나 이것은 형식이나 선형에게 별로 중대한 일은 아니었다. 철롯길이 상하면 여관에 들어 기다리면 그만이었다.

이러한 때에 병욱이가 선형을 찾아오고 그 후에 선형이가 병욱을 찾아오고 그다음에 선형이가 돌아오고 형식이가 선형에게 병욱의 동행이 어떠한 사람이던가를 묻고 선형은 '박영채라는데 퍽 얌전한 사람이야요' 하는 대답을 하고 마침내 우선이가 알려고 갔다가 '다시 까다요' 하는 보고를 한 것이라.

이렇게 지나간 일을 생각하다가 형식은 마침내 선형더러

"가서 박영채씨를 좀 보고 와야겠소."

---

*1 일경(一境): 일부 지역.
*2 증수(增水): 물이 불어남. 또는 그 물.

"가보시지요" 하는 선형의 대답은 형식에게는 무슨 특별한 뜻이 품긴 것같이 들렸다. 실상 선형은 지금까지 마음이 불쾌하였다. 그러면 그것이 월향이라는 기생인가. 죽었다더니 그것은 거짓말인가. 속에는 별별 흉악한 꾀를 품으면서도 겉으로는 저렇게 얌전을 빼는가. 사람 좋은 병욱이가 고것의 꾀에 넘지나 아니하였는가. 오늘 형식과 자기가 떠난다는 말을 듣고 일부러 이 차를 골라 탄 것이나 아닌가. 혹 형식이가 아직도 영채를 잊지 못하여 남모르게 영채에게 떠나는 날을 알려 미국 가기 전에 한 번 더 만나보려는 꾀는 아닌가. 이렇게 생각하매 선형은 일종 투기가 일어나서 획 고개를 돌린다. 형식은 선형의 불쾌한 낯빛을 이윽히 보고 섰더니 변명하는 듯이

"그래도 한차에 탄 줄을 알고야 어떻게 모르는 체하겠어요" 하고 다시 앉아서 선형의 대답을 기다린다. 선형은 말없이 앉았다가 웃으며

"글쎄 가보세요. 누가 가시지를 말랍니까." 끝엣말은 없어도 좋을 말이다. 형식은 고개를 숙이고 우두커니 앉았더니 벌떡 일어서며

"그러면 갔다 오겠소" 하고 우선더러

"가서 영채씨 좀 보고 오겠네."

"응, 가보게. 그리고 내가 문안하더라고 그러게" 하고 슬쩍 선형을 본다. 우선은 이 세 사람의 관계가 장차 어찌 될는고 하여 본다.

영채를 보고 와서는 우선의 속도 아주 편치는 못하였다. 더구나 영채가 죽으려던 뜻을 바꾼 동기와 일본으로 가게 된 이유가 알고 싶었다.

110

그전에는 한 미인으로 우선이가 영채를 사랑하였지마는 영채가

형식을 위하여 지금토록 정절을 지켜온 것과 청량리 사건으로 인하여 죽을 결심을 한 것을 보고는 영채를 색과 재와 덕이 겸비한 이상적 여자로 사랑하게 되었다. 만일 형식을 위한 우정이 아니었던들 어떤 정도까지나 열광하였을는지도 모를 것이라.

자기가 미치게 사랑하던 계월향이가 형식을 위하여 정절을 지키는 박영채인 줄을 알 때에 우선은 미상불 창자를 끊는 듯하는 생각이 있었다. 그러나 우정을 중히 여기고 협기 있기로 자임하는 우선은 힘껏 자기의 정을 누르고 형식과 영채를 위하여 힘을 다하여 주기로 하였다. 만일 영채가 형식의 아내가 되면 자기는 친구의 부인으로 일생을 접할지니 그것만 하여도 자기에게는 행복이리라 하였다. 그러다가 영채가 그 슬픈 유서를 써두고 평양으로 내려감을 본 때에 우선은 깊은 슬픔과 실망을 깨달았다. 비록 아녀자에게 마음을 아니 움직이기로 이상을 삼는 우선도 그 후부터 지금까지 일시도 영채를 잊어본 일이 없었다. 우선의 일기를 뒤져보면 취침 전에 반드시 영채를 생각하는 단율 한 수씩을 지은 것이 있는 것을 보아도 알 것이다.

그러다가 죽은 줄 알았던 영채가 살아서 같은 기차에 타고 있는 줄을 알고 보니 우선의 가슴이 울렁거리는 것도 자연한 일이라. 게다가 형식이가 아름다운 선형으로 더불어 아름다운 약속을 맺어가지고 아름다운 공부를 하러 가는 것을 보매 더욱 부러운 생각이 난다. 우선은 벌써 아들을 형제가 넘어 낳고 삼십이 다 된 자기의 아내가 행주치마를 두르고 어린애의 기저귀를 빠는 모양을 생각해본다. 그는 아무것도 모른다. 밥 짓고 옷 짓고 아이 낳을 줄 밖에 모른다. 자기는 그와 혼인한 지 십여 년간에 일찍 한자리에 앉아서 정답게 이야기를 하여본 일도 없고 물론 자기의 뜻을 말하여 본 적도 없다. 잘 때에만 내외는 한자리에 있었다. 마치 아내는 자기를 위하여서만 있는 것 같았다. 홀아비가 육욕을 참지 못하여 갈보 집에 가는 셈치고 아내의 방에 들어갔다.

이러하는 동안에 아들도 나고 딸도 나고 지아비라 부르고 아내라 불렀다. 십 년 동안을 살아오면서도 서로 저편의 속을 모르고 알아 보려고도 아니하는 두 사람의 관계는 실로 신기하다 하겠다. 그러나 우선은 이는 면할 수 없는 천명으로 알 뿐이요 일찍 이 관계를 벗어 나려고도 하여본 적이 없었다. 그는 아내라는 것은 대체 이러한 것이니 집에다 먹여두어 아이나 낳게 하고 이따금 가 보아주기나 하면 그만이라 한다. 그리고 아내에게서 못 얻는 재미는 기생에서 얻으면 그만이라 한다. 세상에 기생이라는 제도가 있는 것이 실로 이 때문이라고 생각한다. 형식과 서로 대하면 이 문제로 흔히 다투었다. 형식은 엄정한 일부일부주의(一夫一婦主義)를 고집하고 우선은 첩을 얻든지 기생 외입을 하는 것은 결코 남자의 잘못하는 일이 아니라 한다. 과연 우선으로 보면 첩이나 기생이 아니고는 오랜 일생을 지낼 것 같지 아니하다. 우선의 일부다처주의나 형식의 일부일부주의가 반면은 각각 이전 조선 도덕과 서양 예수교 도덕에서 나왔다 하더라도 반면은 확실히 각각 자기네의 경우에서 나온 것이다. 우선에게 만일 영채를 주고 영채가 우선을 사랑해준다 하면 우선은 그날부터라도 기생집에 가기를 그칠 것이다.

이러한 처지에 있는 우선은 형식의 경우가 지극히 부럽고 자기의 처지가 지극히 불쌍히 보였다. 자기도 사랑하는 아내와 함께 기차를 타고 여행도 하고 싶고 외국에 유람도 하고 싶었다. 기생을 데리고 노는 것도 좋지마는 기생에게는 무엇인지 모르되 부족한 것이 있는 것 같다. 아무리 기생이 자기에게 친절한 모양을 보이고 또 그 기생이 비록 자기의 마음에 든다 하더라도 그래도 어느 구석에 조금 부족한 점이 있었다. 그 부족한 점은 결코 작은 점이 아니요 큰 점이었다. 그것은 아마 첫째 정신상으로 서로 합하고 엉키는 맛이 없는 것과 또 사랑의 제일 힘 있는 요소인 '내 것'이라는 자신이 없는 까닭이다. 돈을 많이 내어서 기생을 빼내면 '내 것'이 되기는 되지마는 암만해도 정신적 융합은 인력으로는 할 수 없는 것이다. 외모의 사랑은 얕다, 그러므로 얼른 식는다. 정신적 사랑은 깊다, 그러므로 오래간다. 그러나 외모만 사랑하는 사랑은 동물의 사랑이요 정신만 사랑하는 사랑은 귀신의 사랑이다. 육체와 정신이 한데 합한 사랑이라야 마치 우주와 같이 넓고 바다와 같이 깊고 봄날과 같이 조화가 무궁한 사랑이 된다. 세상 사람들이 입으로 말은 아니 하지마는 속으로 밤낮 구하는 것은 이러한 사랑이다. 그러나 이러한 사랑은 마치 금과 같고 옥과 같아서 천에 한 사람, 십 년 백 년에 한 사람도 있을 듯 말 듯하다. 그래서 여자는 춘향을 부러워하고 남자는 이도령을 부러워한다. 자기네가 실지로 그러한 사랑을 맛보지 못하매 소설이나 연극이나 시에서 그것을 보고 좋아서 웃고 울고 한다. 조선서는 천지개벽 이래로 오직 춘향, 이도령의 사랑이 있었을 뿐이다. 저마다 춘향이 되려 하고 이도령이 되려 하건마는 다 그 곁에도 가보지 못하고 말았다. 조선의 흉악한 혼인 제도는 수백 년래 사람의 가슴속에 하늘에서 받아가지고 온 사랑의 씨를 다 말려 죽이고 말았다. 우선도 그 희생자의 하나이다.

이러한 우선이가 형식과 선형을 눈앞에 보고 또 그립던 영채가 같은 차를 타고 같은 기관차에 끌려가는 것을 생각하니 마음이 괴로울 것도 자연한 일이다. 또 영채는 이미 기생도 아니요 겸하여 형식의 아내도 아니라 오직 한 처녀……하고 우선의 가슴에는 알 수 없는 생각이 번개같이 가슴에 일어난다. 그래서 우선은 형식의 간 뒤를 따라 다음 차실 문밖에 가서 바람을 쏘여가며 가만히 엿본다. 형식은 영채의 곁에 앉아서 무슨 이야기를 하고 병욱도 이따금 말참례를 한다. 세 사람의 얼굴은 아주 엄숙하다. 우선은 들어갈까 말까 하다가 형식의 돌아 나오기를 기다리기로 하고 뒷짐을 지고 기대어 서서 쿵쿵 차바퀴 굴러가는 소리를 들으며 무슨 생각을 한다.

111

선형을 보내고 병욱의 돌아오는 것을 보고, 영채는 병욱의 손을 잡아 앉히며

"그래 어때요?" 하고 자기도 무슨 말인지 모르는 질문을 한다. 병욱은

"무엇이 어찌해, 형식씨라는 이가 잘 차리구서 시치미 떼고 앉었두구나. 우리 오빠를 안다구……동경 가서 같이 있었노라구……"

영채는 부지불각에 한숨을 짓는다.

"왜, 형식씨가 그리우냐. 아직도 단념이 아니 되는 게로구나."

"아니, 그런 것은 아니지마는―."

"그러면 왜 휘 하고 한숨을 쉬어?"

"나도 왜 그런지 모르겠어" 하고 병욱의 무릎을 치며 웃는다.

"그래도 아주 마음이 편치는 않을걸" 하고 병욱도 웃는다. 영채는 한참 생각하더니 병욱의 손을 꼭 쥐며

"참 그래요" 하고 부끄러운 듯이 웃으며 "어째 마음이 좀 불쾌한 듯해요" 하고 얼굴이 발개진다. 병욱은 근 십 년 기생으로 있던 계집애가 어떻게 이처럼 규문(규중) 속에서 자라난 처녀와 같은가 하고 속으로 감탄하였다. 그리고 지금 영채의 감상이 어떠한지 그것이 알고 싶어서

"그래 불쾌하다니 어떻게 불쾌하냐."

"모르겠어요."

"그렇게 어리광을 부리지 말고 바로 대답을 해라, 그러면 내 맛난 것 사주께" 하고 둘이 다 웃는다. 영채가

"이형식씨가 퍽 무정한 사람같이 생각이 되어요. 그래도 내가 죽으러 갔다면 좀 찾아라도 볼 것인데……어느새에 혼인을 해가지고……" 하다가 병욱의 무릎에 자기의 이마를 대고 비비며 "아이구, 언니, 내가 왜 이런 소리를 해요."

병욱은 영채의 머리와 목과 등을 만져주며 어린애에게 하는 듯이

"말하면 어떠냐……자, 그래서."

"아마 내가 여기 있는 줄을 알겠지요?"

"알 테지……지금 선형이가 왔다 가서 네 말을 했을 테니깐……알면 어떠냐."

"어떻기야 어떻겠소마는 죽었던 사람이 살아왔다면 아마 놀랄 테지?"

"실컷 놀라 싸지. 아마 가슴이 뜨끔하리라……그렇게 박정할 데가 왜 있겠니."

"만일 저편에서 나를 찾아오면 어찌해요? 만나서 이야기를 할까."

"그럼은, 왜 무슨 원수가 있담."

"원수는 아니지마는 어째……"

"어째 분이 난단 말이냐?"

두 사람은 한참 잠자코 마주 보더니

"언니, 언니가 나를 살려준 것이 잘못이야요. 나는 그때에 꼭 죽었어야 할 텐데……그때에 죽었으면 벌써 다 썩어졌겠지…… 뼈만 하나씩 하나씩 여기저기 흩어졌겠지……그때에 죽었어야 해" 하고 후회하는 듯이 고개를 간들간들한다. 병욱은 영채의 낯빛이 갑자기 변하는 것을 보고 놀라서 영채의 두 팔을 잡으며

"애, 영채야, 왜 그런 소리를 하느냐……이제 나허고 둘이 가서 음

악 잘 배워가지구……둘이서 아메리카로 구라파로 돌아다니면서 실컷 구경하고……그리고 우리나라에 돌아와서 새로 음악을 세우고 재미있게 살 텐데 왜 그런 소리를 하니?" 하고 영채를 잡아 흔든다. 영채는 멀거니 병욱의 눈을 보고 앉았더니 눈에서 눈물이 쑥 나오며

"아니야요. 나는 살 사람이 아니야요……죽어야 할 사람이야요. 가만히 지나간 일생을 생각해보니깐 암만해도 나는 살려고 난 것 같지를 아니해요. 아버지와 두 오라버니는 옥중에서 죽고, 그리고 칠팔 년 고생이 모두 속절없이……" 하고 흑흑 느낀다.

"애, 글쎄 웬일이냐, 곧잘 모든 것을 다 잊어버리고 기뻐하다가 왜 갑자기 야단이냐……네가 그렇게 그러면 이 언니는 어쩌게……자, 울지 마라!"

"암만 생각하여보아도 이 세상에 살아 있을 생각이 없어요."

"왜? 그러면 너는 아직도 이형식씨를 못 잊는 게로구나. 네가 그때에 날더러 실상은 이형식씨를 사랑한 것이 아니라고 말하지 않했니?"

"아니요, 다만 그 일만 아니야요. 이 세상이 내 원수가 아니야요. 내 부모를 빼앗고 내 형제를 빼앗고 내 어린 몸을 실컷 희롱하고…… 그러다가……그러다가 마침내 정절을……내 정절을 빼앗고……그리고는 일생에 생각하던 사람은 아랑곳도 아니하고…… 이렇게 구태나 나를 없애고 말려는 세상에 내가 구태 붙어 있으면 무엇 해요. 세상이 나를 미워하면 나도 세상을 미워하지요. 세상이 나를 싫다 하면 나도 세상을 버리고 달아나지요……하늘로 올라 가지요" 하는 울음 섞은 말에 병욱도 부지불각에 눈물이 흘렀다.

"그러니깐 말이다. 그만치 세상한테 빼앗겼으니깐 또 세상에게 좀 찾아 가져야지. 내 것을 주기만 하고 말어 ! 네가 이십 년이나 고생

을 했으니깐 그 값을 받아야 아니 하겠니?"

"값이 무슨 값이오? 하루라도 더 살아 있으면 더 빼앗길 뿐이지……"

"아니다! 왜 그래! 이제부터는 찾는다. 아직도 전정이 구만린데 왜 어느새 실망을 한단 말이냐. 살 수 있는 대로 힘껏 살면서 찾을 수 있는 대로 찾아야지……사업으로 찾고 행복으로 찾고…… 왜 찾을 것을 찾지도 않고 죽어?"

"행복? 행복! 내게 행복이 올까요? 이 세상이 내게다 행복을 줄까요?" 하고 병욱의 눈물 흐르는 눈을 본다.

112

병욱은 수건으로 영채의 눈물을 씻어주면서

"얘, 다른 손님들이 이상하게 여기겠다. 울지 말어라……이 세상이 왜 행복을 아니 주어……아니 주거든 내라지. 내라도 아니 주거든 억지로 빼앗지. 빼앗아도 아니 주거든 원수라도 갚지! 또 생각을 해봐라, 이 세상에 너와 같이 설움을 당하는 사람이 너뿐이겠니? 더구나 우리나라에는 그런 불쌍한 사람이 수두룩할 것이다. 그러면 우리들이 이 안 된 사회 제도를 고쳐서 우리 자손들이야 행복을 얻고 살게 해야지……우리가 아니하면 누가 하느냐. 그런데 만일 네가 제 고생을 못 이겨서 죽고 만다 하면 이것은 네가 우리 자손에게 대한 책임을 저버리는 것이다. 하니까, 될 수 있는대로 오래 살면서 될 수 있는 대로 일을 많이 하자……자, 울지 말고 딸기나 내먹자" 하고 일어서서 등으로 결은 하얀 종다래끼(작은 바구니)를 내린다.

"내가 무엇을 할까요?"

"하지! 왜 못해? 하나님이 큰 일꾼을 만들 양으로 네게 초년고생

을 주었구나……자, 우리 둘이 아니 있니? 그까짓 이형식 같은 사람
은 잊어버리고 우리 둘이 서로 의지하고 살자……자, 옜다, 먹자" 하
고 빨갛게 익은 딸기를 내놓고 먼저 자기가 하나를 먹는다. 입에 넣
고 씹으니 하얀 이빨에 핏빛 같은 물이 든다. 이것은 어저께 아침때
에 병국의 부인과 셋이 그 목화밭에 가서 송별연 삼아 수박을 따 먹
으면서 따 모은 것이라. 두 사람의 눈앞에는 황주 병욱의 집 광경이
얼른 지나간다.

  영채도 울어야 쓸데없음을 알고 눈물을 거둔다. 또 병욱의 말에는
정이 있고 힘이 있고 이치가 있어서 반가우면서도 자기를 내리누르
는 듯한 힘이 있다. 가슴이 터져오게 아프다가도 병욱의 말을 한마
디 들으면 그만 스르르 풀리고 만다. 영채는 병욱이가 남자같이 활
발한 듯하면서도 속에는 뜨겁고 예민한 정이 있음과 또 자기를 위로
할 때에는 진정으로 자기의 몸과 마음이 되어서 하는 줄을 잘 안다.
만일 영채가 자살을 하려고 물가에 섰거나 칼을 들고 섰다가라도 병
욱의 말소리만 들리면 얼른 '언니!' 하고 따라갈 것이다. 영채가 보기
에 병욱은 언니라기보다 어머니라 함이 적당할 듯하였다.

  그러나 이십 년 생활이 한데 뭉쳐 된 영채의 슬픔이 다만 병욱의
그 말만으로는 아주 다 스러지기를 바랄 수는 없다. 그러나 이 자리
에서 더 자기의 고집을 부리는 것은 친절한 병욱에게 대해서 미안
한 듯하여 영채도 딸기를 먹는다. 빨간 딸기가 두 처녀의 고운 입술
로 들어가서는 하얀 이빨을 빨갛게 물들이는 듯하다. 차창에는 비
가 뿌려서 눈물 같은 물방울이 떼그를 굴러 내리다가는 다른 물방
울과 한데 합하여 흘러내린다. 차가 흔들리는 대로 떨리는 전등 가
에는 하루살이 등속이 떼를 지어 모여들어 간다. 두 처녀의 입술과
손가락 끝이 딸깃물에 불그레하여졌을 때에 형식이가 "영채씨" 하고
두 사람 앞에 와 섰다.

형식은 얼마 전에 이 차실에 들어와서 바로 영채의 곁으로 오려다가 영채가 우는 듯한 모양을 보고 영채 앉은 걸상에서 서넛 건너 있는 빈 걸상에 앉아서 가만히 두 사람의 말을 엿들었다. 차바퀴 소리에 자세히 들리지는 아니하나 이따금이따금 한 마디씩 두 마디씩 들리는 말을 주워 모으면 대강 뜻은 짐작할 수가 있었다.

그리고 형식은 영채에게 대하여 죄송한 마음과 자기에게 대하여 부끄러운 마음을 금치 못하여 영채에게 정성껏 사죄를 하리라 하였다.

영채와 병욱은 놀라 일어선다. 두 사람은 일시에 고개를 숙였다. 그러나 영채는 얼른 고개를 돌렸다. 형식은 고개를 숙였다. 병욱이가 오직 고개를 들고 형식에게

"앉으시지요" 한다. 형식은 앉는다.

"애, 앉으려무나" 하는 병욱의 말에 영채도 앉는다. 그러나 고개는 여전히 돌렸다. 형식은 마치 무슨 무서운 것이나 대한 듯이 몸에 쭉 소름이 끼친다. 영채의 뒷모양이 자기를 내리누르고 위협하는 듯하다. 대동강에 빠져 죽은 영채의 넋이 지금 자기 앞에 나서서 자기를 괴롭게 하는 것이 아닌가 한다. 금시에 영채가 획 돌아서며 무서운 얼굴로 자기를 흘겨보고 입에 가득한 뜨거운 피를 자기에게다가 획 뿌리며 '이 무정한 놈아. 영구히 저주를 받아라' 하고 달겨들 것 같다. 왜 그때에 평양 갔던 길에 더 수탐(搜探)을 하여 보지 아니하였던가, 왜 그때에 우선에게서 돈 오 원을 꾸어가지고 즉시 평양으로 내려 가지를 아니하였던가 하여도 본다. 이제 영채가 고개를 돌리면 어찌하나, 아니 왔더면 좋겠다 하여도 본다. 이때에

"자, 딸기 잡수십시오" 하고 병욱이가 딸기 그릇을 내놓으며

"애, 영채야" 하고 자기의 발로 영채의 발을 꼭 누른다. 영채는 가만히 고개를 돌린다. 그러나 형식은 보지 아니한다.

"영채씨, 용서해줍시오, 무어라고 할 말씀이 없습니다……저는 선생님께 대하여서나 영채씨께 대하여서나 큰 죄인이외다, 무슨 책망을 하시든지……"

"천만의 말씀이올시다. 제가 철없이 찾아가서 공연한 걱정을 끼쳤습니다. 또 죽지도 못하는 것을 죽는다고 해서 얼마나 노심을 하셨습니까" 하고 고개를 숙인다.

병욱은 '이래서는 안 되겠다' 하고 속으로 생각한다.

113

형식은 차마 더 영채에게 말이 나오지 아니하므로 병욱더러

"그런데 대관절 어찌된 일이오니까. 이전부터 영채씨를 알으셨어요?"

병욱은 형식을 보고 웃는다. 그 웃음이 형식에게 말할 수 없는 부끄러움을 준다. 자기를 비웃는 것같이 생각되었다.

"아니올시다. 제가 방학에 집으로 오는 길에 차 속에서 만났어요."

형식은 눈이 둥그레지며 영채를 한번 보고 다시 병욱을 향하여

"그러면 영채씨가 평양 가시는 길에?"

"예" 하고 만다. 형식은 더 알고 싶었다. 영채가 어찌하여 죽을 결심을 풀었으며 어찌하여 동경으로 가게 된 것을 자세히 알고 싶었다. 그래서

"그래 어떻게 되었어요?"

병욱은 고개를 기울여서 영채의 돌아앉은 얼굴을 물끄러미 보더니

"그래서 죽기는 왜 죽는단 말이냐, 즐거운 인생을 하루라도 오래 살지 못하여 걱정인데 왜 구태 지레 죽으랴느냐고 그랬지요. 그리고

지금까지는 네가 천하 사람의 조롱을 받고 학대를 받고……" 하고는 주저하는 듯이 형식을 바라보다가 또 웃으면서 "또 일생에 생각하고 사모하던 사람에게도 버림을 받았지마는……" 이 말이 끝나기 전에 형식의 가슴은 마치 바늘로 찌르는 것 같았다. 병욱은 형식의 낯빛이 변하여짐을 보고 말을 끊었다가

"그렇게 지금토록 네 일생은 눈물과 원망의 일생이지마는 이제부터 네 앞에는 넓고 즐거운 장래가 있지 아니하냐 하고 억지로 차에서 끌어내렸지요."

"참 감사합니다. 아가씨 덕에 나도 죄가 얼마큼 가벼워진 듯합니다. 저는 꼭 영채씨께서 돌아가신 줄만 알았어요. (이때에 병욱과 영채는 속으로 흥 한다.) 그래 즉시 평양 경찰서에 전보를 놓고 다음번 차로 평양으로 내려갔지요. (여기 와서 형식은 자기의 변명을 할 기회가 생긴 것이 기쁘다 하는 생각이 난다.) 했더니 경찰서에서 하는 말이 정거장에 나가서 수탐을 하여보았지마는 알 수 없다고 하지요. 그래서 알 만한 집에도 가 물어보고, 또 박선생 묘소에도……" 하다가 중간에 돌아온 생각을 하매 문득 말을 그치고 고개를 숙인다. 그때에 북망산까지 가보고 대동강 가로 다만 한두 시간이라도 시체를 찾아보았더면 좋을 뻔하였다 하는 생각이 난다. 병욱은 한참 듣더니

"예. 아마 그리하셨겠지요. 그러면 시체를 찾오시느라고 퍽 애를 쓰셨겠네."

형식은 '이 계집애가 꽤 사람을 골린다' 하였다. 과연 형식의 등에는 땀이 흘렀다.

영채도 형식의 하는 말을 다 들었다. 그리고 형식에게 대한 원통한 듯하던 마음이 얼마큼 풀린다. 그러나 형식이가 즉시 자기의 뒤를 따라 평양으로 내려온 것과 열심으로 자기의 시체를 찾아준 고

마음도, 자기가 죽은 지 한 달이 못하여 선형과 혼인을 하여가지고 미국으로 간다는 생각에 눌려버리고 만다. 영채의 생각에도 형식 한 사람이 정다운 사람도 되고 박정한 낭군도 되어 보인다. 그러나 만사가 이미 다 지나갔으니 이제 와서 한탄하면 무엇 하고 분풀이를 하면 무엇 하랴. 차라리 웃는 낯으로 형식을 대하여 저편의 마음이나 기쁘게 하여줌이 좋으리라 하는 생각도 난다. 그래서 맘을 좀 돌리기는 돌렸으나 그래도 아주 웃는 얼굴을 보여 형식에게 안심을 주고 싶지는 아니하여

"참 죄송합니다. 황주 가서 곧 편지를 드리려다가 언제 죽을지 모르는 몸이 잠깐 살아 있는 것을 알려드리면 무엇하랴, 차라리 죽은 줄로 믿고 계시는 것이 도리어 안심이 되실 듯하기로 그만 두었습니다⋯⋯이제 보면 아니 알려드린 것이 어떻게 잘되었는지요" 하고 영채도 과히 말하였다는 생각이 나서 웃는다.

"그러면 어찌해서 엽서 한 장도 아니 주신단 말씀이오?" 하고 형식은 분개한 어조로 "그렇게 사람을 괴롭게 하십니까." 형식은 진실로 이 말을 듣고 영채를 원망하였다. 만일 영채가 엽서 한 장만 하였으면 자기는 마땅히 당장 영채를 찾아가서 영채의 손을 잡았을 것 같다. 병욱과 영채는 형식의 분개하여하는 얼굴을 본다. 더구나 영채는 형식에게 대하여 불안한 생각이 나서

"그러나 저는 제가 살아 있는 줄을 알게 하는 것이 도리어 선생께 부질없는 근심을 끼칠 줄로 알았어요. 만일 제가 선생의 몸에 누가 되어서 명예를 상한다든지 하면 도리어 (주저하다가) 선생을 위하는 도리도 아니겠고⋯⋯그래서 억지로 참고 가만히 있었습니다" 하고 또 영채의 눈에서는 눈물이 흐른다.

형식이 영채의 하는 말을 듣다가 눈물 떨어지는 것을 보고 저편으로 고개를 돌린다. 어디까지든지 자기를 위하여주는 영채의 심정이

더욱 감사하게 생각된다. 죽으려 한 것도 자기를 위하여, 살아 있으면서 살아 있는 줄을 알리지 아니한 것도 자기를 위하여 한 것임을 생각하매 자기의 영채에게 대한 태도가 너무 무정함이 후회된다.

마주 앉은 눈물 흘리는 영채를 보고 또 저편 차실에 앉은 선형을 생각하매 형식의 마음은 자못 산란하다. 세 사람 사이에는 한참 말이 없고 기차는 어느 철교를 건너가느라고 요란한 소리를 낸다. 창에 뿌리는 빗발과 흘러가는 물소리는 큰비가 아직 계속 내리는 줄을 알게 한다. 홍수나 아니 나려는지.

114

형식은 부글부글 끓는 머리를 가지고 영채의 차실에서 나왔다. 우선이가 지켜 섰다가 형식의 어깨를 툭 치며

"영채씨가 울데그려!"

형식은 우선의 손을 잡으며

"아, 이 일을 어쩌면 좋은가."

"왜, 무슨 일이 났나. 영채씨가 바가지를 긁던가 보에그려…… 요—, 호남자!"

"아니어! 그렇게 농담으로 들을 것이 아닐세……참, 어쩌면 좋아?"

"아따, 걱정도 많기도 많아……부산 가서 배 타고, 마관*¹ 가서 차 타고, 횡빈*² 가서 배 타고, 상항(桑港)*³ 가서 내리고 하면 그만이지 걱정이 무슨 걱정이어!"

형식은 원망스러이 우선의 얼굴을 보고 서서 무슨 생각을 하더니

---

*1 마관(馬關) : '시모노세키'의 다른 이름.

*2 횡빈(橫濱) : '요코하마'의 다른 이름.

*3 상항(桑港) : '샌프란시스코'를 이르는 말.

"나는 미국 가기를 중지할라네!"

"응?" 하고 우선도 놀라며 "어째?"

"미국 가기를 중지할 테여……그것이 옳은 일이지……응, 그리할라네" 하면서 우선의 손을 놓고 차실로 들어가란다. 우선은 손을 잡아 형식을 끌어당기며

"자네 미쳤단 말인가, 이리 좀 오게."

형식은 멀거니 섰다.

"자네 지금 정신이 산란하였네. 미국 가기를 중지한다는 것이 무슨 소리어?"

"아니! 저편은 나를 위해서 목숨까지 버리려고 하는데 나는 이게 무슨 일인가. 나는 선형씨한테 이 뜻을 말하고 약혼을 파하겠네……그것이 옳은 일이지."

"그러면 영채하고 혼인한단 말이지?"

"응, 그렇지! 그것이 옳지!"

"영채는 자네와 혼인을 한다던가."

"그런 말은 없어."

"만일 영채가 자네와 혼인하기를 싫다 하면 어쩔 텐가."

형식은 한참 생각하더니

"그러면 일생 혼인 말고 지내지……절에 가서 중이 되든지."

우선은 마침내 껄껄 웃으며

"지금 자네가 노보세(上氣)*¹ 했네. 참 자네는 어린아일세. 세상이 무엇인지를 모르네그려. 행여 꿈에라도 그런 생각 내지 말고 어서 미국이나 가게."

"그러면 저 사람을 버리고?"

"버리는 것이 아니지, 일이 이미 그렇게 되었으니까 이제 그런 생

---

*1 노보세(のぼせ) : '몹시 흥분함'의 뜻.

각을 하면 무어 하나. 또 영채도 동경에 유학도 하게 되었고 하니까 피차에 공부나 잘하고 장래에 서로 남매 삼아 지내게그려. 그런 어림없는 미친 소리는 다 집어치고……" 하면서 형식의 등을 툭 친다. 팔에 붉은 헝겊 두른 차장이 지나가다가 두 사람을 슬쩍 본다.

형식은 자기의 자리에 돌아와 뒤에 몸을 기대고 가만히 눈을 감았다. 선형은 조는지 무슨 생각을 하는지 그린 듯이 기대어 앉았다.

형식의 가슴속에는 새로운 의문 하나가 일어난다.

대체 자기는 누구를 사랑하는가. 선형인가, 영채인가. 영채를 대하면 영채를 사랑하는 것 같고 선형을 대하면 선형을 사랑하는 것 같다. 아까 남대문에서 차를 탈 때까지는 자기는 오직 선형에게 몸과 마음을 다 바친 듯하더니 지금 또 영채를 보매 선형은 둘째가 되고 영채가 자기의 사랑의 대상인 듯도 하다. 그러다가 또 앞에 앉은 선형을 보매 '이야말로 내 아내, 내 사랑하는 아내'라는 생각도 난다. 자기는 선형과 영채를 둘 다 사랑하는가. 그렇다 하면 동시에 두 사람을 다 같이 사랑할 수가 있을까. 남들이 하는 말을 듣거나 자기가 지금껏 생각하여온 바로 보건대 참된 사랑은 결코 동시에 두 사람 이상에 향할 수 없는 것이어늘 지금 자기의 마음은 어떠한 상태에 있나. 아무렇게 해서라도, 어떠한 표준을 세워서라도 형식은 선형과 영채 양인 중에 한 사람을 골라야 하겠다.

오래 생각한 후에 형식은 이러한 결론에 달하였다.

자기가 선형을 사랑하는 것도 결코 뿌리 깊은 사랑이 아니라. 자기는 선형의 얼굴이 어여쁜 것과 태도가 얌전한 것과 학교에서 우등한 것과 부자요 양반의 집 딸인 것밖에 아무것도 선형에게 관하여 아는 것이 없다. 나는 아직도—약혼한 지금까지도 선형의 성격을 알지 못한다. 물론 선형도 자기의 성격을 알지 못한다. 서로 이해함이 없이 참사랑이 성립될 수 있을까. 내 영혼은 과연 선형을 요구하고 선형의 영혼은 과연 나를 요구하는가. 서로 만날 때에 영혼과 영혼이 마주 합하고 마음과 마음이 마주 합하였는가. 일언이폐지하면 자기와 선형 사이에는 과연 칼로 끊지 못하고 불로도 사르지 못할 사랑의 사슬이 있는가.

이렇게 생각하매 형식은 실망함을 금치 못한다. 자기는 비록 선형에게 이 모든 것을 구하였다 하더라도 선형은 결코 자기에게 영혼도 보이지 아니하고 마음도 주지 아니하였다. 어찌 생각하면 선형에게는 자기에게 줄 영혼과 마음이 없는지도 모르겠다. 다만 부모의 명령과 세상의 도덕에 눌려 하릴없이 자기를 따라오는지도 모르겠다. 물론 일찍 선형이가 자기 입으로 '예' 하고 대답은 하였다. 그러나 그 대답이 과연 자각 있게 나온 대답일까.

그러면 자기가 선형에게 대한 사랑은 즉 항용 사나이들이 고운 기생 같은 여성의 색에 취하여 하는 사랑과 다름이 있을까. 자기의 사랑은 과연 문명의 세례를 받은 전 인격적 사랑이라고 할 수가 있을까.

115

형식은 결코 지금까지 장난으로 선형을 사랑한 것도 아니요 육욕으로 사랑한 것도 아니었다. 그는 그의 동포가 사랑을 장난으로 여기고 희롱으로 여기는 태도에 대하여 큰 불만을 품는다. 자기의 일시 정욕을 만족하기 위하여 이성(異性)을 사랑한다 함을 큰 죄악으로 여긴다. 그는 사랑이란 것을 인류의 모든 정신 작용 중에 가장 중하고 거룩한 것의 하나인 줄을 믿는다. 그러므로 자기가 선형을 사랑하는 것은 자기에게 대하여서는 극히 뜻이 깊고 거룩한 일이요 자기의 동포에게 대하여서는 큰 정신적 혁명으로 생각한다. 그러므로 형식의 사랑에 대한 태도는 종교적으로 진실하고 경건한 것이었다. 사랑을 인생의 전체라고까지는 생각하지 않는다 하더라도 사랑에 대한 태도로 족히 인생에 대한 태도를 결정할 수 있다고 믿는다. 그러나 이제 생각하여보건댄 자기의 선형에게 대한 사랑은 너무 유치한 것이었다. 너무 근거가 박약하고 내용이 빈약한 것이었다.

형식은 오늘 저녁에 이것을 깨달았다. 깨달으매 슬펐다. 마치 자기가 일생 정력을 다 들여서 하여오던 사업이 일조에 헛된 것인 줄을 깨달은 듯한 실망을 맛보았다. 그와 함께 자기의 정신의 발달한 정도가 아직도 극히 유치함을 깨달았다. 자기는 아직 인생을 깨달을 때도 아니요 따라서 사랑을 의논할 때도 아님을 깨달았다. 그러므로 자기가 오늘날까지 여러 학생에게 문명을 가르치고 인생을 가르친 것이 극히 외람된 일인 줄도 깨달았다. 자기는 아직도 어린애다. 마침 어른 없는 사회에 처하였으므로 스스로 어른인 체하던 것인 줄을 깨달으매 스스로 부끄러운 생각도 난다.

형식은 생각에 이어 생각을 한다.

나는 조선의 나갈 길을 분명히 알았거니 하였다. 조선 사람의 품을 이상과 따라서 교육자의 가질 이상을 확실히 잡았거니 하였다. 그러나 이것도 필경은 어린애의 생각에 지나지 못하는 것이다. 나는 아직 조선의 과거를 모르고 현재를 모른다. 조선의 과거를 알려면 우선 역사 보는 안식(眼識)을 길러가지고 조선의 역사를 자세히 연구해볼 필요가 있다. 조선의 현재를 알려면 우선 현대의 문명을 이해하고 세계의 대세를 살펴서 사회와 문명을 이해할 만한 안식을 기른 뒤에 조선의 모든 현재 상태를 주밀히*1 연구하여야 할 것이다. 조선의 나갈 방향을 알려면 그 과거와 현재를 충분히 이해한 뒤에야 할 것이다. 옳다, 내가 지금껏 생각하여 오던 바, 주장하여 오던

---

*1 주밀히(周密-) : 빈틈 없이 아주 세밀하게.

바는 모두 다 어린애의 어린 수작이다.

더구나 나는 인생을 모른다. 내게 무슨 인생의 지식이 있는가. 나는 아직 나를 모른다. 근본적으로 내가 무엇인지는 설혹 알지 못한다 하여도, 적더라도 현재에 내가 세상에 처하여갈 인생관은 있어야 할 것이다. 옳은 것을 옳다 하고 좋은 것을 좋다고 할만한 무슨 표준은 있어야 할 것이다. 그런데 내게는 그것이 있는가. 나는 과연 자각한 사람인가.

이렇게 생각하매 형식은 자기의 어리석고 무식한 것이 눈앞에 분명히 보이는 듯하다. 형식은 눈을 떠서 선형을 본다. 선형은 여전히 가만히 앉았다. 형식은 또 생각한다.

나는 선형을 어리고 자각 없는 어린애라 하였다. 그러나 이제 보니 선형이나 자기나 다 같은 어린애다. 조상 적부터 전하여오는 사상의 계통은 다 잃어버리고 혼돈한 외국 사상 속에서 아직 자기네에게 적당하다고 생각하는 비를 택할 줄 몰라서 어쩔 줄을 모르고 방황하는 오라비와 누이—생활의 표준도 서지 못하고 민족의 이상도 서지 못한 세상에 인도하는 자도 없이 내던짐이 된 오라비와 누이—이것이 자기와 선형의 모양인 듯하였다.

그리고 형식은 다시 눈을 떠서 선형을 보매 선형은 잠이 들었는지 입을 반쯤 열고 가슴이 들먹들먹한다. 형식은 참지 못하여 무릎 위에 힘없이 놓인 선형의 손에 입을 대었다. 형식의 생각에 선형은 자기의 아내라고 하는 것보다 같이 손을 끌고 길을 찾아가는 부모 잃은 누이라는 생각이 난다.

옳다, 그러므로 우리들은 배우러 간다. 네나 내나 다 어린애이므로 멀리멀리 문명한 나라로 배우러 간다. 형식은 저편 차에 있는 영채와 병욱을 생각한다. '불쌍한 처녀들!' 한다.

이렇게 생각하니 세 처녀가 다 같이 사랑스러워지고 정다워진다.

형식의 상상은 더욱 날개를 펴서 이희경 일파를 생각하고 경성학교 학생 전체를 생각하고 또 서울 장안 길에서 보던 누군지 얼굴도 모르고 성명도 모르는 남녀 학생들과 무수한 어린아이들을 생각한다. 그네들이 모두 다 자기와 같이 장차 나갈 길을 부르짖어 구하는 듯하며 그네들이 다 자기의 형이요 동생이요 누이들인 것같이 정답게 생각된다. 형식은 마음속으로 커다란 팔을 벌려 그 어린 동생들을 한 팔에 안아본다.

형식의 생각에 자기와 선형과 또 병욱과 영채와 그 밖에 누군지 모르나 잘 배우려 하는 사람 몇십 명 몇백 명이 조선에 돌아오면 조선은 하루이틀 동안에 갑자기 새 조선이 될 듯이 생각한다. 그리고 아까 슬픔을 잊어버리고 혼자 빙그레 웃으며 잠이 들었다.

116

그러나 선형의 가슴은 그렇게 편안하지 아니하였다. 형식이가 영채를 찾아가고 없는 동안에 더욱 마음이 산란하게 되었다. 영채가 이 차에 탔단 말을 듣고 몹시 괴로워하는 형식의 모양을 보매 암만해도 형식의 마음에는 자기보다도 영채가 더 사랑스러운 것같이 보인다. 설혹 형식의 말과 같이 영채가 죽은 줄로 믿고 자기와 약혼을 하였다 하더라도 형식의 가슴속에는 영채의 기억이 깊이깊이 들어박혀서 자기는 용납할 곳이 없는 것 같다. 영채가 없으므로 부득이 자기를 사랑하려 하다가 이제 영채가 살아난 줄을 알매 다시 영채에게 대한 애정이 일어나는 것 같다. 자기는 형식에게 대하여 임시로 영채의 대신을 하여준 듯하다. 이렇게 생각하매 더욱 불쾌하여진다.

'옳지, 영채가 없으니까 나를 사랑하였지' 하고 선형은 얼굴을 찌푸린다. '그러면 나는 이형식의 노리개가 되었던가' 하고 한번 몸을 흔든다. '옳지, 아마 형식이가 미국 유학에 탐을 내어서 나와 약혼을 한 게다' 하고 벌떡 일어선다. '아아, 나는 남의 첩이 된 셈이로구나' 하고 주먹을 불끈 쥔다. 형식을 정직한 사람으로 믿었던 것이 후회도 난다. '나를 사랑하시오?' 할 때에 '아니요, 나는 당신을 조금도 사랑하지 아니하오' 하고 슬쩍 돌아서지 못한 것도 분하고 형식이가 손을 잡을 때에 순순히 잡힌 것도 분하고 모든 것이 다 분하여진다. 선형은 다시 펄썩 주저앉으며 '아아, 내가 그러한 사람을 따라 미국을 가누나' 하고 방금 울음이 터질 듯이 코를 실룩실룩하기도 한다.

형식이가 속으로 자기와 영채를 비교할 것을 생각해본다. 영채는 참 곱다, 그리고 영리하고 다정하게 생겼다. 선형도 자기가 친히 거울을 대하거나 남의 칭찬하는 말을 들어 자기의 얼굴이 어여쁘고 태도가 얌전한 줄을 안다. 그중에도 자기의 맑은 눈이 여러 사람의 칭찬을 받는 줄을 안다. 그러므로 선형은 자기와 연치가 비슷한 여자를 볼 때에는 반드시 그 얼굴을 자세 보고 또 속으로 자기의 얼굴과 비교해보는 버릇이 있다. 아까도 영채를 보고 곧 자기의 얼굴과 비교해보았다. 그때에 선형은 매우 영채를 곱게 보았다. '친해두고 싶은 사람이로군' 하였다. 그러나 알고 본 즉 그는 다방골 기생이다. 형식이가 자기의 얼굴과 더러운 기생의 얼굴을 비교할 것을 생각하매 더할 수 없이 괘씸하다. 영채의 얼굴이 비록 곱다 하더라도 그것은 기생의 얼굴이다. 내 얼굴이 비록 영채의 것만 못하다 하더라도 그것은 양반의 집 처녀의 얼굴이다. 어찌 감히 비기랴 한다.

형식의 끈끈한 것을 보건댄 당당한 여학생인 자기보다도 아양을 떨고 간사를 부리는 영채를 곱게 볼 것 같다. 영채가 무엇이냐. 다방골 기생이 아니냐 하여본다.

형식이가 계월향이라는 기생과 좋아하다가 평양까지 따라갔다는 말을 들을 제 형식을 조금 의심하게 되고, 그 후 형식이가 자기더러 '나를 사랑하시오?' 하고 염치없는 소리를 물으며 나중에 자기의 손을 잡을 때에 '과연 기생집에 나다니던 버릇이로다' 하였고, 지금 와서 선형은 더욱 형식을 더럽게 본다. 한참 악감정이 일어난 이 순간에는 선형의 보기에 형식은 모든 더러운 것, 악한 것을 다 갖춘 사람 같다.

'아이 어찌해!' 하고 화가 나는 듯이 선형은 고개를 짤래짤래 흔든다. 자기의 앞에 형식의 빈 자리에 허깨비 형식을 그려놓고 '엑, 나를 속였구나' 하고 두어 번 눈을 흘겨본다. 그러고는 또 한 번 속에 불이 일어서 몸을 흔든다.

선형은 아직 사람을 미워하여본 적이 없었다. 팔자 좋은 선형은 미워하려도 미워할 사람이 없었다. 자기를 대하는 사람은 다 자기를 귀여워해주고 칭찬해주었다. 학교에서 몇 번 선생을 미워하여본 적은 있었으나 '아이구, 미워……' 하고 얼굴을 찡그리도록 누구를 미워할 기회는 없었다. 형식은 선형에게 첫 번 미움을 받는 사람이다.

형식의 얼굴이 눈앞에 보인다. 그 얼굴이 어찌해 뻔질뻔질해 보이고 천해 보인다. 선형은 그 얼굴을 아니 보려고 눈을 두어 번 감았다 떴다 하며 손으로 땀에 축축하니 젖은 머리를 박박 긁었다.

형식은 지금 무엇을 하는가, 영채와 무슨 재미있는 이야기를 하는가 하여본다. 쌍긋쌍긋 웃는 영채가 보인다. 그 하얗고 동그레한 얼굴이 요물스럽게 보인다. '무엇이 고와, 그 얼굴이 고와?' 하고 발을 한번 들었다 놓는다. 그리고 그 요물스러운 영채가 고개를 갸웃갸웃 하여가며 형식을 홀리는 것이 보인다. 그러면 형식은 그 넓짓한 입을 헤벌리고 흥흥하면서 징글징글한 웃음을 웃는다.

'아이구, 꼴 보기 싫어!' 하며 선형은 두 손길을 펴서 이마에 댄다. '왜 이 사람이 아직 아니 오누' 하며 자리를 한번 옮아앉는다. '무슨 이야기가 이렇게 많어!' 하며 차마 견딜 수가 없어서 한번 일어났다가 앉는다. 형식이가 돌아오거든 실컷 분풀이를 하고 싶다. '너희들끼리 더럽게 잘 놀아라' 하고 침을 탁 뱉고 달아나고도 싶다. '아이구, 내 팔자야!' 하고 함부로 몸을 흔든다. 한 번 더 '어쩌면 좋아!' 하고 푹 쓰러져 운다.

선형도 계집애다. 질투와 울기를 이리하여 배웠다.

117

형식이가 영채한테 간 지가 두 시간이나 세 시간이나 된 듯하다. 퍽도 오래 있는 것 같다. 오래 있는 것 같을수록 선형의 마음이 더욱 산란하였다.

선형은 지금까지 형식에게 사랑을 받고 싶다 하는 생각은 별로 없었다. 형식이가 퍽 자기를 사랑하여주니 자기도 힘껏 형식을 사랑하여주어야 되겠다 하는 생각은 있었다. 아내 되어서는 지아비를 사랑하라 하였고 부모께서는 자기더러 이형식의 아내가 되어라 하였으니 자기는 불가불 형식을 사랑하여야 한다는 생각은 있었다. 그러나 형식이가 자기더러 요구하는 그러한 사랑—손을 잡고 허리를 안고 입을 맞추려 하는 사랑은 없었다. 그러므로 만일 어떤 다른 여자가 형식을 안아준다 하면 자기의 생각이 어떠할까 하는 것은 생각하여 본 적도 없었다.

그러므로 선형은 지금 자기가 가진 생각이 무엇인지를 잘 모른다. 선형도 시기라든지 질투라는 말은 안다. 그러나 시기나 질투는 큰 죄악이라 자기와 같은 예수도 잘 믿고 교육도 잘 받은 얌전한 아가씨의 가질 것은 아니라 한다.

조물은 각 사람에게 사람으로 배워야만 할 모든 것을 다 가르친다. 그리하되 사람들이 학교에서 하는 것과 같이 책이나 말로써 하지 아니하고 반드시 실험으로써 한다. 조물은 말할 줄을 모르고 오직 실행할 줄만 아니까 그러한가 보다. 선형의 인생의 학과는 이제부터 차차 중등과에 들려 한다. 사랑을 배우고 질투를 배우고 분노하기와 미워하기와 슬퍼하기를 배우기 시작한다. 사람이란 죽는 날까지 이것을 배우는 것이니까 선형이가 졸업하려면 아직 멀었다. 이 점으로 보면 영채나 형식은 선형보다 훨씬 상급생이다. 그리고 병욱은 사람들이 조물을 흉내 내어 또는 조물의 생각을 도적질하여 만들어놓은 문학이라든지 예술이라든지에서 인생이라는 것을 퍽 많이 배웠다.

사람이란 이러한 과정을 많이 배우면 많이 배울수록 어른이 되어간다. 즉 천진난만한 어린애의 아리따운 태도가 스러지고 꾀도 있고 힘도 있고 고집도 있고 뜻도 있고 거짓말도 곧잘 하거니와 옳은 말도 힘 있게 하는 소위 어른이 되어간다. 정신의 내용이 더욱 풍부하여지고 더욱 복잡하여진다. 일언이폐지하고 사람이 되는 것이라.

전에 말한 바와 같이 선형은 아직 천진난만한, 엊그제 하늘에서 뚝 떨어진 어린애다. 오늘이야 처음 사람의 맛을 보았다. 사랑의 불길에, 질투의 물결에 비로소 쓴 것도 같고 단 것도 같은 인생의 맛을 보았다. 옛말에 마마는 백골이라도 한 번은 한다는 셈으로 사람 되고는 한 번은 반드시 이 세례를 받는다. 아니 받고 지냈으면 게서 더한 행복도 없을 듯하건마는 그렇거든 사람으로 아니 나는 것이 좋다. 다나 쓰나 면할 수 없는 운명이다.

우두를 넣으면 천연두를 벗어난다. 아주 벗어나지는 못하더라도, 앓더라도 경하게 앓는다. 그러므로 근년에 와서는 누구든지 우두를 넣으며 그래서 별로 곰보를 보지 못하게 되었다.

정신에도 마마가 있으니까 정신에도 천연두가 있을 것이다. 사랑이라든지 질투라든지 실망, 낙담, 슬픔, 궤휼, 간사, 흉악, 음란, 행복, 기쁨, 성공 등 인생의 만반 현상은 다 일종 정신적 마마라. 소위 약은 부모들은 사랑하는 자녀의 괴로워하는 양을 차마 보지 못하여 아무쪼록 그네로 하여금 일생에 이 마마를 겪지 않도록 하려 하나 그것은 사람의 힘으로는 막지 못할 것이다. 야매한 사람들이 마마에 귀신이 있는 줄로 믿는 것은 잘못이어니와 이 정신적 마마야말로 귀신이 있어서 지키는 부모 몰래 그네의 사랑하는 자녀의 정신 속에 숨어 들어가는 것이라. 그러므로 자녀에게 인생의 모든 무섭고 더러운 방면을 감추려 함은 마치 공기 중에는 여러 가지 독균이 있다 하여 자녀들을 방 안에 가두어 두는 것과 같다. 그리하여 바깥 독균 많은 공기에 익지 못한 자녀의 내장은 독균이 들어가자마자 곧 열이 나고 설사가 나서 죽어 버린다. 그러나 평생에 바깥 공기에 익어서 내장에 독균을 대항할 만한 힘을 기르면 여간한 독균이 들어오더라도 무섭지를 아니 하다. 한번 우두로 앓은 사람은 천연두균을 저항하는 힘이 있는 것과 같다.

선형은 지금껏 방 안에 갇혀 있었다. 그는 공기 중에 독균이 있는 줄도 몰랐다. 그리고 그는 우두도 넣지 아니하였다. 그런데 지금 질투라는 독균이 들어갔다, 사랑이라는 독균이 들어갔다. 그는 지금 어찌할 줄을 모른다. 그가 만일 종교나 문학에서 인생이라는 것을 대강 배워 사랑이 무엇이며 질투가 무엇인지를 알았던들 이 경우에 있어서 어떻게 하여야 할 것을 분명히 알았을 것이언마는 선형은 처음 이렇게 무서운 병을 당하였다.

선형은 얼마 울다가 고개를 번쩍 들었다. 그리고 지금 지나간 자기의 심리(心理)를 돌아보고 깜짝 놀라며 진저리를 쳤다. 선형의 눈은 둥그래진다.

'내가 어찌 되었는가' 하고 한참 숨을 멈춘다. 첫 번 지내보는 그

아픈 경험이 마치 캄캄한 밤과 같은 무서움을 준다. '이게 무엇인가'
하고 오싹오싹한 소름이 두어 번 전신으로 쭉쭉 지나간다. 그러다가
멀거니 차실을 돌라보면서
  '퍽도 오래 있네' 한다.

118

  선형은 몹시 무서운 생각이 난다. 자기의 내장이 온통 빠지직빠지
직 타는 듯하고 코로는 시꺼먼 불길이 활활 나오는 듯하다. 씨근씨
근하는 자기의 숨소리가 마치 자기의 곁에 어떤 커다란 마귀가 와
서서 후후 찬 입김을 불어주는 것 같다. 자기의 몸이 마치 성경을
배울 때에 상상하던 컴컴한 지옥 속으로 둥둥 떠 들어가는 것 같다.
선형은 혹 하고 진저리를 치며 차실 내에 여기저기 앉아 조는 사람
들을 돌라본다. 그 사람들도 모두 다 무서운 마귀가 된 것 같다. 그
사람의 얼굴들이 금시에 눈을 뚝 부릅뜨고 자기를 향하고 달려들
것 같다.
  '아이구, 무서워 !' 하고 선형은 두 손으로 얼굴을 가린다. 얼굴을
가리면 영채와 형식의 모양이 또 보인다. 둘이 꼭 쓸어 안고 뺨을
마주 대고 비웃는 얼굴로 자기를 보는 것 같기도 하고 자기가 그 곁
에 섰다가 퉤하고 침을 뱉면 영채와 형식이가 갑자기 무서운 마귀
가 되어서 '응' 하고 자기를 물어뜯는 것 같기도 하다. 선형은 '아이
구, 어머니!' 하고 푹 쓰러졌다. 선형의 몸은 알 수 없는 무서움으로
들들 떨린다. 선형은 얼른 하나님 생각을 하고 기도를 하려 하였다.
그러나 '하나님, 하나님' 할 따름이요 다른 말이 나오지를 아니하였
다. 그래서 몇 번 하나님을 찾다가 무슨 뜻인지도 모르고 '이 죄인의
죄를 용서하여주시옵소서' 하고 말았다. 그만해도 얼마큼 무서운 생

각이 없어지고 숨소리가 순하게 되었다. 그래서 선형은 곁에 그리스도가 와서 선 것을 상상하고 가만히 눈을 감고 있었다.

이때 형식이가 우선으로 더불어 돌아왔고 또 선형의 손등에 입을 댄 것이라. 선형은 그때에 결코 잠이 든 것은 아니었다. 형식이가 돌아오는 줄을 알면서도 일부러 눈을 뜨지 아니하였다. 그러다가 형식의 입술이 자기의 손등에 댈 때에는 그 손등으로 형식의 면상을 딱 붙이고 싶도록 미웠다. 이것이 다 기생과 하던 버릇이로구나 하였다.

그러고는 선형도 잠이 들었다. 휘황한 전등은 밤새도록 이 두 괴로워하는 사람의 얼굴을 비추었고 커다란 눈을 부릅뜬 시커먼 기관차는 캄캄한 밤과 내리쏟는 비를 뚫고 별로 태우고 내리우는 사람도 없이 산굽이를 돌고 굴을 통하여 여러 가지 꿈을 꾸는 각 사람을 싣고 남으로 남으로 향하였다.

두 사람이 잠을 깬 것은 차가 삼랑진 역에 닿을 적이었다. 시계의 짧은 침은 벌써 다섯 시를 가리켰으나 하늘이 흐려 아직도 정거장의 등불이 반작반작한다.

차장이 모자를 옆에 끼고 은근히 고개를 숙이더니

"두 군데 선로가 파손되어 네 시간 후가 아니면 발차할 수가 없습니다" 한다.

자다가 깬 손님들은 모두 눈을 비비며 "응, 응" 하고 불평한 소리를 하다가 모두 짐을 뭉쳐 가지고 내린다. 어떤 사람은 차창으로 내다보다가

"저 물 보게, 물 보게!" 하며 기쁜지 슬픈지 알 수 없는 감탄을 발한다. 비 외투를 입은 역부들은 나는 상관없다 하는 듯이 시치미 떼고 슬근슬근 열차 곁으로 왔다 갔다 한다. 정거장은 무슨 큰 일이나 난 듯이 공연히 수선수선한다. 형식은

"우리도 내리지요. 네 시간을 어떻게 차 속에 있겠어요" 하고 선형

을 본다. 선형은 형식의 입을 보고 어제 저녁 자기의 손등에 대던 생각을 하고 속으로 우스워하면서

"내리지요!" 하고 먼저 일어선다. 형식은 가방과 담요 둘을 한 데 들고 앞서 내리고 선형은 형식의 보던 책과 자기의 손가방을 들고 형식의 뒤를 따라 내렸다. 개찰구 곁에 갔을 적에 병욱이가 뛰어오며 뉘게 하는 말인지 모르게

"내리셔요?" 하고 아침 인사를 잊어버린 것을 생각하고 웃는다.

"예. 네 시간이나 어떻게 기다리겠습니까, 여관에 들어 좀 쉬지요……물 구경이나 하고요."

"그러면 저희도 내리겠습니다. 잠깐 기다려주셔요!" 하더니 저 편으로 뛰어간다. 형식과 선형의 눈도 그리로 향하였다. 영채가 이편으로 향한 차창에 서서 물끄러미 바깥을 내다보는 것이 보인다. 그러나 두 사람은 보지 못한 것 같다. 형식은 '어찌하나' 하고 선형은 '조, 요물이' 하였다. 병욱이가 뛰어가서

"애, 우리도 내리자, 저이들도 내리시는데" 하고 뒤를 돌아보는 것을 보고야 비로소 영채도 형식과 선형을 보았다. 그리고 얼른 고개를 움츠렸다. 병욱이가 앞서고 영채는 병욱의 뒤에 서서 병욱의 그늘에 자기의 몸을 감추려는 듯이 비슬비슬 형식의 곁으로 온다. 병욱이가 슬쩍 비켜서매 영채와 형식은 정면으로 마주 서게 되었다. 영채는 형식에게 가볍게 고개를 숙이고 다음에 선형을 향하고 방그레 웃으며 은근하게 인사를 하였다. 선형도 웃으며 답례하였다. 그러나 둘이 다 일시에 얼굴을 붉혔다.

네 사람은 열을 지어서 개찰구를 나섰다. 일없는 손님들은 네 사람의 행색을 유심히 보며 혹 웃기도 하고 수군수군하기도 한다. 마치 형식이가 세 누이를 데리고 가는 것 같다. 대합실에서 여관 하인에게 짐을 맡기고 네 사람은 그 하인의 뒤를 따라 나가다가 정거장

모퉁이에 서서 붉은 물이 굼실굼실하는 낙동강을 본다.

119

"아이, 저 물 보셔요!" 하고 병욱이가 가시 돋은 철사에 배를 대고 허리를 굽히며 소리를 친다. 다른 세 사람도 속으로는 '저 물 보게' 하면서도 아무도 입 밖에 말을 내지는 아니한다.

"저것 보게, 저기 저 집들이 반이나 잠겼습니다그려!" 하고 마산선으로 갈려 나가는 길가에 있는 초가집들을 가리킨다. 과연 대단한 물이로다, 좌우편 산을 남겨놓고는 온통 시뻘건 흙물이로다. 강 한 가운데로 굼실굼실 소용돌이를 쳐가며 흘러 내려가는 물 소리가 들리는 듯하고 그 물들이 좌우편에 늘어선 산굽이를 파서 얼마 아니 되면 그 산들의 밑이 빠져나갈 것 같다.

길이 좁아서 미처 빠지지를 못하여 우묵우묵한 웅덩이라는 웅덩이는 하나도 남겨놓지 않고 쓸어들여서 진을 치고 앞선 물들이 다 내려가기를 기다리는 것 같다. 길을 잃은 물은 사람 사는 촌중에까지 침입하여 사람들을 다 내몰고 방 안, 부엌, 벽장 할 것 없이 온통 점령을 하고 말았다. 그리고 집을 잃은 사람들은 모두 아이를 업고 늙은이를 이끌고 높고 높은 데를 찾아 산으로 기어오른다. 사람들이 중히 여기고 중히 여기어 남을 주기는커녕 잠깐 만져만 보자고 하여도 눈이 벌게지며 '못한다' 하던 모든 세간을 그 벌건 물들이 이리 둥실 저리 둥실 띄워가지고 왔다 갔다 하다가 물결에 강 한복판으로 집어던져 빙글빙글 곤두박질을 하며 한정 없는 바다로 흘려 내려 보낸다.

사람들이 여름내 애써서 길러놓은 곡식들도 그 붉은 물결 속에서 부대끼고 또 부대끼어 그 약한 허리가 부러지는 것도 있을 것이요 그 부드러운 뿌리가 끊어지는 것도 있을 것이다. 장차 누렇게 열매를 맺어 가을밤 골안개에 무거운 고개를 숙이려 하던 벼의 꽃도 다 말이 못되고 말았을 것이다. 온 땅은 전혀 붉은 물의 세력하에 들어가고 말았다.

비는 그쳤건마는 하늘에는 언제 쏟아질지 모르는 검은 구름장이 뭉글뭉글 떠돈다. 부리나케 동편을 향하고 달아나다가는 무슨 생각이 나는지 또 서편을 향하고 몰려간다. 이따금 참다못한 듯이 굵은 빗방울이 우수수 떨어진다.

벌거벗은 높은 산에는 갑자기 된 폭포와 시내가 거꾸로 매달린 듯이 마치 검은 바탕에다가 여기저기 되는대로 흰 줄을 그어놓은 것 같다. 그 개천들이 벌거벗은 산들의 살을 깎고 뼈를 우비어가지고 내려오는 소리가 무섭게 흘러가는 강물 소리와 합하여 웅대한 합주를 듣는 것 같다.

땅은 목말랐던 판에 먹을 수 있는 대로 실컷 물을 먹어서 물렁물렁하게 되었다. 마치 지심(地心)까지 들이젖었을 것 같다. 하늘 위며 땅 밑이 온통 물세상이로다. 이 물세상에 서서 사람들은 '어찌되려는고' 하고 하늘만 우러러본다. 병욱은 다시 "이렇게 물이 많이 나서 흉년이나 아니들까요" 하고 형식을 본다. 형식도 우적우적 높은 땅으로 기어오르는 사람들을 보고 섰다가 고개를 병욱에게로 돌리며

"글쎄올시다. 이제라도 곧 비가 그쳤으면 좋으련마는, 이제 하루만 더 오면 연사*1는 말이 아니 될 것 같습니다." 이 말을 하는 동안에 세 처녀는 일제히 형식의 입을 바라본다. 그네의 속에는 개인을 뛰어난 일종의 근심과 두려움이 찬다. '큰물' '흉년' 하는 생각과 물소리와 뭉글뭉글하는 구름과 집을 잃고 높은 땅으로 기어오르는 사람은 그네로 하여금 개인이라는 생각을 잊어버리고 공통한 생각—즉

---

*1 연사(年事) : 농사가 잘되고 못된 형편.

사람으로 저마다 가지는 생각을 가지게 되었다. 선형도

"이제 비가 그치면 오늘 안으로 이 물이 다 뺄까요?" 하고 형식을 본다.

"아마, 내일 아침까지는 갈 걸요" 한다.

"상류에 비가 아니오면 곧 삐지마는 상류에 비가 오면······" 하고 영채가 연전 평양은 비도 아니 오는데 대동강이 범람하던 생각을 한다.

"평양 시가에도 물이 들어올 때가 있나요" 하고 선형이가 영채를 보며 묻는다.

"들어오구말구요. 성내에는 별로 들어오는 일이 없지마는 외성에는 흔히 들어옵니다. 그러게(재작년)도 외성 신시가로 배를 타구 다녔는데요" 하고 선형의 눈을 슬쩍 본다. 선형은 얼른 눈을 피하였다. 병욱은 한참 듣다가 빙긋 웃으며 속으로 '너희 둘이 잘 이야기를 한다' 하였다. 영채는 병욱의 웃는 것을 보고 한 걸음 병욱에게 가까이 가며 남에게 아니 보이게 가만히 병욱의 손을 잡는다. 병욱은 영채의 손을 꼭 쥐어주었다. 네 사람은 한참이나 말없이 저 보고 싶은 데를 멀거니 보고 있었다. 그러나 네 사람은 공통한 생각을 버리고 각각 제가 되었다. 그리고 본즉 여기 서서 구경할 재미도 없어졌다. 그래도 그냥 우두커니 섰다가 의논한 듯이 네 사람은 슬몃슬몃 발을 돌려 거기서 십여 보가 다 못 되는 여관으로 향하였다. 하녀들과 반또*1가 '이랏샤—'*2를 부르고 네 사람을 이층 북편 끝 하찌조마(八疊間)*3로 인도한다. 지나가면서 보건댄 각 방에는 손님이 다 찬 모양이요 모두 무슨 이야기들을 한다. 여관은 물 난 덕에 매우 흥성흥

---

*1 반또(ばんとう) : 지배인.

*2 이랏샤—(いらっしゃい) : '어서 오십시오'의 뜻.

*3 하찌조마(はちじょうま) : 다다미 8장을 간 일본식 방.

성하게 되었다.

네 사람이 각각 방석을 당기어 깔고 앉자마자 소나기가 쏴 하고 여관의 함석지붕을 때린다.

'아이구, 저 집 잃은 사람들을 어찌해' 하고 세 처녀가 일시에 얼굴을 찌푸린다. 비는 좍좍 퍼붓는다. 방 안은 적적하다.

120

집을 잃은 무리들은 산기슭에 선 대로 비를 함빡 맞아서 전신에서 물이 쪽 흐르게 되었다. 어린아이를 안은 부인들은 허리를 굽혀서 팔과 몸으로 아이를 가린다. 그러나 갑자기 퍼붓는 빗발에 숨이 막혀서 으아 하고 우는 아이도 있다. 그러면 어미 되는 이는 머리에서 흐르는 빗물에 섞인 눈물을 흘리면서 몸을 흔들거린다.

어떤 노파는 되는대로 되어라 하는 듯이 우두커니 쭈그리고 앉아서 비에 가린 먼 산을 바라보고 어떤 중늙은이는 머리 헙수룩한 총각을 데리고 그늘을 찾아서 뛰어간다.

여름내 김매기에 얼굴이 볕에 건 젊은 남녀들은 어찌할 줄을 모르고 멀거니 서서 자기네가 애써 지어 놓은 논 있던 곳을 바라본다. 벌건 물결은 조금 남았던 논까지도 차차 덮고야 말란다.

우르릉하는 우렛소리가 한번 산천을 흔들 때마다 주렴 같은 비가 앞산으로 고함을 치고 들이달아서는 숨쉬듯 불어오는 동남풍에 비스듬히 휘면서 뒷산으로 달아 들어간다. 그러할 때마다 풀숲 사이로 흙물이 모래를 밀고 콸콸 쓸려내려온다. 또 한 번 우렛소리가 나고는 또 한바탕 앞산 너머로서 모진 비가 밀려 넘어 온다. 그 속에 백여 명 사람들은 어찌할 줄을 모르고 가만히 섰다. 처음에는 무서운 마음도 나고 슬픈 마음도 났건마는 한참 지나서는 아무러한 생각도 없이 되었다. 굵은 빗발이 깨어져라 하고 얼굴을 때릴 때마다 흑흑 느끼며 몸을 옴츠릴 뿐이라.

여러 사람의 살은 싸늘하게 식었다. 입술은 파랗게 되고 몸이 들들들 떨린다. 눈앞에 늘어 있는 집들에서는 조반 짓는 연기가 나온다. 그 연기도 굴뚝 밖에 나서자마자 짓쳐 들어오는 빗발에 기운을 못 쓰고 도로 쫓겨 들어가고 마는 것 같다.

비는 언제 그칠 것 같지도 아니하다. 하늘이 온통 녹아서 비가 되고 말듯이 쏟아져 내려온다.

그중에 저편 언덕 밑에 지게를 기둥 삼아 낡은 거적 하나를 덮어놓은 것이 있고 그 밑에는 어떤 행주치마 입고 얼굴에 주름 잡힌 노파가 입술을 물고 괴로워하는 젊은 부인을 안고 앉았다. 풀물 묻은 잠방이 입은 젊은 남자는 상투 바람으로 우뚝 서서 바람에 날리려는 섬거적을 붙들고 있다. 이편 귀가 들먹하면 이것을 누르고 저편 귀가 들먹하면 저것을 누른다.

노파에게 안긴 젊은 부인은 괴로움을 견디지 못하는 듯이 몸을 비틀고 이따금 아이쿠, 아이쿠 하고 소리를 친다. 그러할 때마다 노파는 더 힘껏 그 부인을 껴안아주고 젊은 남자는 고개를 기울여 들여다본다. 산에서 흘러 내려오는 물이 흙을 밀어다가 노파의 몸을 섬 삼아 좌우로 흘러 내려간다. 노파와 젊은 부인의 치맛 자락이 흙에 묻었다 나왔다 한다.

이윽고 우렛소리가 저 멀리 서편으로 달아나며 비가 차차 그치고 어둡던 천지가 좀 밝아진다. 산들이 모두 옛 모양이 될 때에는 사방으로 흘러내리는 물소리만 쏴쏴 하고 들린다.

이때에 젊은 남자는 섬거적을 벗겨내버리고 허리를 굽혀 젊은 부인의 얼굴을 들여다보면서

"어떤고?" 한다. 그러나 부인은 몸을 비틀 뿐이요 아무 대답도 없

다. 노파가 부인의 손을 만지며

"이것 보려무나, 이렇게 전신이 얼음장같이 차구나. 어떡허면 좋으냐" 하고 화증을 내며 눈물을 흘린다.

'어떻게 하나' 하고 젊은 사람도 얼굴을 찌푸린다. 부인은 또 한 번 몸을 비틀며 "아이쿠, 창자가 끊어지는 것 같소" 하고는 말 끝에 울음이 나온다. 전신은 흙투성이가 되었다.

"애, 그래도 어느 집에 가서 말을 해봐라. 그래도 인정이 있지, 그렇겠니?"

"어느 집엘 가요, 누가 앓는 사람을 들인답디까."

이때에 저편으로서 지금 바로 조반을 먹은 형식의 일행이 나와서 차차 이편을 향하고 온다. 몸에서 물이 흐르는 사람들은 땅바닥에 그냥 주저앉아서 말없이 일행이 지나가는 것을 본다. 다른 객들도 둘씩 셋씩 담배를 피워 물고 물 구경을 나온다. 급한 비에 흙이 다 씻겨 나가서 길은 반반하다. 다만 여기저기 도랑이 져서 물이 흘러갈 뿐이다. 앞서서 오던 병욱은 앓는 부인 앞에 서며

"어디가 편치 않아요?" 할 때에 남지는 한번 슬쩍 병욱을 보고는 부끄러운 듯이 고개를 숙인다. 형식과 선형과 영채도 그 앞에 와 선다. 흙투성이가 된 부인은 또 한 번 몸을 비틀며 아이쿠 한다. 노파는 그 바람에 뒤로 쓰러졌다가 손에 묻은 흙을 자기의 팔과 허리에 되는대로 문대면서

"만삭 된 태모야요. 그런데 새벽부터 이렇게 배가 아프다고……" 하며 말끝을 못 맺는다.

"댁은 어딘데요?" 하고 형식이가 묻자

"저 물속에 들어갔답니다. 그 원수의 물이……후후, 사람을 살려줍시오!"

부인은 또 한 번 "아이쿠!" 하며 숨이 막힐 것 같다. 병욱은 부인

의 손을 만져보더니 형식을 돌아보며

"여봅시오, 가서 방을 하나 빌려가지고 병인을 들여다 누입시다. 아마 산기가 있나 봅니다" 한다. 영채와 선형은 얼굴을 찡그린다. 그 중에도 선형은 무서운 것이나 본 듯이 진저리를 치며 한 걸음 물러선다. 형식은 집 있는 데로 달음질을 하여 간다. 일동은 형식의 가는 양을 보고 섰다.

121

병욱이가 적삼 소매와 치마를 걷고 앉아서 부인의 손을 주무르며

"애, 영채야, 자 우선 좀 주무르자."

영채도 병욱과 같이 소매와 치마를 걷고 노파의 뒤로 가며

"자, 노인은 좀 일어납시오" 하고 자기가 대신 병인을 안으려 한다.

"웬걸요, 이렇게 전신이 흙투성이야요. 고운 옷에 흙 묻으리다" 하고 좀처럼 듣지 아니한다. 하릴없이 영채는 그 곁에 앉아서 흐트러진 부인의 머리를 거두어 준다. 선형도 앉아서 발과 다리를 주무른다. 구경꾼들이 죽 둘러선다. 세 처녀의 하얀 손에는 누런 흙이 묻는다.

얼마 않아서 형식이가 땀을 흘리며 뛰어오더니

"자, 저리로 갑시다, 방에 불을 때라고 이르고 왔으니……"

노파는 눈물을 흘리며

"생아자부모라니, 이런 고마운 일이 없쇠다. 아이고, 이 은혜를 어떻게 갚나" 하고 젊은 사람더러

"애, 쟤 업고 가자" 하며 병인을 일으켜 앉힌다. 젊은 사람은 아무 말도 없이 형식의 일행을 슬쩍 보며 병인을 업고 일어난다. 병인은 두 팔로 업은 사람의 목을 쓸어안고 얼굴을 어깨에 비빈다. 형식

이가 앞서고 흙 묻은 노파가 한 손으로 병인의 등을 누르고 세 처녀가 뒤로 따라온다. 구경꾼들도 수군수군하면서 한참 따라 오더니 하나씩 둘씩 다 떨어지고 말았다.

객주에 들여다가 옷을 갈아입혀 누이고 일변 형식이가 의원을 불러오며 일변 세 처녀가 전신을 주물렀다. 노파는 병인의 머리맡에 앉아서 울기만 하더니 가슴이 아프다고 하며 눕는다. 젊어서 가슴앓이가 있었는데 종일 찬비에 몸이 식어서 또 일어난 것이다. 영채와 선형은 태모를 맡고 병욱은 노파를 맡아서 간호한다. 노파는 한참씩 정신을 못 차리다가도 조금 정신이 들면

"이런 은혜가 없어요. 백골난망이외다. 부디 수부귀다남자 하구 아들딸 많이 낳구 잘살다가 극락세계에 가시오" 한다. 세 처녀는 고개를 숙이고 씩 웃었다. 영채와 선형은 땀을 흘리며 태모의 사지를 주무르고 배도 쓸어 준다. 영채의 손과 선형의 손이 가끔 마주 닿는다. 그러할 때마다 두 처녀는 슬쩍 마주 본다. 영채가 선형더러

"제가 부엌에 가서 물을 끓여 올게요" 하고 일어선다. 선형은

"아니요, 제가 끓이지요" 하는 것을 영채가 선형의 손을 잡아 앉히며

"어서 주무르셔요. 제가 끓여 올게" 하고 일어나 나간다. 선형은 물끄러미 영채의 나가는 양을 본다. 그리고 가만히 눈을 감는다. 선형은 지금 어찐 영문을 모른다. 병욱은 영채와 선형의 말하는 양을 보고 혼자 빙끗 웃는다.

영채가 물을 끓여 가지고 들어와서 선형으로 더불어 태모의 손발을 씻을 적에 형식이가 의원을 데리고 왔다. 의원이 진찰하는 동안에 일동은 삥 둘러서서 의원의 입과 눈만 바라보고 지금껏 말없이 문밖에 앉았던 젊은 사람도 고개를 디밀어 물끄러미 진찰하는 양을 본다.

"염려할 것은 없소" 하고 의원은 약을 보낸다고 젊은 사람을 데리고 갔다. 태모와 노파도 이제는 적이 정신을 차리고 이따금 괴로워하기는 하면서도 얼마큼 낯빛이 순하게 되었다. 노파는 연방 '이런 은혜가 없어요, 부디 수부귀다남자 하라'는 축원을 한다.

노파의 말을 듣건댄—

노파는 젊어서 과부가 되어 아들 하나를 데리고 갖은 고생을 다하다가 아들이 점점 자라서 며느리도 얻게 되고 남의 땅일망정 농사를 지어 이럭저럭 재미롭게 살만치 되어 자기 손으로 조그마한 집도 짓고 밭도 한 뙈기 사게 되었다. 또 며느리가 태중이므로 어서 손자를 안아보았으면 남부러울 것이 없으리라 하였다. 그랬더니 어저께 물에 농사지은 것은 말끔 물속으로 들어가고 오늘 새벽에는 집까지 물에 들어가고 말았다. 여기까지 말하고는 노파는 후후 느끼며

"집이 떠나가지나 아니했으면 좋겠어요" 한다. 육십 년 근고(勤苦)로 얻은 집이 만일 한번 떠나가고 말면 노파는 생전에 다시 제 집이란 구경을 못하고 말 것이라. 손자를 안아 보고 제 집 아랫목에서 죽는 것이 노파의 유일한 소원일 것이다. 그 집이란 것이야 팔아도 십 원을 받기가 어렵지마는 이 가족에게는 대궐보다도 더 중한 것이다. 노파의 눈에는 그 돌담 두른 조그마한 집만 보인다. 물결이 그 집을 헐 것을 생각할 때마다 노파는 마치 자기의 살점을 베어내는 듯하였다. 그래서

"조금 낙을 볼까 하면 이렇게 됩니다그려. 전생에 내가 무슨 죄를 지어서 이렇게 자식까지 앙화를 받는지요" 한다.

"그렇게 생각하지 맙시오! 이제 또 잘살게 되지요. 하나님이 아니 계십니까" 하고 영채가 위로를 한다. 그러고는 어제 저녁에 자기가 병욱에게 위로를 받던 생각이 나서 속으로 우스워진다.

"아이구, 이제는 저승에나 가서 잘살는지……" 하다가 중동에 말을 그치고 고개를 번쩍 들어 며느리를 보며

"얘, 배 아픈게 좀 나으냐. 이 어른들 아니더면 꼭 죽을 뻔했다" 하고 또 수부귀다남자를 부른다.

122

병욱은 경찰서에 들어가서 서장에게 면회하기를 청하였다. 서장은 이상한 듯이 병욱을 보더니

"무슨 일이오?" 한다.

"다른 일이 아니라" 하고, 저 수재를 당한 사람들 중에는 병인도 있고 잉부(임부)도 있고 젖먹이 가진 부인도 있는데 조반도 못 먹고 비를 맞고 떠는 정경이 가련하며 더구나 어머니가 무엇을 먹지 못하였으므로 젖이 아니 나서 어린아이들의 우는 양은 차마 못 보겠다는 말을 한 뒤에, 그래서 마침 부산 가는 기차가 비에 걸려서 오후까지 머물게 되었으므로 음악회를 열어 거기서 수입된 돈으로 불쌍한 사람들에게 따뜻한 국밥이라도 만들어 먹이고 싶다는 뜻을 말하고 허가와 원조하여 주기를 청하였다. 서장은 점점 놀라하는 빛을 보이더니

"그러면 음악 할 줄 아는 이가 있나요" 하고 감격한 목소리로 대답한다.

"잘하기야 어떻게 바라겠습니까마는 제가 음악학교에 다닙니다. 그리고 동행하는 여자가 두어 사람 되는데 여학교에서 배운 창가마디나 하고요……"

서장은 이 말에 지극히 감복하여

"참 당국에서도 구제 방침을 연구하던 중이외다. 그러나 갑자기 일

어난 일이니까" 하고 잠시 생각하더니 "참 감사하외다. 허가야 물론
이지요" 하고 벌떡 일어나서 모자를 쓰고 나온다.

　서장은 일변 정거장에 나가서 역장과 교섭하여 대합실을 회장으
로 쓰기로 하고 일변 순사를 파송하여 각 여관과 시가에 이 뜻을
말하게 하였다. 중간에서 사오 시간이나 기다리기에 답답증이 났던
승객들은 일제히 대합실에 모여들었다. 그 속에는 간혹 흰 옷 입은
삼등객도 섞였다. 걸상을 있는 대로 내다 놓고 근처 여관에서도 걸
상을 모아다가 둘러놓았다. 좁은 대합실은 가득 찼다. 출찰구 곁에
큰 테이블을 놓아서 무대를 만들었다. 자선 음악회라는 말은 들었
으나 어떠한 사람이 나오는지 모르는 군중은 눈이 둥그레져 무대만
바라본다. 이윽고 서장이 무대 곁으로 가더니 일동을 둘러보며

　"이렇게 모이심을 청한 것은 다름이 아니외다. 여러분, 저 산기슭을
보시오. 저기는 수재를 당하여 집을 잃은 불쌍한 동포가 밥도 못 먹
고 비에 젖어서 방황합니다. 그런데 아까 어떤 아름다운 처녀가 경
찰서에 와서 저 불쌍한 동포들에게 한 끼라도 따뜻한 밥을 먹이기
위하여 음악회를 열게 하여달라 합데다. 우리는 그 처녀가 얼마나
음악을 잘하는지를 모르거니와 그의 아름다운 정성이 족히 피 있
고 눈물 있는 신사 숙녀 제씨를 감동시킬 줄은 확신합니다" 하며 서
장은 눈물이 흐르고 말이 막힌다. 일동의 얼굴에는 찌르르하는 감
동이 획 지나간다. 여기저기서 코를 푸는 부인의 소리도 난다. 서장
은 말을 이어

　"여러분, 우리는 그 처녀의 정성에 대답함이 있어야 할 것이외다.
이제 그 처녀를 소개합니다" 하고 저편 구석에 가지런히 섰던 세 처
녀를 부른다. 바이올린을 든 병욱을 선두로 하여 세 처녀는 은근히
일동에게 경례를 한다. 대합실이 터져라 하고 박수하는 소리가 들린
다. 어떤 사람은 감격함이 극하여 소리를 치는 이도 있다.

병욱은 세 사람을 대표하여

"저희는 음악을 알아서 하려 함이 아니올시다. 다만 여러 어른께서 동정을 줍시사 함이외다. 더구나 행리*¹ 중에 보표(譜表)가 없으니 따로 외워하는 것이라 잘못되는 것도 많을 것이올시다."

하고 고개를 기울여 바이올린 줄을 고른 뒤에 〈아이다〉의 비곡(悲曲)을 시작하였다. 일동은 잠잠하다. 끊치는 듯 잇는 듯한 네 줄의 슬픈 소리만 여러 사람의 가슴 속을 살살 울린다. 그 곡조는 이러한 경우에 가장 적당한 곡조였다. 그렇지 아니하여도 슬픔에 가슴이 눌렸던 일동은 그만 울고 싶도록 되고 말았다. 병욱의 손이 바이올린의 활을 따라 혹은 자주 혹은 더디게 오르고 내릴 때마다 일동의 숨소리도 그것을 맞추어서 끊었다 이었다 하는 듯하였다. 그 슬픈 곡조를 듣는 맛을 내가 길게 말하는 것보다 천고의 시인 강주사마(江州司馬)의 〈비파행(琵琶行)〉*²을 생각하는 것이 제일 편할 것이다. 애원한 가는 소리가 영구히 끊기지 아니할 듯이 길게 울더니 병욱은 바이올린을 안고 고개를 숙였다. 아까보다 더한 박수성이 일어나고 한 곡조 더 하라는 소리가 일어난다. 병욱의 얼굴에는 복숭아 꽃빛이 비치었다.

다음에는 영채가 병욱에게 배운 찬미가 〈지난 일 생각하니 부끄럽도다〉의 독창이 있었다. 병욱의 바이올린에 맞춰서 영채는 얼굴에 표정을 해가며 부른다.

십여 년 연단한(단련한) 목소리는 과연 자유자재하였다. 바이올린의 고상한 곡조를 들을 줄 모르던 사람들도 영채의 고운 목소리에는 취하였다. '흐르는 두 줄 눈물 뿌릴 곳 없어' 할 때에는 일동의 눈

---

*1 행리(行李) : 여행할 때 쓰는 물건과 차림.
*2 〈비파행(琵琶行)〉 : 중국 당나라 시인 백거이가 지은 시. 비파를 타는 한 여인의 보잘것없는 삶을 감상적으로 읊음. '강주사마'는 백거이가 「비파행」 마지막 행에서 자신을 비유한 말임.

에는 눈물이 돌았다.

　다음에 시방 영채가 한문으로 짓고 형식이가 번역한 노래를 셋이 합창하였다. 그것은 집을 잃고 비에 젖은 불쌍한 사람들을 두고 지은 것인데 이 노래는 듣는 사람에게 더욱 깊은 감동을 주었다. 그 노래는 이러하다.

123

어린 아기 보챕니다
젖 달라고 보챕니다
짜도 젖이 아니 나니
무엇 먹여 살리리까

봄내나 여름내나
애써 벌어놓았던 걸
사정없는 붉은 물결
하룻밤에 쓸어 나가

비가 오고 바람 치고
날 새 좇아 저뭅니다
늙은 부모 어린 처자
집 없으니 어디서 자

따뜻한 밥 한 그릇
국에 말아 드립시다
따뜻한 밥 한 그릇

국에 말아 드립시다

순박한 이 노래와 다정한 그 곡조는 마침내 일동의 눈물을 받고야 말았다. 정성되고 엄숙한 박수 소리에 세 처녀는 은근히 경례하고 물러났다. 박수 소리가 끝나기를 기다려 서장이 다시 일어나

"여러분의 눈에는 감격의 눈물이 있습니다. 본직(本職)은 감히 여러분을 대표하여 세 처녀에게 감사한 뜻을 표합니다" 하고 세 사람을 향하여 고개를 숙인다. 세 사람은 답례한다. 일동은 박수한다.

이리하여 한 시간이 못 되는 짧은 음악회가 끝났다. 여러 사람은 즉석에 돈 팔십여 원을 모았다. 서장은 그 돈을 병욱에게 주며

"어떻게 쓰든지 당신의 뜻대로 하시오" 한다. 이는 병욱에게 경의를 표하는 뜻이라. 그러나 병욱은 사양하며

"그것은 서장께서 맡아 하시기를 바랍니다" 하였다. 서장은 병욱에게서 그 돈을 받는 듯이 또 한 번 고개를 숙이고 일동을 향하여 그 돈으로 될 수 있는 대로 좋은 방법을 취하여 수재 만난 사람을 구제하겠노라 하였다. 일동은 병욱과 다른 두 사람의 성명을 듣고자 하였으나 그네는 다만 고개를 숙일 뿐이요 말이 없었다.

이러하는 동안에 집 잃은 사람들은 여전히 어찌할 줄을 모르고 땅바닥에 앉아 있었다. 차차 시장증이 나고 몸이 떨리기 시작하였으나 그네에게는 아무 방책도 없었다. 그네는 다만 되어가는 대로 되기를 바랄 뿐이다.

그네는 과연 아무 힘이 없다. 자연의 폭력에 대하여서야 누구라서 능히 저항하리오마는 그네는 너무도 힘이 없다. 일생에 뼈가 휘도록 애써서 쌓아놓은 생활의 근거를 하룻밤 비에 다 씻겨 내려 보내고 말리만큼 그네는 힘이 없다. 그네의 생활의 근거는 마치 모래로 쌓아놓은 것과 같다. 이제 비가 그치고 물이 나가면 그네는 다시 흩어

진 모래를 그러모아서 새 생활의 근거를 쌓는다. 마치 개아미가 그 가늘고 연약한 발로 땅을 파서 둥지를 만드는 것과 같다. 하룻밤 비에 모든 것을 잃어버리고 발발 떠는 그네들이 어찌보면 가련하기도 하지마는 또 어찌보면 너무 약하고 어리석어 보인다.

그네의 얼굴을 보건댄 무슨 지혜가 있을 것 같지 아니하다. 모두 다 미련해 보이고 무감각해 보인다. 그네는 몇 푼어치 아니 되는 농사한 지식을 가지고 그저 땅을 팔 뿐이다. 이리하여서 몇 해 동안 하나님이 가만히 두면 썩은 볏섬이나 모아 두었다가는 한번 물이 나면 다 씻겨 보내고 만다. 그래서 그네는 영구히 더 부(富)하여짐 없이 점점 더 가난하여진다. 그래서 몸은 점점 더 약하여지고 머리는 점점 더 미련하여진다. 저대로 내버려두면 마침내 북해도에 '아이누'*1나 다름없는 종자가 되고 말 것 같다.

저들에게 힘을 주어야 하겠다, 지식을 주어야 하겠다, 그리하여서 생활의 근거를 안전하게 하여주어야 하겠다.

"과학! 과학!" 하고 형식은 여관에 돌아와 앉아서 혼자 부르짖었다. 세 처녀는 형식을 본다.

"조선 사람에게 무엇보다 먼저 과학을 주어야 하겠어요. 지식을 주어야 하겠어요" 하고 주먹을 불끈 쥐며 자리에서 일어나 방 안으로 거닌다. "여러분은 오늘 그 광경을 보고 어떻게 생각하십니까."

이 말에 세 사람은 어떻게 대답할 줄을 몰랐다. 한참 있다가 병욱이가

"불쌍하게 생각했지요" 하고 웃으며 "그렇지 않아요?" 한다. 오늘 같이 활동하는 동안에 훨씬 친하여졌다.

"그렇지요, 불쌍하지요! 그러면 그 원인이 어디 있을까요?"

"물론 문명이 없는 데 있겠지요—생활하여 갈 힘이 없는 데 있겠

---

*1 아이누(Ainu) : 일본 북해도(北海道)와 러시아 사할린에 사는 한 종족.

지요."

"그러면 어떻게 해야 저들을……저들이 아니라 우리들이외다……
저들을 구제할까요?" 하고 형식은 병욱을 본다. 영채와 선형은 형식
과 병욱의 얼굴을 번갈아 본다. 병욱은 자신 있는 듯이

"힘을 주어야지요! 문명을 주어야지요!"

"그리하려면?"

"가르쳐야지요! 인도해야지요?"

"어떻게요?"

"교육으로, 실행으로."

영채와 선형은 이 문답의 뜻을 자세히는 모른다. 물론 자기네가
아는 줄 믿지마는 형식이와 병욱이가 아는 만큼 절실하게, 깊게, 단
단하게 알지는 못한다. 그러나 방금 눈에 보는 사실이 그네에게 산
교훈을 주었다. 그것은 학교에서도 배우지 못할 것이요 큰 웅변에서
도 배우지 못할 것이었다.

124

일동의 정신은 긴장하였다. 더구나 영채는 아직도 이러한 큰 문제
를 논란하는 것을 듣지 못하였다. '어떻게 하면 저들을 구제하나?'
함은 참 큰 문제였다. 이러한 큰 문제를 논란하는 형식과 병욱은 매
우 큰사람같이 보였다. 영채는 두자미(杜子美)*2며 소동파(蘇東坡)*3
의 세상을 근심하는 글귀를 생각하고 또 오 년 전 월화와 함께 패
성학교장의 연설을 듣던 것을 생각하였다. 그때에는 아직 나이 어려
서 분명히 알아듣지는 못하였거니와 '여러분의 조상은 결코 여러분

---

*2 두자미는 중국 당나라 때 시인 두보(杜甫)를 말함. 자미는 그의 자(字)임.
*3 소동파는 중국 북송 시대 시인 소식(蘇軾)을 이름. 동파는 그의 호(號)임.

과 같이 못생기지는 아니하였습니다' 할 때에 과연 지금 날마다 만나는 사람은 못생긴 사람들이다 하던 생각이 난다. 영채는 그 말과 형식의 말에 공통한 점이 있는 듯이 생각하였다. 그리고 한 번 더 형식을 보았다. 형식은

"옳습니다, 교육으로, 실행으로 저들을 가르쳐야지요, 인도해야지요! 그러나 그것은 누가 하나요?" 하고 형식은 입을 꼭 다문다. 세 처녀는 몸에 소름이 끼친다. 형식은 한 번 더 힘 있게

"그것을 누가 하나요?" 하고 세 처녀를 골고루 본다. 세 처녀는 아직도 경험하여 보지 못한 듯한 말할 수 없는 정신의 감동을 깨달았다. 그리고 일시에 소름이 쪽 끼쳤다. 형식은 한 번 더

"그것을 누가 하나요?" 하였다.

"우리가 하지요!" 하는 기약하지 아니한 대답이 세 처녀의 입에서 떨어진다. 네 사람의 눈앞에는 불길이 번적하는 듯하였다. 마치 큰 지진이 있어서 온 땅이 떨리는 듯하였다. 형식은 한참 고개를 숙이고 앉았더니

"옳습니다. 우리가 해야지요! 우리가 공부하러 가는 뜻이 여기 있습니다. 우리가 지금 차를 타고 가는 돈이며 가서 공부할 학비를 누가 주나요? 조선이 주는 것입니다. 왜? 가서 힘을 얻어 오라고, 지식을 얻어 오라고, 문명을 얻어 오라고⋯⋯그래서 새로운 문명 위에 튼튼한 생활의 기초를 세워달라고⋯⋯이러한 뜻이 아닙니까" 하고 조끼 호주머니에서 돈지갑을 내어 푸른 차표를 내들면서

"이 차표 속에는 저기서 들들 떠는 저 사람들⋯⋯아까 그 젊은 사람의 땀도 몇 방울 들었어요! 부디 다시는 이러한 불쌍한 경우를 당하지 말게 하여달라고요!" 하고 형식은 새로 결심하는 듯이 한번 몸과 고개를 흔든다. 세 처녀도 그와 같이 몸을 흔들었다.

이때에 네 사람의 가슴속에는 꼭 같은 '나 할 일'이 번개같이 지나

간다. 너와 나라는 차별이 없이 온통 한몸, 한마음이 된 듯하였다.

선형도 아까 영채가 '제가 물 끓여 올게요' 하고 자기의 손목을 잡아 앉힐 때부터 차차 영채가 정다운 생각이 나고, 또 영채가 지은 노래를 셋이 합창할 때에는 영채의 손을 잡아주도록 정다운 생각이 나고, 또 지금 세 사람이 일제히 '우리지요!' 할 때에 더욱 영채가 정답게 되었다. 그리고 형식이 지금 병욱과 문답할 때에는 그 얼굴에 일종 거룩하고 엄숙한 기운이 보여 지금껏 자기가 그에게 대하여 하여오던 생각이 죄송한 듯하다. 자기는 언제까지 형식과 영채를 같이 사랑하고 싶었다. 그래서 새로이 형식과 영채의 얼굴을 보았다.

형식은 숙였던 고개를 들어

"우리가 늙어 죽게 될 때에는 기어이 이보다 훨씬 좋은 조선을 보도록 합시다. 우리가 게으르고 힘없던 우리 조상을 원통히 여기는 것을 생각하여 우리는 우리 자손에게 고마운 조상이라는 말을 듣게 합시다" 하고 웃으며 "그런데 이 자리에서 우리가 장래 나갈 길이나 서로 말합시다" 하고 세 사람을 본다. 세 사람도 그제야 엄숙하던 얼굴이 풀리고 방그레 웃는다.

"선생께서 먼저 말씀하셔요!" 하고 병욱이가 권할 때에 문밖에서

"들어가도 관계치 않습니까" 하고 우선의 목소리가 들린다. 형식은 벌떡 일어나 문을 열고 우선의 손을 잡으면서

"어떻게, 지금 오나?"

우선은 세 사람을 향하여 고개를 숙이고 인사한 뒤에 형식의 곁에 앉으며

"사(社)에서 삼랑진 근방에 물 구경을 하고 오라고 전보를 했데그려" 하고 손으로 턱을 한번 쓴다. 영채는 고개를 숙였다.

"그런데 우리가 여기 있는 줄은 어떻게 알았나."

"정거장에 와서 다 들었네" 하고 여자들에게 절을 하며 "참 감사합

니다. 지금 정거장에서는 칭찬이 비 오듯 합니다. 어, 과연 상쾌하외
다" 하고 정거장에서 들은 말을 대강 한 뒤에 형식더러
"오늘 일을 신문에 내도 좋겠지?"
형식은 대답 없이 병욱을 보다가
"물론 관계치 않겠지요?" 한다.
"아이구, 그것은 내서 무엇 합니까."
"그럴 수가 있습니까. 저 같은 놈도 큰 감동을 받았는데……참 말
만 듣고도 눈물이 흐를 뻔하였습니다" 한다. 과연 정거장에서 어떤
승객에게 그 말을 들을 때에 우선은 지극히 감동한 바 되었다. 원래
호활(豪活)한 우선이가 그처럼 눈물이 흐르도록 감동되기는 영채가
죽으러 간 때와 이번뿐이었었다. 우선은 정거장에서부터 병욱 일행
을 만나면 기어이 하려던 말이 있었다. 그래서 하인이 가져온 차를
마시며
"지금 무슨 하시던 말씀이 있어요?" 하고 자기의 말할 기회를 얻
으려 한다.

125

"응, 지금 우리는 장차 무엇으로 조선 사람을 구제할까 하고 각각
제 목적을 말하려던 중일세."
"예, 그러면 저도 좀 듣지요!"
처녀들은 그의 대팻밥모자와 말하는 모양이 우스워서 터져 나오
려는 웃음을 꿀꺽 참는다. 영채 하나만 어찌할 줄을 몰라서 얼굴을
잠깐 붉히나 우선은 영채를 보면서도 모르는 체한다.
"어느 분 차렙니까" 하는 우선의 말에
"내 차렌가 보에."

"응, 그러면 말하게" 하고 눈을 감고 고개를 숙이며 들을 준비를 한다. 병욱은 영채의 옆구리를 꾹 찔렀다. 선형도 웃음을 참느라고 살짝 고개를 돌린다.

"나는 교육가가 될랍니다. 그리고 전문으로는 생물학을 연구할랍니다." 그러나 듣는 사람 중에는 생물학의 뜻을 아는 자가 없었다. 이렇게 말하는 형식도 물론 생물학이란 참뜻은 알지 못하였다. 다만 자연과학을 중히 여기는 사상과 생물학이 가장 자기의 성미에 맞을 듯하여 그렇게 작정한 것이라. 생물학이 무엇인지도 모르면서 새 문명을 건설하겠다고 자담하는 그네의 신세도 불쌍하고 그네를 믿는 시대도 불쌍하다.

형식은 병욱을 향하여

"물론 음악이시겠지요?"

"예, 저는 음악입니다."

"또 영채씨는?"

영채는 말없이 병욱을 본다. 병욱은 어서 말해라 하고 눈짓을 한다.

"저도 음악입니다."

'선형씨는?' 하는 말이 나오지 아니하여서 형식은 가만히 앉았다. 여러 사람은 웃었다. 선형은 얼굴을 붉혔다.

"선형씨는 무엇이오……물론 교육이겠지" 하고 병욱이가 웃는다. 모두 웃는다. 형식도 고개를 수그렸다. 선형도 병욱이가 첫마디에 '예, 저는 음악이외다' 하고 활발히 대답하는 것이 부러웠다. 그래서

"저는 수학을 배울랍니다" 하고 있는 힘을 다하여서 말하였다. 학교에서 수학을 잘한다고 선생에게 칭찬받던 생각이 난 것이다. 다른 사람들도 수학이 좋은 것인 줄은 알았으나 수학과 인생에 어떠한 관계가 있는지를 모른다.

"그담에는 자네 차롈세."

"나는 붓이나 들지!"

한참 말이 없었다. 제가끔 제 장래를 그려본다. 그리고 그 장래의 귀착점은 다 같았다.

우선이가 고개를 숙이고 우두커니 무슨 생각을 하는 것을 보고 형식이가

"왜, 오늘은 그렇게 점잖아졌나?" 하고 웃는다. 우선이가 고개를 들더니

"언젠가 자네가 날더러 인생은 장난이 아니라고, 나는 인생을 희롱으로 본다고 그랬지? 마지메*1하게 생각지를 않는다고."

"글쎄, 그런 일이 있던가."

"과연 그게 옳은 말일세. 나는 지금까지 인생을 장난으로 보아 왔네. 내가 술을 많이 먹는 것이라든지……또 되는대로 노는 것이 확실히 인생을 장난으로 여기던 증거지. 나는 도리어 자네가 너무 마지메한 것을 속이 좁다고 비웃어왔지마는 요컨댄 내가 잘못 생각했던 것이어!" 여기까지 와서는 형식도 우선의 말이 오늘은 농담이 아닌 것을 깨닫고 정색하고 우선의 얼굴을 본다. 세 처녀도 정색하고 듣는다. 과연 우선의 얼굴에는 무슨 결심의 빛이 보인다. 우선은 말을 이어

"오늘 와서 깨달았네. 오늘 정거장에서 음악회 했다는 말을 듣고 비로소 깨달았네. 나는 차 타고 지나오면서 산기슭에 선 사람들을 보고 불쌍하다는 생각도 나기는 났지마는 그 꾀죄하고 섰는 양이 우스워서 웃기부터 하였네. 나는 어떻게 하면 저들을 건지나 하는 생각도 아니 하고 그들을 위해서 눈물도 아니 흘렸네. 그리고 차를 내리면 얼른 구경을 가리라, 가서 시나 한 수 지으리라 하고 울기는

―――――――――
*1 마지메(まじめ): '진지함'의 뜻.

커녕 웃으면서 내려가지고 그 말을 들을 때에 나는 가슴이 뜨끔하였네……더구나 젊은 여자가……" 하고 감격한 듯이 말을 맺지 못한다. 듣던 사람들도 묵묵하다. 우선은 말을 이어

"나도 오늘 이때, 이 땅 사람이 되었네. 힘껏 정성껏 붓대를 둘러서 조금이라도 사회에 공헌함이 있으려 하네. 이제 한 시간이 못하여 자네와 작별을 하면 아마 사오 년 되어야 만나게 되겠네 그려. 멀리 간 뒤에라도 내가 이전 신우선이가 아닌 줄로 알고 있게. 나는 자네와 떠나기 전에 이 말을 하게 된 것을 큰 기쁨으로 아네" 하고 손을 내밀어 형식의 손을 잡는다. 형식도 꼭 우선의 손을 잡아 흔들며

"참 기쁜 말일세. 물론 자네가 언젠들 잘못한 일이 있었겠나마는 그처럼 새 결심 한 것이 무한히 기쁘이."

우선은 한참 주저하다가

"영채씨, 이전 버릇없던 것은 다 용서합시오! 저도 이제부터 새 사람이 될랍니다. 부디 공부 잘하셔서 큰일 하십시오" 하고 길게 한숨을 쉰다. 영채의 눈에서는 눈물이 뚝뚝 떨어진다. 선형은 이제야 형식에게 영채의 말이 모두 참인 줄을 깨달았다. 그리고 가만히 영채의 손을 잡고 속으로 '형님, 잘못했습니다' 하였다. 영채도 선형의 손을 마주 쥐며 더욱 눈물이 쏟아진다. 형식도 울었다. 병욱도 울었다. 마침내 모두 울었다. 비 갠 뒤 맑은 바람이 창 밖에 늘어진 수양버들 가지를 스쳐 방 안에 불어 들어와 다섯 사람의 화끈거리는 얼굴을 식힌다. 잠잠하다.

126

형식과 선형은 지금 미국 시카고 대학 사년생인데 내내 몸이 건강하였으며 금년 구월에 졸업하고는 전후의 구라파를 한번 돌아 본국

에 돌아올 예정이며, 김장로 부부는 날마다 사랑하는 딸이 돌아오기를 기다려 벌써부터 돌아온 후에 할 일과 하여 먹일 것을 궁리하는 중.

병욱은 음악학교를 졸업하고 자기의 힘으로 돈을 벌어서 독일 백림*¹에 이태 동안 유학을 하고 금년 겨울에 형식의 일행을 기다려 시베리아 철도로 같이 돌아올 예정이며, 영채도 금년 봄에 동경 상야 음악학교*² 피아노과와 성악과를 우등으로 졸업하고 아직 동경에 있는 중인데 그 역시 구월경에 서울로 돌아오겠다. 더욱 기쁜 것은 병욱은 백림 음악계에 일종 이채(異彩)를 발하여 명성이 책책(嘖嘖)하다*³는 말이 근일에 도착한 백림 어느 잡지에 유력한 비평가의 비평과 함께 기록된 것과, 영채가 동경 어느 큰 음악회에서 피아노와 독창과 조선춤으로 대갈채를 받았다는 말이 영채의 사진과 함께 동경 각 신문에 게재된 것이라. 듣건댄 형식과 선형도 해마다 우량한 성적을 얻었다 한다. 삼랑진 정거장 대합실에서 자선 음악회를 열던 세 처녀가 이제는 훌륭한 레이디가 되어 경성 한복판에 떨치고 나설 날이 멀지 아니할 것이다.

신우선은 그로부터 일절 화류계에 발을 끊고 예의전심(銳意專心), 일변 수양을 힘쓰며 일변 저술에 노력하여 문명(文名)이 전토에 떨쳤으며 더욱이 근일 발행한 《조선의 장래》는 발행한 이 주일이 못하여 사판(四版)에 달하였으며 그의 사상은 더욱 깊고 넓게 되며 붓은 더욱 날카롭게 되어간다. 한 가지 걱정은 아직 술이 너무 과함이나 고래로 동양 문장에 술 못 먹는 사람이 없으니 그리 책망할 것도 없을 것이라. 지금은 유명한 대팻밥모자를 벗어 버리고 백설 같은 파

---

*1 백림(伯林) : '베를린'을 음역한 말.
*2 동경(東京) 상야(上野) 음악학교 : 도쿄 우에노 음악학교. 현재 도쿄 예술대학.
*3 책책하다(嘖嘖–) : 부르거나 떠드는 말소리가 시끄러울 정도로 크다.

나마모자를 쓰며 코 아래는 고운 카이저수염까지 났다.

황주 김병국은 십만여 주의 대상원(大桑園)을 지었다. 작년에 봄서리로 적지 아니한 손해를 보았으나 금년에는 상엽(뽕잎)이 매우 충실하다 하니 다행이며, 병국의 조모는 불행히 사랑하는 손녀를 보지 못하고 작년 여름에 세상을 떠나셨다. 병국의 부인도 이제는 아들 하나 딸 하나를 낳고 내외의 금슬도 전 같지는 아니하다던지.

형식의 주인 하고 있던 노파의 집에는 의학전문학교 학생 둘이 있는데 구더기 있는 장찌개와 담뱃대는 지금도 전같이 유명하나 다만 차차 몸이 쇠약하여져서 지금은 약물터에도 다니지 못한다. 그러나 보는 사람마다 형식의 말을 늘 한다.

영채의 '어머니'는 집을 팔아 가지고 평양 어느 촌으로 내려가서 양자를 들여 데리고 농사를 지으며 진실한 예수교 신자가 되어서 편안히 천당길을 닦는다.

우선에게서 영채가 죽지 않고 동경에 갔다는 말을 듣고 너무 기뻐서 울었다 함은 우선의 말이다. 그 후에 영채는 한 달에 한 번씩 편지를 하였으며 '어머니'도 자기가 진실히 예수를 믿는다는 말과 영채도 예수를 잘 믿으라는 말과 졸업하고 오거든 곧 자기의 집으로 오라는 말을 편지마다 하고 혹 옷값으로 돈도 보내주며 가끔 고추장, 암치 같은 것도 보내어준다.

한 가지 불쌍한 것은 형식이가 평양에 갔을 적에 데리고 칠성문으로 나가던 계향이가 어떤 부잣집 방탕한 자식의 첩이 되어 갔다가 매독을 올리고 게다가 남편한테 쫓겨나기까지 하여 아주 적막하게 신고함이니 아마 형식이가 돌아와서 이 말을 들으면 퍽 슬퍼할 것이다. 그 어여쁘던 얼굴이 말 못되게 초췌하여 이제는 누구 돌아보아 주는 이도 없게 되었다.

혹 독자 여러분이 기억하시는지 모르거니와 형식이가 사랑하던 이희경군은 아까운 재주를 품고 조세하였고[1] 얼굴 거무테테하던 김종렬군은 북간도 등지를 갔다는데 이내 소식을 모르며, 배학감은 그 후에 교주와 충돌이 생겨 지금은 황해도 어느 금광에 가 있다는데 아직도 철이 나지 못한 모양이라 하니 가엾은 일이다.

또 한 가지 말할 것은 칠성문 밖 형식이가 돌부처라 하던 그 노인은 아직도 건강하여 십여 일 전부터 툇마루에 나와 앉아서 몸을 흔들거리고 있다. 다만 달라진 것은 그 감투가 전보다 더 낡아 졌을 뿐.

나중에 말할 것은 형식 일행이 부산서 배를 탄 뒤로 조선 전체가 많이 변한 것이다. 교육으로 보든지 경제로 보든지 문학 언론으로 보든지 모든 문명 사상의 보급으로 보든지 다 장족의 진보를 하였으며, 더욱 하례할 것은 상공업의 발달이니 경성을 머리로 하여 각 대도회에 석탄 연기와 쇠망치 소리가 아니 나는 데가 없으며 연래에 극도에 쇠하였던 우리의 상업도 점차 진흥하게 됨이라.

아아, 우리 땅은 날로 아름다워간다. 우리의 연약하던 팔뚝에는 날로 힘이 오르고 우리의 어둡던 정신에는 날로 빛이 난다. 우리는 마침내 남과 같이 번적하게 될 것이로다. 그러할수록에 우리는 더욱 힘을 써야 하겠고 더욱 큰 인물—큰 학자, 큰 교육가, 큰 실업가, 큰 예술가, 큰 발명가, 큰 종교가가 나야 할 터인데, 더욱더욱 나야 할 터인데 마침 금년 가을에는 사방으로 돌아오는 유학생과 함께 형식, 병욱, 영채, 선형 같은 훌륭한 인물을 맞아들일 것이니 어찌 아니 기쁠까. 해마다 각 전문학교에서는 튼튼한 일군이 쏟아져 나오고 해마다 보통학교 문으로는 어여쁘고 기운찬 도련님, 작은아씨들이 들어가는구나. 아니 기쁘고 어찌하랴.

어둡던 세상이 평생 어두울 것이 아니요 무정하던 세상이 평생 무

<hr>

*1 조세하다(早世–) : 젊은 나이에 죽다.

정할 것이 아니다. 우리는 우리 힘으로 밝게 하고 유정하게 하고 즐겁게 하고 가멸게*² 하고 굳세게 할 것이로다.

기쁜 웃음과 만세의 부르짖음으로 지나간 세상을 조상하는《무정》을 마치자.

---

*2 가멸다 : 재산이나 자원 등이 넉넉하고 많다.

무명(無明)

이광수 중편소설 《무명(無明)》은 1939년 2월 〈문장〉 창간호에 발표된 뒤, 이후 수많은 단행본과 전집으로 출간되었다. 이 책은 동서문화사 간행 한국문학전집(1984년 5월)을 저본으로 삼고, 그밖에 삼중당 간행 이광수전집(1962년 8월) 등을 참고하여 엮었다. 이 책은 교육부 고시 〈한글 맞춤법〉 〈표준어 규정〉 〈외래어 표기법〉에 따라 현대어로 표기하는 것을 원칙으로 하였다.

무명

입감한 지 사흘째 되던 날, 나는 병감으로 보냄이 되었다. 병감이라야 따로 떨어진 건물이 아니고, 감방 한편 끝에 있는 방들이었다. 내가 들어간 곳은 일방이라는 방으로, 서쪽 맨 끝 방이었다. 나를 데리고 온 간수가 문을 잠그고 간 뒤에, 얼굴 희고 눈 말긋말긋한 간병부가 날더러,

"앉으시거나, 누우시거나 자유예요. 가만가만히 말씀도 해도 괜찮아요. 말소리가 크면 간수헌테 걱정들어요."

하고 이르고는, 내 번호를 따라서 자리를 정해 주고 가버렸다. 나는 간병부에게 고개를 숙여 고맙다는 뜻을 표하고 나보다 먼저 들어와 있는 두 사람을 향하여 고개를 숙여서 인사를 하였다. 이때에 바로 내 곁에 있는 사람이 옛날 조선식으로 내 팔목을 잡으며,

"아이고 진상이시오. 나 윤○○이에요."

하고 곁방에까지 들릴 만한 큰 소리로 외쳤다.

나도 그를 알아보았다. 그는 C경찰서 유치장에서 십여 일이나 나와 함께 있다가 나보다 먼저 송국된 사람이다. 그는 빼빼마르고 목소리만 크고 말끝마다 ○대가리라는 말을 쓰기 때문에 같은 방 사람들에게 ○대가리라는 별명을 듣고 놀림감이 되는 사람이다. 나는 이러한 기억이 날 때에 터지려는 웃음을 억제하기가 매우 어려웠다. 윤씨는 옛날 조선 선비들이 가지던 자세와 태도로 대단히 점잖게 내가 입감된 것을 걱정하고 또 곁에 있는 '민'이라는, 껍질과 뼈만 남

은 노인에게 여러 가지 칭찬하는 말로 나를 소개하고 난 뒤에 퍼렁
미결수 옷 앞자락을 벌려서 배와 다리를 온통 내어놓고 손가락으로
발등과 정강이도 찔러 보고 두 손으로 뱃가죽을 잡아당겨 보면서,

"이거 보세요. 이렇게 전신이 부었어요. 근일에 좀 내린 것이 이 꼴
이오. 일동 팔방에 있을 때에는 이보다도 더 했는디."

전라도 사투리로 제 병 증세를 길다랗게 설명하였다. 그는 마치
자기가 의사보다 더 잘 자기의 병 증세를 아는 것 같이. 그리고 의
사는 도저히 자기의 병을 모르므로, 자기는 죽어 나갈 수밖에 없
노라고 자탄하였다. 윤씨 자신의 진단과 처방에 의하건대, 몸이 부
은 것은 죽을 먹기 때문이요, 열이 나고 기침이 나고 설사가 나는 것
은 원통한 죄명을 쓰기 때문에 일어나는 화기라고 단언하고, 이 병
을 고치자면 옥에서 나가서 고기와 술을 잘 먹는 수밖에 없다고 중
언부언한 뒤에, 자기를 죽이는 것은 그의 공범들과 의사 때문이라고
눈을 흘기면서 소리를 질렀다.

윤씨의 죄라는 것은 현모(玄某), 임모(林某) 하는 자들이 공모하고
김모(金某)의 토지를 김모 모르게 어떤 대금업자에게 저당하고 삼
만여 원의 돈을 얻어 쓴 것이라는데, 윤은 이 공문서 사문서 위조에
쓰는 도장을 파 준 것이라고 한다. 그는,

"현가놈은 내가 모르고, 임가놈으로 말하면 나와 절친한 친구닝
게, 우리는 친구 위해서는 사생을 가리지 않는 성품이닝게, 정말 우
리는 친구 위해서는 목숨을 아니 아끼는 사람이닝게, 도장을 파 주
었지라오. 그래야 진상도 아시다시피 내가 돈을 한푼이나 먹었능기
오? 현가놈, 임가놈 저희들끼리 수만 원 돈을 다 처먹고, 윤○○이
무슨 죄란 말이야?"

하고 뽐내었다.

그러나 윤의 이 말은 내게 하는 말이 아니요, 여태까지 한 방에

있는 민더러 들으라는 말인 줄 나는 알았다. 왜 그런고 하면 경찰서 유치장에 있을 때에도 첫날은 지금 이 말과 같이 뽐내더니마는 형사실에 들어가서 두어 시간 겪을 것을 겪고 두 어깨가 축 늘어져서 나오던 날 저녁에, 그는 이 일이 성사되는 날에는 육천 원 보수를 받기로 언약이 있었던 것이며, 정작 성사된 뒤에는 현가와 임가는 윤이 새긴 도장은 잘 되지를 아니하여서 쓰질 못하고, 서울서 다시 도장을 새겨서 썼노라고 하며 돈 삼십 원을 주고 하룻밤 술을 먹이고 창기 집에 재워 주고 하였다는 말을, 이를 갈면서 고백하였다. 생각건대, 병감에 같이 있는 민씨에게는 자기가 무죄하다는 말밖에 아니하였던 것이, 불의에 내가 들어오매 그 뒷수습을 하느라고 예방선으로 이런 소리를 하는 것이라고 나는 생각하고, 또 한 번 웃음을 억제하였다.

껍질과 뼈와만 남은 민씨는 밤낮 되풀이하던 소리라는 듯이 윤이 열심으로 떠드는 말을 일부러 안 듣는 양을 보이며 해골과 같은 제 손가락을 들여다보고 앉았다가 끙 하고 일어나서 똥통으로 올라간다.

"또, 똥질이야."

하고 윤은 소리를 꽥 지른다.

"저는 누구만 못한가?"

하고 민은 끙끙 안간힘을 쓴다.

똥통은 바로 민의 머리맡에 놓여 있는데 볼 때마다 칠 아니한 관을 연상하게 하였다. 그 위에 해골이 다 된 민이 올라 앉아서 끙끙대는 것이 퍽 비참하게 보였다. 윤은 그 가늘고 날카로운 눈으로 민의 앙상한 목덜미를 흘겨보며,

"진상요, 글쎄 저것이 타작을 한 팔십 석이나 받는다는디, 또 장남한 자식이 있다는디, 또 열아홉 살 된 여편네가 있다나요. 그런데두

저렇게 제 아비, 제 서방이 다 죽게 되어두, 어리친 강아지 새끼 하나 면회도 아니 온단 말씀이지라오. 옷 한 가지, 변또 한 그릇 차입하는 일도 없고. 나는 집이나 멀지. 인제 보아. 내가 편지를 했으닝게. 그래도 내 당숙이 돈 삼십 원 하나는 보내 줄께요. 내 당숙이 면장이오. 그런디 저것은 집이 시흥이라는디 그래, 계집년 자식 새끼 얼씬도 안 해야 옳담? 흥, 그래도 성이 민가라고 양반 자랑은 허지. 민가문 다 양반이어? 서방도 모르고 아비도 모르는 것이 무슨 빌어먹다 죽을 양반이어."

윤이 이런 악담을 하여도 민은 들은 체 못 들은 체, 인제는 끙끙 소리도 아니하고, 멀거니 앉아 있는 것이 마치 똥통에서 내려오기를 잊어버린 것 같았다.

민의 대답 없는 것이 더 화가 나는 듯이 윤은 벌떡 일어나더니 똥통 곁으로 가서 손가락으로 민의 옆구리를 꾹 찌르며,

"글쎄, 내가 무어랬어? 요대로 있다가는 죽고 만당게. 먹은 게 있어야 똥이 나오지. 그까진 쌀뜨물 같은 미음 한 모금씩 얻어 먹는 것이 오줌이나 될 것이 있어? 어서 내 말대로 집에다 기별을 해서, 돈을 갖다가 우유도 사 먹고 달걀도 사 먹고 그래요. 돈은 다 두었다가 무엇 하자는 게여? 아비가 죽어 가도 면회도 아니 오는 자식 녀석에게 물려줄 양으로? 흥, 흥. 옳지, 열아홉 살 먹은 계집이 젊은 서방 얻어서 재미있게 살라고?"

하고 민의 비위를 박박 긁는다.

민도 더 참을 수 없든지,

"글쎄, 웬 걱정이야? 나는 자네 악담과 그 독살스러운 눈깔 딱지만 안 보게 되었으면 좀 살겠네. 말을 해도 헐 말이 다 있지. 남의 아내를 왜 거들어? 그러니까 시굴 상것이란 헐 수 없단 말이지."

이런 말을 하면서도 민은 그렇게 성낸 모양조차 보이지 아니한다.

그 옴팍눈이 독기를 띠면서도 또한 침착한 천품을 보이는 것이었다.

그 후에도 날마다 몇 차례씩 윤은 민에게 같은 소리로 그를 박박 긁었다. 민은 그 소리가 듣기 싫으면 눈을 감고 자는 체를 하거나, 그렇지 아니하면 유리창으로 내다보이는 여름 하늘의 구름이 나는 것을 언제까지나 바라보고 있었다. 이렇게 민이 침착하면 침착할수록 윤은 더욱 기를 내어서 악담을 퍼부었다. 그리고 그 끝에는 반드시 열아홉 살 된 민의 아내를 거들었다. 이것이 윤이 민의 기를 올리려 하는 최후 수단이었으니 민은 아내의 말만 나면 양미간을 찡기며 한두 마디 불쾌한 소리를 던졌다.

윤이 아무리 민을 긁어도 민이 못 들은 체하고 도무지 반항이 없으면 윤은 나를 향하여 민의 험구를 하는 것이 버릇이었다. 도무지 민이 의사가 이르는 말을 아니 듣는다는 말, 먹으라는 약도 아니 먹는다는 둥, 천하에 깍정이라는 둥, 민의 코끝이 빨간 것이 죽을 때가 가까와서 회가 동하는 것이라는 둥, 민의 아내에게는 벌써 어떤 젊은 놈팡이가 붙었으리라는 둥, 한량없이 이런 소리를 하였다. 그러다가 제가 졸리거나 밥이 들어오거나 해야 말을 끊었다. 마치 윤은 먹고, 민을 못견디게 굴고, 똥질하고, 자고, 이 네 가지만을 위해서 살아가는 사람인 것 같았다. 또 한 가지 있다면 그것은 자기의 병 타령과 공범에 대한 원망이었다. 어찌했거나 윤의 입은 잠시도 다물고 있을 새는 없었고, 쨍쨍하는 그 목소리는 가끔 간수의 꾸지람을 받으면서도 간수가 돌아선 뒤에는 곧 그 쨍쨍거리는 목소리로 간수에게 또 욕을 퍼부었다.

나는 윤 때문에 도무지 마음이 편안하기가 어려웠다. 윤의 말은 마디마디 이상하게 사람의 신경을 자극하였다. 민에게 하는 악담이라든지, 밥을 대할 때에 나오는 형무소에 대한 악담, 의사, 간병부, 간수, 자기 공범, 무릇 그의 입에 오르는 사람은 모조리 악담을 받는데, 말들이 칼끝같이, 바늘끝같이 나의 약한 신경을 찔렀다. 내가 가장 원하는 것은 마음에 아무 생각도 없이 가만히 누워 있는 것인데, 윤은 내게 이러한 기회를 허락지 아니하였다. 그가 재재거리는 말이 끝이 나서 "인제 살아났다"하고 눈을 좀 감으면 윤은 코를 골기 시작하였다. 그는 두 다리를 벌리고, 배를 내어놓고, 베개를 목에다 걸고, 눈을 반쯤 뜨고, 그리고는 코를 골고, 입으로 불고, 이따금 껙껙 숨이 막히는 소리를 하고, 그렇지 아니하면 백일해 기침과 같은 기침을 하고, 차라리 그 잔소리를 듣던 것이 나은 것 같았다. 그럴 때면 흔히 민이,

"어떻게 생긴 자식인지 깨어서도 사람을 못 견디게 굴고, 잠이 들어서도 사람을 못 견디게 굴어."

하고 중얼거릴 때에는 나도 픽 웃지 아니할 수가 없었다.

"저 배 가려. 십오 호, 저 배 가려. 사타구니 가리고. 웬 낮잠을 저렇게 자? 낮잠을 저렇게 자니까 밤에는 똥통만 타고 앉아서 다른 사람을 못 견디게 굴지."

하고 순회하는 간수가 소리를 지르면 윤은,

"자기는 누가 자가디오?"

하고 배와 사타구니를 쓸며,

"이렇게 화기가 떠서, 열기가 떠서, 더워서 그래요!"

그리고는 옷자락을 잠깐 여미었다가 간수가 가 버리면 윤은 간수 섰던 자리를 그 독한 눈으로 흘겨보며,

"왜 나를 그렇게 못 먹어 해?"

하고는 다시 옷자락을 열어젖힌다.

민이 의분심에 못 이기는 듯이,

"왜, 간수 말이 옳지. 배때기를 내놓고 자빠져 자니까 밤낮 똥질을 하지. 네 비위에는 옳은 말도 다 악담으로 듣기나 봐. 또 그게 무에

야, 밤낮 사타구니를 내놓고 자빠졌으니?"

그래도 윤은 내게 대해서는 끔찍이 친절하였다. 내가 몸을 움직이지 못하는 병인 것을 안다고 하여서 그는 내가 할 일을 많이 대신해 주었다.

"무슨 일이 있으면 내게 말씀하시란게요. 왜 일어나시능기오?"

하고 내가 움직일 때에는 번번이 나를 아끼는 말을 하여 주었다. 내가 사식 차입이 들어오기 전, 윤은 제가 먹는 죽과 내 밥과를 바꾸어 먹기를 주장하였다. 그는,

"글쎄, 이 좁쌀 절반, 콩 절반, 이것을 진상이 잡수신다는 것이 말이 되능기오?"

하고 굳이 내 밥을 빼앗고, 제 죽을 내 앞에 밀어 놓았다. 나는 그 뜻이 고마웠으나, 첫째로는 법을 어기는 것이 내 뜻에 맞지 아니하고, 둘째로는 의사가 죽을 먹으라고 명령한 환자에게 밥을 먹이는 것이 죄스러워서 끝내 사양하였다. 윤과 내가 이렇게 서로 다투는 것을 보고 민은 미음 양재기를 앞에 놓고, 입맛이 없어서 입에 대일 생각도 아니하면서,

"글쎄 이 사람아. 그 쥐똥 냄새 나는 멀건 죽 국물이 무엇이 그리 좋은 게라고 진상에게 권하나? 진상, 어서 그 진지를 잡수시오. 그래도 콩밥 한 덩이가 죽보다는 낫지요."

하면 윤은 민을 흘겨보며,

"어서 저 먹을 거나 처먹어. 그래두 먹어야 사는 게여."

하고 억지로 내 조밥을 빼앗아 먹기를 시작한다.

나는 양심에 법을 어긴다는 가책을 받으면서도 윤의 정성을 물리치는 것이 미안해서 죽 국물을 한 모금만 마시고는 속이 불편하다는 핑계로 자리에 와서 누워 버린다.

윤은 내 밥과 제 죽을 다 먹어 버리는 모양이다. 민도 미음을 두

어 모금 마시고는 자리에 돌아와 눕건마는 윤은 밥덩이를 들고 창 밑에 서서 연해 간수가 오는가 아니 오는가를 바라보면서 입소리 요란하게 밥과 국을 먹고 있다.

민은 입맛을 쩍쩍 다시며,

"그저 좋은 배갈에 육회를 한 그릇 먹었으면 살 것 같은데."

하고 잠깐 쉬었다가, 또 한 번,

"좋은 배갈을 한 잔 먹었으면 요 속에 맺힌 것이 획 풀려 버릴 것 같은데."

하고 중얼거린다. 밥과 죽을 다 먹고 나서 물을 벌컥벌컥 들이키던 윤은,

"흥, 게다가 또 육회여? 멀건 미음두 안 내리는 배때기에 육회를 먹어? 금방 뒤어지게. 그렇지 않아도 코끝이 빨간데. 벌써 회가 동했어. 그렇게 되구 안 죽는 법이 있나?"

하며 밥그릇을 부시고 있다. 콧물이 흐르면, 윤은 손등으로 씻지 아니하고 세 손가락을 모아서 마치 벌레나 떼어 버리는 것같이 콧물을 집어서 아무데나 획 뿌리고는, 그 손으로 밥그릇을 부신다. 그러다가 기침이 나기 시작하면 고개를 돌리려 하지도 아니하고 개수통에, 밥그릇에, 더 가까이 고개를 숙여 가며 기침을 한다. 그래도 우리 세 사람 중에는 자기가 그 중 몸이 성하다고 해서 밥을 받아들이는 것이나, 밥그릇을 부시는 것이나, 밥 먹은 자리에 걸레질을 하는 것이나 다 제가 맡아서 하였고, 또 자기는 이러한 일에 대해서 썩 잘하는 줄로 믿고 있는 모양이었다. 더구나 아침이 끝나고 "뼁끼 준비"하는 구령이 나서 똥통을 들어낼 때면 사실상 우리 셋 중에는 윤밖에 그 일을 할 사람이 없었다. 그는 끙끙거리고 똥통을 들어낼 때마다 민을 원망하였다. 민이 밤낮 똥질을 하기 때문에 이렇게 똥통이 무겁다는 불평이었다. 그러면 민은,

"글쎄 이 사람아, 내가, 하루에 미음 한 공기도 다 못 먹는 사람이 오줌 똥을 누기로 얼마나 누겠나? 자네야말로 죽두 두 그릇, 국두 두 그릇, 냉수도 두 주전자씩이나 처먹고는 밤새도록 똥통을 타고 앉아서 남 잠두 못 자게 하지."

하는 민의 말은 내가 보기에도 옳았다. 더구나 내게 사식 차입이 들어온 뒤로부터는 윤은 번번이 내가 먹다가 남긴 밥과 반찬을 다 먹어 버리기 때문에 그의 소화불량은 더욱 심하게 되었다. 과식을 하기 때문에 조갈증이 나서 수없이 물을 퍼먹고 그리고는 하루에, 많은 날은 스무 차례나 똥질을 하였다. 그러면서도 자기 말은,

"똥이 나와 주어야지. 꼬챙이루 파내기나 하면 나올까? 허기야 먹는 것이 있어야 똥이 나오지."

이렇게 하루에도 몇 차례씩 혹은 민을 보고 혹은 나를 보고 자탄하였다.

윤의 병은 점점 악화하였다. 그것은 확실히 과식하는 것이 한 원인이 되는 것이 분명하였다. 나는 내가 사식 차입을 먹기 때문에 윤의 병이 더해 가는 것을 퍽 괴롭게 생각하여서, 인제부터는 내가 먹고 남은 것을 윤에게 주지 아니하리라고 결심하고 나 먹을 것을 다 먹고 나서는 윤의 손이 오기 전에 벤또 그릇을 창틀 위에 갖다 놓았다. 그리고 나는 부드러운 말로 윤을 향하여,

"그렇게 잡수시다가는 큰일나십니다. 내가 어저께는 세어 보니까 스물네 번이나 설사를 하십니다. 또 그 위에 열이 오르는 것도 너무 잡수시기 때문인가 하는데요."

하고 간절히 말하였으나 그는 듣지 아니하고 창틀에 놓은 벤또를 집어다가 먹었다.

나는 중대한 결심을 하지 아니할 수 없었다. 그것은 내가 사식을 끊어 버리는 것이었다. 그래서 나는 저녁 한 때만 식사를 먹고 아침

과 점심은 관식을 먹기로 하였다. 나는 아무쪼록 영양분을 섭취하지 아니하면 아니될 병자이기 때문에 이것은 적지 아니한 고통이었으나 나로 해서 곁에 사람이 법을 범하고, 병이 덧치게 하는 것은 차마 못할 일이었다. 민도 내가 사식을 끊은 까닭을 알고 두어 번 윤의 주책 없음을 책망하였으나, 윤은 도리어 내가 사식을 끊은 것이 저를 미워하여서나 하는 것같이 나를 원망하였다. 더구나 윤의 아들에게서 현금 삼 원 차입이 와서, 우유며 사식을 사 먹게 되고 지리가미도 사서 쓰게 된 뒤로부터는 내게 대한 태도가 심히 냉랭하게 되었다. 예전에는 내가 충고하는 말이면, "선생님 말씀이 옳아요" 하고 순순히 듣던 것이 인제는 나를 향해서도 눈을 흘기게 되었다.

윤은 아들이 보낸 삼 원 중에서 수건과 비누와 지리가미를 샀다.

"붓빙 고수뉴(물건 사라)."

하는 날은 한 주일에 한 번밖에 없었고, 물건을 주문한 후에 그 물건이 올 때까지는 한 주일 내지 십여 일이 걸렸다. 윤은 자기가 주문한 물건이 오는 것이 늦다고 하여 날마다 하루에도 몇 차례씩 형무소 당국의 태만함을 책망하였다. 그러다가 물건이 들어온 날 윤은 비누와 지리가미를 받아서 이리 뒤적 저리 뒤적 하면서,

"글쎄 이걸 수건이라고 가져와? 망할 자식들 같으니. 걸레감도 못 되는걸, 비누는 또 이게 다 무엇여, 워디 향내 하나 나나?"

하고 큰소리로 불평을 하였다.

민이, 아니꼬와 못 견디는 듯이 입맛을 몇 번 다시더니,

"글쎄 이 사람아. 자네네 집에서 언제 그런 수건과 비누를 써 보았단 말인가. 그 돈 삼 원 가지고 밥술이나 사 먹을 게지. 비누 수건은 왜 사? 자네나 내나 그 상판대기에 비누는 발라서 무엇하자는 게구, 또 여기서 주는 수건이면 고만이지 타올 수건은 해서 무어하자는 게야. 자네가 고따위로 소견머리없이 살림을 하니깐 평생에 가난 껍

질을 못 벗어 놓지."

이렇게 책망하였다. 윤은 그날부터 세수할 때에만은 제 비누를 썼다. 그러나 수건을 빨 때라든지 발을 씻을 때에는 웬일인지 여전히 내 비누를 쓰고 있었다.

윤은 수건 거는 줄에 제 타올 수건이 걸리고, 비누와 잇솔과 치마분이 있고, 이불 밑에 지리가미가 있고, 조석으로 차입 밥과 우유가 들어오는 동안 심히 호기가 있었다. 그는 부채도 하나 샀다. 그 부채가 내 부채 모양으로 합죽선이 아닌 것을 하루에도 몇 번씩 원망하였으나 그는 허리를 쭉 뻗고 고개를 재끼고 부채를 딱딱거리며 도사리고 앉아서, 그가 좋아하는 양반 상놈 타령이며 공범 원망이며 형무소 공격이며 민에 대한 책망이며, 이런 것을 가장 점잖게 하였다.

윤은 이삼 원어치 차입 때문에 자기의 지위가 대단히 높아지는 것을 느끼는 모양이었다. 간수를 보고도 인제는 겁낼 필요가 없이, "나도 차입을 먹노라"고 호기를 부렸다.

윤이 차입을 먹게 되매, 나도 십여 일 끊었던 사식 차입을 받게 되었다. 윤과 나와 두 사람만은 노긋노긋한 흰 밥에 생선이며 고기를 먹으면서, 민 혼자만이 미음 국물을 마시고 앉았는 것이 차마 볼 수 없었다. 민은 미음 국물을 앞에 받아 놓고는 연해 나와 내 밥그릇을 바라보는 것 같고 또 침을 껄떡껄떡 삼키는 모양이 보였다. 노긋노긋한 흰 밥, 이것이 이 세상에서 가장 귀하고 고마운 것인 줄은 감옥에 들어와 본 사람이라야 알 것이다. 밥의 하얀 빛, 그 향기, 젓갈로 집고 입에 넣어 씹을 때에 그 촉각, 그 맛, 이것은 천지간에 있는 모든 물건 가운데 가장 귀한 것이라고 느끼지 아니할 수 없었다. 쌀밥, 이러한 말까지도 신기한 거룩한 음향을 가진 것같이 느껴졌다. 이렇게 밥의 고마움을 느낄 때에 합장하고 하늘을 우러러,

"모든 중생으로 하여금 밥의 즐거움을 골고루 받게 하소서."

하고 빌지 아니할 사람이 있을까? 이 때에 나는 형무소의 법도 잊어버리고, 민의 병도 잊어버리고 지리가미에 한 순갈쯤 되는 밥덩어리를 덜어서,

"꼭꼭 씹어 잡수셔요."

하고 민에게 주었다. 민은 그것을 받아서 입에 넣었다. 그의 몸에는 경련이 일어나는 것 같고 그의 눈에는 눈물이 글썽글썽하는 것 같음은 내 마음 탓일까.

민은 종이에 붙은 밥 알갱이를 하나 안 남기고 다 뜯어서 먹고,

"참 꿀같이 달게 먹었습니다. 어쩌면 그렇게도 맛이 있을까? 지금 죽어도 한이 없을 것 같습니다."

하고 더 먹고 싶어하는 모양 같으나 나는 더 주지 아니하고 그릇에 밥을 좀 남겨서 내어놓았다. 윤은 제 것을 다 먹고 나서 내가 남긴 것까지 마저 휘몰아 넣었다.

윤의 삼 원어치 차입은 일 주일이 못해서 끊어지고 말았다. 윤의 당숙 되는 면장에게서 오리라고 윤이 장담하던 삼십 원은 오지 아니하였다. 윤이 노(노상) 말하기를 자기가 옥에서 죽으면 자기 당숙이 아니 올 수 없고 오면은 자기의 장례를 아니 지낼 수 없으니 그러면 적어도 삼십 원은 들 것이라. 죽은 뒤에 삼십 원을 쓰는 것보다 살아서 삼십 원을 보내어 먹고 싶은 것을 먹으면 자기가 죽지 아니할 터이니, 당숙이 면장의 신분으로 형무소까지 올 필요도 없고, 또 설사 자기가 옥에서 죽더라도 이왕 장례비 삼십 원을 받아 먹었으니 친족에게 폐를 끼치지 아니하고 형무소에서 화장을 할 터인즉, 지금 삼십 원을 청구하는 것이 부당한 일이 아니라고, 이렇게 면장 당숙에게 편지를 했으므로 반드시 삼십 원은 오리라는 것이었다.

나도 윤의 당숙 되는 면장이 윤의 이론을 믿어서 돈 삼십 원을 보내어 주기를 진실로 바랐다. 더구나 윤의 사식 차입이 끊어짐으로

부터 내가 먹다가 남긴 밥을 윤과 민이 다투게 되매 그러하였다. 내가 민에게 밥 한 술갈 준 것이 빌미가 됨인지, 민은 끼니 때마다 밥한 숟가락을 내게 청하였고, 그럴 때마다 윤은 민에게 욕설을 퍼붓고 심하면 밥그릇을 둘러엎었다. 한번은 윤과 민과 사이에 큰 싸움이 일어나서 차마 입에 담지 못할 욕설을 서로 주고받고 하였다. 그때에 마침 간수가 지나가다가 두 사람이 싸우는 소리를 듣고 윤을 나무랐다. 간수가 간 뒤에 윤은 자기가 간수에게 꾸지람 들은 것이 민 때문이라고 하여 더욱 민을 못 견디게 굴었다. 그 방법은 여전히 며칠 안 있으면 민이 죽으리라는 둥, 열아홉 살 된 민의 아내가 벌써 어떤 젊은 놈하고 붙었으리라는 둥, 민의 아들들은 개 돼지만도 못한 놈들이라는 둥, 이런 악담이었다.

나는 다시 사식을 중지하여 달라고 간수에게 청하였다. 그러나 내가 사식을 중지하는 것으로 두 사람의 감정을 완화할 수는 없었다. 별로 말이 없던 민도 내가 사식을 중지한 뒤로부터는 윤에게 지지 않게 악담을 하였다.

"요놈, 요 좀도둑놈, 그래, 백주에 남의 땅을 뺏어 먹겠다고 재판소 도장을 위조를 해? 고 도장 파던 손목쟁이가 썩어 문드러지지 않을 줄 알구."

이렇게 민은 윤을 공격하면 윤은,

"남의 집에 불 놓은 놈은 어떻고? 그 사람이 밉거든 차라리 칼을 가지고 가서 그 사람만 찔러 죽일 게지, 그래, 그 집 식구는 다 태워 죽이고 저는 죄를 면하잔 말이지? 너 같은 놈은 자식새끼까지 다 잡아먹어야 해! 네 자식 녀석들이 살아 남으면 또 남의 집에 불을 놓겠거든."

이렇게 대꾸를 하였다. 하루는 간수가 우리 방문을 열어젖히고,

"구십구 호!"

하고 불렀다.

구십구 호를 십오 호로 잘못 들었는지, 윤이 벌떡 일어나며,

"네, 내게 편지 왔능기오?"

하였다. 윤은 당숙 면장의 편지를 간절히 기다리는 마음에 구십구 호를 십오 호로 잘못 들은 모양이다.

"네가 구십구 호냐?"

하고 간수는 소리를 질렀다. 정작 구십구 호인 민은 나를 부를 자가 천지에 어디 있으랴 하는 듯이 그 옴팍눈으로 팔월 하늘의 흰구름을 바라보고 누워 있었다.

"구십구 호 귀먹었니?"

하는 소리와,

"이건 눈 뜨고 꿈을 꾸고 있는 셈인가? 단또상이 부르시는 소리도 못 들어?"

하고 윤이 옆구리를 찌르는 바람에 민은 비로소 누운 대로 고개를 잦혀서 문을 열고 섰는 간수를 바라보았다.

"구십구 호, 네 물건 다 가지고 이리 나와."

그제야 민은 정신이 드는 듯이 일어나 앉으며,

"우리 집으로 내어보내 주세요?"

하고 그 해골 같은 얼굴에 숨길 수 없는 기쁜 빛이 드러난다.

"어서 나오라면 나와. 나와 보면 알지."

"우리 집에서 면회하러 왔어요?"

하고 민의 얼굴에 나타났던 기쁨은 반 이상이나 스러져 버린다.

간수 뒤에 있던 키 큰 간병부가,

"전방이에요. 어서 그 약병이랑 다 들고 나와요."

하는 말에, 약병과 수건과 제가 베고 있던 베개를 들고 지척거리고 문을 향하고 나간다. 민은 전방이라는 뜻을 알아 들었는지 분명치

아니하였다. 간병부가,

"베개는 두고 나와요. 요 웃방으로 가는 게야요."

하는 말에 비로소 민은 자기가 어디로 끌려가는지 알아차린 모양이어서 힘없이 베개를 내어던지고 잠깐 기쁨으로 빛나던 얼굴이 다시 해골같이 되어서 나가 버리고 말았다. 다음 방인 이 방에 문 열리는 소리가 나고 또 문이 닫히고 짤깍 하고 쇠 잠그는 소리가 들렸다. 나는 민이 처음 보는 사람들 틈에 어리둥절하여 누울 자리를 찾는 모양을 눈앞에 그려 보았다.

"에익, 고 자식 잘 나간다. 제인장, 더러워서 견딜 수가 있나? 목욕이란 한 번도 안 했으닝게. 아침에 세수하고 양치질하는 것 보셨능기오? 어떻게 생긴 자식인지 새 옷을 갈아 입으래도 싫다는고만."

하고 일변 민이 내어버리고 간 베개를 자기 베개 밑에 넣으며 떠나간 민의 험구를 계속한다—

"민가가 왜 불을 놓았는지 진상 아시능기오? 성이 민가기 때문에 그랬던지, 서울 민○○ 대감네 마름 노릇을 수십 년 했지라오. 진상도 보시는 바와 같이 자식이 저렇게 독종으로 깍쟁이로 생겼으닝게 그 밑에 작인들이 배겨날 게요. 팔십 석이나 타작을 한다는 것도 작인들의 등을 쳐먹은 게지 무엇잉게오? 그래 작인들이 원망이 생겨서 지주 집에 등장을 갔더라나요. 그래서 작년에 마름을 떼웠단 말이오. 그리고 김 무엇인가 한 사람이 마름이 났는데요, 민가 녀석은 제 마름을 뗀 것이 새로 마름이 된 김가 때문이라고 해서 금년 음력 설날에 어디서 만났더라나. 만나서 욕지거리를 하고 한바탕 싸우고, 그리고는 요 뱅충맞은 것이 분해서 그 날 밤중에 김가 집에 불을 놨단 말야. 마침 설날 밤이라, 밤이 깊도록 동넷사람들이 놀러댕기다가 불이야! 소리를 쳐서 얼른 잡았기에 망정이지 하마터면 김가네 집 식구가 죄다 타 죽을 뻔하지 않았능기오?"

하고 방화죄가 어떻게 흉악한 죄인 것을 한바탕 연설을 할 즈음에, 간병부가 오는 것을 보고 말을 뚝 끊는다. 그것은 간병부도 방화범인 까닭이었다.

간병부가 다녀간 뒤에 윤은 계속하여 그 간병부들의 방화한 죄상을 또 한바탕 설명하고 나서,

"모두 숭악한 놈들이지요. 남의 집에 불을 놓다니! 그런 놈들은 씨알머리도 없이 없애버려야 하는기라오."

하고 심히 세상을 개탄하는 듯이 길게 한숨을 쉰다.

일방에 윤과 나와 단 둘이 있게 되어서부터는 큰소리가 날 필요가 없었다. 밤이면 우리 방에 들어와 자는 간병부가 윤을 윤서방이라고 부른다고 해서 윤이 대단히 불평하였으나 간병부의 감정을 상하는 것이 이롭지 못한 줄을 잘 아는 윤은 간병부와 정면 충돌을 하는 일은 별로 없고 다만 낮에 나하고만 있을 때에,

"서울말로는 무슨 서방이라고 부르는 말이 높은 말잉기오? 우리 전라도서는 나 많은 사람 보고 무슨 서방이라고 하면 머슴이나 하인이나 부르는 소리랑기오."

하고 곁눈으로 나를 바라본다. 나는 그가 묻는 뜻을 알았으므로 대답하기가 심히 거북살스러워서 잠깐 주저하다가,

"글쎄, 서방님이라고 하는 것만 못하겠지요."

하고 웃었다. 윤은 그제야 자신을 얻은 듯이,

"그야 우리 전라도에서도 서방이라고 하면사 대접하는 말이지요. 글쎄, 진상도 보시다시피 저 간병부놈이 언필칭 날더러 윤서방, 윤서방 하니, 그래 그놈의 자식은 제 아비나 아재비더러도 무슨 서방 무슨 서방 할 텐가? 나이로 따져도 내가 제 아빗뻘은 되렸다. 어 고약한 놈 같으니."

하고 그 앞에 책망 받을 사람이 섰거나 한 것처럼 뽐낸다.

윤씨는 윤서방이라는 말이 대단히 분한 모양이어서 어떤 날 저녁에 간병부가 들어올 때에도 눈만 흘겨보고 잘 다녀왔느냐 하는 늘 하던 인사도 아니하는 적도 있었다. 그러다가 하루 저녁에는 또 "윤서방"이라고 간병부가 부른 것을 기회로 마침내 정면 충돌이 일어나고 말았다. 윤이,

"댁은 나를 무어로 보고 윤서방이라고 부르오?"

하는 정식 항의에, 간병부가 뜻밖인 듯이 눈을 크게 뜨고 한참이나 윤을 바라보고 앉았더니, 허허 하고 경멸하는 웃음을 웃으면서,

"그럼 댁더러 무어라고 부르라는 말이오? 댁의 직업이 도장쟁이니, 도장쟁이라고 부르라는 말이오? 죄명이 사기니 사기쟁이라고 부르라는 말이오? 밤낮 똥질만 하니 윤똥질이라고 부르라는 말이오? 옳지 윤선생이라고 불러 줄까? 왜 되지 못하게 이 모양이야? 윤서방이라고 불러 주면 고마운 줄이나 알지. 낫살을 먹었으면 몇 살이나 더 먹었길래. 괜스리 그러다가는 윤가놈이라고 부를걸."

하고 주먹으로 삿대질을 한다.

윤은 처음에 있던 호기도 다 없어지고 그만 사그러지고 말았다. 간병부는 민영감 모양으로 만만치 않은 것도 있거니와 간병부하고 싸운댔자, 결국은 약 한 봉지 얻어 먹기도 어려운 줄을 깨달은 것이었다.

윤은 침묵하고 있건마는 간병부는 누워 잘 때에까지도 공격을 중지하지 아니하였다.

이튿날 아침, 진찰도 다 끝나고 난 뒤에 우리 방에 있는 키 큰 간병부는 다음 방에 있는 간병부를 데리고 와서,

"흥, 저 양반이, 내가 윤서방이라고 부른다고 아주 대노하셨다나!"

하며 턱으로 윤을 가리키는 것을 보고 키 작은 간병부가,

"여보! 윤서방. 어디 고개좀 이리 돌리오. 그럼 무어라고 부르리까.

윤동지라고 부를까? 윤선달이 어떨꼬? 막 싸구려 판이니 어디 그 중에서 맘에 드는 것을 고르시유."

하고 놀려먹는다. 윤은 눈을 깜박깜박하고 도무지 아무 대답이 없었다. 본래 간병부에게 호감을 못 주던 윤은 윤서방 사건이 있은 뒤부터 더욱 미움을 받았다. 심심하면 두 간병부가 와서 여러 가지 별명을 부르면서 윤을 놀려먹었고, 간병부들이 간 뒤에는 윤은 나를 향하여,

"두 놈이 옥 속에서 썩어져라."

하고 악담을 퍼부었다.

이렇게 윤이 불쾌한 그날 그날을 보낼 때에 더욱 불쾌한 일 하나가 생겼다. 그것은 정이라는 역시 사기범으로 일동 팔방에서 윤하고 같이 있던 사람이 설사병으로 우리 감방에 들어온 것이었다. 나는 윤에게서 정씨의 말을 여러 번 들었다. 설사를 하면서도 우유니 달걀이니 하고 막 처먹는다는 둥, 한다는 소리가 모두 거짓말뿐이라는 둥, 자기가 아무리 타일러도 말을 듣지 않는 꼭 막힌 놈이라는 둥, 이러한 비평을 하는 것을 여러 번 들었다. 하루는 윤하고 나하고 운동을 나갔다가 들어와 보니 웬 키가 커다랗고 얼굴이 허연 사람이 똥통을 타고 앉아서 싱글싱글 웃고 있었다. 윤은 대단히 못마땅한 듯이 나를 돌아보고 입을 삐죽하고 나서 자리에 앉아서 부채를 딱딱거리면서,

"데이상, 입대까지 설사가 안 막혔능기오? 사람이란 친구가 충고하는 옳은 말을 들어야 하는 법이야. 일동 팔방에 있을 때에 내가 그만큼이나 음식을 삼가라고 말 안했거디? 그런데 내가 병감에 온지가 벌써 석 달이나 되는디 아직도 설사여?"

하고 똥통에 올라 앉은 사람을 흘겨본다. 윤의 이 말에 나는 그가 윤이 늘 말하던 정씨인 줄을 알았다.

똥통에서 내려온 정씨는 윤의 말을 탓하지 않는, 지어서 하는 듯한 태도로,

"인상, 우리 이거 얼마만이오? 그래 아직도 예심중이시오?"

하고 얼굴 전체가 다 웃음이 되는 듯이 싱글벙글하며 윤의 손을 잡는다. 그리고 나서는 내게 앉은 절을 하며,

"제 성명은 정흥태올시다. 얼마나 고생이 되십니까?"

하고 대단히 구변이 좋았다. 나는 그의 말의 발음으로 보아 그가 평안도 사람으로서 서울말을 배운 사람인 줄을 알았다. 그러나 저녁에 인천 사는 간병부와 인사할 때에는 자기도 고향이 인천이라 하였고, 다음에 강원도 철원 사는 간병부와 인사를 할 때에는 자기 고향이 철원이라 하였고, 또 그 다음에 평양 사는 죄수가 들어와서 인사하게 된 때에는 자기 고향은 평양이라고 하였다. 그때에 곁에 있던 윤이 정을 흘겨보며,

"왜 또 해주도 고향이라고 아니했소? 대체 고향이 몇이나 되능기오?"

이렇게 오금을 박은 일이 있었다. 정은 한두 달 살아 본 데면 그 지방 사람을 만날 때 다 고향이라고 하는 모양이었다.

정은 우리 방에 오는 길로,

"이거 방이 더러워 쓰겠나?"

고 벗어부치고 마루바닥이며 식기며를 걸레질을 하고 또 자리 밑을 떠들어 보고는,

"이거 대체 소제라고는 안 하고 사셨군? 이거 더러워 쓸 수가 있나?"

하고 방을 소제하기를 주장하였다.

"그 너무 혼자 깨끗한 체하지 마시오. 어디 그 수선에 정신 차리겠능기오."

하고 윤은 돗자리 떨어내는 것을 반대하였다. 여기서부터 윤과 정의 의견 충돌이 시작되었다.

저녁밥 먹을 때가 되어 정이 일어나 물을 받는 것까지는 참았으나, 밥과 국을 받으려고 할 때에는 윤이 벌떡 일어나 정을 떼밀치고 기어이 제가 받고야 말았다. 창 옆에서 음식을 받아들이는 것은 감방 안에서는 큰 권리로 여기는 것이었다. 정은 윤에게 떼밀치어 머쓱해 물러서면서,

"그렇게 사람을 떼밀거야 무엇이오? 그러니깐 두루 간 데 마다 인심을 잃지. 나 같은 사람과는 아무렇게 해도 관계치 않소마는 다른 사람보고는 그리 마시오? 뺨 맞지요, 뺨 맞아요."

하고 나를 돌아보며 싱그레 웃었다. 그것은 마치 자기는 그만한 일에 성을 내는 사람이 아니라는 것을 보이려 함인 것 같았으나 그의 눈에는 속일 수 없이 분한 빛이 나타났다.

밥을 먹는 동안 폭풍우 전의 침묵이 계속되었으나 밥이 끝나고 먹은 그릇을 설겆이할 때에 또 충돌이 일어났다. 윤이 사타구니를 내어놓고 있다는 것과 제 그릇을 먼저 씻고 나서 내 그릇과 정의 그릇을 씻는다는 것과 개수통에 입을 대고 기침을 한다는 이유로 정은 윤을 책망하고 윤이 씻어 놓은 제 밥그릇을 주전자의 물로 다시 씻어서 윤의 밥그릇에 닿지 않도록 따로 포개 놓았다. 윤은 정더러,

"여보 당신은 당신 생각만 하고 다른 사람 생각은 못 하오? 그 주전자 물을 다 써 버리면 밤에는 무엇을 먹고 아침에 네 식구가 세수는 무엇으로 한단 말이오? 사람이란 다른 사람 생각을 해야 쓰는 것여."

하고 공격하였으나 정은 못들은 체하고 주전자 물을 거의 다 써서 제 밥그릇과 국그릇과 젓가락을 한껏 정하게 씻고 있었던 것이다.

이 모양으로 윤과 정과의 충돌은 그칠 사이가 없었다. 그러나 정

은 간병부와 내게 대해서는 아첨에 가까울이만큼 공손하였다. 더구나 그가 농업이나, 광업이나, 한방의술이나, 신 의술이나 심지어 법률까지도 모르는 것이 없었고 또 구변이 좋아서 이야기를 썩 잘하기 때문에 간병부들은 그를 크게 환영하였다.

이렇게 잠깐 동안에 간병부들의 환심을 샀기 때문에 처음에는 한 그릇씩 받아야 할 죽이나 국을 두 그릇씩도 받고 또 소화약이나 고약이나 이러한 약도 가외로 더 얻을 수가 있었다. 정이 싱글싱글 웃으며 졸라대면 간병부들은 여간한 것은 거절하지 아니하였다. 그리고 이따금 밥을 한 덩이씩 가외로 얻어서 맛날 듯한 것을 젓가락으로 휘저어서 골라 먹고 그리고 남은 찌꺼기를 행주에다가 싸고 소금을 치고 그리고는 그것을 떡 반죽하듯이 이겨서 떡을 만들어서는 요리로 한 입, 조리로 한 입 맛남 직한 데는 다 뜯어 먹고, 그리고 나머지를 싸두었다가 밤에 자러 들어온 간병부에게 주고는 크게 생색을 내었다. 한번은 정이 조밥으로 떡을 만들며 나를 돌아보고,

"간병부 녀석들은 이렇게 좀 먹여야 합니다. 이따금 달걀도 사 주고 우유도 사 주면 좋아하지요. 젊은 녀석들이 밤낮 굶주리고 있거든요. 이렇게 녹여 놓아야 말을 잘 듣는단 말이야요. 간병부와 틀렸다가는 해가 많습니다. 그 녀석들이 제가 미워하는 사람의 일은 좋지 못하게 간수들한테 일러바치거든요."

하면서 이겨진 떡을 요모조모 떼어 먹는다.

"여보, 그게 무에요? 데이상은 간병부를 대할 때엔 십 년 만에 만나는 아자씨나 대한 듯이 살이라도 베어 먹일 듯이 아첨을 하다가 간병부가 나가기만 하면 언필칭 이녀석 저녀석 하니 사람이 그렇게 표리가 부동해서는 못 쓰는 게여. 우리는 그런 사람은 아니어든. 대해 앉아서도 할 말은 하고 안 할 말은 안 하지. 사내 대장부가 그렇게 간사를 부려서는 못 쓰는 게여? 또 여보, 당신이 떡을 해 주겠거

든 숫밥으로 해 주는 게지 당신 입에 들어 왔다 나갔다 하던 젓가락으로 휘저어서 밥 알갱이마다 당신의 더러운 침을 발라가지고, 그리고 먹다가 먹기가 싫으닝게 남을 주고 생색을 낸다? 그런 일을 해선 못 쓰는 게여. 남 주고도 죄받는 일이어든. 당신 하는 일이 모두 그렇단 말여. 정말 간병부를 주고 싶거든 당신 돈으로 달걀 한 개라도 사서 주어. 흥, 공으로 밥 얻어서 실컨 처먹고 먹기가 싫으닝게 남을 주고 생색을 낸다, 웃기는 왜 웃소, 싱글싱글. 그래 내가 그른 말 해? 옳은 말은 들어 두어요, 사람 되려거든. 나, 그 당신 싱글싱글 웃는 거 보면, 느글느글해서 배창수가 다 나오려든다닝게. 웃긴 왜 웃어? 무엇이 좋다고 웃는 게여?"

이렇게 윤은 정을 몰아세웠다. 정은 어이없는 듯이 듣고만 앉았더니,

"내가 할 소리를 당신이 하는구려. 그 배때기나 가리고 앉아요."

그 날 저녁이었다. 간병부가 하루 일이 끝이 나서 빨가벗고 뛰어들어왔다. 정은,

"아이, 오늘 얼마나 고생스러우셨어요? 그래도 하루가 지나가면 그만큼 나가실 날이 가까운 것 아니오? 그걸로나 위로를 삼으셔야지. 그까진 한 삼사 년 잠깐 갑니다. 아 참, 백 호하고 무슨 말다툼을 하시던 모양이든데."

이 모양으로 아주 친절하게 위로하는 말을 하였다. '백 호'라는 것은 다음 방에 있는 키 작은 간병부의 번호이다. 나도 "이놈 저놈"하며 둘이서 싸우는 소리를 아까 들었다.

간병부는 감빛 기결수 옷을 입고 제자리에 앉으면서,

"고놈의 자식을 찢어 죽이려다가 참았지요. 아니꼬운 자식 같으니. 제가 무어길래, 제나 내나 다 마찬가지 전중이고 다 마찬가지 간병부지. 흥, 제놈이 나보다 며칠이나 먼저 왔다고 나를 명령을 하러 들

어? 쥐새끼 같은 놈 같으니. 나이로 말해도 내가 제 형 뻘은 되고, 세상에 있을 때에 사회적 지위로 보더라도 나는 면서기까지 지낸 사람인데. 그래 제 따위 한 자요, 두 자요 하던 놈과 같을 줄 알고? 요 놈의 자식, 내가 오늘은 참았지마는 다시 한 번만 고따위로 주둥아리를 놀려 봐? 고놈의 아가리를 찢어 놓고 다릿마댕이를 분질러 놓을걸. 우리는 목에 칼이 들어오더라도 할 말은 하고, 할 일은 하고야마는 사람여든!"

하고 곁방에 있는 '백 호'라는 간병부에게 들리라 하는 말로 남은 분풀이를 하고 있다. 정은 간병부에게 동정하는 듯이 혀를 여러 번 차고 나서,

"쩟, 쩟. 아 참으셔요. 신상 체면을 보셔야지. 고까짓 어린애 녀석하고 무얼 말다툼을 하세요. 아이 나쁜 녀석! 고녀석 눈깔딱지하고 주둥아리하고 독살스럽게도 생겨 먹었지. 방정은 고게 또 무슨 방정이야? 고녀석 인제 또 옥에서 나가는 날로 또 뉘 집에 불놓고 들어올걸. 원, 고녀석, 글쎄, 남의 집에 불을 놓다니."

간병부는 정의 마지막 말에 눈이 똥그래지며,

"그래, 나도 남의 집에 불 놓았어. 그랬으니 어떻단 말이어? 당신같이 남의 돈을 속여 먹는 것은 괜찮고, 남의 집에 불 놓는 것만 나쁘단 말이오? 원, 별 아니꼬운 소리를 다 듣겠네. 여보, 그래 내가 불을 놓았으니 어떡허란 말이오? 웃기는 싱글싱글 왜 웃어? 그래 백 호나 내가 남의 집에 불을 놓았으니 어떡허란 말이야?"

하고 정에게 향하여 상앗대질을 하였다.

정의 얼굴은 뻘개졌다. 정은 모처럼 간병부의 비위를 맞추려고 하던 것이 그만 탈선이 되어서 이 봉변을 당하게 된 것이었다. 그러나 정의 얼굴에는 다시 웃음이 떠돌면서,

"아니, 내 말이 어디 그런 말이오? 신상이 오해시지."

하고 변명하려는 것을 간병부는,

"오해? 육회가 어떠우?"

"아니, 그런 말이 아니라, 신상도 불을 놓으셨지마는 신상은 술이 취하셔서 술김에 놓으신 것이어든. 그 술김이 아니면 신상이 어디 불 놓으실 양반이오? 신상이 우락부락해서 홧김에 때려 죽인다면 몰라도 천성이 대장부다우시니까 사기나 방화나 그런 죄는 안 지을 것이란 말이오! 그저 애매하게 방화죄를 지으셨다는 말씀이지요. 내 말이 그 말이거든. 그런데 말이오. 저 백 호, 그 녀석이야말로 정신이 말쩡해서 불을 놓은 것이 아니오? 그게 정말 방화죄거든. 내 말이 그 말씀이야, 인제 알아 들으셨어요?"

하고 정은 제 말에 신이라는 간병부의 분이 풀린 것을 보고,

"자 이거나 잡수세요."

하며 밥그릇 통 속에 감추어 두었던 조밥 떡을 내어 팔을 길다랗게 늘여서 간병부에게 준다.

"날마다 이거 미안해서 어떻게 하오?"

하고 간병부는 그 떡을 받았다.

간병부가 잠깐 일어나서 간수가 오나, 아니 오나를 엿보고 난 뒤에 그 떡을 한입 베어 물었다. 아까부터 간병부와 정과의 언쟁을 흥미 있는 눈으로 힐끗힐끗 곁눈질하던 윤이,

"아뿔싸, 신상, 그것 잡숫지 마시오."

하고 말만으로도 부족하여 손까지 살래살래 내흔들었다.

간병부는 꺼림칙한 듯이 떡을 입에 문 채로,

"왜요?"

하며 제자리에 와 앉는다. 간병부 다음에 내가 누워 있고, 그 다음에 정, 그 다음에 윤, 우리들의 자리 순서는 이러하였다. 윤은 점잖게 도사리고 앉아서 부채를 딱딱 하며,

"내가 말라면 마슈. 내가 언제 거짓말했거디? 우리는 목에 칼이 오더라도 바른 말만 하는 사람이어든."

그러는 동안에 간병부는 입에 베어 물었던 떡을 삼켜버린다. 그리고 그 나머지를 지리가미에 싸서 등 뒤에 놓으면서,

"아니, 어째 먹지 말란 말이오?"

"그건 그리 아실 건 무엇 있소? 자시면 좋지 못하겠으닁게 먹지 말랑 게지."

"아이, 말해요. 우리는 속이 갑갑해서, 그렇게 변죽만 울리는 소리를 듣고는 가슴에 불이 일어나서 못 견디어."

이 때에 정이 매우 불쾌한 얼굴로,

"신상, 그 미친 소리 듣지 마시오. 어서 잡수세요. 내가 신상께 설마 못 잡수실 것을 드릴라구?"

하였건마는 간병부는 정의 말만으론 안심이 안 되는 모양이어서,

"윤서방, 어서 말씀하시오."

하고 약간 노기를 띤 언성으로 재쳐 묻는다.

"그렇게 아시고 싶을 건 무엇 있어서? 그저 부정한 것으로만 아시라닁게, 내가 신상께 해로운 말씀할 사람은 아니닁게."

"아따, 그 아가리 좀 못 닫쳐?"

하며 정이 참다못해 벌떡 일어나서 윤을 흘겨본다.

윤은 까딱 아니하고 여전히 몸을 좌우로 흔들흔들하면서,

"당신네 평안도서는 사람의 입을 아가리라고 하는지 모르겠소마는, 우리네 전라도서는 점잖은 사람이 그런 소리는 아니하오. 종교가 노릇을 이십 년이나 했다는 양반이 그 무슨 말버릇이란 말이오? 종교가 노릇을 이십 년이나 했길래로 남 먹으라고 주는 음식에 침만 발러 주었지, 십 년만 했드면 코 발러 줄 뻔했소그려? 내가 아까 그러지 않아도 이르지 않았거디? 사람에게 먹을 것을 주려거든 숫

으로 덜어서 주는 법이어. 침 묻은 젓가락으로 휘저어 가면서 맛날 듯한 노란 좁쌀은 죄다 골라 먹고 콩도 이것 집었다가 놓고, 저것 집었다가 놓고, 입에 댔다가 놓고, 노르스름한 놈은 죄다 골라 먹고, 그리고는 퍼렇게 뜬 좁쌀, 썩은 콩만 남겨서 제 밥그릇, 죽그릇, 젓가락 다 씻은 개숫물에 행주를 축여 가지고는 코 묻은 손으로 주물럭주물럭해서 떡이라고 만들어 가지고, 그런 뒤에도 요모조모 맛날 듯싶은 데는 다 떼어 먹고 그것을 남겼다가 사람을 먹으라고 주니, 그리고 벼락이 무섭지 않어? 그런 것은 남을 주고도 벌을 받는 법이라고, 내가 그만큼 일렀단 말이어. 우리는 남의 흠담은 도무지 싫어하는 사람이닝게 이런 말도 안 하려고 했거든. 신상, 내 어디 처음에야 말했가디? 저 진상도 증인이어. 내가 그만큼 옳은 말로 타일렀고, 또 덮어 주었으면 평안도 상것이 '고맙습니다'하는 말은 못할망정, 잠자코나 있어야 할 게지. 사람이란 그렇게 뻔뻔해서는 못 쓰는 게여."

윤의 말에 정은 어쩔 줄을 모르고 얼굴만 푸르락누르락하더니 얼른 다시 기막히고 우습다는 표정을 하며,

"참 기가 막히오. 어쩌면 그렇게 빤빤스럽게도 거짓말을 꾸며 대오? 내가 밥에 모래와 쥐똥, 썩은 콩, 티검불, 이런 걸 고르느라고 젓가락으로 밥을 저었지, 그래 내가 어떻게 보면 저 먹다 남은 찌꺼기를 신상더러 자시라고 할 사람 같아 보여? 앗으우, 앗으우. 그렇게 거짓말을 꾸며 대면, 혓바닥 잘린다고 했어. 신상, 아예 그 미친 소리 듣지 마시고 잡수시오. 내 말이 거짓말이면, 마른 하늘에 벼락을 맞겠소!"

하고 할말 다 했다는 듯이 자리에 눕는다. 정이 맹세하는 것을 듣고 머리가 쭈뼛함을 깨달았다.

어쩌면 그렇게 영절스럽게 곁에다가 증인을 둘씩이나 두고도 벼락

맞을 맹세까지 할 수가 있을까? 사람의 마음이란 헤아릴 수 없이 무서운 것이라고 깊이깊이 느껴졌다. 내가 설마 나서서 증거야 서랴? 정은 이렇게 내 성격을 판단하고서 맘놓고 이렇게 꾸며 대인 것이다. 나는,

"윤씨 말이 옳소, 정씨 말은 거짓말이오."

이렇게 말할 용기가 없었다. 내게 이러한 용기 없는 것을 정이 빤히 들여다본 것이다. 윤도 정의 엄청난 거짓말에 기가 막힌 듯이 아무 말도 없이 딴 데만 바라보고 앉아 있었다. 간병부는 사건의 진상을 내게서나 알려는 듯이 가만히 누워 있는 내 얼굴을 들여다보고 있었다. 내게 직접 말로 묻기는 어려운 모양이었다. 내게서 아무 말이 없음을 보고 간병부는 슬그머니 떡을 집어서 정의 머리맡에 밀어 놓으며,

"엇소, 데이상이나 잡수시오. 나 두 분 더 쌈 시키고 싶지 않소."

하고는 쩝쩝 입맛을 다신다. 나는 속으로 참 잘 한다, 하고 간병부의 지혜로운 판단에 탄복하였다.

그러나 이 사건은 정이 윤에게 대한 깊은 원한을 맺히게 한 원인이었다. 윤이 기침을 하면 저쪽으로 고개를 돌리라는 둥, 입을 막고 하라는 둥, 캥캥 하는 소리를 좀 작게 하라는 둥, 소갈머리가 고약하게 생겨먹어서 기침도 고약하게 한다는 둥, 또 윤이 낮잠이 들어 코를 골면, 팔꿈치로 윤의 옆구리를 찌르며 소갈머리가 고약하니깐 잘 때까지도 사람을 못 견디게 군다는 둥, 부채를 딱딱거리지 말라, 헬끔헬끔 곁눈질하는 것 보기 싫다, 이 모양으로 일일이 윤의 오금을 박았다. 윤도 지지 않고 정을 해댔으나, 입심으론 도저히 정의 적수가 아닐뿐더러, 성미가 급한 사람이라 매양 윤이 곯아떨어지는 것 같았다. 코를 골기로는 정도 윤에게 지지 아니하였다. 더구나 정은 이가 뻐드러지고 입술이 뒤둥그러져서 코를 골기에는 십상이었지마

는, 그래도 정은, 자기는 코를 골지 않노라고 언명하였다. 워낙 잠이 많은 윤은 정이 코를 고는 줄을 모르는 모양이었다. 간병부도 목침에 머리만 붙이면 잠이 드는 사람이므로, 정과 윤이 코를 고는 데에 희생이 되는 사람은 잠이 잘 들지 못 하는 나뿐이었다. 윤은 소프라노로, 정은 바리톤으로 코를 골아 대면 나는 언제까지든지 눈을 뜨고 창을 통하여 보이는 하늘에 별을 바라보고 있을 수밖에 없었다. 더구나 정은 윤의 입김이 싫다 하여 꼭 내 편으로 고개를 향하고 자고, 나는 반듯이밖에는 누울 수 없는 병자이기 때문에 정은 내 왼편 귀에다가 코를 골아 넣었다. 위확장병으로 윗 속에서 음식이 썩는 정의 입김은 실로 참을 수 없을이만큼 냄새가 고약한데, 이 입김을 후끈후끈 밤새도록 내 왼편 뺨에 불어 붙였다. 나는 속으로 정이 반듯이 누워 주었으면 하였으나, 차마 그 말을 못 하였다. 나는 이것을 향기로운 냄새로 생각해 보리라, 이렇게 힘도 써 보았다. 만일 그 입김이 아름다운 젊은 여자의 입김이라면 내가 불쾌하게 여기지 아니할 것이 아닌가? 아름다운 젊은 여자의 뱃속엔들 똥은 없으며 썩은 음식은 없으랴? 모두 평등이 아니냐? 이러한 생각으로 코고는 소리와 냄새나는 입김을 잊어버릴 공부를 해 보았으나 공부가 그렇게 일조일석에 될 리가 만무하였다. 정더러 좀 돌아누워 달랄까 이런 생각을 하고는 또 하였다. 뒷절에서 울려 오는 목탁 소리가 들릴 때까지 잠을 이루지 못하는 날이 많았다. 새벽 목탁 소리가 나면 아침 세 시 반이다. 딱딱딱 하는 새벽 목탁 소리는 픽으나 사람의 마음을 맑게 하는 힘이 있다.

"원컨대는 이 종소리, 법계에 고루 퍼져지이다."
한다든지,
"일체 중생이 바로 깨달음을 얻어지이다."
하는 새벽 종소리 구절이 언제나 생각키었다. 인생이 괴로움의 바다요, 불붙는 집이라면, 감옥은 그 중에도 가장 괴로운 데다. 게다가 옥중에서 병까지 들어서 병감에 한정없이 딩구는 것은 이 괴로움의 세 겹 괴로움이다. 이 괴로운 중생들이 서로서로 괴로와함을 볼 때에 중생의 업보는 "헤어 알기 어려워라"한 말씀을 다시금 생각하지 아니할 수 없었다.

새벽 목탁 소리를 듣고 나서 잠이 좀 들만하면, 윤과 정은 번갈아 똥통에 오르기를 시작하고, 더구나 제 생각만 하지 남의 생각이라고는 전연 하지 아니하는 정은 제가 흐뭇이 자고 난 것만 생각하고, 소리를 내어서 책을 읽거나, 또는 남들이 일어나기 전에 먼저 마음대로 물을 쓸 작정으로 세수를 하고, 전신에 냉수 마찰을 하고, 그리고는 운동이 잘 된다 하여 걸레질을 치고, 이 모양으로 수선을 떨어서 도무지 잠이 들 수가 없었다. 정은 기상 시간 전에 이런 짓을 하다가 간수에게 들켜서 여러 번 꾸지람을 받았지마는 그래도 막무가내하였다.

떡 사건이 일어난 이튿날 키 작은 간병부가 우리 방 앞에 와서 누구를 향하여 하는 말인지 모르게 키 큰 간병부의 흉을 보기 시작했다. 그것은 어저께 싸움에 관한 이야기였다.

"키다리가 어저께 무어라고 해요? 꽤 분해하지요? 그놈 미친 놈이지. 내게 대들어서 무슨 이를 보겠다고. 밥이라도 더 얻어 먹고 상표라도 하나 타 보려거든 내 눈밖에 나고는 어림도 없지. 간수나 부장이나 내 말을 믿지, 제 말을 믿겠어요. 그런 줄도 모르고 걸핏하면 대든단 말야. 건방진 자식 같으니! 제가 아무리 지랄을 하기로니 내가 눈이나 깜짝할 사람이오? 가만히 내버려 두지. 이따금 빡빡 긁어서 약을 올려 놓고는 가만히 두고 보지, 그러면 똥구멍 찔린 소 모양으로, 저 혼자 영각을 하고 날치지. 목이 다 쉬도록 저 혼자 떠들다가 좀 짐짓하게 되면 내가 또 듣기 싫은 소리를 한 마디 해서 빡

빡 긁어 놓지. 그러면 또 길길이 뛰면서 악을 고래고래 쓰지. 그리고는 가만히 내버려두지. 그러면 제가 어쩔 테야? 제가 아무러기로 손찌검은 못 할 터이지? 그러다가 간수나 부장한테 들키면 경을 제가 치지."

하고 매우 고소한 듯이 웃는다. 아마 키 큰 간병부는 본감에 심부름을 가고 없는 모양이었다.

"참, 구 호(키 큰 간병부)는 미련퉁이야. 글쎄 햐꾸고오상하고 다투다니 말이 되나? 햐꾸고오상은 주임이신데, 주임의 명령에 복종을 해야지."

이것은 정의 말이다.

"사뭇 소라닝게. 경우를 타일러야 알아듣기나 하거디? 밤낮 면서기 당기던 게나 내세우지. 햐꾸고오상도 퍽으나 속이 상하실 게요?"

이것은 윤의 말이다.

"무얼 할 줄이나 아나요? 아무것도 모르지. 게다가 흘게가 늦고 게을러 빠지고, 눈치는 없고……."

이것은 키 작은 간병부의 말.

"그렇고말고요, 내가 다 아는걸. 일이야 햐꾸고오상이 다 하시지. 규고오상이야 무얼 하거디? 게다가 뽐내기는 경치게 뽐내지."

이것은 윤의 말이다.

"그까짓 녀석 간수한테 말해서 쫓아 보내지. 나도 밑에 많은 사람을 부려 봤지마는 손 안 맞는 사람을 어떻게 부리오? 나 같으면 사흘 안에 내쫓아 버리겠소."

이것은 정의 말이다.

"그렇기로 인정간에 그럴 수도 없고, 나만 꾹꾹 참으면 고만이라고 여태껏 참아 왔지요. 그렇지마는 또 한 번 그런 버르장머리를 해 봐라, 이번엔 내가 가만 두지 않을걸."

이것은 키 작은 간병부의 말이다.

이 때에 키 큰 간병부가 약병과 약봉지를 가지고 왔다. 키 작은 간병부는,

"아마 오늘 전방들 하시게 될까 보오."

하고 우리 방으로 장질부사 환자가 하나 오기 때문에 우리들은 다음 방으로 옮아 가게 되었으니, 준비를 해 두라는 말을 하고 무슨 바쁜 일이나 있는 듯이 가버리고 말았다.

키 큰 간병부는 "윤참봉", "정주사", 이 모양으로 농담 삼아 이름을 불러 가며 병에 든 물약과 종이 주머니에 든 가루약을 쇠창살 틈으로 들여보낸다.

윤은 약을 받을 때마다 늘 하는 소리로,

"이깐놈의 약 암만 먹으면 낫거디? 좋은 한약을 서너 첩 먹었으면 금시에 열이 내리고 기침도 안 나고 부기도 빠지겠지만……."

하며 일어나서 약을 받아 가지고 돌아와 앉는다.

다음에는 정이 일어나서 창살 틈으로 바짝 다가서서 물약과 가루약을 받아들고 물러서려 할 때에 키 큰 간병부가 약봉지 하나를 더 주며,

"이거 내가 먹는다고 비리 발괄을 해서 얻어온 거요. 아껴 먹어요. 많이만 먹으면 되는 줄 알고 다른 사람 사흘에 먹을 것을 하루에 다 먹어 버리니 어떻게 해. 그 약을 누가 이루 댄단 말이오."

"그러니깐 고맙단 말씀이지. 규고오상, 나 그 알콜 솜 좀 얻어 주슈. 이번엔 좀 많이 줘요. 그냥 알콜 좀 얻을 수 없나? 그냥 알콜 한 고뿌 얻어 주시오그려. 사회에 나가면 내가 그 신세 잊어버릴 사람은 아니오."

"이건 누굴 경을 칠 양으로 그런 소리를 하오?"

"아따 그 햐꾸고오는 살랑살랑 오는 것만 봐도 몸에 소름이 쪽쪽

끼쳐. 제가 무엔데 제 형님 뻘이나 되는 규고오상을 그렇게 몰아세
요? 나 같으면 가만 두지 않을 테야."

"흥, 주먹을 대면 고 쥐새끼 같은 놈 어스러지긴 하겠구."

정이 이렇게 키 큰 간병부에게 아첨하는 것을 보고 있던 윤이,

"규고오상이 용하게 참으시거든, 그 악담을 내가 옆에서 들어도 이
가 갈리건만 용하게 참으셔…… 성미가 그렇게 괄괄하신 이가 참 용
하게 참으시거든!"

하고 깊이 감복하는 듯이 혀를 찬다. 얼마 뒤에 키 큰 간병부는 알
콜 솜을 한 웅큼 가져다가,

"세 분이 논아 쓰시오."

하고 들여민다. 정이 부리나케 일어나서,

"아리가도오 고자이마쓰."

하고는 그 솜을 받아서 우선 코에 대고 한참 맡아 본 뒤에 알콜이
제일 많이 먹은 듯한 데로 삼분의 이쯤 떼어서 제가 가지고, 그리고
나머지 삼분의 일을 둘에 갈라서 윤과 나에게 줄줄 알았더니, 그것
을 또 삼분에 갈라서 그 중에 한 분은 윤을 주고, 나머지 한 분을
또 둘에 갈라서 한 분은 큰 솜뭉텅이에 넣어서 유지로 꽁꽁 싸 놓
고, 나머지 한 분으로 얼굴을 닦고 손을 닦고 머리를 닦고 발바닥까
지 닦아서 내어 버린다.

그는 알콜 솜을 이렇게 많이 얻어서 유지에 싸 놓고는 하루에도
몇 번씩 얼굴과 손과 모가지를 닦는데 그것은 살결이 곱고 부드러워
지게 하기 위함이라고 한다.

저녁을 먹고 나서 전방을 할 줄 알았더니, 거진 다 저녁 때가 되어
서 키 작고 통통한 간수가 와서 철컥 하고 문을 열어젖히며,

"뎀보오, 뎀보오!"

하고 소리를 친다. 그 뒤로 키 작은 간병부가 와서,

"전방이오, 전방."

하고 통역을 한다. 정이 제 베개와 알루미늄 밥그릇을 싸 가지고 가려는 것을,

"안 돼, 안 돼!"

하고 간수가 소리를 질러서 아까운 듯이 도로 내어놓고, 간신히 겨우 알콜 솜 뭉텅이만은 간수 못 보는데 집어 넣고 우리는 주렁주렁 용수를 쓰고 방에서 나와서, 다음 방으로 들어갔다. 철컥 하고 문이 도로 잠겼다. 아랫목에는 민이 우리가 들어오는 것을 보고 어린애 모양으로 방글방글 웃고 앉아 있었다. 서로 떠난 지 이십여 일 동안에 민은 무섭게 수척하였다. 얼굴에는 그 옴팍눈만 있는 것 같고 그 눈도 자유로 돌지를 못하는 것 같았다. 두루지 위에 늘인 팔과 손에는 혈관만이 불룩불룩 솟아 있고 정강이는 무르팍 밑보다도 발목이 더 굵었다. 저러고 어떻게 목숨이 붙어 있나 하고 나는 이 해골과 같은 민을 보면서,

"요새는 무얼 잡수세요?"

하고 큰 소리로 물었다. 그의 귀가 여간한 소리는 듣지 못할 것같이 생각됐던 까닭이다. 민은 머리맡에 삼분의 이쯤 남은 우유병을 가리키면서,

"서울 있는 매부가 돈 오 원을 차입을 해서 날마다 우유 한 병씩 사 먹지요. 그것도 한 모금 먹으면 더 넘어가지를 않아요. 맛은 고소하건만 목구멍에 넘어를 가야지. 내 매부가 부자지요. 한 칠백 석 하고 잘 살아요. 나가기만 하면 매부네 집에 가 있을 텐데, 사랑도 널찍하고 좋지요. 그래도 누이가 있으니만, 매부도 사람이 좋구요. 육회도 해 먹고 배갈도 한 잔씩 따뜻하게 데워 먹고 하면 살아날 것도 같구먼!"

이런 소리를 하고 있었다. 그는 매부가 부자라는 것을 자랑하기 위

해서 이런 말을 하는 모양이었다.

또 민의 바로 곁에 자리를 잡게 된 윤은 부채를 딱딱거리며,

"그래도 매부는 좀 사람인 모양이지? 집에선 아직도 아무 소식이 없단 말여? 이봐. 내 말대로 하라닝게. 간수장한테 면회를 청하고 집에 있는 세간을 다 팔아서 먹구픈 것 사 먹기도 하고, 변호사를 대어서 보석 청원도 해요. 저렇게 송장이 다 된 것을 보석을 안 시킬 리가 있나? 인제는 광대뼈꺼정 빨갛다닝게. 저렇게 되면 한 달을 못 간단 말이어. 서방이 다 죽게 돼도 모르는 체하는 열아홉 살 먹은 계집년을 천 냥을 남겨 주겠다고? 또 그까진 자식 새끼? 나 같으면 모가지를 비틀어 빼어 버릴 테야! 저봐. 할딱할딱하는 게 숨이 목구멍에서만 나와. 다 죽었어, 다 죽었어."

하고 앙잘거린다.

"글쎄, 이 자식이 오래간만에 만났거든 그래도 좀 어떠냐 말이나 묻는 게지. 그저 댓바람에 악담이야? 네녀석의 악담을 며칠 안 들어서 맘이 좀 편안하더니 또 요길 왔어? 너도 손발이 통통 분 게 며칠 살 것 같지 못하다. 아이고 제발 그 악담 좀 말아라."

민은 이렇게 말하고 한숨을 쉬고는 자리에 눕는다. 이 방에는 민 외에 강이라고 하는 키 커다랗고 건장한 청년 하나가 아랫배에 붕대를 감고 벽에 기대어 앉아 있었다. 나중에 들으니 그는 어떤 신문 지국 기자로서, 과부 며느리와 추한 관계가 있다는 부자 하나를 공갈을 해서 돈 일천육백 원을 뺏어 먹은 죄로 붙들려 온 사람이라고 하며, 대단히 성미가 괄괄하고 비위를 거슬리는 일은 참지를 못 하는 사람이 되어서, 가끔 윤과 정을 몰아세운다. 윤이 민을 못 견디게 굴면 반드시 윤을 책망하였고, 정이 윤을 못 견디게 굴면 또 정을 몰아세운다. 정과 윤은 강을 향하여 이를 갈았으나 강은 두 사람을 깍정이같이 멸시하였다. 윤 다음에 정이 눕고, 정의 곁에 강이 눕고,

강 다음에 내가 눕게 된 관계로 강과 정과가 충돌할 기회가 자연 많아졌다. 강은 전문학교까지 졸업한 사람이기 때문에 지식이 상당하여서 정이 아는 체하는 소리를 할 때마다, 사정없이 오금을 박았다.

"어디서 한 마디 두 마디 줏어 들은 소리를 가지고 아는 체하고 지절대오? 시골 구석에서 무식한 농민들 속여 먹던 버르장머리를 아무 데서나 하려 들어? 벙글벙글하는 당신 상판대기에 나는 거짓말장이요 하고 뚜렷이 써 붙였어. 인젠 낫살도 마흔댓 살 먹었으니 죽기 전에 사람 구실을 좀 해 보지. 댁이 의학은 무슨 의학을 아노라고 걸핏하면 남에게 약 처방을 하오? 다른 사기는 다 해 먹더라도 잘 알지도 못하는 의원 노릇을랑 아여 말어. 침도 아노라, 한방의도 아노라, 양의도 아노라, 그렇게 아는 사람이 어디 있어? 당신이 그따위로 사람을 많이 속여 먹었으니 배때기가 온전할 수가 있나? 욕심은 많아서 한끼에 두 사람 세 사람 먹을 것을 처먹고는 약을 처먹어, 물을 처먹어, 그리고는 방구질, 또 똥질, 트림질, 게다가 자꾸 토하기까지 하니 그놈의 냄새에 곁에 사람이 살 수가 있나? 그렇게 처먹고 밥주머니가 늘어나지 않어? 게다가 한다는 소리가 밤낮 거짓말─ 싱글벙글 웃기는 왜 웃어? 누가 이쁘다는 게야? 알콜 솜으로 문지르기만 하면 상판대기가 예뻐지는 줄 아슈? 그 알콜 솜도 나랏돈이오. 당신네 집에서 언제 제 돈 가지고 알콜 한 병 사 봤어? 벌써 꼬락서니가 생전 사람 구실해 보기는 틀렸소마는, 제발 나 보는 데서만은 그 주둥아리 좀 닫치고 있어요."

강은 자기보다 근 이십 년이나 나이 많은 정을 이렇게 몰아세운다.

한번은 점심때에 자반 멸치 한 그릇이 들어왔다. 이것은 온 방 안에 있는 사람들이 골고루 나누어 먹으라는 것이다. 멸치라야 성한 것은 한 개도 없고, 꼬랑지, 대가리, 모두 부스러진 것뿐이요, 게다가 짚 검불이며, 막대기며, 별의 별 것이 다 섞여 있는 것들이나, 그래도 감옥에서는 한 주일에 한 번이나 두 주일에 한 번밖에는 못 얻어 먹는 별미여서, 이러한 반찬이 들어오는 날은 모두들 생일이나 명절을 당한 것처럼 기뻐하였다. 정은 여전히 밥 받아들이는 일을 맡았기 때문에 이 멸치 그릇을 받아서 젓가락으로 뒤적거리며 살이 많은 것은 골라서 제 그릇에 먼저 덜어 놓고, 대가리와 꼬랑지만을 다른 네 사람을 위하여 내어놓았다. 내가 보기에도 정이 가진 것은 절반은 다 못 되어도 삼분의 일은 훨씬 넘었다. 그러나 정의 눈에는 그것이 멸치 전체의 오분지 일로 보인 모양이었다.

나는 강의 입에서 반드시 벼락이 내릴 것을 예기하고, 그것을 완화해 볼 양으로 정더러,

"여보시오, 멸치가 고르게 분배되지 않은 모양이니, 다시 분배를 하시오."

하였으나, 정은 자기 그릇에 담았던 멸치 속에서 그 중 맛없을 만한 것 서너 개를 골라서 이쪽 그릇에 덜어 놓을 뿐이었다. 그리고는 대단히 맛나는 듯이 제 그릇의 멸치를 집어 먹는데, 그것도 그 중 맛나 보이는 것을 골라서 먼저 먹었다.

민은 아무 욕심도 없는 듯이 쌀뜨물 같은 미음을 한 모금 마시고는 놓고, 또 한 모금 마시고는 놓고 할 뿐이요, 멸치에 대해서는 아무 관심이 없는 모양이었으나, 윤은 못 마땅한 듯이 연해 정을 곁눈으로 흘겨보면서 그래도 멸치를 골라 먹고 있었다. 강만은 멸치에는 젓가락을 대어보지도 않고, 조밥 한 덩이를 다 먹고 나더니마는, 멸치 그릇을 들어서 정의 그릇에 쏟아 버렸다. 나도 웬일인지 멸치에는 젓가락을 대지 아니하였다. 정은 고개를 번쩍 들어 강을 바라보며,

"왜, 멸치 좋아 안하셔요?"

"우린 좋아 아니해요. 두었다 저녁에 자시오."

하고 강은 아무 말 없이 물을 먹고는 제자리에 가서 드러누웠다. 나는 강의 속에 무슨 생각이 났는지 몰라 우습기도 하고 궁금하기도 하였다.

정은 역시 강의 속이 무서운 모양이었으나, 다섯 사람이 먹을 멸치를, 게다가 소금 절반이라고 할 만한 멸치를 거진 다 먹고 조금 남은 것을 저녁에 먹는다고 라디에이터 밑에 감추어 두었다.

정은 대단히 만족한 듯이 싱글싱글 웃으며 제자리에 와 드러누웠다. 그러더니 얼마 아니해서 코를 골았다. 식곤증이 난 모양이라고 나는 생각하였다. 아무리 위장이 튼튼한 장정 일군이라도 자반 멸치 한 사발을 다 먹고 무사히 내릴 리는 없을 것 같았다. 강도 그 눈치를 알았는지 배의 붕대를 끌러 놓고 부채로 수술한 자리에 바람을 넣으면서 픽픽 웃고 앉았더니, 문득 일어나서 물 주전자 있는 자리에 와서 그것을 열어 흔들어 보고 그리고는 뚜껑을 열어 보았다. 강은 나와 윤에게 물을 한 잔씩 따라서 권하고, 그리고는 자기가 두 보시기나 마시고, 그 나머지로는 수건을 빨아서 제 배를 훔치고, 그리고는 물 한 방울도 없는 주전자를 마룻바닥에 내어던지듯이 덜컥 놓고는 제자리에 돌아와 앉았다.

강이 하는 양을 보고 앉았던 윤은,

"강선생, 그것 잘하셨소. 흥, 이제 잠만 깨면 목구멍에 불이 일어날 것이닝게."

하고는 주전자 뚜껑을 열어 물이 한 모금도 아니 남은 것을 보고 제자리에 돌아와 앉는다.

정은 숨이 막힐 듯이 코를 골더니 한 시간쯤 지나서 눈을 번쩍 뜨며 일어나는 길로 주전자 앞으로 달려갔다. 그러나 주전자에 물이 한 방울도 없는 것을 보고, 와락 화를 내어 주전자를 동댕이를 치고 윤을 흘겨보면서,

"그래, 물을 한 방울도 안 남기고 자신단 말이오? 내가 아까 물이 있는 걸 보고 잤는데, 그렇게 남의 생각을 아니하고 제 욕심만 채우니깐두루 밤낮 똥질을 하지."

하고 트집을 잡는다.

"뉘가 할 소리여? 그게 춘치 자명이라는 것이어."

하고 윤은 점잔을 뺀다.

"물은 내가 다 먹었소."

하고 강이 나앉는다.

"멸치는 댁이 다 먹었으니, 우리는 물로나 배를 채워야 아니하오? 멸치도 혼자 다 먹고 물도 혼자 다 먹었으면 속이 시원하겠소?"

정은 아무 말도 아니하였다. 그러나 목이 말라 죽을 지경인 모양이었다. 그는 누웠다 앉았다, 도무지 자리를 잡지 못하였다. 그가 가끔 일어나서 철창으로 복도를 바라보는 것은 간병부더러 물을 청하려는 것인 듯하였다. 그러나 간병부는 어디 갔는지, 좀체로 보이지 아니하였고, 그 동안에 간수와 부장이 두어 번 지나갔으나, 차마 물 달라는 말은 나오지 않는 모양이었다. 그 동안이 퍽 오래 지난 것 같았다. 이 때에 키 작은 간병부가 왔다. 정은 주전자를 들고 일어나서 창으로 마주 가며,

"햐꾸고오상, 여기 물 좀 주세요. 도무지 무엇을 먹지를 못하니깐두루 헛텃증이 나고, 목이 말라서. 물이 한 방울도 없구먼요."

하고 얼굴 전체가 웃음이 되어 아첨하는 빛을 보인다.

"여기를 어딘 줄 아슈? 감옥살이를 일 년이나 해도 감옥소 규칙도 몰라? 저녁 때 아니고 무슨 물이 있단 말이오?"

백 호는 이렇게 웃어 버린다. 정은 주전자를 높이 들어 흔들며,

"그러니까 청이지요. 목마른 사람에게 물 한 잔 주는 것도 급수 공덕이라는 말을 들으셨어요? 한 잔만 주세요. 수통에서 얼른 길어 오

면 안 되오?"

"그렇게 배도 곯아 보고, 목도 좀 말라 보아야 합니다. 남의 돈 공으로 먹으려다가 붙들려 왔으면, 그만한 고생도 안 해?"

하다가, 간수 오는 것을 봄인지, 간병부는 얼른 가 버리고 만다. 정은 머쓱해서 주전자를 방바닥에 놓고 자리에 와 앉는다. 옆방 장질부사 환자의 간호를 하고 있는 키 큰 간병부가 통행금지하는 줄 저편에서 고개를 기웃하여 우리들이 있는 방을 들여다보며,

"정주사, 물 좀 줄까? 얼음 냉수 좀 줄까?"

하고 환자 머리 식히는 얼음주머니에 넣던 얼음조각을 한 줌 들어 보인다. 정은 벌떡 일어나서 창 밑으로 가며,

"규고오상, 그거 한 덩이만 던져 주슈."

하고 손을 내민다.

"이건 왜 이래? 장질부사 무섭지 않어? 내 손에 장질부사 균이 득시글득시글한다나."

"아따, 그 소독물에 좀 씻어서 한 덩어리만 던져 주세요. 아주 목이 타는 것 같구려. 그렇잖으면 이 주전자에다가 물 한 구기만 넣어 주세요. 아주 가슴에 불이 인다니깐."

"아까 들으니까 멸치를 혼자 자시는 모양입디다그려. 그걸 그냥 새겨야지, 물을 먹으면 다 오줌으로 나가지 않우? 그냥 새겨야 얼굴이 반드르해진단 말야."

그리고는 키 큰 간병부는 새끼손가락만한 얼음 한 덩이를 정을 향하고 집어 던졌으나, 그것이 하필 쇠창살에 맞고 복도에 떨어져 버리고 말았다. 그리고는 키 큰 간병부는 얼음주머니를 가지고 방으로 들어가 버렸다.

정은 제 자리에 돌아와 고개를 숙이고 앉았다.

"소금을 자슈. 체한 데는 소금을 먹어야 하는 게야."

이것은 강의 처방이었다. 정은 원망스러운 듯이 강을 한 번 힐끔 돌아보고는 입맛을 다셨다.

"저 타구에 물이 좀 있지 않아? 양추물은 남의 세 갑절 쓰지? 그게 저 타구에 있지 않어? 그거라도 마시지."

이것은 윤의 말이었다.

"아까 짠 것을 너무 자십디다. 속도 좋지 않은 이가 그렇게 자시고 무사할 리가 있소?"

하며 민이 자기 머리맡에 놓았던 우유병을 정에게 주었다.

"이거라도 자셔 보슈."

"고맙습니다. 그저 병환이 하루바삐 나으시고 무죄가 되어서 나갑소사."

하고 정은 정말 합장하여 민에게 절을 하고 나서 그 우유병을 단숨에 들이켰다.

"사람들이 그래서는 못 쓰는 것이오. 남을 위할 줄을 알아야 쓰는 게지. 남을 괴롭게 하고 비웃고 하면 천벌을 받는 법이오. 하느님이 다 내려다보시고 계시거든."

정은 이렇게 한바탕 설교를 하고 다시는 물 얻어 먹을 생각도 못하고 누워 버리고 말았다.

"당신이 사람은 아니오. 너무 처먹어서 목이 갈한데다가 또 우유를 먹으면 어떡허자는 말이오? 흥, 뱃속에서 야단이 나겠수. 탐욕이 많으면 그런 법입니다. 저 먹을 만큼만 먹으면 배탈이 왜 난단 말이오? 그저 이건 들여라 들여라니 당신 그러다가는 장위가 아주 결단이 나서 나중엔 미음도 못 먹게 되오! 알긴 경치게 많이 알면서 왜 제 몸 돌아볼 줄만은 몰라? 그리고는 남더러 천벌을 받는다고. 인제 오늘 밤중쯤 되면 당신이야말로 천벌 받는 것을 내가 볼걸."

강은 이렇게 빈정대었다.

이러는 동안에 또 저녁 먹을 때가 되었다. 저녁 한 때만은 사식을 먹는 정은 분명히 저녁을 굶어야 옳을 것이언만, 받아 놓고 보니 하얀 밥과 섭산적과 자반 고등어와 쇠꼬리국과를 그냥 내어놓을 수는 없는 모양이었다.

"저녁을랑 좀 적게 자시지요."

하는 내 말에 정은,

"내가 점심에 무얼 먹었다고 그러십니까? 왜 다들 나를 철없는 어린애로 아슈?"

하고 화를 내었다.

정은 저녁 차입을 다 먹고 점심에 남겼던 멸치도 다 핥아 먹고, 그렇게도 그립던 물을 세 보시기나 벌컥벌컥 마셨다.

"시우신(취침)"하는 소리에 우리들은 다 자리에 누워서 잠을 기다리고 있었다.

정은 대단히 속이 거북한 모양이어서 두어 번이나 일어나서 소금을 먹고는 물을 마셨다. 그리고도 내 약봉지에 남은 소화약을 세 봉지나 달래서 다 먹었다.

옆방에 옮아 온 장질부사 환자는 연해 앓는 소리와 헛소리를 하고 있었다. 집으로 보내어 달라고 소리를 지르고 "아주머니 아주머니"하고 목을 놓아 울기도 하였다. 이 젊은 장질부사 환자의 앓는 소리에 자극이 되어서 좀체로 잠이 들지 아니하였다. 내 곁에 누운 간병부는 그 환자에 대하여 내 귀에 대고 이렇게 설명하였다.

"저 사람이 ○전 출신이라는데, 지금 스물일곱 살이래요. 황금정에 가게를 내고 장사를 하다가 그만 밑져서 화재보험을 타먹을 양으로 불을 놓았다나요. 그래 검사한테 십 년 구형을 받았대요. 십 년 구형을 받고는 법정에서 졸도를 했다고요. 의사의 말이, 살기가 어렵다는걸요. 집엔 부모도 없고, 형수 손에 길리었다고요. 그래서 저렇게 아주머니만 찾아요. 사람은 괜찮은데 어쩌다가 나 모양으로 불 놓을 생각이 났는지."

장질부사 환자는 여전히 아주머니를 찾고 있었다.

정은 밤에 세 번이나 일어나서 토하였다. 방 안에는 멸치 비린내 나는 시큼한 냄새가 가득 찼다. 윤과 강은 이거 어디 살겠느냐고 정에게 핀잔을 주었으나 정은 대꾸할 기운도 없는 모양인지 토하는 일이 끝나고는 뱃멀미하는 사람 모양으로 비틀비틀 제자리에 돌아와 쓰러져 버렸다. 이것이 빌미가 되어서 정은 이틀이나 사흘 만에 한 번씩은 토하는 증세가 생겼는데, 그래도 정은 여전히 끼니때마다 두 사람 먹을 것을 먹었고, 그러면서도 토할 때에 간수한테 들키면 아무것도 먹은 것은 없는데 저절로 뱃속에 물이 생겨서 이렇게 토하노라고 변명을 하였다. 그리고는 우리들을 향하여서도,

"글쎄, 조화 아니야요? 아무것도 먹은 것이 없는데 이렇게 물이 한 타구씩 배에 고인단 말이야요. 나를 이 주일만 놓아 주면 약을 먹어서 단박에 고칠 수가 있건마는."

이렇게 아무도 믿지 아니하는 소리를 지껄이는 것이었다. 민의 모양이 시간시간 글러지는 양이 눈의 띄었다. 요새 며칠째는 윤이 아무리 긁적거려도 한마디의 대꾸도 아니 하였고, 똥통에서 내려오다가도 두어 번이나 딩굴었다. 그는 눈알을 굴리지 못하는 것 같고 입도 다물 기운이 없는 것 같았다. 우리는 밤에 자다가도 가끔 그가 숨이 남았나 하고 고개를 쳐들어 바라보게 되었다. 그래도 어떤 때에는 흰 밥이 먹고 싶다고 한 숟가락을 얻어서 입에 물고 어물어물하다가 도로 뱉으며,

"인제는 밥도 무슨 맛인지 모르겠어. 배갈이나 한잔 먹으면 어떨지?"

하고 심히 비감한 빛을 보였다. 민은 하루에 미음 두어 숟갈, 물 두

어 모금만으로 목숨을 부지하고 있었다. 하루는 의무과장이 와서 진찰을 하고 복막에서 고름을 떼어 보고 나가더니, 이삼 일 지나서 취침 시간이 지난 뒤에 보석이 되어 나갔다. 그래도 집으로 나간단 말이 기뻐서, 그는 벙글벙글 웃으면서 보퉁이를 들고 비틀비틀 걸어 나갔다.

"흥, 저거 인제 나가는 길로 뒈지네."

하고 윤이 코웃음을 하였다. 얼마 있다가 민을 부축하고 나갔던 간병부가 들어와서,

"곧잘 걸어요. 곧잘 걸어 나가요. 펄펄 날뛰던데!"

하고 웃었다.

"나도 보석이나 나갔으면 살아날 텐데······."

하고 정이 퉁퉁 부운 얼굴에 싱글싱글 웃으면서 입맛을 다셨다.

"내가 무어라고 했어? 코끝이 고렇게 빨개지고는 못 산다닝게. 그리고 성미가 고따위로 생겨먹고 병이 낫거디? 의사가 하라는 건 죽어라 하고 안 하거든. 약을 처먹나. 그건 무가내닝게."

윤은 이런 소리를 하였다.

"흥, 똥 묻은 개가 겨 묻은 개 숭본다. 댁이 누구 숭을 보아? 밤낮 똥질을 하면서도 자꾸 처먹고."

이것은 정이 윤을 나무라는 것이었다.

"허허허허. 참 입들이 보배요. 남이 제게 할 소리를 제가 남에게 하고 있다니까. 아아 참."

이것은 강이 정을 보고 하는 소리였다.

민이 보석으로 나가던 날 밤, 내가 한잠을 자고 무슨 소리에 놀라 깨었을 때에, 나는 곁방 장질부사 환자가 방금 운명하는 중임을 깨달았다. 끙끙 소리와 함께 목에 가래 끓는 소리가 고요한 새벽 공기를 울려 오는 것이었다. 그 방에 있는 간병부도 잠이 든 모양이어서

앓는 사람의 숨 모으는 소리뿐이요, 도무지 인기척이 없었다. 나는 내 곁에서 자는 간병부를 깨워서 이 뜻을 알렸다. 간병부는 간수를 부르고, 간수는 비상 경보하는 벨을 눌러서 간수부장이며 간수장이 달려오고, 얼마 있다가 의사가 달려왔다. 그러나 의사가 주사를 놓고 간 뒤, 반 시간이 못하여 장질부사 환자는 마침내 죽어 버렸다.

이튿날 아침에 죽은 청년의 시체가 그 방에서 나가는 것을 우리는 엿보았다. 붕대로 싸맨 얼굴은 아니 보이나 길다란 검은 머리카락이 비죽이 내어민 것이 처량하였다. 그는 머리를 무척 아낀 모양이어서 감옥에 들어온지 여러 달이 되도록 머리를 남겨 둔 것이었다. 아직 장가도 아니든 청년이니 머리에 향내나는 포마드를 발라 산뜻하게 갈라붙이고 면도를 곱게 하고, 얼굴에 파우다를 바르고 나섰을 법도 한 일이었다. 그는 인생 향락의 밑천을 얻을 양으로 장사를 시작하였다가 실패하였다. 실패하자, 돈에 대한 탐욕은 마침내 제 집에 불을 놓아 화재보험금을 사기하리라는 생각까지 내게 하였고, 탐욕으로 원인을 하는 이 큰 죄악에서 오는 당연한 결과로 경찰서 유치장을 거쳐 감옥살이를 하다가, 믿지 못할 인생을 끝마감한 것이다. 나는 그가 어느 날 밤에 집에 불을 놓을 결심을 하던 양을 상상하다가, 이왕 죽어 버린 불쌍한 젊은 혼에게 대하여 미안한 생각이 나서, 뒷문으로 나가는 그의 시체를 향하여 합장하고 고개를 숙였다. 그 시체의 뒤에는 그가 헛소리로까지 부르던 아주머니가 그 남편과 함께 눈물을 씻으며 소리 없이 따라가는 것이 보였다. 그를 간호하던 키 큰 간병부 말이, 그는 죽기 전 이삼 일 동안은 정신만 들면 예수교식으로 기도를 올렸다고 하며 또 잠꼬대 모양으로 "하느님 하느님"하고 부르고, 예수의 십자가의 공로로 이 죄인을 용서하여 달라고 중얼거리더라고 한다. 그는 본래 예수교의 가정에서 자라서 중학교나 전문학교를 다 교회학교에서 마쳤다고 한다. 생각건대는, 재물이 풍성함으로 사는 것이 아니라는 예수의 말씀이 잘 믿어지지 아니하여 돈에서 세상 영화를 구하려는 매면의 유혹에 걸렸다가, 거진 다 죽게 된 때에야 본심에 돌아간 모양이었다.

이 날은 날이 심히 덥고 볕이 잘 나서, 죽은 사람이 방에 있던 돗자리와 매트리스와 이불과 베개와를 우리가 일광욕 하는 마당에 내어 널었다. 그 베개가 촉촉히 젖은 것은 죽은 사람이 마지막으로 흘린 땀인 모양이었다. 입에다가 가제 마스크를 대고 시체가 있던 방을 치우고, 소독하던 키 큰 간병부는 크레졸 물에다가 손과 팔뚝을 뻑뻑 문지르며,

"이런 제에길, 보름 동안이나 잠 못 자고 애쓴 공로가 어디 있나? 팔자가 사나우니깐 내 어머니 임종도 못한 녀석이 엉뚱한 다른 사람의 임종을 다했지. 허허."

하고 웃었다. 그 청년이 죽어 나간 뒤로부터 며칠 동안 윤이나 정이나 내나 대단히 우울하였다.

윤의 기침은 점점 더하고 열도 오후면 삼십팔 도 칠 부 가량이나 올라갔다. 그는 기침을 하고는 지리가미에 담을 뱉아서 아무데나 내어버리고, 열이 올라갈 때면 혼몽해서 잠을 자다가는 깨기만 하면 냉수를 퍼먹었다. 담을 함부로 뱉지 말고 타구에 뱉으라고 정도 말하고 나도 말하였지마는, 그는 종시 듣지 아니하고 내 자리 밑에 넣은 지리가미를 제 마음대로 집어다가는 하루에도 사오십 장씩이나 담을 뱉아서 내어던지고, 그가 기침이 나서 누에 모양으로 고개를 내어두르며 캑캑 기침을 할 때에 곁에 누웠던 정이 윤더러 고개를 저쪽으로 돌리고 기침을 하라고 소리를 지르면, 윤은 심사로 더욱 정의 얼굴을 향하고 캑캑거렸다.

"내가 폐병인 줄 아나. 왜? 내 기침은 폐병 기침은 아녀. 내 기침이야 깨끗하지. 당신 왱왱 돌리는 게나 좀 말어, 제발……."

무명 477

하고 윤은 도리어 정에게 핀잔을 주었다.

　정은 마침내 간병부를 보고 윤이 기침이 대단한 것과, 함부로 담을 뱉으니, 그 담에 균이 있나 없나 검사해야 될 것을 주장하였다.

　"검사해 보아, 검사해 보아, 내가 폐병일 줄 알고? 내가 이래뵈어도 철골이어던. 이게 해수 기침이지 폐병 기침은 아녀."

하고 윤은 정을 흘겨보았다. 그 문제로 해서 그날 온종일 윤과 정은 으르렁거리고 있다가 그 이튿날 아침 진찰 시간에 정은 의사와 간병부가 있는 자리에서, 윤이 기침이 심하고 담을 많이 뱉고 또 아무 데나 함부로 뱉는 것을 말하여 의사의 주의를 끌고 윤에게 망신을 주었다. 방에 돌아오는 길로 윤은 정을 향하여,

　"댁이 나와 무슨 원수여? 댁이 끼니때마다 밥을 속여, 베개를 셋씩이나 베어, 밤마다 토해, 이런 소리를 내가 간수보고 하면 댁이 경칠 줄 몰라? 임자가 그따위 개도 안 먹을 소갈머리를 가졌으닝게 처먹는 게 살이 안 되는 게여. 속에서 폭폭 썩어서 똥구멍으로 나갈 게 아가리로 나오는 게야. 댁의 상판대기를 보아요. 누렇게 들뜬 것이, 저러고 안 죽는 법 있어? 누가 여기서 먼저 죽어 나가나 내기할까?"

하고 대들었다.

　담 검사한 결과는 그로부터 사흘 후에 알려졌다. 키 작은 간병부의 말이, 플러스 플러스 플러스 열십자가 세 개가 찍혔더라고 한다. 윤은 멀거니 간병부와 나를 번갈아 쳐다보며,

　"플러스 플러스는 무어고, 열십자 세 개는 무어여?"

하고 근심스럽게 물었다.

　"폐병 버러지가 욱시글득시글한단 말여."

하고 정이 가로맡아 대답을 하였다.

　"당신더러 묻는 말 아니여."

하고 정에게 핀잔을 주고 나서 윤은,

"내 담에 아무것도 없지라오? 열십자 세 개란 무어여?"

하고 간병부를 쳐다본다. 간병부는 빙그레 웃으며,

"괜찮아요. 담에 무엇이 있는지야 의사가 알지 내가 알아요?"

하고는 가버리고 말았다.

정이 제자리를 윤의 자리에서 댓치나 떨어지게 내 쪽으로 당기어 깔고,

"저 담벼락 쪽으로 바싹 다가서 누워요. 기침할 때에는 담벼락을 향하고, 담을랑 타구에 뱉고. 사람의 말 주릴 하게도 안 듣네. 당신 담에 말이요, 폐결핵균이 말이야, 폐병 벌레가 말이야, 대단히 많단 말이우. 열십자가 하나면 좀 있단 말이고, 열십자가 둘이면 많이 있단 말이고, 열십자가 셋이면 대단히 많이 있단 말이야, 인제 알아들었수? 그러니깐두루 말이야, 다른 사람 생각을 좀 해서 함부로 담을 뱉지 말란 말이오."

하는 말을 듣고 윤의 얼굴은 해쓱해지며 내게,

"진상 그게 정말인게요?"

하고 묻는 소리도 떨렸다. 나는,

"내일 의사가 무어라고 말씀하겠지요."

할 뿐이요, 그 이상 더 할 말이 없었다.

저녁때가 다 되어서 키 작은 간병부가 와서,

"윤서방! 전방이오 전방. 좋겠소, 널찍한 방에 혼자 맡아 가지고 정서방하고 쌈도 안 하고. 인제 잘됐어. 어서 짐이나 차려요."

하는 말에, 윤은 자리에 벌떡 일어나 앉으며 간병부를 눈흘겨보면서,

"여보, 그래 댁은 나와 무슨 웬수란 말이오? 내 담을 갖다가 검사를 시키고, 그리고 나를 사람 죽은 방에 혼자 가 있게 해? 날더러 죽으란 말이지. 난 그 방 안 가오. 어디 어떤 놈이 와서 나를 그 방

으로 끌어 가나 볼라오. 내가 그놈과 사생 결단을 할 터이닝게, 그래 이따위 입으로 똥싸는 더러운 병자는 가만 두고, 나 같은 말짱한 사람을 그래 사람 죽은 방으로 혼자 가래? 햐꾸고오상 나를 사람 죽은 방으로 보내고 그래 댁이 앙화를 안 받을 듯싶소.”

하고 악을 썼다.

“왜 날더러 그러오? 내가 당신을 어디로 보내고 말고 하오? 또 제가 전염병이 있으면 가란 말 없어도 다른 사람 없는 데로 가는 게지, 다른 사람들까지 병을 묻혀 놓으려고? 심사가 그래서는 못써. 죽을 날이 가깝거든 맘을 좀 착하게 먹어. 이건 무슨 퉁명이야?”

간병부는 이렇게 말하고 코웃음을 웃으며 가버린다.

간병부가 간 뒤에는 윤은 정에게 원망하는 말을 퍼부었다. 제 담 검사를 정이 주장하였다는 것이다. 그는 정이 죽어 나가는 것을 맹세코 제 눈으로 보겠다고 장담하고, 또 만일 불행히 제가 먼저 죽으면 죽은 귀신이라도 정에게 원수를 갚을 것을 선언하였다.

정은 아무 말도 아니하고 고소한 듯이 싱글벙글 웃기만 하고 있더니,

“흥, 그리 마오. 당신이 그런 악한 마음을 가졌으니깐두루 그런 악한 병을 앓게 되는 게유. 당신이야말로 민영감을 그렇게 못 견디게 굴었으니깐두루 민영감 죽은 귀신이 지금 와서 원수를 갚는 게야. 흥, 내가 왜 죽어? 나는 말짱하게 살아 나갈걸. 나는 얼마 아니면 공판이야. 공판만 되면 무죄야. 이건 왜 이러오?”

하고 드러누워서 소리를 내어 불경 책을 읽기 시작한다.

정은 교회사를 면회하고 〈무량수경〉을 얻어다가 읽기 시작한 지가 벌써 이 주일이나 되었다. 그는 순한문 경문의 뜻을 알아볼 만한 한문의 힘이 없는 모양이었으나 이렇게도 토를 달아 보고 저렇게도 토를 달아 보면서 그래도 부지런히 읽었고, 가끔 가다가 제가 깨달

앗다고 하는 구절을 장한 듯이 곁에 사람에게 설명조차 하였다. 그는 곁방에서도 다 들릴이만큼 큰소리로 서당에서 아이들이 글 읽는 모양으로 낭독을 하였고, 취침 시간 후이거나 기상 시간 전이거나 곁에 사람이야 자거나 말거나 제 마음만 내키면 그것을 읽었다. 한번은 지나던 간수가 소리를 내지 말라고 꾸중할 때에 그는 의기양양하게 자기가 읽는 것은 불경이라고 대답하였다. 그가 때때로 설명하는 것을 들으면 〈무량수경〉 속에 있는 뜻을 대충은 아는 모양이었으나, 그는 그것을 실행에 옮길 생각은 아니하는 것 같아서 불경을 읽은 지 이 주일이 넘어도 남을 위한다는 생각은 조금도 나는 것같지 아니하였다. 한 번은 윤이,

"흥, 그래도 죽어서 좋은 데는 가고 싶어서, 경을 읽기만 하면 되는 줄 알구. 행실을 고쳐야 하는 게여?"

하고 빈정대일 때에 옆에서 강이,

"그러지 마시오. 그 양반 평생 첨으로 좋은 일 하는 게요. 입으로 읽기만 하여도, 내생 내내생쯤은 부처님 힘으로 좀 나아지겠지."

이렇게 대꾸를 하였다.

"아스우. 불경 읽는 사람을 곁에서 그렇게 비방들을 하면 지옥에를 간다고 했어."

이렇게 뽐내고 정은 왕왕 소리를 내어 읽었다. 사람 죽은 방으로 간다는 걱정으로 자못 마음이 편안치 못한 윤은 정의 글 읽는 소리에 더욱 화를 내는 모양이어서, 몇 번 입을 비쭉비쭉하더니,

"듣기 싫어! 다른 사람 생각도 좀 해야지. 제발 소리 좀 내지 말아요."

하는 것을 정은 들은 체 만 체하고 소리를 더 높여서 몇 줄을 더 읽고는 책을 덮어 놓는다. 윤은 누운 대로 고개를 돌려서 내 편을 바라보며,

"진상요, 사람 죽은 방에 처음 들어가자면 그 사람도 죽는 게 아닝게오?"

하고 내 의견을 묻는다.

"사람 안 죽은 아랫목이 어디 있어요? 병원에선 금시에 죽어 나간 침대에 금시에 새 병자가 들어온답니다. 사람이 다 제 명이 있지요. 죽고 싶다고 죽어지는 것도 아니고, 더 살고 싶다고 살아지는 것도 아니구요. 그렇게 겁을 집어 자시지 말고 맘 편안히 염불이나 하고 누워 계셔요."

나는 이것이 그에게 대하여 내가 말할 수 있는 마지막 기회인 성싶어서, 일부러 일어나 앉아서 이 말을 하였다. 내가 한 말이 윤의 생각에 어떠한 반향을 일으켰는지 알 수 있기 전에 감방문이 덜컥 열리며,

"쥬고고 뎀보오."

하는 간수의 명령이 내렸다. 간수의 곁에는 키 작은 간병부가 빙글빙글 웃고 서서,

"어서 나와요. 짐 다 가지고 나와요."

하고 소리를 쳤다. 윤은 자리 위에 벌떡 일어나 앉으며,

"단또상(간수님), 제 병이 폐병이 아닝기오. 제가 기침을 하지마는 그 기침은 깨끗한 기침이닝게……."

하고 되지도 아니 할 변명을 하려다가, 마침내 어서 나오라는 호령에 잔뜩 독이 올라서 발발 떨면서 일호실로 전방을 하고 말았다. 윤이 혼자서 간수와 간병부에게 악담을 하는 소리와 자지러지게 하는 기침 소리가 들려 왔다. 정은,

"에잇, 고것 잘 갔다. 무슨 사람이 고렇게 생겨 먹었는지. 사뭇 독사야 독사. 게다가 다른 사람 생각이란 영 할 줄 모르지. 아무 데나 대고 기침을 하고, 아무 데나 담을 뱉어 버리고. 이거 대소독을 해야

지. 쓸 수가 있나?"

하고 중얼거리면서 그래도 윤이 덮던 겹이불이 자기 것보다는 빛깔이 좀 새로운 것을 보고 얼른 제 것과 바꾸어 덮는다. 그리고 윤이 쓰던 알루미늄 밥그릇도 제 밥그릇과 포개 놓아서 다른 사람이 먼저 가질 것을 겁내는 빛을 보인다. 강이 물끄러미 이 모양을 보고 앉았다가,

"여보, 방까지 소독을 해야 된다면서 앓던 사람의 이불과 식기를 쓰면 어쩔 작정이오? 당신은 남의 허물은 참 용하게 보는데, 윤씨더러 하던 소리를 당신더러 좀 해 보시오그려."

하고 핀잔을 준다.

정은 약간 부끄러운 빛을 보이며,

"이불은 내일 볕에 널고, 식기는 알콜 솜으로 잘 닦아서 소독을 하면 고만이지."

하고 또 고개를 흔들어 가며 소리를 내어서 불경 책을 읽기를 시작한다.

정은 아마 불경을 읽는 것으로, 사후에 극락 세계로 가는 것보다도 재판에 무죄되기를 바라는 모양이었다. 그러기에 그가 징역 일 년 반의 선고를 받고 와서는 불경을 읽는 것이 훨씬 덜 부지런하였고, 그래도 아주 불경 읽기를 그만두지 아니하는 것은 공소 공판을 위함인 듯하였다. 그렇게 자기는 무죄라고 장담하였고, 검사와 공범들까지도 자기에게는 동정을 가진다고 몇 번인지 모르게 뇌이고 뇌다가, 유죄 판결을 받고 와서는, 재판장이 '야마시다' 재판장이 아니고 '나까무라'인가 하는 변변치 못한 사람인 까닭이라고 단언하였고, 공소에서는 반드시 자기의 무죄가 판명되리라고, 공소의 불리함을 타이르는 간수에게 중언부언 설명하였다. 그는 수없이 억울하다는 소리를 하였고, 일 년 반 징역이라는 것을 두려워함이 아니라, 자기

의 일생의 명예를 위하여 끝까지 법정에서 다투지 아니하면 아니된다고 비장한 어조로 말하였고, 자기 스스로도 제 말에 감격하는 모양이었다.

얼마 후에 강도 징역 이 년의 판결을 받았다. 정이 강더러 아첨 절반으로 공소하기를 권할 때에 강은,

"난 공소 안할라오. 고등교육까지 받은 녀석이 공갈 취재를 해먹었으니 이 년 징역도 싸지요."

하였고, 그 날 밤에 간수가 공소 여부를 물을 때에,

"후꾸자이 시마스, 후꾸자이 시마스(복죄합니다)."

하고 상소권을 포기하였다. 그리고 이튿날 아침에 그는 칠 십이 넘은 아버지 어머니 걱정을 하면서, 복역 중에 새 사람이 될 것을 맹세하노라고 말하고 본감으로 가고 말았다.

"자식이 싱겁기는."

하는 것이 정이 강을 보내고 나서 하는 비평이었다. 강이 정의 말에 여러 번 핀잔을 주던 것이 가슴에 맺힌 모양이었다.

강이 상소권을 포기하고 선선히 복죄해 버린 것이 대조가 되어서, 정이 사기 취재를 한 사실이 확실하면서도 무죄를 주장하는 모양이 더욱 보기 흉하였다. 그래서 간수들이나 간병부들이나 정에게 대해서는, 분명히 멸시하는 태도를 가지고 있었다. 게다가 정이 보석 청원을 쓴다고 편지 쓰는 방에 간 것을 보고 키 작은 간병부는 우리 방 창 밖에 와 서서,

"남의 것 사기해 먹는 놈들은 모두 염치가 없단 말이야. 땅도 없는 것을 있다고 속여서 계약금을 오천 원이나 받아서, 제가 천 원이나 떼어 먹고도 글쎄 일 년 반 징역이 억울하다는구면. 흥, 게다가 또 보석 청원을 한다고—? 저런 것은 검사도 미워하고 형무소에서도 미워해서 다 죽게 되기 전에는 보석을 안 해 주어요."

이런 소리를 하였다. 그 이야기 솜씨와 아첨 잘하는 것으로 간병부들의 환심을 샀던 것조차 잃어버리고, 건강은 갈수록 쇠약하여지는 정의 모양은 심히 외롭고 가엾은 것 같았다.

윤이 전방한 지 아마 이십 일은 지나서 벌써 달리아 철도 거의 지나고 국화꽃이 피기 시작한 어떤 날, 나는 정과 함께 감옥 마당에 운동을 나갔다. 정은 사루마다 바람으로 달음박질을 하고 있었으나, 몸을 움직일 수 없는 나는 모래 위에 엎드려서 거진 다 쇠잔한 채송화 꽃을 들여다보며 일광욕을 하고 있었다. 아침 저녁은 선들선들하고, 더구나 오늘 아침에는 늦게 핀 코스모스조차 서리를 맞아 아주 후줄근하였건마는, 오정(정오)을 지난 볕은 따거울 지경이었다. 이 때에 "진상!" 하고 부르는 소리가 들렸다. 고개를 들어 돌아보니 일방 창으로 윤의 머리가 쑥 나와 있었다. 그 얼굴은 누르스름하게 부어올라서 원래 가느다란 눈이 더욱 가늘어졌다. 나는 약간 고개를 끄덕여서 인사를 대신하였으나, 이것도 물론 법에 어그러지는 일이었다. 파수 보는 간수에게 들키면 걱정을 들을 것은 물론이다.

"진상! 저는 꼭 죽게 됐는 게라. 이렇게 얼굴까지 퉁퉁 부었능기라우. 어젯밤 꿈을 꾸닝게 제가 누런 굵은 베로 지은 제복을 입고 굴건을 쓰고 종로로 돌아다니는 꿈을 꾸었지라오. 이제 죽을 꿈이 아닝기오?"

하는 그 목소리는 눈물겹도록 부드러웠다.

그 이튿날이라고 생각한다. 또 나와 정이 운동을 하러 나가 있을 때에 전날과 같이 윤은 창으로 내다보며,

"당숙한테서 돈이 왔는디 달걀을 먹을 겡기오? 우유를 먹을 겡기오? 아무걸 먹어도 도무지 내리지를 않는디."

하고 말하였다. 또 며칠 후에는,

"오늘 의사의 말이 절더러 집안에 부어서 죽은 사람이 없었느냐고

묻는데요. 선친이 꼭 나 모양으로 부어서 돌아가셨는데."

이런 말을 하고 아주 절망하는 듯이 한숨을 쉬는 것이 보였다. 그리고 나서 정에게는 들리지 않기를 원하는 듯이 정이 저쪽 편으로 가는 때를 타서

"염불을 모시려면 나무아미타불이라고만 하면 되능기오?"

하고 물었다. 나는 벌떡 일어나 앉으며 합장하고 약간 고개를 숙이고 나무아미타불 하고 한 번 불러 보였다.

윤은 내가 하는 모양으로 합장을 하다가 정이 앞에 오는 것을 보고 얼른 두 팔을 내려버리고 말았다. 그리고 다시 정이 먼 곳으로 간 때를 타서,

"진상! 나무아미타불을 부르면 죽어서 분명히 지옥으로 안 가고 극락세계로 가능기오?"

하고 그 가는 눈을 할 수 있는 대로 크게 떠서 나를 바라보았다. 나는 생전에 이렇게 중대한, 이렇게 책임 무거운 질문을 받아 본 일이 없었다. 기실 나 자신도 이 문제에 대하여 확실히 대답할 만한 자신이 없었건마는 이 경우에 나는 비록 거짓말이 되더라도, 나 자신이 지옥으로 들어갈 죄업이 되더라도 주저할 수는 없었다. 나는 힘있게 고개를 서너 번 끄덕끄덕한 뒤에,

"정성으로 염불을 하세요. 부처님의 말씀이 거짓말 될 리가 있겠습니까?"

하고 내가 듣기에도 엄청나게 큰 목소리로, 엄청나게 결정적으로 대답을 하였다.

윤은 수없이 고개를 끄덕끄덕하고 나를 향하여 크게 한 번 허리를 구부리고는 창에서 사라져버리고 말았다.

이 일이 있은 뒤에 윤이 우유와 달걀을 주문하는 소리와 또 며칠 후에는 우유도 내리지 아니하니 그만두라는 소리가 들리고, 이 모양

으로 어찌가다 한 마디씩 그가 점점 쇠약하여 가는 것을 표시하는 말소리가 들렸을 뿐이요, 우리가 운동을 나가더라도 그가 창으로 우리를 내다보는 일은 없었다. 간병부의 말을 듣건대 그의 병 증세는 점점 악화하여 근일에는 열이 삼십구 도를 넘는다 하고, 의사도 인제는 절망이라고 해서 아마 미구에 보석이 되리라고 하였다.

어느 날 밤, 취침 시간이 지난 뒤에 퉁퉁 하고 복도로 사람들 다니는 소리가 나는 것을 듣고 창을 바라보고 있노라니, 뚱뚱한 부장과 얼굴 검은 간수가 어떤 회색 두루마기 입은 사람과 같이 윤이 있는 일방 문 밖에 서 있고 얼마 아니해서 흰 겹바지 저고리를 갈아 입은 윤이 키 큰 간병부의 부축을 받아 나가는 것이 보였다. 키 작은 간병부는 창에 붙어 섰다가 자리에 와 드러누우며,

"그예, 보석으로 나가는군요. 나가더라도 한 달 넘기기가 어려우리라든데요."

하였다. 그 회색 두루마기를 입은 사람이 윤의 당숙 면장일 것은 말할 것도 없다.

"나도 보석이나 나갔으면!"

하고 정은 길게 한숨을 쉬었다.

내가 출옥한 뒤에 석 달이나 지나서 가출옥으로 나온 키 작은 간병부를 만나 들은 바에 의하면, 민도 죽고, 윤도 죽고, 강은 목수일을 하고 있고, 정은 소화불량이 더욱 심하여진데다가 신장염도 생기고 늑막염도 생겨서 중병 환자로 본감 병감에 가 있는데, 도저히 공판정에 나가 볼 가망이 없다고 한다.

민족 속에 스스로 갇힌 지식인

복거일

민족 속에 스스로 갇힌 지식인
복거일

　춘원(春園) 이광수(李光洙)의 수많은 평가들 가운데 내 마음에 가장 또렷이 각인된 것은 "이광수는 만지면 만질수록 그 증세가 덧나는 그런 상처와도 같다"는 김현의 토로다. 그 얘기가 자주 인용되는 것을 보면, 많은 사람들이 그의 진단에 공감하는 듯하다.

　안타깝게도, 춘원을 "상처"로 보는 태도는 춘원을 이해하는 데 방해가 된다. 그런 태도는 관찰의 대상보다 보는 사람의 관점과 감정을 앞에 내세운다. 그리고 관찰자의 기준을 내세우면, 어쩔 수 없이 대상을 깊이 그리고 정확히 이해하는 것이 어려워진다.

　나아가서, "상처"로 파악하면, 그것은 치료되어야 할 무엇이 된다. 무엇을 어떻게 치료하고 극복한다는 얘긴가? 그의 '친일활동'은 일흔 몇 해 전에 끝났고, 그의 '친일 작품'들이 끼쳤을 만한 나쁜 영향도 오래 전에 사라졌을 터인데?

　춘원을 제대로 이해하려면, 우리는 그가 실제로 살아간 모습을 살펴야 한다. 그가 살았던 시공은 더할 나위 없이 험악한 환경이었다. 그런 환경에 적응하면서, 흔히 덜 나쁜 길을 고르면서, 힘겹게 살아간 과정을 살펴야, 우리는 그의 행적을 이해하고 평가할 수 있다.

　춘원의 삶을 생각할 때 내 마음에 떠오르는 심상은 홍수에 떠내려가는 뗏목을 안전한 곳으로 이끌려 애쓰는 사람의 모습이다. 갑자기 닥친 흉흉한 물살에 뗏목이 부서지지 않도록 거기 탄 사람들을 독려하고 덜 위험한 물길이 어느 곳인가 가늠해서 사람들에게 그쪽으로 가자고 설득하는 사람의 모습이다.

춘원의 삶을 자연스럽게 이해하려면, 우리는 19세기 말엽에 조선을 덮친 홍수의 정체를 먼저 살펴야 한다. 그 홍수는 물론 발전된 서양 문명의 도래였다.

서양 문명의 도래

19세기에 유럽 사람들이 동아시아를 찾았을 때, 유럽 문명은 다른 문명들을 크게 앞섰다. 대략 16세기 초엽에서 18세기 초엽에 걸친 시기에 유럽은 과학혁명(Scientific Revolution)을 이루었고, 빠르게 발전한 과학과 기술을 바탕으로 산업혁명(Industrial Revolution)을 이루고 있었다. 자연히, 유럽 문명은 거의 모든 분야들에서 다른 문명들에 대해 압도적 우위를 누렸다. 그런 우위는 산업 생산력과 군사력에서 두드러졌고, 세계의 나머지 대륙들은 정복에 나선 유럽 군대들에 대해 효과적 저항을 펼 수 없었다.

이런 사정은 19세기 중엽 중국의 청 왕조와 영국 사이에 일어난 아편전쟁에서 충격적으로 드러났다. 두 군대의 무기 체계의 차이가 워낙 커서, 청군은 소수의 영국군에도 맞설 수 없었다. 그래서 청은 영국에 항복하고 굴욕적 조건으로 '남경조약(南京條約)'을 맺었다.

우세한 서양 문명의 도래는 모든 다른 문명들과 사회들에 큰 충격을 주었다. 동아시아의 나라들도 사회의 근본이 흔들리는 충격을 받았다. 그런 충격은 사회에 내재한 단층선(fault line)을 따라 거대한 지진을 일으켰다.

조선의 가장 큰 단층선은 지배 계급과 피지배 계급 사이의 유난히 큰 격차였다. 그런 신분 격차를 따라 일어난 지진이 동학란이었다. 중국의 단층선은 만주족이 세운 왕조인 청(淸)이 다수 한족(漢族)을 압제적으로 지배한다는 사정이었다. 일본에선 천황의 조정과 쇼군의 막부(幕府) 사이에 그리고 막부와 번(藩)들 사이에 단층선이 있었다. 서양 문명의 도래로 충격을 받자, 두 나라에선 그런 단층선들을 따라 큰 지진들이 일어났으니, 중국의 '태평천국(太平天國)의 난'과 일본의 '무진전쟁(戊辰戰爭)'이 바로 그런 지진들이었다.

동아시아 세 나라에서 비슷한 시기에 일어난 내전들은 결과가 서로 달랐다. 조선의 동학란은 정부군과 일본군에 의해 진압되었다. 체제의 근본적 개혁 대신 홍선대원군의 복귀라는 궁정 반란을 목표로 삼았으므로, 설령 성공했더라도, 동학란은 근본적 개혁을 이룰 수는 없었을 것이다.

태평천국의 난은 무척 오래 끌고 유난히 참혹했다. 15년 동안 이어진 전쟁으로 2천만 명이 넘는 사람들이 죽은 것으로 추산된다. 그래도 그 내전은 중국 사회에 여러 모로 긍정적 영향을 미쳤다. 평등주의 사상과 정책들은 종족적, 계급적 및 성적 차별을 줄이는 데 크게 기여했다.

막부 체제의 전복을 시도한 반란이 성공하면서, 일본은 봉건제 국가에서 천황을 중심으로 하는 중앙집권적 민족국가로 단숨에 바뀌었다. 그리고 빠르게 서양 문명을 받아들여서 근대화를 이루었다.

'메이지 유신(明治維新)'이라 불리는 일본의 근대화는 말 그대로 역사상 유례가 없는 성공이었다. 덕분에 일본은 1894년의 청일전쟁에서 완전한 승리를 거두었고 1904년에 시작된 러일전쟁에서도 이겼다. 유럽 문명과 백인종이 세계를 지배하던 시기에 유색인종 국가인 일본이 백인종 강대국 러시아에 이긴 것은 온 세계에 충격을 주었다. 세계 열강은 일본을 강대국들의 일원으로 받아들였고 동아시아의 패권 국가로 인정했다. 백인들의 침략과 수탈에 시달리던 유색인종

사회들은 일본을 본보기로 삼아 독립과 발전을 이루려 했다.

조선의 근대화

1876년 일본의 강요로 '조일수호조규'를 맺고 개항했지만, 조선은 새로운 상황에 맞추어 스스로 근대화를 이룰 능력이 없었다. 인류 역사에서 가장 혹독한 노예제에 바탕을 둔 엄격한 신분제를 천년 넘게 이어오면서, 조선 사회는 압제적이고 정체된 사회가 되었다. 국왕을 정점으로 한 지배 계급은 자신들의 특권을 유지하기 위해 권력과 지식을 독점했고 사회적 변화를 부를 어떤 이설이나 혁신도 냉혹하게 탄압했다.

그래서 조선의 근대화는 먼저 근대화에 성공한 일본의 강요로 이루어지게 되었다. 1894년 6월 동학란 진압을 명분으로 출병해서 조선의 수도와 왕궁을 장악하자, 일본은 조선의 내정 개혁에 착수했다. 갑오경장(甲午更張)이라 불리게 된 이 개혁은 근본적이었으니, 1) 종주국 청으로부터의 독립을 선언하고, 2) 정부와 국왕을 구분해서 근대적 국가 체계를 갖추고, 3) 중앙정부를 의정부(議政府)와 궁내부(宮內府)로 나눔으로써 절대 왕권을 제약하고, 4) 양반의 특권을 없애고 노비들을 해방하며, 5) 인신매매를 금지하고, 6) 연좌제를 폐지하고, 7) 여성에 대한 차별과 억압을 줄였다.

한 해 반 동안 이어진 갑오경장은 '아관파천'이라는 암초에 부딪쳐 좌초되었다. 일본의 영향력이 줄어들자, 자신의 권한을 지키는 데만 마음 쓴 고종은 수구파 관리들과 함께 개혁 조치들을 폐기하는 데 힘을 쏟았다.

그러나 근본적 변혁을 추구한 갑오경장의 조치들이 무위로 돌아간 것은 아니었다. 점점 거세게 밀려 들어오는 서양 문명으로 이미 조선 사람들의 삶은 점점 빨리 바뀌고 있었다. 그런 변화는 개인들에겐 새로운 생각들과 행태들을 요구했고, 사회엔 새로운 제도들과 관행들을 요구했다. 갑오경장의 개혁 조치들은, 단발령처럼 거센 반발을 부른 것들까지도, 이런 요구에 부응하는 것들이었다. 자연히 개혁 조치들은 점점 강한 생명력을 보이면서, 조선 인민들의 삶을 바꾸어나갔다.

러일전쟁에서 일본이 조선을 점령한 뒤, 조선의 개혁은 일본의 주도로 시행되었다. 끝내 스스로 근대화하지 못하고 일본의 통치 아래 근대화를 이룬 '타율적 근대화'는 조선의 근대 역사를 규정한 근본적 조건이었다.

자연히, 조선의 근대화엔 근본적 한계와 큰 편향이 있게 되었다. 그래도 그런 한계와 편향에만 주목하면, 근대화라는 숲을 보지 못하게 된다. 조선이 끝내 일본의 식민지로 전락했다는 역사는 이런 위험을 극대화시켜서, 조선의 역사는 궁극적으로 조선 사람들이 이룬 것이라는 당연한 사실을 놓치도록 만든다.

근대화는 본질적으로 새로운 문화의 진화다. 그 문화를 이룬 아이디어들이 누구에게서 나왔느냐, 어떻게 퍼졌느냐 하는 것들은 보기보다는 덜 중요하고 문화의 본질과는 연관이 없다. 조선의 근대화를 이룬 아이디어들이 주로 일본에서 나왔다는 사실은 그 아이디어들의 가치에 아무런 영향을 미치지 않는다. 따지고 보면, 일본의 근대화도 서양 문명에서 나온 아이디어들로 이루어졌다. 일본의 창조성은 서양에서 진화한 문화를 자신의 처지에 맞게 변용시켜 새로운 삶을 꾸려나간 데 있다.

그런 변용에 워낙 뛰어났으므로, 일본은 줄곧 서양 문화가 동아시아에 들어오는 도관(導管) 노릇을 했다. 일본이 그런 역할을 잘 수행했으므로, 지금도 일본은 한국과 중국이 서양 문명을 받아들이는 도관 노릇을 한다. 해방 뒤 한국의 무역 수지의 적자가 대부분 일본과의 무역에서 나왔다는 사실은 그 점을 잘 보여준다. 이번 일본의 '경제 보복'에서도 일본의 수출 금지로 우리 첨단 기업들이 핵심 부품들과 재료들을 구하지 못해서 어려움을 겪는다는 사정에서도 이 점이 괴롭게 드러난다.

그리고 조선은 일본이라는 도관 덕분에 서양 문화를 효율적으로 받아들여 근대화에 성공했다. 그런 성공의 바탕 위에 다시 대한민국의 성취가 세워졌다. 조선의 역사에서 그런 성취는 궁극적 중요성을 지닌다. 나머지 것들은, 아무리 중요하게 보이고 '낭만적 애국심(romantic patriotism)'을 자극해도, 부차적 중요성을 지닐 따름이다.

이광수의 공헌

춘원은 1892년에 평안도 정주에서 태어났다. 첫 이름은 보경(寶鏡)이었다. 그는 어릴 적에 무척 불우했다. 일찍이 고아가 되어 친척 집들을 전전했고 '민며느리'로 남의 집에 맡겨진 누이는 영양실조로 어린 나이에 죽었다. 11세 된 1903년 그는 동학 대접주의 보살핌을 받게 되어 동학의 전령 노릇을 했다. 이런 인연으로 1905년에 동학의 유학생으로 일본의 중학교에 들어갔다. 1916년엔 와세다 대학 문학부에 입학했다.

이런 사정으로 동학과 일본화된 서양 지식이 춘원의 사상적 바탕이 된 것은 자연스러운 것이었다. 동학의 세계관을 지녔으므로, 서양 문명을 흔쾌히 받아들이지 않았고 서양 문명이 조선의 전통적 세계관을 허무는 것을 안타까워했다. 기독교가 널리 받아들여진 정주에서 태어나고 일했음에도 기독교에 그다지 끌리지 않고 뒤에 불교에 귀의한 데서 이 점을 엿볼 수 있다.

춘원은 문필가였다. 그의 문학적 업적에서 소설이 단연 중요하지만, 시도 썼고 논설도 많이 썼다. 그 과정에서 그는 자신의 모국어를 다듬어냈다. 당연히, 그의 공헌을 얘기할 때는 문학적 업적을 중점적으로 다루어야 옳다.

그러나 이 글은 춘원의 행적을 살펴서 그의 삶의 모습과 뜻을 드러내려는 글이다. 그래서 춘원의 문학적 업적을 제대로 살피는 데는 이 글 전체를 바쳐도 부족하리라는 점과 그런 문학적 평가는 다른 자리에서 나올 수 있다는 점을 변명으로 삼는다. 다만, 동아시아 3국에서 개화기를 대표하는 지식인들인 나쓰메 소세키(夏目漱石), 노신(魯迅) 및 이광수가 작가라는 사실은 상징적이라는 점을 얘기하고 싶다.

(1) 3.1독립운동

1918년 11월 제1차 세계대전이 끝나자, 온 세계에 새로운 질서를 마련하려는 기운이 넘쳤다. 1917년의 러시아 혁명은 이미 유럽의 여러 나라들에 영향을 미쳐서 곳곳에서 혁명의 열기가 일었다. 특히 우드로 윌슨(Woodrow Wilson) 미국 대통령이 제시한 '민족자결주의(National Self-determination)' 원칙은 억압받던 약소국들에게 영감과 희망을 주었다.

새로운 기운의 영향을 받아, 서양 열강과 일본의 침략으로 끊임없이 괴로움과 굴욕을 맛보던 중국에선 빼앗긴 국권을 회복하려는 움직임이 활발해졌다. 이때 춘원이 연인 허영숙과 함께 북경을 찾았다. 세계 정세와 중국 지식인들의 국권 회복 움직임을 알게 되자, 그는 그런 상황이 조선에 독립의 기회를 준다고 판단했다.

그는 급히 서울로 돌아와서 중앙학교 교사 현상윤(玄相允)과 상의했다. 현상윤은 그의 생각에 동의하고 협력을 약속했다. 춘원은 도쿄로 가서 동지들을 모았다. 당시 도쿄에서 발행되던 영자 신문 〈저

팬 애드버타이저〉에 뉴욕에서 '소약속국동맹회의(Congress of League of Small and Subject Nationalities)'가 열려 민족자결주의에 따라 약소국들도 국제연맹에 가입해야 한다고 주장했으며 한국도 회의에 참가했다고 알렸다. 그 기사들로 고무되어, 유학생들은 국제 정세에 관심을 갖게 되었다.

춘원을 통해서 중국에서 활동하는 독립운동가들의 움직임과 국내 정세를 자세히 알게 되자, 유학생들은 바로 독립운동에 나서기로 결의했다. 최팔용(崔八鏞)의 주도로 이들은 '조선청년독립당'을 결성하고 자신들의 독립 운동을 그 정당의 이름으로 하기로 했다. 춘원은 조선청년독립당의 '독립선언서' 초안을 만들었다. 선언서는 2월 8일에 발표하기로 했다.

뒤에 '2.8 독립선언서'라 불리게 된 이 선언서는 내용과 표현이 격렬했다. 일본이 무력으로 조선을 침탈한 과정을 자세히 열거한 뒤, 일본이 계속 조선을 점령할 이유들이 모두 소멸되었으므로, 만일 일본이 계속 조선을 통치하려 한다면 "혈전(血戰)"을 통해 독립을 되찾겠다고 다짐했다.

실행위원들은 이번 독립 선언이 도쿄에서의 일회성 행사로 끝나지 않고 널리 퍼지고 오래 이어지도록 계획을 세웠다. 먼저, 송계백이 독립선언서를 지니고 현상윤을 찾아가서 일본 유학생들의 독립선언 계획을 밝혔다. 한편 최팔용은 춘원에게 상해로 가라고 권하면서 여비를 내놓았다. 독립선언서를 발표한 뒤 동지들이 모두 체포되면, 조선의 독립 운동을 세계에 알릴 사람이 없을 터였다.

1919년 2월 8일 오전 유학생들은 독립선언서를 일본 의회, 각국 대사관 그리고 신문사들에 발송했다. 이어 오후 2시에 도쿄의 조선기독교청년회관에서 '조선유학생 학우회' 명의로 모임을 열었다. 모두 6백여 명이 모여서, 회의장을 채우고 밖으로 넘쳤다. 회의 도중에 학우회장 최팔용이 회의의 진정한 목적은 독립 선언이라고 밝혔다. 이어 백관수가 독립선언서를, 김도연이 결의문을 낭독했다. 감동한 유학생들의 울음은 윤창석이 기도를 시작하자 차츰 그쳤다. 독립 선언을 막으려는 일본 경찰과의 충돌로 많은 유학생들이 다쳤고 주동자들은 끌려갔다.

상해에 도착하자, 춘원은 도쿄 유학생들의 독립 운동에 관한 기사를 써서 〈노스 차이나 데일리 뉴스〉에 갖고 갔다. 그 신문의 편집부 사람들은 처음엔 그의 기사를 반신반의했다. 실제로 도쿄의 조선 유학생들이 독립을 선언하자, 그 신문은 '젊은 조선의 야망'이란 제목으로 그 사실을 알렸다. 다음날 미국인 신문 〈더 차이나 프레스〉에 이광수가 작성한 기사가 실렸다. 1919년의 조선의 독립운동이 바깥 세계에 알려지기 시작한 것이다.

국내에서도 독립 선언을 위한 준비가 착실히 진행되었다. 송계백에게서 독립선언서를 받자, 현상윤은 중앙학교 교장 송진우(宋鎭禹)와 출판을 통한 계몽운동을 하던 최남선(崔南善)에게 보였다. 최남선은 국내 독립 운동의 선언서는 자기가 작성하겠다고 말했다. 현상윤은 보성고등보통학교 교장 최린(崔麟)에게 도쿄의 상황을 설명했고 최린은 천도교 교주인 손병희(孫秉熙)에게 보고했다.

조선청년독립당의 독립선언서를 거듭 읽은 손병희는 고개 들어 최린을 잠시 응시했다. 그리고 한숨을 길게 내쉬었다. "어린아이들이 저렇게 운동을 하는데, 우리로서 어떻게 보기만 할 수 있겠소? 우리도 합시다."

그렇게 시작된 3.1독립운동은 빠르게 거대한 민족 운동으로 발전했다. 만세 시위는 4월까지 60일 동안 이어졌다. 전국 218개 군 가운데 211개 군에서 총 1500여 회의 시위에 200만 명 이상이 참가했다.

조선총독부는 평화로운 시위들을 무력으로 진압했다. 경찰만으로 진압하기 어려워지자, 군대까지 동원했다. 4만 7000명이 체포되고 7500명이 죽었으며 1만 6000명이 다쳤다. 민가 700여 채와 교회당 47채와 학교 2채가 일본 당국의 방화로 불탔다.

3.1독립운동을 추진한 민족 지도자들은 잘 알았다, 스스로 일본을 물리치기엔 조선의 역량이 너무 작다는 것을. 그들은 국제적 지원이 조선 독립에 필수적임을 알았고, 당시 근본적 변화를 겪던 국제 질서에서 조선 독립에 유리한 여건을 발견했고, 그것을 이용하기 위해 독립운동을 일으킨 것이었다.

불행하게도, 그들의 기대는 비현실적이었음이 드러났다. 국제 여론이 힘을 쓰기엔 일본은 힘이 너무 컸고 국제적 위상이 너무 높았다. 조선은 독립된 나라가 아니었으므로, 국제 회의들에 정식으로 참가할 자격도 주어지지 않았다. 시위만으로는, 아무리 거족적이라 하더라도, 조선 독립을 이루기는 어렵다는 것이 확인된 것이었다.

(2) 대한민국 임시정부 수립

그러나 3.1독립운동의 성과가 작았던 것은 아니다. 먼저, 일본의 조선에 대한 시각과 정책이 바뀌었다. 만세 운동이 워낙 갑작스럽고 거셌으므로, 조선총독부는 경악했고 일본 사회 전체가 큰 충격을 받았다. 그들은 무력에 의한 억압만으로는 조선을 순조롭게 다스릴 수 없다는 것을 깨달았다. 그런 기류를 반영해서, 신임 총독 사이토 마코토(齋藤實)는 '문화 통치'를 내세웠다. 비록 그런 정책의 변환이 근본적인 조치일 수는 없었지만, 조선 사람들이 보다 자유롭게 살 수 있게 된 것은 다행이었고 장기적으로는 조선 사람들의 역량을 늘리는 데 기여했다.

국제적으로도 성과가 작지 않았다. 이미 10년 전에 끝난 일본의 조선 합병은 국제 사회의 공인을 받았고 일본의 통치 아래 조선 사람들의 삶이 나아지고 있다고 알려졌다. 3.1독립운동으로 조선의 실상이 드러나면서 '조선 문제'가 국제적 의제로 다시 등장했다. 그런 인식의 변화는 조선 독립운동에 대한 국제적 지원이 나오도록 했다. 아울러 약소국들과 식민지들의 주권회복운동과 독립운동에 운동의 역량을 더해주었고, 특히 중국 대학생들의 국권회복운동인 1919년의 '5.4운동'에 직접적 영향을 미쳤다.

그러나 가장 큰 충격을 받은 것은 조선 사람들 자신이었다. 3.1독립운동을 주도한 지도자들도 자신들이 추진한 일이 그렇게 거족적인 운동으로 발전하리라고는 기대하지 못했었다. 만세 시위가 온 나라를 휩쓸면서, 지금까지 무기력하게 일본의 압제적 통치를 받아들이던 조선 사람들은 자신들이 떳떳하게 살 자격과 희망을 지녔음을 새삼 깨달았다. 해외의 조선 사람들도 자신들의 정체성을 깊이 인식하게 되었다. 이민의 역사가 길었던 만주와 연해주에선 많은 시위들이 일어났다.

조선 사람들의 그런 깨달음은 자신들의 정부를 세워야 한다는 깨달음으로 이어졌다. 먼저 움직인 사람들은 3.1독립운동을 주도한 천도교 세력이었다. 시위가 막 전국으로 퍼져나가던 3월 3일 그들은 지하 신문인 〈조선독립신문〉을 통해서 '가정부(假政府)'를 세웠음을 알렸다. 이어 3월 21일엔 러시아 극동지역에서 '대한국민회의'가 임시정부를 세웠음을 선포했다. 4월엔 '조선민국 임시정부', '상해(上海) 임시정부', '신한민국 정부', 그리고 '한성 정부'가 섰다. 8월엔 간도에서 '임시대한공화국 정부'가 섰다. 비록 이들 임시 정부들은 지역 명망가들이 모여서 갑작스레 만든 서류상의 조직들로서 정부라고 할 만한 실체는 없었지만, 임시정부를 만들었다는 사실은 조선의 독립으로 가는 길고 험한 길에서 중요한 이정표가 세워졌음을 뜻했다.

여러 곳에 실체가 없는 임시정부들이 세워지자, 그것들을 통합해서 모든 조선 사람들을 대표하는 임시정부를 구성해야 한다고 모두 느꼈다. 임시정부는 조선에 세워질 수 없었으므로, 독립운동가들이 많이 모이고 외국 조계들이 있어서 활동하기 좋은 상해가 후보지로 자연스럽게 떠올랐다.

임시정부를 세우는 작업은 민족대표 33인의 파견원 자격으로 상해에 온 현순(玄楯)이 주도했다. 3월 1일 상해에 도착하자, 현순은 조선에서 활동했던 선교사인 조지 피치(George A. Fitch)를 찾아갔다. 피치는 현순에게 독립운동가들을 만나도록 주선했다. 3월 4일 조선에 독립운동이 일어났다는 보도가 신문에 나오자, 현순은 프랑스 조계에 임시정부 임시사무소를 설치했다. 현순 자신은 총무가 되어 업무를 총괄하고, 서양 보도기관들을 상대하는 업무는 이광수와 여운홍(呂運弘)이, 일반 사무는 신규식(申圭植)과 신석우(申錫雨)가, 재무는 김철(金澈)과 선우혁(鮮于爀)이 맡았다.

그러나 의견들이 다르고 이해들이 엇갈려서, 임시정부를 세우는 일은 쉽지 않았다. 분열의 위기까지 겪고 나서 4월 11일에야 비로소 29명의 의원들은 임시정부의 구조와 충원에 합의를 보았다. 이 과정에서 춘원은 서로 다른 의견들을 조정하고 서울의 독립운동 주도 세력과 연락하면서 상해에 기반을 둔 세력의 강경한 주장들을 억제해서 상해 임시정부가 또 하나의 지역 정부로 전락할 위험을 막아냈다.

의원들은 국호를 대한민국(大韓民國)으로 정했다. 의결 기관으로 임시의정원(臨時議政院)을 두고 이동녕(李東寧)을 의장으로, 손정도(孫貞道)를 부의장으로 선출했다. 이광수와 백남칠(白南七)은 서기로 선출되었다. 정부 수반인 국무총리로는 이승만(李承晚)이 압도적 지지를 받았다. 내무총장은 미정이고, 외무총장은 김규식(金奎植), 재무총장은 최재형(崔在亨), 교통총장은 문창범(文昌範), 군무총장은 이동휘(李東輝), 법무총장은 이시영(李始榮)이었다. 이어 자유민주주의를 따른 임시헌장이 제정되었다. 임시헌장은 민주공화제를 채택하고, 기본권을 보장하며, 남녀평등을 실천하고, 생명형, 신체형 및 공창제(公娼制)를 폐지했다.

1919년 4월 12일 이승만은 대한공화국(The Korean Republic) 임시정부 국무경 명의로 파리 강화회의의 의장인 조르주 클레망소(Georges Clemenceau) 프랑스 대통령과 윌슨 미국 대통령에게 공한을 보내서 한국의 독립을 인정할 것을 요구했다. 처음으로 조선의 임시정부가 국제 사회에 자신의 존재를 알리고 승인을 요청한 것이었다.

5월 25일엔 안창호가 미국에서 상해로 왔다. 지도력이 뛰어나 이미 신망이 높았으며 미국, 하와이 그리고 아메리카의 다른 나라들의 국민회 조직을 통해서 자금을 마련할 수 있었으므로, 그는 바로 임시정부를 주도하기 시작했다. 당시 임시정부는 국무총리 이승만이 미국에 있었고 총장들이 부임하지 않거나 사임해서 마비된 상태였다. 안창호는 6월 28일 내무총장에 취임하고 바로 국무총리 대리를 겸했다.

안창호는 임시정부의 성공이 튼실한 재정에 달렸음을 잘 알았다. 그래서 해외 동포들의 인구조사를 통해서 세금을 거두며 국내외에 연통제(聯通制)를 실시해서 자금을 모집한다는 방침을 세웠다.

아울러 7월 초순에 '임시사료편찬회'를 설치했다. 안창호 자신이 회장을 맡고 춘원이 주임을 맡아 독립운동에 필요한 사료들을 모으기 시작했다. 이 사업은 빠르게 나아가서, 9월 하순에 조선과 일본 사이의 역사적 관계와 일본의 식민 통치의 실상 및 조선 민족의 독립 역량을 상세하게 기술한 《한일관계사료집》이 발간되었다. 이것은 조선이 일본의 지배를 받게 된 시기에 관한 조선 민족의 첫 공식적 역사 해석이었고 이후의 독립운동에 이론적 바탕을 제공했다.

《한일관계사료집》의 편찬이 끝나자, 안창호는 임시정부 기관지의 발행을 서둘렀다. 춘원이 신문사 사장 겸 주필을 맡아서, 8월 21일 기관지 〈독립〉의 창간호가 나왔다. 조선 사람들의 생각과 꿈을 담은 〈독립〉은 큰 환영을 받았다. 〈독립〉의 영향이 빠르게 커지자, 일본 총영사는 프랑스 조계 당국에 임시정부와 기관지의 폐쇄를 끈질기게 요구했다. 그래서 〈독립〉은 10월 25일부터 제호를 〈독립신문〉으로 바꾸었다.

1919년은 조선의 긴 역사에서 가장 밝고 힘찬 시기였다. 3.1독립운동과 대한민국 임시정부의 수립을 통해 한민족은 온 세계에 자신의 역량을 드러냈다. 그리고 그런 역량을 키워서 끝내 독립을 되찾았다.

3.1독립운동에서 춘원이 한 역할은 결정적이었다. 그는 그 거족적 운동의 촉매였다. 그의 역할이 없었다면, 2.8독립선언과 3.1독립운동은 그처럼 성공적으로 결행될 수 없었을 것이다.

춘원은 대한민국 임시정부의 수립에도 크게 공헌했다. 현순과 함께 임시정부 임시사무소를 운영하면서, 해외 각지에서 모여든 독립운동가들의 의견을 조정하고 다시 서울의 독립선언 세력의 의견과 조율하는 더디고 힘들고 탈이 나기 쉬운 일을 해냈다. 덕분에 이탈세력이 없이, 임시정부를 구성할 수 있었다.

안창호가 임시정부를 주도한 뒤로는, 춘원은 그를 도와서 힘든 일들을 도맡아 했다. 임시사료편찬회의 주임으로 《한일관계사료집》을 간행했다. 이어 임시정부의 기관지 〈독립〉의 사장 겸 주필이 되어, 어려운 여건 속에서 임시정부의 의견을 널리 전파했다.

실제로, 2.8독립선언부터 3.1독립운동을 거쳐 대한민국 상해 임시정부 수립의 전 과정에서 직접 참여하고 중요한 역할을 한 사람은 춘원뿐이다. 이런 업적은 워낙 커서, 그의 문학적 업적을 고려하지 않더라도, 그는 조선의 근대사에서 가장 두드러진 업적을 남긴 인물들 가운데 하나로 평가되고 한민족 모두의 영원한 감사를 받아야 옳다.

그러나 그에 대한 평가는 부정적이다. '변절자'라는 낙인이 찍혀서, 이광수라는 이름은 친일파를 상징한다. 어찌 된 일인가?

(3)수양동맹회

춘원이 사람들의 비난을 받게 된 계기는 1921년 3월에 그가 상해 망명을 끝내고 귀국한 것이었다. 그 즈음에 상해에서 활동하다가 귀국한 독립운동가들은 그가 처음도 마지막도 아니었지만, 그가 독립운동가로써 쌓은 업적과 명망이 워낙 두드러져서, 그의 귀국은 모든 사람들의 주목을 받았고 많은 사람들을 실망시켰다.

3.1독립운동이 전국적으로 일어나고 상해에 대한민국 임시정부가 들어서자, 조선 사람들은 모두 독립의 희망을 품었다. 그러나 조선총독부의 무력 진압으로 큰 희생을 치렀지만, 시위 운동은 독립으로 이어지지 않았다. 대한민국 임시정부의 수립도 별다른 영향을 미치지 못했으니, 임시정부를 승인한 나라는 없었고 승인을 얻을 전망도 어두웠다.

임시정부의 형편도 점점 어려워졌다. 조선총독부가 통제를 강화하자, 조선에서 보내오는 자금이 말라갔다. 해외 동포들이 보내오는 성금만으로는 임시정부를 꾸려나가기 어려웠다. 그래서 임시자료편찬회는 예정보다 일찍 해산했고, '독립신문'도 발행 횟수를 줄여야 했다.

임시정부의 분열도 점점 커졌다. 3.1독립운동의 열기 속에서 한데 모였지만, 임시정부의 요인들은 출신 지역과 이념과 전략이 서로 달라서, 함께 하기 어려운 사람들이었다. 임시정부의 처지가 곤궁해지자, 그런 잠재적 분열이 밖으로 드러나서 공개적으로 다투게 되었다.

가장 오래 되고 심각한 것은 지리적 분열이었다. 조선조 말기 이후 개화와 기독교 전파는 기호와 관서에서 가장 활발했다. 기호는 서울을 중심으로 경기도, 황해도 남부 및 충청도 북부를 포함했고, 관서는 평양을 중심으로 평안도와 황해도 북부를 포함했다. 자연히, 계몽운동도 이 두 지역에서 가장 활발했다. 기호엔 조선조 지배 계층이 많이 살았고 관서 사람들은 조선조에 심한 차별을 받아서 대부분 평민들이었다. 이런 역사적 사정이 독립 운동에도 반영되어, 상해에 모인 독립운동가들은 기호파와 관서 출신의 서북파로 나뉘었다.

국제공산당(Comintern)이 동아시아에 관심을 갖고 상해임시정부에 지원을 약속하자, 이런 지역적 단층선에 이념적 단층선이 겹쳐서 상황이 더욱 복잡해졌다. 독립운동가들은 모두 민족주의자들이어서 공산주의에 매력을 느끼는 사람들은 그리 많지 않았지만, 젊은 세대는 공산주의에 끌렸다.

노선의 차이도 점점 심각해져서, 외교를 중시하는 외교파와 일본과의 무력 대결을 앞세우는 무장투쟁파가 대립했다. 약소 민족인 조선이 독립을 되찾으려면, 지정학적으로 중요한 조선의 독립이 강대국들의 다툼을 막아서 평화에 도움이 된다고 먼저 강대국들을 설득해야 한다는 것이 외교파의 기본 인식이었다. 반면에, 무장투쟁파는 무력을 강화해서 일본군과 싸워야 독립할 수 있고 주장했다.

이런 상황에 실망한 사람들이, 특히 젊은이들이, 임시정부를 떠나기 시작했다. 그들은 서양이나 중국에서 학업을 잇고자 상해를 떠났다. 모든 것들을 포기하고 조선으로 돌아가는 사람들도 생겼다.

조선 안팎에서 일어난 중요한 변화들을 고려해서, 춘원은 조선으로 돌아가는 것이 합리적 선택이라고 판단했다. 무엇보다도, 3.1독립운동과 같은 형태의 운동만으로는 조선이 독립할 수 없다는 것이 드러났다. 조선 인민들의 시위를 무자비하게 진압함으로써, 일본은 조선의 독립을 허락할 뜻이 없음을 확인했다. 그렇다고, 국제 여론이 조선의 독립에 관심을 가진 것도 아니었다. 서양 열강은 식민지의 확장에 경쟁적으로 나서는 판이라, 식민지의 독립은 국제적 의제가 되지 못했다. 청일전쟁과 러일전쟁에서 잇달아 이겨서 아시아의 최강국으로 떠오르고 제1차 세계대전의 승전국으로 국제 무대에서 위신과 발언권이 커진 일본에 대해서 '내정'으로 간주되는 조선 문제를 거론할 나라는 없었다.

사정이 그러했으므로, 궁극적으로 조선 민족은 일본에 실력으로 맞서서 독립을 되찾아야 했다. 물론 지금은 조선 민족의 실력이 너무 미약했다. 독립의 꿈을 실현하려면, 조선 사람들은 먼저 실력을 길러야 했다. 자신이 '2.8독립선언서'에서 외친 "영원의 혈전(血戰)"은 구호에 지나지 않다는 것을 춘원은 깨달았다.

조선 민족의 실력을 배양하려면, 그와 같은 독립운동가들은 일단 조선 사람들 사이로 들어가야 했다. 상해는 너무 멀었다. 그리고 문필가인 그로선 글로써 조선 민족을 깨우치고 이끌 수밖에 없었다. 그에게 주어진 임무는 "문장보국(文章報國)"이었다. 아쉽게도, 상해에선 그가 글을 쓸 수 있는 공간이 점점 좁아지고 있었다.

반면에, 조선 국내에선 여건이 갑자기 좋아졌다. 사이토 총독은 '문화통치 정책'의 일환으로 조선어 신문들을 허용해서, 1920년 봄부터 〈동아일보〉와 〈조선일보〉가 발행되고 있었다. 잡지들도 많이 나타났다. 이런 지면들을 통해서 조선 민족의 역량을 높이고 싶은 욕망은 춘원으로선 당연히 컸다.

사이토 총독은 해외 조선독립운동가들을 회유한다는 정책도 세웠다. 그래서 춘원이 조선으로 돌아갈 수 있는 여건도 마련되었다. 실제로, 조선총독부가 그런 회유 정책의 첫 목표로 삼은 사람이 춘원이었다.

그에게 귀국의 계기를 마련해준 것은 연인 허영숙이었다. 1921년 1월 신문에서 "임시정부 기관지 〈독립신문〉 사장 겸 주필 이광수가 폐병으로 위독하다"는 기사를 읽자, 그녀는 상해로 가기로 결심했다. 당시 그녀가 내과의로 근무하던 도쿄여자의학전문학교의 병원에선 해마다 일본이 진출한 만주와 화북에 의료시찰단을 파견했다. 그녀는 의료시찰단에 참가하고 싶다는 뜻을 은사에게 밝혔고 그의 주선으로 조선총독부 경무국이 발급한 여행권을 얻었다. 중국에 닿자, 그녀는 시찰단에서 이탈하여 상해로 갔다.

허영숙은 상해에서 춘원과 함께 살 작정으로 2000엔이나 되는 돈을 가져갔지만, 춘원은 아예 귀국하기로 결심했다. 두 사람이 귀국해서 활동하겠다는 뜻을 밝히자, 안창호는 "이제 압록강을 건너는 것은 적에게 항서(降書)를 제납(提納)함이니 절대 불가하오. 군등 양개인 전정(前程)에 큰 화를 만드는 것이라. 속단적으로 행치 말고 냉정한 태도로 양심의 지배를 받아 행하라"고 반대의 뜻을 밝혔다. 안창호는 자신이 가장 믿고 아끼는 춘원에게 그의 결정이 잘못되었을 뿐 아니라 그의 앞날에 큰 화가 되리라고 경고한 것이었다. 정치 지도자로서 온갖 풍파를 겪은 안창호로선 춘원이 받을 거세고 집요한 공격을 걱정할 수 밖에 없었다.

그러나 춘원은 자신의 견해와 포부를 자세히 밝히면서 안창호를 설득했다. 그는 홍사단의 전략이 '실력양성론'임을 지적했다. 실제로 홍사단 원동위원부(遠東委員部)에 입단하면서, 그가 한 서약엔 "민족의 실력을 기르는 길이 곧 독립 달성의 첩경"이라는 구절이 있었다.

그리고 이제는 흥사단으로서도 조선 국내에서 활동해야 한다는 점을 지적했다. 결국 안창호는 춘원의 계획을 받아들여서 그에게 국내에 흥사단의 이념을 퍼뜨리고 조직을 확장하는 임무를 주었다.

1921년 4월 2일 춘원은 압록강을 건너 신의주에 닿았다. '2.8독립선언 사건'으로 궐석 재판에서 유죄 판결을 받았지만, 그는 수감되지 않았다.

그가 귀국하자, 거센 비난이 그에게 쏟아졌다. 흥사단 원동임시위원부는 그를 무기정권(無期停權)으로 징계했다. 이어 거의 모든 사람들이 그를 변절자로 몰았다. 그러나 안창호가 춘원의 계획을 받아들여 국내에서 흥사단을 육성하라는 임무를 주었으므로, 그런 비난은 정당화되기 어렵다. 그리고 그 뒤로 춘원이 보인 행적은 그가 자신의 신념에 따라 조선 민족의 실력을 함양하는 일에 매진했음을 보여준다.

1921년 4월 춘원은 총독관저를 찾아 사이토 총독을 만났다. 그는 현재 조선에서 조선 사람들을 위한 길은 독립을 향한 정치적 운동이 아니라 인민들의 역량을 높이는 도덕적 운동이라는 생각을 밝혔다. 사이토는 춘원의 의견에 전적으로 동의했다. 춘원은 도덕적 운동의 방안으로 수양 단체의 결성을 제시했고, 사이토는 그런 방안이 자신의 '문화통치 정책'에 잘 맞으니 적극 지원하겠다고 약속했다.

춘원은 곧 '수양동지회(修養同志會)'의 규약을 만들어서 사이토에게 제출했다. 그 규약은 전문에서 "절대로 시사(時事) 또는 정치에 간여하지 않는 것이 주의이다"라 밝히고 이어 목적 조항에서 "무실역행(務實力行)을 생명으로 삼는 성실한 남녀를 단합시켜 정의(情誼)를 두텁게 닦고, 덕지체(德智體) 삼육(三育)을 함께 수련해서 건전한 인격을 이루며 굳게 단결해서 조선 민족개조의 대사업의 기초를 만드는 것을 목적으로 한다"고 규정했다.

수양동지회의 조직을 추진하면서, 춘원은 흥사단을 통해서 안창호가 추구해온 이념을 밝히는 글을 썼다. 이 글은 〈개벽〉 1922년 5월호에 〈민족개조론〉이라는 제목으로 실렸다. 그 글에서 그는 "조선 민족 쇠퇴의 근본원인은 타락한 민족성에 있다. 쇠퇴한 민족은 그대로 흥륭하는 민족이 될 수 없다. 그 부패한 성격을 방치하면 아무리 노력해도 모든 것이 실패한다는 것은 틀림없으므로, 민족성의 개조, 이것이 우리가 살아남을 유일한 길이다"라고 말했다. 이런 주장을 담은 '민족개조론'은 이미 그가 상해에서 '독립신문'을 통해서 밝힌 내용들을 집대성한 것이었다.

〈민족개조론〉은 발표 당시부터 지금까지 큰 비난을 받았다. 주요한은 그런 비난이 나오게 된 사정을 이렇게 설명했다.

〈민족개조론〉은 당시 일부 독자의 오해를 받아 춘원 자택과 개벽잡지사가 소수 청년들의 습격을 받은 소동까지 있었다. 한국민족성이 열등화 되었다는 단정이 비위에 거슬렸고, 민족성을 개조하지 아니하면 재흥(再興)의 길이 없다는 논지와 이 개조운동은 비정치적이어야 한다고 강조한 것 등이 당시의 지하적인 독립운동에 고의로 찬물을 끼얹는 것이 아닌가 하고 곡해된 것이다. 춘원이 상해 임시정부 요인의 자리를 버리고 본국으로 돌아온 것이 '귀순자'요, '배신자'라는 비난을 일으켰던 것인데, 〈민족개조론〉은 그 비난에 한층 기름을 부어준 것이다.

비록 〈민족개조론〉은 거센 비난을 받았지만, 춘원의 논지엔 조선 사람들 다수가 공감했다. 조선총독부의 통제가 확고해져서 정치 활동은 현실적으로 불가능하니 교육과 수양을 통해 조선 사람들의 역량을 키우는 것이 단 하나 열린 길이라는 생각을 대부분의 지도자들은 공유했다. 그런 공감을 통해서 1923년 4월엔 이승훈과 이상재가 주도해서 '조선민립대학 기성회'가 만들어질 터였다.

마침내 1922년 2월 '수양동맹회(修養同盟會)'가 결성되었다. 이 단체는 처음부터 흥사단의 조선 안의 '연장지부(延長支部)'의 성격을 지녔고 흥사단의 궁극적 목표인 조선의 독립을 위해 일했다. 이보다 좀 늦게 1922년 7월에 평양에서 안창호가 세운 대성학교 출신들을 중심으로 '동우구락부(同友俱樂部)'가 결성되었다. 이 단체도 수양동맹회와 성격이 비슷했다.

1923년 10월 춘원은 북경으로 밀행해서 안창호를 만났다. 춘원은 수양동맹회의 결성과 운영에 대해 보고했다. 안창호는 두 단체의 합병을 춘원에게 지시했고, 1925년 10월에 두 단체들이 합쳐 '수양동우회(修養同友會)'가 되었다.

(4) 계몽운동

춘원에 대한 비난이 워낙 거셌으므로, 그는 실질적으로 문단에서 추방된 처지였다. 은둔하던 그를 불러낸 것은 동아일보의 사주 김성수와 사장 송진우였다. 김성수는 물려받은 재산을 사업 수완이 있는 동생 김연수에게 관리하도록 하고 자신은 민족 운동을 주도하고 있었다. 그는 학교를 운영하고 재능이 있는 젊은이들을 지원했는데, 춘원도 송진우의 소개로 그로부터 학비를 지원받았었다.

〈동아일보〉에서 지면을 얻자, 춘원은 'Y생'이란 필명으로 단편 〈가실(嘉實)〉을 1923년 2월에 연재했다. 《삼국사기》에 나오는 신라인 가실을 주인공으로 삼은 단편이었는데, 이 작품을 연재한 뒤, 그는 동아일보에 입사해서 사설, 논설, 단평인 '횡설수설', 그리고 소설의 '사설(四說)'을 쓰기 시작했다. 이어 편집국장이 되었다.

1931년 송진우와 춘원은 민족 정신을 떨치기 위해 단군, 세종, 이순신의 삼성(三聖)을 기리는 사당을 세우기로 합의했다. 이 사업의 일환으로 춘원은 1931년 6월부터 동아일보에 《이순신》을 연재했다.

《이순신》은 상해를 떠날 때 그가 다짐했던 '문장보국'의 첫 열매였다. 1930년대의 조선에서 이순신을 주인공으로 삼은 소설이 발표될 수 있었다는 것은 대단한 성취였다. 그 일은 오직 그만이 할 수 있었다. 발군의 문학적 재능, 조선 민족을 위한 헌신적 노력에 따르는 도덕적 권위, 그리고 사이토 총독 이하 조선총독부 관리들이 그에 대해 품은 경의가 그를 후광처럼 감싸서, 조선인들에게 조선인됨의 뜻을 깨우치는 작품이 나올 수 있었다.

아울러, 춘원은 한글운동을 폈다. 1931년 수양동우회의 기관지 〈동광(東光)〉은 수양동우회 발기인인 한글학자 김윤경(金允經)의 '조선문자의 역사적 고찰'을 9회에 걸쳐 연재해서 한글의 우수성을 널리 알렸다. 춘원은 1935년에 발표한 〈조선어문예찬〉에서 한글을 깨우치고 써야 한다고 독려했다.

조선어가 이만큼 완벽함은 고문화(古文化)가 우수하였던 것을 증거함이 되는 동시에, 또한 이 어문으로 일러진 미래문화의 위대할 것을 약속하는 것도 되는 것이다. 조선인은 바른 조선어를 사용하는 것으로 첫 의무, 첫 자랑, 존경 받을 첫 자격을 삼을 것이요, 조선어문을 바로 쓰지 못하는 것으로, 첫 수치, 첫 죄악을 삼을 것이다.

춘원은 농촌계몽운동도 펼쳤다. 19세기 중엽 러시아에 일어난 '브 나로드(V narod) 운동'을 본 따서, '인민들 속으로' 들어가서 그들을 깨우치자는 뜻이었다. 춘원은 동아일보 주관으로 수양동우회의 도움을 받아 농촌 지역에서 '글장님 없애기 운동(文盲退治運動)'을 벌였다. 교재는 '조선어학회'의 도움을 받아 만들었다. 춘원 자신도 〈한글강습 교재요령〉을 지었다. 이 사업은 큰 호응을 얻어서, 국내 만이 아니라 만주의 용정(龍井)과 무순(撫順)까지 확대되었다.

조선총독부가 이 운동을 곱게 볼 리 없었으므로, 춘원은 신중하게 일을 추진했다. 1932년 7월 그는 제2회 브나로드 운동 출정식에서 학생계몽대와 계몽별동대 2,700여명에게 "글(한글교본)과 세음(日用計數法) 이외에는 아무런 것도 이 운동에 혼합하지 말 것"을 신신당부했다. 그렇게 조심했어도, 경무국은 1934년에 하기 계몽운동을 무허가 집회라고 강제 해산을 시키더니 1935년부터는 아예 금지했다.

농촌계몽운동을 추진하면서, 춘원은 그 운동을 그린 《흙》을 1932년 4월부터 동아일보에 연재했다. 《흙》은 오산학교(五山學校)에서 계몽운동을 한 춘원 자신의 경험에서 우러나온 작품이다. 그 경험이 그의 삶에서 워낙 큰 자리를 차지했으므로, 그는 "《흙》은 나라는 한 조선 사람이, 그가 심히 사랑한 같은 조선 사람에게 보내는 '사정 편지'다"라고 말했다.

(5) 춘원의 목표와 전략

1910년 3월 춘원은 일본 '메이지 학원' 보통학부를 졸업했다. 그는 곧바로 고향 정주에 이승훈이 세운 오산학교의 교원이 되었다. 당시 그는 잡지 '소년'에 시와 논설을 발표해서, 최남선, 홍명희(洪命憙)와 함께 '동경 삼재'로 불렸다.

춘원은 이미 조선 민족의 앞날을 위해 헌신하기로 결심한 터였다. 그래서 조선 사람들에게 새로운 지식을 가르치는 오산학교 교원이 되는 것을 명예롭게 여겼다. 그가 귀국해서 마주한 현실은 그의 기대와 너무 달랐다. 비록 갑오경장으로 노예제에 바탕을 둔 엄격한 신분제는 사라졌지만, 신분 사회의 문화는 아직 그대로 남아 있었다. 그래서 평민 출신 조선인들은 신분 상승 욕구가 강렬했고 벼슬에 대한 갈망은 오히려 심했다. 그런 사회에서 사립학교 교원에 대한 사회적 평가는 낮을 수밖에 없었다. 금실로 꼰 끈을 달고 허리에 칼을 찬 헌병보조원을 훨씬 높이 평가했다.

이런 현실 앞에서 그는 마음이 흔들렸다. 그러나 두 달에 걸친 후회와 고뇌 끝에 그는 조선 민족을 위해 일하기로 한 자신의 선택이 옳았음을 확인했다. 그의 〈자서전〉에서 당시 상황을 짐작할 수 있다.

나는 4년간 영양 부족과 과로와 심려로 무척 몸이 약하게 되었다. 내가 후년에 중병으로 오래 신고한 원인이 여기서 시작된 것이었다. 월급이란 거의 한 푼도 받아보지 못하고, 나무와 양식과 무우 배추 같은 반찬거리를 얻어먹을 뿐이었다. 혹 지나가는 손님이 두루마기 한 감, 모자 한 개를 선물하는 것을 받아서 썼다. 양말은 구멍이 뚫어지고 미투리는 창이 났다. 그리고는 학교 시간만은 한 주일에 34시간, 그리고 야학 있고, 동회 있고, 또 교회에서 때때로 설교까지 하였다. 여름방학까지도 나는 하기강습 교사로 다녔다. 나는 강습회에 다녀오던 길에 차중에서 졸도한 일도 있었다. 나는 이렇게 피곤한 생활을 하다가 피가 말라서 죽는 것을 영광으로 생각하고 있었다.

그러나 그의 헌신적 봉사는 불행하게 끝났다. 1911년 교주(校主) 이승훈이 '데라우치 마사타케(寺內正毅) 총독 암살 음모 사건'에 연루되어 체포되자, 오산학교는 기독교 교회로 넘어가서 선교사 교장이 부임했다. 새 교장은 춘원의 강의가 기독교 교리에 어긋난다고 판단했고, 교회는 춘원이 톨스토이의 기독교 해석과 바이런의 시를 학생들에게 가르치는 것을 막았다. 사람들은 학교를 소유하고 종교적 권위를 지닌 교회를 따르고 춘원을 멀리했다. 끝내 그를 배척하는 운동까지 일어났는데, 배척 운동의 주동자는 그가 가르친 학생이었다.

자신의 모든 것을 바쳤던 학교에서 배척 받은 아픔과 환멸은 당연히 컸다. 그래도 그는 자신의 신념을 바꾸지 않았다. 그는 조선 민족에 궁극적 가치를 두었고 한번도 그런 가치의 실현에서 벗어난 적이 없었다. 급격하게 바뀌는 상황 속에서 조선 민족의 복지를 지키고 늘릴 전략을 찾아서 실행하려 애썼다.

'2.8독립선언서'에서 그는 조선 민족은 일본과의 "혈전"을 통해서 독립을 되찾아야 한다고 선언했다. 당시 그는 허버트 스펜서(Herbert Spencer)의 '사회적 다윈주의(Social Darwinism)'를 받아들여서, 국가들의 관계를 결정하는 궁극적 요소는 국력이라고 믿었다. 원시적 형태의 사회적 다윈주의는 서양 열강의 제국주의를 정당화하는 이론으로 쓰였고 일본 사회에서 크게 유행했다. 자연히, 조선 독립운동가들도 다수가 이 이론을 따랐다.

그러나 3.1독립운동이 큰 희생을 치렀음에도 불구하고, 독립을 되찾는 데 실패하자, 춘원은 이내 전략을 현실에 맞도록 수정했다. 당장 일본의 무력에 무력으로 맞설 수 없으니, 조선 민족의 실력을 함양하는 것이 합리적이고, 그렇게 하려면 일본의 통치 아래 허용된 활동들을 해야 한다는 얘기였다. 그리고 그런 전략에 따라, 그는 변절자라고 비난 받는 것을 두려워하지 않고 귀국해서 계몽운동에 헌신했다.

안창호가 걱정한 대로, 춘원은 온갖 비난을 받았다. 그러나 귀국해서 10년이 넘는 기간에 그가 한 일들은 조선 민족의 역량을 크게 늘렸다. 그는 수양동우회를 조직해서 성공적으로 운영했고, 동아일보와 조선일보를 통해 전국적 계몽활동을 했다. 그리고 수많은 논설들과 문학 작품들을 통해서 조선의 정체성을 지키고 다듬어냈다.

그의 전략을 비난하고 급진적 투쟁을 전략으로 삼은 사람들의 실패는 그의 판단이 옳았음을 잘 보여주었다. 이런 사정이 선명하게 드러난 것은 '신간회(新幹會)'의 좌절이었다. 김성수, 송진우, 이광수 등 〈동아일보〉에 근거를 두고 활동하던 온건파 민족주의자들에 맞서, 〈조선일보〉에 근거를 둔 비타협적 민족주의자들과 사회주의자들은 1927년 2월에 신간회를 창립했다. 회장은 민족주의자들을 대표한 이상재가 맡고 부회장은 사회주의자들을 대표한 홍명희가 맡았다. 이어 여성운동을 전개할 자매단체로 '근우회(槿友會)'가 설립되었다. 이런 종류의 단체에서 으레 그러하듯, 신간회도 응집력이 강한 사회주의자들이 이내 주도권을 장악했다. 이들은 1929년에 신간회의 조직을 위원장 체제로 바꾼 뒤 사회주의자 허헌(許憲)을 위원장으로 뽑았다. 신간회는 대규모 민중운동을 전개하려 시도했으나, 총독부의 강경한 단속에 좌절되었고 허헌을 비롯한 간부들이 검거되었다. 결국 신간회는 아무런 성과 없이 1931년 6월에 자진 해산했다. 비타협적 투쟁으로는 식민지 조선에서 아무 것도 이룰 수 없다는 춘원의 현실 인식을 반어적으로 신간회가 증명한 셈이다.

위에서 살핀 것처럼, 춘원은 조선 민족의 복지를 궁극적 가치로 삼아 불가피한 경우엔 다른 것들을 버리는 전략을 추구했다. 자신의 삶을 "문장보국"으로 규정해서 자신의 글쓰기까지도 조선 민족의 독립을 위한 "여기(餘技)"로 여겼다. 모든 조선 지식인들에게 가장 두려운 평가인 '변절자' 소리를 듣는 것도 마다하지 않았다. 독립운동에 나선 지사들이 많았고 큰 희생을 치른 지사들이 적지 않았지만, 춘원처럼 '작은 절개(小節)'에 구애 받지 않고 궁극적 가치인 조선 민족의 복지를 위해 헌신한 경우는 드물다.

그렇게 민족만을 위해 헌신한 그의 태도 때문에, 그는 사회주의자들로부터 집중 공격을 받았다. 러시아 혁명이 일어난 뒤, 세계적으로 공산주의를 동경한 지식인들이 많았다. 그들은 모두 세계 혁명을 꿈꾸었고 국제공산당(Comintern)의 지시를 충실히 따랐다. 그들은 국제공산당이 실은 러시아군 정보기관인 GRU에 의해 조종된다는 사실을 몰랐다. 그들의 궁극적 충성심은 그래서 민족이나 민족국가가 아니라 국제공산당으로 향했다. 조선인 사회주의자들도 세계 혁명을 궁극적 목표로 삼았고 조선의 독립은 부차적 목표이거나 세계 혁명에 따르는 결과로 여겼다. 그래서 대한민국 임시정부가 상해에 세워진 뒤 얼마 지나지 않아서 벌써 소련을 자신의 조국이라 공언하는 공산주의자들이 나왔다. 그들에게 춘원 같은 순수한 민족주의자들은 자신들의 혁명에 방해가 되는 존재들이었다.

누구에게나 궁극적 가치는 '자기 이익'이다. 그러나 위대한 사람들은 '자기'를 확대해서 사회, 민족, 국가, 인류, 나아가서 지구 생태계 전체를 아우른다. 춘원은 자신의 '자기 이익'을 민족의 이익으로 확대해서 그것의 실현을 위해 평생 애쓴 것이다.

당연히 이런 태도는 춘원 자신에게 큰 희생을 요구했다. 오산학교 시절의 과로와 영양실조로 얻은 폐병은 평생 그를 위협했고, 가족을 돌볼 수 없을 만큼 가난했으며, 온갖 시기와 비난을 받아야 했다. 그는 이런 희생을 당연히 치러야 할 대가로 여겼다.

생각해보면, 그가 치른 가장 큰 희생은 보다 큰 지식인으로 성장하지 못했다는 사실이다. 늘 조선 민족만을 생각했으므로, 그는 조선 민족 너머에 있는 것들—인류 사회와 지구 생태계—을 끝내 보지 못했다. 그래서 보다 높은 차원에서 보다 보편적인 질서를 살피고 그런 질서를 문학 작품들에 담아내지 못했다. 어릴 적에 톨스토이의 영향을 깊이 받았지만, 그는 끝내 〈전쟁과 평화〉를 쓰지 못했다. 아니, 쓸 생각을 하지 못했다. "문장보국"을 자신을 인도하는 원리로 삼아 자신의 문학을 "여기(餘技)"로 여긴 작가에게서 〈전쟁과 평화〉가 나올 수는 없다.

결국 그는 '나'를 민족으로 확대하는 데 그쳤고 보다 큰 '나'를 찾는 데 실패했다. 그는 스스로 조선 민족이라는 감옥에 갇혔고 그 안에서 사는 데 만족했다. 아무리 크더라도, 감옥은 감옥이다. 결국 그는 인류의 지적 자산을 늘리고 사람들의 마음을 보다 높은 곳으로 끌어올린 '진정으로 위대한 지식인들'의 반열에 오르지 못했다. 이것이 고결한 정신과 탁월한 재능을 지녔던 그가 궁극적으로 치른 희생이다.

(6) 동우회 사건

1936년 우가키 가즈시게(宇垣一成) 총독이 물러나고 미나미 지로(南次郎)가 부임했다. 역대 조선총독들 가운데 조선 인민들의 삶에 가장 깊이 마음을 쓴 총독이라는 평가를 받은 우가키는 1920년대의 온건한 정책들을 이어받았다. 1927년에 잠시 조선총독 임시대리를 한 뒤 1931년부터 1936년까지 조선을 통치하면서, 그는 '내선융화(內鮮融和)'를 구호로 내걸고 조선 인민들의 처지를 향상시킬 만한 정책들을 폈다. '공광병진(工鑛竝進)'과 '남면북양(南綿北羊)' 같은 경제 정책들에서 그의 태도가 드러난다. 덕분에 그의 통치 기간에 조선 인민들의 삶은 많이 나아졌다.

그러나 미나미는 '내선일체(內鮮一體)'를 구호로 내걸고 강제적 동화 정책을 추진했다. 결국 그는 '국어(일본어) 상용'이나 '창씨개명(創

氏改名)'과 같은 무리한 정책들을 강행하게 된다.

이런 변화는 근본적으로 일본이 전체주의 사회로 바뀌었다는 사실에서 나왔다. 해외팽창 정책을 추구하면서, 일본에선 군국주의가 늘 강성했었다. 1937년에 중일전쟁이 시작되자, 일본은 군부가 완전히 통제하는 체제로 이행했다. 1938년엔 '국가총동원법'이 제정되어, 전시에는 정부가 노동력과 물자를 동원할 수 있게 되었다. 이에 따라 일본의 경제는 실질적으로 통제 경제 체제가 되었다. 1940년엔 나치 독일의 일당독재체제를 본 따서 '대정익찬회(大政翼贊會)'가 설립되었고 모든 정당들은 해산되었다.

춘원은 일본 사회에서 일어나는 이런 변화를 일찍 읽었다. 그리고 조선 사람들에게 닥쳐오는 혹독한 환경에 적응할 길을 찾으려 애썼다. 실제로, 미나미 총독이 부임한 뒤 강화된 통제의 검은 물살은 춘원에게 먼저 닥쳤다. 1930년대 초엽에 '신간회'가 해산한 뒤 조선에 남은 민족주의 단체는 그가 이끌던 '동우회'뿐이었으므로, 동우회는 총독부의 주목을 받을 수밖에 없었다. ('수양동우회'는 1929년 11월에 '동우회'로 이름을 바꾸었다.)

1937년 6월 7일 이광수, 주요한, 김윤경 등 11명이 '치안유지법' 위반 혐의로 서울에서 체포되었다. 6월 16일엔 안창호, 조만식 등 5명이 평양에서 체포되어 서울로 압송되었다. 결국 181명의 동우회 회원들이 종로경찰서에 의해 체포되었다. 체포된 사람들은 모두 혹독한 고문을 받았다. 뚜렷이 법을 어긴 일이 없는 사람들을 죄인으로 만들려니, 고문이 유난히 혹독할 수밖에 없었다. 결국 고문 후유증으로 두 사람이 죽었다.

춘원은 폐병으로 원래 중환자였고 안창호도 이전에 받은 고문과 옥고로 몸이 허약했다. 혹독한 핍박을 받은 두 사람은 끝내 건강을 잃고 중태가 되었다. 그래서 12월에 이광수는 경성의전 부속병원에,

안창호는 경성제대 부속병원에 입원했다. 그러나 안창호는 끝내 회복하지 못하고 1938년 3월 10일 운명했다.

안창호는 자신의 실질적 후계자인 춘원에게 유언을 남겼다. "삼월 초승 어떤 날 오기영(吳基永)이 대학병원에 다녀오는 길이라 하여 내 병실에 들러서 도산의 어떤 메시지를 전하였다. 그것은 옥에 있는 동지를 염려하는 간단한 말이었으나 내게는 그것이 마지막 유언같이 들렸다"고 춘원은 회고했다.

안창호의 정세 판단과 함께 고려되어야, 그의 유언은 뜻이 제대로 드러난다. 그는 "일본이 자기 힘에 지나치는 큰 전쟁을 시작하였으니, 필경 이 전쟁으로 인하여 패망합니다. 우리는 아무런 곤란이 있더라도 인내하시오"라고 동지들에게 당부했었다.

1938년 5월 총독부는 동우회에 해산을 명령했다. 그 사이에 재판이 진행되어, 1939년 12월 경성지방법원 제1심은 기소된 41명 전원에게 무죄를 선고했다. 그러나 1940년 8월 경성복심법원 제2심은 41명 전원에게 유죄 판정을 내렸다. 춘원은 가장 무거운 징역 5년형을 선고 받았다.

이런 상황에서 춘원은 적극적으로 전향 의사를 드러냄으로써 동지들의 석방을 이루려 애썼다. 1938년 11월 3일 그는 풀려난 동우회 회원 28명을 규합하여 '사상전향회의'를 열었다. 그들은 황거요배(皇居遙拜), 국가주악, 황군 전몰장병에 대한 묵념 등의 의식을 거행하고 남산의 조선신궁(朝鮮神宮)을 참배했다. 그리고 '사상전향신술서(思想轉向申述書)'를 재판장에게 제출하고 국방헌금을 하기로 결의했다. 이광수의 이런 노력 덕분에 1941년 11월 17일에 열린 경성고등법원의 상고심에선 전원이 증거불충분으로 무죄 선고를 받았다.

(7) 학도병 징병 권유

1941년 12월 일본군의 진주만 공습으로, 일본과 미국 사이에 태평양 전쟁이 일어났다. 강대한 미국과의 총력전이었으므로, 군부가 장악한 일본 정부는 국민들에게 최대한의 희생을 요구했다. 자연히, 조선 인민들에 대한 일본 정부의 요구와 통제도 극대화되었다. 특히 조선총독부는 조선 인민들의 어떤 반대나 이탈도 용납하지 않겠다고 결정했다.

이런 상황은 춘원에게 더할 나위 없이 곤혹스러웠다. 그는 평생 조선 민족의 복지를 궁극적 가치를 삼아 그것의 극대화를 위해 살아왔다. 조선 민족의 복지는 궁극적으로 독립을 통해서 이루어질 수 있었다. 그러나 독립을 이루려면, 조선 인민들은 당장엔 일본의 지배 아래에서 생존해야 했다. 그는 당장의 생존과 궁극적 독립이라는 두 절대적 조건들의 조화를 통해 최적의 해법을 찾으려 애써왔다. 이제 그 두 절대적 조건들을 조화할 길이 보이지 않는 것이었다.

고뇌 끝에 춘원이 찾아낸 해법은 당장의 생존에 우선적 가치를 두고 궁극적 독립은 미래에 맡기는 방안이었다. 어차피, 안창호의 전망대로, 일본이 중국과 미국을 상대로 한 전쟁에서 오래 버틸 수는 없으니, 힘들고 위험한 고비를 현실적 태도로 넘겨서 조선 민족을 보존한다는 얘기였다.

그런 방안은 어쩔 수 없이 조선총독부가 추구해온 동화 정책에 대한 순응을 포함했다. 조선총독부는 '내선일체'라는 구호를 내걸고 '황민화(皇民化) 정책'을 점점 강력하게 추진하고 있었다. 춘원은 이 정책이 품은 함의들을 잘 알았다. 조선 인민들이 천황의 적자라면, 천황의 신민들로서의 의무만이 아니라 권리도 누려야 마땅했다. 그래서 이광수는 조선 인민들이 황민화 정책에 순응하고 천황의 신민으로서의 의무를 다하면서 거기 따른 권리들도 얻는 전략을 구상했다. 그리고 그런 전략에 따라 행동했다.

 황민화 정책의 이런 함의들을 맨 먼저 진지하게 검토한 사람들은 실은 조선총독부 관리들이었다. 몇 달 동안의 작전으로 끝날 줄 알았던 중일전쟁이 발을 뺄 수 없는 거대한 늪임이 드러나자, 일본 정부와 조선총독부는 조선 청년들의 징병을 논의하기 시작했다. 실제로, 1938년 2월 23일 일본 정부는 '육군특별지원병령'을 공포하고 조선인 지원병들을 모집해서 병사들로 받아들였다.

 군대에서 특정 집단에 대한 차별은 군대의 일체성을 허물고 전력을 크게 약화시킨다. 당연히, 조선인 장병들에 대한 공식적 차별은 없을 터였다. 그러나 종주국의 시민들과 식민지의 인민들 사이엔 어쩔 수 없이 무형의 비공식적 차별들이 나올 터였다. 인종적으로 가까운 일본인과 조선인을 변별하는 가장 두드러진 특질은 이름이었다. 그래서 조선인 장병들이 일본식 이름을 갖도록 하는 방안이 논의되었다. 뒤에 조선 인민들의 정체성을 훼손하는 정책이 된 창씨개명은 처음엔 일본군에서 조선인 장병들에 대한 차별을 줄이는 방안으로 나왔다.

 보다 심각한 문제는 전쟁에 투입된 조선인 장병들이 자신들의 희생에 대한 보상을 요구하리라는 점이었다. 무기를 든 군인들의 요구는 민간인들의 청원이나 시위와는 성격이 달랐다. 이런 '혈세(血稅)'에 대한 보상을 할 준비가 안 되었다는 사정을 놓고 조선총독부 관리들은 나름으로 고심했다.

 물론 춘원도 조선인 젊은이들에 대한 징병이 불가피하다는 사정을 잘 알았다. 그리고 거기 담긴 함의들에 대해 깊이 생각했다. 뒷날 그가 조선인 대학생들에게 징병을 기꺼이 받아들이라고 권유하게 된 데엔 이런 논리도 들어 있었다.

 그런 '민족보존론'의 논리에 따라, 춘원은 조선총독부의 시책들을 지지하는 일에 적극적으로 나섰다. 조선 인민들이 '국어'를 상용하도록 하는 정책에 반대했던 태도를 바꾸어, 그는 1943년부터 조선총독부의 정책들을 지지하는 단편 소설들을 일본어로 집필했다. 조선총독부가 '창씨개명'을 추진하자, 그는 앞장 서서 '향산광랑(香山光郎)'이라는 이름을 경성부 호적계에 신고했다.

1942년 1월 일본 정부는 '학도출동명령'을 공포해서 일본인 학도병들을 징집할 준비를 시작했다. 그리고 1943년 12월에 일본인 학도병들을 징집했다. 조선인 학도병들의 동원은 조금 늦어서, 1943년 10월에 '조선인학도 육군특별지원병 제도'를 공포했다. 조선인 학도병들은 1944년 1월에 일제히 징집되었다.

당시 학도지원에 대한 대상자들의 태도는 부정적이었다. 그래서 조선총독부는 일본 유학생들의 지원을 독려하기 위해 '학도병 일본 권설대(勸說隊)'를 편성했다. 제1반은 김연수(金季洙)와 이광수였고 제2반은 이성근(李聖根)과 최남선이었다. 이들은 1943년 11월 11일 일본에 도착해서 각 대학을 다니면서 유학생들에게 학도병 입대를 권유했다.

'권설대'의 활동에 대한 유학생들의 반응은 물론 부정적이었다. 특히 춘원의 연설은 많은 유학생들의 격렬한 반발을 불렀다. 조선총독부의 강요로 나왔다는 것을 드러낸 다른 연사들과 달리, 그는 진심으로 학생들에게 지원하라고 호소했다는 것이었다.

춘원의 이런 행태는 조선 사람들이, 특히 학도지원 대상자들이, 충실한 황국신민들이 되어야 살아남을 수 있다는 판단에서 나왔다. 그리고 그런 믿음은 나름으로 튼실한 근거들을 지녔었다.

무엇보다도, 더 나은 선택이 없었다. 뒷날 '반민족행위 특별조사위원회(반민특위)'에서 그는 "학병을 나가지 않으면 학병을 나가서 받는 것 이상의 고생을 할 것 같기에 나가라고 권하였다"고 진술했다.

게다가 그는 조선인 젊은이들이 일본군에 들어가서 조선 민족이 얻게 될 실질적 이익도 고려했다. 눈에 먼저 뜨이는 것은 조선인 징병들이 군사 지식을 얻어 언젠가는 독립할 조선에서 군대의 근간이 되리라는 점이었다. 실제로, 중국 전선에서 탈출한 학도지원병들은 대한민국 임시정부의 광복군에 합류했다. 그리고 간부후보생 과정을 밟아 일본군 장교로 임관된 학도병들 가운데 많은 사람들이 6.25 전쟁에서 싸웠다.

눈에 잘 뜨이지 않지만 훨씬 중요한 것은 조선 젊은이들의 일본군 입대는 조선 민족이 드는 보험이었다는 사실이다. 많은 조선인들이 군인들이 되어 총을 잡으면, 조선총독부가 조선 인민들을 함부로 해치지 못할 터였다. 그는 조선총독부와 조선에 주둔한 일본군이 조선 인민들의 지도자들을 한꺼번에 학살할 가능성을 두려워했다고 〈나의 고백〉에서 밝혔다.

일본은 우리 민족을 더욱 탄압할 것이다. 이미 일본 관헌은 민족주의적인 지식계급 조선인의 명부를 만들었다 하며, 그 수는 3만 내지 3만 8000이라 하여 혹은 이것을 예방구금한다 하며, 혹은 계엄령을 펴고 총살한다 하여 총독부와 검사국과 용산 군과 사이에 문제가 되고 있다고 하였다. 진실로 이 3만 명이 무슨 방법으로나 희생을 당한다 하면, 이것은 민족적 멸망에 다음 가는 큰 손실일 것이다.

이런 조선 지식인 학살 계획의 존재는 '매일신보'의 기자로 모든 종류의 정보들에 접할 수 있었던 조용만(趙容萬)도 확인했다, "이렇게 되면 조선 안의 요시찰 인물들과 지식인들에게 미리 카드에 작성

된 대로 대량 학살을 감행할 것이므로 이 정보를 알고 있는 나는 한때 아득한 기분으로 앉아 있었다."(〈경성야화(京城野話)〉에서)

일반적으로, 압제적 정권은 위기에 체포해서 수감하거나 처형할 반대파 지도자들의 명단을 만든다. 특히 식민지를 통치하는 종주국들은 이런 준비를 철저히 한다.

위기의 원천을 아예 없앤다고 통치를 시작하기 전에 반대파 지도자들이나 지식인들을 처형하기도 한다. 스탈린의 공산주의 러시아의 '카틴 학살(Katyn massacre)'은 잘 알려진 예다. 1940년 폴란드 동부를 점령한 러시아군은 2만 2000명 가량 되는 폴란드의 장교들과 지식인들을 러시아의 카틴 삼림 인근에서 처형했다. 폴란드의 지도층을 없애서, 나치 독일과의 합의 아래 점령한 폴란드 동부를 완벽하게 장악하겠다는 뜻이었다. 1942년에 독일군이 러시아를 침공해서 이 지역을 점령하자, 스탈린의 만행이 드러났다. 이 학살의 선전 효과를 깨달은 괴벨스(Joseph Goebbels)는 발굴을 마친 뒤 1943년 4월 13일 대량 학살의 피해자들이 묻힌 구덩이들을 공개하고 온 세계에 공산주의 러시아의 만행을 선전했다. 거의 틀림없이, 이광수는 이 학살을 잘 알았을 터이다.

이런 면에서 공산주의 러시아만큼 일본도 야만적이라는 것이야 조선 사람들 모두가 아는 터였다. 1919년의 3.1독립운동에선 평화로운 시위를 하는 조선 사람들을 무자비하게 진압했고, 1923년의 '간토(關東) 대지진'에선 많은 무고한 조선인들을 죽였다. 남경 대학살은 일본군의 광기 어린 만행에 아무런 제약도 없다는 것을 보여주었다.

이처럼 춘원은 조선 민족에게 엄청난 위험이 닥치고 있음을 깨달았다. 그는 일본 천황의 진정한 신민들이 되는 것이 조선 민족에게 남겨진 유일한 살길이라고 믿었다. 마지 못해 따르는 것은 자발적으로 따르는 것보다 힘이 들면서 효과는 적은 법이다. 그래서 그는 그 괴로운 길로 기꺼이 가야 한다고 진심으로 호소한 것이었다.

물론 당장 학업을 중단하고 싸움터로 끌려나갈 처지로 몰린 학생들이 그의 깊은 뜻을 헤아리기는 어려웠다. 그들은 존경하던 지도자에게 실망과 분노를 느꼈고 그를 변절자로 치부했다. 그런 결과는 그로선 이미 오래 전에 예상한 터였다. 무슨 비난을 받아도, 그는 변명하지 않고 담담히 받아들였다.

그래도 〈나의 고백〉에 나온 일화는 그의 깊은 뜻을 헤아린 젊은 이들도 있었음을 감동적으로 증언한다.

내가 학병권유로 동경에 갔을 때의 일이다. 하루는 밤 늦게 대학생 셋이 내 여관에 찾아왔다. 나는 열이 나서 누워 있을 때였다. 그 중에 한 학생이,

"우리가 나가 죽으면 분명히 우리 민족에게 이익이 되겠나?" 하고 입을 열었다.

"그대가 안 나가려면 안 나갈 수 있나?" 나는 이렇게 되물었다.

"우리가 나가서 피를 흘리면 그대는 우리의 핏값을 받아주겠는가?" 하고 물었다. 이것은 참말로 큰 물음이었다. 나는

"그대들이 피를 흘린 뒤에도 일본이 우리 민족에게 좋은 것을 아니 주거든 내가 내 피를 흘려서 싸우마."

이렇게 대답하였다. 나는 속으로 이 젊은이들의 핏값을 받으려고 피를 흘리는 나를 상상하였다.

"우리들이 피를 흘려서 우리 동생들에게 조금이라도 도움이 된다면 조금도 한이 없겠다." 하고 그들은 가버렸다. 물론 나는 그들의 성명은 모른다.

바로 그들이 나간 뒤에 웬 청년 둘이 들어오더니 너붓이 조선

절을 하기로 나는 황망히 일어나서 답례를 하였다. 그런데 그들은 절을 하고 끓어앉아서는 한마디도 말이 없고 좔좔 눈물만 흘리고 있었다. 그러기를 한 십분이나 하더니 다시 일어나서 절하고 나가 버렸다. 나는 그들이 누구인지, 또 왜 그렇게 방바닥이 젖도록 낙루를 하였는지 물으려 아니하였다. 물을 필요도 없는 것이었다. 내 마음이나 그네의 마음이나 하나일 것이므로.

우리 마음 속의 춘원

위에서 살핀 것처럼, 춘원은 변절한 적이 없다. 그가 궁극적 가치로 삼은 조선 민족의 복지를 극대화하기 위한 전략을 현실에 맞춰 거듭 바꾸었을 따름이다. 급격히 바뀌는 환경에 맞추어 유연하게 전략을 바꾼 것이 외부에선 변절로 비쳤을 따름이다. 전략적 유연성은 언제나 지도자에게 중요한 덕목이다. 그리고 그런 전략적 유연성을 위해서 그는 다른 모든 것들을, 심지어 자신의 명성까지도 기꺼이 희생했다.

그러면 도대체 무엇이 잘못되었나? 왜 춘원은 "만지면 만질수록 그 증세가 덧나는 그런 상처"가 되었나?

분명히 상처로 보였는데 실은 상처가 아니라는 것이 드러나면, 그래서 우리 자신의 관찰이 틀렸다는 것이 드러나면, 우리는 틀린 관찰이 나오게 된 사정을 살펴야 한다. 무엇이 우리로 하여금 춘원의 진정한 모습을 보지 못하도록 막았나? 무엇이 그를 상처로 보도록, 치료할 대상으로 여기도록, 만들었나?

우리는 춘원의 '변절' 너머에 있는 진실을 보지 않으려 애써왔다. 그는 끊임없이 조선 민족을 둘러싼 혹독한 환경을 가리켰다. 그리고 그런 환경에서 살아남으려면, 조선 민족은 가장 덜 나쁜 선택들을 끊임없이 해야 한다는 점을 일깨워주었다. 아무리 굴욕적이라도, 아무리 괴롭더라도, 살아남아야 한다고 그는 역설했다. 그런 설득이 그런 호소가 그의 '변절'인 것이다. 그래서 그는 조선 민족이 겪은 그런 굴욕과 고통을 우리에게 일깨워준다. 그것이 우리는 아프고 싫고 외면하고 싶다. 김현이 그를 '상처'라고 부른 이유가 바로 거기 있다.

반면에, 춘원의 '변절'을 '진정한 변절'이라고 우기면, 얼마나 편한가. 조선 민족의 굴욕적 역사를 외면할 수 있고, 모든 불편한 진실들을 춘원 개인의 잘못으로 떠넘길 수 있다.

사정이 그러하므로, 춘원은 '변절자'라는 호칭에서 앞으로도 오랫동안 벗어나지 못할 것이다. 그는 자신의 그런 운명을 담담히 받아들였다.

그래도 춘원은 자신에게 씌워진 오욕의 굴레가 완벽하다고 믿지는 않았을 것이다. 그의 진심이 담긴 글들이 있지 않은가? 사람들이 《무정》을, 《이순신》을 읽는 한, 그저 읽는 것이 아니라 그 작품들이 나온 시공을 새기면서 읽는 한, 자신을 버려서 민족이라는 큰 자아를 얻은 그의 뜻은 어둠 속의 촛불처럼 우리 마음을 밝힐 것이다.

춘원 이광수 삶의 길
고산고정일

춘원 이광수 삶의 길 문학의 길
고산고정일

1892(1세) 이광수 아이 때 이름은 보경(寶鏡), 호는 춘원(春園)·장백산인(長
　　　　　白山人)·고주(孤舟)·외배·올보리. 익명은 노아자·닷뫼·당백·경서
　　　　　학인(京西學人) 등이다. 2월 28일 평안북도 정주군 갈산면 익성리
　　　　　에서 이종원(李鍾元, 42세)과 충주김씨(23세) 사이에서 전주이씨
　　　　　문중 5대 장손으로 태어나다. 할아버지는 이건규(李建圭)이다.

1894(3세) 가세가 기울어져 자주 이사하며 생활고를 겪는다.

1896(5세) 한글을 비롯 천자문을 깨우치고, 외할머니에게 《소대성전》《장풍
　　　　　운전》 등 국문소설을 읽어드릴 정도로 똑똑했다. .

1897(6세) 첫째 누이동생 애경(愛鏡)이 태어나다.

1899(8세) 마을 글방에서 《논어》《맹자》《대학》《중용》《사략》《고문진보》 등
　　　　　을 읽고 한시 백일장에서 장원하다.

1900(9세) 정양동 자성산 자락으로 이사, 3년간 살다. 자성재(慈聖齋) 서당
　　　　　에서 한학을 배우다. 산에서 나무를 해다 팔고 담배장사를 하며
　　　　　생활비를 벌어들이다.

1901(10세) 둘째 누이동생 애란(愛蘭)이 태어나다.

1902(11세) 7월 콜레라가 서북지방에 퍼지더니 이어서 전국으로 확산되다.
　　　　　8월 아버지 이종원(52)이 콜레라로 별세, 이어 어머니 김씨(33)도
　　　　　같은 병으로 세상을 떠나다. 3남매 고아가 되어, 큰누이는 할아
　　　　　버지 이건규에게 맡겨 길러졌으나 젖먹이 동생은 남의 집 민며
　　　　　느리 감이 되어 가다. 이광수는 외가와 아버지 육촌형제 집을 떠

돌면서 방랑생활을 시작하다.

1903(12세) 10월 둘째 누이동생 애란이 이질로 어린 나이에 죽다. 11월 동학 당에 들어가다. 12월 대접주 박찬명 집에 묵으며, 서기일을 하다. 이때 동학이념에 크게 감명받다.

1904(13세) 2월 러일전쟁 일어나다. 정주성에서 이 전쟁 전투를 보고, 러시 아군의 만행을 체험하면서 민족의식에 눈 뜨다. 7월 일본 관헌의 동학 탄압으로 현상 체포령이 내려져 고향을 떠나다. 8월 정주 읍에 수백명 동학인이 모여 진보회를 조직하는 데 참가하다.

1905(14세) 2월 정주를 떠나 서울 소공동에 박찬명이 경영하는 학교에서 일 본어 교사로 지내다. 머리를 깎고 양복을 입었다. 진보회원 자녀 들이 70여 명 수강하였다. 그 뒤 일진회와 접촉하면서 개화사상 에 눈 뜨다. 반년 만에 고향으로 내려가 큰누이를 맡아 기르는 할아버지에게 일본 유학의 결심을 말하다. 6월 일진회가 만든 학 교에 들어가다. 일본인 고미나리케(五味成助)를 통하여 일어를 익히는 한편 산수를 배우다. 8월 일진회 유학생으로 선발, 일본 으로 건너가다. 이상헌이란 가명의 손병희를 일본에서 찾아뵙다. 도카이의숙(東海義塾)에서 일어를 배우다. 12월 손병희가 동학을 천도교로 고치다.

1906(15세) 3월 다이세이(大成)중학교 1학년에 입학, 서구와 일본의 신문학 을 접하면서 문학 재능을 발휘하여 습작에 몰두하고, 〈황성신 문〉에 〈정육론(情育論)〉을 발표. 11월 일진회 내분으로 학비가 끊 기자 부득이 귀국하다.

1907(16세) 외갓집에 머무는 동안 조카의 친구 실단을 만나 첫사랑을 느끼 다. 4월 25일 학부(學部)에서 유학을 국비로 해결해주어 다시 일 본에 건너가 하쿠산학사(예비학교) 입학하다. 9월 메이지학원(明 治學院) 중학부 3학년에 편입, 학업을 계속하다. 이 무렵 도산 안

창호가 미국으로부터 귀국하는 중 도쿄에 들러 행한 애국연설을 듣고 크게 감명받다. 메이지학원의 분위기에 따라 청교도적 생활을 흠모하게 되고 서양 선교사들 성경시간에 익힌 기독교 생활을 하기로 결심하다. 동급생 호암 문일평 등과 사귀다. 홍명희, 문일평 등과 '소년회'를 조직, 회람잡지 〈소년〉을 발행하면서 시·소설·문학론·논설 등을 쓰기 시작하다. 특히 여기에 첫 소설 〈방랑〉을 발표하다.

1908(17세) 4월 메이지학원 4학년 진급. 반 친구인 야마자키 도시오(山崎俊夫)의 권유로 톨스토이에 심취하고 무저항사상에 감명받는다. 7월 방학중 안악면강회의 사범강습소에서 최광옥 등과 강의하다. 홍명희의 소개로 서울에서 정인보를 알게 되다. 개학을 앞두고 다시 일본으로 건너갔으나 개인적인 번뇌가 심해 불면증으로 고생하다.

1909(18세) 2월 도쿄 간다(神田)에 있는 조선청년회관(YMCA)에서 열린 메이지학원문학회 대회에서 문일평의 한국어 연설에서 통역을 맡다. 3월 졸업식에서 학업우수상을 받다. 4월 메이지학원 5학년 진급하다. 11월부터 3개월간 일기를 쓰다. 이달 7일 〈노예〉, 18일 일문 〈사랑인가〉, 24일 〈호(虎)〉 등을 메이지학원 동창회보 〈백금학보〉에 발표하고 유학생들 사이에 유명해지다. 그해 다갈 무렵 동급생 홍명희 소개로 최남선(17세)을 알게 되다. 이 해부터 구니키타 돗보, 나쓰메 소세키, 모리 오가이, 기노시타 나오에, 도쿠토미 로카 등을 애독하는 한편, 홍명희 권유로 바이런의 〈카인〉〈해적〉 등 읽고 그무렵 자연주의에 휩쓸리다.

1910(19세) 3월 24일 할아버지가 위급하여 귀국하다. 이달 메이지학원 보통부 중학부 5학년을 졸업했다. 3월 언문일치의 새 문장으로 된 단편 〈무정〉을 〈대한흥학보〉 11~12호에 발표하다. 이때 할아버지

의 별세와 국운의 쇠잔함을 보고 깊은 실의에 빠지다. 남강 이승훈의 초청으로 4월 오산학교 교원으로 들어가다. 7월 아버지 친구의 딸 백혜순(白惠順)과 중매로 혼인했으나 날이 갈수록 애정 없는 결혼을 후회하며 실망의 나날을 보내다. 9월 나라 잃은 슬픔을 노래로 만들어 학생들에게 부르게 하다. 남강이 기독교신자가 되고 로버트 선교사를 교장으로 초빙하다. 10월 남강의 고향마을 용동으로 집을 옮기고 야학을 열며 이상촌운동에 나서다. 11월 20일 톨스토이 서거에 오산학교 학생들과 추도회를 열다. 망명 중에 이 학교를 찾은 신채호와 만나다. 최남선과 더불어 《조선역사》 5부작을 구상하다.

1911(20세) 1월 105인 사건으로 오산학교 창립자 이승훈이 구속되자 학감으로 취임, 오산학교의 실질적 책임자가 되다. 학제개혁을 주장하여 교과과정을 바꾸다. 3월 오산학교 운영이 예수교회에 의지함에 따라 선교사 로버트 목사가 교장으로 취임하다. 7월 여름방학 서울 조선광문회로 올라와 최남선 집에 머물며 출판편찬일에 참여하다. 10월 남강의 뒤를 이어 용동의 동회장이 되다.

1912(21세) 1월 나라 잃은 슬픔과 자신의 앞날에 대한 번민 및 영양부족으로 건강이 많이 상하다. 10월 톨스토이 인도주의 사상을 따르면서 오산학교 학생들에게 생물진화론을 가르쳐 신앙심을 타락케 한다는 이유로 교장과 대립하다.

1913(22세) 2월 스토 부인 소설 《검둥이의 설움(Uncle Tom's Cabin)》을 최초 번역하여 신문관에서 펴내다. 그 무렵 시 〈말 듣거라〉를 〈새별〉지에 발표하다. 5월 경남 웅천에서 열린 하기강습회에 강사로 초빙되다. 이달 안창호, 송종우 등이 샌프란시스코에서 흥사단을 조직하다. 9월 오산학교 로버트 목사에게 물리침을 받고, 대구형무소로 이승훈을 찾아가 교사직 사의를 밝히다. 11월 4년간 근

무하던 오산학교를 떠나 세계여행을 목적으로 한국과 만주의 국경을 넘다. 안동현에서 정인보를 만나 상하이로 갈 것을 결심하다. 영국선 악구호에서 민충식, 정우영을 만나 다롄, 잉커우를 거쳐 상하이에 이르다. 12월 상하이 프랑스조계 안에서 홍명희, 문일평 등과 한 집에 살다. 독감에 걸려 신성모의 극진한 간호를 받다. 신채호, 신규식, 김규식, 변영태 등과 사귀다.

1914(23세) 1월 신규식 추천으로 샌프란시스코에서 발행되는 〈신한민보〉 주필로 가기로 마음 먹다. 유럽을 거쳐 미국으로 가기 위해 상하이에서 러시아 선박 포르타와호로 일본 나가사키를 거쳐 블라디보스토크(해삼위)에 이르러 신한촌을 찾다. 김립, 김하구 안내로 이동휘 손자 이종호를 만나다. 이곳에 1주일 동안 머물며 이동녕을 만나고, 홍범도, 엄인섭, 정재관 등과 사귀다. 2월 블라디보스토크를 떠나 모스코바행 열차로 물린에 도착, 안정근 안내로 이갑 장군을 만나다. 전신불수로 와병중인 이갑의 말벗이 되어 편지를 대신 써주면서 안정근 집에 머물다. 이동휘를 여기서 알게 되다. 2월 끝 무렵 물린을 떠나 치타로 향하다. 시베리아의 드넓은 설원과 바이칼호수 싱안링(興安嶺) 산맥을 넘으면서 대자연의 신비에 경탄하다. 뒷날 이를 배경으로 소설 《유정》을 쓴다. 치타에서 이강을 찾아가 미국으로부터 여비를 기다리며 국민회 기관지 〈대한인정교보〉 편집일을 돕다가 옥종경과의 오해로 뜻밖에 미국행이 늦어지다. 4월 2일 도쿄 유학생학우회에서 〈학지광〉을 창간하다(1930년까지 발간). 5월 〈대한인정교보〉 편집을 도우면서 틈틈이 공원을 산책하며 여가를 즐기다. 6월 치타에서 열린 시베리아 국민회 대의회에서 〈대한인정교보〉 주필로 임명되고, 제11호에 〈망국민의 설움〉 등 시 3편과 수필 〈지사의 감회〉를 발표하다. 이때에 이극로를 만나다. 7월 미국의 〈신한민보〉와 옥종경

에게서 미국으로 건너오라는 기별을 받다. 그러나 유럽에서 1차 대전이 일어나 유럽을 거쳐 미국으로 가는 길이 막히다. 8월 일본이 독일에 선전포고를 하고, 치타에 동원령이 내려 많은 젊은 이들이 전선으로 끌려가는 것을 몸소 보면서 전쟁의 비참함을 절감하다. 유럽으로 가는 길을 포기하고 학업을 계속할 생각으로 귀국하다. 이어서 일제가 〈대한인정교보〉 편집진을 체포하지만 그는 겨우 화를 피했다. 9월 오산학교에서 다시 교사로 일하며 용동 동회장 일을 보다. 최남선이 소년 잡지 〈새별〉을 창간하는 일을 돕다. 10월 최남선 주재로 창간된 〈청춘〉(1918년까지 발행)에 글 쓰면서 용기를 얻어 다시 문필을 가다듬다. 최남선, 안재홍, 권덕규 등과 신문관에 모여 역사 이야기를 즐기다. 12월 기행문 〈상하이에서〉 발표하다.

1915(24세) 3월 기행문 〈해삼위에서〉를 〈청춘〉 지 6호에 발표하다. 5월 인촌 김성수 후원으로 다시 일본으로 건너가다. 김병로(메이지대), 전영택(아오야마학원대), 신석우(와세다대) 등과 교류하며 사상가 교육자가 되기를 꿈꾸다. 8월 4일 큰아들 진근(震根)이 백혜순에게서 태어나다. 9월 와세다대학 고등예과 문학과에 편입하다. 12월 유지들과 조선학회를 설립하다.

1916(25세) 1월 10일 시 〈어린 벗에게〉를 써서 〈학지광〉 8호에 싣다. 1월 22일 학우회 주최 웅변대회에서 연설, 이어 조선학회에서 농촌문제를 연설하다. 31일 도쿄 유학생회에서 언더우드 목사 환영회를 갖다. 4월 〈조선인의 눈에 비친 일본인의 결점〉을 〈홍수이후〉 지에 보냈으나 실리지 않다. 7월 5일 와세다대학 고등예과를 졸업하다. 11일 일본에 온 타고르를 와세다대 영문과 학생 진학문과 요코하마에까지 가서 만남을 이루다. 9월 11일 와세다대학 철학과에 입학, 폭넓은 독서를 하다. 27일 〈매일신보〉의 요청으로 《동

경잡신》을 쓰다(11월 9일 완성). 10월 여름방학을 마치고 도쿄 가는 길에 심우섭 소개로 아베 요시이에(阿部充家)(〈경성일보〉 〈매일신보〉 사장)를 만나다. 11월 조선학회 월례회에서 〈우리 민족성 연구〉 발표하다. 이어 청년회관에서 언더우드 목사추모회를 갖다. 이 달 11월 〈문학이란 하(何)오〉를 〈매일신보〉에 발표하다. 12월 〈매일신보〉에 〈조선가정의 개혁〉 〈조혼의 악습〉 발표하다. 이 신문으로부터 신년장편소설을 쓰라는 청탁을 받고 옛 원고 중 박영채에 대한 부분을 정리하여 작품 이름을 《무정》이라 짓다.

1917(26세) 1월 1일 한국신문학사상 획기적 첫 장편 《무정》을 〈매일신보〉에 연재 시작하다. 독자들에게 찬사를 받는 한편 유림에게 비난 받다. 이어서 〈소년의 비애〉 〈윤광호〉 〈방황〉을 완성하여 〈청춘〉 잡지에 발표하다. 2월 3일 청년회관에서 요시노 이나조(吉野作造)의 강연을 듣다. 이달부터 중앙학교로부터 매달 20원의 학비 보조를 받다. 3월 와세다대학 철학과 특대생으로 진급. 도쿄 유학생회에서 도쿄여자의학전문학교 학생 허영숙을 알게 되다. 10일 청년회관에서 매큔 목사 환영회 가지다. 4월 29일 학우회에서 개최한 신입생 환영회와 졸업생 축하회에서 강연하다. 5월 과로로 폐병에 걸려 고생, 의사 권유로 휴양하려 귀국하다. 6월 14일 〈매일신보〉에 장편 《무정》을 126회로 끝내다. 24일 〈매일신보〉 특파원으로 남한지역 충남·전남·전북·경남·경북의 5개도 답사여행 떠나다. 차 안에서 한국 순방 중인 극작가 시마무라 호게쓰(島村抱月) 일행을 만나다. 조치원, 공주, 부여 등을 여행하다. 7월 군산, 전주, 이리, 광주를 거쳐 목포에 이르러 건강 악화로 고생하다. 선편으로 다도해를 지나 삼천포, 통영을 지나 부산 동래에 이르다. 여기서 소춘 김기전을 알게 되고, 아베 요시이에의 소개로 도쿠토미 소호(德富蘇峯)를 만나다. 이 달에 〈청춘〉 9호에

〈야소교의 조선에 준 은혜〉를 발표하고, 이 잡지 11월호에 〈금일 조선 야소교회의 결점〉이란 논문 발표하다. 8월 부산, 마산, 대구, 진주, 경주를 거쳐 다시 금강산으로 가려 했으나 건강 악화로 그만두다. 9월 15일 폐병 휴양의 여유도 없이 다시 일본으로 건너가 학업 계속하다. 30일 도쿄 조선유학생 학우회 임원 개선에서 최승만, 전영택 등과 함께 편집부원으로 뽑혀 〈학지광〉 편집위원이 되다. 10월 27일 도쿄한인청년회(YMCA)에서 5개도 답사여행을 강연하다. 11월 두 번째 장편 《개척자》를 〈매일신보〉에 연재, 달마다 20원의 원고료를 받다. 청년층 호평을 받고 수많은 격려 편지를 받는다. 17일 최두선, 현상윤, 김여제와 함께 와세다대학 하기시험 성적이 우수하여 조선총독부로부터 상금을 받다. 12월 〈학지광〉 14호에 〈우리의 이상〉이란 논문 발표하다.

1918(27세) 1월 12일 조선유학생청년회 부회장으로 선출되다. 2월 10일 학우회 정기총회에서 최승만, 서춘과 함께 편집위원으로 유임되다. 2월 끝무렵 〈기독청년〉 편집위원이 되다. 3월 초 병으로 서울에 왔다가 17일 도쿄로 다시 돌아가다. 9일 나혜석, 허영숙, 김마리아 등 24인이 조선연합예수협회에서 모여 〈여자계〉 2호 발행을 협의하다. 4월 도쿄에서 폐병의 재발로 각혈하다가 허영숙의 헌신적 간호로 위기를 넘기다. 6월 논문 〈의지적 진화론〉의 필화로 〈학지광〉 16호가 당국에 압수되다. 7월 5일 와세다대학 철학과 3학년에 우등으로 진급하다. 20일 장편 《무정》이 서울의 신문관에서 단행본 출간되다. 25일 허영숙이 도쿄여자의학전문학교 졸업하다. 8월 뒷날 결혼하는 허영숙이 귀국하자 그녀와의 연애편지가 현해탄을 오고가다. 9월 첫 부인 백혜순과 이혼에 합의하다. 전통적 아버지 혈통 중심의 가족제도와 봉건적인 사회제도를 비판하는 〈신생활론〉 〈자녀중심론〉 등의 논문을 〈매일신보〉에 발

표하자, 중추원 참의 연명으로 총독부, 경무총감부, 매일신보사 등에 "춘원의 글을 싣지 말라"는 진정서가 투서되고, 경학원 공격의 표적이 되다. 10월 16일 허영숙이 총독부 의사시험에 합격하다. 그달 중순쯤 도쿄에서 귀국하여 허영숙과 장래를 약속하고 둘이 베이징으로 애정도피 하다. 11월 윌슨 미국 대통령의 민족자결 14개 원칙에 따라 파리평화회의가 열린다는 소식에 나라의 앞날을 걱정하며 서둘러 귀국하다. 서울에서 최남선, 현상윤, 최린을 설득하여 3·1 독립선언운동의 선봉이 되도록 모의하다. 12월 끝 무렵 다시 일본에 건너가 최팔용을 움직여 백관수, 김도연, 김철수, 최근우, 송계백과 도쿄제국대학에 모여 조선청년독립단, 일명 신인회(新人會)를 만들다.

1919(28세)   1월 31일 도쿄에서 이광수가 조선청년독립단 선언문을 기초하고 이를 송계백에게 주어 본국에 전달케 하다. 2월 5일 이 선언서를 이광수가 영어로 번역 메이지학원 선생 랜디스 교정을 받고 해외에 알리는 책임을 맡아 몰래 상하이에 도착하다. 조동철, 김철 등과 이 영문선언서를 파리의 윌슨, 클레망소, 로이드 조지에게 보내다. 신석우 소개로 중국학자 덕림(德林)을 만나다. 이달 8일 도쿄유학생들이 춘원이 기초한 2·8독립선언서를 발표하고 경찰 수배를 받다. 18일 와세다대학으로부터 학비 미납 명목으로 제적되다. 이달 끝 무렵 한송계, 김철, 선우혁과 상하이 프랑스조계에서 신한청년당을 세우고, 고국에서 온 현순, 최창식을 통해 최남선이 쓴 3·1독립선언서를 입수하다. 춘원도 신한청년당에 가입하다. 3월 1일 서울파고다공원에서 최남선이 쓴 3·1독립선언서를 낭독하고 만세시위가 펼쳐지다. 이달 10일 여운홍과 3·1독립선언서를 기사화하여 〈차이나 프레스〉〈데일리 뉴스〉에 보도하는 데 성공하다. 이달 중하순 현순, 손정도 등과 함께 독립임시사무

소를 열다. 3월 끝무렵 중국을 시찰 중인 미국특사 크레인을 만나 나라의 장래를 이야기하고 한국정세를 알리다. 망명청년들이 제작한 프린트판 〈우리 소식〉에 논설 싣다. 이달 하순 〈차이나 프레스〉 미국특파원 나다니엘 페퍼를 서울에 보내도록 주선하다. 페퍼는 서울에 한 달 머물며 스코필드를 만나 독립운동과 일제탄압에 대한 사진과 자료를 얻어 〈차이나 프레스〉에 몇 차례 보도하다. 또한 페퍼가 저술한 《The Truth about Korea》란 책을 춘원 권유로 김여제가 번역, 《3·1운동의 진상》이란 단행본을 상하이에서 출간했다. 이달 28일 〈독립신보〉 창간되어, 4월 11일 제10호를 내고 휴간하다. 4월 11일 신익희, 손정도 등을 주축으로 임시의정원 만들다. 여기서 나라이름을 '대한민국'으로 정하고, 춘원은 서기에 취임하다. 13일 상하이임시정부 수립 선포하다. 이때 중국에는 5·4운동이 일어나 반제국주의, 반봉건주의 문화투쟁이 전국에 퍼지고 있음을 직접 보게 된다. 5월 25일 상하이에 도착한 도산 안창호를 만나다. 6월 17일 임시사료편찬위원회가 발족되어 춘원이 주임을 맡다. 8월 21일 조동우, 주요한의 협력을 빌려 임시정부 기관지 〈독립〉의 사장 겸 편집국장을 이광수가 맡아 애국적 계몽 논설을 많이 쓰다. 22호부터 〈독립신문〉으로 바꾸다. 10월 안창호의 민족운동과 흥사단 이념에 크게 감명받아 그를 도와 독립운동 방법을 기초하다. 이 무렵 도산의 인도로 주요한·박현환 등과 독서·정좌·기도를 함으로써 수양생활에 힘쓰다. 11월 24일 임시정부 개천절 축하회에서 '민족개조론' 연설하다. 12월 1일 신한청년당 기관지 〈신한청년〉이 창간, 안창호가 흥사단 원동위원회를 서리하다.

1920(29세) 1월 18일 이광수 과로 끝에 발병하여 안창호 주선으로 치료를 받다. 29일 여운형으로부터 러시아에 동행하자는 권유를 받았으

나 안창호와 상의하여 그를 따르지 않다. 3월 '우리 민족의 전도대업', '공산주의'의 연제로 흥사단 지방단우회에서 강연하다. 허영숙은 서울에 '영혜의원'을 열다. 4월 26일 흥사단 통상단우문답을 마치고, 29일 원동(遠東)지부에서 처음으로 서약식을 갖고 흥사단우가 되다. 5월 27일에는 원동지부의 임시반장을 맡다. 5월 허영숙과의 연애편지가 더욱 잦아지다. 6월 정인과, 황진남 등과 함께 안창호를 방문하고 미국 국회의원 시찰단에 대비할 것을 협의하다. 24일 일본영사관 항의로 프랑스영사관에서 〈독립신문〉의 정간명령이 내려지다(12월 25일 속간하다). 7월 일품향이란 여관에서 미국 국회의원단에게 보내는 선전문을 영어로 쓰다. 8월 사료편찬 5권을 마치고 재정상 이유로 사료편찬위원회를 해산하다. 〈독립신문〉의 경영난으로 민족운동의 미래와 자신의 앞길을 괴로워하다. 그즈음 임시정부로부터 제네바 주재 대표로 임명되었으나 여비 사정으로 지연되다가 흐지부지되다. 9월 20일 흥사단 원동임시위원회가 세워져 안창호, 손정도, 주요한과 함께 위원에 선출되다. 11월 시 〈너는 청춘이다〉, 평론 〈문사와 수양〉을 집필, 창조사에 보내다(평론은 이듬해 1월 〈창조〉 8호에 실리다).

1921(30세) 2월 5일 〈독립신문〉에 논설 〈칠가살(七可殺)〉을 발표하다. 13일 동아일보 기자 진학문과 안창호를 면담하다. 16일 허영숙이 상하이에 도착하여 임시정부에 물의를 일으키다. 18일 허영숙과 함께 안창호를 방문 귀국 결심을 말하다. 3월 이성태와 함께 허영숙을 귀국시키다. 26일 상하이에서 〈독립신문〉 사장으로 이승만 대통령을 면담, 귀국의 참뜻인 친일위장 독립운동을 보고하다. 4월 단신으로 상하이를 떠나 톈진, 펑톈을 거쳐 압록강을 건넜으나 평북 선천 부근에서 일본 경찰에 체포되어 서울로 압송,

엄중한 조사를 받았으나 곧 불기소 처분으로 석방되자 이때부터 변절자라는 비난을 받다. 고읍역에서 김억의 소개로 염상섭을 만나다. 5월 허영숙과 정식 결혼, 금강산으로 신혼여행을 다녀온 뒤 당주동에서 두문불출하다. 이 무렵 8촌 동생 이학수는 불교 계 출가하다. 8월 3일 대자연의 장엄 앞에서 영의 세례를 받고 자 금강산 순례 길을 나서다. 뒷날 《금강산유기》 발표하다. 11월 12일 개벽사 요청으로 〈소년에게〉를 〈개벽〉에 실어 출판법위반 혐의로 종로경찰서에 끌려가다. 〈개벽〉에 실린 〈상쟁의 세계에서 상애의 세계에〉(《쟁투의 세계에서 부조의 세계에로》, 1923. 2)는 민 족운동에 대한 부분이 검열당국에 의해 삭제되다. 이달 11일부 터 22일까지 〈민족개조론〉을 집필하다. 12월 사이토 총독과 왜성 대(倭城臺)에서 회견하다.

1922(31세) 1월 김성수, 송진우, 장덕수와 자주 만나 우국의 정을 나누다. 2 월 12일 해외에서 돌아온 김항주, 김태진, 곽용주, 박현환과 국내 동지 김윤경, 김기전, 강창기, 홍사용 등과 당주동 자택에서 수 양동맹회를 발기하다. 3월 2일 부인 허영숙이 공부를 계속하기 위해 일본으로 건너가다. 이어 종학원(宗學院) 교사로 초청되어 철학, 심리학을 강의하다. 이달부터 8월까지 《금강산유기》를 〈신 생활〉에 연재한 뒤 1923년 시문사에서 단행본 출간하다. 〈백조〉 동인 홍사용, 박종화 등과 사귀다. 4월 1일 〈동아일보〉에 〈사이 토 마코토(齊藤實) 군에게 말한다〉를 발표하다. 이어서 연극 〈개 척자〉가 예술좌에서 공연되다. 5월 〈개벽〉 주간 김기전의 요청으 로 〈민족개조론〉을 발표해 개벽사가 피습 폭행을 당하는 등 민 족진영에게 물의를 일으키다. 7월 〈민족개조론〉 필화사건으로 〈개벽〉지에도 글을 삭제하고 문단에서 물리침을 당하다. 9월 경 성학교, 경신학교 등에 영어 강사로 나가다. 그즈음 서해 최학송

과 편지가 오고가다. 30일 사이토 총독과 왜성대에서 다시 회견하다.

1923(32세) 1월 장편소설 《개척자》가 단행본 간행, 성공리 판매되다. 이 무렵 불경 《원각경》을 탐독하다. 김성수·송진우 권유로 동아일보사의 객원이 되어 논설과 소설을 발표하기 시작하는데, 2월 단편 〈할멈〉·《가실(嘉實)》을 Y생이라는 익명으로 〈동아일보〉에 실다. 3월 27일 안창호를 모델로 한 장편 《선도자》를 장백산인이라는 아호로 〈동아일보〉에 연재. 5월 동아일보사에 입사하다. 7월 17일 《선도자》가 총독부 압력으로 연재가 중단되다. 이달 박현환, 이병기 등과 함께 원산, 장전 거쳐 두 번째 금강산을 순례하다. 8월 금강산 보광암 월하 노스님 인도로 뒷날 《법화경》에 심취하게 되다. 유점사에서 8촌동생 운허(이학수) 스님 만나다. 9월 1일 일본에 관동대지진 발생, 일본 관리들이 한국인 폭동설을 조작, 교포 5000명이 학살당하는 대사건 일어나다. 9~17일 함남 고원에 다녀와 기행문 〈초향록〉을 〈동아일보〉에 발표하다. 이달에 톨스토이 《어둠의 힘》 번역, 중앙서림에서 출간되다. 10월 《조선의 현재와 장래》(홍문당) 출간되다. 12월 1일 《허생전》을 〈동아일보〉에 연재 시작하다. 이 작품은 1924년 시문사에서 출판되고, 1927년 이극로가 독일어로 번역하여 베를린대학의 한국학과 교재로 사용되다.

1924(33세) 1월 2~6일 〈동아일보〉 연재 사설 〈민족적 경륜〉이 물의를 일으켜 잠시 퇴사하다. 3월 22일 《허생전》 이어 《금십자가》를 〈동아일보〉에 연재하다. 4월 비밀리에 베이징으로 안창호를 찾아가 8일간 함께 지내며, 그의 담론을 필기해오다. 이는 흥사단운동의 방안과 고국 동포에게 전하는 안창호의 포부로서 뒷날 '산옹(産翁)'이란 이름으로 〈동광〉지에 발표되다. 5월 11일 《금십자가》 연

재가 병으로 멈추다. 7월 전영택 소개로 방인근과 알게 되어 문예잡지 발간을 권하다. 8월 김억, 김동인, 주요한, 김소월, 전영택과 함께 〈영대(靈臺)〉 동인에 참여. 《인생의 향기》를 이 잡지에 연재. 방인근 등과 함께 석왕사에 피서하며 《혈서》, 《재생》을 쓰다. 10월 방인근 출자로 순문예지 〈조선문단〉 창간하여 제1~4호를 이광수가 주재하다. 11월 9일 《재생》을 〈동아일보〉에 연재하다. 만주를 떠돌다 찾아온 최서해를 양주 봉선사로 보내다. 12월 〈동아일보〉에 가까운 미국인 변호사 돌프의 〈공개장 : 조선인에게〉를 번역하여 첫 회 게재하고는 총독부에 압수당하다.

1925(34세) 1월 23~25일 베이징에서 써온 안창호와의 면담을 정리 〈동아일보〉에 발표하다. 그러나 3회를 싣고 총독부로부터 게재금지 처분을 당하다. 2월 8일 단편 〈혼인〉을 쓴 뒤 과로로 몸져눕다. 3월 11일 〈동아일보〉 연재하던 《재생》을 병으로 중단하다. 백병원 백인제 박사로부터 척추카리에스라는 진단을 받고 한쪽 갈빗대를 도려내는 수술을 받고 100일쯤 치료하다. 7월 1일 완쾌되지 않은 몸으로 《재생》 연재를 계속하다. 병으로 〈조선문단〉 지의 주재를 사퇴하다. 9월 18일 신천 온천에서 휴양하며 《재생》을 완성하다. 10월 10일 안창호 지시에 따라 수양동맹회와 동우구락부 통합을 교섭하여 1926년 1월 수양동우회로 출범시키다.

1926(35세) 1월 양주동과 문학관에 대하여 처음으로 지상논쟁을 하다. 이 달 3일 〈동아일보〉에 《춘향전》 연재를 끝내고, 5일부터 《천안기(千眼記)》 연재하다. 3월 6일 〈동아일보〉 정간으로 《천안기》를 61회로 중단하다. 5월 1일 《마의태자》를 〈동아일보〉에 연재하다. 이 달 20일 종합교양지 〈동광〉을 창간, 주요한과 함께 온 힘을 다해 힘쓰다(1933년 1월까지 발간). 6월 1일 와세다대학의 학력을 인정받아 경성제국대학 법문학부 문학과에 입학하다. 몇 주 수강

한 뒤 병이 악화되어 그 뒤 4년간 휴학하다. 1930년 1월 23일부로 학칙 25조에 의거 제적 처리되다. 6월 폐병 재발 경성의전병원에 입원하다. 7월 수양동우회 발행 〈동광〉 3호가 압수되다. 8월 의사 유상규 등과 삼척, 약수포, 석왕사 등을 돌며 휴양하다. 10월 5일 논문집 《신생활론》, 단편집 《젊은 꿈》이 박문서관에서 간행됨. 11월 동아일보사 편집국장에 취임하다. 같은 달 〈동광〉에 〈현대의 가인 이상재 옹〉 발표. 12월 〈동광〉에 발표한 〈남강 이승훈 옹〉이 검열에서 삭제당하다.

1927(36세) 1월 6일 《유랑》을 〈동아일보〉에 연재. 이달 15일 수양동우회 진흥을 위한 진흥방침 연구위원에 임명되다. 주요한의 과격한 개혁안이 탄압을 불러올 것을 두려워 반대하다. 그 뒤 2월 18일 병으로 위원직을 그만두다. 28일 폐병 재발로 병석에 누운 지 반년 이상 사경을 헤매다. 2월 〈동광〉에 〈규모의 인 윤치호 씨〉를 발표하다. 30일 이광수의 둘째 아들 봉근이 태어나다. 6월 백인제 박사 숭삼동 자택에서 지내며 간병 치료를 받다. 8월 12일 요양을 위하여 신천온천, 황해도 연등사로 떠나다. 의사 유상규의 간병을 받다. 이계천과 사귀어 호의를 받다. 친구 김선량의 권고로 안악 연등사 학소암에 머물며 삶과 죽음을 깊게 생각하다. 9월 4일 각혈을 쏟아내다. 10일 병으로 동아일보사 편집국장직을 그만두고 편집고문으로 전임. 세 번째 폐병이 재발. 10월 틈틈이 《연등기》를 집필. 아베 요시이에가 연등사에서 요양 중인 춘원을 방문. 11월 29일 태어난 지 5개월 된 봉근을 업고 허영숙이 연등사로 찾아오다. 12월 서울에 돌아와 경성의전병원에 입원.

1928(37세) 1월 29일 경성의전병원 퇴원하다. 7월 건강을 회복 《병상록》 쓰다. 9월 4~19일 《젊은 조선인의 소환》을 〈동아일보〉에 발표. 이즈음 역사책을 많이 읽다. 《병창어(病窓語)》를 〈동아일보〉에 연

재하다. 11월 31일 《단종애사》를 〈동아일보〉에 연재 시작, 선풍적 인기를 끌다.

1929(38세) 1월 30일 《일설 춘향전》을 한성도서에서 출간. 2월 6일 《단종애사》 집필 중 신장결핵 진단. 3월 22일 고향 정주로부터 서대문정 1정목 9번지로 호적 옮기다. 5월 14일 경성의전병원에 입원, 24일 백인제, 유상규 박사의 집도로 좌편 신장 절제 대수술을 받다. 수술 후유증으로 폐염을 앓다. 6월 20일 3개월여 만에 《단종애사》 연재를 계속하다. 9월 5일 수양동우회 이사회에서 동우회로 개칭하다. 26일 셋째 아들 영근이 태어나다. 12월 11일 《단종애사》 연재를 217회로 끝내고, 이광수·주요한·김동환 《3인 시가집》을 삼천리사에서 간행하다.

1930(39세) 1월 1일 《군상》 3부작으로 《혁명가의 아내》를 〈동아일보〉에 연재 시작하다. 3월 12일 숭삼동 자택에서 동우회 이사회를 갖고, 탄압을 피해 '신조선 건설'이란 표현을 '신문화 건설'로 바꾸다. 5월 19일 이충무공 유적 순례길을 떠나다. 온양 묘소, 목포, 우수영, 벽파진, 여수, 통영, 한산도를 돌아보고 《충무공 유적순례》를 〈동아일보〉 발표(5월 21일~6월 8일). 7월 불교적 인생관에 따라서 자비 원리에 몰입하다. 9월 자작영화소설 《정의는 이긴다》를 〈동아일보〉에 발표(9월 25일~10월 1일). 10월 《혁명가의 아내》 한성도서에서 출판. 11월 29일 《삼봉이네 집》(《군상》 3부)을 〈동아일보〉에 연재하다.

1931(40세) 1월 동우회 〈동광〉을 재간. 같은 달 민족주의와 민족주의 문학에 대한 양주동과의 논쟁(1926년 1월) 하고 나서 처음으로 자신의 작가적 입장을 밝히다. 3월 이갑을 모델로 《무명씨전》을 〈동광〉에 연재, 다시 당국의 주목을 받다. 4월 24일 《삼봉이네 집》을 〈동아일보〉 연재 끝내다. 6월 초순 일제 당국의 저지로 《무명

씨전》 연재 중단되다. 6월 26일 《이순신》을 〈동아일보〉에 연재 시작하다. 7월 《이충무공행록》을 〈동광〉에 연재. 7월 16일 동아일보사 학생들에게 브나로드 농촌운동을 시작하다. 8월 10일 행주의 임진왜란 권율 장군 기념대회에서 강연하다. 9월 〈김성수론〉을 〈동광〉에 발표하다. 같은 달 〈삼천리〉에 김명식의 〈이광수씨의 지도자론 비판〉이 실리다. 10월 〈동광〉 지에 발표한 〈비상시인물론〉이 검열에서 삭제 당하다. 같은 달 기행문 〈노령정경(露領情景)〉을 〈동광〉에 발표하다.

1932(41세) 4월 3일 〈동아일보〉 연재 《이순신》을 178회로 끝내고, 12일부터 계몽문학 대표소설 《흙》을 〈동아일보〉에 연재하다. 이달 29일 윤봉길이 상하이 훙커우공원에서 폭탄 투척사건이 발생, 이 사건으로 안창호가 상하이에서 체포되어 6월 7일 인천 거쳐 서울로 호송됨을 보고 크게 낙심하다. 〈안도산론〉을 〈동광〉에 기고했으나 총독부 검열로 삭제. 7월 초 임종의 최서해를 문병. 〈동아일보〉 연재 《흙》 상편을 완성하고 단군 유적을 답사. 8월 서대문형무소에 수감 중인 안창호를 자주 면회하고, 의복 등을 들여보내다. 9월 수력발전소가 들어선 부전공원을 찾아가 자연과 인위를 깊이 생각하다. 그즈음 모윤숙과 가깝게 지내다. 관서지방을 돌며 시를 쓰다. 27일 동아일보 업무차 도쿄에 들려 개조사 사장 초대 만찬에서 은사들을 만나 이야기를 나누다. 11월 논문 〈비상시의 비상인〉을 〈동광〉 잡지에 발표하다. 12월 26일 안창호 징역 4년 선고를 받다.

1933(42세) 1월 〈동아일보〉 주최 문인좌담회에 참석. 20일 종합지 〈동광〉이 통권 40호로 폐간. 2월 11일 동우회 이사장직을 그만두다. 4월 송진우 등과 동아일보사 경남지국장대회에 참석한 뒤 영남 일대를 돌다. 6월 주요한 등과 《동광 총서》를 편찬. 이달부터 7월까지

남만주 선양, 안산, 다롄 등지를 여행. 7월 10일《흙》연재를 끝내다. 이날 방응모가 조선일보사를 매입 인수하였다. 8월 28일 방응모, 주요한의 권고로 동아일보사를 그만두고, 조선일보사 부사장에 선임되다. 9월 18일부터〈조선일보〉에 시평《일사일언》을 '장백산인'이란 필명으로 쓰다. 이달 24일 큰딸 정란이 태어나다. 10월 1일 장편《유정》을〈조선일보〉에 연재, 12월 31일 76회로 끝내다.

1934(43세) 1월 3일 동우회 회의 참석하다. 2월 18일부터 장편《그 여자의 일생》을〈조선일보〉연재. 28일 아들 봉근(8세)이 패혈증으로 죽다. 5월 11일 이병도, 김윤경, 이병기 등이 진단학회를 창립. 13일 주요한 자택에서 동우회 이사회를 열고 주요한을 이사장으로 선출. 22일 조선일보사 부사장직을 그만두다. 출가할 목적으로 명산풍광을 구경하며 금강산을 돌아다니다 찾아온 아내의 설득으로 31일 서울로 돌아오다. 7월〈나의 문단생활 30년〉을〈신인문학〉에 싣다. 이달 소림사 은거에 들어가 불교서적에 열중하다. 김동인이《춘원연구》를〈삼천리〉지에 연재. 8월 자하문 밖 홍지동 산장으로 옮겨간 뒤 두문불출. 11월 홍지동 산장에서《법화경》한글풀이를 시작하며 독서와 명상으로 지내다.

1935(44세) 1월 수필〈나의 참회〉를〈신인문학〉에 발표하다. 31일 둘째 딸 정화(廷華)가 태어나다. 2월 10일 안창호가 형기 2년 6개월의 복역 중 대전형무소에서 가출옥되다. 19일《그 여자의 일생》을〈조선일보〉에 계속 연재하다. 4월 13일 안재홍, 이은상 등과〈조선일보〉편집고문으로 입사,《일사일언》다시 집필하다. 5월 5일 이항녕 등 경성제대 학생들과 금강산을 여행하다. 8월 허영숙이 세 아이를 데리고 일본으로 연수차 떠나다. 9월 안창호와 함께 개성 만월대, 박연폭포 등지를 여행하다. 26일《그 여자의 일생》연재

마치고, 30일부터 〈조선일보〉에 《이차돈의 사》 연재를 시작. 11월 수필 〈톨스토이의 인생관〉을 〈동광〉에, 〈두옹(杜翁 : 톨스토이)과 나〉를 〈조선일보〉에 발표하다. 12월 일본에 가족을 만나고자 도쿄에 갔다가 다음해 1월 귀국하다. 이해 박정호를 문하생으로 두고 홍지동 산장에 함께 살다.

1936(45세) 1월 가회동 땅을 비롯해 저작 판권을 팔아 효자동 175번지에 '허영숙산원'을 짓기 위한 대지를 마련하다. 같은 달 평론 〈전쟁기의 작가적 태도〉를 〈조선일보〉에 발표. 이달 아베 요시이에의 임종 및 장례식에 참가, 도쿠토미 소호를 만나다. 《이광수·김동인소설집》이 조선서관에서 간행되다. 4월 기행문 〈단군릉〉을 〈삼천리〉 잡지에 발표하다. 5월 가족을 만나려 일본으로 건너가 은사 요시다 겐지로(吉田絃二郎)를 비롯 사토 하루오(佐藤春夫) 등 유명 작가들과 만나다. 6월 아베 요시이에 흉상 건립을 위한 발기인이 되다. 이달 도쿄에서 귀국, 홍지(弘智)출판사를 세우고, 22일 산문집 《인생의 향기》를 첫 출간. 9월 기행문 〈동경 구경기〉를 〈조광〉 지에 연재. 이달 중순쯤 평양 김동원 댁에서 동우회가 모여 안창호 연설을 듣다. 10월 17일 평북 선천 오순애 댁 동우회 모임에서 안창호가 연설하다. 28일 인사동 천향각에 동우회원 113명이 모여 안창호 강연을 듣다. 12월 12일 조선사상범보호관찰령이 공포되어 21일부터 시행, 이날 〈조선일보〉 연재 《애욕의 피안》을 끝내다. 22일부터 자전적 장편 《그의 자서전》을 연재하다. 이해 단 하나 남은 누이동생이 만주 잉커우에서 세상을 떠나다.

1937(46세) 1월 〈예수의 사상〉을 〈삼천리〉에 발표하다. 3월 조선 총독 미나미의 황국신민화 정책에 따라 '조선문예협회'를 만들어 그 회장에 선출되다. 8일 《이차돈의 사(死)》 한성도서에서 간행. 15일 《문장독본》 홍지출판사 간행. 4월 동우회 사정을 상의하려 송태산

장으로 안창호를 찾다. 24일 안창호가 이광수의 조선문예협회 가입을 알고 말리는 편지를 보내다. 5월 1일 조선호텔 조선문예협회 발기모임에 불참하다. 그날 〈조선일보〉 연재 《그의 자서전》을 128회로 끝내다. 27일 일본의 '국가총동원준비의 건' 법률 공포되다. 6월 7일 동우회 사건으로 김윤경, 주요한, 신윤국 등 10명과 함께 이광수 종로경찰서에 가두어 두다. 허영숙이 도쿄에서 서둘러 귀국하다. 뜻밖에 잡혀가게 되면서 〈조선일보〉 연재 《공민왕》 14회로 멈추다. 16일 안창호, 조만식 등 5명이 경찰에 잡히다. 28일 동우회원 김동원 등 25명이 붙잡히다. 8월 5일 이광수 서대문형무소에 수감되다. 지병이 재발하여 병감으로 옮겨지다. 이달 10일 동우회 서울지회 관련자 55명이 구속되다. 11월 1일 동우회 평양 선천지회 관련자 93명이 구속되고, 안창호는 검사국으로 보내지다. 12월 18일 이광수 병보석으로 풀려나서 경성의전병원에 입원하다. 안창호도 병보석으로 출감하여 24일 경성제대병원에 입원하다.

1938(47세) 1월 종로경찰서는 안창호, 이광수, 주요한 등 42명을 송치하다. 춘원은 병상에서 박정호에게 구술하여 시를 쓰며 지내다. 3월 10일 안창호의 죽음 소식을 듣고 통곡을 하다. 4월 중편 〈무명〉과 장편 《사랑》의 집필에 들어가다. 이달에 기행문 〈백마강상에서〉를 〈삼천리문학〉에 발표하다. 4월 1일 국가총동원법이 공포되다. 6월 동우회 사건으로 고바야시 예심판사로부터 임상심문을 받다. 7월 29일 예심 보석으로 병원생활 8개월 만에 퇴원, 홍지동 집으로 돌아오다. 8월 15일 동우회사건 예심결정으로 기소되다. 9월 가을 김동인이 홍지동 집으로 찾아와 기소된 동우회원들을 위해 진정서를 제출해줄 것을 요청하다. 10월에 《사랑》이 《현대걸작장편소설집》 제1권으로 박문서관 간행. 18일 이광수 작

품을 읽는 춘천고교 비밀독서클럽 상록회 회원들이 붙잡히고 회장 이연호는 2년 6개월 징역 선고받다. 11월 3일 재판소 허가 받아 28명의 동우회원들과 함께 사상전향회의를 가지다. 남산 조선신궁을 참배하고 황궁요배, 일본국가 제창, 황군 전몰장병을 위한 묵념을 행하다. 재판소에 사상전향신청서를 제출하고 국방성금을 내다. 12월 14일 전향자 중심 좌담회 '시국유지원탁회의' 출석하다.

1939(48세) 1월 중편 〈무명〉을 창간준비중인 〈문장〉에 보내다. 16일 중앙협화회에서 내선일체를 강연하다. 이달 장편 《늙은 절도범》을 〈신세기〉에 연재 시작했으나 미완성으로 그치다. 3월 《조선문인전집》 제1권 〈이광수 편〉 삼문사에서 간행. 14일 북지 황군 위문단 사절 후보를 뽑는 선거의 실행위원이 되어, 김동인, 임화, 박영희 등을 보내기로 결정하다. 4월 《사랑》 하권 집필 끝내다. 5월 불교서적을 비롯 독서를 하며, 《세조대왕》 집필을 시작하다. 홍지동 집을 팔고 효자동으로 이사하다. 4일 다석 류영모가 홍지동 집으로 와서 함께 도덕경을 논하다. 10일 중앙협화회에서 《내선일체 수상록》을 간행하다. 11일 단편 〈꿈〉을 쓰다. 12일 류영모 집에 가서 모란꽃을 즐기며 동양고전을 토론하다. 6월 《무정》이 영화로 제작되어 상영되다. 7월 《이광수 단편선》이 박문서관에서 출간. 이달 삼천리사 주최 좌담회 '문학, 연애, 종교를 묻는 모임' 참석하다. 이달 8일 국민징용령 공포. 8월 《춘원 이광수걸작선집》(전5권) 제1권 〈반도강산〉 영창서관에서 출간되다. 이달에 《춘원서간문범》이 삼중당에서 간행. 10월 아내 허영숙이 관절염으로 입원. 1일 국민징용제 실시. 17일 조선문인협회 발기인으로 참여. 12월 8일 경성지방재판소에서 동우회 사건 1심 7년 구형을 받았으나 무죄로 선고되다. 그러나 사상검사 나가사키 유조

(長崎祐三)가 바로 그날로 공소를 제기하다. 29일 조선문인협회 회장이 되다.

1940(49세) 1월 장편 《사랑》의 저작권을 파는 등 심한 경제적 어려움과 함께 아내의 입원, 영근·정란의 병으로 고초를 겪다. 형사사건 관련으로 조선문인협회 탈퇴. 2월 중편 〈무명〉으로 마해송 발행 모던일본사 주관 제1회 '조선예술상'을 받는다. 심사위원은 기쿠치 간(菊池寬), 가와바타 야스나리(川端康成) 등 12인, 상금은 500원(円)이었다. 2월 1일 창씨개명제가 강제로 실시되다. 20일 〈매일신보〉에 〈창씨와 나〉 발표하다. 이달에 《춘원시가집》을 박문서관에서 발행하다. 3월 가야마 미쓰오(香山光郞)로 창씨 개명, 다음날 도쿠도미 소호에게 창씨개명을 알리는 편지를 보내다. 4월 〈內鮮一體와 國民文學〉을 〈조선〉에 일문으로 발표하다. 이달 베이징 매일신보 지국 초청으로 중국에 다녀오다. 모던일본사에서 단편집 《가실》(1940. 4), 《유정》(1940. 6), 《사랑》 전편(1940. 10), 후편(1941. 3)이 번역 간행되다. 5월 장편 《세조대왕》을 1년여 만에 완성하다. 8월 기쿠치 간이 문예총후(銃後)운동으로 고바야시 히데오(小林秀雄)와 방한, 춘원과 문예좌담회를 열다. 21일 동우회 사건 2심 최고형 5년 징역 판결을 받다. 피고들 전원 불복 상고하다. 담당 변호사는 김병로, 이인, 허헌 등 한일 변호사 13인이다. 9월 29일 경성중앙방송국 제2방송에서 이광수 지음 〈지원병장행가〉가 방송되다. 10월 조선총독부로부터 저작의 재검열을 받아 《흙》, 《무정》 등 십수 편이 발매금지 처분당하다. 12일 조선문인협회 '문사부대'로 지원병 훈련소에 2차로 입영 견학하다. 12월 국민총력연맹 출범하다. 이달 25일 황도학회 발기인으로 참여하다.

1941(50세) 1월 일본어 산문집 《同胞に寄す》 발간. 이달 〈신시대〉 지에 장편

《그들의 사랑》 연재, 3회로 그만두다. 3월 7일 총독부가 조선사상범예방구금령 공포. 10일 경성 대화숙(大和塾) 개최 수양회 1주일간 참석, 〈신시대〉 지 〈대화숙 수양회 잡기〉를 발표하다. 대화숙은 동우회 사건을 담당한 나가사키 유조(長崎祐三) 검사가 운영하는 보호관찰소로 여기에 장덕수, 백남운, 이순택, 최익한도 함께 참석 반장 역할하다. 5월 15일 치안유지법시행개정안 공포. 10월 〈신시대〉 지에 장편 《봄의 노래》를 연재하다. 18일 부민관에서 조선임전보국단 발대식이 열려 생활부장이 되다. 11월 17일 4년 5개월 끌어오던 동우회 사건 경성고등법원 상고심 전원무죄 판결. 28일 임시정부 대한민국 건국강령 발표하다. 12월 8일 일본군 진주만 폭격 태평양전쟁 일어나다. 9일 대한민국 임시정부 대일선전포고하다. 24일 일본 문학자애국대회가 열리다.

1942(51세) 3월 1일 장편 《원효대사》 〈매일신보〉에 연재 시작 10월 31일 끝내다. 5월 10일 《내선일체수상록》 중앙협화회에서 발간. 10월 일본 경찰이 독립운동혐의로 조선어학회 회원 대검거 시작(조선어학회 사건). 11월 3~10일 제1회 대동아문학자대회 도쿄 오사카에서 열려 유진오, 박영희와 더불어 참석. 메이지학원 중학 시절 친구 야마자키 도시오(山崎俊夫)와 다시 만나다. 〈경성일보〉(11.11~12)에 〈대동아정신〉이 대회에 발언을 두 번 연재하다.

1943(52세) 1월 3일 만주제국 10주년 기념문집 《반도사화와 낙토만주》(장춘, 만선학해사)에 〈반도소설사〉를 발표. 이달에 단편 〈면화〉를 〈방송지우〉 창간호에 발표. 8월 1일 징병제 시행되다. 4월 조선문인보국회 발족 이사가 되어 〈징병제도의 감격과 용의〉, 〈학도여〉를 써서 학도병 지원을 권장하다. 8월 25~27일 제2회 대동아문학자대회가 도쿄 제국극장 대동아회관에서 열려 유진오, 최재서, 유치진, 김용제, 장혁주 참석하다. 10월 20일 일본 육군성 한국 학

생 징병유예를 폐지하고 학병제 실시하다. 11월 8일 최남선, 김명학과 함께 일본에 건너가다. 12일 간다 숙소로 찾아온 조선유학생들과 지원병 문제를 심각히 토론하다. 21일 2시 메이지대학 강당에서 조선장학회 주최 반도학도격려강연회 최남선, 이선근과 함께 조선의 미래를 위한 연설 학병권유를 하다.

1944(53세) 1월 단편 〈귀거래〉를 〈방송지우〉 지 2권 1호에 발표 2월 8일 총동원법 따라 전면징용 실시 광산과 군수공장에 동원되다. 3월 아내 허영숙 권유로 양주군 진건면 사릉리에 농삿집을 짓고 만주에서 돌아온 박정호와 농사를 시작하다. 11월 12~14일 제3회 대동아문학자대회(중국 난징 중독문화협회회관)에 김팔봉과 참가하다. 이 해 이광수 모든 저작이 조선총독부에 압수되어 발간 중지를 당하다.

1945(54세) 1월 단편 〈구장님〉을 〈방송지우〉 3권 1호에 발표. 2월 신태양사(옛 모던일본사) 주관 제6회 '조선예술상' 문학부문 심사위원. 이 달 4~11일 얄타회담에서 한반도에 관한 협정 발표하다. 5월 7일 독일 연합국에 항복 선언. 7월 26일 포츠담선언에서 카이로선언 이행을 다시 확인 한민족 독립을 공약하다. 8월 운허 이학수는 재만혁명동지회를 조직 상경, 정치활동을 모색했으나 좌절하고 돌아와 해단한다. 8월 15일 일본 천황 무조건 항복 선언하다. 이날 조선건국준비위원회 발족하다. 이달 16일 일본 패망과 조선 해방 소식을 사릉에서 듣다. 18일 사회적으로 친일파라는 비난을 받자 아내 허영숙이 밤에 사릉으로 와서 피신할 것을 설득했으나 이광수 거절하다. 부인은 두 딸만을 데리고 다음날 서울로 올라오다. 이즈음 사릉에 계속 틀어박혀 독서와 농사를 지으며 지내다. 미 국무성 파견 장교 키니 등이 찾아와 친일문제 등을 면담하다. 2일 맥아더 사령관이 북위 38도선 경계로 미소 양

군의 한반도 분담점령책을 발표하다. 7일 미 극동사령부가 남한에 군정 선포하다. 12월 27일 모스크바 3상회의에서 한반도에 신탁통치를 결정하자, 이에 국내에서 찬반투쟁이 일어나다.

1946(55세) 1월 오랫동안 돌베개를 베어온 탓으로 안면 신경마비와 고혈압으로 고생하다. 3월 자바뿔소를 사와서 농사에 더욱 전념하다. 4월 8일 운허 스님(이학수)이 봉선사에 광동중학교를 세우다. 5월 21일 부부가 함께 종로구 호적계를 찾아 가족 및 재산 보호 목적으로 합의 이혼하다. 9월 2일 운허 스님을 만나 봉선사로 들어가, 광동중학교에서 영어와 작문을 가르치다. 이달 9일 아버지 44주기 기념하여 글 쓰고, 18일 어머니 44주기와 봉근이를 생각하며 글 쓰다. 이달 2~21일 〈산중일기〉를 쓰다. 10월 수필 〈죽은 새〉를 쓰다. 다시 붓을 들어 《돌베개》 집필을 시작하다.

1947(56세) 1월 홍사단 요청으로 사릉으로 돌아와 《도산 안창호》 집필 시작. 4월 24일 입법의원에서 부일협력자처단법을 상정하다. 5월 31일 이광수가 쓴 《도산 안창호》가 대성문화사에서 간행되다. 6월 5일 《꿈》이 단행본 출간. 17~28일 수필 〈제비집〉, 〈나는 바쁘다〉를 사릉에서 집필. 9월 농사일 틈틈이 자전적 소설을 써서 12월 24일 《나 : 소년편》 간행. 12월 15일 김구 자서전 《백범일지(白凡逸志)》가 국사원에서 한글본으로 첫 출간되다. 이 작품은 백범 김구가 해방 전에 붓글씨로 써두었던 《백범일지》 원문을, 해방이 되자 춘원이 김구의 간절한 청을 받아들여 이를 풀어서 본격 전기문학으로 새로 썼다. 춘원은 자신의 둘째아들 이영근에게 매일 아침마다 자신이 풀어쓴 원고를 경교장(京橋莊) 백범에게 갖다주고 다음날 아침에 백범이 감수한 원고를 다시 받아와 순한글 문장으로 만들었다.

1948(57세) 1월 모윤숙 주선으로 유엔한국위원단장 메논 박사와 만나 시

와 문학을 논의하고 인도 대학들에 와서 강연을 해달라는 요청을 수락하다. 2월 《돌베개》 서시를 비롯 시와 독서로 지내다. 6월 수필집 《돌베개》가 생활사에서 출판. 8월 자전 고백기 《나의 고백》 붓을 들다. 한편 사회 혼란상을 냉철히 관찰 비판하는 '사회시'를 많이 쓰다. 이달 15일 대한민국 정부수립 선포. 9월 친지와 가족 권고로 사릉을 떠나 효자동 집으로 돌아오다. 이달 《유랑》이 성문당에서 출간. 9월 22일 반민족행위자처벌법 공포. 10월 《나 : 스무살고개》 박문서관에서 출간. 11월 《선도자》가 태극서관 출판. 12월 《나의 고백》 춘추사, 《원효대사》 생활사에서 출간.

1949(58세) 2월 7일 최남선과 반민특위에 의해 마포형무소 수감되다. 10일 반민특위, 이광수 자택 수색 원고와 서류 등을 압수해가다. 3월 4일 고혈압으로 병보석 출감(최남선은 4월 7일 출감). 8월 24일 병보석 상태로 검찰 송치되어, 31일 기소결정했다가 9월 5일 불기소 결정이 내려지다.

1950(59세) 1월 장편 《서울》을 〈태양신문〉에 연재하다 미완성으로 끝나다. 2월 1일 백인제, 박근영, 백붕제(백낙청 부친) 등을 불러 59세 생일잔치를 하다. 5월 《사랑의 동명왕》, 《이차돈의 사》 한성도서, 《사랑의 죄》 문연사에서 출간되다. 이달에 시 〈사랑〉이 〈문예〉지(모윤숙 발행)에 발표되다. 6월 시 〈지구〉가 〈문예〉지에 발표되다. 22일 고혈압과 폐렴으로 다시 병석에 눕다. 6월 25일 6·25전쟁 일어났으나, 건강이 나빠서 피란을 가지 못했다. 7월 5일 효자동 집이 공산군에 의하여 차압되다. 6일 내무서에 끌려가 심문을 받고 오다. 12일 공산군에게 납북되어 평양감옥으로 이송되다. 16일 평양감옥에서 계광순을 만나다. 심한 동상과 위장병에 걸려 죽음에 이르렀으나 북한 부수상 홍명희 도움으로 인민군 병원으로 후송되어 치료 받다. 그러나 10월 25일 지병인 폐

결핵 악화로 세상을 떠났다고 전해진다. 그 뒤 춘원 이광수는 평양에 있는 애국지사묘지에 묻히다.

춘원 이광수는 한국근대사의 수난을 순교자처럼 받았고, 그것을 날카롭게 소설·논설·시가·수필·기행문 형식으로 표현했다. 그의 원고매수는 총 8만 매로 추산할 정도로 방대하다. 이광수의 문학관은 "동시대 최선의 세계관을 선택하고 동시대와 인물의 중심계급을 전형화했다"는 작자의 말을 참고하더라도 퇴폐적인 문학이나 한쪽으로 지나치게 기울어지는 극단적 문학관을 삼가다. 그는 장편 《무정》을 '러일전쟁에 눈뜬 조선', 《개척자》를 '한일합병으로부터 2차대전 전까지의 조선', 《재생》을 '만세운동 이후 1925년 무렵의 조선', 《군상》을 '1930년대 조선의 기록'이라고 스스로 말했듯이 사실주의문학을 지향하려 했다. 이광수는 한국근대문학사에서 선구적인 작가로서 계몽주의·민족주의·인도주의 작가로 평가받다. 그것은 시대 분위기와 사회적 조건 그리고 개인 취향에 따른 결과인 것이다. 주로 이광수의 초기 작품들은 인간의 개성과 자유를 계몽하기 위해 자유연애사상을 불어넣고, 조혼 폐습을 거부했는가 하면, 《무정》에서는 신교육 문제를, 《개척자》에서는 과학사상을, 《흙》에서는 농민계몽사상을 북돋우면서 민족주의사상을 펼쳤다.

1955년   6·25전쟁 끝나고 춘원의 부인 허영숙이 '광영사(光英社)' 출판사를 세워 전쟁의 포연이 남은 곳곳에 흩어진 춘원의 작품들을 모아 《춘원 이광수선집》을 펴내기 시작하다. 이때 전국 판매 보급에 전갑석 고산고정일 참여하다.

1963년   삼중당에서 모두 20권에 이르는 《이광수전집》을 완간하고 이어 곽학송이 쓴 《춘원 이광수》 전기를 출판하다.

1975년   허영숙은 영근, 정란, 정화 세 자녀를 길러내고 79세 나이로 세상을 떠나다.

1976년 5월 광릉 봉선사 들어서는 길에 춘원 이광수 기념비가 세워지다. 시인 주요한이 비문 짓고 서예가 김기승이 글씨를 쓰다.

1990년 7월 춘원 이광수의 아들 영근이 북한 방문, 아버지의 평양 무덤을 참배하다. 아들이 확인한 아버지 묘비에는, 그가 죽은 날이 1950년 10월 25일이다. 뒷날 춘원이 납치되어 죽음에 이르기까지 100일 동안 그 고난의 길을 설명해 놓은 책《압록강변의 겨울》이 다섯수레 출판사에서 간행되다. 이 책은 1951~1968년 북한 조국통일민주주의전선 중앙위원회 간부로 남북한 인사들을 접촉해온 신경완의 증언을 이태호가 받아 쓴 것이다.

2006년 김용직·윤홍로·김원모·신용철·송현호 등이 '춘원연구학회' 창립.

2016년 박현태·신상웅·최박광·박순녀·최공웅·복거일·전성곤·고산고정일이 '육당춘원학회' 창립하다.

2016년 동서문화사 육당춘원학회, 육당학술상·춘원문학상 제정하다. 제1회 육당학술상 전성곤 수상. 춘원문학상 박순녀 수상하다.

2018년 춘원 이광수《무정》탄생 100주년을 맞아 동서문화사《춘원이광수전집》간행을 시작하다.

편찬위원
박현태 신상웅 최박광 박순녀 최공웅 복거일 전성곤 고산고정일

春園李光洙長篇小說
무정/무명

1판 1쇄 발행/2019. 10. 1
지은이 이광수
발행인 고정일
발행처 동서문화사
창업 1956. 12. 12. 등록 16-3799
서울 중구 다산로 12길 6(신당동 4층)
☎ 546-0331~6 Fax. 545-0331
www.dongsuhbook.com
＊
사업자등록번호 211-87-75330
ISBN 978-89-497-1655-8 03810